늑대 공자

늑대공자 2

초판 1쇄 인쇄일 2016년 9월 19일
초판 1쇄 발행일 2016년 9월 26일

지은이 | 월우
펴낸이 | 김기선

편집장 | 김은지
디자인 | 금장미

펴낸곳 | 와이엠북스(YMBOOKS)
출판등록 | 2012년 7월 17일 (제2014-17호)
주소 | 서울시 도봉구 노해로 379, 1005호(창동, 대성빌딩)
전화 | 02)906-7768 / 팩스 | 02)906-7769
E-mail | ymbooks@nate.com

ISBN 979-11-322-3876-8 (04810)
ISBN 979-11-322-3874-4 (set)

값 12,800원

늑대공자 2

월우 장편소설

차 례

제1장. 어머니와 아들

그날 밤, 준형이 일산이 일러준 대로 전각 뒤의 문짝을 들어 올렸을 때, 그곳에는 사람들이 잘 쓰지 않는 게 분명한 작고 어두운 복도가 있었다.

그 짧은 복도의 끝에는 어느 방으로 향하는 작은 덧문 하나가 있었고, 조심스레 그 덧문을 열어보자 그 바로 코앞에는 또 커다란 병풍이 가로막고 있었다.

'어느 방이지?'

잠시 망설이기는 했지만 달리 갈 곳은 없었다. 일산이 함정을 파놓은 것인지 아닌지 모르겠지만, 일단은 그 방 안으로 들어설 수밖에 없었다.

덧문을 열고 방 안으로 들어선 후, 잠시 병풍 뒤에 숨은 채 방의 기척을 살폈다. 쥐 죽은 듯 조용한 걸 확인하고 나서야 병풍 앞으로 조심스레 한 발자국 나섰을 때, 준형은 하마터면 소리를 지를 뻔하였다.

'헉!'

병풍 바로 앞에 웬 사내가 누워 있었던 것이었다.

'병자인가?'

준형조차도 처음 보는 화려한 비단이불을 목 끝까지 덮고 있는 사내의 숨소리는 가늘면서도 거칠었다.

'깨기 전에 얼른 나가자.'

급한 마음에 서둘러 발걸음을 옮기려던 준형은 문득 든 생각에 걸음을 멈추고 돌아보았다.

'동궁전에 누워 있는 젊은 사내라…… 그럼 저이가?'

준형은 얼른 자신이 있는 곳을 둘러보았다. 금자도에 있는 자신의 방과는 비교도 안 될 정도로 넓고 고급스러운 방 안, 사내가 덮고 누워 있는 비단금침, 예사롭게 보이지 않는 귀한 가구들이며 장식품들.

준형이 알기로 궁궐 안에서 이런 곳에 누워 있을 젊은 사내라면 단 한 명밖에 없었다.

'세…… 자?'

준형은 저도 모르게 여전히 눈을 뜰 기미가 없어 보이는 사내에게 한 발 한 발 조금씩 가까이 다가섰다. 별 뜻은 없었다. 그저 본능적인 호기심일 뿐이었다. 하지만 가까이 다가가 세자의 얼굴을 확인한 순간, 준형은 제 눈을 의심하였다. 부들부들, 손이 떨리기 시작했다. 마치 번개라도 맞은 듯, 온몸에 사지에 부르르 경련이 일기 시작했다.

'이, 이게 뭐야. 이게 다…… 뭐야!'

준형은 제 눈이, 제 머리가 미친 게 아닌가 의심하였다. 그렇지 않다면 제 눈앞에 자신이, 자신이 아닌데 자신과 똑같은 얼굴을 한 사람이 잠들어 있을 리가 없지 않은가! 자신이 미친 게 아니라면 세자인 게 분명한 사내의 얼굴이 자신의 얼굴과 똑같아 보일 리 없지 않은가!

'왜, 왜 당신이!'

준형은 주체할 수 없이 떨리는 손을 뻗어 세자의 얼굴을 만지려 하였다. 자신이 보고 있는 게 혹시 환영(幻影)은 아닌지 확인하려 한 것이었다.

그때, 방문 바로 앞에서 고하는 것 같은 목소리 하나가 들려왔다.

"저하, 감 내관입니다. 모시고 왔습니다."

'어쩌지?'

준형은 잠시 망설이다 하는 수 없이 제가 나온 병풍 뒤로 다시 몸을 숨겼다. 바로 그 직후, 방문이 열리고 누군가들이 들어오는 기척이 들려왔다.

이어 부스럭부스럭하는 소리들이 들리더니 중년 여인으로 여겨지는 목소리가 들려왔다.

"이곳에 누우시면 됩니다."

"김 상궁과 제가 방문 앞에 있을 것입니다. 혹여 만에 하나라도 저하의 용태가 갑자기 나빠지시거든 저희를 부르시지요."

조금 전, 방문 앞에서 들렸던 감 내관이라는 자의 목소리도 들렸다.

"……이런 합방이 무슨 의미가 있습니까? 만약 제가 저하께 무슨 해코지라도 하면 어쩌시려고요?"

이어 들려온 처연한 목소리에 준형의 눈썹이 꿈틀하였다.

당이였다. 자신의 여인이었다.

순간, 준형의 눈에 불이 붙었다. 지금 당이가 어떤 상황에 처한 것인지 알게 되어서였다. 이 밤 내내 자신을 불안하게 한 것이 무엇인지 알게 되어서였다. 무슨 까닭에서인지 몰라도, 누구의 명인지 몰라도 당이를 세자와 합방을 시키려 한 것이었다.

'죽여버리겠어! 전부!'

준형은 당장이라도 병풍 밖으로 뛰쳐나가려 했다. 그때 병풍 밖에서 다시 목소리가 들려왔다.

"달리 생각하지 않으셔도 됩니다."

감 내관이라는 늙은 내관의 침착하기 그지없는 목소리였다.

"그저 편찮으신 저하의 병구완을 한다, 그 때문에 곁에 머물러준다, 그리만 생각해주시면 아니 되겠습니까?"

'저하는, 저하께서는 부단히도 오래 기다리고 그리워하셨습니다.'

감 내관은 차마 그 말까지는 못 하였다. 대신 당이를 향해 공손하게 허리를 깊이 숙여 보인 뒤 한마디를 덧붙였다.

"간청하옵니다. 부디 이 밤, 저하를 지켜주시옵소서."

진심일 게 분명한, 진심이 그대로 전해지는 늙은 내관의 당부에, 당이는 숨이 막히는 것 같았다. 차라리 늙은 내관이 저하를 해쳤다가는 너도 죽을 줄 알아라, 그리 협박을 하였다면 죽어도 싫다고 소리라도 질렀을 것이었다. 하지만 주름진 눈가를 눈물로 흥건히 적신 늙은 내관의 간청을 그런 식으로 뿌리칠 수가 없었다.

해서 당이는 감 내관이 김 상궁을 데리고 방에서 나가 얌전히 문을 닫을 때까지 그저 멍하니 방문만 보고 앉아 있었다.

차마, 김 상궁이 세자의 곁에 마련해둔 잠자리로 들어가 눕지는 못했다.

차마, 누워 있는 세자를 돌아볼 생각도 하지 못했다.

당이가 세자 쪽을 향해 뒤돌아본 건 등 뒤에서 쓰윽 무언가가 밀리는 소리가 나서였다.

'당신……!'

돌아본 당이의 눈에 금세 눈물이 차올랐다. 병풍을 밀어 모습을 드러낸 준형을 보자, 애써 계속 참고 있던 눈물이 북받쳐 올랐다. 준형은 일어설 생각도 못하고 앉은 자리에서 눈물만 뚝뚝 흘리고 있는 제 여인에게로 가 안아 일으켰다.

'가자!'

준형이 바깥에 있는 귀들을 의식하고 입 모양으로만 말했다. 당이도 고개를 끄덕여 답했다. 준형이 그런 당이의 손목을 잡고 방금 자신이 나온 병풍 뒤로 이끌었다. 들어온 그대로 전각을 나가, 그대로 당이를 업고 궁궐 담을 넘어 도망갈 셈이었다. 그런데 순순히 준형이 이끄는 대로 병풍 쪽으로 걸음을 옮기던 당이의 발이 웬일인지 갑자기 멈췄다. 준형이 손목을 끄는데도 당이가 제자리에 버티고 서서 움직이려 하지 않았다.

'왜 그래?'

준형이 당이를 돌아보았을 때, 당이는 의식을 잃고 누워 있는 세자의 얼굴을 뚫어져라 보고 있었다. 준형과 똑같은 얼굴을 하고 있는 세자를 보고 있었다.

'……왜?'

충격을 받은 얼굴을 하고 당이가 입 모양으로 물었다.

준형은 저도 모르겠다는 듯, 착잡한 얼굴로 고개를 저은 후 일단은 나가자는 듯 당이의 손목을 끌었다. 그런데도 당이는 움직이려 하지 않았다.

'왜!'

이번엔 준형이 조금 짜증이 나서 물었다. 그러자 당이가 울먹울먹한 얼굴로 제 발을 내려다보았다.

'이런!'

당이의 시선을 따라간 준형의 얼굴이 급격히 일그러졌다. 준형의 한 손에 잡히고도 남는 당이의 얇은 발목을 세자의 손이 굳게 잡고 있었던 것이다.

당이는 그 손을 뿌리치려고 준형의 팔에 매달려 열심히 용을 썼지만, 의식도 없이 누워 있는 병자인 주제에 무슨 힘이 그리 센 건지, 세자의 손은 쉽게 떨쳐지지가 않았다. 보다 못한 준형이 쪼그려 앉아 힘을 주어 그 손을 떼어내려 했지만 마찬가지였다.

'놔! 웃…… 이거 놔!'

준형이 얼굴이 시뻘게지도록 힘을 썼다. 그런데도 준형과 똑같은 얼굴을 한 세자의 손은 끈질겼다. 도무지 떼어내지지가 않았다.

이상했다.

웬만한 사내 하나둘쯤은 번쩍 들어 엎어 메칠 수 있는 게 준형인데도 그 손 하나 떼어내기가 이렇게 힘들 수가 없었다.

'누가 와요!'

준형이 쪼그려 앉아 당이의 발목을 옭아맨 손을 떼어놓으려 애쓰는 동안 방 바깥의 기척에 신경을 쓰고 있던 당이가 준형의 어깨를 흔들었다.

그리고 그 말대로 이내 방문 밖에선 웬 중년 여인의 낮고 단호한, 하지만 어딘가 급한 것 같은 목소리가 들려왔다.

"김 상궁, 자네는 나가서 사람들을 시켜, 아무도 침전 가까이 오지 못하게 살피거라! 그리고 감 내관, 자네는 지금 당장 방문을 열게."

"……예에, 소빈마마."

늙은 내관이 답하는 소리를 들으며, 당이와 준형이 당황하여 서로를 마주 보았다.

"네가 발목을 다쳤다?"

그 밤, 소빈은 발목을 다쳐 돌아왔다는 아우 일산이 있는 서고 옆방으로 가서, 발목을 움켜쥐고 끙끙거리고 있는 일산에게 믿기지 않는다는 얼굴로 물었다.

"하하…… 그렇게 되었습니다."

일산은 대충 그렇게 둘러대면서 아내 양씨 부인에게 물었다.

"그 낭자는 어디로 갔소?"

양씨 부인과 함께 입궁한, 자신이 기다리고 있으라 한 당이에 대해 묻는 것이었다.

"그것이 저기……."

양씨 부인이 난처한 얼굴로 소빈을 돌아보았다.

"누님…… 소빈마마?"

"그 홍가라는 아이를 찾는 것이냐? 그 아이라면 지금 세자의 방에 있느니."

"누님!"

자신이 지금 발목을 다쳤다는 꾀병을 부리고 있는 중임을 잊고 일산이 벌떡 일어서 소빈에게 가까이 다가가 목소리를 낮추고 물었다.

"세자의 방이라니요. 그게 무슨……."

"저하께서 잠시나마 의식을 차리셨습니다. 어떻게 아신 건지, 직접 그 낭자를 찾아내어 가지 말라고 붙드는 바람에…… 마마께서 합방, 아니 밤 수발을 명하시어……."

"이런, 이런!"

소빈을 대신해 간략하게 이 밤의 정황을 전하는 아내의 말에 일산의 얼굴이 창백해졌다. 설마하니 자신이 잠깐 동궁전을 비운 동안에 이런 일이 일어 났을 줄은 꿈에도 몰랐다.

준형에게 세자의 방으로 통하는 비밀 통로를 가르쳐주었는데, 하필이면 그 방에 당이가 들어가 있었다니, 이건 전혀 예상 못 했던 일이었다.

준형에게 세자의 방을 가르쳐 준 건, 준형에게 제 출생의 비밀에 대해 궁 금해하게끔 하기 위해서였다.

저랑 얼굴이 똑같은 세자를 보고 당황해할 준형에게 사실은 네가 임금의 아들이고, 세자의 쌍둥이 아우이며, 소빈의 또 다른 아들이자 자신의 조카라 는 사실을 가르쳐주려고 하였다.

당이와 김 부사 부자의 안위는 그런 준형에게 내밀 미끼 같은 것이었다.

세 사람의 안위를 담보로, 세 사람을 무사히 돌려보내 준다는 것을 조건으 로 준형이 절대 거절하기 어려운 제안을 하려 한 것이었다.

'그런데 하필 지금!'

제 여인이, 제 반려가 세자의 방에 들여진 것을 안 준형이 얼마나 분노할 지는 안 봐도 알 수 있었다.

"모두 나가 있거라!"

일산이 방 안의 모든 궁인들에게 명했다. 자신을 방까지 데려온 내관들 은 물론이요, 소빈을 따라온 양의당 소속의 궁인들도 모두 방에서 나가라고 눈을 부라렸다.

"또 무슨 일이야?"

"누님, 지금 설명할 틈이 없습니다. 일단 저를 믿으시고, 제가 말씀드리는 대로 하세요."

방에서 궁인들이 나간 것을 확인하고 난 후, 일산이 제 누이의 어깨를 잡 고서 그 두 눈을 뚫어져라 들여다보며 말했다.

"무슨 일이냐고!"

"우선은 세자의 침전에서 모든 궁인들을 내보내야 합니다. 모두 전각 밖에서 전각을 지키라고 하세요."

"부정 어른?"

이치에 맞지 않는 말을 하는 남편을 양씨 부인이 의아하다는 듯 보았다. 아우를 보는 소빈도 마찬가지였다.

"일산아, 무엇 때문에……."

"이러실 새가 없단 말입니다! 우선은 제가 시키는 대로 하세요. 그리고 지금 당장 세자저하에게로, 세자에게로 가야 합니다. 어서요!"

일산의 태도는 전에 없이 급박하였다. 그 얼굴에 떠오른 당황스러움도 전에는 전혀 보지 못한 모습이었다. 해서 소빈은 일단 일산이 말한 대로 따랐다. 방 밖으로 물러나 있던 궁인들을 모두 전각 밖으로 내몬 다음, 바깥에서 전각을 지키라 명했다. 급히 일산과 함께 세자의 침전으로 와서도 마찬가지였다. 감 내관을 제외한 궁인들 모두를 전각 밖으로 내보냈다.

"감 내관, 당장 방문을 열게."

김 상궁과 동궁전의 궁인들을 모두 침전 밖으로 내보낸 후 감 내관에게 세자의 방문을 열라고 시켰을 때만 해도, 소빈은 자신이 어떤 상황에 처할지, 무엇을 보게 될지 꿈에도 생각 못 하고 있었다.

감 내관이 방문을 열었을 때, 소빈의 눈에 제일 먼저 들어온 것은, 내관 옷을 입은 현이 당이라는 맹랑한 계집을 등 뒤로 감추고 있는 모습이었다.

"세자! 깨어나셨소. 그런데 왜 그런 옷을 입고……."

아들이 깨어난 것에 반색하던 소빈의 얼굴이 굳어졌다. 자세히 보니 내관 옷을 입고 선 세자의 발아래에 또 다른 세자가 누워 있었기 때문이었다.

순간 소빈 일행보다 뒤늦게 방에 들어온 감 내관이 "누구냐!" 외친 후 당장에라도 허리춤에서 칼을 빼들려 하였다. "여봐라!" 하고 밖에 있을 금군과 궁인들을 부르려고도 하였다.

허나 감 내관은 비명도 고함도 칠 수 없었다. "조용히 해!" 하는 으름장과 함께 세자와 똑같은 얼굴을 한 젊은 내관이 재빨리 누워 있는 세자를 잡고 일으켜 앉혀서는 세자의 목에 두 손을 가져다 댄 때문이었다. 당장이라도 목을 조를 것 같은 기세였다.

"모두 조용히 해. 소란을 피운다면, 여기 있는 이 자의 목을 분질러버릴 테니까!"

준형의 위협에 일산을 제외한 방 안의 모든 사람들의 얼굴이 새하얗게 질렸다. 심지어 아직 현이에게 발목을 잡혀 있는 당이의 얼굴조차 하얗게 질려버렸다. 그런 중에 오직 일산만이 천천히 얼이 빠진 제 누이의 곁으로 다가가 소빈을 지키듯 그 연약한 어깨를 두 손으로 잡은 후 입을 떼었다.

"그러니까 너는 지금 네 쌍둥이 형의 목을 분지르겠다는 거구나. 그것도 네 어머니가 지켜보는 앞에서."

"……무 ……뭐?"

사람은 누구나 전혀 뜻밖의 이야기를 들으면 본능적으로 다시 한 번 묻기 마련이다. 자신이 잘못 들은 게 아닌가 하는 방어기재가 먼저 작동해서다. 준형도 마찬가지였다. 단 한 번도, 맹세코 꿈에도 생각해본 적 없는 일을 들은 준형은 지금 자신이 헛것을 들은 게 아닌지, 멍청한 표정으로 되물을 수밖에 없었다.

"……무, 무슨 소리야? 누가 내 뭐?"

"일산 네, 이노옴!"

준형의 말이 채 끝을 맺기도 전에 일산을 향해 돌아선 소빈의 매서운 손바닥이 동생의 뺨을 후려쳤다.

"마마!"

양씨 부인이 기겁을 하여선, 서둘러 제 남편에게로 달려와 뺨을 살폈다.

"괜찮으세요?"

"나는 괜찮소."

일산이 제 뺨을 만지려는 아내의 손을 부드럽게 마다한 후, 양씨 부인에게 물러나라는 눈빛을 보내었다. 그러고선 얼른 소빈의 어깨를 잡고는 준형 쪽으로 조금 들이밀 듯이 그 떨리는 어깨를 밀었다.

"누님, 너무 화만 내지 마시고 자세히 보세요. 누님의 아들입니다."

"네놈이 미쳐도 단단히 미쳤구나? 내게 아들이라니. 세자 말고 내게 무슨 아들이 있다……고?"

어깨를 잡은 동생에게 신경질적으로 외치며, 생각 없이 준형을 보던 소빈의 입이 서서히 크게 벌어졌다.

"아들…… 이라니. 그런…… 그런 일은."

소빈은 멀리 있는 무엇인가를, 혹은 잘 보이지 않는 무엇인가를 자세히 보려 할 때처럼 눈을 가늘게 떴다가 다시 크게 떴다.

제 눈앞에, 세자와 똑같은 얼굴을 하고, 내관복을 입고 있는 젊은 청년이 누구인지 비로소 떠올린 것이었다.

"아…… 아냐……. 그럴 리 없어. 아니지? 아니지!"

소빈이 아니라고 말해주기를 바라며, 고개를 돌려 일산을 보았다. 일산이 그런 제 누이에게 씁쓸한 미소로 고개를 저어 보였다.

준형이 소빈의 아들이 맞다고 확인해주었다.

"그…… 그런……! 말도 안 되는……."

넋이 나간 듯 혼잣말처럼 중얼거리던 소빈의 몸이 순식간에 허물어졌다. 더는 서 있을 힘이 없어 제 아우에게 손목을 잡힌 채 스르르, 제자리에 주저앉고 말았다.

"마마!"

양씨 부인이 얼른 소빈에게 달려들어 쓰러지지 않도록 부축하였다. 일산은 그런 제 누이를 냉소를 띠며 내려다보면서 차갑게 말했다.

"어떠십니까? 너무도 똑같지 않습니까? 쌍둥이란 어쩜 이리 신비한 존재들인지요. 무려 스무 해를 떨어져 살았는데 한 판에서 찍어낸 떡인 양 저렇게 쏘옥 빼닮았다니요."

"그만!"

준형의 고함이 일산의 말을 중간에서 끊었다.

"지금 무슨 헛소리를 하는 거야! 또 무슨 짓을 꾸미려고!"

말도 안 된다는 듯, 준형이 저만큼이나 놀란 얼굴로 서 있는 당이를 올려다보았다.

"아니야. 이거 아니야. 저 작자가 또 우리를 가지고 못된 장난을 치려는 것이야. 말도 안 되잖아! 말이 안 되잖아! 내가 어떻게…… 내가 어떻게! 그렇지? 당신이 듣기에도 이건 미친 소리지?"

어느새 울상이 되어 있는 준형을 본 당이는 아무 말도 하지 못했다. 일산이 무슨 짓을 꾸미려 하는지는 몰라도, 당이의 눈에도 준형과 당이 자신의 발목을 붙잡고 있는 이는 완전히 똑같이 생긴 것처럼 보이고 있었다.

하여 당이는 대신 준형의 곁에 앉아 준형의 어깨를 안아주었다. 지금 당이가 해줄 수 있는 일은 그거밖에 없어서였다.

"……어떻게, 어떻게 내가 세자의 쌍둥이야? 어떻게 내가 세자의 동생일 수가 있어!"

자신이 목을 죄고 있는 현을 보던 준형의 눈이 일산의 발아래 허물어져 있는 중년 여인에게 향했다.

"저, 저분이…… 내…… 어, 어머니라고? 나, 나를 낳아준 분이이시……."

"아니야!"

준형의 말을 가로막듯 소빈이 악을 썼다.

"아니다, 아니야! 넌 부가 아니야! 절대로…… 절대로 네가 부일 수는 없어! 왜냐하면, 왜냐하면 그 아이는…… 그 애는……!"

'내 이 두 손으로 직접 죽였으니까!'

그것은 스무 해 전, 쌍둥이 왕자를 낳고 채 삼칠일도 지나지 않은 날 밤의 일이었다.

달빛이 밝아 더욱 서글픈 밤이었다. 보름을 코앞에 둔, 그래서 밤하늘의

달이 만월 못지않게 잔뜩 풍만해져 있는 밤이었다.

비단 강보에 싸인 아기를 안고서 소빈은 창백한 얼굴로 제 발 앞의 연못물을 내려다보며 거친 숨을 내쉬었다. 양의당에서 제법 멀리에 있는 이 연못까지 뛰어오느라 숨이 턱 끝까지 찬 상태였다.

"하아아아."

길게 한숨을 내쉬자 비로소 거칠게 뛰던 가슴이 진정되었다. 숨도 제대로 쉴 수 있게 되었다. 그렇게 스스로를 진정시킨 소빈은 신발을 연못 옆 바위에 가지런히 벗어둔 후, 꿀꺽 마른침을 삼키며 연못을 내려다보았다.

여기저기 크고 작은 연잎들이 무성히 띄워져 있는, 구름 한 점 끼지 않은 맑은 둥근 달이 고스란히 비치고 있는 새카만 연못물이었다.

이제 곧 그녀가 갓난 아들과 함께 뛰어들 장소였다. 어쩌면 아들만 아니라 소빈 자신의 목숨도 거둬갈지 모르는 곳이었다.

"으에, 으에!"

곤히 잠들어 있던 아이가 제 불길한 운명을 느낀 것인지 갑자기 가늘게 우는 소리를 내었다. 그 울음소리가 날카로운 은색 칼날이 되어 소빈의 가슴을 몇 번이고, 몇 번이고 난도질하였다.

'아가……'

당장이라도 다시 발걸음을 돌리고 싶었다. 할 수만 있다면 이 아이를 안고 아무도 모를 곳에 숨어 살고 싶었다.

그래도 하는 수가 없었다.

몇 날 며칠을 제대로 잠 한숨 못 자고 고민하여 내린 결정이었다. 이러지 않으면 모든 것이 다 망쳐질 것이었다. 이 아이가 늑대아이라는 것이 밝혀지면 소빈 자신마저도 늑대혈족의 일원이라는 게 곧 밝혀질 것이었다.

그렇게 되면 모든 게 끝이었다. 소빈은 궁궐에서 쫓겨날 것이었고, 일산은 제대로 날개 한 번 펴지 못한 채 주저앉고 말 것이었다.

아니, 그런 게 무서운 게 아니었다. 진짜 무서운 건 자신이 늑대혈족의 피를 타고났다는 점 때문에, 늑대아이를 낳고 말았다는 점 때문에 다른 왕자아기마저 내쳐질 수 있다는 점이었다.

쌍둥이의 형 쪽은 다행히 늑대아이가 아니었다. 온전한 사람의 아이였다. 어쩌면 원자가 되고 세자가 되고 다음의 보위를 이을 수도 있는 왕자였다. 실제로 임금은 그리할 것이라고, 소빈에게 맹세해주었다. 여태 왕실에 없었던 쌍둥이 왕자를 낳아 침울해하는 소빈에게, 소빈의 아들로 하여금 자신의 뒤를 잇게할 것이라고, 자신에게는 결코 다른 아들이 없을 것이라고 그리 맹세해주었다.

하지만 쌍둥이의 나머지 한쪽이 늑대아이이라는 게 밝혀지면, 소빈이 늑대혈족의 여인이라는 게 밝혀지면, 그 왕자아기마저 쫓겨나고 말 것이었다. 아니, 쫓겨나는 데서 그치는 게 아니라 어쩌면 아무도 알지 못할 곳에 영영 유폐되거나 죽임을 당할지도 모를 일이었다.,

'그럴 순 없어.'

소빈은 고개를 흔들었다. 품의 아이가 내어놓은 울음소리에 약해지려는 제 자신을 다시금 다잡았다. 이것이야말로 모두가 제자리를 찾을 수 있는 가장 좋은 방법이었다. 아무리 생각해도 이것보다 더 좋은 수가 없었다.

꿀꺽, 소빈은 다시 한 번 마른침을 삼킨 뒤 아직도 울음소리를 그치지 않는 품 안의 아이를 내려다보았다.

"겁내지 말거라. 모두를 위한 일이니."

아들을 다독거리며, 소빈이 막 연못가를 둘러싸고 있는 바위 위에 막 한 발을 올려놓을 때였다.

"저깁니다! 저기 계시옵니다!"

조금 멀리서 젊은 궁녀의 외침 소리가 들리는가 싶더니 이내 여러 사람의 발소리들이 어지럽게 들려왔다.

"소빈! 소빈!"

임금이 망극하게도 방해가 되는 용포자락을 걷어 젖히며 친히 뛰어오고 있었다.

'전하……'

제 등 뒤에서 들려오는 사랑하는 이의 목소리에 소빈은 입가에 보일 듯 말 듯 희미한 웃음을 띠더니, 훌쩍 연못을 향해 몸을 날렸다.

"안 돼, 아니 된다! 소빈, 소비이인!"

임금의 비통한 절규에도 아랑곳하지 않고 두 사람을 끌어안은 새카만 연못물은 풍덩 소리를 내며 작은 물보라를 일으켰더랬다.

'분명 부(孚)는 스무 해 전 그날 죽었어. 내가 이 두 손으로 직접 죽였으니까. 이 두 눈으로 직접 확인……. 으응?'

아주 오래전 망각의 숲에 묻어두었던 옛 기억들을 끄집어내어보던 소빈의 아름다운 얼굴이 하얗게 얼어붙었다.

'잠깐, 내가 그때 확인을 했던가?'

소빈은 다시 한 번 찬찬히 그날 밤의 기억을 더듬었다.

뛰는 동안 턱 끝까지 치달았던 숨.

까만 밤공기 속에 뿌옇게 퍼져 나가던 하얀 숨.

안고 있던 강보의 감촉.

두 팔에 느껴지던 제 아들의 무게.

강보 안의 갓난쟁이에게서 풍겨오던 뽀송한, 그 자체로도 지극히 연약하고 사랑스럽던 아기 살 냄새.

연못 주위에 피어 있던 이름 모를 꽃들, 날것 그대로인 풀들의 냄새.

제 가슴을 찢어발기던 아기의 가는 울음소리.

새카맣고 질척이는 연못물에 뛰어들 때의 그 감촉들.

유난히 더 차갑게 느껴지던 연못물의 감촉과 그 비릿한 흙물 냄새.

눈, 코, 입, 귀로 한꺼번에 치달아오던 연못물의 압박.

뛰어드는 걸 봤으면서도 빨리 건져내주지 않고 있는 임금에 대한 원망.

그 모든 것들이 생생히 다 기억났다. 그 모든 것이 이십 년 전이 아니라 바로 오늘 저녁의 일이라 해도 믿겨질 정도였다.

그러나…… 그 이후의 일은 온통 흐릿하기만 하였다.

물 위로 건져 올려질 때쯤에는 이미 의식이 없었던 탓도 있을 것이다. 실제로 소빈 자신이 완전히 의식을 회복한 건, 그로부터 이틀이나 더 지나서였으니까.

'그래, 깨어난 내 손을 잡고 전하께서 말씀하셨지. 우리 아들을 살려내지 못했다고. 그리고 우셨어. 하늘이 무너진 것처럼, 내 가슴이 무너지도록 그렇게 비통하게 우셨어.'

임금은 제 아들을 죽인 소빈을 조금도 원망하지 않았다. 하마터면 아들은 물론이요, 자신이 사랑하는 반려까지 잃을 뻔했다는 생각을 한 건지, 왜 그랬냐고, 어쩌다 그런 무서운 선택을 하였냐고 묻지 않았다.

그저 자신의 가슴을 두드리며 머리를 쥐어뜯으며 방 안을 구르며 답답하고 억울하고, 아픈 심정을 어찌할 줄 몰라, 괴로워만 하였다.

그래서 믿었다. 아들을 잃은 아비의 눈물을 보았으니 믿을 수밖에 없었다. 어른인 자신조차도 그 새카만 물속에서 숨이 끊어지기 일보 직전이었으니 강보에 싸인 갓난쟁이가 그대로 죽었다는 임금의 말을 한 점 의심도 하지 않고 그대로 믿었다.

'그런데…… 아니라고? 그럼 전하께서 내게 거짓말을 하셨다는 것이야?'

이번엔 소빈의 얼굴이 흙빛으로 변했다.

사실 그 이후 임금은 소빈을 지키기 위해 온 궁궐 사람들에게 그날 밤의 일에 대해 거짓말을 하였다. 함께 밤 산책이라도 하자는 임금의 명으로 소빈이 양의당의 상궁에게 왕자 부의 강보를 안게 하여, 임금에게로 향하던 중 상궁이 그만 발이 미끄러져 연못물에 빠지고 말았다고.

소빈이 그것을 보고 왕자를 구해내려 연못에 뛰어들었지만 왕자 아기를 구해내지 못했고, 그런 소빈마저도 자칫하면 죽을 뻔했다고.

하여 대전내시와 궁녀 등 궁인 셋 등 그때 그 자리에 있던 궁인들 모두 임금의 혈손을 지키지 못하였다는 자책감을 이기지 못하고 그 밤, 자결로써 불충을

갚았다고. 궁궐의 모든 사람들을 상대로, 온 세상을 상대로 그리 공표하였다.

언젠가 지나가는 말처럼 중전 김씨가 소빈의 책임도 있지 아니하냐고 은근히 비꼬았을 때는 아프지도 않은 중전 김씨를 아픈 게 분명하다며 온천 행궁으로 쫓아 보내 한 달간 돌아오지도 못하게 하였다. 그 일로 중전 김씨는 물론이요, 온 궁궐의 사람들이 뼈저리게 알게 되었다.

죽은 왕자 아기씨에 대한 일은 절대 입에 올려서는 아니 된다는 사실을. 또한 임금의 총애를 받고 있는 한 소빈은 아무도 쉽게 건드릴 수 없는 존재라는 것도. 물론 중전이 그 일로 깊디깊은 원한을 품게 된 것도 너무나 당연한 일이었다.

'그런데 죽지…… 않았다? 전하께서 내게도, 내게마저도 거짓을 말씀하셨다? 왜? 어, 어떻게?'

소빈이 고개를 돌려 일산을 노려보았다.

'그런데 너는 그것을 어찌 안 것이야!'

'누님, 지금 그게 중요한 게 아니랍니다.'

일산은 제 옆얼굴이 따가운 것을 느끼며, 어느새 악쓰기를 멈춘 제 누이를 대신하여 준형에게 말했다.

"네 어머니의 태도에 상처받지 말거라. 네 어머니도 네가 살아 있는 줄은 모르고 계셨기에 놀라신 것뿐이란다. 준형아, 그러니 이제 네 형님을 놓아드리려무나."

형님- 이란 말에 준형의 턱이 움찔하였지만 세자의 목을 죄고 있는 손은 풀지 않았다.

"아니. 난 당신 말은 하나도 안 믿어. 얼굴은…… 그래, 생판 남이라도 한 형제처럼 닮는 경우는 종종 있다고 들었어. 아마 당신도 그래서 이런 일을 꾸민 걸 거야."

준형은 진심으로 그렇게 생각하였다. 아니, 그렇게 생각하기로 마음을 먹었다.

"처음 나를 봤을 때 당신 안색이 달라졌던 걸 기억해. 그래, 그때부터 당신은 여기 이 저하와 닮은 나를 이용할 생각이었을 거야. 우리가 도성을 떠나려던 걸 더러운 수를 쓰면서까지 막으려한 이유도 그 때문이었겠지."

'우리?'

일부러 일산을 노려보면서 애써 준형-이라고 일산이 불렀던 청년-을 보려 하지 않던 소빈은 그 입에서 나온 '우리'란 말에 준형을 보았다.

준형을 껴안고 있는 당이를 보았다. 소빈 저만큼이나 충격 받은 얼굴로 지금 일어나고 있는 일들을 온전히 이해하려 애쓰고 있는 당이를 보았다.

'우…… 리라고? 왜 우리지? 저 계집아이는 세자의 반려인데 왜 저……'

준형과 당이를 보던 소빈의 눈은 이내 당이의 발목을 죄고 있는 세자 현의 손에 가 닿았다.

'그럼……?'

소빈은 목구멍이 타는 아픔을 느꼈다.

짚이는 게 한두 가지가 아니었다. 당이를 입궁시켜달라 조르던 세자, 당이란 계집이 궁에 들어오자마자 의식을 찾은 세자. 이 밤에 궁궐로 들어와 세자의 방에 침입한 준형. 세자에게 발목을 잡혀 있으면서도 준형의 어깨를 안고 있는 당이란 계집.

이 모든 게 세 사람의 관계를, 말도 안 되는 관계를 말해주고 있었다. 그리고 그걸 깨달은 순간, 소빈은 제 온몸의 피가 다 빠져나가버리는 것 같은 충격을 받았다.

"듣자 하니 왜인가 어딘가에서는 일부러 군주나 장수와 똑같이 닮은 사람을 가짜 군주나 장수로 만들어 만약의 사태를 대비해 진짜를 보호한다 하더군. 세자저하와 똑같이 닮은 나를 본 후, 당신도 그런 생각을……"

제 추측을 늘어놓고 있던 준형의 말끝이 흐려졌다.

일산의 바로 곁에 앉은 여인-일산이 준형 자신의 어머니라 말한 그 여인-이 비틀비틀 자리에서 일어나 저를 향해 한 발자국 다가섰기 때문이었다.

"부야…… 부야……! 저, 정말…… 네가……?"

소빈이 눈물을 터트리며 떨리는 손을 앞으로 내밀며, 준형을 향해 한 발자국 더 가까이 걸어갔다. 그 모습에, 조금 전까지만 해도 악을 쓰며 제 아들이 아니라고 하던 태도가 갑자기 변한 그 모습에, 방 안 모든 사람들이 놀람을 금치 못했다.

물론 가장 놀란 건 준형이었다.

연신 뜨거운 눈물을 흘리며 점점 더 자신에게로 다가오고 있는 소빈을 보는 준형의 표정은 웃는 듯 우는 듯 괴상하게 일그러지고 있었다.

입과 목이 뻣뻣하게 긴장되었다. 목구멍 깊은 안쪽이 커다란 생선 가시 같은 게 콱 박힌 것처럼 아팠다. 숨을 쉬는 게 고통스러웠다.

그와 동시에 가슴 저 밑바닥에서는 뜨거운 열기를 가진 어떤 커다란 덩어리 같은 게 자꾸자꾸 위로 치솟으려 하고 있었다.

"다, 다가오지 말아요."

준형은 점점 가까이 다가오는 여인을 향해 경고를 할 셈으로 말했지만, 준형의 귀에도 그 소리는 어린 애가 울먹이는 소리처럼 들렸다.

"네가 정말…… 부라고? 내…… 아들…… 이라…… 읏!"

준형에게 한 발, 한 발 천천히 다가서던 소빈의 몸이 준형을 바로 몇 걸음 앞에 두고 기우뚱, 앞으로 기울어졌다.

"으윽!"

무어라 표현하기 어려운 괴상한 신음을 흘리며, 준형이 눈 깜짝할 사이에 소빈에게로 뛰어들어 소빈의 몸을 받쳐 안았다. 만약 그러지 않았으면 소빈은 그대로 방바닥으로 쓰러졌을지도 모를 일이었다.

"괘, 괜찮으십니까?"

눈물 젖은 눈을 가늘게 뜨고 준형 저의 얼굴을 똑바로 보려 노력하는 소빈에게 준형이 떨리는 목소리로 물었다.

"부야…… 부야……."

소빈이 떨리는 손으로 준형의 뺨을 살그머니 어루만졌다.

"내 아들…… 불쌍한 내 아…… 기!"

소빈의 눈에서 다시 뜨거운 눈물이 거세게 흘러넘쳤다. 준형이 그런 제 어미의 모습에 더는 북받쳐 오르는 감정을 참지 못하고 소빈을 안았다.

"어머니!"

"부야! 흐흑."

두 모자가 뜨거운 눈물을 흘리며 예상치 못한 상봉의 감격을 나눴다. 준형은 소빈의 어깨에 얼굴을 묻고 평생의 그리움을 눈물로 쏟아냈다.

"흐흐흐흑……! 마마……."

지켜보고 있던 일산의 아내 양씨 부인도 그 감격적인 모습을 보고 제 옷자락에 얼굴을 묻은 채 흐느꼈다. 심지어 일산마저도 예상치 못한 제 누이의 모습에 코끝이 시큰해져 괜히 코끝을 몇 번 문질렀을 정도였다. 놀란 가운데에서도 최대한 냉정을 유지하며 모든 상황을 지켜보고 있던 늙은 내관의 눈에도 슬며시 눈물이 차올랐다.

그 방 안에서 아무 감정을 내비치지 않고 있는 건 의식이 없는 세자 현과, 현에게 발목을 잡혀있는 당이뿐이었다.

'저 눈물은 가짜야.'

당이는 알았다. 본능적으로 알고 말았다. 소빈은 지금 진심이 아니라는 것을. 소빈의 눈물은 절대로 진짜가 아니라는 것을 당이는, 오직 당이만은 알 수 있었다.

소빈이 당이의 발목을 붙잡고 있는 세자의 손을 보았을 때, 바로 그때 당이도 소빈을 보았더랬다. 찰나지만, 아주 순식간에 스치고 지나간 표정이었지만 소빈의 얼굴에는 분명 분노가 어려 있었다.

그 순간만큼은 바로 직전까지 준형을 자신의 아들이 아니라고 악을 썼던 소빈이니 그런 얼굴을 하는 것도 당연하다 생각하였다. 그러나 그 직후, 준형이 말하는 도중 자리에서 일어나 비틀대며 다가오던 소빈의 표정에서는 그런 분노의 여운이 하나도 남아 있지 않았다. 아니, 애초에 그런 표정을 지은 적도 없는 사람 같았다.

그래서 당이는 의심할 수밖에 없었다.

더욱 유심히, 그러면서도 자신이 지켜보고 있다는 것을 들키지 않도록 조심히 소빈의 작은 표정, 눈빛 하나 놓치지 않도록 눈 하나 깜빡이지 않고 지켜보았다.

그래서 알게 되었다.

소빈의 가녀린 몸짓, 울음 섞인 말들, 보는 이의 동정심을 자극하는 애처로운 표정들 사이를 스치고 지나가는 진짜 감정들이 무엇인지 알아내고 말았다. 실제로 울음이 터진 준형이 제 어미를 와락 껴안았을 때, 소빈의 입가에 스친 묘한 감정을 보았다. 눈물로 가득 찬 눈 안에서 스쳐 지나가는 감정을 보았다. 그건 비웃음이었고, 경멸이었다.

'공자!'

"읏…… 으…… 흐흐흑!"

마침내 당이도 울었다.

방 안의 사람들과는 혼자만 다른 이유에서 울었다.

아무것도 모르고 어미의 품에 안겨 펑펑 눈물을 쏟아내고 있는 준형이 불쌍해 울었다. 소빈이 원망스러워 울었다.

너무나 순식간에 바뀌는 감정.

갑자기 터지는 과한 울음.

보는 이의 동정심을 자극하는 애처로운 표정과 몸짓들.

소빈의 그 모든 감정과 행동들은 당이가 평생 보아온 제 어미와 너무나도 같았다. 당이의 어머니 송씨 부인도 그랬다. 당이를 속여 무언가 얻어내려 할 때, 용이를 위해 당이를 이용하려 할 때, 그러다 자신의 속임수가, 자신이 한 짓이 모두 들통 났을 때, 그녀 또한 지금의 소빈과 똑같았다.

먼저 눈물지었고, 세상에 다시없을 정도로 과하게 다정히 굴었다. 모든 사실을 알고도 차마 원망하고 비난할 수 없도록, 그 순간만큼은 더없이 애틋하게, 갸륵하게, 눈물겹도록 다정하게 대하였다.

'이런 건 너무하잖아요!'

당이는 아직도 울음을 그치지 못하고 있는 모자의 뒷모습을 바라보며 억울함과 분함에 뚝뚝, 눈물을 흘렸다.

그 진한 눈물 중 하나가 당이의 발목을 잡고 있느라 길게 뻗은 세자의 손목, 그것도 하필 맥이 뛰는 바로 그 자리에 떨어진 것은 우연이었을까, 운명이었을까?

영원히 계속될 것 같던 길고 지루한 밤이 물러났다.

다시 시작된 하루를 맞아 분주히 움직이기 시작한 사람들 사이로 키가 큰 검은 삿갓의 사내와 쓰개치마를 걸친 키 작은 여인 하나가 나란히 걸어가고 있었다.

조금 전, 궁궐에서 빠져나온 준형과 당이였다.

준형은 지난밤 자신이 혼절시킨 그대로 아직 정신을 차리지 못하고 있는 젊은 내관에게 옷을 되돌려주고, 숨겨두었던 제 옷으로 갈아입은 상태였다.

당이는 눈 밝은 몇몇 사람들이 흘끔흘끔 쳐다보는 것에도 아랑곳하지 않고 그런 준형의 손을 꽉 잡고 있었다. 갑자기, 아무 준비 없이 맞닥뜨린 진실에 충격을 받아 휘청휘청 걸어가는 준형이 걱정스러워서였다.

"……우리, 이대로 그냥 도망가 버릴까?"

익숙한 대문을 몇 발자국 앞에 두고 준형이 지난밤의 긴 울음으로 잔뜩 가라앉은 목소리로 당이에게 물었다.

"그러죠, 뭐."

그게 무슨 별거냐는 듯 당이가 선뜻 대답했다.

"일단 집에 들어가서 돈하고 귀중품을 좀 챙기자고요. 아침도 먹을 필요 없고 옷도 갈아입을 필요 없어요. 그냥 지금 이 차림 그대로 도망가요."

"……그래도 괜찮아?"

"당신이나 괜히 마음 바꿔서 안 간다고 하지 말아요. 난 한 입으로 두말하는 남자 딱 질색이니까!"

당이가 일부러 더 발랄하게 웃어 보인 뒤 준형의 손을 끌고 두 사람이 계속 함께 있었던, 그래서 이제는 집이라는 이름으로 불러도 전혀 어색하지 않은 곳의 대문으로 향했다.

"아냐, 그래도 먼 길 떠나는데 아침은 먹는 게 좋을까요? 참, 당신 한숨 자야 하는 거 아니에요? 밤새 한숨도 못 잤잖아요. 아니다. 그래도 일단은 떠나요. 정 배고프거나 피곤하면 가다가 아무 주막에라도……. 공자님!"

먼저 앞서 걸어 들어가던 당이가 걸음과 말을 동시에 멈췄다. 대문 안으로 들어선 두 사람을 맞은 것은, 두 사람처럼 밤을 새운 건지 푸석푸석한 얼굴에 눈이 조금 붉게 물들어 있는 반회였다.

"형님……."

"어딜 갔다 오는 거야!"

반회의 날이 선 물음에 준형은 물론이요, 당이도 무어라 말을 할 수 없었다. 그런 두 사람을 보는 반회의 얼굴은 더욱 험상궂어졌다.

"자알 한다. 아버님과 형님은 옥에 갇혀 죽기를 자처하고 계시는데 너란 놈은 계집과 밤나들이나 다녀오고, 그것도 모자라 야반도주를 할 생각이나 하고 있으니. 네가 그러고도 아버님의 자식이라 할 수 있단 말이냐!"

반회의 거친 언사에도 준형은 그저 고개만 떨어뜨린 채 아무 말도 하지 못했다. 반회는 제 말을 부정하지 않는 그런 준형의 모습에 더욱 열이 받았는지 덥석, 준형의 멱살을 쥐고서 담벼락으로 몰아붙였다.

"말해! 도망칠 생각이야? 아버님이나 형님이 죽든 말든, 너는 네 한 몸 편하면 그뿐이다, 이거야? 어!"

'……죄송해요, 형님.'

준형은 눈을 감고 반회의 행패를 그대로 받아들였다.

반회에게는 뭐라 할 말이 없었다. 반회의 비난은 틀린 게 아니었다. 실제로 당이에게 무슨 일이 생긴 건 아닐까 걱정하였을 때, 자신이 실은 세자의 쌍둥이 아우이고 소빈의 아들이라는 것을 알게 되었을 때, 준형은 김 부사도 강회도 생각하지 않았으니까.

'나는 정말 형편없는 놈이다.'

준형은 스스로를 탓했지만 이미 오해라는 콩 꺼풀을 뒤집어쓴 반회에게는 그런 준형이 곱게 보이지 않았다. 다그침에도 별반 변화를 보이지 않는 준형의 무표정한 얼굴은 날 잡아 잡수, 하는 뻔뻔스러움으로밖에 읽히지 않았다. 하여 반회는 평소의 저라면 절대 하지 않을, 절대 해서는 안 될 막말까지 하고 말았다.

"짐승만도 못한 놈! 한낱 집에서 키우는 개도 키워준 주인이 위태로울 때는 사력을 다해 지키려고 하거늘, 너란 놈은 어쩌면⋯⋯."

"말씀이 지나치셔요!"

반회의 막말에 참다못한 당이가 반회에게 덤벼들었다. 준형의 멱살을 잡고 있는 반회의 손에 매달렸다.

"놓으세요. 이 손 당장 놓으시란 말입니다!"

"낭자는 끼어들지 마시오!"

반회가 신경질적으로 당이를 쳐냈다. 그 바람에 당이가 땅바닥으로 털썩, 주저앉고 말았다.

"당이!"

준형이 반회가 잡고 있는 멱살을 손쉽게 떨친 후 얼른 당이에게 가 부축해 일으켰다.

"괜찮아? 다치지 않았어?"

"⋯⋯괜찮아요."

다정한 두 사람의 모습을 보는 반회의 눈에 파르르, 불꽃이 일었다. 그건 다른 무엇도 아니었다. 영락없이 시샘과 질투에 찬 눈빛이었다. 반회가 준형에게 지나치다 싶을 정도로 화를 낸 건, 어쩌면 전혀 이치에 맞지 않는 그 질투심 때문인지도 몰랐다.

"네 계집이라면 제대로 단속해! 감히 사내들이 이야기하는데 아녀자가 끼어……."

"거기까지!"

준형이 제 안에 차오르는 분노를 참기 위해 애쓰며 목소리를 꽉꽉 눌러, 반회에게 경고했다.

"형, 내게는 무슨 말을 해도 좋아! 하지만 이 여인한테는 함부로 대하지 마. 나와 혼인을 할 여자야. 혼인한 것이나 진배없는 여자야. 알잖아, 형도! 그러니 그에 맞는 예의로 대해줘!"

"부모와 집안이 허락도 안 한 혼인이 무슨 혼인이야! 그건 혼인이 아니지! 그건 야합이라는 거지!"

"형!"

으드득, 준형이 이를 갈았다. 지금 반회가 하는 말은 제게 대한 모욕이라기보다, 당이에게 퍼부어지는 모욕임을 알아서였다.

"혼인도 아니한 반가의 규수가 외간사내랑 함께 밤을 지새우고 함께 야반도주할 생각을 하다니, 어쩌면 이리도 부끄러움도 수치도 모르는지……."

"김반회!"

준형이 바람처럼 몸을 날려, 반회의 몸을 덮쳤다. 반회의 몸을 땅바닥에 깔고 뭉개고 그 위에 타고 앉아 반회를 내려다보았다.

"더 이상 한마디도, 더는 한마디도 하지 마. 제발 내가 형을 미워하게 하지 마. 나는 그러고 싶지 않아!"

"그래애! 너는 이런 놈이지. 형이니 뭐니 하며 따르는 척을 하여도 결국은 언제나 네 하고 싶은 대로 해야만 직성이 풀렸어. 언제나 네 일이 가장 먼저고 네 자신에 제일 대단한 놈이었어! 기억하지? 아버님이 너를 붙잡기 위해 내 목에 칼을 들이미셨을 때도……."

"혀엉!"

"그때도 너는 내가 죽든 말든 상관없이 집을 뛰쳐나갔지. 그때 내 목에 닿았던 아버님의 칼날이 얼마나 차가웠는지 알아? 그때 내 심정이 얼마나 참혹했는지 알아? 아니 너는 몰라. 왜? 너와는 상관없었으니까. 네 일이 아니었으니까! 너는 그런 놈이야! 네가 제일 먼저고 우선인 놈! 하!"

반회는 바락바락 악을 쓰며 준형을 비난한 후, 준형의 몸을 밀어내고 일어섰다. 자신의 말에 충격을 받아 꿈쩍도 못 하고 있는 준형을 차가운 눈으로 내려다보았다.

"너는 참 좋겠다. 그렇게 이기적일 수 있어서."

잔뜩 비꼰 한마디를 남겨두고 반회는 집을 떠났다. 그러는 동안에도 준형은 밀쳐진 그대로 땅바닥에 주저앉아 있었다. 일어날 힘이 없었다.

당이가 그런 준형의 어깨를 잡아 일어나는 것을 도왔다.

"……괜찮아요?"

당이가 조금 전 준형이 한 물음을 그대로 되돌려주었다.

"응."

준형이 짧게 답했다. 더 길게 말했다간 어린애처럼 또 울음이 나올 것 같아서였다.

"괜찮긴, 뭐가!"

소빈이 저도 모르게 큰 소리를 내다 말고 아차, 하며 다시 목소리를 낮춰 일산을 나무랐다.

"내가 정말 괜찮을 것 같아서 묻는 것이야?"

지금 두 사람은 소빈의 처소에 들어 있긴 했지만 누구도 들어서는 안 될 이야기를 하고 있기에, 소빈은 행여나 바깥에 들리지 않도록 극히 조심할 수밖에 없었다.

"전하가 나를 기만하셨다. 그것도 스무 해가 넘도록 감쪽같이 나를 속이셨어! 어떻게, 어떻게 내게 이러실 수 있단 말이냐. 내가 그간 어떤 심정으로, 어떤 마음으로…….”

분을 참지 못하고, 분해서 눈물까지 흘려대며 씩씩대는 누이를 보며, 일산은 쓴웃음을 지었다. 지금의 소빈은 새벽녘, 일단 다시 궁을 나가려는 준형의 손을 붙잡고 한바탕 대성통곡을 하던 그 모성 절절한 어미의 모습을 하고 있던 여인과는 완전히 다른 사람인 것만 같았다.

-부야…… 가지 마라. 어미 곁에 있거라. 내 이 자리에서 죽는 한이 있어도 이제는 너를 보낼 수가 없구나. 차라리 이 어미랑 같이 죽자꾸나. 하여 내세에서나마 어미와 자식으로 다시 만나자꾸나. 내 아가…… 흐흐흐흑.

그리 말하던 소빈의 모습은 당이를 데리고 궁을 빠져나가야만 하는 준형이 죄책감을 가질 수밖에 없을 정도로, 하여 쉽게 걸음을 떼지 못할 정도로 눈물겹기 그지없는 모습이었다.

‘누님이 우시는 모습이 어찌나 비통하시던지 하마터면 저도 깜빡 속을 뻔하였습니다.’

“그 얼굴은 뭐야! 하고 싶은 말이 뭔데!”

생각에 잠긴 일산을 소빈이 닦달하였다. 하여 일산은 오래전부터 묻고 싶어 몸이 근질근질하였던 것을 묻고야 말았다.

“왜 그러셨습니까?”

“내가 뭘!”

“스무 해 전에 말입니다. 왜 그 아일 죽이려 한 것입니까?”

“주, 죽이려 하다니. 누, 누가! 사고가 난 이후에 그 아일 모, 몰래 빼돌린 것은 전하라 하지 않았더냐!”

그랬다. 소빈은 새벽녘 준형에게 그리 거짓말을 하였다.

임금이 온 세상에 한 거짓말 그대로를 준형에게 하였다. 밤 산책을 하던 중, 상궁이 발을 헛디뎌 강보에 싸인 준형을 연못에 빠트리고 말았고, 소빈은 아이를 구하려 연못에 뛰어들었지만 그대로 의식을 잃고 말았다고.

물론 자신은 아무것도 몰랐다고 딱 잡아뗐다.

물에 빠져 죽을 뻔했다가 며칠 후에나 깨어난 자신에게 임금이 아이가 죽었다고 이야기했고 자신은 그걸 믿었다고 했다. 설마하니 임금이 자신을 속인 줄은 모르고 살았다고 했다.

-네가 살아 있는 줄 몰랐어. 죽은 줄만 알았어. 내가, 내가 너를 얼마나 그리워했는데. 얼마나 이 손으로 다시 안고 싶었는데…… <u>흐흐흑.</u>

준형을 안고 소빈은 거의 실신할 듯이 울고 또 울었다. 해서 준형은 아무것도 제대로 묻지 못한 채 소빈을 안고 눈물만 뚝뚝 흘리다 갔다.

"저는 준형이가 아닙니다, 누님."

"무어라?"

"전하께서 왕자가 늑대아이인 것을 염려하여 빼돌리신 거라면 왜 누님까지 속이셨을까요? 왜 제게 그 아이를 맡기지 않으셨을까요? 왜 그 아이를 김부사에게 맡기신 걸까요?"

"너, 너어……."

소빈이 그제야 일산이 저를 의심한다는 것을 알고 부들부들 떨었다.

"그건 누님이 그 아이를 죽이려 했기 때문이지요! 왜 그러셨습니까? 죽이려 하실 것까지는 없었잖아요. 제게 맡기셨으면 되었잖아요!"

"나더러!"

다시 빽, 소리를 지르던 소빈이 목소리를 낮추며 몸을 기울여 제 아우에게로 고개를 바짝 들이밀고 이를 갈 듯이 말했다.

"나더러 모험을 했어야 한다고? 그 아이를 살려두면 현이가 어찌 될지 모르는데, 그 아이의 존재 자체가 세자를 위험에 빠트릴 게 뻔한데! 그걸 뻔히 보고만 있어야 했다고? 아니!"

흐트러진 숨을 가다듬으며 소빈이 등을 곧추세웠다. 후우, 숨을 내쉬며 소빈은 침착함을 되찾으려 애썼다.

"난 선택을 해야 했어! 내 목숨까지 걸어가면서. 내가 죽을 수도 있었지만 그 아이를 안고 연못에 뛰어들 수밖에 없었어. 그게 왜! 뭐가 잘못인데!"

뻔뻔스레 자기 잘못은 하나도 없다고 하면서도 그런 소빈의 눈에서는 굵은 눈물 한 방울이 흘러내렸다. 일산이 그 눈물만은 진심이란 걸 알아차린 건 소빈 자신이 제 볼 위로 흘러내리는 눈물에 흠칫 놀라 당황해하며 그 눈물을 닦아내었기 때문이었다.

만약 그 눈물조차 거짓이었다면 소빈은 오히려 일산 보란 듯이 더 가련하게 울어댔을 것이다. 그게 소빈이 자신의 눈물을 이용하는 방법이었다.

"뭐, 어쩌겠습니까. 이미 오래전에 전하께서 묻어두신 일을 제가 뭐라고 누님을 비난하겠습니까?"

'다만, 저희 혈족을 죽이려 한 것에 대해서는 절대 잊지 못하겠지만요.'

일산이 할 수 없다는 듯 어깨를 으쓱해 보였다. 그러자 이번엔 자기 차례라는 듯, 소빈이 일산에게 물었다.

"그러는 넌, 어떻게 그 아일 알게 된 거야. 그 애가 김 부사의 아들로 자란 것을 어찌 알았는데!"

"혹시 기억하십니까? 일전에 삼남지방에 나타났던 늑대 이야기……."

"……그럼, 그게?"

"예, 그 늑대 소문을 좇다 보니 그 끝에 그 아이가 있더군요."

일산은 간략하게 자신이 준형을 찾고 준형이 누구인지를 알게 된 과정을 이야기했다.

"하필 김 부사의 셋째 아들이 세자와 얼굴이 같았으니 제가 얼마나 놀랐겠습니까?"

"그럼 이십 년 전에 김 부사가 갑자기 금자도로 내려간 까닭이?"

이제야 일의 전후사정을 알게 된 소빈은 이마에 손을 짚었다. 지끈지끈 열이 오르는 것 같았다. 누군가 바늘로 콕콕 찔러대는 것만 같았다.

"영천군이 김 부사를 금자염 밀매의 누명을 씌워 옥에 가두었는데도 스스로 아무런 구명 조치를 취하지 않는 것도 준형이를 지키기 위해서인 것 같습니다."

"어리석은 양반. 아무리 전하의 명이라 해도 제 목숨 귀한 걸 알아야지."

'어디 전하 때문이기만 하겠습니까?'

일산은 한심하다는 듯 고개를 절레절레 젓는, 아직도 고운 자태의 제 누이를 보며, 아주 오래전 남몰래 제 누이에게 특별한 눈빛을 보내던 젊은 김 부사를 떠올렸다.

물론 임금의 아들이니, 임금의 명이니 준형을 맡았을 것이었다.

하지만 김 부사가 모든 열과 성을 다해 애지중지하며 준형을 키워온 것은 소빈에 대한 남다른 마음이 없었다면 불가능했을 것이었다.

'불쌍한 화엄 형님. 누님은 평생 단 한 번도 형님을 사내로 봐주질 않은 것을요.'

"그래서 이제 와 그 아일 내 눈앞에 들이민 이유는 뭔데. 도대체 무슨 짓을 꾸미려는 거야!"

"실은 말입니다. 누님, 어젯밤에⋯⋯."

일산이 제 누이에게 자신이 간밤에 들었던 이야기와 그에 대한 방책을 이야기하려는 순간, 바깥에서 양의당의 상궁이 급히 소빈을 불러댔다.

"마마! 마마! 저하께서, 저하께서 마마를 뵙자 하시옵니다!"

"세자가?"

다시 현이 깨어났다는 소리에 반색을 한 소빈과 일산이 서로를 마주 보았다. 하여 황급히 동궁전으로 걸음을 옮겼다.

"세자!"

"저하!"

자리에 누운 채 일산과 소빈이 방에 들어오는 것을 본 현은 감 내관의 부축을 받으며 천천히 일어나 앉았다. 몰라보게 수척해진 그 얼굴에서 눈빛만이 묘한 생동감으로 빛나고 있었다.

"하아⋯⋯ 감 내관."

"예, 저하."

"아무도 하아, 하아…… 이 방에 가까이 오지 못하게 하라."

"예, 저하."

감 내관이 늙은 몸을 일으켜 뒷걸음질로 방문 밖으로 나갔다. 지난밤처럼 또다시 궁인들을 멀리 물리기 위해서였다. 그러고 난 후, 현은 곧 허물어질 듯한 몸을 손으로 방바닥을 짚어 고정시킨 채, 일산에게 말했다.

"외숙…… 지금부터는 단 한마디도 거짓을 하아, 하아…… 말하셔서는 아니 됩니다."

"저하?"

"말씀해주세요. 어제 부를 이곳에 하아…… 들여보낸 건 외숙이 맞지요?"

"저, 저하! 무슨……."

"발뺌할 생각 마세……! 콜록콜록!"

현이 크게 소리치다 말고 몸을 굽히고 목이 찢어져라 기침을 하였다.

"세자!"

소빈이 얼른 현의 몸을 부축하려 하였으나, 현은 소빈의 손이 마치 닿지 말아야 할 더러운 무엇이라도 된 것처럼 몸을 움츠려 소빈의 손을 피했다.

"세자?"

"저는 괜찮습니다. 하아…… 외숙, 시치미 떼지 마세요. 비록 기력이 부족해 깨어나지는 못했으나, 간밤에 이 방에서 일어난 일들을 모두 알고 있습니다. 이 두 귀로 똑똑히 들었거든요. 하아."

그랬다.

의식도 없이 누워 있던 현은 간밤, 문득 손등에 무언가가 떨어지는 느낌에 희미하게나마 의식을 차릴 수 있었다.

'……비?'

처음엔 빗방울인 줄만 알았다. 하지만 빗방울이라기엔 지나치게 뜨겁고, 지나치게 진했다. 거기다 방 안에 누워 있는 자신이 비를 맞을 이유가 없었다. 뚝. 다시 한 번 그 무엇이 또다시 손등 위에 떨어졌을 때, 현은 그제야 그 것이 누군가의 뜨겁고 진한 눈물이라는 걸 느낄 수 있었다.

그렇게 의식을 회복함과 동시에 어머니 소빈의 긴 울음소리가 귀에 들려왔다. 어쩐지 귀에 익은 젊은 청년의 목소리도 귀에 들어왔다. 손가락 하나, 발가락 하나 꼼짝하지 못하면서도 방 안에서 일어나는 모든 일들을 하나도 빠짐없이 들을 수 있었다.

"그러니 숨기지 마세요. 외숙! 그 아이를…… 하아…… 부를 제게 데려온 이유가 무엇입니까?"

일산은 잠시 세자와 눈을 마주쳤다. 진실을 원하는 세자에게 자신이 모든 걸 사실대로 말하면 세자가 무어라 할지 궁금해졌다.

특히 제 어미가 자신을 위해 제 동생을 죽이려 했다면, 아니 소빈이 늑대 혈족의 여인임을, 하여 세자 자신도 그 피를 반은 이어받았음을 알게 된다면 어떻게 받아들일지, 심히 궁금해졌다.

'아니, 아니다. 지금의 세자에게는 너무 일러. 아직 몸도 완전치 않다. 쉽게 감당할 수 있는 일이 아냐.'

하여 일산은 최대한 사실에 가까운 거짓말을 하였다.

오래전부터 알고 지내던 김 부사가 도성에 왔다기에 인사차 들렀다 준형의 존재를 알게 되었다고 말했다. 준형과 당이가 서로 혼약을 한 사이라는 것과 당이가 김 부사를 걱정하여 일산 자신을 만나러 궁에 들어왔던 일, 당이가 걱정되어 준형이 궐 안으로 들어온 일 등을 말했다.

늑대혈족에 대한 것은 입도 뻥긋하지 않았다.

임금이 쌍둥이로 태어난 왕자를 죽였다고 하고 몰래 빼돌린 것은 쌍둥이 가 불길한 존재가 될 것을 염려해서 한 일이라고만 하였다. 거기에 덧붙여 어제 궐내각사에서 참판에게 들은 이야기도 전하였다. 영천군이 중국에서 오는 사신을 맞이할 준비를 하고 있다는 것까지 전부.

"뭐가 어쩌고 어째? 이런 천인공노할 것들을 보았나!"

"하아, 하아…… 그래서 저를 바꿔치기라도 할 셈이셨습니까?"

"세자! 그 무슨 말도 안 되는……."

펄쩍 뛰던 소빈은 일산이 끙 하는 소리를 내며 질끈 눈을 감는 것을 보고는 세자의 말이 사실임을 알았다.

"일산아!"

"……그것이 저하와 누님을 위한 일이라고 생각했습니다. 저하가 이렇게 금방 깨어나실 것이라고는 생각 못 했거든요. 그저 만약을 대비하여 사신이 올 때만이라도……."

"외숙."

세자가 일산의 말을 중간에서 잘랐다. 그리고 작은 틈도 주지 않고 재빨리 일산과 소빈이 놀랄 수밖에 없는 말을 내뱉었다.

"그렇게 하지요."

"저하?"

"바꾸잔 말입니다. 그 애를 저 대신에 여기 이 동궁전에 앉혀놓자고요."

"세자!"

"……어머님께서는 우선 중전마마께 가서 온궁 행차에 대한 허락을 받아 오세요."

세자는 놀라 저를 부르는 소빈에게 지금 당장 그녀가 해야 할 일들을 일러 주었다.

"온궁이라니. 나더러 온천에 가란 말이냐?"

온궁, 즉 온천행궁은 온천 인근에 지어진 왕실의 별궁을 이름이었다. 역대 임금이나 세자들 중에서는 휴식 겸 병을 치유하기 위해 온궁에 행차하는 일이 적지 않았는데, 세자는 지금 소빈에게 그곳에 가라 이르고 있음이었다.

"콜록, 콜록! 물론 저와 함께입니다. 어머님께서는 어디까지나 지금 앓고 계시는 것으로 되어 있는 부스럼 병을 치료하실 겸 막 독을 먹고 깨어난 저를 보살피기 위해 제 온궁 행차에 함께 따라오시는 것으로 하시면 됩니다."

"중전이 그걸 허락해줄까요? 갑작스러운 두 분의 출궁을 의심스럽게 여기지는 않겠습니까? 거기다 전하께서 위중하신 마당에 세자저하가 도성을 벗어나 온궁까지 가겠다는데 그걸 허락해주시겠습니까?"

일산이 세자의 말에 조심스러운 우려를 표했다.

"흐흐흐. 외숙은 저보다 중전마마를 모르시나 봅니다. 그분은 제가 이 궁궐에서 나가준다 하면 뛸 듯이 기뻐하실 분인 것을요. 하아하아……."

오래 앉아 말을 한 탓인지 현의 숨은 더 가빠지고 있었다.

"저하, 일단 누우시지요. 천천히 말씀하셔도 됩니다."

일산이 얼른 세자를 부축하여 자리에 눕히려 하였다. 하지만 세자는 그런 일산의 팔에 매달려 말했다.

"외숙! 온궁에 그 두 사람이 와 있어야 합니다. 내 말 뜻, 알겠지요?"

"준형이가…… 그러려 하겠습니까?"

"그러니 외숙이 힘을 쓰셔야지요. 하아, 하아. 애당초 이 생각을 가장 먼저 한 건 외숙이 아닙니까?"

세자 현의 시선이 잠시 소빈에게 향했다 다시 일산에게로 돌아왔다. 일산은 그 시선을 보고 세자가 제게 무엇을 시키려드는지 알았다. 소빈을 이용해서라도 준형을 설득하란 뜻이었다.

"……알겠습니다. 그리 하겠습니다. 그러니 우선 누우세요. 온궁에 가시려면 그 나름의 기력이 필요하지 않으시겠습니까?"

"콜록콜록. 나는 외숙만 믿을 것입니다. 그러니 나를 실망시키지 마세요. 아시겠습니까? 하아, 하아. 이 모든 시작은 외숙이었음을 명심하세요!"

그렇게 몇 번이고 당부에 당부를 거듭한 세자는 베개에 머리를 붙이자마자, 가냘프지만 고른 숨소리를 내기 시작하였다. 기운을 소진한 탓에 금세 잠에 빠져든 것이었다.

"그만 나가시지요."

일산이 아직도 충격에 빠져 있는 소빈을 은근히 재촉하였다.

"어서 중전마마를 찾아뵈셔야지요."

"너는 정말…… 정말 그게 가능할 것이라고 생각해?"

"저하께서 원하시는 일이지 않습니까. 그리고 그게 가장 좋은 방책이기도 하고요."

일산이 제 누이의 양어깨를 잡은 채, 누이의 눈을 들여다보며 말했다.

"중전마마 앞에서 무릎을 꿇으세요. 중전마마의 치맛자락을 붙잡고 애원하세요. 죽어가는 아들을 둔 어미처럼. 그 아들을 위해 마지막으로 온궁 행차나 한번 해보려는 가엾은 어미처럼 구세요."

"윽……."

소빈은 힘껏 어금니를 깨물었다. 죽어도 싫었다. 중전 앞에서만큼은 죽어도 우는 소리를 하고 싶지 않았다. 그런 자신을 중전이 얼마나 비웃고 통쾌해할지는 자신이 제일 잘 알고 있으니까.

그리고 실제로도 그랬다.

"중전마마. 부디 허락하여 주시옵소서. 흐흐흑."

중전의 앞에 머리를 조아리고, 무릎까지 꿇고 엎드린 채 소빈이 눈물을 흘리며 간청을 하였다. 벌써 반 시진(한 시간)이 넘도록 무릎을 꿇고 애원하고 있는 중이었다. 세자의 온궁 행차를 허락해달라는 말에 중전이 가타부타 대답을 주지 않은 때문이었다.

"마마, 이제껏 소첩의 방자함을 너그러이 용서해주신 마마가 아니시옵니까? 부디 한 번 더 하해와 같은 마음으로 자비를 베푸소서. 흐흐흑!"

소빈이 방바닥에 연신 머리를 박으며 간청하였다. 그러면서도 가려움을 견디지 못하겠는 척, 치마 위에서 허벅지를 벅벅 긁기도 하였다. 중전 김씨가 턱 아래로 그런 소빈을 내려다보며 쯧쯧하고 혀를 찼다.

"그리 부스럼이 심하던가? 어유. 대강 긁게나. 보는 내가 다 간지러우이."

"송구하옵니다. 마마. 흐윽. 소첩이 하필 이런 병이 걸리는 바람에……"

그리 말하면서도 소빈은 일부러 손톱을 세워 세게 뺨을 긁었다. 그 바람에 한때 임금이 아끼던 고운 얼굴이 빨갛게 부풀어 올랐다.

"흐음. 자네가 이리 애걸복걸하니 하는 수 없구먼. 내 영천군 대감께 일러 세자의 온궁 행차를 준비하시라 하겠네. 단, 때가 때인지라 행차의 규모는 지극히 간소해야만 할 걸세."

"중전마마의 은혜, 죽어도 잊지 않겠나이다. 흐흑."

"부디 그 마음, 오래도록 변치 않았으면 하네."

한껏 비꼬아준 후, 중전 김씨는 소빈이 양의당의 상궁들에게 양어깨를 잡혀 부축을 받으며 물러나는 모습을 고소한 미소를 띤 채 지켜보았다.

"좋은 기회군요."

"영천군 대감도 그리 생각하실 줄 알았습니다."

그날, 뒤늦게 자신을 찾아온 영천군에게 소빈과 세자의 이야기를 전한 중전은 또다시 영천군과 의견의 일치를 본 것에 만족해하였다.

"근래 듣자 하니 온궁 주변에 들짐승들이 자주 출몰한다던데, 사냥꾼들이 행여 실수라도 하지 말아야 할 텐데요."

영천군이 은밀한 기대를 안고 짐짓 걱정하는 척을 하였다.

"설마하니요. 아무렴 사냥꾼들이 사람을 짐승으로 오인하여 잘못 활을 쏘기야 하겠습니까?"

중전 김씨도 짐짓 걱정스러운 얼굴로 세자의 일을 근심하였다.

"그렇겠지요? 그런 일은…… 없겠지요?"

"그래야지요. 말도 안 되는 일인 것을요."

그렇게 말을 하는 두 사람은, 같은 목적을 가지고 있는 두 사람은 서로가 똑같은 생각을 하고 있는 것에 만족하여 자꾸만 새어나오려는 웃음을 금치 못하고 있었다.

제2장. 문신과 각인

궁궐 안에서 어떤 음모들이 피어나고 있는지 알지 못한 채 준형은 당이의 무릎을 베고 잠시 눈을 감고 있었다. 굳이 괜찮다 마다하였는데도 당이가 그리하라 시켰다.

"아무 생각 말아요. 그냥 한숨 푹 자요."

"응."

옥황상제의 명보다 더 대단한 지엄한 명에 따르기 위해 억지로 잠을 청하는 준형의 미간에 잡힌 주름은 좀처럼 펴질 생각을 하지 않았다. 그것이 안쓰러워 당이가 부드럽게 미간을 쓸어주었다.

"웃기지. 내가 임금의 아들이래."

"그렇다면서요."

당이가 대수롭지 않은 일인 듯, 남의 일인 듯 가볍게 받아넘겼다.

"내가 세자저하의 동생이래."

"……그렇다네요."

세자의 이야기가 나오자마자 당이가 눈썹을 찌푸렸다. 세자를 떠올리자마자 이상하게 발목이 시큰거리는 게, 아직도 세자가 자신의 발목을 잡고 놓아주지 않고 있는 것만 같았다.

"믿겨져? 그분이 내 어머니래. 그렇게 고운 분이, 그렇게 여리고 어여쁘신 분이 내 어머니시래."

"……."

당이는 이번에는 아무 말도 하지 못했다. 소빈에 대해서는 아무 말도 하고 싶지 않았다. 좋은 말이 나올 것 같지도 않았다.

"그런데 당신은 왜 그 방에 있었던 거야?"

당이의 침묵에 이어, 준형이 너무 뒤늦게 간밤의 정황에 대해 물었다.

"……저하께서 저랑 누군가를 착각한 것 같아요. 갑자기 저를 붙잡고는 가지 말라 매달리시어, 그걸 본 소빈마마께서 무얼 오해하신 건지 저하의 병구완을 하라 명을 내리셨어요."

그때 세자는 분명 당이를 안고 말했었다.

-다시는…… 놓치지 않을 거야. 다시는 너를 잃지 않을 거야.

처음부터 알던 사이인 것처럼, 오래 그리워한 사람인 것처럼 그리 말했었다. 허나 당이는 세자를 알지 못했다. 단 한 번도 만난 적이 없었다. 그러니 세자가 다른 사람이랑 당이를 착각한 게 분명하였다. 꼭…… 그래야만 했다.

'말도 안 돼.'

어느새 눈을 뜬 준형이 빤히 당이를 올려다보았다.

'당신을 다른 누군가로 잘못 본다고?'

준형이 손을 뻗어 당이의 작지만 오뚝한 코에 이어 언제나 저를 정신 못 차리게 하는 유혹적인 입술을 어루만졌다.

'이런 느낌을 불러일으키는, 당신 같은 여자가 세상에 또 있다고?'

믿기지 않는 건 그것만이 아니었다.

'만에 하나, 착각했다고 쳐. 잘못 봤다고 쳐. 그런데 그렇다고 당장 세자의 침소에 들여보내 병간호를 하게 한다고? 말이 좋아 병간호지, 실상은 밤 시중을 들게 하려는 것이었잖아. 그럴 수도 있는 거야? 그게 가능하다고?'

준형은 도무지 이해가 가지 않았다. 세자의 곁에, 그것도 아파서 제대로 의식도 없는 세자의 방에 여인을 들이는 일이 그렇게 손쉽게 이루어질 수 있는 일인지, 준형의 상식으로는 도무지 이해가 가지 않았다.

그중에서도 가장 이해가 안 되는 건 바로 당이였다.

"……왜요?"

준형의 표정이 심상치 않은 것을 본 당이가 물었다. 순간, 준형이 벌떡 몸을 일으켜 당이의 두 팔을 잡았다.

"공자?"

"왜 그 방에……."

'왜 그 사람들이 시키는 대로 얌전히 그 방에 들었어? 왜 저항하지 않았어? 만약 내가 가지 않았으면 어쩌려고 그랬어? 도대체 무슨 생각으로 그 방에 든 거야. 만약에 세자가 당신을…….'

차마 물을 수 없는 질문들이 준형의 입안에서 맴돌다 사라졌다. 금세라도 입술을 비집고 나오려는 질문들을 준형은 힘들게 목 안으로 집어삼켰다.

의심과 집착. 그에 따른 고통으로 준형의 눈빛은 더욱 짙어졌다. 꾹 다문 입술에는 희미한 경련이 일어났다.

"공자, 나한테 뭘 묻고 싶은 거예요? 왜 내가 그 방에 있었냐고요?"

혹시나 하여 묻는 제 질문에 준형이 눈을 피하는 것을 보자, 당이는 제 질문이 정곡을 찔렀음을 알게 되었다.

"당신한테 돌아오려고 그런 거예요!"

억울함에 당이의 목소리가 커졌다. 눈에는 서운함이 가득 들이찼다.

"어떻게든 당신에게 돌아오려 그런 거예요. 설령 무슨 일을 겪게 되더라도 당신에게 돌아오려고……!"

"그러다 정말 무슨 일이라도 있었음 어쩌려고!"

준형 또한 저도 모르게 울컥하여 외쳤다. 저도 제가 이러는 게 정말 못나 빠진 일이란 걸, 치졸하다는 걸 알았다. 사내답지 못한 짓인 줄도 알았다.

그런데도 화가 났다. 당이가 그런 상황에 처했다는 것에도, 그런 상황에 처하도록 자신이 내버려뒀다는 것에도 견딜 수 없이 화가 났다.

"만약 그때 그 사람이 깨어났더라면! 당신 생각과 달리 당신과 다른 누구를 착각한 게 아니라면! 자기 눈앞에, 자기 방에, 자기 이부자리 옆에 당신이 앉아 있는 걸 보고 무어라 생각했겠어! 도대체 왜 이렇게 생각이 없어!"

준형이 당이의 어깨를 잡고 흔들었다. 그 거친 손길에, 거친 윽박지름에 당이의 눈에 차올랐던 서운함이 눈물로 변하려 하고 있었다.

하지만 흥분한 준형은 미처 보지 못하고 계속 다그칠 뿐이었다.

"그러니까! 그러니까 처음부터 가지 말라고 했잖아! 당신이 가서 뭘 어쩔수 있다고! 괜히 궁궐 안에 따라가서 그런 꼴이나……!"

준형의 말을 다 들을 생각이 없다는 듯 당이가 벌떡, 자리에서 일어났다.

당이는 지금의 준형을 이해했다. 지금 준형이 얼마나 심란하고 복잡한 심정일지 이해하고도 남았다. 제게 화풀이할 수밖에 없는 그 심정도 알았다.

그런데도 준형의 말에 마음이 상하는 건 어쩔 수 없었다. 이해하고자 하는 마음에도 불구하고 원치 않는 상처가 났다.

걱정과 질투, 혼란스러움과 답답함에서 준형이 제게 쏟아내는 원망까지 다 보듬어 안아주기엔 당이에게도 지난밤은 너무 힘든 밤이었다.

"어딜 가!"

준형도 벌떡 일어서 당이의 앞을 막고 나섰다.

"또 어딜 가려고! 또 무슨 일을 당하려고! 또 얼마나 날 걱정시키……!"

준형의 입에서 쏟아져 나오던 고함들이 그대로 얼어붙었다. 준형에게서 고개를 돌린 당이가 소리도 내지 않고 굵은 눈물을 쏟아내고 있었다.

"당이. 나, 난…… 그냥."

"놔요."

이를 악문 채 당이가 중얼거렸다. 준형을 보려고도 하지 않았다.

"미안……."

"사과하지 말아요."

당이가 준형의 가슴을 밀었다. 준형이 꿈쩍도 않자, 포기하지 않고 다시 한 번 당이가 세게 밀었다.

"비켜요."

"······잘못했어. 내가 비겁했어. 나는 그냥······."

"사과하지 말라고 했잖아요!"

인내심의 한계에 다다른 당이가 신경질적으로 외쳤다.

"당신이 사과하면 난 또 용서할 수밖에 없잖아요! 그러기 싫어요. 그냥 나도 화 좀 내게 내버려두면 안 돼요? 나도 오늘은 갑갑해 미치겠다고요!"

당이가 또다시 치솟는 눈물에 잠시 말을 잇지 못하다 이내 다시 이었다.

"내가 어젯밤 무슨 생각까지 했는데······ 당신은 모르잖아요. 나라고, 겁 안 난 줄 알아요? 안 무서웠는지 알아요? 생판 처음 보는 사내랑 합방하라는데, 내 의지와는 상관없이 그런 상황에 몰아넣는데! 나라고 얼쑤 좋다! 희희낙락! 그리 좋았을 것만 같아요?"

"그런 거 아니야."

"무서워도, 겁이 나도 참을 수밖에 없었어요. 당신한테 돌아와야 하니까! 당신이 날 용서 못 하겠다고 내치면 그때 죽어도 되는 거니······!"

"아니야!"

준형은 당이를 끌어안았다. 온몸을 뒤틀며 그 품에서 빠져나가겠다고 몸부림치는, 제가 무신경해서 상처 입힌 여인을 힘껏 안아주었다.

"내가 감히 어떻게 당신을 내쳐. 그건 있을 수 없는 일이야. 당신 말이 맞아. 당신이 옳아. 당신이 할 일은 이렇게 돌아오기만 하면 되는 거였어. 언제라도, 무슨 일이 생기더라도. 이렇게 돌아오기만 하면 되는 일이었어!"

"흐윽!"

잘못을 비는 준형의 말에 당이는 서러움이 더욱 북받쳐 눈물을 쏟아냈다. 간밤의 두려움이 떠올라서, 그것도 모르고 미운 소리를 한 준형에 대한 원망스러운 마음에 엉엉, 소리 내어 울었다.

당이의 울음소리에 준형도 눈꺼풀 안쪽이 뜨거워졌다. 따지고 보면 모두가 준형 자신 때문에 벌어진 일인데, 잠시나마 당이를 의심하고, 가슴 아프게 하고, 기어이 울게 만든, 제가 미워 견딜 수가 없었다.

"미안! 잘못했어. 잠시잠깐 질투에 눈이 돌았어. 그래서 괜히 화풀이한 거야! 치사하게 굴었어. 졸렬했어! 그러니까 용서하지 마. 속이 풀릴 때까지 절대로 용서하지 마. 내가 빌게. 내가 계속 빌게. 당신은 날 용서하지 마."

준형이 숨도 쉬지 않고 단숨에 자신의 잘못을 회개하였다. 용서하지 말라면서도 용서할 수밖에 없게끔 진심을 다하여 빌었다.

"……봐요."

우느라 반항을 멈추고 있던 당이가 다시 준형의 가슴을 밀었다. 이번엔 준형도 얌전히 물러나 주었다.

"쉽게 용서 안 해줄 거예요. 이번엔…… 당신이 선을 넘었어요."

당이는 이러고 있다간 또 금세 준형을 용서하고 말 것 같아, 준형에게만 물러터진 제 자신을 경계하듯 뒤도 안 돌아보고 방을 나갔다.

준형이 얼른 그 뒤를 뒤쫓아나가려 방문 손잡이에 손을 뻗었을 때였다.

"아가씨, 저기…… 웬 여인네가 소금장수라고 찾아왔는뎁쇼."

방문 밖에서 계집종이 당이에게 고하는 말소리가 들려왔다.

"그런데 참 이상한 게 소금장수라고 하면서 털레털레 맨몸으로 온 거 있죠? 게다가 꼴은 또 얼마나 꾀죄죄한지. 이전 날 아가씨가 소금을 사주시겠다고 약속하셨다든데…… 들어오라고 할까요?"

'곰보 여편네다!'

준형이 방문 앞에 선 채 낯을 굳혔다. 드디어 곰보 여인이 제 발로 당이를 찾아온 것이었!

"그래. 여기 아씬지 아가씬지 하여간 그 양반은 도대체 언제 오는 거야?"

곰보 여편네는 볼이 메어 터져라, 밥술을 집어넣은 채 조금 전 제게 밥상을 가져다준 계집종에게 물었다.

"아까 말했잖아요. 서방님이랑 뱃놀이를 즐기다 오신 뒤라 피곤해하신다고요. 한숨 돌리시고 낯이라도 씻고 분칠이라도 다시 한 후에 부르신다 했으니 예서 얌전히 밥이나 자시고 계셔요."

몇 번이나 같은 말을 시키는 곰보 여편네에 짜증이 난 계집종이 곰보 여편네간 든 작은 골방의 방문을 쾅, 소리가 나도록 거칠게 닫고 나갔다.

"빗자루 반만 한 계집애가 승질하고는!"

괜히 방문을 찌릿 째려본 곰보 여편네는 얼른 다시 볼이 미어 터져라 허겁지겁 먹을 것을 쑤셔 넣었다. 거의 사흘 만에 처음 먹는 밥이라, 그야말로 걸신들린 듯이 먹고 또 처먹었다.

끄윽!

길게 트림을 내어놓고 뽈록 튀어나온 배를 만족스럽게 두들기고 나서야 여편네는 새삼 제 더러운 몰골이 신경에 쓰여 손바닥에 침을 뱉어서는 그걸로 산발하여 헝클어진 머리들을 정리하였다.

이 집 아가씬지 기생에게 조금이라도 잘 보여서 어떻게든 돈푼 좀 손에 넣을 작정이었다.

'장괴 놈! 이 똥물에 튀겨 죽일 놈!'

연신 더러운 손바닥에 침을 뱉으며 곰보 여편네는 저를 이 꼴로 만든 장괴에게 속으로 저주의 욕설을 내뱉었다.

곰보 여편네가 묵고 있던 청계천 근처의 작은 초가집에 장괴가 불쑥 나타난 건, 며칠 전 밤이었다. 운종가에서 소문으로만 듣던, 질 좋은 소금을 아주 비싼 값에 사준다는 기생을 만난 바로 그날 밤이었다.

"자, 장괴 어른? 이 야밤에 여긴 어쩐 일입니까요?"

"때가 되었다."

"예? 무슨 때가……?"

"이제 의금부로 가야 할 때다."

"아, 아니. 그게…… 벌써요?"

"알고 있던 일이면서 무얼!"

장괴가 사납게 눈을 부라리자, 곰보 여편네는 움찔하며 어깨를 움츠렸다. 물론 처음부터 알고 있고, 계획하고 있던 일이기는 했다.

도성에서 금자염을 밀매하고 있다가, 김 부사가 밀매 혐의로 의금부에 잡혀가고 나면 의금부에 가서 자수를 할 것. 제게 금자염의 밀매를 시킨 건 어디까지나 김 부사 일가에게 회유당한 당이라는 계집애였다고 거짓으로 고할 것. 그것이 장괴가 곰보 여인을 섬 밖으로 내보내며 약속시킨 일이었다.

"시키신 대로 할 겁니다요. 그, 그래도 여기 짐이라도 좀 정리하고……."

"사람들이 나중에 정리할 거다. 그나저나, 소금들은 어디에 두었더냐?"

"예? 아, 예…… 그게 작은 창고 하나를 빌려서……."

"되었다. 그럼 그것도 사람을 시켜 가져오라 할 것이니 장소가 어딘지만 알려주면 된다. 참, 의금부에 가면 무어라 할지, 잊지는 않았겠지?"

"예…… 에."

"그럼 어서 따라나서거라."

"아, 근데 장괴 어른!"

"또 무어야!"

"정말 전…… 무사한 거 맞지요? 소금 밀매했다고 벌 받지는 않지요?"

"몇 번을 말해! 시키는 대로만 하면 털끝 하나 다치지 않는다니까!"

장괴가 짜증스럽게 이른 뒤, 먼저 일어나 누추하고 냄새나는 방을 나갔다. 엉거주춤 일어나 그 뒤를 따르며, 곰보 여편네는 열심히 머리를 굴렸다.

'아, 올 거면 하루만 더 늦게 오든가!'

'어쩐다? 이대로 의금부로 가면 이제 소금은 다신 못 팔게 생겼으니…….'

'아니지. 지금 소금이 문제야? 어쩌면 팔자에 없는 옥살이에 죽도록 곤장

까지 맞을지도 모르게 생겼는데?'

'그냥 이대로 도망칠까?'

오만 잡생각을 하다 보니 문득, 운종가에서 만난 기생 말이 떠올랐다. 분명 물건만 확실하다면 값은 얼마든지 쳐줄 거라 하지 않았는가?

'창고에 있는 건 진짜 금자염이니, 제대로 값만 쳐 받으면……'

곰보 여편네가 긴장으로 바짝 마른 입술을 혀로 축인 후, 이제 막 제집 앞 싸리문을 나서려 하는 장괴를 급히 불러 세웠다.

"자, 장괴 어른!"

"또, 왜에!"

"저, 저기 가기 전에 잠깐 뒷간에 좀 다녀오면 안 될까요?"

"안 돼."

장괴가 딱 잘라 거절하고는 곰보 여편네의 등 뒤로 가서 여편네를 먼저 앞세워 가려 하였다. 그러자 곰보 여편네는 이번엔 일부러 아랫배를 감싼 채 발을 동동 구르며 우는 소리를 하였다.

"아. 오금이 지려서 못 견디겠습니다요. 당장 쌀 것 같습니다요. 아유우!"

"이런 변변치 않은 것. 빨리 갔다 오게."

"고맙습니다. 고맙습니다. 근데……."

곰보 여편네가 발을 앞뒤로 꼬아 몸을 비틀며 다시 우는 소리를 하였다.

"아랫배도 살살 아픈 게 금방은 못 올 것 같은데……."

"쯧쯧쯧!"

장괴가 못마땅하게 혀를 차며 고개를 돌리자, 곰보 여편네는 넉살좋게 웃으며 머리를 긁적인 뒤 얼른 집채 뒤의 뒷간 쪽으로 걸음을 옮겼다.

'쳇. 의금부로 가서 내 입으로 금자염을 밀매했다고 순순히 자백하라고? 그래도 알아서 빼준다고? 그 말을 누가 믿어? 헹!'

곰보 여편네는 연신 장괴가 뒷간 쪽으로 오지 않나 눈치를 살피고는 뒷간 뒤편의 싸리문 밑 개구멍을 통해 바깥으로 기어 나갔다. 워낙 켕기는 짓을 하는 처지니, 만약을 위해 뒷간 뒤에 개구멍을 미리 만들어둔 자신의 현명함에 감탄하면서.

'거봐. 그렇게 도망치기를 잘했잖아! 돈줄이 이렇게 코앞에 있었던 걸!'

한참 만에야 저를 데리러온 계집종의 뒤를 따라, 안방으로 불려간 곰보 여편네는 제 예상보다 훨씬 호사스러운 방 안 풍경을 보며, 입을 떡 벌렸다.

마음까지 간질간질하게 만드는 꽃 향 가득한 그 방 맨 안쪽 새빨간 비단 보료 위에는 운종가에서 보았던 기생이 앉아 있었다.

유난히 흰 살결에 길게 휘어진 날렵한 눈썹과 유난히 새빨간 입술을 가진 기생은 나른하게 눈을 감은 채 한 손에는 커다란 꽃모양의 부채를 들고서 팔락팔락 부쳐대고 있었다.

"저, 저기⋯⋯."

"왜 왔어?"

방문 간에 앉아 말을 붙여온 곰보 여편네 쪽은 보지도 않고 당이가 일부러 부채로 얼굴을 가리고 길게 하품을 한 뒤, 한껏 높게 꾸민 목소리를 내어 물었다.

"아이고, 소금장수가 왜 왔겠습니까요. 소금 팔러 왔지요."

"흐음. 자네가 나랑 약조한 날이 언제였더라? 한 수십 일 전이던가?"

"에이, 그 정도는 아닙지요. 겨우 며칠 전인 것을요. 그리고 그날은 제가 사정이 있어 못 왔습니다요. 너무 화내지 마십시오."

운종가에서 만났을 때와 달리 곰보 여편네는 당이를 향해 깍듯하게 존대를 하고 있었다. 아무래도 자신이 아쉬운 처지가 되다 보니, 거기다 이렇게 사치스러운 방의 주인이라 생각하니 함부로 말을 놓을 수가 없었던 것이다.

"몰라. 하여간 자네 물건이나 보고 얘기함세. 뭐랬더라? 금⋯⋯ 금 무슨 염이라고 했던 것 같은데?"

"금자염입니다요."

"그랬나? 하여간, 어디 한번 내어보게."

"그런데요……. 그게…… 좀……."

"웬 생니 빠지는 소리래? 뭐가 문젠데?"

"그게…… 좀 사정이 있어 소금을 못 가져왔는데 말입니다요……."

곰보 여편네가 살그머니 고개를 들다, 짜증스러운 기색으로 저를 보고 있는 기생과 눈이 마주치자 헤헤 하며 비굴하게 웃어 보였다.

"소금이 없어? 그럼 왜 왔어?"

"없기는요. 있습니다요, 그것도 몇 섬은 있습니다요."

"있는데 왜 안 가져와?"

"저기…… 송파 나루 쪽에 이년이 세를 내고 빌린 작은 창고 안에 있는데요. 제가 직접 가지러 갈 수가 없는 처지라서…… 이 댁 하인들더러 가서 가져오라 하면 안 될까요? 제가 보냈다고 하면 창고 문을 따줄 텐데요."

"그건 안 돼."

새초롬하게 고개를 돌리며 당이가 딱 잘라 말했다.

"아니, 왜요? 정말로 거기 있다니까요?"

"자네를 못 믿겠어. 괜히 하인들 시켜 소금 나르게 했다가 내가 도둑이니 뭐니 그런 누명이라도 쓰면 어떡해?"

"제 소금이 맞다니까요?"

"아니면 가짜 금자염일 수도 있고."

"아니, 왜 이렇게 못 믿으십니까요? 제가 아무려면 가짜를 팔겠다고 이아침 댓바람부터 죽자 사자 여기를 찾아왔겠습니까요?"

"그건 자네 사정이고. 나는 뭐, 듣는 귀도 없는 줄 알아? 그 금……."

당이가 일부러 소금 이름이 떠오르지 않는 듯, 한껏 눈을 치떠 천장을 보았다. 그 백치 같은 모습이 답답한지 곰보 여편네가 얼른 답을 말했다.

"금자염이요?"

"아, 그래. 금자염! 하여간 말이야. 우리 나리께서 그러시던데. 그 소금, 자네 같은 소금장수가 함부로 사고팔 만한 물건이 아니라던데? 애당초 그 비싸고 귀한 소금을 자네가 몇 섬이나 가지고 있다는 것도 말이 안 되고."

"물건은 정말 확실하다니까요? 아휴, 참내. 여태 속고만 살아오셨나!"

답답한 마음에 곰보 여편네는 제 가슴을 턱턱, 두드리기까지 하였다. 그런 여편네의 모습에 당이는 내심 제 뜻대로 되어가고 있는 것에 만족해하며, 슬쩍 본론을 꺼내들었다.

"그럼 자네는 그걸 어찌 구했는데?"

"아, 그야 장괴……!"

장괴가 가져다준 것이라고 말을 하려다 말고, 곰보 여편네가 제 손으로 화들짝 제 입을 막았다. 이 이야기가 밖으로 새어나간 것을 알게 되면 그때는 정말 장괴가 저를 죽이려 들 것이었다.

"뭐 말을 하다 말아? 아, 됐네. 귀찮아! 꺼져!"

곰보 여편네의 긴장한 얼굴을 본 당이가 만삭 귀찮다는 듯 파닥파닥 부채를 저었다.

"아니. 그게 아니라…… 사정이 있어서……."

"그러니까 내가 왜 자네 사정까지 들어가면서 그 금자염인지 은자염인지를 사야 하는데? 나도 비싼 소금 사려면 우리 나리한테 있는 교태, 없는 교태 다 부려가면서 돈주머니 털어 내야 하는 거거든? 돈푼이나 작아? 적어도 기와집 두어 채 값은 될 텐데!"

'기와집 두어 채?'

미모의 기생 입에서 나온 '기와집 두어 채'란 이야기에 곰보 여편네의 눈이 번쩍 뜨였다.

'소금값이 기와집 두어 채!'

곰보 여편네는 놀라 어버버 입을 다물지 못했다. 물론 소금값을 꽤나 후히 쳐줄 것이란 기대는 있었다. 실제로 운종가에서 기생을 만났던 날, 다른 소금장수들에게 들은 바에 따르면 셈이 별로 밝지 않은지, 아님 돈 아까운 줄을 모르는 건지 소금 질만 좋으면 있는 대로 돈을 퍼준다 들었다.

그렇다 해도 설마 기와집 두 채 값이라고는 상상도 못 했다. 그 정도면 조선 땅을 떠나서 당분간은 배 두드리며 살 수 있을 만한 돈이었다.

"아무리 우리 나리가 나한테 홀딱 빠져 계셔도, 또 아무리 우리 나리 댁이 한다 하는 만석꾼 집이라 하여도 그만한 돈 빼내기가 쉬운 줄 알아?"

놀라움 반, 욕심 반으로 눈알이 커다래진 곰보 여편네를 아는지 모르는지 기생은 계속 제 말만 하였다.

"그러니 그 소금이 정말 진짜이기는 한 건지, 자네가 어떻게 그런 귀한 소금을 팔 수 있는 건지 나는 반드시 알아야겠어."

당이는 지금 낚시를 하는 중이었다. 기와집 두어 채라는 그럴듯한 먹잇감을 미끼로 던지고선 곰보 여편네의 눈앞에서 살랑살랑 흔드는 중이었다.

그래도 곰보 여편네는 좀처럼 미끼를 물 생각을 하지 않았다. 욕심과 두려움 사이에서 갈등하는 게 눈에 훤히 보였다.

하여, 당이는 결정적 한마디를 덧붙였다.

"싫어? 그럼 말든가. 세상에 소금이 금자염 하나밖에 없는 것도 아니고. 세상에 소금장수가 자네 하나밖에 없는 것도 아닌데 내가 왜 굳이 자네랑 이런 말씨름을 해야 되는지 모르겠네. 아, 귀찮아."

탁, 소리 나게 부채를 방바닥에 내려놓은 뒤 당이가 옆으로 돌아앉았다.

"나가보게."

"소금은…… 많지만 금자염은 쉽게 구할 수 없지요. 소금장수는 쌔고 쌨지만 지금 이만한 금자염을 팔 수 있는 소금장수는 저밖에 없을걸요!"

각오를 마친 것인지 곰보 여편네가 떨리는 목소리로 호언장담을 하였다.

"아가씨께서도 그 소금들을 보면 절대로 값이 아깝다, 생각하진 않으실 겁니다. 왜냐하면! 제가 지닌 금자염은 금자염 중에서도 최고로 귀한, 특품의 금자염이니까요."

"흥. 여태 다녀간 다른 소금장수들도 죄 비슷한 소리를 하였다네."

"그자들이!"

저는 기껏 어려운 결심을 하고 말을 꺼냈는데 너무 가볍게 여기는 기생의 태도에 울컥한 곰보 여편네가 목소리를 높였다.

"저만한 소금을 가져다드렸을 리가 없을걸요? 왜냐하면! 제가 가진 금자 염은 영천군 대감 댁에서 쓰시던 소금이었으니까요."

"……뭐어?"

곰보 여편네는 이제야 솔깃해서 저를 돌아보는 기생에게 누런 이를 드러 내 보이며 활짝 웃었다.

"아시지요? 영천군 대감이 주상전하의 아우님이시라는 거. 그런 대단하신 양반 댁에서 쓰시던 소금이니 그 질이 얼마나 좋겠어요. 흐흐흐."

"그 여인이 갖고 있는 금자염들이 전부 영천군 대감 댁에 있던 거라고?"

"그렇다고 해요."

준형의 방에 든 당이는 되도록 눈을 마주치지 않고, 냉랭한 얼굴과 냉랭한 말투로 자신이 방금 곰보 여편네에게서 알아온 이야기를 전했다.

"그럼 일전에 시장에 보았던 그 금자염 띠도……."

"네, 곰보네가 직접 만든 거래요. 섬에서 쫓겨날 때, 금자염 띠를 만들 때 쓰던 재료들을 미리 장괴라는 자가 챙겨주었다고 하더군요."

"장…… 괴? 그자가 한패였단 말이야? 그자가 왜!"

"자세한 건 그 여자도 모른다고 했어요. 다만 그자로부터 도성으로 가라는 지시를 받았고, 그런 후 영천군 집안의 하인들이 다섯 섬가량의 소금 부대를 가져다줬다는 거예요. 금자염 띠가 없어, 겉으로 보기에는 그저 평범한 소금 처럼 보이는 소금부대를요."

곰보 여편네는 의기양양하여 말했었다.

─물론 저 같은 미천한 것한테 어느 집 하인인지는 알려주지 않았습지요. 하지만 제가 누굽니까요? 소금부대를 날라다 주고 돌아가는 그 사내들의 뒤

를 은밀히 밟아, 그자들이 어디로 들어가는지를 똑똑히 보았지요. 크크크.

"그 여자 말로는 금자염 밀매를 할 때 절대로 가짜 소금을 섞지 말라고 신신당부했대요. 괜한 욕심으로 가짜 소금을 섞어 팔지 말라고요."

하지만 곰보 여편네는 제 마음대로 소금부대의 대부분을 가짜 소금으로 채우고, 맨 상단 부분에만 진짜 금자염을 섞었다고 했다. 가짜 소금과 진짜 소금 사이에는 작은 면포를 깔아 소금 전체가 섞이지 않도록 했다는 말도 했다. 하여, 그 소금부대에 가짜 금자염 띠를 둘러, 도성 곳곳에서 은밀히 팔았다고 했다.

"그런데 아무리 생각해도 모르겠어요. 왜 하필 진짜 금자염을 영천군 대감 집에서 가져온 건지. 장괴 정도라면 금자염을 몰래 빼낼 수도 있을 텐데.아니, 가짜 띠만으로도 얼마든지 가짜 금자염을 팔 수도 있는 거잖아요."

곰보 여편네도 그것만은 모르는 일이라고 딱 잡아뗐다. 묻는 대로 술술 불면서도 장괴가 왜 진짜 금자염을 밀매하라 시킨 건지에 대해서는 조개처럼 입을 딱 다물고 말하려 하지 않았다.

"그건 내가 알 것 같아."

준형의 말에 당이는 보지 않겠다고 한 결심을 깜빡 잊고 준형을 보았다.

"이젠 나랑 눈도 안 마주칠 것 같더니. 훗…… 고맙네?"

"진짜 금자염을 밀매하려 한 이유가 뭔데요?"

준형에게 넘어가지 않기 위해 다시 눈을 돌리며, 당이가 물었다. 그 고집센 모습이 더욱 사랑스러워, 그 얼굴에서 눈을 떼지 못하고 준형이 말했다.

"금자염은 도성의 궁궐과 몇몇 종친들, 인척들 댁에만 한정적으로 진상되고 공급되는 만큼 그 질이나 수량들을 매우 철저히 감독해. 설사 금자도의 소금밭 인부라 해도 금자염을 쉽게 빼돌릴 순 없을 정도지."

잠시 준형의 입가에 혐오에 가득 찬 비웃음이 떠올랐다 사라졌다.

"그래서 그자들은 진짜 금자염을 밀매할 필요가 있었던 거야. 그래야 아버님께, 직접 금자염의 밀매를 지시했다는 누명을 씌울 수 있을 테니까. 밀매될 정도의 금자염을 섬에서 빼낼 수 있는 사람은 아버님밖에 없으니까!"

"잠깐, 잠깐만요. 그렇다면 진짜 금자염을 내 준 영천군 대감은?"

"그래. 그자가 내 아버님께 누명을 씌우려 한 거야. 처음부터 이 음모를 꾸미고 장괴를 사주한 자가 바로 그 영천군 대감이란 소리야. 하!"

어이가 없어진 준형이 고개를 쳐들고는 코웃음을 쳤다.

"내 친아버님은 아버님에게 나를 맡겨 그분이 자신의 아내를 배반했다는 오명을 뒤집어쓰시게 하시더니, 내 숙부가 되는 사람은 내 아버님을 죽이려 음모를 꾸몄네. 우와! 우와! 아주 놀라운 형제분들이시잖아!"

"공자!"

당이가 준형의 목소리에 깃든 쓸쓸함에 더는 참지 못하고, 준형을 쉽게 용서하지 않겠다는 굳은 각오를 깨고 준형의 목을 안았다.

"이것마저도 내 탓인 걸까? 나도 알지 못하는 사이에 내가 또 내 아버님과 내 형님을 위험하게 만들어버린 걸까?"

준형은 제 목을 안아주는 당이의 팔만이 제 유일한 보호막인 양 그 가느다란 팔에 절실하게 매달렸다.

당이는 그런 준형에게 말해주고 싶었다. 아니라고. 그런 게 아니라고. 당신 잘못이 아니니, 괴로워 말라고, 위로하려 하였다.

그때, 당이는 갑자기 제 발목을 파고드는 통증에 얼굴을 일그러뜨리며 자리에 주저앉았다.

"당이? 왜……? 어디 아파?"

제 설움에 취해 있던 준형이 재빨리 현실로 돌아와 당이에게 물었다.

"괜찮아요. 그냥 발, 발목이…… 조금, 윽!"

당이가 말로는 괜찮다 하면서도 결국, 고통을 이기지 못해 두 손으로 발목을 감쌌다. 발목에 뜨거운 사슬이 휘감겨 드는 것만 같았다. 뜨거운 인두가 제 발목을 지지는 것 같은 고통이었다.

"어디 봐!"

준형이 서둘러 당이의 발을 치켜들고는 그 발에서 버선을 벗겨냈다.

"이건……?"

발목을 본 준형이 경악하여, 발목과 고통스러워하는 당이의 얼굴을 번갈아 보았다. 당이의 발목에는 전에는 보지 못했던 검붉은 멍이 뚜렷하게 남겨져 있었다. 마치 문신처럼 혹은 도장처럼 눈부시게 새하얀 살 위에 검붉은 멍이 짙게 새겨져 있었다.

그 멍은, 그 진한 각인은, 다섯 개의 손가락이었다. 발목을 죄고 있는 선연한 다섯 개의 손가락. 그건 바로 세자가 남긴 손가락 자국이었다.

"우선은 생고기를 붙여두었습니다. 탕약을 드시게 한 후, 통증이 없어지고 붓기가 가라앉으면 뜨거운 찜질을 해주시지요. 소금과 초를 섞은 뜨거운 물에 수건을 담갔다가 그 수건으로 찜질을 해주시면 더욱 좋고요."

급하게 불려온 의원은 당이의 발목에 뚜렷이 남은 손가락 자국의 멍에 한참이나 고개를 갸웃거리더니, 피멍을 가라앉힐 수 있는 처방을 해주었다.

"곧 낫겠지?"

"글쎄요. 저도 처음 보는 상태라 좀 두고 봐야 알 것 같습니다."

초조하게 묻는 준형에게 의원이 말했다. 그러고선 도대체 얼마나 악력이 센 사람에게 잡혔기에 저렇게 피멍이 들었냐며, 씨름판의 장사꾼에게라도 발목이 잡혔던 것이냐고도 물었다. 의원생활 근 이십 년 만에 저렇게 피멍을 남길 정도로 강한 손자국은 처음 본다는 말도 덧붙였다.

"……금자염은요?"

의원을 보내고서 우울한 낯빛으로 돌아온 준형에게 당이가 물었다.

"사람을 시켜서 일단 다른 창고로 옮겨놓으라고 했어. 안 아파?"

"그 여자는요?"

"방금 반회 형님이 의금부로 끌고 갔어. 그 계집이 사실대로만 말해주면 아버님과 형님은 무죄 방면될 수 있을 거야. 괜찮아, 정말?"

"의금부에서 그 여자의 말을 믿어줄까요? 상대는 영천군 대감이에요. 의금부에서 과연 영천군 대감이 배후라는 걸 믿어줄까요? 아니, 그 여자가 의금부에 가서 사실대로 말하지 않으……."

"그만."

준형은 쉴 새 없이 걱정을 늘어놓는 당이의 얼굴을 감쌌다. 순간, 당이의 입가에 보일 듯 말 듯 미세한 경련이 일었다.

"그 일은 내가 알아서 할게. 당신은 그냥 푹 쉬어. 아프지 마. 알아? 우리가 벌써 몇 번이나 의원의 신세를 졌는지?"

"……홋. 그러게요. 당신이나 나나 만난 지 겨우 몇 달밖에 안 됐는데 그동안에 만난 의원 수만 해도 제법 되네요. 그래도 뭐, 이 정도 멍쯤은 아픈 축에도 안 드는걸요. 이번엔 정말 당신이 괜한 호들갑을 떤 거예요."

다시 욱신욱신 쑤시기 시작한 발목 통증을 감추기 위해 당이는 일부러 아무렇지 않은 척 준형을 향해 옅은 미소를 지었다. 그 처연한 모습에 준형은 더욱 죄책감을 느꼈다. 이번에도 당이가 고통을 느끼는 건 준형 때문이었으니까. 당이의 새하얀 발목에 지워지지 않는 멍을 남긴 건, 준형과 똑같은 얼굴을 한 준형의 형이었으니까.

"미안……."

진심 그대로의 사과와 함께 준형이 몸을 굽혀, 당이의 이마에 가만히 입을 맞추었을 때였다.

"읏!"

다시 발목이 타는 느낌에 당이가 신음을 흘렸다. 마치 준형을 거부하기라도 하듯.

"아파? 약이 안 듣나?"

얼른 몸을 든 준형의 손이 생고기를 붙인 당이의 발목에 손을 대었을 때 당이가 "으읏." 하며 다시 비명을 삼켰다. 그 고통이 생생히 느껴지는 소리에 준형은 화들짝, 손을 뗄 수밖에 없었다.

"후우……."

거짓말처럼, 준형의 손이 떨어지자마자 당이의 숨은 다시 고르게 변했다.

'왜지? 설마……'

혹시나 싶어, 준형은 떨리는 손을 내어 다시 조심스럽게 당이의 발목에 가까이 가져가 보았다.

"흐읏!"

비명이 목 안으로 넘어감과 동시에 당이의 몸이 펄쩍, 튀었다. 닿지 말아야 할 것이 닿은 것처럼. 날카로운 칼날이 살을 비집고 들어오기라도 한 것처럼. 준형은 결코 피멍이 든 곳을 만지지 않았다.

그런데도 당이의 몸은 준형의 손으로 인해 지나친 고통을 느끼고 있었다.

"미, 미안……."

준형이 얼른 손을 떼고선 주춤주춤 뒤로 물러나 앉았다. 무언가 무서운 것이라도 본 것처럼, 그 잘생긴 얼굴은 공포로 하얗게 질려 있었다.

"난…… 당신한테서 좀 떨어져 있어야겠어."

"거기, 서요!"

후다닥, 일어나 방문 밖으로 뛰쳐나가려는 준형을 당이가 불렀다. 그러곤 여전히 불에 타는 듯 아픈 발목을 무시하고 발딱 일어나, 준형에게로 덤벼들었다. 방문을 열려 하는 준형의 등을 안았다.

"아프지 않아요."

준형과 닿자마자, 또다시 시작된 고통에 온 얼굴을 찌푸리면서도 당이는 거짓말을 했다.

"그러니까 가지 마요. 내 옆에 있어……. 읏!"

당이가 준형의 등에 얼굴을 묻고 또다시 터져 나오려는 비명을 막았다. 그러느라 온몸이 바들바들 떨렸다. 온몸의 땀구멍이란 땀구멍에서는 기분 나쁜 진땀이 솟아올랐다.

"이, 이거 놔!"

준형은 아픈 와중에도, 고통스러운 중에도 저를 부둥켜안고 있는 당이의 손을 떼어내려 하였다.

"못 놔요. 안 놔……! 으윽."

준형의 등을 안고 있던 당이는, 고집스레 준형의 옷자락을 쥐어 잡은 채, 더는 서 있을 힘도 없어 제자리에 주저앉았다.

원망스러운 제 발목을 보았다. 발목에 남겨진 검붉은색의 피멍은 의원이 보기 전보다 한층 더 진해져 있었다. 발목에 남겨진 다섯 개의 손가락 자국은 그 모양 그대로 벌겋게 부풀어 오르고 있었다.

혹시나 준형이 그걸 볼까 봐, 당이는 얼른 준형의 옷자락을 붙잡고 있지 않은 다른 손으로 치마를 잡아 얼른 제 발목을 덮었다.

"이젠…… 정말…… 하나도 안 아파요. 그러니까, 그냥 잠시만……."

"아프잖아!"

당이가 잡은 제 옷자락을 떨치며 돌아본 준형이 고통스레 외쳤다.

"당신이 아프잖아! 내가 만지면, 당신이 아프잖아!"

"하아, 하아…… 그럼요?"

준형이 몸을 떼어낸 덕분에 비로소 고통에서 풀려난 당이가 눈물을 글썽이며 준형을 올려다보았다.

"만약 이 멍이 계속 낫지 않으면요? 평생 남아, 이런 일을 반복하게 되면요? 그럼 다시는 내게 닿지 않을 거예요? 다시는 날 안지 않을 거예요?"

"……그래."

준형이 지금 당장 당이를 끌어안아 일으키고픈 마음을 누르기 위해, 두 손을 등 뒤로 돌려 제 손으로 제 손을 억압하였다.

"공자!"

당이가 애타게 불렀지만, 당이를 보는 준형의 눈빛은 단호하였다. 나도 너를 안지 못하는 괴로움을 참을 테니, 너도 부디 참아 달라 그리 말하고 있었다.

"싫어요!"

"당이!"

고집을 피우는 당이의 어깨를 잡으려 손을 내밀려다 말고, 준형이 얼른 손을 거둔 후 침착함을 유지하려 애쓰며 당이를 설득하였다.

"당분간만이야. 분명 해결책이 있을 테니까. 왜 이렇게 된 건지, 어떻게 해야 나을 건지 알아낼게. 그러니까 지금은 참을 거야. 당신을 안고 싶어 죽을 것 같아도, 지금은 참을 거야. 당신도 그래줘. 응?"

"만약 못 알아내면요? 해결책이 없으면요? 그땐 어떡하려고요? 그땐, 날 더 이상 사랑하지 않을 건가요? 내가 고통 받는 게 싫어 헤어질 건가요?"

당이가 준형이 내심 걱정하고 있는 것을 물었다.

준형도 그 점이 제일 두려웠다. 무서웠다. 미치도록 걱정이 되었다. 만약, 정말, 무슨 까닭에서인지 몰라도 자신이 닿을 때마다 계속 아파한다면, 자신이 손을 댈 때마다 고통스러워한다면 그때는 어떻게 해야 하나. 그때는 정말 당이가 말한 것처럼…….

"안 돼요."

당이가 준형의 생각을 읽은 것처럼 똑 부러지게 단언했다. 어느새 온 얼굴에 흥건한 눈물을 두 손으로 훔쳐낸 뒤, 아픈 저보다 더 아픈 사람처럼 보이는 준형의 얼굴을 올려다보며 분명히 말했다.

"그럴 생각만 해요? 그때는 이 발목을 자르고 말 테니까. 이 발목이 더는 당신과 나 사이를 막을 수 없게 할 테니까. 그래만 봐요!"

준형에게 당이의 협박은 공갈로만 들리지 않았다. 당이는 정말 그러고도 남을 것이었다. 왜냐하면, 준형도 그랬었으니까. 준형도 똑같았으니까.

-내게 반했나요?

처음 당이가 그렇게 물어온 날 밤, 늑대의 손으로 변한 제 손이 저주스러워 준형도 제 손을 스스로 잘라버리려 했다.

그러니 지금 당이의 마음은, 그 결연한 각오는 세상 어느 누구보다 준형이 제일 잘 알고 있었다. 그러니 이번에도 준형이 질 수밖에 없었다.

"……안 그럴게."

"맹세하는 거죠?"

"맹세해. 절대로 당신을 안 떠날게. 그러니까 진정하고 가서 누워. 응?"

준형이 방문 바로 옆, 벽에 등을 대고 앉았다. 그 모습에 비로소 당이는 저를 위해 얌전히 펼쳐진 이부자리 위에 가서 누웠다.

'내게서 도망가지 마요.'

당이가 눈으로 말했다.

'안 갈게.'

준형도 눈으로 말했다.

'무서워요.'

'나도.'

'……은애해요.'

'내가 더.'

두 사람은 단 한순간도 상대에게서 눈을 돌리지 않았다.

그런데도 질리지가 않았다. 심심치도 갑갑하지도 않았다.

당이를 보고 있는 것만으로도, 당이의 오묘한 눈빛을 읽는 것만으로도 준형은 바빴다. 바빠서 지루해할 틈이 없었다.

당이도 마찬가지였다. 준형의 눈에 비친 욕망을 읽고, 간절함을 읽고 그에 화답하느라 숨이 가빴다. 빌어먹을 발목 따위는 이미 안중에 없었다.

시선과 시선의 맞부딪침 속에 나른하고 달콤한 시간이 흘렀다.

침묵이 몇 마디 말보다 더 달달할 수 있다는 걸 두 사람은 처음 느꼈다.

시선이 몇 마디 말보다 더 유혹적일 수 있다는 걸 처음 알았다.

살이 맞닿지 않아도, 입술이 마주치지 않아도, 뜨거운 체온을 나누고 흐트러진 호흡이 새어나지 않아도, 서로를 애타게 찾고, 갈구하는 몸짓이 없어도 그것은 이미 사랑이었다.

하여 날이 어두워지고 밤이 찾아와 서로를 볼 수 없을 때까지, 두 사람은 사랑을 하였다. 지치도록, 온몸이 노곤해지도록, 주고받는 눈빛만으로도 지극히 은밀하고 지극히 달콤한, 애틋하기 그지없는 사랑이란 걸 하였다.

"그 계집의 심문은 모두 마치셨습니까?"

밤이 막 시작될 무렵, 의금부 취조실 앞마당에서 초조하게 기다리고 있던 반회는, 취조실의 문을 열고 나오는 금부도사 양이영을 반기며 물었다.

아비의 무죄를 밝히겠다고 곰보 여편네를 끌고, 의금부로 왔다가 우연히 안면이 있는 양 도사를 만나고선 직접 곰보 여편네의 취조를 맡아달라, 부탁을 해둔 상태였다. 양 도사는 예전에 김 부사가 아끼던 부하 중 한 명으로, 몇 번 금자도까지 인사를 하러 온 적이 있었기에 반회는 이 우연한 만남을 천운이라 여겼었다.

"우선, 내 자네에게 확인차 다시 묻겠네. 그 계집이 분명 자신이 직접 영천군 대감에게서 금자염을 받아 밀매를 하였다고 한 건가?"

"아뇨, 그렇지는 않습니다."

"그럼, 자신에게 금자염 밀매를 시킨 그 장괴라는 자가, 영천군 대감에게서 명을 받았다고 하던가?"

"아뇨…… 그것도 꼭 그렇지는."

반회가 낯을 굳혔다. 사정이 어떻게 돌아가는지 짐작을 할 것 같았다.

하여 목소리를 높여 항변했다.

"하지만 장괴라는 자가 분명 그 계집에게 섬을 나가 가짜 금자염 띠를 만들라고 시켰고, 도성에 올라온 그 계집에게 영천군 대감 댁의 하인들이 소금 부대를……."

"그런 일이 없다 하네."

양 도사가 짜증 가득한 얼굴로 반회의 말을 뚝 잘랐다.

"네에?"

"그 계집이 말하기를 자신이 금자염 밀매를 한 적은 있으나, 그건 모두 자네 아버님과 형님의 명을 받아 저지른 일이라 하네. 또한 어찌 알았는지 모르지만, 오늘 자신이 있는 곳으로 자네가 쳐들어와서는 제 뜻대로 하지 않으면 죽이겠노라고 협박을 하였다더군."

"무슨, 그런……."

"자네가 그랬다지? 지금 내 손에 죽을 테냐, 아니면 의금부에 가서 모든 게 장괴라는 사내가 꾸민 일이라고 거짓자백 하겠느냐, 하고 말일세."

반회가 말문이 막혀, 숨이 막혀 입을 떡 벌렸다. 분명 그 곰보 여편네의 목에 칼을 들이밀고 말하기는 했었다.

-이대로 내 손에 죽을 테냐, 아니면 금부에 가서 네가 아는 모든 사실을 밝힐 것이냐. 사실만 밝혀준다면 내 어떻게든 후사를 할 것이니.

"거짓자백을 하는 대신 한몫 두둑하게 주겠다고 회유도 했다면서?"

"아닙니다! 말짱 다 거짓말입니다."

억울함에 반회가 목소리를 높였다.

"그럴 리가 없습니다! 분명 그 계집은 제게 말했습니다. 그 장괴란 사내가 며칠 전에 자신을 찾아와 의금부에 가서 가짜자백을 하라 시켰다고요! 안 되겠습니다. 차라리 저와 대면을 시켜주십시오."

제대로 열을 받은 반회가 성큼성큼, 취조실 쪽을 향해 돌진하려 하였다. 양 도사가 그런 반회의 앞을 막고 나섰다.

"막지 마십시오! 분명 이 의금부 앞에까지 와서도 사실대로 말하겠다고, 맹세를 한 계집입니다! 그런 계집이 왜 이제 와서 딴소리를 하는지, 무슨 소리를 하는지 제가 직접 들어야겠습니다!"

"어허! 이런 무도한 자를 보았나!"

양 도사가 두 팔로 퍽, 반회의 가슴을 밀었다.

"네 이놈! 감히 여기가 어딘 줄 알고 행패를 부리려 하느냐!"

"양 도사 어른!"

"이곳은 의금부다! 출사를 아니 한 네가 이렇듯 함부로 경거망동할 수 있는 곳이 아니란 말이다! 하물며 너는 죄인의 아들놈이 아니냔 말이냐!"

"죄인이라니요! 내 아버님과 형님은 무고하다 하지 않습니까. 제가 그 증인을 데리고 온 것이고요!"

"그래도, 이놈이!"

양 도사가 반회를 윽박지르더니 주변에 있는 군졸들에게 눈을 부라렸다.

"뭣들 멀뚱멀뚱 보고 선 게냐? 얼른 이자를 저 밖으로 끌어 내거라!"

"제게 어찌 이러실 수 있습니까? 제 아버님과의 친분을 봐서라도……."

"네 이놈! 대역죄인과 친분은 무슨 얼어 죽을 놈의 친분! 누가 들으면 진짜인 줄 알겠구나. 썩, 꺼져라. 당장 꺼지지 못할까!"

"당신…… 당신!"

아버지 김 부사를 만나러 금자도에 왔을 때와는 완전히 달라진, 손바닥 뒤집듯 태도를 바꾼 양 도사를 보고 반회는 분해하며 이를 갈았지만 결국 양 도사의 명을 받은 관졸들의 손에 의해 양어깨를 잡힌 채, 강제로 의금부 밖으로 내쳐지고 말았다.

"문을 여시오! 문을 열란 말이오! 내 아버님의 억울함을 증명하겠다 하지 않았소! 어서, 문을 열어! 열라고!"

반회가 의금부의 문을 두드리며 소란을 피울 때였다.

"반회 공자님."

반회의 뒤에서 누군가 그를 불렀다.

"누구야!"

돌아본 반회에게 웬 하인 하나가 꾸벅, 허리를 숙여 인사하였다.

"저희 주인어른께서 좀 보자 하십니다."

"네 주인이 누구시기에?"

그러자 하인이 한발 더 다가서 반회의 귀를 빌려 귀엣말을 하였다.

"부정 어른이?"

되묻는 반회에게 하인이 손을 뻗어 저만치 떨어진 곳에서 말을 타고 이쪽을 뚫어져라 보고 있는 일산을 가리켜 보였다.

반회가 엉거주춤 일산에게 고개를 숙여 예를 표했다. 그러자 일산도 짧게 턱을 들었다 내려놓고선, 이내 말을 돌려 어딘가로 가버렸다.

'왜 저분이 나를……?'

반회는 일산이 저를 부르는 이유를 알지 못해 잠시 생각에 잠겼다.

일산이라면 아버지 김 부사를 찾아왔을 때 반회도 인사를 건넨 적은 있었다. 거기다 일산은 당이를 자기 집안의 사람과 혼인을 시키려 했던 사람이기도 했다. 그런 그가 왜, 무슨 까닭으로 지금 자신을 부르는지 알 수 없었지만, 그래도 한 가닥 떠오르는 희망에 반회는 마른침을 삼켰다.

'어쩌면 저분이 아버님과 형님을 구명해줄 동아줄이 되어주실 수도 있다.'

굳게 걸어 닫힌 의금부 문과 멀어져가는 일산을 번갈아 보던 반회는 이내 결심을 굳히고선 제 곁에서 허리를 숙이고 있는 하인에게 말했다.

"가자꾸나."

"예에. 그럼 소인을 따라오십시오."

하인이 싹싹하게 반회의 앞으로 나섰다.

'한 가지만 생각하자. 아버님과 형님을 구명하는 것. 그 외엔 다른 무엇도 생각하지 않는 거야. 자존심이건 뭐건 다 내려놓고 비는 것이다. 가랑이 사이를 기라고 한다면 기꺼이 기어야 한다.'

반회는 그렇게 스스로를 타일렀다. 하필 이런 순간, 저를 찾는 일산의 속내가 무엇인지는 몰랐지만 그게 무엇이건, 일산이라는 끈을 절대로 놓지 않을 생각이었다.

일산은 세자의 외숙이었다. 일산을 통하면 세자와 연이 닿을 수 있었다. 비록 세자가 독을 마셨다는 풍문을 듣기는 했지만, 그대로 죽지만 않는다면, 다시 소생하기만 한다면 세자야말로 유일하게 아비와 형을 구해줄 수 있는 인물일 터였다. 쓰러지기 전에도 이미 김 부사 부자에게 스스로 구명할 기회를 주라는 명을 내리셨던 세자가 아닌가?

그러니 세자가 다시 깨어난다면 분명 희망이 생길 것이었다. 아비와 형을
살릴 수 있는 기회가 생길 것이었다.

반회는 일산 집 하인의 느린 걸음을 탓하며, 하인의 뒤꽁무니에 바짝 붙어
하인이 인도하는 대로 일산의 집으로 향했다.

제3장. 아버지의 뜻

쌔액, 쌔액. 희미한 촛불만이 어둠을 밝히고 있는 가운데, 당이는 아기처럼 곤한 숨소리를 내며 잠들어 있었다.

준형은 질리지도 않고, 잠든 당이를 계속 바라만 보았다.

잠에 취해 고른 숨을 내쉬고 있는, 조그맣게 벌린 입술. 무슨 꿈을 꾸고 있는 것인지 슬쩍 잡혔다 스르르 풀리기를 반복하는 미간의 주름. 준형 쪽을 향해 간절하게 뻗어 있는 가늘고 새하얀 손목. 고운 음률에 맞춘 것처럼 규칙적으로 오르락내리락 반복하고 있는 가슴. 가장 편한 자세를 취하기 위해 본능적으로 아기처럼 둥글게 말려 있는 몸. 그 바람에 치마 밑으로 조금 드러나 있는, 유난히 눈에 띄는 새하얀 발목과 조그만 발. 그 발목에 새겨져 있는, 얼핏 보면 족쇄처럼 보이는 짙은 피멍의 그림자까지 전부.

준형은 그런 당이를 향해 가만히 손을 뻗었다.

닿지는 않았다. 또 아파할 게 분명한 데 닿을 수는 없었다. 다만 조금이라도 더 가까운 곳에서 당이를 느끼고 싶었을 뿐이다. 당이의 숨결을, 체온을 조금 떨어진 곳에서나마 담뿍 느끼고 싶었을 뿐이다.

"……괜찮아요."

분명 잠들었다 생각했는데 어느새 깨어난 건지, 당이가 눈을 감은 채 준형에게 속삭였다.

"이리 와요."

반짝, 당이가 눈을 떴다. 준형을 향해 두 팔을 활짝 벌렸다.

"어서 와요."

"으응."

준형은 천천히 고개를 저었다. 살가운 미소로 제 사랑하는 여인을 바라보며, 손가락을 가져다 입술 위에 세워 보였다.

"쉿."

"공자."

"쉬잇."

한 번 더 조용할 것을 주문한 준형은 벽에 뒤통수를 기대었다. 조금 턱을 치켜들고는 눈 아래로, 나른하여 더욱 유혹적인 눈빛으로 당이를 보았다.

실컷, 마음껏 내키는 대로 당이를 보고, 또 보았다.

그렇게 얼마의 시간이 지났을까?

방문 밖에서 계집종이 조심스럽게 준형을 불렀다.

"저기, 서방님……."

"무슨 일이냐?"

"대문 밖에, 어느 댁 심부름꾼 하나가 찾아왔습니다."

"뉘 댁이라더냐?"

"그게 아무리 물어도 밝힐 수 없다하며, 직접 뵙고 아뢴다고 합니다."

준형은 잠깐, 당이를 돌아보고는 계집종을 자기 대신 방에 남겨두고 심부름꾼이 기다리고 있다는 대문간으로 나가보았다.

그곳에는 초립을 쓴, 유난히 매서운 눈빛을 지닌 사내 한 명이 누군가를 태워 가려는 듯, 말의 고삐를 잡고 서 있었다. 그의 뒤에는 떡하니 가마와 가마꾼들까지 대기하고 있었다.

"누구냐?"

"부정 어른께서 모셔오라 하십니다."

"……안 간다고 해."

"반회 공자님께서도 기다리신다 하셨습니다."

'……형님이? 형님이 왜?'

준형은 내심 당황했다. 일산이 반회에게 제 비밀에 대해 쓸데없는 말을 하는 건 아닌가, 걱정되기도 했다. 되도록 반회만은, 반회와 강회에게만은 제 출생의 비밀을 들키고 싶지 않았다.

그건 너무한 일이었다. 차라리 배다른 형제라면 모를까, 피 한 방울 안 섞인 남 때문에 그들은 너무 소중한 걸 잃고 말았다.

준형 자신이 늑대아이가 아니었다면, 임금의 아들이 아니었다면, 임금이 김 부사에게 준형을 맡기지만 않았다면 그들은 쓸데없이 섬 생활을 하지 않아도 되었다. 어머니를 일찍 여의지 않았어도 되었을 것이다.

'그런데 형님을 불러들였다? 아니면 형님이 스스로 찾아가신 건가? 도대체 왜?'

머릿속을 헝클어트리는 복잡한 생각을 드러내지 않기 위해 준형은 매서운 눈빛의 사내에게 퉁명스럽게 물었다.

"저 가마는 또 뭐야."

"혼자 오라 하면 오지 않을 것이라면서, 함께 모셔오라 하셨습니다."

당이를 데려오라는 얘기였다.

"날이 밝는 대로 찾아뵌다고 전해."

"김 부사 어른 일로 급히 상의하실 일이 있다 하십니다."

냉랭한 거절의 말에도 사내는 도통 물러날 생각을 하지 않았다. 그러기는 커녕 속을 알 수 없는 새카만 눈으로 슬쩍 준형의 머리끝에서 발끝까지 빠르게 훑어 내렸다. 마치 무엇인가를 평가라도 하는 듯한 시선이었다. 준형도 그런 사내의 모습을 머리끝에서 발끝까지 재빠르게 훑어 내렸다. 키는 준형보다 한 뼘 이상 작지만 어깨는 준형만큼 떡 벌어진 사내였다.

보통의 하인으로 생각하기에는 등을 펴고 서 있는 모습이나, 고개만 숙인 모습이 꽤나 절도 있어 보였다. 아니, 하인이라기보다는 차라리 금자도에서 강회가 훈련시키던 사병들과 오히려 많이 흡사한 모습이었다. 지금 손에 들고 있는 등롱과 말고삐 보다는 날카로운 검이나 철퇴가 더 잘 어울릴 것 같은 손을 지닌 사내였다.

"……잠시만 기다리시오."

준형은 사내를 뒤로한 채 다시 당이에게로 갔다. 안 그래도 일산에게는 더 들어야 할 말이 많았다. 거기다 아버지 김 부사에 대해 급히 의논할 일이 있다 하니 더 망설일 것도 없었다.

"부정 어른이 찾는대. 당신도 오라 하는데, 같이 가겠어?"

준형은 당이의 방에 들자마자, 자리에서 일어나 앉아 있던 당이에게 물었다. 만약 당이가 싫다 하면 거절할 생각이었다.

"가요."

당이는 두 번 생각도 않고 즉답하였다. 준형과 닿지 않은 동안 다리의 붓기도 많이 빠졌는지, 평소처럼 발딱 일어나 자신의 쓰개치마를 챙겼다.

두 사람이 당도하기 전에 일산의 집에는 반회가 먼저 들어 있었다.

"저를 보자 한 연유가 무엇이십니까?"

"잠시만."

일산은 홀짝, 제 앞에 있는 찻잔을 들어 목을 축였다. 반회에게는 차 한잔 하겠냐는 권유도 없었다.

"제 아버님과 형님을 구명할 방법이라도 가지고 계신 것입니까?"

급한 마음에 반회가 다시 한 번 물었다. 그것이 아니라면 일산이 군이 의금부 문 앞에 있는 저를 찾을 이유가 없지 않는가.

"부정 어른!"

"잘생긴 공자가 성미가 급하구먼. 올 사람이 있으니 잠시만 기다리게."

일산이 다시 느긋한 손길로 찻잔을 들어 홀짝, 차를 한 모금 마셨다.

"아 참. 의금부로 자네 아비의 무죄를 밝힐 증인을 데려갔다고?"

"……그렇습니다만. 그걸 어찌 아셨습니까?"

"내 귀는 백 개도 훨씬 넘는다네."

찻잔을 내려놓은 뒤, 일산이 새삼스럽게 빤히 반회를 보았다.

"그래, 금부에서 자네의 말을 믿어주던가?"

"아직 증인을 취조 중이니 취조가 끝나면 분명히……."

"크크크큭."

별로 자신감이 느껴지지 않는 말투로 답하던 반회의 말 사이에 일산이 킬킬대며 웃는 소리가 끼어들었다.

"그리 순진한 걸 보니 자네도 영락없는 김 부사의 아들이구먼."

"무슨 말씀이십니까!"

저와 아비를 함께 욕하는 것 같은 말에 일산은 힘껏 어금니를 깨물었다.

"의금부에 옛다, 여기 있소 하고 증인을 데려가면, 자네 아비와 형의 누명이 벗겨질 성싶었던가? 조정의 높으신 관료들께서 자네 아버지가 금자염을 밀매하지 않았다는 걸 믿어줄 성싶었던가? 쯧쯧쯧. 순진하기는."

일산이 불쌍하다는 눈으로 반회를 보며 끌끌 혀를 찰 때였다.

"주인어른, 오셨습니다."

바깥에서 하인이 손님이 당도했음을 알렸다.

"모시거라."

일산이 반색을 하며 자리에서 일어나더니 손수 활짝, 방문을 열어젖혔다.

"왔느냐."

일산이 막 방에 들어서는 준형을 다정하게 끌어안았다. 일산을 따라 엉거주춤 일어섰던 준형의 등 뒤에 선 당이를 보고 놀란 빛을 감추지 못했다.

'왜, 낭자까지?'

"자, 자. 다들 앉자꾸나. 우선 앉아서 이야기하자꾸나."

일산이 두 손으로 준형의 한 손을 다정히 감싼 채, 조금 전까지 자신이 앉아 있던 보료 쪽으로 준형을 데리고 갔다.

"홍 낭자도 어서 안으로 들어오시게. 이미 다 아는 사이인데, 한 가족이나 다름없는 사이인데, 새삼 내외할 필요가 없지 않은가?"

준형이 일산의 손을 뿌리치고 방 한중간에 자리를 잡자, 방문 밖에 서 있던 당이도 들어와 준형의 곁에 얌전히 자리를 잡고 앉았다.

"저희를 부르신 이유가 무엇입니까?"

준형이 아쉬운 얼굴로 보료에 앉는 일산에게 냉기 어린 목소리로 물었다.

"자네들이 위험한 짓을 하고 있는 것 같아서, 알려주려고."

"위험한 짓이라니요?"

"반회 공자. 자네 아버지가 자네에게 무어라 하였던가? 구명을 위해 아무런 일도 하지 말라 하지 않았던가?"

"그걸 어떻게……."

반회는 의금부 옥사에서 아버지 김 부사가 자신에게 한 말을 알고 있는 일산을 놀란 눈으로 바라보았다.

"내 귀는 백 개가 넘는다고 하질 않았나? 그러니 의금부 옥사에 내 귀가 있은들 그게 무슨 대수라고."

일산이 가볍게 핀잔을 준 뒤에 말을 이었다.

"김 부사가, 자네들의 아버지가 왜 그런 말씀을 하셨는지 모르겠나? 모두 자네들의 안위를 걱정해서네."

'아니죠. 저희들이 아니라, 준형의 안위를 걱정해서지요.'

반회는 씁쓸한 얼굴로 자신보다 훨씬 더 일산과 가까이에 앉은 준형을, 준형의 바로 곁에 앉아 일산의 말을 찬찬히 듣고 있는 당이를 보았다.

못난 마음이 또다시 스멀스멀 기어 나오려 하고 있었다.

"밖에 있느냐?"

별안간 일산이 방문 밖에다 대고 누군가를 불렀다. 그러자 여러 사람의 목소리가 일제히 같은 대답을 하였다.

"예."

"들거라."

일산의 명이 떨어지자마자 잽싸게 방문이 열렸고, 초립모자에서 선비용 갓, 삿갓 등 다양한 차림새를 한 사람들이 차례차례 방에 들었다. 그중에는 의금부 관졸 옷을 걸친 사내도 있었다. 그들 모두는 제각기 방문 앞에 나란히 자리를 차지하고 앉아 고개를 깊게 숙여 방바닥만 내려다보았다.

"그래, 어찌 되었느냐?"

일산의 물음에 제일 먼저 입을 연 것은 관졸 차림의 사내였다.

"조금 전 의금부에서 작은 소란이 일었습니다. 금자염 밀매의 취조를 받고 있던 한 여인이 옥사로 옮긴 지 얼마 안 되어 칼에 찔려 죽은 시체로 발견되었기 때문입니다."

사내의 말에 준형과 당이, 반회는 일제히 경악하였다. 지금 사내의 말인즉, 곰보 여편네가 칼에 찔려 죽었다는 얘기였기 때문이었다.

"그랬겠지. 그래, 의금부에서는 어찌 처리하였던가?"

"장차 받을 처벌이 두려워 자결한 것으로 처리하였습니다."

"실제로는 자결이 아닐 테고?"

"예."

사내는 짧게, 그러나 확신이 있는 듯 분명하게 답하였다.

"너희 쪽은 어찌 되었느냐?"

사내의 답에 만족한 일산은 방에 든 다른 이들에게도 차례로 그자들이 지켜보고 온 정황에 대해서 물었다.

"김 부사 어른이 쓰시던 집에 사람들이 들이닥치는 걸 보고 왔습니다. 그 댁의 둘째 공자를 찾고 계시더군요."

"중촌에 있는 집도 마찬가지입니다. 불시에 들이닥쳐, 기거하시던 두 분의 행방을 묻더니, 갑자기 누군가의 연락을 받고 급히 나가셨다는 계집종의 말에 당황한 기색을 보였습니다."

"그중 몇몇은 그대로 영천군 대감 집으로 달려가는 걸 보고 왔습니다."

충격적인 모두의 보고가 끝날 무렵, 무리 중의 한 사내가 직접 일산의 곁으로 다가와 귀엣말로 무언가를 속삭이고는 품속에서 천으로 돌돌 만 무언가를 꺼내 일산에게 넘겼다.

"되었다. 모두 나가보거라."

흡족한 목소리로 일산이 명했다. 그러자 그 즉시, 들어올 때 그랬던 것처럼 사람들은 일사불란한 움직임으로 차례대로 방을 나갔다.

"들었는가? 이제 자네들은 쫓기는 몸이 되었네. 이게 자네들이 증인을 찾아 의금부로 데려간 결과이자 자네들 아버지가 제일 걱정했던 일이라네."

일산이 의기양양한 얼굴로 할 말을 잃은 세 사람을 보고 말했다.

"상대는 지금 천하를 손안에 쥐고 있는 영천군일세. 백 개의 증좌와 백 명의 증인을 그이 앞에 가져다 놓아보게. 눈 하나 깜짝할 것 같은가?"

"그럼 어찌해야 합니까! 부정 어른께서는 다른 방도라도 알고 계십니까?"

반회가 일산의 앞에 바짝 다가앉아 일산에게 물었다.

"말씀해주십시오. 저희가 할 수 있는 방도가 있지 않겠습니까?"

"있지. 있고말고."

반회가 물었는데도 일산은 준형의 얼굴을 빤히 쳐다보며 답했다.

"지금 영천군의 폭주를 막을 사람은 세상에 단 한 분뿐이시지. 바로 저하시라네. 그것도 지금처럼 병약하신 분이 아니라, 누가 뭐라 해도 흔들림 없이 자신의 뜻을 펼칠 수 있는 강건하고 담대하신 전하."

"……또 무엇을 꾸미려는 거야?"

준형이 일산의 눈빛을 보고, 그 진의를 물었다.

"간단해. 자네가 세자가 되면 자네 아비와 형을 구할 수 있다는 얘기를 하는 거라네.”

“지금 무슨…… 말씀을 하시는 겁니까?”

그때, 그 방에 있는 사람들 중 오직 반회만이 일산의 말을 이해하지 못했다. 도대체 어떻게 준형이 세자가 될 수 있다는 것인지, 일산이 지금 얼마나 무서운 말을 하고 있는 것인지 반회만이 제대로 이해하지 못했다.

“싫소.”

준형이 딱 잘라 거절했다.

“일어나. 가자.”

준형은 당이의 손목을 잡고 일으키다 말고 당이의 이마에 작은 주름이 지는 걸 보고는 화들짝 손을 놓았다. 그 대신 반회에게 말했다.

“형님도 일어서요. 더 이상 들을 필요도 없어요.”

“어디로 가시게? 이젠 금자도고 도성이고 자네들을 쫓는 사람들이 천지일 텐데 어디로 갈 텐가? 거기다 이틀 후면 보름이 아닌가?”

방문을 뛰쳐나가려는 준형에게 일산이 물었다.

“보름이면 뭐요! 여기서 제가 더 거리낄 게 있습니까? 보름밤엔 늑대로 변하니 더 잘됐지요. 그대로 의금부 옥사로 뛰어 들어가 아버님과 형님을 업고 나오면 그뿐인 걸요! 예! 진작 그럴 걸, 제가 너무 우유부단했습니다.”

준형은 진심이었다. 차라리 그렇게 해서 제가 사랑하는 사람들과 함께 다같이 어디 먼 나라에라도 가서 숨어 살면 그뿐이었다.

“형님, 어서요.”

준형은 자리에 앉아 꼼짝도 않고 있는 반회를 다시 불렀다. 얼른 이 찜찜한 자리에서 제가 아끼는 사람들을 데리고 나가고 싶었다.

“준형이가 어떻게 세자가 될 수 있다는 건지, 제게 설명해주십시오.”

“형님!”

“어차피 제게도 말씀하실 작정이셨으니 저까지 부르신 게 아닙니까? 말씀해주십시오. 제가 모르고 있는 게 무엇입니까?”

반회의 물음에 일산의 입가에 그럴 줄 알았다는 듯 흡족한 미소가 떠올랐다. 그리고 천천히 일산의 입이 열렸다.

　"어떻게 준형이가 세자가 될 수 있느냐 하면 말이지……."

　"하지 마!"

　준형이 버럭, 소리를 지르며 일산의 말을 막으려 했지만 일산은 말을 멈출 생각이 없었다.

　"준형이가 사실은 세자저하의……."

　"하지 말랬잖아!"

　준형이 몸을 날려, 일산의 멱살을 쥐었다.

　"난 안 해! 안 한다고! 그러니까 입 닥쳐!"

　"전하께서 너를 만나러 갔던 그날 말이다. 네게 무엇을 주지 않았더냐?"

　목이 졸리는데도 눈 하나 깜짝하지 않고 일산이 태평한 얼굴로 준형에게 물었다.

　"무, 무슨 소리야? 누가 날 만나러 와?"

　"지난달 열흘께 말이다. 네 아버지에게 귀한 손님이 오시지 않았더냐?"

　순간 일산의 멱살을 잡고 있던 준형의 손에서 스르륵, 힘이 풀렸다. 그날 아버지의 친구라던 이 생원이 찾아온 걸 떠올렸던 것이다.

　"그분은, 아버님의 친구 되시는……."

　"그분이 바로 주상전하시다. 그날 전하께서 김 부사를 찾아간 것은 어디까지나 너를 직접 만나기 위함이었어. 준형아. 그때, 전하께서 네게 무언가를 주지 않았더냐?"

　일산의 말에 준형은 이 생원이라 자칭한 아버지의 벗이 준 비단 주머니를 떠올렸다. 김 부사의 집, 제 방에 두고 까먹고 있었던 것이었다.

　"그게 이것이 아니더냐?"

　일산이 힘이 없어진 준형의 팔을 밀친 후, 품 안에서 조금 전, 제 부하에게 받아 넣어두었던 천 꾸러미를 꺼내 펼쳤다. 그 안에서 이 생원이, 아니 임금이 준형에게 선물로 주었던 비단주머니가 나왔다.

"열어보거라. 나도 그 안에 무엇이 들었는지 심히 궁금하구나."

일산의 부추김에 준형은 떨리는 손으로 비단주머니를 받아 조심스레 그 주둥이를 펼쳤다.

"잔소리해도 돼."

미음을 모두 먹고, 상을 물린 후 세자 현이 자리에 누우며 감 내관에게 말했다. 감 내관은 이전 날 이후, 세자의 명령에 따르기만 할 뿐 그 어떤 사적인 말도 건네지 않고 있었다.

"무모한 짓을 한다고 화내도 돼."

이불을 덮어주는 늙은 내관의 손을 잡고, 현이 글썽글썽한 눈으로 감 내관을 올려다보았다.

"감 내관."

"……아시니 다행이십니다. 저하께선 정말 위험한 일을 하시는 겁니다."

"그렇지, 조금 위험하겠지?"

현이 아직 정상으로 되돌아오지 않은 힘없는 목소리로 태연히 남의 일인 것처럼 감 내관의 말을 받았다.

"들키게 되면 자네까지도 위험하게 될 텐데. 미안해, 정말."

"괜찮습니다. 이제는 하루 이틀 더 사는 게 그리 큰일인 나이도 아닌 것을 요. 다만, 일이 무사히 진행될지, 또 저하가 밖에 계시는 동안 누가 저하를 모시게 될지, 이것저것 마음에 걸리는 일이 한두 가지가 아닙니다."

"그 점이라면 걱정 마."

현이 기대를 가득 담고서 눈을 빛냈다. 세자 자리를 준형에게 넘겨주는 대신, 현은 당이를 돌려받을 셈이었다. 처음으로 궁궐을 떠나, 세자라는 굴레를 벗고 연모하는 여인과 실컷, 마음껏 함께 있는 순간을 즐길 셈이었다.

어쩌면 난생처음, 그리고 생애 마지막으로 제게 주어질 단 한 번의 자유를 마음껏 만끽할 참이었다.

"쿨럭, 쿨럭쿨럭!"

또다시 터져 나온 기침에 현의 몸이 갑작스레 사람의 손이 닿은 작은 벌레처럼 둥글게 말렸다.

"저하! 괜찮으시옵니까?"

"괜찮……. 쿨럭, 쿨럭, 쿨럭!"

거짓말이 아니었다. 목이 찢어져라 아팠지만, 온몸이 허물어지는 무력감에 치가 떨렸지만 정말 괜찮았다. 조금만 있으면 자신이 그토록 원하던 완전한 자유와 운명의 반려, 둘 모두를 손아귀에 넣을 수 있을 테니까.

중전이든 영천군이든 제 어머니든, 아무도 자신을 막지 못할 터였다.

'그러게. 얌전히 나를 따라나섰더라면 그렇게 개죽음을 당하지는 않았을 거 아닌가. 멍청한 계집.'

그때 장괴는 죽은 곰보 여편네를 떠올리고 있었다. 영천군의 집에서 나와 의금부로 가는 중이었다. 죽은 곰보 여편네의 말에 신빙성을 더하기 위해, 김 부사가 곰보 여편네에게 밀매를 명하는 걸 들었다는 거짓증언을 하기 위해서였다. 곰보 여편네가 죽었다는 전갈을 받은 영천군이 시킨 일이었다.

'그런데 누가 죽였을까?'

영천군은 모르는 일이라 하였다. 실제로 곰보 여편네가 죽었다는 소식을 듣고 영천군은 꽤나 놀란 듯했었다. 또한 영천군은 오히려 이번 일이 자신에게 불리하게 작용할까 걱정하며, 의금부에 사람을 보내 김 부사의 나머지 가족들을 모두 잡아들이라, 시키기도 하였다.

'정말 대감 예상대로 그놈의 짓인가?'

장괴의 머릿속에 제일 먼저 떠오르는 건, 보통 사람보다 훨씬 더 센 힘을 가졌던 김 부사의 막내아들이었다.

'그래, 큰 아들놈은 제 아비랑 같이 옥사 안에 있고, 그 기생오라비같이 생긴 놈은 이런 짓을 할 배포가 없다. 굳이 이만한 일을 저지를 놈이라면 그 성질 사나운 놈밖에 없어.'

장괴는 제 멱살을 쥐며 눈을 부라리던 준형을 떠올리다 히죽, 웃음 지었다. 공자입네 잘난 척하며 살 수 있는 것도 이제 얼마 안 남았다 싶었다.

'흐흐흐. 억울하겠지만 어쩌겠어? 천것으로 태어나 평생을 한여름 땡볕에 소금판에서 굴러먹은 게 내 팔자이듯, 대역죄의 억울한 누명을 쓰고 집안이 거덜 나는 것은 네놈의 팔자일……'

"혹시 자네가 장괴인가?"

한창 제 생각에 사로잡혀 걸음을 서두르던 장괴의 등 뒤에서 별안간 낯선 사내가 말을 걸어왔다.

"뉘, 뉘시오?"

잔뜩 긴장하여 돌아본 장괴의 눈에 보인 건 허공을 가르며 제게로 닥쳐오는 은빛 칼날이었다.

"윽!"

짧은 외마디 신음이었다. 누구냐고, 왜 이러냐고 물을 새도 없었다.

이대로 갈 수 없다고, 평생 꿈에 그리던 거금을 손에 쥐기 바로 일보 직전이라고, 떵떵거리며 살아볼 수 있는 기회를 손에 넣었다고, 그러니 한 번만 살려달라고, 살려만 주면 뭐든 다 하겠다고, 싹싹 빌 틈도 없었다.

가져서는 안 될 욕심 때문에 주인을 배신한 소금밭 일꾼 장괴는 그렇게 더러운 길바닥 위에서 누구인지도 모를 이의 칼날에 죽어 나자빠졌다.

원흉인 장괴가 그리 죽은 줄은 꿈에도 모른 채, 그때 준형은 긴장된 손으로 막 아버지의 친구인 이 생원이, 아니 제 친아비인 임금이 주고 간 비단 주머니를 열어보고 있었다.

"이건……?"

비단 주머니 안에선 또 다른 비단 천으로 꽁꽁 감싼 무언가가 나왔다. 준형이 답답한 마음에 거칠게 천을 뜯어내려는 순간, "잠깐!" 하고 일산이 소리를 질렀다.

"천천히, 찢겨지지 않게 조심히 열어보거라."

무언가 짚이는 것이 있는지 일산이 떨리는 목소리로 충고하였다. 준형은 일단 일산이 시키는 대로 따랐다. 느리고, 천천히, 그리고 조심스럽게 비단 천을 풀어내었다. 그 안에선 누가 봐도 사내의 것이 분명해 보이는 크기의 굵은 청옥 가락지 하나가 나왔다. 단순히 매끈한 원 형태가 아닌, 두 마리의 용이 서로의 꼬리를 물고 있는, 좀처럼 보기 드문 형태의 가락지였다.

"……전하께서 네게 귀한 선물을 주셨구나."

청옥 가락지를 본 일산의 눈동자가 크게 흔들렸다. 그것을 본 준형이 물었다.

"이게 뭐요?"

"전하의 아버님, 즉 선대왕마마께서 전하의 세자 책봉례 때 내려주신 것으로 안다. 네 어머니가 아직 정식 궁녀로 입궐을 못 하고 있을 때, 언약의 증표로 잠시 맡기셨던 가락지이기도 하지."

일산은 어린 시절에 제 누이가 그 가락지를 매일 애틋한 눈으로 바라보고, 또 소중히 품던 모습을 기억해냈다.

"입궁 후에도 네 어머니는 그 가락지를 계속 가지고 싶어 했어. 하지만 전하께서 다른 패물들은 얼마든지 줄 수 있지만, 그 가락지만큼은 따로 임자가 있다고 다시 거두어 가신 것으로 알아. 그게…… 너에게 왔구나."

그제야 준형은 아버지 김 부사의 친구 이 생원이 제게 비단 보자기를 건네주며 남긴 말을 떠올렸다.

-먼 훗날 네가 혼인하여 아들을 낳거든, 그 안의 것을 아들에게 주거라.

분명 이 생원은 그리 말했었다.

'무슨 뜻으로 하신 말씀이십니까? 이까짓 게 무얼 증명할 수 있다고요.'

울컥, 원망스러운 마음이 든 준형은 조금 전 풀어 헤친, 비단 천으로 다시 가락지를 감싸려 했다. 다시 일산에게 건네줄 생각이었다.

잘난 세자에게나, 임금이 애지중지 끼고 키운 아들에게나 주라고 할 셈이었다. 하지만 거친 손짓으로 비단 천을 집어 들던 준형은 천 안쪽에 무엇인가가 쓰인 것을 보고는 구겨진 천을 반듯하게 펴서 무릎 앞에 내려놓았다.

거기엔 무엇인가가 쓰여 있었다.

미쁠 부(孚). 단 한 글자였다.

'이건……?'

무엇인가가 준형의 마음을 강하게 찔러왔다. 서운함과 원망에 단단히 꼬여 있고 뒤틀려 있던 마음에 무엇인가가 훅, 비집고 들어왔다. 어미의 긴 울음이 그러했던 것처럼 아비가 직접 쓴 게 분명한 글자 하나가 준형의 마음을 있는 대로 흔들어놓았다.

"미쁠 부(孚)."

떨리는 손으로 글자의 한 획, 한 획을 어루만지며 준형은 글자를 읽었다. 제 이름을 말했다. 미쁘다는 믿음직스럽다는 뜻이었다. 든든하다는 뜻이었다. 아비가 자식(子)의 머리를 손(爪)으로 쓰다듬는 모양을 나타내고 있는 글자였다. 자식의 머리를 쓰다듬는 아비의 손. 그것이 바로 미쁠 부(孚)였다.

"전하께서 손수 지으신 네 이름이다. 네 형, 그러니까 저하의 이름은 다른 중신들의 의견들을 받아 지으셨지만, 네 이름은 손수 짓고 싶어 하셨어."

일산은 이십여 년 전, 자신의 앞에서 힘차게 붓을 저어 미쁠 부, 한 글자를 일필휘지로 크게 써 보이던 임금을 기억했다. 그때 임금의 품에는 난 지 이제 겨우 이레쯤 될까 말까 한 왕자아기가 안겨 있었다.

-처남, 이것 보게나. 바로 이놈 이름일세. 부. 이부. 어떤가, 제법 그럴듯해 보이지 않은가?

-미쁠 부 자이옵니까? 왜 그리 지으신 것인지 여쭈어봐도 되겠습니까?

-후훗. 그건 말일세.

"그때 전하께서는 네 이름을 짓고, 몹시 흡족해하셨다. 그 이름 하나로 너에게 당신의 마음을 온전히 전할 수 있을 것이라 생각하셨거든."

일산은 이제 크게 숨도 못 쉬고 저를 보는 준형에게 이십 년 전 임금이 제게 한 말을 그대로 전해주었다.

-한날한시에 태어났어도 장자와 차자의 차이는 태산 같은 법. 하물며 임금의 장자와 차자의 차이는 말해 무엇하겠나? 앞으로 자라면서, 살아가면서 이놈은 제가 원치 않는 많은 서운한 일들을 겪게 될 거야. 제 처지를 원망할 일도 생길 테지.

원래 왕실이란, 철저하게 왕과 그 후계자 중심으로 돌아가는 세상이다. 오직 왕과 그 후계자만이 받들어 모셔지는 태양일 뿐, 나머지는 곁다리 혹은 쭉정이에 불과할 뿐이다.

하여 임금은 훗날 제 둘째 아들이, 둘째라서 겪어야만 될 서러움들을 걱정하였고, 그런 아들의 편을 들어줄 수 없는 제 처지를 마음 아파하였다.

-제 이름을 들을 때마다 내 뜻을 알아주길 바라. 드러내놓고 표현할 수는 없어도 내가 저를 많이 아낀다는 것을. 내가 저를 항시 쓰다듬어주고 싶어 한다는 것을. 그러면 이놈도 조금은 덜 서럽고 덜 억울해하지 않겠나?

일산은 이십 년 전, 임금이 품에 안은 제 아들을 그리 보았던 것처럼 다정한 눈빛으로 준형을 보았다.

"전하는 너를 많이 걱정하고 많이 아끼셨다. 네 이름자에는, 이 선물에는 그런 전하의 진심이 담겨 있는 것이고."

"그만! 됐어. 더 들을 필요 없어."

준형이 일산의 말을 중간에서 잘랐다. 그러곤 제 이름자가 적힌 비단 천과 가락지를 일산에게 주었다.

"이깟 것으로 날 그 거짓 놀음에 끼워 들일 생각이라면 꿈 깨. 이것들일랑은 궁에 가거든, 원래의 주인에게 되돌려주고."

준형은 벌떡 일어나 지금 자신이 듣고 본 모든 것을 이해하려고 넋이 나가 있는 반회의 손을 잡아 일으키려 하였다. 당이에게도 얼른 일어나라고 눈짓을 하였다. 일산이 그런 준형의 무정한 등에 대고 말했다.

"전하께서는 곧 돌아가실 것이다."

움찔, 준형의 어깨가 작게 파도를 쳤다.

"어의가 그러더구나. 극히 위중한 상태시라고. 지금까지 목숨을 연명하고 있는 것이 오히려 이상할 정도라고. 헌데 왜일까? 전하께서는 왜 그리 힘들게 목숨줄을 놓지 않고 계시는 것일까?"

"……그게 나랑 뭐. 무슨 상관이라고."

준형은 떨리는 마음과 달리, 남의 일인 양 퉁명스럽게 말했다.

"내 생각엔 말이다. 전하께서 무언가를 기다리시는 게 아닐까 싶구나."

"……"

"무엇을 기다리신단 말입니까?"

이번엔 차마 입을 열지 못하고, 망연히 서 있는 준형을 대신하여 반회가 조심스레 일산에게 물었다.

"설마, 준형일 기다리신단 말입니까?"

"평생 그리워만 하고 품어주지 못한 자식을 남겨두고 가야 하는 아비의 마음을 내가 어찌 알겠는가? 다만 나라면 말일세. 나라면……."

준형을 꾀기 위해 하는 말이었지만, 진심이 아예 없는 말은 아니었기에, 진실이 아닌 말은 아니었기에 일산은 괜히 목이 메어, 잠시 말을 그쳤다.

"죽기 전에 단 한 번만이라도, 마지막 한 번만이라도, 내 아들에게 아버지란 소리를 듣고 싶을 것 같단 말이지. 왜 안 그렇겠는가?"

아버지- 란 소리에 준형이 천천히 뒤를 돌아보았다.

마치 누군가에게 갑자기 세게 얻어맞은 듯한, 그래서 울어야 할지 화내야 할지 갈피를 못 잡고 있는 것만 같은 그 당황한 얼굴을 보고 일산은 자신이 승리했음을 깨달았다. 준형은 절대로 자신의 제안을 거부하지 못할 것이다.

"아뇨. 그렇지 않을 겁니다."

내내 말 한마디 않고 지켜만 보고 있던 당이가 천천히 일어나며 말했다.

"저는 전하를 한 번도 뵌 적이 없지만, 공자께 그런 이름을 붙여주신 전하라면 공자가 위험을 감수하고 마지막 인사를 하러 오길 바라지 않을 것 같습니다. 어디서든 공자가 무사히, 강건히 살아주길 바라실 것 같습니다."

"어허!"

일산의 노한 음성이 쩌렁쩌렁 방 안을 울렸다.

"한낱 아녀자 주제에 어찌 주상전하의 뜻을 안다고 함부로 입을 나불거리는 겐가!"

"자식을 사랑하는 어버이라면!"

당이는 일산에게서 준형을 보호하기라도 하듯, 준형 앞으로 나서 두 팔을 활짝 펼치고는 어느새 일어서 저를 노려보고 있는 일산과 맞섰다.

"진정 자식을 사랑하는 어버이시라면 자신의 행복보다 자식의 안위를 우선시하는 것이 인지상정이 아니옵니까? 김 부사 어른께서 준형 공자의 안위를 위해 금자염 밀매의 누명을 쓰고도 스스로 구명할 수 있는 기회를 포기하신 것처럼요. 그런 게 진짜 어버이의 마음이지요!"

당이가 침착함을 잃지 않으려 애쓰며, 커다란 두 눈에 불꽃을 담고서 일산을 노려보았다.

"네. 부정 어른 말씀대로 저 같은 한낱 아둔한 계집이 전하의 뜻을 어찌 다 헤아리겠습니까? 하지만 전하시라면 공자를 저하 대신 궁으로 들여보내는 것에 찬성하셨을까요?"

자문자답하듯 당이가 고개를 저었다.

"아니요. 절대 아닐 겁니다."

"그걸 어떻게 확신하지?"

이번엔 당이의 등 뒤에서 준형이 물었다.

"그분이 그걸 원하시지 않을 것이라고 어떻게 확신해?"

"정말 모르겠어요?"

당이가 답답하다는 듯 준형을 돌아보며, 제 얼굴보다 한참 위에 있는 준형의 얼굴을 올려다보며 말했다.

"굳이 아버지 소리 한마디 듣자고 아들인 당신이 위험해지는 것까지 무릅쓰길 바라실 분이라면 처음부터 당신을 빼돌리지도 않으셨을 거예요. 평생 자식을 볼 수 없는 아픔을 견디는 대신, 자식의 안위를 생각하셔서 당신을 김 부사 어른에게 맡기신 분인 걸요!"

이런 간단한 걸 왜 모르냐는 듯, 당이는 눈물을 글썽대며 발까지 동동 굴렀다.

"당신을 아끼는 이라면 절대 당신이 위험해지는 걸 바라지 않을 거예요. 그게 누가 됐든 말예요! 그걸 정말 모르겠어요?"

"……알아."

준형이 흐릿한 미소와 함께 짧게 답했다. 그러곤 불안한 눈으로 저를 보고 있는 반회를 슬쩍 본 뒤, 일산에게 물었다.

"언제, 어떻게 바꿔치기 할 거지? 내가 뭘 어떻게 하면 돼?"

"공자!"

당이가 준형의 팔을 잡았다. 준형과 닿는 순간, 다시 발목에 찌릿, 통증이 느껴졌지만 다행히 처음만큼 심하지는 않았다. 해서 당이는 아프다는 기색 없이 준형을 대할 수 있었다.

"위험해요 전하께서도 절대 이걸 원하지는 않을 거라고요!"

"내가 원해."

"공자……."

"당신 말을 들으니 비로소 분명해졌어. 사실은 아까부터 계속 망설여졌거든. 내가 정말 해야 하는지, 아니면 하지 말아야 하는지."

준형이 당이를 건드리면 안 된다는 사실을 깜빡 잊고, 방 안에 저희들만 있는 게 아니라는 사실도 깜빡 잊고서 당이를 안았다.

"내 아버님들이 나를 아껴 지켜주려 하신 것처럼, 나도 내 사람들을 지켜야겠어. 더 이상은 그냥 도망치기만 하진 않을래. 당신도, 형님들도, 아버님도 모두 원래의 평온한 삶으로 돌아갈 수 있게 할 거야. 내가 지킬 거야."

"난 그런 거 몰라요. 난 당신만 생각해요. 당신이 위험해지는 게 싫어요!"

"걱정 마. 나 몰라? 나, 김준형이야. 당신 같은 여자를 반려로 맞은 억세게 운 좋은 남자, 금자도의 김준형이라고. 그러니, 날 믿어. 나만 믿어."

준형은 자신만만하게 눈을 빛냈다. 제 품에 안긴 당이가 불안 때문인지, 아니면 아픔 때문인지 얼굴을 찡그리는 것도 모르고.

일산 집에서의 회동 이후 며칠이 지나 다시 보름의 날이 되었다.

"준비됐어?"

석양으로 조금씩 빨갛게 물들어가는 계곡에서 준형이 당이에게 물었다.

당이는 조금 높은 곳에 놓인 바위에 앉아 준형을 내려다보고 있었다.

"됐어요. 당신은요?"

"난 좀…… 부끄러운데?"

"당신도 부끄러워할 줄 알아요?"

"그러게. 나도 내가 이런 줄 몰랐는데…… 이거 은근히 부끄럽네?"

준형이 도포 끈을 몇 번이나 만지작거리며 저답지 않게 계속 미적거렸다.

"시간 없을걸요? 이제 곧 해가 완전히 질 것 같은데 정말 괜찮겠어요?"

"당신이 이렇게 노골적으로 내 알몸을 보고 싶어 할 줄은 정말 몰랐어."

당이의 재촉에 준형이 삐친 듯 입술을 몇 번 쌜쭉거리더니 에라, 모르겠다 싶은 심정으로 무작정 도포 끈을 풀었다.

"굳이 당신이 보겠다고 고집 피운 거니까 눈 돌리지 마?"

"후후훗. 알았으니까 빨리 벗기나 하죠? 비싼 옷 찢어먹을 생각 말고?"

당이는 준형의 긴장을 풀어주기 위해 일부러 더 흥미진진한 얼굴을 하고, 무릎에 팔꿈치를 댄 손으로 턱을 괴고선 장난스레 눈을 반짝였다.

"뻔뻔한 여자."

"부끄럼쟁이 사내 같으니."

흥하고 콧방귀를 뀐 후, 당이가 얼른 마저 벗으라는 듯 손가락을 까닥까닥 움직여 보였다.

"알았어. 벗는다고! 벗으면 될 거 아냐!"

목까지 벌겋게 물들인 얼굴로 준형이 소리쳤다. 그러곤 재빨리 도포와 갓, 저고리와 속저고리, 바지를 차례대로 벗어젖혔다. 이제 몸에 남은 건, 안이 훤히 들여다보이는 속바지와 그 안의 속곳들뿐이었다. 그쯤 이르자, 준형의 얼굴에선 이제 붉은 기가 가셨다.

오히려 눈에 띄게 얼굴이 붉어지기 시작한 건, 준형의 움직임을 하나도 놓지 않고 지켜보고 있던 당이였다.

"정말 계속 볼 자신 있는 거지? 나 이번엔 정말 한꺼번에 다 벗을 건데?"

당이를 놀리듯, 준형이 한쪽 눈썹을 들어 올리며 물었다. 두 손은 허리에 있는 바지춤을 잡고 있는 채였다.

"뭐, 뭐요. 난 정말 아, 아무렇지도 않다니까요?"

이미 제 얼굴이 홍시처럼 새빨갛다는 걸 아는지 모르는지 당이가 거짓말인 게 훤히 보이는 거짓말을 하였다.

"좋아. 후회하기 없기다? 하나아, 두울, 세엣!"

셋- 을 외침과 동시에 준형이 바지와, 속바지, 속곳까지 한꺼번에 내렸다.

"엄마얏!"

계속 태연한 척하고 있던 당이가 얼른 고개를 푹 숙여 민망한 광경을 피하였다. 두 손으로 얼굴을 가린 채 조심스럽게 고개를 든 건, 준형이 "하하하!" 소리 내어 통쾌한 웃음을 터트렸을 때였다.

"거봐. 그럴 거면서 센 척하기는?"

"당신, 정말!"

손가락 사이로 조심스레 쳐다본 후, 안심하고 얼굴을 든 당이가 저를 놀린 준형을 노려보았다. 그도 그럴 게 알몸인 줄 알았던 준형은 도포를 들어 몸을 가리고 있었기 때문이었다.

"왜에. 못 봐서 섭섭해? 지난번에 실컷 봤을 텐데?"

"시, 실컷 보기는 뭘 봐요. 괜히 사람 이상하게 만들고 있……. 공자!"

준형의 놀림에 쌜쭉해하던 당이가 놀라 자리에서 벌떡, 일어났다. 당이를 놀리며 싱글싱글 웃고 있던 준형의 얼굴이 급격히 일그러지는가 싶더니 여름날 장대비 내리듯 뻘뻘 땀을 흘리기 시작한 때문이었다.

"윽……! 크으윽……."

아직 계곡 안에 붉은 석양빛이 남아 있는데, 아직 어둠이 채 완전히 깔리지도 않았는데 어느새 몸이 변하려 하고 있었다.

'왜. 왜에?'

준형이 원망스러운 눈으로 아직 까만 기운이 들지 않은 하늘을 보자, 그곳에 새하얀 달이 먼저 성급하게 삐쭉, 얼굴을 들이밀고 있었다.

"젠장, 크으으으읏!"

준형은 얼른 들고 있던 도포를 뒤집어쓰며, 조금이라도 고통을 줄이려 몸을 둥글게 말았다.

"공자! 괜찮아요?"

당이가 바위 위에서 준형 쪽을 향해 내려오려 하자, 준형이 급히 외쳤다.

"다가오지 맛! 크으윽."

"공자!"

준형의 외침에 제자리에서 얼어붙은 당이에게, 준형이 금방이라도 숨이 넘어갈 것 같은 목소리로 간절히 외쳤다.

"내, 내가 말한 거…… 기억하지? 나, 날…… 날 완전히 믿지 마……. 내, 내가 당, 당신을 해…… 해…… 치게…… 될 수…… 크흐윽! 쿨럭쿨럭."

도포를 뒤집어쓴 채 준형이 땅바닥을 데굴데굴 굴렀다.

"으윽…… 으으으윽! 으아아아아악!"

"공자…… 공자!"

듣고 있는 것만으로도 창자가 끊어질 것 같은 준형의 처절한 비명을 들으며, 당이는 두 주먹을 꽉 쥐었다. 길지도 않은 손톱이 제 손바닥을 아프게 찌르도록 주먹을 꽉 쥐었다.

'이럴 줄은 몰랐어요. 이렇게…… 이렇게까지 고통스러워할 줄은……!'

당이는 준형의 몸이 변하는 걸 보고 싶다고 고집을 피웠던 제 결정을 후회하였다. 그렇게 가볍게, 호기심으로 보고 싶다고 졸라댄 저를 증오하였다.

이번에야말로 절대로 보고 말겠다고 고집을 피웠을 때, 준형은 말했었다.

-당신이 뭘 예상하고 있는지 몰라도, 당신 생각하고는 많이 다를 거야.

-상관없어요. 난 당신 곁에 있을 거예요. 당신도 당신 마음대로 고집 피운 것처럼, 이번에는 내 뜻대로 할 거예요.'

준형이 온양 온궁에서 세자를 만나기로 한 건, 보름의 다음 날이었다. 그날 이후로는 준형에게, 준형과 당이에게 또 무슨 일이 벌어질지 몰랐다.

해서 당이는 억지로 고집을 피웠다. 이번 보름만은 온전히 하루를 자신에게 달라고 고집을 부렸다.

-알았어. 대신 약속해줘.

하는 수 없다는 듯, 보름날 밤에도 당이와 함께 있겠다는 약속을 해주며 준형은 한 가지 당부를 했다.

-늑대로 변했을 때의 나는 완전한 내가 아냐. 그걸 어떻게 설명해야 할지 모르겠지만 나이면서도 동시에 내가 아니야.

준형은 말했다. 간혹 늑대로서의 본능이 사람으로서의 본능보다 앞설 때도 있다고. 그러니까 완전히 안심하지 말라고.

-위험하다고 생각되면 죽어라 도망치는 거야. 알았지? 맹세해줘. 나도 죽어라 힘낼게. 절대로 당신을 다치게 하거나, 해치거나 하는 일은 없도록 죽어라 힘낼 거야. 그러니까 당신도, 당신도 맹세해줘.'

그러면서 준형은 작은 칼까지 당이에게 쥐여 주었다.

-만약 정말 만에 하나 늑대가 당신을 덮치게 된다면 나라고 생각하지 말

고, 주저 없이 이 칼을 휘두르는 거야. 알았지?

준형이 너무나 간절히 원해서, 그렇게 하겠다고 하지 않으면 안 될 것 같아서 당이는 선뜻 그러겠다고 맹세해주었다.

늑대를 완전히 믿지 않겠다고. 위험하다 싶으면 죽을힘을 다해서 늑대에게서 도망치겠다고. 위험에 처하면 언제든 살기 위해 칼을 휘두르겠다고.

그러면서도 당이는 절대 그런 일은 없을 것이라고 생각했다.

늑대가 자신을 해치지 않는다는 건 이미 당이 자신이 더 잘 알고 있었다.

이미 당이는 두 번이나 늑대를 만났다. 늑대가 준형인지도 모르고 늑대를 만났고, 그 아름다운 생명체에게 마음을 빼앗겼다.

그래서 준형이 늑대라는 걸 알면서도, 당이는 그 아름다운 존재를 다시 만날 수 있다는 생각에 조금 들떠 있기까지 했었다.

"크웃. 으으으아잇! 흐으웃⋯⋯."

당이가 제 섣부른 고집을 후회하는 동안 어느새 고통에 찬 준형의 비명이 조금씩 잦아들었다. 도포 밑에서 꿈틀대던 움직임도 어느새 잔잔해졌다.

"공자⋯⋯?"

갑자기 찾아온 침묵과 고요에, 어느새 까맣게 깔리기 시작한 어둠에 당황한 당이가 얼른 곁에 놓아두고 있던 등롱에 불을 붙였다.

준형이 덮고 있던 도포 위에는 환한 달빛이 내리쬐고 있는 중이었다.

"공⋯⋯ 자? 괜찮아요?"

준형의 이전 경고에도 불구하고 당이가 바위 밑으로 내려가 준형의 곁으로 가까이 다가섰을 때였다.

"크르르!"

짐승의 거친 숨소리가 잔잔히 가라앉은 도포자락 밑에서 들려왔다. 눈 깜빡할 사이에 도포자락이 커다랗게 위로 떠올랐다.

"공자!"

"크으으으으앗!"

당이가 준형을 불렀을 때, 늑대의 울음소리와 함께 준형의 도포 밑에서는 새카만 털에 감싸인 커다란 네 다리가 불쑥 튀어나왔다.

"읏."

당이가 본능적으로 주춤, 주춤 뒷걸음질을 하였다. 이제 도포만으로는 몸이 가려지지 않는 커다란 늑대가 제 완전한 모습을 드러낸 때문이었다.

"크르르르."

늑대의 눈이 빛났다. 처음 봤을 때부터 당이의 눈을 사로잡았던, 은회색의 반달이 청회색의 비단을 두르고 있는 것 같은 눈빛은 조금 전, 당이를 보며 장난치던 준형의 눈과 전혀 달랐지만 또한 같았다. 다르면서도 같았다.

"공자……."

"크르르르."

당이의 조심스러운 부름에 늑대가 한발 성큼 당이에게로 다가왔다.

그 눈은 당이에게 묻는 것 같았다.

'무섭지. 당장 도망가고 싶지?'

"아뇨. 안 무서워요."

당이가 조심스레 늑대를 향해 손을 내밀었다. 늑대가 잠시 주춤하는가 싶더니 다시 한 발, 또 한 발 성큼성큼 당이에게로 다가왔다.

"공자."

당이는 이제 코앞까지 다가온 늑대의 목을 답삭 껴안았다. 늑대의 온몸을 뒤덮고 있는 새카맣고 풍성한 그 털에 부비부비, 뺨을 비볐다.

"크읏."

늑대의 입에서 보통 때의 으르렁 소리와는 다른, 조금 기묘한 소리가 났다. 당황하여 급히 숨을 들이마시느라 난 소리 같았다.

"흐으음."

당이는 최고급 비단처럼 흘러내릴 듯 매끄러운 털의 감촉을 한껏 만끽하며 깊이 숨을 들이마셨다.

그리운 냄새가 났다. 다정한 냄새가 났다. 늑대의 냄새, 준형의 냄새였다.

"힘들었죠? 고생했어요."

늑대의 목을 껴안고 당이가 나긋하게 속삭였다. 매달, 보름달이 뜨는 밤마다 홀로 이렇게 고통을 겪어냈을 준형에 대한 위로이자, 칭찬의 말이었다.

그러자 얌전히 당이에게 목을 맡기고 있던 늑대가 몸을 뒤틀었다.

"공…… 자?"

의아함과 서운함에 당이가 늑대를 보자, 늑대가 소리도 내지 않고 우아하게 그 커다란 몸을 틀더니 네 다리를 구부려 엎드린 모양새를 취했다.

"……등에 타라고요?"

저를 빤히 보고 있는 늑대에게 당이가 물었다.

"크르르."

늑대가 답을 한 후, 당이가 타기 쉽도록 몸을 더 낮췄다. 당이는 잠시 망설이지도 않고 얼른 늑대의 등에 올라탔다. 그런데도 늑대는 한 번 더 "크르르." 소리만 낼 뿐, 움직일 생각을 않았다.

"왜요? ……아!"

당이가 바짝 몸을 낮춰, 거의 엎드리다시피 하고선 늑대의 목을 꽈악, 부여안았다. 그제야 늑대의 등이 조심스럽게 출렁거리기 시작했다.

"엄마얏."

늑대의 걸음이 서서히 빨라지면서 당이는 그 등에서 떨어질까 봐 왈칵, 겁이 나 두 눈을 꼭 감고 늑대의 목에 매달렸지만, 그건 아주 잠시뿐이었다.

뺨을 스치는 바람에서 느껴지는 기분 좋은 속도감에, 치맛자락이 펄럭이는 소리와 다리를 스치는 감촉들에 조금씩 중독되어갔다.

"와…… 와…… 와아아아!"

호기심을 못 이겨 살며시 고개를 든 당이는 환호성을 질렀다.

떨어질 것 같은 두려움보다 나는 것 같은 쾌감이 더 크게 당이를 압도하였다. 엎드린 몸을 곧게 펴기만 하면, 늑대의 목을 움켜쥐고 있는 손만 뻗으면 금세라도 쏟아질 것 같은 밤하늘의 별에 당장이라도 닿을 것만 같았다.

이대로 계속 날듯이 뛰어가면 밤하늘을 장악하고 있는 커다란 달 안에 그대로 풍덩 뛰어들 수 있을 것만 같았다.

"하아아……!"

환호성을 마친 당이의 입에서는 이제 감미로운 한숨이 터져 나왔다. 빠르게 지나가는, 눈에 보이는 모든 광경이 지나치게 아름다웠다. 온 숲이, 온 산이, 오직 당이와 늑대만을 위해 존재하는 것 같은 착각이 들었다.

"전하……."

그때, 도성의 궁궐에서는 소빈이 임금에게 잠시 동안의 작별을 고하려 하고 있었다. 내내 임금과의 접견을 허락해주지 않던 중전 김씨가 작별 인사를 고하게 허락해달라는 소빈의 간청을 들어준 덕분이었다.

중전이 이전과 달리 소빈의 청을 들어준 것은 이번이 어쩌면 소빈의 마지막 작별 인사가 될지도 모른다는, 혹은 그렇게 되길 바라는 생각에서였다.

그러면서도 중전 김씨는 절대 둘만 있을 수 있도록 자리를 비켜주지 않았다. 의식 없이 누워 있는 임금의 바로 곁에 찰싹 들러붙은 채로 고개만 외로 꼬고 앉아 있을 뿐이었다. 하여 소빈은 거의 새카맣게 변색된 임금의 용안에 손 한 번 대지 못하고, 굵은 눈물만 뚝뚝 흘렸다.

'전하, 다 아시고 계셨습니까? 다 아시는데도 여태 소첩을 단 한 번도 원망치 않으셨습니까? 제가…… 전하의 아들을, 제 아들을 죽이려 한 걸 알고도 저를 용서해주신 것입니까? 전하.'

준형이의 정체를 알게 된 이후, 소빈은 몇 날 며칠 동안 계속 임금 생각을 하였다.

'전하. 전하는 아셨던 거겠지요? 그날 그 아이가 무사히 살아남은 걸 소첩이 알았다면, 어떻게든 어떤 식으로든 다시 그 아일 죽이려 했을 것이란 걸, 아셨던 거겠지요? 그런 제가, 그런 소첩이 무섭지도 않으셨습니까?'

소빈은 비로소 임금이 저를 속인 것이 저를 향한 크나큰 사랑이란 걸 알았다. 왜냐하면 그날 그 사건 이후로도 임금은 단 한 번도 소빈을 꺼리는 기색을 보인 적이 없었던 때문이다. 그러기는커녕 오히려 그전보다 훨씬 더 애틋하고 각별한 눈으로 소빈을 보고, 소빈을 아껴주었다. 그 사랑에, 그 총애에 조금의 거짓도 가식도 없었던 것은 소빈 스스로가 제일 잘 알았다.

'어떻게 그러실 수가 있었습니까? 어떻게 그리 무서운 죄를 지은 소첩을 사랑해주셨던 겁니까? 소첩은 그런 줄도 모르고. 흐흑!'

"전하. 흐흑!"

내내 소리 없이 눈물만 뚝뚝 흘리던 소빈이 설움에 취해 저도 모르게 크게 곡소리를 내었다. 그러자 중전 김씨에게서 당장 싫은 소리가 날아들었다.

"어허, 밖에서 들으면 전하가 승하하신 줄 알겠네. 울음소리가 어찌 그리 큰 것인가?"

"소, 송구하옵니다. 흐윽."

마음 같아선 당장이라도 핏발 어린 눈으로 중전을 노려보고, 머리채라도 잡고 싶은 마음을 꾹 누르고 소빈이 중전을 향해 머리를 조아렸다.

"어리석은 소첩이 치밀어 오르는 슬픔을 감당치 못하여……."

"되었네. 빨리 끝내기나 하게."

중전이 냉정하게 싹둑, 소빈의 말을 자르며 휘휘 손을 저었다. 귀찮은 날파리를 쫓을 때 하는 것처럼.

"예. 잠시만, 아주 잠시면 됩니다."

소빈이 으드득, 이가 갈리는 걸 꾹 참으며 마음을 다잡았다.

'전하. 이제 그 아이가 다시 궁에 돌아옵니다. 제가 죽이려 한 그 아이가, 전하께서 살리신 그 아이가 현의 모습을 하고 궁에 돌아올 것입니다. 그러니 그 아이가 올 때까지 부디 살아 계셔 주시옵소서.'

소빈은 천천히 몸을 일으켜 비틀비틀하며 임금에게 큰절을 하였다.

'전하, 소첩은 또다시 어미로서 해서는 안 될 일을 할 겁니다. 그 모든 죄는 훗날, 죽어서 다 받겠습니다. 지옥불에 몸이 타는 벌을 받더라도 소첩은 그리하고야 말 것입니다. 그래도 전하는 또다시 소첩을 용서해주시겠지요? 아니, 반드시 용서해주셔야 합니다!'

모든 것은 세자 현을 위해서였다. 현을, 임금과 자신의 아들을 다음 대의 보위에 올리기 위해서였다. 그러기 위해선 반드시 해야만 하는 일이었다.

그때 세자 현도 온궁 행차 전 반드시 해야 할 일을 하고 있었다.

"저하, 부르셨습니까?"

"영천군 숙부."

"예, 저하."

영천군이 파리한 얼굴에, 자리에서 일어나지도 못하고 있는 세자를 보며 짐짓 동정 가득한 얼굴로 말을 받았다.

"온궁에 가신다고요. 복잡한 국사는 아무것도 심려치 말고 무사히 다녀오시지요 우선은 저하의 건강을 되찾는 일이 가장 시급하지 않겠습……."

"숙부, 서둘지 마세요."

"……무슨?"

영천군은 제 말을 중간에서 치고 들어오는 세자의 태도에 빈정이 상했지만 여전히 웃는 낯을 지우지 않고 현에게 물었다.

"서둘지 말라니요?"

"숙부께서 원하시는 일은 모두 이루어지실 겁니다. 그러니 너무 조급해 말란 말입니다."

영천군이 거짓으로 꾸며내고 있던 웃음을 멈췄다. 그러곤 차갑게 식은 얼굴로 누운 채 고개만 자신에게로 돌리고 있는 제 연약한 조카를 보았다.

"……제가 무얼 서두르고 무얼 조급해하고 있단 말씀인지?"

"김 부사와 그 아들 말입니다. 제가 의식을 잃고 있는 사이에 벌써 국문을 여셨다면서요?"

"그야 그자들이 전하의 소금을 밀매한 중죄를……."

"아직!"

세자가 또 한 번 영천군의 말을 가로막았다.

"아바마마도, 저도…… 아직입니다. 아직 죽지 않았습니다. 그러니 아직은 서둘지 마시란 말입니다. 쿨럭쿨럭쿨럭!"

말을 많이 한 때문인지 현은 금세 숨이 차선 밭은기침을 내놓았다.

"괜히 쓸모없는 일에 너무 열을 올리시면 몸에 좋지 않습니다. 아무 생각 말고 푹 쉬세요. 그만 쉬시게 이 몸은 물러나 드리겠습니다."

영천군이 눈 아래로 차갑게 내려다보며 자리에서 일어났다. 세자가 그런 영천군에게 다시 외쳤다.

"온궁에서 돌아오는 날, 내가 직접! 그들에게 죄를 따져 물을 것입니다! 그러니 숙부께서는 제가 돌아올 때까지 김 부사와 그 아들을 처벌해서는 아니 됩니다. 아바마마의 친구를 그런 식으로 죽이지 마세요, 숙부!"

세자의 연약한 위협에 영천군의 얼굴은 방금 막 떫은 감을 씹은 표정이 되더니, 가타부타 답도 주지 않고 그대로 방을 나가버렸다.

"……영천군 대감께서 정말 저하의 뜻대로 따라주실까요?"

영천군이 나가자마자 감 내관이 얼른 다가와 계속 밭은기침을 내뱉고 있는 세자의 등을 쓸어주었다.

"죽이지만 않으면 돼. 나머지는 그 애가 와서 할 따름이고."

세자에게는 딱히 김 부사와 그 아들을 살려야 한다는 사명감 따위는 없었다. 다만 준형을 움직이기 위해서는 김 부사와 그 아들이 살아 있어야 하니, 치욕을 무릅쓰고 영천군에게 사정했을 뿐이었다. 나머지는 준형이 다 알아서 할 것이었다. 그들을 죽이든, 살리든 다 준형의 책임일 터였다.

"호호. 호호호홋."

"저하?"

감 내관이 걱정스레 바라보는 걸 알면서도 세자는 얼굴을 일그러뜨린 채 우는 듯, 웃는 듯 괴상한 소리를 내었다.

어렵고 복잡한 것은 모두 저와 똑같이 생긴 아우에게 넘겨주고, 저 혼자 살 궁리에 신이 난 자신을 향한 비웃음, 경멸, 혹은 안도감에서 비롯된 행동이었다.

그렇게 현이 궁궐에서의 탈출을 꿈꾸며 자는 둥 마는 둥 밤이 지나기를 기다리는 동안, 뽀얀 보름달 아래 두 사람, 아니 한 여자와 한 늑대는 지그시 서로를 응시하고 있었다. 계곡 바로 옆, 아직 필 때도 아닌 노란 달맞이꽃이 흐드러지게 피어 있는 꽃밭 한가운데에 앉은 채였다.

"아……!"

얼마나 시간이 지났을까. 문득, 당이의 입에서 작은 탄식이 새어나왔다. 이어 당이의 붉어진 눈에서는 주르륵 눈물 한 방울이 흘러내렸다. 그것을 본 늑대가 순간 놀라, 눈을 깜짝이며 몸을 일으켰다.

"아! 깜빡였다! 당신 깜빡였어요. 분명, 내가 봤다고요!"

당이가 계속 눈을 깜빡이지 못해 흘러내린 제 눈물을 얼른 훔치고선 늑대를 가리키며 통쾌하다는 듯 깔깔 웃었다.

"하하하하. 거 봐요. 당신, 눈싸움은 나한테 안 된다고 했죠?"

"크르르르."

늑대가 억울하다는 듯 목을 울렸다.

'이건 아니지. 나는 당신이 우니까 놀라서 그만…….'

준형이 그리 항의하는 목소리가 들리는 듯하였다.

"울면 안 된다는 규칙은 없었잖아요. 그렇죠? 그러니 얌전히 이리 와요."

당이가 득의양양한 얼굴로 만면에 미소를 띠고선 가는 검지를 내어 까닥, 움직여 보였다.

"크르르르!"

다시 늑대가 목을 울렸다. 슬쩍, 고개를 돌려 당이를 외면하기도 했다.

"어허! 남아일언중천금. 몰라요? 당신, 분명히 나랑 내기했잖아요!"

당이가 목소리를 높여 늑대를 겁박하였다.

"크르르……."(내기는 무슨 내기! 그건 당신이 일방적으로……)

늑대가 마지막 반항으로 목을 울려보았지만, 허리에 손을 얹고선 일부러 저를 힘껏 째려보고 있는 당이를 보고선 이내 반항을 포기하였다. 당이를 당해낼 수 없는 건 사람일 때나 늑대일 때나 마찬가지였다.

하는 수 없다는 듯 늑대가 힘없이 고개를 푹, 숙였다. 늑대의 꼬리도 추욱 땅바닥으로 처졌다. 이어 터벅터벅, 정말 가기 싫다는 듯, 하는 수 없어 억지로 다가가는 걸음인 게 분명한 걸음으로, 당이에게로 천천히 다가갔다.

"흐흐흐흥."

당이의 웃음소리가 늑대의, 준형의 약을 있는 대로 올렸다.

그리고 잠시 후.

"다, 됐다. 어디 봐요. 거 봐요, 잘 어울……. 풋. 흐흐흐흐. 하하하하!"

웃음을 꾹 참고, 늑대를 칭찬하려던 당이는 그만 더는 참지 못하고 또다시 폭소를 터트리고 말았다.

"크르르르!"(정말 이러기야!)

"미, 미안요. 푸흣…… 저, 정말 잘 어울리…… 푸흐흐흐. 하하하하하!"

늑대의 항의 섞인 목 울림에 당이가 사과를 하다 말고 도저히 못 참겠다는 듯 배를 움켜쥐고 또다시 깔깔 웃음을 터트리고 말았다.

그도 그럴 게 노란 달맞이꽃을 엮어 만든 화관을 머리에 이고, 목에는 꽃 목걸이, 앞뒤 네 발은 물론이요, 커다랗고 북슬북슬한 꼬리에까지 주렁주렁 꽃 장식을 매달고 있는 늑대의 모습은 차마 눈 뜨고는 못 봐 줄 정도로 우스꽝스러운 자태였기 때문이었다.

"크르르르!"(날 이 꼴로 만든 건 당신이라고!)

"미안. 미안요. 그래도, 그래도 정말 이건……. 푸하하하하!"

당이가 눈물까지 찔끔대며 웃음을 그치지 못했다. 꽃과 늑대라니. 노오란 달맞이꽃을 머리에 인 새카만 늑대라니, 꽃을 꼬리에 매단 늑대라니.

정말 안 어울려도 이렇게 안 어울리는 조합은 없을 성싶었다.

늑대의 본체인 준형을 떠올려보면, 준형이 얼마나 쑥스러워하고 약 올라하고 있을지 그 표정을 생각해보면 더더욱 웃음이 그쳐지지가 않았다.

"크르르르."

"하하하하. 알았어요. 얼른 벗겨줄게요. 흐흐흐흐. 벗겨준다고요."

웃음을 완전히 지우지 못한 채 당이가 늑대의 꽃목걸이를 벗겨주려 늑대의 목뒤로 두 손을 둘렀을 때였다.

"엄마얏!"

늑대가 당이를 매단 채 꽃밭에서 그리 멀리 떨어지지 않은 계곡물을 향해 풀쩍 몸을 날렸다.

"으앗, 차가워!"

늑대가 목에 당이를 매단 채 계곡물 속에서 조금 몸을 낮췄다. 그 바람에 그리 깊지 않은 계곡물임에도 물고하고 당이는 흠뻑 물에 젖고 말았다.

"당신…… 이렇게 복수했다, 이거죠?"

어쩐지 만족하여 눈을 빛내고 있는 것 같은 늑대를 보고 씩씩댄 후, 당이가 좀 더 자유롭게 움직일 수 있도록 치마를 허벅지까지 걷어붙였다. 그러고선 늑대가 멍하니 보고 있는 틈을 타 발로 물을 걷어차고 손으로 물을 퍼, 늑대에게 끼얹었다. 늑대가 제게 퍼부어지는 물살들을 피해 물속에서 펄쩍 펄쩍 뛰었다. 그럴 때마다 늑대의 몸에서 아직 벗겨지지 않고 있던 노란 꽃잎들이 우수수 물속으로 떨어져 내렸다.

하늘과 물에 동시에 떠 있는 뽀얗고 새하얀 달. 그 달 위에서, 달그림자를 뭉개며 펄쩍펄쩍 뛰는 검은 늑대. 늑대에게서 떨어지는 샛노란 꽃비. 그런 늑대를 보며 연신 물보라를 튕기는 새하얀 피부에 흑단 같은 긴 머리채를 가진 여인. 그리고 밤공기 안에 흩어지는 청량한 웃음소리.

누군가 만약 그 모습을 봤다면, 꿈을 꾸고 있는 것이라 믿었을 게 틀림없었다. 산중에서 길을 잃어 신선들의 세계에 잘못 발을 디디게 된 것이라 착각하고도 남았을 것이었다.

시간이 지나, 산속 구석구석 새벽빛이 비집고 들어왔다.

늑대에게 기대어, 준형의 도포를 덮고 노곤하게 잠들어 있던 당이가 "읏!" 하고 미간을 찌푸린 것은 늑대가 막, 준형의 몸으로 돌아온 직후였다.

준형이 손을 뻗어 그 주름진 미간을 살며시 어루만짐과 동시에 당이가 반짝 눈을 떴다.

"안녕."

준형이 살랑, 봄바람이 불 것만 같은 다정한 미소와 함께 인사를 건넸다.

"사랑해요."

당이가 아침인사 대신 준형이 기대도 않았던 고백을 해왔다. 그러고선 선뜻 몸을 돌려, 아직도 맨몸 그대로인 준형의 가슴에 살포시 안겨왔다.

또다시 발목에 느껴지는 아픔을 가리기 위해서였다.

"이러면 곤란한데……."

준형이 쓴웃음을 지으며, 힘이 들어가지 않는 팔로 당이를 조금 밀어내려 하였다.

"뭐가요?"

발목의 통증을 들키지 않으려 당이가 일부러 더 밝은 목소리로 물었다.

"뭐가 곤란한데요?"

"그게……."

준형은 차마 민망한 말을 입에 담을 수 없어 잠시 볼을 붉혔다. 대신, 당이의 몸을 끌어당겨 그 보드라운 입술에 열에 들뜬 입술을 밀어붙였다.

준형과 당이의 몸이 찰싹, 그리움을 담고 서로에게 달라붙었다. 그제야 준형이 왜 곤란하다고 한 것인지 알아차린 당이가 새빨갛게 볼을 물들였다.

"짐승!"

잠시 입술이 떼어진 틈을 타 당이가 준형을 비난했다.

"아직 해가 덜 뜬 때문일 거야. 그러니 어쩌겠어. 당신이 이 짐승을 책임져 줘야지. 후훗."

준형이 변명 같지 않은 변명을 하고선, 제 안의 짐승을 길들이기 위해 성급하게, 그리고 날카롭게 당이의 품 안으로 파고들었다.

당이의 두 손이 기다렸다는 듯, 준형의 어깨를 반겨 맞았다.

그렇게 물가에 피어오른 자욱한 아침 안개 속에서, 준형의 얇은 도포자락 안에서, 당이와 준형의 매끄러운 팔다리가 어지러이 얽혔다.

"하훗."

쇄골 아래로 찾아드는 뜨거운 입술에 당이가 질끈, 제 입술을 깨물었다. 준형의 입술이 찾는 것을 주기 위해 등이 크게 휘었고, 가슴이 한껏 앞으로 내밀어졌다. 그리고 준형은 저를 위해 존재하는 모든 기쁨을 맛보았다.

부끄러움은 부끄러움으로 머물지 않고 유혹이 되었다. 유혹은 천했다가도 고결해졌고, 다시없이 고결해졌다가도 이내 천박해졌다.

흐트러진 숨소리들이, 서로의 맨살이 그러하듯, 어지러이 함께 얽히는 동안 맞닿은 살결과 숨결 곳곳에서 오직 둘만이 아는 비밀스러운 기쁨들이 피어올랐다. 말할 수 없는 아픔과 슬픔들이 보상이라도 바라듯 끝없이, 끝없이 상대를 갈구하게 만들었다.

제4장. 온천궁의 남자들

당이와 준형이 광덕산에서 내려온 것은 오후 늦게였다.

"왜 이렇게 늦은 거야?"

산 밑 주막 앞에서 종일 초조하게 두 사람을 기다리던 반회가 불만스럽게 이유를 물었다.

"올라갈 땐 몰랐는데 산길이 제법 험하여, 내려오는 데 시간이 걸렸습니다. 오래 기다렸어요?"

반회를 대하는 준형의 태도는 이전과 달라진 점이 하나도 없었다. 여전히 사랑하는 형을 대하는 다정한 아우의 모습이었다.

그러나 반회는 달랐다. 준형의 진짜 정체를 알게 된 이후부터, 준형을 보는 반회의 눈에는 언제나 반항심이 가득하였고, 말 한마디도 곱게 나가는 법이 없었다. 이날도 마찬가지였다.

"늦을 만한 이유가 있다는 걸 깜빡한 내가 바보였던 게지. 아버님과 형님이 돌아가시든 말든 기다리는 사람이 있건 말건 신선놀음에 빠진 누군가들에겐 그런 게 하나도 중요한 것이 아닌 것……."

"형님."

준형이 단호한 얼굴로 반회의 말을 잘랐다.

"아버님과 강회 형님은 무사하실 겁니다. 제가 반드시 그렇게 만들 것이고요. 그나저나 유 내관은 어디에 갔습니까?"

"전 여기 있습니다."

준형의 말이 끝나기가 무섭게, 주막 쪽에서 매서운 눈빛을 가진 사내가 나와 준형을 향해 공손히 허리를 숙였다.

"늦으셨군요. 얼른 들어가 쉬시지요. 주모가 저녁을 준비하고 있습니다."

반회가 그런 사내를 보며 "흥!" 하고 콧방귀를 뀌고선 먼저 주막 안으로 쓱, 들어가 버렸다.

일산이 준형과 당이를 보호하기 위해, 무사히 도성을 벗어나 온궁에 도착케 하기 위해 딸려 보내준 유 내관을 반회는 그리 좋아하지 않았다. 유 내관이란 작자가 유독 준형을 극진히 섬기는 모습이 눈꼴시었기 때문이었다.

그래서 반회는 도성을 떠나 온궁 근처의 광덕산에 이를 때까지 유 내관과는 변변히 말 한마디 섞지 않았다.

"형님을 너무 나쁘게 보진 말아주시오. 원래는 퍽 다정한 분이라오."

콧방귀를 뀌고 들어간 반회를 대신하여 준형이 유 내관에게 대신 사과의 말을 하였다.

"괜찮습니다. 마음 상하지 않았습니다. 그보다……."

유 내관이 다시 한 번 좌우를 살펴 인근에 아무도 없음을 확인한 뒤, 준형에게 한 발자국 가까이 다가들어선 귀엣말을 하였다.

"예정대로 저하께서 아침에 출발하셨다 합니다. 사흘 후면 당도하실 것이니 내일 오후쯤에는 미리 온궁으로 들어가셔야 합니다."

"알았소."

준형은 사흘거리에 있는 도성에서의 일을 유 내관이 어떻게 알고 있는 것인지 조금 궁금하였지만, 따로 묻지는 않았다. 유 내관이라면 충분히 알고도 남겠다 싶었다.

-요긴한 사람이다. 믿고 하자는 대로 해. 꽤 도움이 될 것이다. 너를 위해서라면 이 내게도 칼끝을 들이밀 작자다.

일산의 말을 한 치의 의심도 없이 완전히 믿을 이유는 없었지만, 이상하게도 그 말만은 순순히 믿겨졌던 건, 유 내관의 눈빛 때문이었다. 매서워 보이기만 했던 첫인상과는 달리 한없이 올곧고 강직한 눈빛.

그것은 무뚝뚝하지만 다정하였던 큰형 강회를 닮아 있었다.

그립고 보고 싶은 아버지 김 부사의 눈빛을 쏙 빼어 닮아 있었다.

준형 자신을 위해서라면 목숨도 아끼지 않을 이들과 똑같은 눈빛이었다.

그것만으로도 믿을 이유는 충분하였다. 넘치고도 남았다.

그로부터 사흘 후였다.

세자와 소빈의 온궁 행차 일행이 예정된 날짜에 온궁에 도착하자, 제일 먼저 나와 맞은 것은 유 내관과 한 무리의 궁인들이었다.

"자네는? 자네가 여기 와 있었던가?"

오는 도중 탕약을 먹고 깊이 잠든 세자 현을 업은 젊은 내관의 옆에 바짝 붙어 따라가던 감 내관이 유 내관을 보고 놀라 물었다.

"소빈마마께서 먼저 온궁에 와 저하를 맞는 데 부족함이 없도록 명을 내리셨습니다."

유 내관은 감 내관에게 가볍게 묵례를 해 보이고는 막 가마에서 내려 걸음을 옮기려 하는 소빈에게 다가가 무뚝뚝한 얼굴로 무엇인가를 아뢰었다.

감 내관은 그 모습을 유심히 보았다.

유 내관은 원래 양의당의 내관이었지만 내관의 본분을 잊고 종종 지나치게 행동하는 때가 많아, 내시부에서 여러 번의 근신을 받았던 자였다. 특히 중궁전의 내관들이나 궁인들과 잦은 마찰을 일으키는 바람에, 임금께서 중병이 들어 앓아누우시기 직전 무렵부터는 궁 안에 들어오는 일 자체가 극히 줄어들고 있었던 차였다.

그런 그가 온궁에 먼저 와 있었다 함은 소빈이나 일산으로부터 특별한 명을 받고 온 게 틀림없어 보였다.

'설마, 그분을 여기까지 모시고 온 게 유 내관이었던가?'

감 내관은 얼른 자신들을 맞아 허리를 깊이 숙이고 있는 온궁의 궁인들을 비롯해, 여기저기를 두리번거렸다. 준형의 모습이 눈에 띌까 해서였다. 혹시나 그날 밤처럼 내관으로 위장해 있는 건 아닐까 해서였다.

하지만 준형의 모습은 보이지 않았다.

감 내관이 준형의 모습을 다시 본 것은, 그날 밤 온궁 한가운데에 마련된 탕실(온천탕) 주변의 경비 상태를 살피려 탕실 안팎을 살필 때쯤이었다. 탕실 안, 높다란 사다리에 올라가고 있는 사내의 뒤태가 유독 눈에 띄었다.

세자 현의 평생을 보아온 감 내관이기에 그 뒷모습만을 보고도 그것이 세자와 똑같이 닮은 준형임을 쉽게 알아볼 수 있었다.

준형은 지금 휘장을 치기 위해 사다리를 올라가고 있는 듯하였다.

보통 세자나 임금이 탕실에 들어가기 전에는 보통 수십 척에 달하는 거대한 푸른 목면의 휘장을 쳐 탕의 온기를 잃지 않게 하고, 시선 차단 역할을 하게 하기 위해서였다. 그러려면 우선 천장에 닿을 정도 높이의 네 개의 기둥을 박고, 그 네 기둥에 차례대로 푸른 목면을 둘러야만 했다.

준형은 지금 기둥에 목면을 두르기 위해 벽에 기대어 놓인, 중년의 인부 둘이서 든든히 잡고 있는 높다란 나무 사다리 위로 올라가 있는 중이었다.

'저러다 떨어지기라도 하면 어쩌시려고.'

감 내관은 괜히 제가 조마조마하여 준형에게서 한참 동안이나 시선을 떼지 못했다. 준형은 이제 사다리 끝에 매달려 기둥에 휘장을 두르고 있었다.

"양 서방, 다 되었는가?"

감 내관이 와 있는 것을 본, 사다리를 붙잡고 있던 인부 하나가 사다리 위의 준형에게 소리쳐 물었다. 괜히 감 내관에게 일 지적이라도 받을까 봐 지레 찔려 재촉한 것이었다.

"꼼꼼히, 빨리빨리 움직이게! 어? 양 서방, 내 말 들리는가?"

대답 없이 일에 열중해 있는 준형을 재촉하듯 중년의 인부가 사다리를 잡고 있는 손 하나를 떼어 공중의 준형을 향해 휘휘, 흔들어 보였다. 그 손짓을 본 것인지, 사다리 끝의 준형도 팔을 들어 흔들며 환히 웃어 보였다.

"다 됐소! 금세 내려가리다!"

"조심히, 조심해서 내려오……. 어, 어!"

또 한 번 손을 흔들어 준형의 주위를 끌며 조심하라 소리치던 인부가 얼굴이 새파래졌다. 인부만이 아니었다. 탕실 안 어딘가에서 "악!" 하는 젊은 여인의 비명소리가 들림과 감 내관의 입에서도 기묘한 신음이 터져 나왔다.

사다리를 내려오던 준형이 무엇을 본 것인지 바가지들을 들고서 탕실 입구 쪽에 들어서던 젊은 여인을 보며 열심히 손을 흔들어대다, 몸의 균형을 잃고서 사다리 위에서 비틀대기 시작한 때문이었다. 사다리 밑을 단단히 잡고 있던 인부 중 하나도 한 손을 놓고 있는 상태였기 때문에 사다리 자체까지 휘청대느라, 균형을 잃은 준형의 모습은 한층 더 아찔해 보였다.

감 내관이 얼른 흔들리는 사다리를 잡아주려 다가섰지만, 때는 늦었다. 유독 길고 높은 사다리, 특히 장정 한 사람이 매달린 채 흔들리기 시작한 사다리는 금세 기우뚱, 바닥을 향해 쓰러지기 시작하였다.

"으아악!"

몇몇 사람들이 고개를 돌린 채 비명을 질렀다. 몇몇은 본능적으로 끔찍한 모습을 볼 수 없어 질끈 눈을 감았다. 사다리가 넘어졌으니 사다리 끝에 매달린 사내는 함께 넘어지거나, 높은 곳에서 떨어질 수밖에 없었던 것이다.

"하하하하하! 놀라기는?"

모두의 걱정과 달리 탕실 안에는 호탕한 준형의 웃음소리가 울려 퍼졌다.

"아이구우, 이 사람아!"

"양 서방! 괜찮은가?"

탕실 안의 인부들이 일제히 멀쩡히 서 있는 준형에게로 놀라 달려들었다.

준형이 그런 인부들을 보며 가짜 수염이 분명한 제 염소수염을 쓰다듬으며 과장스러운 몸짓으로 저의 무사함을 알렸다. 그러더니 후다닥, 탕실 입구에 놀라 굳어 서 있는 머릿수건을 깊이 눌러쓴 젊은 여인에게로 뛰어갔다.

사다리에서 뛰어내릴 때 조금 발목을 접질린 것인지, 조금은 절뚝거리는 걸음이었다. 툭툭, 감 내관 쪽에서는 얼굴이 보이지 않는 젊은 여인이 원망스럽다는 듯 준형의 가슴을 쳤다. 준형은 허리를 숙여, 여인의 머릿수건 안을 들여다보곤 헤실 웃어 보이고는 탕실 바깥으로 여인을 데리고 나갔다.

"하여간 젊은 게 좋긴 좋으이. 그 높은 데서 어찌나 가뿐하게 뛰던지."

"어휴. 십년감수했네. 나는 이대로 젊은 서방 송장 치르게 생긴 줄 알고."

"우리였으면 필시 머리통이 깨지고도 남았을 거네. 어이구우!"

"자, 자. 일들이나 하세. 이러고 있을 틈이 없네."

준형의 무사함에 새삼 신기해하며 수다를 떨던 인부들이 여전히 꼼짝 않고 선 감 내관의 눈치를 보며 서둘러 일하러 자리를 떴다. 그러고도 감 내관은 한동안 제자리에 서서 조금 전 자신이 본 것을 되새기고 있었다.

사다리가 넘어지기 시작할 때 마치 새처럼 훌쩍 사다리 위에서 뛰어내리던 준형의 모습, 땀방울을 흘리며 호탕하게 웃어젖히던 모습, 홍 낭자일 게 분명한 젊은 여인과 눈을 마주치고 다정하게 웃던 모습들을 되새겼다.

세자와 똑같은 얼굴이기에 그 모습들이 새삼 감 내관의 마음을 찢어놓았다. 세자가 평생을 바라던 모습들인 걸 알기에 마음이 갈가리 찢겼다.

'똑같은 부모에게서 태어나, 똑같은 얼굴과 몸을 하고 있거늘, 어찌하여 두 분은 이리도 다르신 것입니까?'

"그래서 놀랐어?"

준형은 여전히 입을 꾹 다물고 저를 노려보고 있는 당이에게 물었다.

"그럼, 안 놀라요? 진짜 다쳤으면 어떡하려고 했어요!"

당이가 눈물이 그렁그렁한 눈으로 답한 후, 준형의 손목을 잡고는 한 바퀴 빙 돌아보게 하였다.

"정말 다친 데 없어요? 안 아파요?"

당이가 준형의 온몸을 살피며 물었다.

"안 다쳤어. 이렇게 멀쩡하다니까?"

제 무사함을 증명해 보이기라도 하듯, 준형이 펑펑, 제 가슴을 쳐 보였다.

"그럼 뛰어봐요."

준형의 말을 순순히 못 믿겠다는 얼굴로, 당이가 주문을 하였다.

"어?"

"제자리에서 이렇게 폴짝, 뛰어보라고요."

폴짝이라는 소리와 함께 당이는 제가 먼저 제자리에서 힘껏 뛰어 보였다.

"폴짝? 알았어. 그럼 나도 포올짝!"

제자리에서 뜀을 뛴 당이가 귀여워 죽겠다는 얼굴로 준형이 무릎을 굽혔다가 힘껏 위로 뛰어올랐다 떨어졌다.

"윽!"

공중에 떴다 다시 땅에 발을 디디자마자, 준형이 짧은 비명과 함께 주저앉아 발목을 감쌌다.

"아파요? 거 봐요. 다쳤잖아요!"

당이가 놀라 얼른 준형 곁에 쪼그려 앉아 온 인상을 다 쓴 채 발목을 잡고 있는 준형의 손목을 잡았다.

"좀 놔 봐요. 좀 볼게요!"

"으읏."

준형이 도저히 아픔을 못 견디겠다는 듯 고개를 푹 숙인 채 신음을 내더니 금세 말짱한 얼굴로 고개를 들었다.

"흐흐흐. 내가 아플까 봐 그렇게 걱정돼?"

"하. 그걸…… 지금 말이라고 해요?"

저를 놀린 준형이, 너무도 당연한 걸 묻는 준형이 어이없어 당이가 일어나려는데 준형이 그런 당이의 손목을 잡아 주저앉혔다.

"공자!"

당이가 주변에 사람이 없나 두리번거리곤 다시 일어서려 했지만, 이번에도 준형이 당이의 손목을 잡아 못 일어나게 하였다.

"왜?"

"뭐가 왜에요?"

"내가 아픈 게 왜 싫어?"

"그걸 지금 말이라고 해요? 당신을 연모하니까요. 그러니 당연히 싫죠. 당신이 아파하는데 어떻게 안 싫을 수 있어요? 바보예요?"

"훗. 나도 마찬가지란 생각 안 해?"

바보냐고 저를 욕하는 소리에 피식, 웃어버린 준형이 금세 정색을 하고는 당이에게 물었다.

"무슨…… 소리예요?"

"나도 당신이 아픈 게 싫어. 아픈 걸 일부러 숨기는 건 더 싫고."

그제야 당이는 준형이 무슨 말을 하는 줄 알았다. 지난 사흘 동안 준형과 함께 있을 때마다 발목의 통증은 더더욱 심해졌지만 계속 내색을 않았던 자신을 탓하는 소리임을 알았다.

"발목, 계속 아픈 거 맞지?"

"안 아파요."

"정말 계속 이럴 거야?"

준형이 계속 거짓말을 할 거냐는 듯, 눈썹을 치켜세웠다. 그런 준형을 달래기 위해, 당이가 손을 뻗어 가짜 수염을 쓰다듬어주었다.

"정말이라고요. 아침까지만 해도 계속 아팠는데, 아, 그래도 견딜 만했다고요. 하여간 아프긴 했는데 이젠 정말 하나도 안 아파요. 진짜라고요."

그렇게까지 말했는데도 의심의 눈길을 거두지 않는 준형을 보고선, 당이는 할 수 없다는 듯 어깨를 으쓱거렸다. 그러고선 괜히 다시 한 번 보는 이가 없는지 주변을 살피고는 얼른 치마를 걷어 새하얀 발목을 보였다.

"어?"

준형이 제 눈을 의심하듯 몇 번 눈을 꿈쩍이더니, 직접 당이의 발목을 잡고는 긴 손가락으로 새하얀 당이의 발목을 쓰다듬었다.

"후훗. 간지러워요."

당이가 어깨를 움츠리며 작게 웃음을 흘렸지만, 준형의 손가락은 계속 얇고 새하얀 당이의 발목에 머물러 있었다. 놀라웠다. 분명 오늘 아침, 당이가 아침 세수를 할 때 몰래 훔쳐봤을 때까지만 해도 선명하기만 하던 멍은 어느새 꽃분홍색으로 연하게 물들어 있었다.

"봤죠? 나도 신기할 정도라니까요? 낮부터 좀 덜 아프다 싶었는데, 저녁 무렵부터는 정말 씻은 듯이 나았다고……. 왜요?"

안색이 변한 준형을 보고 당이가 왜 그러는지 물을 때였다. 멀리서 두리번 거리던 유 내관이 빠른 걸음으로 두 사람을 향해 다가왔다.

"여기 계셨습니까?"

"웬일이오?"

준형이 제가 먼저 일어선 후 당이의 손을 잡아, 일어서는 걸 도왔다.

"소빈마마께서 뵙자 하십니다."

"나를? ……다녀올게."

준형은 당이에게 금방 다녀오겠다고 인사를 하려 하였다.

"아니오. 소빈마마께서는 홍 낭자를 뵙자 하십니다. 군마마…… 공자님께는 차후에 따로 부르겠다고 말을 전하라 하셨습니다."

습관적으로 군마마라 부르려다 말고 유 내관은 말을 고쳐 하였다.

"이 사람을 왜?"

준형이 당이를 제 등 뒤로 보내고선, 호전적인 얼굴로 물었다.

"자세한 것은 소인도 잘 모……."

"내가 갈게."

"공자님!"

"내가 갈게. 내가 먼저 어머…… 소빈마마께 여쭐 말이 있거든."

"……알겠습니다."

유 내관은 잠시 망설였지만 이내 순순히 허리를 숙였다.

본디대로 따지자면 유 내관에게 있어 가장 우선시되어야 하는 명령은 소빈의 명이었다. 단순히 소빈 처소의 내관이기 때문만은 아니었다. 늑대로 변하는 몸은 아니라 해도 유 내관 또한 늑대혈족의 일원이었기 때문이다.

늑대혈족 중에서 방계의 방계에 속하는 몸이긴 해도, 유 내관 또한 혈족을 지키는 일이라면 기꺼이 생명이라도 바치고야 마는 혈족의 일원이었다.

하여 만약의 일을 대비해, 궁에 들어가는 늑대혈족의 여인을 지키기 위해, 일찌감치 늑대혈족들 중에서 발탁되어 궁으로 보내어진 이였다. 그 일을 하기 위해, 사내로서는 차마 감당하기 어려운, 내관이라는 운명 또한 기꺼이 받아들인 이였다. 그러나 이제는 아니었다. 이제는 준형이 그의 군주였다.

늑대혈족들 중에서도 드물게 늑대로 변하는 몸을 가진, 그것도 임금의 아들인 준형이야말로 유 내관 그가 목숨을 바쳐 지켜야 할 존재였다. 그의 원래 목적이었던 소빈보다도, 혈족의 수장인 일산보다도, 심지어 임금이나 세자보다도 준형이 우선이었다.

"그럼, 따라오시지요."

유 내관이 언제나 그렇듯, 당이에게도 공손히 허리를 숙여 보인 뒤 준형을 데리고 소빈이 묵고 있는 온궁의 내전으로 향했다. 잠시 그 뒷모습을 보고 서 있던 당이는 다시 탕실 안으로 들어갔다. 조금 전 떨어트렸던 바가지들을 제대로 정리하기 위해서였다. 탕실 안에 가득했던 인부들은 그새 모든 일을 다 마친 것인지, 탕실 안에는 아무도 없었다. 하여 빠른 손놀림으로 조금 전 놀라 아무렇게나 던져버렸던 바가지들을 정리하던 당이는 문득, 탕실과 연결된 통로인 협루 쪽에서 들려오는 소리에 낯을 굳혔다.

'헉……'

놀랄 수밖에 없었다.

원래 온궁의 한가운데 위치한 온천욕을 할 수 있는 탕실에는 각기 남쪽과 북쪽으로 협루가 연결되어 있었고, 그 협루는 각기 양방이란 곳으로 연결되어 있었다. 양방은 탕실에서 온천욕을 즐기다 말고 잠시 찬바람을 쐬기 위해 들르는 곳이자, 탕실에 들기 전에 겉옷을 벗는 장소이기도 했다.

그러니 지금 협루 쪽에서 소리가 들려온다 함은, 탕실의 실질적 주인이라 할 수 있는 세자가 온천욕을 하기 위해 탕실로 오고 있다는 뜻과 같았다.

'안 돼. 마주쳐선 안 돼. 들켜선 안 돼.'

본능적인 경계심으로 당이는 얼른 들고 있던 바가지들을 탕실 주변의 장식대에 내려놓고 깊이 허리를 숙인 채 탕실 밖으로 나가려 몸을 돌렸다.

"잠깐!"

당이에게는 너무도 익숙하게 들릴 수밖에 없는, 준형과 너무도 똑같은 목소리가 그런 당이를 불러 세웠다.

"거기 서라!"

그때, 탕실 안의 세자 현은 물바가지 등을 정리하다 서둘러 나가려던 웬 아낙을 보고 친히 말을 걸었다. 탕실에 딸린 양방(탈의 및 휴게실)에서 무겁고 거추장스러운 겉옷을 벗어 던진 후 가벼운 속저고리, 속바지 차림으로 젊은 내관에게 업혀 탕실 안으로 들어선 참이었다.

"이리로 오라."

감히 세자인 자신이 부르는데도 머릿수건을 뒤집어쓴 아낙은 여전히 허리를 깊이 숙인 채 꼼짝도 않고 있을 뿐이었다.

"네 이년!"

세자의 뒤에 섰던 내관 하나가 연거푸 세자의 부름을 무시하는 아낙에게 작은 소리로 욕질을 하며 다가서려는데, 감 내관이 그런 내관의 팔을 붙잡고는 말없이 눈을 부라렸다.

"스읏!"

"영감."

"소란 피우지 말고 조용히 물러나라. 너희들도."

감 내관이 현을 업고 있는 젊은 내관을 제외한 다른 내관들을 모두 탕실 밖으로 나가라 명하였다. 내관들은 어찌해야 하나 잠시 서로의 눈치를 보긴 했지만 이내 모두 탕실 밖으로 나갔다.

"어떻게 해줄까? 감히 당신한테 욕을 한, 저놈의 혀를 잘라 오라 할까? 그 러면 그땐 나를 봐주겠어?"

이미 아낙이 당이임을 알아본 세자의 목소리에는 힘이 하나도 없었지만, 오히려 그래서 더 그 말이 진심 그대로인 것처럼 느껴졌다.

"감 내관."

자신의 위협에도 불구하고 허리를 숙인 채 아무 응답이 없는 당이를 보고 있던 세자가 근심 어린 낯으로 제 곁에 서 있는 감 내관에게 명했다.

"방금 그자가 송 내관이었더냐? 당장 나가 그놈의 혀를 잘라 오너라."

"저하."

감 내관이 곤란한 얼굴을 하고 사정하듯 세자를 보다 "네, 저하." 하고 명 에 따르겠다는 의사를 전했다.

"그러지 마십시오."

그제야 당이가 세자에게 자신의 목소리를 들려주었다.

"그럼 이리로 와. 당신 얼굴을 보여줘."

세자의 명에 당이는 할 수 없이 천천히 허리를 펴고선 가까이 다가갔다.

"조금 더. 얼른!"

당이가 내키지 않는 걸음으로 가까이 다가섰다. 이제 당이는 세자가 손을 뻗으면 닿을 수 있는 거리에 있었다.

"얼굴을 보여줘."

세자의 명에 당이는 하아, 작게 한숨을 내쉰 뒤, 머릿수건을 벗어 얼굴을 온전히 드러냈다. 순간, 세자를 업고 있던 젊은 내관의 턱이 내려앉았다. 허름한 머릿수건 아래 감춰져 있다 드러난 당이의 미모에 놀란 때문이었다.

"스읏!"

작게 혀 차는 소리를 내며 감 내관이 나무라듯 노려보자, 그제야 젊은 내관은 허둥지둥 제 벌어진 입을 닫고선 당이에게서 시선을 돌렸다.

"역시…… 생각하고 있던 그 얼굴이 맞네."

세자가 손을 들어 당이의 뺨을 어루만지려 하였지만 당이가 물러서는 게 더 빨랐다. 하여 세자의 손은 그저 힘없이 아래로 툭, 떨어지고 말았다.

"제게 하실 말씀이 있으시다면 공자와 함께 따로 찾아뵙겠습니다."

당이는 달리 경계심을 보이지 않았지만 또한 그 어떤 느슨한 틈도 보이지 않았다. 당이에게 세자는 어디까지나 준형의 친형님일 뿐이었다. 세자도 자신을 아우의 여인으로 대해주길 바랐다. 세자가 왜 자신에게 집착하는지 알수 없었지만, 이제 준형이 자신의 쌍둥이 아우임을 알게 되었으니, 자신을 준형의 여인으로 대해주길 바랐다.

"여기 있어."

물러나려는 당이의 낡은 소매를 다급한 세자의 손길이 잡아챘다.

"세자의 명이다. 여기 있어. 내 곁에 있어."

"싫습니다."

당이는 딱 잘라, 세자의 명을 거절하였다. 두 번 생각도 않는 그 모습에 세자는 울컥하여 다시 험한 말을 하였다.

"그럼 난 또다시 당신을 겁박할 거야. 당신이 내 명에 따르지 않으면 당신 눈앞에 있는 이 두 사람을 죽이고 말겠어."

세자의 겁박에 당이는 제 앞의 늙은 내관과 세자를 업고 있는 젊은 내관을 보았다. 젊은 내관은 조금 놀란 얼굴이었고, 늙은 내관은 하는 수 없다는 듯 모든 것을 감내하겠다는 얼굴을 하고 있었다.

"그래도 싫습니다."

당이가 다시 한 번 딱 잘라 답하며, 세자의 손을 무정하게 털어냈다.

"원하는 것을 취하기 위해 아랫사람의 목숨을 함부로 취급하는 저하의 명에 따르고 싶지 않습니다. 저와는 상관도 없고요. 허니 물러가겠습니다."

당이가 공손히 고개를 숙여 보인 뒤, 뒤로 돌아 탕실 밖으로 나가기 위해 걸음을 옮겼다.

"안 돼! 가지 마! 가지……."

당이의 등 뒤에서 세자의 급한 외침에 이어 털퍼덕, 바닥으로 쓰러지는 소리가 들리더니 동시에 내관들의 놀란 소리들이 들려왔다.

"저하!"

세자가 당이를 잡으려고 젊은 내관의 등 위에서 길게 몸을 뻗다 그만 균형을 잃고 쓰러지고 만 것이었다. 돌아본 당이의 눈에 세자가 창백하리만치 새하얀 손을 제게로 뻗고 있는 모습이 들어왔다.

"가지 마……. 제발……. 조금만, 조금만 여기…… 있어……."

얼굴이 조금 창백한 것 외에는 준형과 너무도 똑같은 얼굴이기에, 그 얼굴에 떠오른 고통과 간절함을 당이는 차마 외면할 수가 없었다.

"당이……."

준형과 똑같은 얼굴을 하고, 똑같은 목소리로 고통스럽게 제 이름을 부르는 사내를 버려두고 그 자리를 뜰 수가 없었다.

온궁은 비록 그 규모나 크기는 작지만 완벽한 궁궐의 형태를 띠고 있었다. 그 중에서도 소빈의 거처는 방이 여러 개 딸린 온궁의 내전 중 가장 안쪽에 위치한 내실이었다. 유 내관이 먼저 들어 소빈의 궁인들을 멀리 물린 후, 얼마 되지 않아 그림자처럼 은밀히 준형이 내실의 문을 열고 들어왔다.

'왜 저 아이가!'

소빈은 자신이 데리고 오라고 한 당이가 아닌, 아직은 여러모로 대하기 껄 끄러운 준형이 온 것에 잠시 당황했지만, 이내 고운 얼굴에 다정한 웃음을 머 금고 준형을 맞았다.

"네가 왔구나. 어서, 어서 이리 오려무나."

소빈은 흠 하나 없는 백옥 같은 손을 준형을 향해 뻗어 보였다. 준형은 잠 시 방문 앞에 망설이고 있다 천천히 소빈 쪽으로 걸음을 옮겼다.

그런 두 사람의 모습을 본 유 내관이 내실에 잡인이 가까이 오지 못하도록 지키겠다며, 방문 밖으로 나갔다.

"부야……."

"준형이라 불러주십시오. 그 이름은 어쩐지…… 제 것 같지 않습니다."

준형이 무릎을 꿇고 앉고선 무뚝뚝하게 말했다.

"네가 그러길 바란다면 그래야지. 준형아……."

소빈의 어여쁜 손이 준형이 무릎 위에 가지런히 올려놓은 손을 잡았다.

"어디…… 고개 좀 들어보려무나. 네 얼굴을 자세히 보고 싶구나."

준형은 천천히 고개를 들었다. 그러자 찰랑찰랑 물소리라도 날 것 같은, 눈물 고인 자애로운 어미의 눈과 준형의 눈이 마주쳤다.

"잘난 얼굴에 이게 다 뭐야."

소빈은 준형의 가짜 염소수염을 보며 눈살을 찌푸렸다.

"보기…… 흉하십니까? 온궁의 일꾼으로 위장하려다 보니 그만……."

준형이 머쓱하게 웃으며 제 몰골에 대해 변명을 늘어놓고 있자니, 소빈의 아름다운 두 눈에서 소리 없이 주르륵, 눈물이 흘러넘쳤다.

"어, 어찌하여 그러십니까?"

"미안하구나. 정말, 정말…… 흐흐흑."

소빈은 얼떨떨해하는 준형을 안고선 쉴 새 없이 펑펑, 눈물을 흘렸다.

"아가. 내 아가…… 흐흐흐흐흑. 내 불쌍한 아가."

처음 만났을 때 그랬던 것처럼 소빈은 준형의 뒤통수를 감싸고, 준형의 목에 기대어, 옷깃이 다 젖도록 뜨거운 눈물을 흘려댔다. 해서 준형은 제 가슴을 에게 하는 어미의 눈물이 가라앉을 때까지 한참을 기다려야만 했다.

"제가 이렇게 찾아온 것은 어머님께 부탁이 있어서입니다."
소빈의 눈물이 잦아든 것을 확인한 다음에야, 준형이 본론을 꺼냈다.
"부…… 탁이라니?"
준형의 입에서 나온 '어머니'란 소리가 소빈의 귀에서 덜커덩거렸다. 하지만 소빈은 그것을 내색하지 않고 다정한 미소로 준형에게 물었다.
"네 부탁이라면 무엇이든 들어줘야겠지? 말해보려무나. 무얼 해줄까?"
"당이. 그 사람을 이번 일에 연루시키지 말아주세요."
준형이 부드럽게, 하지만 분명하게 말했다.
"연루라니. 내가 그 아일 무얼 어찌했다고……."
"그 사람을 찾으셨다면서요?"
가시 하나 없는 말투였지만 소빈에게는 저를 책망하는 것처럼 들렸다.
"그, 그냥 그 아이에게 너에 대해 묻고 싶었던 것뿐이다. 차마 네게 물을 수 없어, 그 아이의 입을 통해서라도 듣고 싶었던 거야. 너는 어떤 아인지, 여태 어찌 살아온 것인지, 둘은 또 어떤 사인지 알고 싶었어."
"그 사람과 제와 어떤 사이인지는 이미 아시고 계시지 않습니까?"
"지난…… 번 일로 네가 내게 단단히 화가 났구나. 그래, 나도 그때 그 일은 깊이 후회하고 있어. 지난번에도 말했지만 그때 홍 낭자를 세자의 침전에 들인 건 약간의 오해가 있어서……."
"어머니."
준형이 아직 마르지 않은 소빈의 뺨에 남은 눈물 자국을 가만히 긴 손가락으로 쓸어주었다. 쓸쓸한 눈빛으로 조용히 속삭였다.
"저하를 위해, 어머니를 위해, 그리고 지금 옥에 계신 금자도 아버지와 형님을 위해 궁궐로 들어갈 것입니다. 대신 어머니와 저하께서도 저를 위해 그 여인에 대한 관심을 끊어주십시오. 간절히 청합니다."

"주, 준형아. 나는 달리 무엇을 어쩔 생각이……."

"부탁입니다, 어머니. 그 여인을 내버려두세요."

준형은 부드럽지만 단호하게 어머니의 말을 자르고 자리에서 일어섰다.

"저하께서 모든 준비를 마치시면, 그때 다시 뵙겠습니다."

준형은 들어올 때 그랬던 것처럼 발소리도 크게 내지 않고 조심스럽게 방문을 열고 밖으로 나갔다. 언제 왔는지 방문 밖에 서 있던 일산을 보고서도 그저 까닥, 고개만 움직였을 뿐 별다른 인사가 없었다. 그러고선 뒤를 따르려는 유 내관을 마다하고는 혼자 내실 밖으로 걸어 나갔다.

"저, 저, 저런 무례한 것이!"

준형의 발소리가 멀어지자, 소빈은 기다렸다는 듯 울화통을 터트렸다.

"쿡쿡. 이번엔 누님이 당하신 것 같습니다,"

"너! 너는 뭐가 그리 좋아 웃는 것이야!"

소빈이 실실 웃어대는 일산을 세모꼴로 눈을 치켜뜨고 노려보았다.

"좋은 날이니까요. 그래, 준형이와 다시 한 번 만난 기분이 어떠십니까?"

"닥치지 못해?"

"뭐, 누님의 애달픈 눈물에 호락호락 넘어가지 않은 준형이가 괘씸하긴 하겠지만, 어쩌겠습니까?"

일산이 방문 앞에 선 유 내관의 귀를 의식하여, 소빈에게로 조금 몸을 기울이고선 아주 작은 소리로 말하였다.

"준형이는 지금 그 여인이 자신의 반려라고 철석같이 믿고 있는 것을요. 그러니 제 여인에 대한 일에 민감하게 반응할밖에요."

"너!"

소빈이 손을 뻗어 일산의 옷깃을 움켜잡고 와락, 끌어당겼다. 그 바람에 안 그래도 가까웠던 두 사람의 얼굴이 코가 맞닿을 정도로 가까워졌다.

"말해. 그 계집애는 누구의 반려니? 너는 아는 거지? 알고 있는 거지?"

한편, 세자 현이 온천탕에 들어 몸을 녹이는 동안, 당이는 탕실 주위에 쳐진 푸른 천 뒤에 등을 돌리고 서 있었다. 부디, 그렇게라도 해서 말이라도 몇마디 나누어달라는 세자와 감 내관의 간청 때문이었다.

"내가 잘못했어. 처음부터 너무 성급하게 굴어서 당신을 겁먹게 한 것 같아. 그럴 의도는 아니었어. 그냥 난…… 너무 반가워서, 오래 기다렸던 당신을 만날 수 있었던 게 너무 반가워서 잠시 이성을 잃었던 것뿐이야."

긴장으로 딱딱해진 마음까지 녹이는 뜨끈한 물 안에서 현은 지그시 눈을 감고, 당이에게 용서를 빌었다.

"당신을 처음 봤을 때 얼마나 놀란 줄 알아? 꿈에서만 보던 당신이 실재한다는 걸 알고 나니 정신을 못 차리겠더군. 어떻게든 당신을 내 곁으로 데려와야 한다는 생각밖에 없었어. 너무 오래 기다렸고 너무 지쳐 있었거든."

"자, 잠깐만요. 지, 지금 무어라 하셨어요?"

푸른 천 뒤에 있는 당이가 처음으로 제 쪽에서 말을 건네주었다. 현은 그것이 고맙고 또 반가워 얼른 당이가 있는 쪽을 향해 몸을 돌리고선 제 오래된 꿈 이야기를 들려주었다.

"당신을 정말 많이 기다렸다고. 꿈에서 처음 당신을 본 게 대략 열여섯 해쯤 전이니까. 내 기다림도 그만큼 오래됐다는 얘기지."

오랜만에 옛 추억을 더듬는 세지의 눈빛이 부드럽게 일렁였다.

"맨 처음은 정말 어렸을 때야. 내가 아직 세자 책봉을 받지 못한 원자일 때였어. 꿈속에서 울고 있는 내게 웬 소녀 하나가 다가와서 울지 마라며 달래주더군. 비록 입고 있는 옷은 초라하였지만 그 아이의 반듯한 이마가, 발간 볼이 너무 고와서 꿈에서 깨고 나서도 쉽게 잊히지가 않았어."

현이 잠시 볼을 붉게 물들였다.

처음 중전에게서 세자빈을 맞게 될 거라는 이야기를 들었을 때, 머릿속에서 그려보던 세자빈의 얼굴도 꿈에서 본 소녀의 얼굴이었다. 부지불식간에 화정이란 계집을 자신이 품었다는 얘기를 전해 들었을 때도 화정이 자신이 그리워하던 여인이기를 간절히 바랐었다.

"나중에서야 그 꿈이 당신을 만나게 될 내 운명을 의미하는, 반려몽이라는 걸 알게 되었을 때 내 가슴이 얼마나 벅찼는……."

쾅! 현이 말하는 도중 탕실의 문이 거칠게 열렸다가 닫히는 소리가 들려왔다. 타타탁, 뛰어가는 당이의 발소리도 들렸다.

'왜지?'

현은 영문을 몰라 당황하며 탕 밖에 선 감 내관을 올려다보았다.

"제가 나가……."

"제가 걸음이 빠르니, 얼른 쫓아가보겠습니다!"

탕 옆에 무릎을 꿇고 앉아 목욕 시중을 들고 있던 젊은 내관이 반짝, 눈을 빛내더니 감 내관의 말을 가로채며 발딱 일어나 푸른 천을 젖히고 천막 밖으로 나갔다.

'저, 저…….'

당이의 미모에 홀려, 핑계 삼아 당이를 한 번 더 보려고 뛰쳐나간 게 분명한 철없는 젊은 내관의 어리석음을 탓하던 감 내관이 현을 보고선 얼른 허리를 숙였다.

"함부로 나서지 않도록 단단히 주의를 주겠습니다."

"……꼭 그래야 할 거야."

불쾌감이 드러난 얼굴로 현이 젊은 내관이 뛰쳐나간 쪽을 노려보았다.

"함부로 세자의 여인을 탐하면 어찌 되는지 단단히 일러둬."

"예, 저하."

감 내관이 당이에 대한 일에 있어서만큼은 자비를 보여줄 마음이 없는 세자 현에 대한 복잡한 심정을 감춘 채 짧게 답했다.

탕실 밖으로 뛰쳐나온 당이는 무조건 앞을 향해 달려가고 있었다.

머릿수건을 벗어 든 채 거추장스러운 치맛자락을 움켜쥐고 놀란 사슴처럼 온궁 안을 가로질렀다. 그 모습을 본 몇몇 궁인들은 저마다 놀라 하던 일을 멈추고, 가던 걸음을 멈추고 당이를 보았다. 달빛을 받아 반짝이는 새하얀 얼굴은 흐린 물 위의 새하얀 연꽃잎같이 인상적이었다. 치맛자락을 걷어 올려 뛰는 바람에 드러난 버선 위로 보이는 상앗빛 발목과 숨을 몰아쉬느라 벌린 새빨간 입술은 지켜보는 여인들조차도 뺨을 붉히게 만들었다.

"저기요. 잠시만요! 거기 서보십시오! 저기요!"

그런 여인의 뒤를 쫓아 내관복 앞자락을 펄럭이며 뛰어오는 젊은 내관의 모습 역시 여인에 대한 궁금증을 한층 더 불러일으키고 있었다.

"하아, 하아⋯⋯."

제 뒤를 누가 쫓아오는지도 모르게 정신없이 뛰던 당이가 우뚝, 걸음을 멈춘 것은 숨이 차다 못해 토할 것만 같아져서였다.

"우욱!"

당이는 온궁 담벼락에 붙어 서 있는 커다란 나무에 손을 짚은 채 허리를 굽혀서는 "우욱, 우욱." 하며 몇 번의 구역질을 하였다.

'반려라니, 또 반려몽이라니. 이럴 수는 없잖아. 아무리 모든 게 같은 쌍둥이라 하여도 어떻게⋯⋯.'

뒤집어진 속과 마음을 진정시키려 나무에 기대고 서 있노라니, 후다닥 누군가 뛰어오는 소리가 들려왔다.

"저기요! 어디 가셨습니까? 낭자, 낭자?"

얼른 나무 뒤에 몸을 숨긴 채 내다보니 탕실 안에서 봤던 젊은 내관이었다. 그제야 당이는 젊은 내관이 자신을 쫓아온 것을 알게 되었다.

"낭자?"

당이의 기척을 알아챈 것인지, 젊은 내관이 눈을 가늘게 뜨고 나무 쪽으로 다가오려 하고 있었다. 하는 수 없이 당이는 다시 치마를 말아 쥐고 뛸 준비를 하였는데, 그 순간 누군가가 덥석, 당이의 얇은 허리를 감싸 안았다.

“누……!”

당이가 자신을 잡아챈 이를 돌아봄과 동시에 당이의 몸이 부웅, 공중으로 날아오르듯 튀어 올라 울창한 나뭇잎들로 가려져 있는 담벼락 위에 사뿐히 안착하였다.

“공자! 언제…….”

“쉿!”

눈웃음과 함께 당이의 입을 막은 준형이 당이를 찾아 나무 주위를 두리번거리는 젊은 내관의 동태를 주시하였다.

“머릿수건 벗지 말라니까?”

젊은 내관이 힘없이 발걸음을 돌리고 난 후, 준형은 튀어 오를 때 그랬던 것처럼 사뿐한 몸짓으로 당이를 안고 담벼락에서 뛰어내렸다.

“온궁 사내들 애간장을 다 녹일 셈이야?”

준형이 수건을 씌워주며 지나치게 아름다운 제 여인을 다정히 나무랐다.

“또, 또 그런 소리를.”

당이가 저를 놀라게 한 정인의 가슴을 툭툭 치고선 가볍게 눈을 흘겼다.

“정말이야. 당신이 매일매일 얼마나 눈부시게 예뻐지고 있는지 당신은 모르지? 불안해 죽겠다니까? 이렇게 어여쁜 당신이니, 당신을 탐낼 사내들은 또 얼마나 많겠어.”

준형이 당이를 안고선 당이의 어깨에 고개를 기대었다.

“뭐, 그래봐야 모두 내 상대도 못 될 테지만.”

“저기요.”

당이는 준형을 가까이 함에 따라, 이 밤 잠시 잊고 있었던 발목의 통증이 생생히 되살아나는 걸 느끼며 준형에게 말을 걸었다.

“응?”

“전에 나한테 그랬죠. 당신과 난 서로에게 운명의 반려라고.”

“응, 그랬어.”

준형은 당이를 품에서 놓아준 후, 손을 내밀었다. 당이가 떨림을 감추고 언제나 저를 든든히 지켜주는 믿음직한 손에 제 작은 손을 겹쳤다.

"당신과 난 하늘이 서로에게 운명 지어준 반려야. 들어보니 우리 늑대혈족들은 꿈에서 제 운명의 상대를 만나곤 한대. 그것을 반려몽이라 부르나 봐. 생각나지? 당신도, 나도 꿈에서 만났던 사실을."

'반려몽!'

준형의 입에서도 반려몽이란 말이 나왔다. 혹시나 싶어 물어본 것이기에 당이의 놀라움은 더욱 컸다. 세자도 분명 말하지 않았던가. 어렸을 때 자신이 당이의 꿈을 꾸었다고. 그게 자신의 반려몽이라고.

'두 사람이 똑같이 반려몽을 꿨다고? 왜?'

당이는 도무지 알 수가 없었다.

분명 당이도 어릴 적부터 특별한 꿈을 꾸기는 하였다. 아청색의 비단 옷을 입고 있던 어린 도령을 꿈에서 만난 적도 있었다. 신기한 건 그 도령의 꿈을 꿀 때마다 새카만 털을 지닌 짐승이 꿈에 함께 나타나곤 했다는 것이었다. 울고 있는 도령을 달래려 할 때마다 달려들어 제 손을 물던 어린 늑대 한 마리. 그 늑대가 누구인지는 알았다. 이제는 알았다. 준형이 아닌 다른 그 누구일 리가 없었다.

'그럼 그 어린 도령은?'

당이는 지금에서야 어릴 때 꿈에서 본 그 도령이 준형일 리 없다는 사실을 깨달았다. 그 도령과 함께 나타난 어린 늑대가 준형이라면, 준형과 똑같은 얼굴을 하고 있던 도령은 절대 준형일 리가 없으니까.

'그럼 지금껏 준형 공자라고만 생각했던 그 어린 도령이 설마……?'

짚이는 건 단 한 사람밖에 없었다. 준형과 똑같은 얼굴을 하고 있는, 하여 준형으로 착각할 수밖에 없게 만든 사람, 그건 세자일 수밖에 없었다.

'아냐. 절대 아냐! 그럴 리…… 없어!'

"왜 그래? 왜 갑자기 말이 없어진 거야?"

준형이 고개를 비틀어, 머릿수건 안의 당이 얼굴을 들여다보려 하였다.

"그 반려몽 이야기……. 누구한테 들은 거예요?"

"일전에 부정 어른이 말해주더군. 늑대의 혈손들과 그 반려들은 반려몽을 꾼다고 하면서. 내게도 당신 꿈을 꾼 적이 있냐고 물어봤었어. 실제로 부정 어른이나 ……어머니도 반려몽을 꾸었다나 봐. 그런데 그건 왜에?"

"……아, 아뇨. 그냥요. 신기해서요. 서로 같은 꿈을 꾸는 상대라니……."

당이는 말끝을 흐리며 대충 말을 얼버무렸지만, 사실은 묻고 싶었다.

'그게 사실이란 걸 어떻게 알아요? 그냥 우연의 일치 같은 게 아닌가요? 이상하잖아요. 꿈에서 만나야 진짜 운명의 반려라니. 그걸 어떻게 믿어요?'

묻고 싶은 게 산더미처럼 많았다.

'그럼 꿈에서 동시에 여러 사람을 만나면요? 그중에서 누가 자신의 진짜 반려인데요? 만약 차례대로 여러 사람을 만나면요, 그때는 누가 반려인데요? 먼저 만난 사람인가요? 아니면 나중에 만난 사람인가요?'

하지만 준형이 영문을 모르겠다는 얼굴을 하고 있는 걸 알고선 당이는 아무 일 없었다는 듯, 환한 미소로 준형을 보았다.

"참, 소빈마마께선 저를 왜 찾으셨대요?"

"그냥…… 보고 싶으셨나 봐. 우리 이야기도 듣고 싶었던 모양이시고."

"공자는 뭐라고 했는데요?"

"벌써부터 시집살이시키실 생각은 말라고 말씀드렸지. 고부갈등이라도 생기면 난 무조건 당신 편이라고 쾅쾅 못 박아뒀다니까? 흐흐흐. 나 잘했지?"

준형이 잡고 있는 당이의 손을 들어 그 하얀 손등에 쪽, 입을 맞췄다. 그러자 당이가 부러 샐쭉한 얼굴로 준형의 높고 잘생긴 코를 살짝 비틀었다.

"아얏!"

"바보. 원래 사내분들은 고부싸움에 끼어드는 게 아니네요. 편들어준다고 하는 게 진짜 편들어주는 일도 아니고요. 공자가 중간에서 그렇게 처신하면 소빈마마께서 절 어떻게 보시겠어요?"

"왜에, 시어머니한테 미움 살까 봐 무서워?"

"내 서방님이 천치라고 온 동네에 소문날까 봐 그게 무섭네요."

"뭐어? 천치? 예전엔 멸치 똥이라더니, 이젠 천치이?"

"그러게 누가 욕먹을 짓 하래요? 바아보."

당이가 낼름, 혀를 내보이며 준형의 약을 올린 후 준형에게 잡힐세라 재빨리 몸을 피해, 저만치 달려갔다. 준형이 들으라는 듯 일부러 "후훗." 하는 웃음소리를 흩날리며 준형을 도발하였다.

반려몽 따위 더는 생각하고 싶지 않아졌다. 반려몽이건 뭐건 개나 줘버릴 생각이었다. 당이에게는 준형이 운명이었다. 금세 따라잡을 수 있으면서, 능히 따라잡고도 남을 만큼 빠르면서 일부러 저를 잡지 않고 부러 분한 기색을 하고 씩씩대며 뒤를 따라오는 남자가 제 운명이었다.

가짜 수염을 붙이고, 며칠 전까지만 해도 거들떠도 보지 않았던, 누추한 일꾼 옷을 입고도 여전히 잘 생기기만 한 남자가 제 진짜 반려였다.

다른 사람이, 다른 사내가 제 반려일 리가 없었다.

그건 있을 수도 없는, 있어서도 안 되는 일이었다.

"그래서 누가 진짜 반려인데? 그게 대체 누구냐고!"

소빈은 모든 걸 다 아는 것처럼 굴면서 정작 중요한 것에는 입을 꼭 다물고 있는 아우 일산을 다그쳤다.

"현이지? 세자가 그 아이의 진짜 반려인 것이지?"

"별일이시군요. 누님은 홍 낭자가 마음에 안 드시는 줄 알았는데요."

당이가 세자의 반려이길 바라듯 묻는 소빈에게 이상하다는 듯 일산이 되물었다. 그 말이 끝나자마자 소빈이 이를 악문 채 대답했다.

"안 들어! 안 들고말고! 안 드는 정도가 아냐. 생각만 해도 아주 소름이 끼칠 정도야. 우아함이나 기품이라고는 눈을 씻고 봐도 하나도 없는 그런 아이가 마음에 들 리 있겠니? 하물며 세자의 반려라니! 가당키나 해?"

소빈이 조그만 턱을 굳히며 분노와 짜증으로 부르르 몸을 떨었다.

"그럼 홍 낭자의 진짜 반려가 준형이기를 바라셔야 하는 게 아닙니까?"

일산은 앞뒤가 맞지 않는 제 누이의 태도를 지적하였다. 당이가 싫다면서도, 당이의 진짜 반려가 세자 현이길 바라는 모순을 지적하였다.

"세자가 원하지 않느냐! 세자가 자신의 반려라고 믿고 있잖아! 내가 그 아일 못마땅해하는 게 대수야? 그 아이가 있어야 세자가 몸을 회복하고 웃을 수 있다면 아무리 못마땅해도 난 참을 수 있어!"

"준형이는요? 이미 준형이는 홍 낭자와 서로 깊이 연모하는 사이입니다. 이제는 서로 떨어지려고 해도 떨어질 수 없는 사이이기도 하고요."

일산의 말투는 점점 사납게 뾰족해지고 있었다. 여전히 준형의 일 따윈 염두에 없는 소빈이 조금 원망스러워서였다.

'정말 준형의 마음 따위는 신경 쓰이지 않습니까? 정녕 누님에게는 준형이 그리도 아무것도 아닌 것입니까?'

"누님은 정말 준……."

일산이 속으로 생각만 하고 있던 것을 막 입 밖에 내려 하던 때였다.

"그 애가 뭘 믿건 그게 무슨 상관이야!"

소빈이 묻지도 않은 말에 대한 답을 스스로 내어놓았다.

"그 애는 어차피 그림자야. 덤이라고! 애당초 존재하지 말았어야 할 것이야! 그러니 그 애가 무얼 어찌 생각하건 상관없어. 어차피 그 계집애도 세자의 반려일 테니까. 내 말이 맞지?"

소빈이 눈을 부라리며 물었다.

'아니요!'

일산은 그리 외치고 싶었다. 마음 같아선 절대 아니라고, 말하고 싶었다.

당이의 진짜 반려는 세자가 아닌, 누님이 그렇게도 하찮게 취급하는 준형이라고! 누님이 덤이라고 말하는 진짜 늑대의 혈손이 홍 낭자와 이어진 운명의 반려라고, 통쾌하게 그리 말해주고 싶었다. 하여 어여쁜 누이의 얼굴이 잔뜩 일그러지는 걸 보고 싶었다. 낭패감으로 부들부들 떠는 것을 보고 싶었다.

실망감에 쪼그라드는 모습을 보고 싶었다.

그래야만 지금의 이 뒤집어진 속이 가라앉을 것만 같았다.

"후훗. 네 표정을 보니 내 말이 맞는 모양이구나? 그렇지?"

일산의 표정을 보고 답을 유추해낸 소빈이 일산에게 다시 한 번 분명한 답을 재촉하였다.

"······그런 듯합니다."

일산이 답하였다. 그것이 일산이 아는 답이었으니까.

그러자 소빈이 "하아." 하고 깊은 안도의 한숨을 내쉬었다. 바짝 긴장해 솟아 있던 소빈의 어깨가 차분히 가라앉았다. 얼굴에도 화색이 돌았다.

"그래, 그렇지. 내 그럴 줄 알았다니까? 하하하. 아무렴 그렇고말고. 그런데 확실한 거지?"

희희낙락 웃으며 자신의 예상이 들어맞은 것을 기뻐하다 말고, 소빈이 다시 한 번 일산에게 확답을 요구하였다.

"지금까지는······. 예, 십중팔구는 세자가 홍 낭자의 반려일 것입니다."

"그러니까 그걸 어떻게 확신하냐고, 묻는 것이잖아."

"홍 낭자와 준형이는 서로에게 흉(凶)을 불러일으키니까요. 자신들에게는 전혀 그럴 뜻이 없어도 함께 있는 한 둘 중 하나는 끊임없이 다치고, 상처 입고, 화를 입고 맙니다. 그들이 서로에게 반려가 아니라는 증좌이지요."

세자도 마찬가지였다. 세자가 이번에 죽을 위기를 맞게 된 건 다름 아닌 반려가 아닌 다른 여인을 가까이한 때문일지도 몰랐다.

"어쩌면 이건 순전히 제 추측일 뿐이지만, 세자빈께서 그리 아까운 나이에 죽게 된 것도, 세자빈이 진정한 반려가 아니었기 때문일 것입니다."

"그런, 말도 안 되는······."

"예, 이건 아직까지 제 추측일 뿐이지요. 하지만 그 외에도 홍 낭자가 세자의 반려라는 또 다른 증좌가 있습니다. 준형이는 반려몽을 꾼 적이 없다는 것이지요."

"그으래?"

"예. 일전에 준형이를 만났을 때 지나가는 말로 슬쩍 반려몽에 대해 알려 준 적이 있었지요. 그때 알게 되었습니다. 준형이도 홍 낭자를 꿈에서 만났다고 하더군요."

"그럼……."

"하지만!"

일산이 씁쓸한 얼굴로 말을 덧붙였다.

"홍 낭자의 꿈을 꾸기 시작한 건, 몇 달 전 만월의 밤에 홍 낭자를 만나고 난 이후부터였다고 합니다. 그러니 그건 반려몽일 리가 없지요."

그제야 내내 미심쩍다는 듯 듣고 있던 소빈의 안색이 순식간에 확 바뀌었다. 입꼬리가 슬며시 위로 향하려 하고 있었다.

반려몽은 본디 반려가 상대를 만나기 전에 꿈이 상대를 가르쳐주는 일종의 예지몽과 같았다. 그러니 준형이 꾼 꿈은 절대 반려몽일 리가 없었다. 또한 준형이 반려몽을 꾸지 않았다면 더는 재고 따져보고 할 게 없었다.

당이의 반려는 세자가 분명하였다. 세자가 바로 당이의 반려였다!

소빈이 모처럼 흡족하여, 단잠을 잔 다음 날 낮이었다.

모처럼 제 발로 걸을 수 있을 정도로 기력을 조금 회복한 세자 현은 감 내관과 함께 온궁 후원으로 산책을 하러 나갔다.

어쩌다 간혹 온궁에 올 때마다 복숭아나무들이 가득한 후원을 산책하는 것이 현이 가장 좋아하는 일 중의 하나였던 것이다.

조금 일찍 열매를 맺은 복숭아나무들이 가득한 후원에서는 마침 세자만큼이나 키 큰 일꾼 하나가 연신 손을 길게 뻗어 복숭아를 따고 있었다. 그러던 중 후원으로 나온 세자와 감 내관을 본 일꾼은 허둥지둥 하던 일을 멈추고 땅바닥에 엎드려 머리를 조아렸다.

"저하, 피곤하지 않으시옵니까?"

천천히 복숭아나무들 사이를 거니는 세자의 곁에서 감 내관이 아직도 파리한 세자의 낯빛을 걱정하며 조심스레 물었다. 현은 그런 감 내관의 걱정과 달리 그리운 눈으로 손을 뻗어 복숭아나무 가지에서 둥근 복숭아 하나를 툭, 따내고선 코끝에 가져다 댄 후 깊이 그 향을 들이마셨다.

"내가 처음 여기에 온 것이 언제였던지, 자네는 기억하겠지?"

"기억하다마다요. 저하께서 세자 책봉례를 치르신 직후가 아니옵니까? 여기 이 복숭아나무들도 모두 전하께서 저하를 위해 특별히 옮겨 심어라 명하신 것들이고요."

"그래. 어렸을 때부터 유난히 복숭아를 좋아한 나를 위해, 아바마마께서 선물해주신 것이 바로 이 복숭아나무들이다."

옛 추억을 회상하는 현의 입가에 아련한 미소가 어렸다.

"아바마마께서는 어린 것이 벌써 복숭아를 좋아한다며 장차 공부에는 소질이 없겠다고 나를 놀리셨지. 후후훗. 이토록 달고 향기로운 복숭아를 좋아하는 게 왜 그런 소릴 들어야 하는 이유가 되는지 몰라 그때는 어린 마음에 무척이나 섭섭했더랬어."

"그러셨나이까?"

현의 말을 듣는 감 내관의 입가에도 문득 그리운 미소가 어리었다.

"그때는 아직 몰랐거든. 아바마마께서 왜 그런 말씀을 하신 것인지. 왜 공부하는 선비의 집에는 아예 복숭아나무를 심지 않는지도."

"그런 것이옵니까?"

감 내관이 자신은 전혀 몰랐다는 식으로, 시침을 뚝 떼고 물었다.

"설마, 감 내관 자네, 그걸 모른단 말인가?"

너무도 유명한 이야기를 모르는 것이 의아하여 현이 놀라 물었다. 그러자 감 내관은 생전 처음 듣는 이야기라는 듯 눈을 동그랗게 뜨고 다시 물었다.

"어이하여 그런 것이옵니까? 소인이 불민하여 잘 모르겠나이다."

"그야 복숭아의 생김새가 워낙 여인의 엉덩이……."

복숭아의 생김새가 여인의 엉덩이를 닮아, 사내의 음탕한 마음을 동하게 하기에 공부하는 이의 집에는 아예 복숭아를 심지 않는다는 이야기를 들려주려다 말고 현이 얼른 입을 다물었다. 내시인 감 내관에게 새삼 '그런 이야기'를 해도 되는지 망설여졌던 것이다.

"아, 아닐세. 그냥……."

"쿡…… 푸흐흣."

곤란해하며 말을 얼버무리는 세자 현을 보고 감 내관이 고개를 돌리고 옷소매로 얼굴을 가린 채 쿡쿡대고 웃었다.

"감 내관 자네! 다 알면서!"

그제야 늙은 내관이 자신을 놀리느라 부러 모르는 체하였단 사실을 알게 된 현이 찌릿 제 오랜 동무를 노려보았다.

"하하하하. 송구하옵니다, 저하. 허나 소인은 정말 아무것도 모르옵니다."

"되었네. 그만하세."

"그러니까 저하께서 예전부터 복숭아를 좋아하신 것도 다 그 때문이시란 말씀이시지요?"

"누, 누가! 그, 그런 거 아니거든?"

"예, 예, 잘 알겠습니다. 오늘은 저녁 식후에 드실 수 있도록 제일 곱게, 제일 잘 익은 복숭아를 한 상 가득 준비토록 하겠……."

"위험해!"

감 내관이 세자 현을 놀리던 중이었다. 흙바닥에 엎드려 있던 온궁 일꾼 중 하나가 바람같이 몸을 날려 세자의 몸을 덮쳤다.

바로 그 직후였다.

쉬우욱 하는 바람을 가르는 소리와 함께 방금까지 세자의 머리가 위치해 있던 곳으로 화살 하나가 날아온 것은.

쿡! 말 그대로 쏜살같이 날아온 화살은 세자의 머리통 대신 복숭아나무 가지에 깊게 박혔다.

"저, 저하! 괜찮으시옵니까?"

감 내관이 놀라 외치는 동안 얼굴이 보이지 않는 일꾼은 얼른 세자를 안아 들곤 복숭아나무 뒤로 피신시켰다. 쇠약해졌다고는 하나 청년 한 사람을 들어 옮기는 데도 그 몸짓은 마치 갓난아이를 안아 올리는 것처럼 가뿐해 보였다. 하지만 감 내관이 그런 일꾼의 모습에 감탄할 새도 없이 산 쪽에서는 다시 세 사람 쪽을 향해 수십 발의 화살이 연달아 날아왔다.

그리고 그중 한 발이 막, 늙은 내관의 등을 향해 꽂히려 하는 순간!

"감 내과아안!"

세자 현이 나무 뒤에 숨어 내다보다 비명을 지름과 동시에 조금 전 세자를 구한 일꾼이 바람처럼 내관을 낚아채어 세자의 곁으로 데리고 왔다.

"감 내관! 감 내관! 어디 봐, 안 다쳤어? 괜찮아?"

"저하! 저, 저하야말로 괜찮으시옵니까?"

눈물겹게 서로의 안부를 묻던 두 사람은 자신들을 구해준 일꾼이 한숨을 쉬며 두건을 벗어 땀을 닦는 모습을 놀라 쳐다보았다.

"너, 너는."

"곧 병사들이 오는 것 같으니 나는 이만."

두 사람의 목숨을 구해준 온궁 일꾼, 아니 준형이 깊이 고개를 숙인 채 얼른 그 자리를 피했다. 군사들이 뒤늦게 몰려와 감 내관과 세자 현을 둘러싸고 소란을 피우기 시작한 건 바로 그 직후였다.

"어느 쪽에서, 어느 쪽에서 날아온 화살이옵니까?"

"저하. 세자서하께서는 무탈하시옵니끼?"

병사들이 그리 부산을 떨어대는 가운데에서도 현과 감 내관의 눈은 방금 복숭아나무들 사이로 모습을 감춘 준형을 찾아 방황하고 있었다.

"……감 내관."

"예에, 저하."

"오늘 저녁 탕실."

"예"

짧은 말 속에 담긴 정확한 명을 알아듣고 감 내관이 깊이 허리를 숙였다.

후원을 산책하던 세자에게 화살들이 날아들었다는 소식으로 온궁이 발칵 뒤집혀진 바로 그날 밤이었다.

"아, 잘 먹었다."

온궁의 일꾼 양 서방, 아니 준형은 쉬어터진 나물 몇 가지와 입안에서 잔 뜩 곤두서는 누런 잡곡밥에 불과한 저녁을 진수성찬인 양 달게 먹어치웠다.

"왜? 아직도 밥맛이 없어?"

준형이 당이를 걱정하여 물었다. 아침부터 계속 낯빛이 좋지 않았던 당이 는 저답지 않게 깨작깨작하며 두어 술 뜨는가 싶더니, 물그릇을 들어 두어 모금 삼키고는 밥상에서 물러나 앉아 있었다.

"고뿔이 들려나 봐요. 목이 따끔따끔한 게 밥이 잘 넘어가지 않네요."

"어디 봐봐."

준형이 당이의 이마에 손을 짚어 열을 가늠하려 하였으나, 당이가 고개를 돌려 그런 준형의 손을 털어내 버렸다.

"괜찮아요. 오늘 밤에 푹 쉬면, 금방 나을 거예요."

"그럼 나랑 같이 온천에라도 들어갔다 나올⋯⋯."

준형이 창백한 당이의 안색을 걱정하는데, 준형과 당이가 든 방문 밖에서 "으흠." 하는 헛기침 소리가 들려왔다.

"양 서방 있는가? 잠시 시킬 일이 있으니, 좀 나와보게."

준형을 데리러 온 감 내관의 목소리였다.

"나 갔다 올게. 그동안 좀 쉬고 있어. 응?"

이미 감 내관이 찾아올 것을 알고 있었던 준형은 기다렸다는 듯 자리에서 일어서며 당이에게 잠깐의 작별 인사를 하였다.

"예, 곰방 나갑니다."

곁방에 있는 다른 일꾼들의 귀를 의식하여, 부러 크게 답한 준형이 방문을 열자 방문 밖에 있던 감 내관과 준형을 배웅하려 일어선 당이의 시선이 맞부딪쳤다. 순간, 당이는 얼른 방문 뒤로 몸을 숨겨 감 내관의 시선을 피했다.

감 내관이 무어 달리 어떤 눈빛으로 봐서가 아니었다. 그냥 당이 혼자 괜히, 탕실에서 있었던 일을 전부 아는 감 내관과 얼굴을 맞닥뜨리는 것이 불편해서였다.

"다녀올게."

준형이 당이에게 다시 한 번 인사를 하고 감 내관의 뒤를 따라나섰다.

"그래서 화살 쏜 놈들은 찾았고?"

일꾼들 숙소에서 탕실로 향하는 길 중 다른 사람들이 없음을 확인한 준형이 감 내관에게 물었다.

"아니요. 놈들이 버려두고 도망간 것으로 보이는 화살과 활통 등을 찾긴 했지만, 그 임자는 아직 찾지 못하였습니다. 무관들은 왕실에 불만을 품은 화적떼들의 소행이 아닌가 의심하고 있습니다."

"화적떼 짓일 리가 없잖아."

준형의 지적에 감 내관은 아무 말도 않았다. 할 말이 없었다.

일이 있은 후, 낮에 한자리에 모인 소빈과 일산, 세자와 감 내관은 이번 일이 누구의 소행인지 어렵지 않게 미루어 짐작하였다. 애초에 세자가 온궁에 오면 반드시 온궁 후원의 복숭아나무를 보러 간다는 걸 알고 기다리고선 저지른 일이니 누구의 음모인지는 너무도 분명하였다. 하지만 모두들 한마음 한뜻으로 당분간 이 일에 대해선 넘어두기로 입을 모았다.

원래대로라면 감히 세자를 시해하려 한 일을 절대로 간과하고 넘어갈 수는 없었으나, 구해준 것이 준형이다 보니 섣불리 일을 키울 수도 없었다.

하여 대외적으로는 이 일을 정말 단순히 왕실에 불만을 품은 인근 화적떼들이 그냥 장난삼아 화살 몇 발을 날린 것으로 정리하기로 하였다.

"그 일에 대해서는 더는 신경 쓰지 마시지요."

해서 감 내관은 그 말만을 준형에게 전한 후, 가던 걸음을 더욱 서둘렀다.

이미 탕실에 들어 자신과 준형을 기다리고 있을 세자를 염려해서였다.

그런 감 내관을 뒤따르던 준형이 다시 한 번 감 내관을 불렀다.

"그런데 감 내관."

"예."

"……저하 말일세. 아까 보기엔 아직도 혈색이 좋지 않으시던데 괜찮으신 건가? 앞으로 어의의 보살핌을 받지 못하실 텐데, 그래도 괜찮냔 말일세."

"……내의원에서 온궁 행차를 위해 준비해준 탕약의 재료들이 한 달 치는 족히 되옵니다. 그러니 그 점에 대해선 염려치 않으셔도 됩니다."

온궁에는 이레 정도 머물다 환궁하는 것으로 되어 있었다. 다만 병세의 호전 정도를 보아 더 길게 머물 수도 있음을 감안하여, 내의원에서 미리 탕약의 재료들을 넉넉히 받아두었다. 또한 실은 탕약뿐 아니라 침이나 뜸 등 다른 어떤 방법으로 차도를 못 보아온 만큼 내의원의 어의에게서 치료를 받지 못한다 하여, 딱히 현이 아쉬울 건 없는 처지였다.

"고개를 낮추시지요."

어느새 준형과 함께 탕실 가까이로 간 감 내관이 준형에게 속삭였다.

탕실 앞에는 낮과 달리 군사 몇 명이 번을 서고 있었다. 그러면서도 다행히 감 내관의 뒤를 따라오는 누추한 차림의 온궁 일꾼에게 관심을 주는 군사는 하나도 없어, 준형은 무사히 탕실 안으로 들어갈 수가 있었다.

"저하, 감 내관이옵니다."

준형과 함께 탕실 안으로 든 감 내관은 이전 날 준형의 손으로 기둥에 매단 거대한 푸른 천 뒤에 준형을 세워놓고, 홀로 천막 안에 들어갔다.

'들어오시지요.'

잠시 후, 푸른 천막 안에서 나온 감 내관이 입 모양으로 말한 후 준형을 천막 안으로 들어가게 하였다. 그런 준형의 뒤를 감 내관이 따랐다.

"왔느냐."

준형이 천막 안으로 들어섰을 때, 탕실 안에는 온천의 뜨거운 수증기가 자욱하였다. 그리고 그 너머에서 준형을 반겨 맞는 목소리가 들려왔다.

젊은 내관 두엇에게 목욕 시중을 받고 있던 현이었다. 허리를 편 채 탕실 안으로 들어갔던 준형은 그들에게 얼굴을 보이지 않기 위해 얼른 깊게 허리를 숙였다. 또한 그제야 감 내관이 왜 제게 입 모양으로 말한 것인지를 알아차렸다. 젊은 내관들에게 감 내관이 준형 저에게 공대를 하는 것을 들키지 않으려 했음이었다.

"너희는 잠시 양방(탈의 및 휴게실)에 가서 찬바람 좀 쐬고 오너라. 내 이 자와의 볼일이 끝나면 그때 다시 부를 것이니."

세자 현이 제 목욕시중을 들던 젊은 내관들에게 명했다. 안 그래도 더운 물 기운이 꽤나 답답하였는지 내관들은 반색을 숨기지 못하며 "예이." 하고 답한 다음 얼른 양방 쪽으로 이어진 협루(복도)로 향했다.

"가까이 오너라."

타박타박, 내관들의 걸음 소리가 멀어진 후에야 현이 준형에게 명했다.

그제야 준형이 천천히 허리를 펴고, 고개를 들어 자신의 쌍둥이 형을 보았다. 준형의 뒤에 서 있던 감 내관이 가만히 준형의 등을 밀었다. 세자 현에게 가까이 다가서라는 듯. 그때에서야 준형은 저를 뚫어져라 쳐다보고 있는 제 쌍둥이 형을 향해 조금 가까이 다가가 섰다.

"감 내관은 잠시 물러가 있거라. 둘이 꼭 해야 할 말이 있어서 말이다."

현은 감 내관에게마저 자리를 비켜달라 명했다. 하여 감 내관은 두 왕자에게 공손히 허리를 숙여 보인 뒤, 푸른 천막 뒤로 물러날 수밖에 없었다.

그런 감 내관의 귀에 생각지도 못한 소리가 들려왔다.

"옷 벗어."

세자가 준형에게 명한 듯했다. 그리고 똑같은 명령이 한 번 더 내려졌다.

"하나도 남김없이, 다 벗어."

감 내관이 듣기에도 꽤나 고압적인 말투의 명령이었다.

'저하! 어쩌시려고!'

걱정되는 마음에 감 내관은 준형이 혹시 무슨 짓이라도 할까 봐, 당장이라도 푸른 천막 안에 뛰어들 준비를 하였다. 하지만 의외로 천막 안에서는 별다른 소리가 들려오지 않았다. 다만 부스럭부스럭 옷 벗는 소리가 들려왔을 뿐이었다.

'뭐지? 무얼 어쩌시려는 겐가?'

감 내관의 궁금증이 풀린 건, 잠시 후였다.

"감 내관."

푸른 천막 안 탕실에서 세자가 감 내관을 불렀다.

"예, 저하."

감 내관이 탕실 안으로 들어가, 부름에 답했다. 그러자 자욱한 수증기 너머에 있는 세자가 감 내관을 가까이 오라는 듯 손짓을 하였다. 좀 전에 탕실에서 보았을 때와는 달리 속저고리까지 벗고 속바지 차림으로 물 안에 잠겨 있는 세자의 얼굴은 웬일인지 긴장으로 조금 딱딱하게 굳어 있었다.

"저하, 공자는…… 어디로 갔사옵니까?"

분명 함께 있어야 할 준형이 보이지 않음에 의아하여 감 내관이 탕실 안을 두리번거리며 세자에게 물었다.

"목이 마르구나. 찬물을 가져다 다오."

세자가 감 내관의 물음에 답하는 대신, 탕실 선반에 미리 가져다 놓은 냉수를 가져오라 명했다. 감 내관이 보일 듯 말 듯 고개를 갸웃하며 얼른 선반으로 가, 물주전자를 기울여 대접에 찬 물 한 그릇을 부어놓고선 작은 소반에 그 물 대접과 물 주전자를 받쳐서 세자의 곁으로 가까이 다가갔다.

그때였다. 그새 언제 물밑으로 잠겨 있던 것인지 촤악! 온천물을 가르며 솟구쳐 오른 세자가 탕실 테두리에 걸쳐 앉고선 감 내관에게서 물그릇을 건네받아, 꿀꺽꿀꺽, 단숨에 물 한 그릇을 다 비웠다.

"저하, 목이 많이 마르셨나이까? 한 잔 더 따라드릴까요?"

꽤나 성급하게 물그릇을 비우는 세자의 모습을 평소 때처럼 유심히 살핀 감 내관이 다시 물 주전자를 손에 들며 물었다.

"그러게. 목이 많이 마르네. 어서 한 잔 따라줘."

세자의 등 너머에서 또 한 명의 세자가 온천물을 솟구치고 나와 좀 전에 세자가 그러했던 것처럼 탕실 테두리에 걸쳐 앉았다.

그러고선 방금 물그릇을 비운 세자의 어깨에 다정히 손을 얹었다.

"푸후훗!"

똑같은 얼굴의 세자 두 명이 동시에 웃음을 터트렸다.

"거봐, 감 내관도 절대 못 알아볼 거라고 했지?"

"너무 놀라지 마. 한번 시험해보자 하여 따른 것뿐이니."

똑같은 얼굴을 하고, 똑같은 목소리로 말을 걸어오는 두 왕자를 본 감 내관의 무릎은 후들후들 떨렸다. 탕실 안을 가득 채운 수증기 때문인지도 몰랐다. 아니, 늙어 눈이 흐려진 때문인지도 몰랐다. 그 때문이 아니라면 지금의 상황이 말이 안 됐다. 자신이, 다른 누구도 아닌, 근 스무 해 동안 세자를 가장 가까이에서 지켜봐 온 자신이, 아무리 쌍둥이라 한들, 한자리에 있는 세자와 준형을 구분하지 못한다는 건 말이 안 됐다.

"저, 저하?"

"응."

"응. 왜?"

분명 세자일 한 사람과 세자가 아닐 한 사람이 똑같은 표정으로 감 내관을 보았다.

"그렇게도 헷갈려?"

"한번 알아맞혀 봐. 누가 진짜 나인지."

똑같이 반은 장난기로 눈을 빛내며 세자와 준형이 감 내관을 보았다. 이어 두 사람의 눈은 똑같이 놀라 휘둥그레졌다. 늙고 충성스러운 내관이 젖은 탕실 바닥에 털썩, 무릎을 꿇고 앉아 머리를 조아렸기 때문이었다.

"저하, 늙은 소인의 불민함과 불충함을 용서하지 마시옵소서."

감 내관이 스스로에게 벌을 내리듯 두 주먹을 들어 내관모를 쓴 자신의 늙은 머리를 쾅쾅 때렸다.

"감 내관!"

"감 내관!"

왕자 두 사람이 얼른 나와 양쪽에서 감 내관의 두 손을 잡아 말렸다.

"이러지 말게. 자네 잘못이 아니네. 우리가 너무하였어."

"걱정이 들기에 한번 시험해본 것뿐이야. 감 내관의 눈을 속일 수 있다면 다른 모두의 눈을 속일 수 있는 것이나 마찬가지니까."

"저하."

감 내관이 고개를 들어 이번엔 정확히 현 쪽을 보았다.

"그런 점이라면 걱정하지 마시옵소서. 장담컨대 소인이 이럴지니, 궁궐의 그 어느 누구도 왕자마마께서 세자저하가 아니시란 것을 알아차리진 못할 것이옵니다."

"어떻게 알았어?"

조금 전까지만 해도 몰라본 게 분명한 감 내관이 자신을 알아본 것에 놀라 현이 물었다. 그러면서도 그 눈빛엔 '그럼, 그렇지.' 하는 묘한 안도감도 함께 묻어 있었다.

궁궐 사람들을 모두 속일 수 있게 감 내관이 자신을 몰라봤으면 하는 기대가 있었던 만큼이나, 그래도 평생을 제 곁에 있어준 감 내관만은 저를 알아봐 줬음 하는 기대도 있었기 때문이었다. 그런 현의 눈치를 읽은 감 내관은 하여 본의 아닌 거짓말을 아뢸 수밖에 없었다.

"두 분의 모습은 분간할 수 없을 만큼 똑같긴 하오나 저하의 눈빛만큼은 제가 아는, 제가 모셔온 저하 그대로이신 것을요. 어찌 저마저 속일 수 있다 생각하셨나이까."

"훗. 하긴 그렇지? 잠깐은 속일 수 있어도 자네 눈을 오래 속이는 건 좀 무리한 시도였지?"

기쁨을 다 속이지 못하고 머쓱하게 웃는 세자 현을 보니, 거짓말을 한 감 내관의 마음이 더욱 아팠다. 사실은 너무도 똑같이 생긴 두 사람을 그래도 금방 구분할 수 있었던 것은 제 손목을 잡은 두 사람의 악력 때문이었다.

자신의 손목을 잡아채는 세자의 손아귀 힘은 준형의 악력과 비교해봤을 때 너무도 미약하였기 때문이었다. 보통의 청년들보다도 훨씬 미약한 힘은 세자의 병든 몸을 고스란히 증명해 보이고 있었던 것이다.

실제로도 뜨거운 물에 있다 물 밖으로 나온 지 얼마나 되었다고 세자의 낯빛은 금세 파리하게 변하고 있었다. 하여 감 내관은 얼른 준비되어 있는 마른 수건을 세자의 머리에서부터 어깨까지 덮어주며, 연신 세자의 어깨와 팔을 열심히 주물렀다.

"오늘은 많이 무리하신 듯합니다. 그러니 이만 안으로 드셔야겠습니다."

"괜찮아. 잠깐 한기가 든 것뿐……."

"저하!"

세자 현이 고집을 피운다고 피워봤지만 감 내관은 조금 전과 달리 엄한 얼굴로 고개를 흔들어 보이고는 양방 쪽으로 이어지는 협루로 현을 품에 안다시피 하여 데리고 갔다. 뒤에 남은 준형이 조금 부러운 듯한 눈빛으로 그런 제 형과 늙은 내관의 뒷모습을 보았다. 그러고선 조금 쓸쓸한 기분으로 구석에 벗어두었던 제 낡은 옷을 꿰어 입고 탕실을 나섰다. 걸음을 서둘러, 사랑하는 여인이 저를 기다리고 있을 온궁의 일꾼들 처소로 돌아왔다.

그렇게 또 이틀의 시간이 흘러, 세자 일행이 온궁을 떠나는 날이 되었다.

이번엔 준형 대신 온궁의 일꾼 양 서방으로 변장한 현은 조금 쓸쓸한 기분이 되어 도성의 궁궐로 환궁하기 위해 온궁을 나서는 가짜 세자와 그 곁을 따르는 감 내관의 뒷모습을 보고 있었다.

"홍 낭자는?"

현이 곁에 선 반회에게 물었다.

"곧 이리로 올 것입니다."

삿갓으로 얼굴을 가리고 선 반회가 정중히 고개를 숙이며 답했다.

제5장. 환궁

온궁의 뒷산, 멀리서도 유난히 눈에 잘 띄는 붉은 바위가 놓인 곳이었다.

"왜 이렇게 늦는 거야?"

그곳에서 현은 반회와 함께 소빈과 준형의 행렬들이 온궁을 떠나는 걸 지켜보며 당이를 기다리고 있었다. 온궁에 남은 유 내관이 당이를 데리고 두 사람에게로 오기로 하였다. 감 내관이 준형을 지키는 대신, 현에게 유 내관을 붙여준 것이 바로 일산이었다.

유 내관은 세 사람을 데리고 도성 안으로 무사히 들어가, 일산이 마련해놓은 안가에서 당분간 감 내관을 대신하여 현을 보살필 예정이었다. 물론 그러면서도 수시로 궁을 오가며 연락책 노릇을 충실히 할 예정이기도 했다.

"저하를 잘 부탁하네. 자네 목숨을 바쳐 지켜주시게."

새벽녘, 감 내관이 세자에 대한 일을 그리 부탁했을 때, 유 내관은 감 내관에게 준형의 일을 부탁하였다.

"저하는 반드시 제가 지키겠습니다. 대신 감 내관 어른도 저하를 지키는 마음으로 공자를 지켜주십시오."

"자네! 감히 저하의 안전을 걸고 나와 거래라도 할 작정인가?"

"감 내관 어른께 저하가 각별한 의미를 지니셨듯, 제게 공자 또한 그런 의미의 분이란 말씀입니다. 허니, 이놈이 최선을 다해 저하를 지키길 바라신다면 감 내관 어른도 최선을 다해 공자님을 지켜주셔야 할 겁니다."

팽팽히 신경전을 벌이던 두 내관이 그런 거래를 한 것을 현은 까맣게 모르고 있었다. 하여 한참 만에 약속장소에 나타난 유 내관이 짐짓 흐뭇한 기색을 감추고 있는 것도 알아차리지 못했다.

"어찌 혼자 오시오?"

반회가 현보다 먼저 유 내관에게 물었다. 당이를 데리고 오기로 한 유 내관의 곁이나 뒤에 당이의 모습은 보이지 않았기 때문이었다.

"홍 낭자는! 쿨럭쿨럭!"

목소리를 높이다 말고 현이 격한 기침을 쏟아내었다. 반회가 얼른 그런 현에게 달라붙어 현의 등을 쓸어주었다.

"왜 너 혼자…… 쿨럭! 혼자 온 것이야!"

"낭자는 공자와 함께 갔습니다."

"뭐엇……?"

"뭐요?"

반회와 현이 험악한 얼굴로 동시에 외쳤다. 유 내관은 느긋하기 그지없는 얼굴로 두 사람을 본 후, 하는 수 없다는 듯 어깨를 으쓱하였다.

"공자가 그리 정했고, 낭자가 순순히 따랐습니다. 그러니 제가 뭘 어찌할 수 있겠습니까?"

"이건 약속이 다르잖……! 쿨럭쿨럭쿨럭!"

제가 정한 모든 것이 뒤틀렸다는 생각에 다시 고함을 치던 현이 허리를 굽힌 채 목이 찢어져라 기침을 해댔다.

"저하!"

"비키시오."

반회가 어찌할 줄 몰라 주저앉으려는 현의 몸을 간신히 붙들어 지탱하고 있자니, 유 내관이 그런 반회를 밀어내고 마치 아이를 업기라도 하듯 가뿐하게 현을 업고서는 못마땅한 얼굴로 반회에게 말했다.

"참, 공자는 앞으로 호칭에 유의하시오. 저하라니. 여기 저하가 어디 계신단 말이오?"

"……알았소."

"그런데 공자, 뛰는 것은 자신 있소?"

"그렇긴 하오만?"

"그럼, 잘 따라오시오."

유 내관이 아직도 밭은기침을 계속하고 있는 현의 몸을 한번 추스른 뒤, 길게 내려온 제 도포자락을 허리 부분에서 질끈 묶었다.

"하!"

유 내관이 외마디 기합을 내뱉은 뒤, 산 정상을 향해 뛰어오르기 시작했다. 등에는 세자를 업고, 양손에는 세자의 약 재료들이 든 봇짐을 든 상태인데도 바람처럼 가벼운 발놀림이었다.

'준형이와 비슷하다. 혹시…… 저자도 늑대혈족의 일원인가?'

반회가 얼떨떨해하며 유 내관의 뒷모습을 보고 있자니, 문득 뛰던 걸음을 멈추고 유 내관이 뒤를 돌아보며 버럭 소리를 질렀다.

"안 오면 두고 그냥 갈 거요!"

"아, 알았소. 가면 될 거 아니요."

반회는 얼른 유 내관을 흉내 내어 거추장스러운 도포자락을 허리께에서 질끈 동여매고는, 유 내관의 뒤를 따라 힘껏 달음박질하기 시작하였다.

'잘 따라오고 있나?'

준형은 세자의 가교(駕轎, 두 마리의 말이 앞뒤로 메고 가는, 임금과 세자 전용의 장거리 행차용 쌍가마)에 올라탄 채로 뒤를 돌아보았다.

준형이 타고 있는 가교 바로 뒤에는 일산이 말을 타고 곁을 지키고 있는 소빈의 가마에 이어 당이가 타고 있는 조그만 가마가 뒤를 따르고 있었다.

당이가 탄 가마는 원래 이 행렬에 낄 예정이 아니었기에 온궁에 여분으로 비치되어 있던 것을 가져온 것이라 바로 앞의 호화로운 가마에 비해 참으로 보잘것없어 보이는 낡은 가마였다. 또한 유난히 큰 소빈의 가마를 앞뒤로 열두 명의 가마꾼들이 짊어지고 있는 것에 반해, 당이의 가마는 겨우 네 명의 가마꾼들이 들고 있을 뿐이었다.

하지만 준형이 자꾸만 뒤를 돌아보며, 당이의 가마가 잘 따라오고 있는지를 확인하는 것은 가마의 초라함이나 덩치도 작아 보이는 가마꾼들이 가마를 떨어뜨릴까 걱정해서만은 아니었다. 그저께부터 좀처럼 열이 떨어지지 않고 있는 당이의 건강 상태를 걱정한 때문이었다.

세자와 옷을 바꿔 입고 세자가 먼저 온궁을 빠져나가는 것을 본 뒤 온궁을 떠나게 된 준형이 온궁을 떠나기 직전 갑자기 마음을 바꿔 당이를 불러들인 것도, 바로 그래서였다. 원래대로라면 당이는 따로 밖에서 기다리고 있던 반회와 현과 함께 도성으로 갈 예정이었다. 궁궐 밖에서 반회와 현과 함께 머물며 준형을 기다릴 예정이었다.

사실은 준형도 처음에는 당이를 데리고 궁궐로 들어가겠다고 했었다. 자신이 없는 곳에 당이를 둘 순 없어서였다. 마음에 걸리는 점이 한두 가지가 아니었다. 하지만 빠르면 한 달, 늦어도 두어 달 안에는 본래의 자리로 되돌아갈 예정이니, 무작정 궁궐로 데려가기에는 조금 무리한 감도 없지 않았다.

-홍 낭자를 궁녀로 들이는 건 어렵지 않아.

일산도 자신만만하게 그리 말하긴 했었다. 물론 애초에 당이를 궁녀로 들여 현의 곁에 붙여줄 생각에 모든 준비를 마쳤기 때문에 한 말이었지만 준형은 그 사실을 전혀 모르고 있었다.

-하지만 홍 낭자를 궁녀로 들이게 되면 그 후엔 다시 궁을 빠져나오기 어렵게 될 텐데, 그래도 괜찮겠어?

그러면서 일산은 정 당이를 못 보는 것이 마음에 걸리면 당이를 무수리로서 매일 궁에 출입하게 하는 방법도 있다고 슬쩍 운을 띄웠다.

-원래 도성 출신도 아닌 데다, 그 어미와 아우를 빼면 홍 낭자를 아는 이도 거의 없으니, 양반이 아닌 신분으로 위장하는 것쯤은 문제도 아니거든.

그래서 준형도 당이와 잠시 떨어져 있자, 어렵게 그리 마음을 먹었더랬다

지켜줄 사람들이 있음을 믿었더랬다. 문제는, 헤어질 시간이 가까워져 오는데 당이가 계속 시름시름 앓기 시작한 데 있었다.

온궁에 온 이후부터 발목의 멍은 많이 흐려졌고 준형과 붙어 있어도 당이는 크게 아픔을 느끼지 않게 되었었다. 그래서 준형도 이전처럼 예민하게 당이의 아픔을 받아들이지 않게 되었다.

'내가 함께 있어서 아프다니, 말도 안 되는 망상이었어!'

반은 오기로, 반은 진실로 그리 믿었다. 믿으려고 하니 그리 믿겨졌다.

그런 당이가 이번엔 지독한 몸살을 앓게 되었다. 이틀 전 밤. 준형이 탕실에서 세자와 만나고 온 다음이었다. 방에서 얌전히 저를 기다리고 있을 줄만 알았던 당이는 일꾼 숙소에 있지 않았고, 준형이 돌아온 후에도 한참의 시간이 더 지나서야 숙소로 돌아왔더랬다.

잠깐 밤공기를 쐬고 왔다고 둘러대던 당이의 얼굴에는 어쩐 일인지 핏기가 하나도 없었다. 그러더니 밤새 꿍꿍 앓았다. 다음 날도 마찬가지였다. 급히 온궁 인근의 약방 의원에게서 고뿔에 잘 듣는 탕제를 지어와 먹여도 보았지만, 준형이 세자로서 떠나야 하는 이날 아침이 될 때까지도 당이의 열은 조금도 떨어지지 않고 있었다.

"궁궐로 데리고 갈 것이다."

가짜 세자로서 온궁을 나서기 직전, 준형은 감 내관을 시켜 부랴부랴 당이를 태울 가마 하나를 더 마련하게 하였다.

"곧 김 상궁이 당이를, 그 사람을 데리고 올 것이야."

"갑자기 이러시면, 누구와도 상의치 않고 이리 계획을 변경하셔서는 아니 됩니다!"

감 내관은 처음 계획한 대로 일을 진행해야 한다고, 다시 생각하라고 준형을 설득하였다.

"이렇게 독단적으로 일을 결정하시면 아니 되옵니다. 우선은 소빈마마께서도 허락하지 않으실 것입니다!"

"상관없어. 그러니 자네는 빨리 가마를 수배해줘."

"공…… 아니, 저하! 그럼 일단 강 부정하고라도 먼저 의논을 하시지요. 강 부정이 앞으로의 일을 모두 계획해놓았는데, 저하께서 이러시면……."

"감 내관."

준형이 정색을 하고 감 내관을 불렀다.

"예…… 저하."

"자네의 저하께서 명을 내렸대도 자네가 이렇게 굴었을까?"

"소인, 저하를 위한 일이라면 필요할 때 쓴소리를 아끼지 말아야 한다, 그리 생각해왔고 또 그리 행하며 살아왔습니다."

"그럼 지금 내가 하고자 하는 일을 막는 이유는 무엇인가? 누구를 위해서인가? 자네 앞에 있는, 자네가 거짓으로 저하라 부르는 나를 위해서인가? 아님 자네의 심중에 있는 진짜 저하를 위해서인가?"

"……두 분 모두를 위해서입니다."

"거짓말. 자네가 지금 내 명을 받기를 망설이는 건, 당이를 애타게 기다리고 계실 자네의 저하가 마음에 쓰여 그러는 것이 아닌가?"

'읏!'

감 내관이 놀란 기색을 감추려 하였지만 준형은 이미 감 내관의 생각을 이미 훤히 읽고 있었다.

"내게 숨길 생각이었다면 미안. 그런데 이미 전부터 알고 있었어. 자네의 저하께서 내 여인을 각별히 생각하신다는 거."

불편하니 모르는 척을 했을 뿐, 모를 수가 없는 일이었다.

일산의 집에서 의식이 없던 당이를 품에 안아 데려가려고 했던, 얼굴이 보이지 않았던 그날 밤의 선비가 누구인지는 세자를 만나고 난 후 금세 알아차렸다. 조금만 생각하면 금세 알 일이었다.

준형이 궁궐에 처음 숨어들었을 때, 당이는 세자의 침전에 들어 있었다. 당이를 데리고 세자의 침전을 빠져나가려 할 때, 세자는 의식이 없는 와중에도 당이의 발목을 잡고 늘어졌더랬다. 그 때문에 당이의 발목엔 흉한 손자국이 남았다. 그것만 봐도 세자가 당이에게 남다른 마음을 품고 있음은 분명하였다. 처음엔 많이 당황했지만 이내 뭐, 그럴 수도 있는 일이라고 애써 이해해보려 하기도 했다.

애초에 일산이 무어라 경고했던가? 늑대의 반려인 당이는 시간이 갈수록 점점 더 뭇 사내들의 마음을 흔들고, 미혹시킬 것이라고 하지 않았던가?

실제로 반회조차도 당이에게 마음이 흔들렸던 걸 생각해보면, 세자가 그런 마음이 드는 것도 어쩔 수 없는 일일 것이었다.

"그런데 정말, 진짜, 안타깝게도 자네의 저하께서는 내 쌍둥이 형님께서는 절대 뜻하시는 바를 이루지 못하실 것이야. 왜냐하면……."

말하는 도중 준형이 거칠게 자신의 가슴께 옷섶을 움켜쥐었다. 마치 그 안의 뜨거운 감정을 움켜잡는 것처럼.

"그 사람은, 당이는 내 반려거든. 내가 먼저 만났어! 내가 먼저 연모했어. 아무도 그 사람을 빼앗진 못해. 아무도 나를 그 사람에게서 떼어놓진 못해. 우린 이미 완전한 부부의 연을 맺었어."

'헉! 그, 그런…….'

생각지도 못한 준형의 '선언'에 감 내관은 식은땀을 흘렸다. 준형은 돌려 말했지만, 감 내관은 충분히 준형의 말을 알아들었다. 완전한 부부의 연이란, 이미 두 사람이 한 몸이 되었음을 의미하는 것이라고.

'그럼, 저하는 어찌 되시는 건가? 어찌 이런 일이…….'

늙은 내관은 자신의 저하에게 닥친 잔인한 운명에 몸을 떨었다.

큰일이었다. 만약 준형의 말이 사실이라면 세자는 더는 당이라는 여인을 마음에 품어서도 아니 되었다. 이미 준형과 당이가 맺어진 이상, 세자에게 당이는 금단의 존재였다. 당이를 마음으로 품는 것 자체가 이미 패륜이나 다름 없는 일이었다.

비록 먼 옛날에는 형제의 아내를 취하는 것이 도에 어긋난 일만은 아닐 때도 있었다고는 하나, 그건 조선이 아닌 까마득한 옛날의 일일 뿐이었다.

지금의 조선에서는 절대 용납되지 않는 일이었다. 짐승의 야합이라 하여 수혼(獸婚)이라 일컬어지고, 교수형의 벌로 다스려지는 일이었다.

그러니 세자가 준형의 여인을 탐하는 일은 절대, 하늘이 무너져도, 땅이 솟구쳐도 있어서는 안 되는 일이었다.

"그럼, 왜! 왜 저하의 곁에 낭자를 보내시기로 하셨던 겁니까? 이미 두 분이 그런 사이시라면 그러겠다고 하지 마셨어야죠!"

이번에야말로 도저히 치유될 수 없는 크나큰 상처를 받을 게 분명한 세자를 떠올리며, 감 내관이 억울한 마음에 준형에게 따졌다.

"나라고 뭐, 쉬운 결정이었는지 알아?"

이번엔 준형이 제 옷섶 대신에 늙은 내관의 멱살을 잡았다.

마음 같아선 쩌렁쩌렁, 방이 울리도록 큰 소리를 치고 싶었지만 그럴 수 없어서 대신 감 내관의 멱살을 잡고 끌어당겨 그 귀에 이를 갈며 속삭였다.

"그런데 어떡해. 내가 곁에 있어 줄 수 없는데, 지켜줄 수가 없는데 어떻했어야 해? 그래서 선택한 거야. 가장 위험할 수 있지만, 현실적으로는 가장 안전한 사람 곁에 두기로."

당이를 욕심내는 사람, 그만큼 더 열심히 당이를 지켜줄 사람. 준형이 알기에 그건 세자와 반회밖에 없었다. 제 여인을 욕심내는 형님들밖에 없었다. 그래서 준형은 기꺼이 당이를 반회와 세자, 두 사람의 곁으로 보낼 생각을 했던 것이었다.

"그럼…… 그러시기로 했으면서 이제 와서 다시 궁궐로 데려가겠다고 하시는 이유는 무엇입니까? 지금쯤 온궁 밖에서 저하가 얼마나 그분을 기다리고 계실지 뻔히 아시지 않습니까?"

"아파! 당이가 아프다고! 지랄맞은 고뿔인지 뭔지 때문에 온몸에서 열이 펄펄 나!"

준형은 지칠 줄 모르고 따지고 드는 감 내관의 멱살을 팽개치듯 놓았다.

"보내야 하는 거 알아! 지금 그 사람을 궁궐로 데려가야 하는 게 얼마나 어리석은 일일지, 나중에 얼마나 후회하게 될지도 알아! 알면서도 어쩔 수가 없었어! 나도! 나한테서 당이를 떼어놓을 수가 없는 걸 어떡해!"

밤새 제 품에서 끙끙대며 앓는 당이를 보면서도 준형은 당이를 두고 떠날 생각만 하였다. 현만이 아니라 반회도 당이의 곁에 있어줄 것이니 고뿔 따위는 금세 나을 거라 생각했다.

하지만 세자와 옷을 바꿔 입고, 온궁 일꾼 양 서방의 행색을 하고 먼저 온궁을 빠져나간 세자를 보는 그 순간까지도 준형의 머릿속엔 아파하는 당이 생각밖에 없었다. 당이 걱정이 머리에서 떠나지가 않았다.

"이대로 혼자 도성의 궁궐로 돌아가게 되면 나는 계속 그 사람 생각만 하느라, 아무 일도 할 수 없을 거야. 계속 아픈 건 아닐지 걱정하느라 미쳐버리게 될 거야! 마지막으로 본 그 사람의 아픈 모습만 수십, 수백 번을 되풀이 생각하며 스스로를 고문하게 될 거야!"

"하지만…… 그럼…… 저하는……."

"몰라! 몰라! 몰라! 지금은 당이가 먼저야. 내가 먼저야! 그러니까 자네는 얼른 가마부터 수배해. 아니면 내가 도성까지 직접 안고 갈 테니까!"

그리고 준형은 실제로 그렇게 했다.

도성으로 출발해서 채 한 시진(두 시간)도 지나지 않아, 준형은 가교를 멈추라 명했다. 가마 안에서 혼자 아파하고 있을 당이 걱정 때문에 영 마음이 진정되지 않아서였다.

"저하! 갑자기 이리 달라진 모습을 보이시면 궁인들이 의심을……."

가교에서 내려서 성큼성큼 당이의 가마 쪽을 향해 걸어가는 준형의 곁에서 감 내관이 은밀히 주의를 주었다.

"온궁에서 잘 휴양한 덕분에 원기를 되찾았다 하질 않았느냐!"

준형이 주변의 모든 사람들이 들을 수 있도록 큰 소리로 답을 한 후, 당이가 들어 있는 가마로 가까이 갔다.

"가마 문을 열어라."

당이의 가마 곁을 따르던, 궁녀들 중에 가장 나이 어린 축에 속하는 어린 궁녀가 놀라 토끼 눈이 되어서는 얼른 가마 문을 들어 올렸다.

"어머낫!"

어린 궁녀의 입에서 작은 비명이 터져 나온 건, 가마 문을 들어 올리면서 흘끗 들여다본 안에서 축 늘어진 당이의 모습을 보았기 때문이었다.

"당이!"

준형이 얼른 가마 안에서 당이를 빼내었다. 그러곤 힘 하나 안 들이고 반짝 들어 올려 가교로 향했다.

"의원을 불러와!"

"저하."

"당장!"

어느새 소빈마저 가마에서 내려 준형의 하는 양을 못마땅한 눈으로 보고 있었지만, 준형은 아랑곳하지 않았다. 지켜보는 모든 사람들이 당황할 정도로 거친 어조로 "의원! 의원 게 없느냐!" 하고 고래고래 고함을 쳤다.

"예, 저하! 소인, 여기 있사옵니다!"

행렬 뒤에서 느긋하게 따라오고 있던 의원 중 하나가 혼비백산하여 준형에게로 달려왔다. 이미 아침에 행렬이 출발하기 전에 당이를 진맥하고, 응급으로 환약을 먹게 한 의원이었다.

"아직도 열이 떨어지고 않잖아! 빨리 약을 써! 빨리 고치라고! 고뿔 하나 다스리지 못하는 게 무슨 얼어 죽을 놈의 의원이야!"

"허억!"

준형의 너무도 세자답지 않은 거친 말투에 주변의 사람들이 일제히 숨을 들이마셨다. 그래도 준형은 그런 것에 신경 쓸 여유가 없었다. 의원이 벌벌 떨며 의녀를 시켜 다시 한 번 당이를 진맥하게 하는 동안에도 당이를 꼭 껴안고 있었다. 의원이 물러났다가 해열을 위한 환약과 수통을 가지고 돌아왔을 때는 의원이 의녀에게 전해주는 환약과 수통을 뺏어 들었다.

"가려라."

준형이 명을 내리자, 근처에 섰던 내관과 궁녀들이 일제히 준형과 당이가 탄 가교의 휘장을 내려 두 사람의 모습을 가렸다.

그 직후 준형은 조금은 크다 싶은 환약을 자신의 입안에 넣어 이로 대충 부드럽게 씹어 뭉갠 후, 당이의 입술로 가져갔다.

'뜨거워!'

당이의 입술은 불이었다. 바삭바삭 마른 대지였다. 준형의 부드러운 혀가 그 마른 대지 안에 부드럽게 파고들었다. 작은 틈을 만들어, 제 입에서 뭉근 해진 환약을 당이의 입안으로 옮겨주었다. 얼른 수통의 물을 머금어, 마른 대지 안에 흘려 넣어주었다. 차가워진 입술로 뜨거워진 불을 식혔다.

"낫는 거야. 이대로. 알았지?"

몇 번의 찬물과 찬 입술을 전달한 뒤, 준형이 당이의 뜨거운 볼을 감싸고 주문을 걸었다.

"으…… 응."

의식이 없는 당이가 열에 들뜬 대답을 하고선, 본능인 양 준형의 앞섶을 잡고 매달렸다.

"그만 가자!"

준형이 당이를 안은 그대로 주위에 명했다. 그러고서 도성에 당도할 때까지 준형은 단 한순간도 당이를 품에서 떼놓지 아니하였다.

"세자저하 납시오!"

준형과 소빈의 온궁 행차 행렬은 온궁을 떠난 지 사흘째 날 늦은 오후가
다 되어서야 도성의 궁궐로 돌아왔다.

"저하! 환궁을 감축드리옵니다!"

'뭐, 뭐야?'

'이게 다 무슨 일이야?'

동궁전의 상궁 나인들과 내관들은 일제히 전각 앞에 나와 나란히 줄을 선
채 세자를 맞이하다 말고 모두들 놀라 서로를 돌아보며 눈만 끔뻑거렸다. 단
순히 세자가 몰라보게 건강해진 모습으로, 자신의 두 발로 성큼성큼 동궁전
마당 안으로 들어선 때문만은 아니었다.

세자가 두 팔에 웬 여인 하나를 안고 있었기 때문이었다. 잠이 든 것인지,
의식을 잃고 있는 것인지 세자 품 안의 여인은 눈을 감고 있었지만 그런데도
여간한 미색이 아님을 충분히 알 수 있을 만한 얼굴이었다.

"김 상궁마마님. 이게 어찌 된 일입니까?"

여인을 품에 안은 세자와 그 뒤를 이어 내관들이 동궁전 안으로 들어간
후, 정 상궁을 비롯한 상궁 나인들이 일제히 홀로 남은 김 상궁에게 다가와
사정을 물었다.

"저분은 도대체 뉘십니까?"

"뉘시기에 저하께서 친히 저렇게……?"

"아니. 그런데 이럴 수도 있는 것입니까? 저하께 안겨 들어오다니요. 여기
가 어디라고요."

"시끄럽다!"

낯선 여인의 등장에, 그것도 파격적인 입궁 방식에 놀란 상궁들의 물음을
김 상궁은 단 한마디로 일축하였다.

"저하의 뜻이다. 감히 누가 토를 다느냐? 각자 입조심들 하고, 제자리로 돌아들 가거라! 정 상궁, 자네는 남고."

호기심과 경악에 찬 다른 궁인들을 모두 물린 후 김 상궁이 정 상궁에게 소빈의 명을 전하였다.

"자네는 지금 당장 아이들을 데리고 가서 연화당을 준비해주게."

"연…… 화당을 말씀이십니까?"

정 상궁은 연화당을 준비하라는 말에 놀라 김 상궁을 보았다.

연화당은 비록 규모는 다른 전각들에 비해 크다고 할 수 없는, 소박한 전각이었지만, 동궁전의 후원과 바로 이어져 있는 곳이었다.

몇 대 전의 임금께서 세자 시절 가장 총애하던 후궁을 위해 지은 곳으로, 그 이후로도 대대로 세자에게서 가장 사랑받는 후궁들이나 특별상궁들에게 주어진 곳이었다.

"시중들 나인 두서넛도 준비시키게. 소빈마마께서 이르시길, 되도록 어린 나인들로 시중을 들게 하라 하셨네. 나이 든 궁인은 불편해할 것이라고."

"……아직 전하께서 환후 중이신데 저하께서 후궁을 들이시기로 하신 겁니까?"

놀란 마음을 애써 감추며, 정 상궁이 목소리를 낮춰 김 상궁에게 물었다.

"아니네."

"아니시라면? 그럼 특별상궁으로?"

"어허. 자네, 언제부터 이렇게 말이 많아졌는가? 윗분들이 시키면 시키는 대로 하는 것이 우리의 소임. 아무 생각 말고 그저 빨리 시킨 일이나 하게."

김 상궁은 정 상궁의 궁금증에 뭐 하나 속 시원한 답을 주지 않고 일방적으로 대화를 끝낸 후, 동궁전 안으로 걸음을 옮기려 하였다. 그런 김 상궁의 뒷모습을 보다 말고 정 상궁이 서둘러 김 상궁을 불러 세웠다.

"그런데 김 상궁마마님!"

"또 무언가?"

김 상궁이 정 상궁을 돌아보았다.

"후궁도, 특별상궁도 아니시라면, 그분을 앞으로 어찌 불러야 하옵니까?"

"내가 방금 무어라 했던가?"

오랜 여정에 쌓인 피곤과 짜증으로 김 상궁이 신경질적으로 말을 받았다.

"저하께서 그분께 연화당을 내렸다 하지 않았던가. 그럼 그분을 어찌 불러야 하겠는가?"

"그럼……?"

"정식으로 품계를 받으시기 전까지는 연화당마마님으로 부르시게. 밑에 아이들에게도 그리 일러두고."

"으흠……."

그때 자신에게 '연화당마마님'이라는 새로운 이름이 붙여진 줄도 모르고 당이는 약에 취해 계속 잠들어 있는 중이었다.

"잠깐 일어나지?"

다정한 부름과 뺨에 닿는 부드러운 손길에 당이가 눈을 떴을 때, 당이는 자신의 얼굴을 빤히 들여다보고 있는 세자 현을 보고선 놀라 "헉!" 하며 뻣뻣하게 몸을 굳혔다.

"또!"

세자의 옷을 입고 있는 준형이 서운한 듯 입술을 삐죽거리고선 당이의 오뚝한 코를 슬쩍 잡아 비틀었다.

"아……."

그제야 당이는 제 눈앞에 있는 이가 저가 너무도 사랑하는 사내임을 깨닫고 안도의 한숨을 쉬었다. 지난 이틀 동안 번번이 이랬다. 눈을 들 때마다 눈앞에 있는 준형을 보고는 세자 현인 줄 알고 소스라치게 놀랐다, 다시 안심하곤 하였다. 그런 자신의 행동이 준형을 서운하게 하는 걸 알기에 잠들기 전이나 졸음이 오기 전에는 반드시 저 스스로에게 되뇌었다.

'이분은 공자야. 세자저하가 아니다. 다른 사람의 옷을 입고 있어도 이분이 내가 연모하는 공자야.'

하지만 그런 다짐과 되뇜도 다 부질없었다. 아픔에 취해 약에 취해 깜빡 잠에 곯아떨어졌다 깨어날 때마다 당이는 번번이 준형을 세자로 잘못 보았고, 번번이 놀랐고, 번번이 준형을 서운케 했다.

"미안해요."

"그러게. 정말 많이 미안해야 할 거야."

짐짓 삐친 척, 준형이 다시 한 번 당이의 코를 비틀고는 바깥에 있을 귀들을 의식하여 당이의 귀에 제 입을 가져다 대고 은밀히 속삭였다.

"자꾸만 이러면 당신을 안 재우고 싶어질 테니까."

창백한 당이의 얼굴이 발갛게 물드는 걸 보고서야 준형은 제 말뜻이 고스란히 전해진 걸 알고 만족한 웃음을 띠며, 당이에게서 물러났다.

"……아바마마와 중전마마를 뵈러 대전으로 갈 거야. 그동안에 당신을 계속 여기 있게 하고 싶은데, 법도가 그게 아니라네. 여기서 제일 가까운 전각 하나를 마련해달라 했으니, 거기서 쉬고 있어. 금방 갔다 올게. 응?"

당이가 그러겠다고 말하기도 전에 준형은 조금 전 제가 비튼 조그만 당이의 코끝에 쪽 소리를 내며 입을 맞췄다. 그러고서도 당이를 두고 간다는 아쉬움이 가시지 않아 조그맣게 열려 있는 당이의 입술로 옮겨가려는데, "저하." 하고 방문 밖의 감 내관이 준형을 재촉하였다.

"난 저 내관이 정말 싫어!"

준형이 당이에게 웃음기 어린 목소리로 속삭인 뒤, 방문에 대고 외쳤다.

"가. 간다고!"

"아바마마를 뵙게 해주십시오."

잠시 후, 임금이 누워 있는 대전 침전에 든 준형은 중전 김씨에게 공손히 청을 하였다. 침전의 제일 아랫목에는 병환 중인 임금이 누워 있었다. 그 바로 앞에 긴 발이 쳐져 있었고, 중전은 그 발 앞에 떡하니 버티고 앉아 있는 중이었다. 그런 준형에게 막 인사를 마친 준형의 등 바로 뒤에는 어머니 소빈이 얌전히 고개를 숙인 채 앉아 있었다.

-절대 만만한 상대가 아니다. 나와 세자를 죽이지 못해 안달 난 늙은 여우야. 그러니 되도록 오래 말을 섞지도 말고, 오래 대하고 있지도 말거라. 눈치가 빠른 이니, 너와 세자의 차이를 금세 눈치챌지도 모른다.

환궁하기 전, 소빈은 준형에게 그리 경고했더랬다.

-전하를 뵙게 해달라고 해도 갖은 핑계를 대며 보여주려 하지 않을 것이다. 그러니 괜히 전하를 뵙겠다고 어설픈 고집을 피우지 마. 세자는 여태 단 한 번도 중전의 말을 거스른 적이 없었음을 명심하거라.

그런 말도 덧붙였었다. 그런 소빈의 예상대로 중전 김씨는 임금을 뵙게 해달라는 준형의 청을 단칼에 거절하였다.

"아니 된다."

"오래 출타해 있다 돌아온 자식이 부모에게 인사를 고하지 않는다면 그건 크나큰 불효이지 않습니까."

"효를 다하고 싶은 세자의 마음은 알겠다만, 세자의 몸 또한 완전히 건강해진 것은 아니니 아직은 전하와 가까이하는 것을 삼가는 게 좋을 것이다. 본디 사가에서도 아비와 아들이 동시에 중한 병이 들 때는 한자리에 두지 않음을 세자도 잘 알지 않는가?"

사실 중전 김씨는 전부터 세자 현이 임금의 문안을 들겠다고 할 때마다 늘 똑같은 논리를 내세워 두 사람의 만남을 방해해왔다.

임금의 환후가 주로 발열과 종기, 각혈 등의 증세로 나타나다 보니 몸이 허한 세자가 임금의 곁에 오래 머물면 자칫 병을 옮을 수도 있을 것이라 주장하였다. 하여 정히 꼭 만나야 한다고 고집을 피우면 지난번 소빈의 경우처럼 아주 잠깐, 중전 자신이 곁을 지키고 있을 때만 허락해줬을 뿐이었다.

"아직 몸도 완전히 성치 않은 데다 먼 길을 오느라 피곤할 테니, 오늘은 그만 가서 쉬도록 하여라."

"어의."

물러나라는 중전의 말을 듣는 둥 마는 둥 준형은 방문 앞에 엎드려 대기하고 있는 사내를 불렀다. 대전 침전에 들면 누구누구가 있을 것이란 것을 미리 감 내관과 소빈이 친절히 일러준 덕분에 준형은 그가 어의임을 어렵지 않게 알아차릴 수 있었다.

"예, 저하."

"다가앉게."

갑작스러운 준형의 명에 침전 안의 모든 사람들이 놀라 준형을 보았다.

어의도 당황스러워하면서도 세자의 명인지라 얼른 일어서 준형의 등 바로 뒤에 자리를 잡고 앉았다. 순간 준형이 앉은 채 빙글 뒤로 돌아앉더니, 고개를 숙이고 있는 어의의 얼굴 밑에 불쑥 제 팔을 들이밀었다.

"저, 저하?"

"진맥하라."

"예?"

"진맥하라. 그리고 내가 앞으로 아바마마께 계속 문후를 여쭈어도 되는지 판단하라."

'저 발칙한……!'

준형의 난데없는 명령에 중전 김씨의 얼굴이 파래졌다 다시 붉어졌다. 중전 자신의 앞에서 세자 저의 건강을 증명해 보이겠다는 말인즉, 중전의 말을 정면에서 반하는 행동이나 다름없는 일이었기 때문이었다. 어의 또한 그런 중전과 준형의 얼굴을 번갈아 쳐다보며 얼굴이 시뻘겋게 변했다.

만약 자신이 이 자리에서 세자의 명대로 맥을 짚어 세자의 건강함을 증명한다면, 중전과 영천군 두 사람은 결코 좋아라 하지 않을 것이었다.

그렇다고 맥을 짚어 세자가 임금의 문후를 여쭙지 못할 정도로 건강하지 못하다고 한다면, 딱 보아도 혈색이 좋아진 세자가 훗날 무사히 보위에 올랐을 때 제 목숨이 어찌 될지 몰랐다.

어차피 모든 어의는 자신이 모시던 임금이 승하하시면 벼슬자리를 내어 놓는 것은 물론이요, 임금을 살리지 못하였다는 죄로 처벌을 받기 마련이었다. 그 처벌이 형식상의 가벼운 처벌로 그칠 것이냐, 아니면 정말 목숨을 잃는 중형이 될 것이냐는 다음 대의 임금의 처결에 달려 있었다.

그러니 어의는 지금 쉽게 움직일 수가 없었다. 지금 자신의 진맥 결과에 따라 훗날의 제 목이 붙어 있을지 말지가 결정될 것이니까.

"진맥, 하라!"

망설이는 어의에게 다시 명이 떨어졌다. 그 목소리에는 분명 힘이 실려 있었다. 진맥을 받지 않고서는 이 자리에서 순순히 물러나지 않겠다는 뜻이 담긴 그 목소리는 단단하기 그지없어, 전혀 병자의 것 같지가 않았다.

"어서!"

다시 한 번 명을 내리는 세자의 단호한 목소리에 어의는 더는 망설이고 있을 수가 없었다. 하여 조심스럽게 세자가 자신의 얼굴에 들이민 손목을 잡아, 지그시 눈을 감고 그 손목의 맥을 짚었다.

조금이라도 맥이 흐트러져 있기를 바랐다. 먼 길을 온 피곤함이 조금이라도 남아 있기를 바랐다. 슬쩍, 눈만 들어 중전을 보니 중전 역시도 그리 말하란 듯 눈을 부라리고 있었다.

"어떠한가?"

어의가 진맥을 마치고 조금 물러나 앉자, 좀 전의 자애로운 웃음기는 어디로 팽개쳤는지 중전 김씨가 싸늘하기 짝이 없는 목소리로 결과를 물었다.

"저하!"

진맥의 결과 대신 어의가 놀란 얼굴로 준형을 불렀다.

"왜. 많이 안 좋은가?"

"아니옵니다. 이전에 짚었던 맥과는 몰라보게 달라지신지라. 맥에 힘이 생기셨습니다. 맥에 활기가 돕니다. 짚고 있는 소신의 손가락을 튕기는 힘 또한 규칙적이고 생기가 도는⋯⋯."

"어허!"

아픈 사람의 것 같지 않은 지나치게 건강한 맥에 놀라고 감탄한 어의의 말 중에 중전이 끼어들었다.

"어찌 이리 수선스러운 겐가!"

자신이 전혀 바라지 않던 결과가 나온 것에 마음이 상한 중전이 가시가 박힌 목소리로 어의의 입을 틀어막았다. 그 날카로운 가시는 이내 준형에게로 향했다.

"기어이 나를 꺾어 속이 시원하냐?"

"어마마마."

준형이 중전을 어마마마라 불렀다. 그 소리에 좀 전과는 또 다른 의미로 방 안 모든 사람들이 놀라 숨을 들이마셨다. 그중에서도 가장 놀란 건 당연히 들었어야 할 소리를 이제껏 단 한 번도 듣지 못하고 살아온 중전이었다.

"⋯⋯지금 나를 무어라⋯⋯ 부른 것이냐?"

"어마마마."

준형이 다시 한 번 분명한, 하지만 부드러운 목소리로 중전 김씨를 '어마마마'라 불렀다. 그러고선 무릎걸음으로 중전 김씨의 앞으로 다가가 앉았다.

"세, 세자?"

당황해하는 중전 김씨를 보며, 입가에 잔잔한 미소를 띤 준형이 살며시 손을 내어 중전의 무릎 위에 놓여 있는 손을 잡았다.

"어마마마. 소자가 어찌 어마마마의 뜻을 꺾으려 하겠나이까? 곡해하지 마옵소서. 모두가 조금이나마 어마마마의 근심을 덜어드리려 함이었습니다."

'무슨 꿍꿍이지?'

갑작스레 전에 없이 다정하게, 지나칠 정도로 친밀하게 구는 세자의 모습에 얼떨떨해진 중전이 세자의 속내를 읽으려는 듯 빤히 세자의 얼굴을 바라보았다. 준형은 그런 중전의 눈을 피하지 않고 맞받았다. 적대감도, 경계심도 담지 않은 눈으로 그저 순하게 보기만 하였다.

"많이 변하였구나."

중전이 준형을 보며 중얼거리는 소리에 소빈의 등에서는 주르륵, 식은땀이 흘러내렸다. 하지만 준형은 조금도 흔들림 없는 태연한 말투로 중전의 말을 받았다.

"어마마마도 많이 변하셨사옵니다."

"내가?"

"예. 실은 지금까지 소자의 눈에 어마마마는 그저 어렵고 무서운 분이시기만 하였사옵니다. 하여 마땅히 아들 된 도리로 어마마마라 불러드렸어야 하거늘, 어리석고 두려운 마음에 감히 어마마마라 부르지 못하였나이다."

"……이제는 다르다?"

"적어도 예전처럼 어렵고 무섭지만은 않사옵니다."

그러고선 준형은 기꺼운 마음으로 환하게 웃어 보였다. 정말 친어미에게 웃어주듯 그리 다정하게 웃어주었다. 중전 김씨는 그 모습에 눈이 부신 것처럼, 실눈을 뜨고 눈앞의 청년을 보았다.

처음이었다. 이리 가까운 곳에서 세자의 흔연히 웃는 낯을 본 것은. 아니, 아니었다. 굳이 되새겨 보면 똑같은 웃음을 지척에서 본 적이 있었다.

세자가 아주 어릴 때였다. 막 걸음마를 시작할 무렵이었다.

산책 삼아 궁궐 후원으로 나섰던 중전은 우연히 임금과 소빈, 그리고 아기였던 현의 모습을 본 적이 있었다. 재빨리 커다란 나무 뒤에 숨어 지켜본 세 가족의 모습은 눈이 부시도록 행복해 보였다.

젊은 임금과 소빈은 열 걸음쯤 떨어진 곳에서 두 팔을 활짝 편 채 앉아, "이리, 아비에게로 오너라." "아니에요, 왕자, 이쪽으로 오세요." 하고 현을 부르고 있었다. 그 부름에 답하듯 까르르륵, 투명한 웃음을 터트린 아기 현은 뒤뚱뒤뚱 걸어가다 와락- 임금의 품에 안겼더랬다.

"하하하하! 소빈, 거 보거라. 이놈은 나를 더 좋아한다니까! 하하하하하!"

임금이 제 품으로 달려든 현이 무척이나 자랑스러운 듯 두 손으로 현을 머리끝까지 높이 들어 올린 후 제자리에서 빙글빙글 돌았다.

"전하, 내려주셔요. 왕자가 울겠습니다."

"운다고?"

소빈의 말에 화들짝 놀란 임금이 얼른 높이 들어 올리고 있던 현을 내려, 그 얼굴을 들여다보았다. 하지만 현은 여전히 까르륵 숨이 넘어가게 웃고 있을 뿐이었다. 임금은 그런 현이 귀여워 못 견디겠다는 듯, 자신의 뺨에 현의 뺨을 가져다 대고는 소빈을 보았다.

"울기는. 이리도 좋아하고 있지 않느냐. 그렇지, 현아? 너는 이 애비가 좋은 것이지? 하하하하!"

"까르르륵!"

숨이 넘어갈 듯 웃는 어린아이의 웃음소리가 청량한 하늘에 울려 퍼졌다.

'이제 보니 웃는 모습은 전하를 많이 닮았구나.'

중전이 새삼스러운 눈으로 준형을 보고 있자니, 준형이 다시 중전에게 말을 걸어왔다.

"어마마마. 소자가 아바마마를 뵈어도 되겠나이까?"

"흥. 그러려고 이렇게 다정히 구는 게 아니냐?"

딱히 더는 말리고 싶지도 않게 된 중전은 슬그머니 준형의 손에 잡혀 있던 제 손을 잡아 뺀 후 자리에서 일어났다.

"갑갑하다. 잠시 산책이나 하고 와야겠다. 소빈은 잠깐 나를 따르시게."

중전이 소빈에게 명한 후, 먼저 도도하게 턱을 치켜들고 방을 나섰다.

께름칙한 얼굴로 계속 말 한마디 않고 앉아 있던 소빈이 잠시 준형의 등에 원망스러운 시선을 보낸 뒤 중전을 따라나섰다.

중전과 소빈이 방을 나가자 기다렸다는 듯 대전내관들이 발을 들어 준형이 발 너머에 누워 있는 임금에게 가까이 다가서게 하였다.

"전하. 세자저하께서 납시셨……."

형식적으로나마 대전내관이 임금에게 고하려 하자, 준형이 손을 들어 내관을 조용히 시킨 후 물러나게 하였다.

'……아버님.'

거친 숨을 내쉬고, 의식도 없이 누워 있는 임금의 곁에 앉아 준형은 가만히 임금의 얼굴을 내려다보았다.

임금은 이전 날 저를 만나러 왔던 아버지 김 부사의 친구 이 생원의 모습은 떠올릴 수 없을 정도로 완전히 달라진 모습을 하고 있었다. 얼굴은 새카맣게 변한 데다 바싹 말라 있었고, 이마와 풀어 헤친 머리 중간중간에는 검붉은 피딱지가 앉은 종기자국도 보였다. 후우, 후우. 거친 소리와 함께 내쉬고 들이마시는 숨 또한 많이 흐트러져 있었다. 남은 목숨이 얼마 남지 않았음을 짐작하기에 충분한 모습이었다.

하여 임금의 모습을 준형은 오랫동안 눈 안에 새겼다.

'……제가 너무 늦은 건 아니겠지요?'

준형은 떨리는 손을 내어, 새카만 아비의 뺨을 어루만졌다.

'조금 더 빨리 찾아오시지 그러셨습니까. 어차피 이 생원이라 거짓을 말하실 거면 좀 더 일찍, 좀 더 자주 오셨어도 되지 않습니까. 제게 조금 더 기억할 거리를 남겨주셔도 좋았지 않습니까. 건강하시지요, 아프지 마시지요, 이 모습이 다 무엇입니까!'

"아버님……!"

수많은 말을 가슴에 품고, 준형이 간신히 들릴락 말락 한 소리로 아비를 불러보았다.

그때였다.

"흐으…… 으읏……."

준형의 마음속 원망과 부름에 답하기라도 하듯 임금의 몸이 푸들푸들 거친 경련을 시작하였다.

"아버님…… 아바마마……! 정신을, 정신을 차리시는 것입니까?"

"흐으…… 으으……."

임금이 준형의 물음에 답하듯 이번엔 거칠게 몸을 들썩였다. 준형이 얼른 그런 임금의 몸을 받쳐 안고선 소리쳐 어의를 불렀다.

"어의! 어의! 얼른! 얼른 아버님을, 아바마마를!"

임금을 안은, 다급한 준형의 외침에 어의와 상선내시가 얼른 뛰어와 발을 걷고 두 사람에게 다가왔다. 하지만 임금의 눈꺼풀을 들여다보고 맥을 짚고, 손등 살을 꼬집어보는 어의의 행동은 이상할 정도로 차분하기만 하였다.

"웃…… 윽! 윽!"

그런 중에도 임금은 여전히 준형의 품 안에서 고통스러운 신음과 함께 계속 몸을 들썩였다.

"아바마마께서 어찌 이러시는 것이냐?"

"별일 아니옵니다."

"뭐야?"

지나치게 태연한 어의의 태도에 울컥한 준형이 덥석, 어의의 멱살을 잡고는 코끝이 닿도록 얼굴을 끌어당기고선 다시 물었다.

"별일이 아냐? 네 눈엔 이리 고통스러워하시는 게 보이지도 않아? 별일이 아니라니. 어의 된 자로서 그게 할 말이야?"

"그, 그런 게 아니옵니다. 저하! 그런 게 아니라……."

목이 졸린 채 하얗게 얼굴이 질린 어의가 차마 변명도 못 하고 있을 때 상선이 대신 어의의 말을 받았다.

"지금 독한 약을 쓰는 중이라 전하의 옥체가 때때로 그것을 감당치 못하여 이리 경련을 일으키시곤 하옵니다."

"뭐?"

준형의 손에서 힘이 빠지는 걸 느낀 어의가 슬그머니 준형의 손을 떨치고,

뒷걸음으로 물러났다. 그대로 준형의 발목을 붙잡고 납작 엎드려 우는 소리를 늘어놓았다.

"보, 본디 독과 약이 하나이니, 강한 약은 강한 독과 같습니다. 전하께옵서는 이미 보통의 약제로는 다스릴 수 없는 정도의 중한 병환이시어 독한 약을 쓸 수밖에 없었사옵니다. 모든 것이 불민한 소신의 잘못이오니, 부디 이 몸을 죽여주시옵소서. 저하!"

"왜야. 이렇게 괴로워하실 정도라면 차라리, 차라리……!"

돌아가시게 놔둘 것이지- 그리 말하고 싶었지만, 준형은 차마 그 말을 입에 담지 못했다. 임금을 죽게 놔두라. 그 말은 곧 임금을 죽이라는 이야기와 같았다. 아무리 궁궐 사정에 어두운 준형이라고 해도, 그런 일이 용납되지 않음은 너무도 잘 알고 있었다.

"……아바마마는 나으실 수 있는 것이냐?"

준형이 떨리는 목소리로 어의에게 물었다.

"소신을…… 죽여주시옵소서."

임금이 회복되기 어렵다는 말 대신, 어의가 다시 한 번 방바닥에 이마를 찧듯이 하고 우는 목소리를 내었다. 그러는 사이, 어느새 발작을 일으키던 임금의 몸이 차츰차츰 진정되기 시작하였다.

준형이 그런 임금을 조심히 다시 자리에 눕혔다.

상선이 그런 준형을 도우려 했지만 준형은 그 손을 마다하였다.

"물러나라. 내가 할 것이다."

상선은 뜻밖이라는 듯 잠시 눈썹을 치켜떴지만, 이내 허리를 숙인 채 뒷걸음으로 발 뒤로 물러났다.

어의 역시 마찬가지였다.

그런 두 사람을 본체만체, 준형은 용포 안의 흰 소매 자락을 꺼내어 임금의 새카만 얼굴에 밴 진땀들을 닦아주었다.

"흐음. 으음…… 야. ……야."

조금 진정되기 시작한 임금의 입에서는 아까보다는 훨씬 더 고른 숨소리가 새어나왔다. 아비의 얼굴에 밴 땀을 닦아내던 준형의 손길이 멎었다.

"방금 뭐라 하셨습니까? 아바마마. 아바마마!"

준형이 임금의 어깨를 잡고 작게 흔들며 일어날 기미가 보이지 않는 임금을 불렀다. 아주 조금이었지만 분명히 임금의 입술이 움직인 걸 본 것 같아서였다. 입술을 조금 오므라져 내밀고 무어라 말한 것 같아서였다.

'부야.'

환청인지, 실제인지 몰랐다. 그런데도 준형은 자꾸만 아비가 방금 제 이름을 부른 것 같은 생각이 들었다.

"이쪽은 마마님 곁에 두고 쓰실 아이들입니다. 무어 불편한 점, 궁금한 점이 있거든 이 아이들에게 일러주십시오. 저기 장에 들은 옷가지들은 우선 임시로 입으실 것들입니다. 마음에 아니 드시거든 그 또한 이 아이들에게 일러주십시오. 새것을 받아다 드릴 것입니다."

그때 동궁전 후원 앞의 연화당에서는 정 상궁이 어린 나인들을 대동하고 당이에게 궁궐 생활에 대해 한창 설명하고 있었다.

"잠시만요."

정 상궁의 말을 조금 피곤한 것 같은 얼굴로 얌전히 듣고만 있던 당이가 문득, 무엇인가의 느낌에 일어나 방문 쪽으로 다가서려 하였다.

정 상궁이 재빨리 그런 당이 앞을 막아섰다.

"어딜 가시려 하십니까?"

"……갑갑하여 잠시 바람을 쐬려고요."

어쩐지 느낌에 준형이 올 것 같아 나간다는 말 대신 둘러댄 당이의 답에 정 상궁의 미간에 작은 실주름이 졌다.

"너희는 잠시 나가 있어라."

정 상궁이 어린 나인들을 방 밖으로 내몬 후, 당이에게 말했다.

"마마님은 아직 많이 편찮으시다 들었습니다. 실제로 뵈오니 안색도 창백하시기도 하고요. 내의원에서 의녀를 불러올 테이니 잠시 기다리시지요."

"괜찮아요. 그럴 것 없어요. 그냥 좀 후덥지근한 것 같으니 잠시 걸으며 밤바람이라도 쐬면……."

"어디서 말씀입니까?"

"어디서라니. 그냥 요 앞이라도……."

"마마님은 궁을 무어라 생각하십니까? 이 궁에 궁인들이 모두 몇 명이나 되는 줄은 아십니까? 그 궁인들이 마마님을 어찌 보실 줄은 아십니까?"

"내가 꼭 알아야 합니까?"

당이가 반항적으로 되물었다. 보통 때라면 그냥 들어 넘겼을 것이었다. 궁궐의 상궁 나인들이 자신을 환영하지 못하리란 건 이미 짐작하고 각오하고 있었던 일이니까. 이제껏 대부분의 장소에서 그랬다. 대부분의 사람들에게서 그랬다. 양반에게도 양반이 아닌 사람에게도 환영받지 못했다.

어린 시절, 집안의 가난을 보다 못해 처음 동네 잔칫집 부엌일을 돕겠다고 나섰을 때도, 그 뒤에도 삯바느질이며 부엌살림 돕는 일을 하며 돈을 벌려 했을 때도 마찬가지였다. 양반집 사람들은 양반의 체신을 깎아먹는 계집아이라며 손가락질하고 눈을 흘겼고, 양반이 아닌 이들은 양반이면서 천하고 가난한 자신들의 일감까지 뺏어가려 든다고 눈치를 주었다.

금자도에서도 마찬가지였다. 단 한 번도 금자도의 일꾼들 사이에서 환영받지 못했다. 더구나 그때는 꽤나 노골적인 괴롭힘도 당하지 않았던가?

그러니 애초부터, 궁궐이라고 궁궐 사람들이라고 다를 것이라 생각하지 않았다. 이제까지와 다를 바 없으니 견디면, 그뿐이었다.

그런데 그럴 수가 없었다.

며칠째 계속된 신열(병 때문에 나는 몸의 열)은, 그리고 당장이라도 밖으로 나가 준형을 맞아주고 싶은 마음은 당이에게서 참을성을 빼앗고 말았다.

참아야 한다는, 참을 수 있다는 각오를 무너뜨리고 말았다.

"하고 싶은 말이 있다면 빙빙 돌리지 말고 바로 하세요. 궁인들의 숫자나, 나를 어떻게 보는지나, 그게 정말 정 상궁이 내게 궁금한 것입니까?"

"궁궐에 보는 눈이 많다는 걸 알려드리는 것뿐입니다. 뭐, 지금의 처지를 만끽하며 온 궁궐을 누비고 싶은 마음이야 모르는 바는 아니지만……."

"말이 지나치군요."

치밀어 오르는 화를 억누르느라 당이의 목소리가 가라앉았다. 정 상궁은 그것을 기가 죽은 것이라고만 생각해 의기양양하게 말을 이어갔다.

"궁궐의 삶이란 말입니다, 날카로운 칼날이 숨겨져 있는 꽃밭 같은 것이지요. 겉으로 보기에는 지극히 아름답고 향기로워 보이지만 그 미와 향에 취해 정신없이 거닐다 보면 어느새 두 발은 피투성이가 되고 만답니다."

정 상궁은 저의 몇 마디 말로 스스로 나락으로 굴러떨어진 화정의 일을 떠올리며 슬쩍 미소를 지었다.

"실제로 얼마 전에는 의녀 하나가 저하와 한 번 합방을 한 것만으로 온 세상이 제 발 아래에 있는 것처럼 거만하게 굴다, 결국은 내쳐진 일도 있었지요. 그 여인이 지금은 어떤 꼴이 되었는지 아십니까? 반미치광이가 되어 사람 꼴도 아닌 상태로 옥방에 처박혀 간신히 숨만……."

"정 상궁!"

당이가 어금니를 악문 채 정 상궁을 불렀다. 그제야 정 상궁은 자신이 조금 선을 넘었음을 알고 얼른 고개를 숙이고 변명이랍시고 하였다.

"서운하게 듣지 마시지요. 저는 어디까지나 좋은 뜻으로……."

"나는!"

당이가 정 상궁의 말을 다시 한 번 가로막았다.

"정 상궁처럼 궁궐의 일에 대해 잘 알진 못합니다. 하지만 모든 궁인들은 입조심을 해야 한다, 그리 알고 있습니다. 보고 들은 것을 입 밖에 내지 않는 것이 궁인들의 계율이라 들었습니다. 혀의 무거움을 천근의 추와 같이해야 한다, 그리 들었습니다. 그런데……."

당이가 일부러 잠시 말을 멈춘 후, 점차 일그러지는 정 상궁의 얼굴을 보고선 쓸쓸하게 말을 이었다.

"그런데 지금 정 상궁의 모습은 내가 알고 있는 사실과는 전혀 다르군요. 내가 잘못 알고 있었던 겁니까? 아니면 정 상궁이 나를 만만히 여겨 잘못을 하고 있는 것입니까?"

차분하기 짝이 없지만, 어쩐지 매섭게 느껴지는 당이의 질책에 정 상궁은 저도 모르게 찔끔, 어깨를 움츠렸다. 사실 정 상궁은 당이를 화정이 그랬듯, 그저 제 분수도 모르는 어린 계집이라 생각하였다.

오죽하였으면, 얼마나 자신의 위세를 과시하고 싶어 안달이 났으면, 세자의 품에 안겨 입궁할 생각을 하였을까, 하여 못마땅하게 여겼다.

'명청하고 어리석은 계집.'

연화당에 온 후에도 어쩐지 반은 넋이 나가 있는 사람처럼 멍하니 굴고 있는 당이를 보며, 정 상궁은 제 생각이 틀리지 않았다 그리 여겼다.

하여 화정 때처럼 신경을 거슬리는 몇 마디 말로 불안케 하고, 초조케 하고, 의심케 하여, 당이 또한 저 스스로, 제 발등을 찧게 만들 수 있을 것이라 은근히 자신하였다. 그러나 정 상궁은 곧 자신이 틀렸음을 깨달았다.

"물었습니다. 내가 잘못 알고 있었던 건지, 아니면 정 상궁이 잘못을 한 건지. 정 상궁이 정 답하기 어렵다면 동궁전의 지밀상궁인 김 상궁에게 물어 잘 잘못을 가려보고요."

재차 캐묻는 당이의 모습은, 단호하기 그지없는 당이의 목소리는, 절대 명청한 어린 계집답지 않았다. 오랜 궁궐살이에 꽤나 인이 박인 정 상궁인데도, 당이의 말은 정 상궁의 간담을 서늘케 하기에 충분하였다.

"아, 아닙니다. 제가…… 잘못하였습니다."

"정 상궁은 잘못을 빌 때, 언제나 그렇게 분하고 억울한 듯한 얼굴로 뻣뻣하게 서서 잘못을 빕니까?"

자못 매섭게 지적하는 당이의 모습에 정 상궁은 얼른 철퍼덕 소리가 나도록 무릎을 꿇고선 고개를 숙여 저의 잘못을 빌었다.

"제가 정말 잘못하였습니다. 다, 다시는 이런 일이 없도록 하겠습니다."

정 상궁의 목소리는 정말 두려움 때문인지 덜덜 떨리고 있었다. 엎드려 비는 정 상궁의 모습과 그 목소리에 당이는 금세 자신이 너무한 게 아니었나, 조금 마음이 불편해졌다. 하여 정 상궁을 안아 일으키려고 엎드린 정 상궁에게로 가까이 다가갈 때였다.

"그래. 그러는 게 좋을 거야."

닫혀 있던 방문이 활짝 열리고, 준형이 그 모습을 드러냈다.

"누구든 이 사람에게 잘못을 하면, 이 사람에게 함부로 굴면, 내가 가만히 안 놔둘 거거든. 아니, 그 전에 이 사람한테 먼저 혼쭐이 나겠지만."

"저, 저하!"

정 상궁이 화들짝 놀라, 엎드린 상태에서 몸을 틀어 방문 쪽을 향해 다시 고개를 방바닥으로 박았다.

'언제 오신 거지? 내가 한 이야기를 다 들으신 건가?'

만약 그런 거라면 어떤 처벌을 받을지 모르는 일이었기에 정 상궁은 이번에야말로 온몸을 사시나무 떨듯 덜덜 떨며 준형에게 빌었다.

"저, 저하! 이년을 죽여주시옵소서."

"하. 여기나 저기나 죽여달란 사람이 왜 이렇게 많아."

서 있을 힘도 없이 지친 듯, 준형이 방문 기둥에 머리를 기대고선 당이에게 말했다.

"어떡할까? 죽여달라는데 죽여줄까? 당신 생각은 어때?"

순간, 방문 밖에 선 감 내관 뒤의 어린 나인들이 저희들 눈앞에 벌어지는 일에 눈을 동그랗게 뜨고 모이를 기다리는 어린 참새들처럼 입을 벌렸다.

정 상궁을 죽일까 하는 세자의 무서운 물음 때문이 아니었다.

이제 방금 저희들의 상전이 된, 마치 선녀처럼 아름다운 연화당마마님이 마치 나비가 춤추는 것 같은 사뿐한 걸음으로 세자저하에게 다가가 저하의 목을 끌어안고 매달린 때문이었다.

"죽이지 말라고?"

열어젖힌 방문 바깥에서 어린 나인들이 볼이 빨개져서 보고 있는 것도 모르고, 준형이 날씬한 당이의 허리를 감싸 안고 당이에게 물었다.

당이가 고개를 들어 그런 준형의 얼굴을 보았다.

"피곤해 보여요."

"응, 피곤해 죽겠어."

그리 말한 준형이 발아래의 정 상궁을 보지도 않고 명했다.

"이 사람이 널 살렸다. 운 좋은 줄 알고, 나가."

"예, 예, 저하."

정 상궁이 엉금엉금 기어 연화당 마루로 나갔다. 정 상궁의 치맛자락이 채 방문을 다 빠져나가기도 전에 성질 급한 준형이 방문을 닫아버렸다.

"어머!"

마당에 선 어린 나인들의 볼이 아까보다 한층 더 붉게 달아올랐다.

불이 꺼지지 않은 탓에 세자와 연화당마마님이 한 몸으로 찰싹 달라붙어 있는 모습이 방문에 그대로 비쳐 보였던 것이다.

"어허."

감 내관이 그런 나인들에게 무섭지 않게 눈치를 주고 선 얼른 방문을 등지고 돌아섰다. 세자를 따라온 동궁전의 궁인들과 나인들도 감 내관을 따라 얼른 방문을 등지고 돌아섰다.

"누구든 오늘 일을 입 밖에 내면 가만 안둘 줄 알아."

후들거리는 다리로 간신히 마루를 내려선 정 상궁이 어린 나인들에게 다가가 귓속말로 협박을 하였다.

허나 궁궐의 소문이 어디 협박으로 막아지는 곳이든가?

정 상궁이 연화당에서 물러난 지 채 한 시진도 되지 않아, 궁궐 안에는 예상보다 일찍 환궁한 세자와 연화당마마님에 관한 이야기로 떠들썩하였다.

"도대체 온궁에서 무슨 치료를 받으셨기에 저하께서 저리 강녕하신 모습으로 돌아온 거지?"

"온궁, 온궁 말로만 들었더니 정말 온천 약효가 신묘한 모양이네!"

"근데 저하께서 저리 강녕해지셨는데 소빈마마는 왜 그렇게 기분이 별로시래? 벌써 양의당 궁인들이 죄다 불벼락을 맞았다면서?"

한쪽에서 그리 수군대고들 있을 때 또 다른 한쪽에서는 세자가 직접 안고 입궁시킨 '연화당마마님'에 대한 이야기로 한창 입 방아질을 찧었다.

"그런데 저하께서 데려오신 그 연화당마마님 말이야. 사실은 온궁에서 허드렛일이나 하던 일꾼이라며?"

"에이! 아니래."

"아니야? 동궁전 김 상궁마마님이 직접 온궁의 일꾼 숙소에 가서 데려오셨다고 하던데?"

"저하께서는 그리 둘러대려 하신 것 같은데, 사실은 아니래. 너도 알지? 왜에, 전에 저하께서 궁궐 바깥에 정인이 있다고 한바탕 떠들썩했던 거."

"설마⋯⋯. 그럼 연화당마마님이 그때 그?"

궁인들 두서넛씩 모여 그리 이야기들 하고 있을 때, 누군가는 저녁 무렵 정 상궁이 당한 '수모' 아닌 '수모'에 대해 쑥덕대고 있었다.

"세상에. 들었어? 정 상궁마마님이 말 한마디 잘못했다가 그 새파랗게 어린 연화당마마님한테 혼쭐이 났다는 거?"

"저하께서 그러셨다잖아. 이 사람한테 무슨 죄를 지었느냐. 감히 이 사람의 신경을 거스르다니, 너 한번 죽어볼 테냐? 하고. 그 모습이 얼마나 무서웠던지, 정 상궁마마님이 다리에 힘이 풀려서는 연화당 방문을 엉금엉금 기어서 나왔다고 하잖아. 후후후훗. 고거 참 쌤통이지?"

"좋아할 때가 아니야. 하여간 앞으론 우리도 입조심해야 해. 자칫하다간 정말 목이 뎅강 날아갈지도 모른다고."

그렇게 과장과 엄살이 보태진 입소문들은 궁에 새로 등장한 세자의 정인,

연화당마마님의 위상을 궁안의 궁인들에게 각인시키기에 충분하였다.

세자와 연화당마마님에 대한 이야기로 쑥덕대는 건 궁인들만이 아니었다.

궐내 각사는 물론, 궁궐 곳곳에서 젊고 늙은 신하들까지 저마다 끼리끼리 모여 갑작스럽게 등장한 세자의 정인에 대해 관심의 촉각을 곤두세웠다.

"직접 본 사람이 그러던데 보통 미색이 아니랍니다. 경국지색, 그 자체라 하더이다. 오죽하면 늙은 내관들까지 그분의 미색을 보고 이제 갓 머리가 굵어진 사내아이처럼 볼을 붉히고 말을 더듬었다 하지 않습니까?"

"허허. 그 정도랍니까? 하긴 그러니 저하께서 친히 온궁 행차를 핑계 삼아 궐 밖으로 나가 직접 안고 오신 게지요."

"그런데 정식으로 입궁절차도 받지 않고, 첩지도 받지 않으신 분한테 당호를 내리는 게 가능한 일입니까? 그것도 중전마마의 허락도 없이요."

누군가가 한자리에 있는 예조의 좌랑에게 그리 물었다.

"원칙상으론 불가한 일이지요. 허나 정식으로 입궁을 시키신 것이 아니니, 오히려 더 절차에 대해 따지기가 어렵습니다. 당호를 주셨다고는 하나, 그 또한 정식으로 내리신 것이 아니라 임시로 그리 불러라 하신 거니, 무어라 하겠습니까?"

"그도 그렇지요. 그렇다고 세자저하께 법도에 안 맞는 일이니 도로 물리십시오, 내치시옵소서. 그리 말할 수 있겠소? 좀 전에 연화당에서 무슨 일이 있었는지 다들 들어 알고 있지 않소?"

"그렇긴 하지만…… 참으로 이상하군요. 저하께서 갑자기 이런 무리한 일을 하시는 이유가 무엇일까요?"

"설마…… 그 연화당마마님이란 분 말입니다. 혹시 벌써 회임이라도 한 거 아니겠지요?"

회임을 한 게 아닐까, 누군가의 입에서 나온 이야기에 좌중의 모든 사람들의 얼굴에서 핏기가 가셨다. 다들 드러내놓고 말은 안 하고 있었지만, 화정이라는 계집이 악담을 퍼부은 것처럼 세자를 의심하고 있던 중이었다. 세자가 앞으로 자손을 볼 수 없는 몸이 된 건 아닐까, 아니 아예 사내구실을 할 수 없게 된 건 아닌가 그리 의심하고 있던 차였다. 만약 그리된 게 분명하다면 세자가 다음 보위에 오르는 것은 필시 다시 고려해야 할 일이었기 때문이었다.

기실 온궁 행차를 가기 전 세자의 몸 상태는 누가 보아도 병색이 완연한, 절대 정상이라 볼 수 없는 상태가 아니었던가? 그런데 이제 와 세자가 건강을 되찾은 게 사실이고, 뿐만 아니라 그 연화당마마님이라는 미모의 정인으로부터 자손까지 보게 된다면?

'큰일이다!'

여태 은밀히 영천군 대감에게 줄을 대고 있던 이들은 여간 난처한 상황에 처하는 게 아니게 될 터였다.

'어떡하지? 이제라도 소빈마마나 강 부정에게 선을 뻗어놔야 할까?'

'만약, 만약 저하가 새로 들인 여인이 회임이라도 하게 된다면 향후의 정국은 누구도 쉽게 가늠할 수 없게 된다.'

스스로의 흥망성쇠가 걸린 것이나 다름없는 앞으로의 처신에 대해 신하들의 머릿속은 한층 복잡해졌다.

그러면서도 저마다 근심하는 제 속내를 들키지 않기 위해 세자의 이른 환궁을 축하하고 새로운 마마님의 등장을 기뻐하는 척 가식을 떨어댔다.

"뭐, 아무튼 저하께서라도 건강을 되찾으셨으니 이 얼마나 다행스러운 일입니까? 거기다 연화당마마님이 이번 참에 아기씨라도 가지시게 되면 그야말로 복된 일일 테고요. 허, 허허허허!"

"그, 그렇고말고요. 허허허허······!"

"말도 안 돼! 이럴 순 없어! 콜록콜록. 준형이 그 자식이······ 감히 나를 기만하고······ 유 내관! 얼른, 얼른 가서 외숙을 불러오너라. 어서!"

궁궐 안이 한창 떠들썩한 그때쯤, 도성의 모처에서는 현이 쉬 삭여지지 않는 분노로 부들부들 몸을 떨며 유 내관에게 악다구니를 쓰고 있었다.

"무얼 하느냐. 내 명이 안 들⋯⋯. 콜록콜록."

"진정하고 탕약이나 드시지요."

유 내관이 현의 악다구니를 무시한 채 방금 반회가 들고 들어온 탕약그릇을 가져다 억지로 현의 입에 가져다 대었다.

"저리 치워!"

툭, 떼구르르. 현이 밀쳐버린 탕약 그릇이 바닥에 나뒹굴었다.

물론 그 안에 있던 탕약도 고스란히 방바닥에 엎질러졌다. 유 내관은 그 모습을 보고는 미간을 찌푸리더니, 가볍게 어깨를 으쓱하였다.

"드시기 싫으시다면 드시지 마시지요. 기침과 가래를 삭이고 열을 떨어뜨리는 약을 마다하시면 밤새 괴로운 건 이 생원이시니까요."

"너엇⋯⋯!"

탕약이 튄 옷자락을 털며 일어서는 유 내관의 멱살을 잡으려고 현이 몸을 뻗었지만 유 내관은 가볍게 그 손끝을 튕겨내고는 방문으로 향했다.

"유 내과아안!"

소리 지르며 다시 몸을 뻗는 바람에 앞으로 고꾸라지려 하는 현의 몸을 얼른 반회가 받쳤다.

"유 내관⋯⋯. 네, 네 이놈!"

이제 욕설을 내뱉은 현의 목소리에는 날 선 기운이 하나도 없었다.

"예, 이 생원 나으리."

유 내관이 어쩐지 즐거운 것 같은 얼굴로 돌아보고선 턱을 치켜들더니 눈 아래로 현을 내려다보았다.

"네놈이 감히. 네 이노옴. 넌⋯⋯ 넌 누구의 신하더냐!"

"저야 전하의 신하이고, 저하의 신하이지요. 물론 이 생원은 지금 전하도 저하도 아니시고요."

유 내관이 약 올리듯 산뜻한 몸놀림으로 뒤돌아 방을 나갔다.

"저, 저…… 저런!"

"고정하세요. 이러시면 몸이 더욱 나빠지실 뿐입니다."

반회가 현을 달래어 눕히려 하는데, 현이 그런 반회의 멱살을 잡았다.

"너도, 너도 그놈의 편이지? 너도…… 이참에 아예 내가 죽어…… 그놈이 진짜 세자가 되어, 임금이 되길 바라는 놈이지! 내가, 내가 등신처럼 가만있을 줄 알고? 말을 꺼내 와. 내가, 내가 당장 환궁할 것이다!"

핏발이 선 눈으로 고래고래 악을 쓰며, 현이 일어나려 몸부림쳤다.

반회는 그런 현을 움직이지 못하도록 껴안은 채 현을 진정시키려 하였다.

"고정하십시오. 환궁하시어 무얼 어떻게 하시려고요."

"어떻게 하긴! 내 자리를 되찾아야지! 내 반려를, 그 여인을 되찾아야지!"

"모두를 죽이실 참이십니까! 홍 낭자까지도 죽이실 참이십니까!"

당이의 이름이 나오자 반회는 답답하다는 듯 목소리를 높였다.

"……뭐어?"

"생각을 해보십시오. 지금 저하께서 환궁하시면 모두가 죽습니다. 이 일에 가담한 자는 누구라도 죽습니다. 홍 낭자, 소빈마마, 부정 어른, 감 내관, 유 내관, 저! 억울하게 갇혀 계신 저희 아버님과 형님까지 모두 죽겠지요!"

저를 만난 이후 처음으로 화를 내는 반회에게 조금 압도당한 채, 현은 멍하니 반회의 말을 듣고 있었다.

"이렇게 금방 마음을 바꾸실 거면, 처음부터 이런 황당한 일은 저지르지 마셨어야 합니다. 저하 한 사람의 변덕으로 얼마나 많은 사람들이 죽게 될지 한 번도 생각 안 해보셨습니까?"

대답이 없는 현에게 딱하다는 듯 반회가 한마디를 덧붙였다.

"애초에 준형이가 홍 낭자를 순순히 보내줄 것이라 생각한 것부터가 너무 안일하셨지요. 준형이와 홍 낭자는 이미 어찌해서 떨어질 수 있는 사이가 아닌 것을요. 혼례만 치르지 않았을 뿐 그 두 사람은 이미……."

반회가 말을 하다 말고, 새하얗게 굳은 현을 보고선 입을 다물었다.

'설마 아직 모르고 계셨던 건가?'

아니, 그럴 리가 없었다. 준형과 당이, 두 사람을 온궁에 불러 내린 것도 세자 본인이었다. 그러니 세자가 두 사람의 사이를 몰랐을 리 없었다. 몰랐다는 건 말도 안 됐다.

'그런데 왜 이렇게 놀라시는 거지?'

"……."

잘 들리지 않는 목소리로 현이 무엇인가를 중얼거렸다.

"예?"

"그래서 뭐. 뭐어!"

감정의 동요를 이기지 못한 현의 목소리는 확연히 떨리고 있었다.

"두 사람이 남다른 사이면 뭐! 콜록콜록. 둘은 잘못 만났어. 내가 진짜야. 준형인 아무것도 아니야. 애초에 나와 쌍둥이로 태어난 그 순간, 죽었어야 할 존재야. 그러니 둘이 무슨 사이건 난 상관 안 해! 내가 진짜니까! 내가 진짜 그 사람의 반려니까!"

마치 광인처럼 눈을 빛내며 억지를 쓰는 현을 아픈 연민의 눈으로 보다 말고, 반회가 현을 놓아준 채 자리에서 일어섰다.

"잠시 쉬고 계시지요. 탕약을 다시 달여 오겠습니다."

"필요 없! 콜록콜록!"

현이 다시 몸을 동그랗게 만 채 격렬한 기침들을 쏟아냈다. 그 고통스러운 소리를 들으며 반회는 방 안에 뒹구는 탕약그릇을 챙겨 방에서 나왔다.

현이 탕약을 다시 달이려 부엌으로 들어갔을 때, 그곳에선 유 내관이 이미 약탕기를 불에 올린 채 부지런히 부채질을 하고 있었다.

"……저하께 너무하신 거 아닙니까?"

"그렇소? 난 별로."

유 내관이 자신이 심한 걸 모르겠다는 듯, 슬쩍 고개를 갸웃하였다.

"저하께서 바라시는 대로 부정 어른을 불러다 드려야 하는 게 아닙니까?"

"이 생원이라고 하라니까! 여하튼 불러다 드리면 무엇하겠소. 당장 홍 낭자를 데려오라, 떼만 쓰실 것을요. 쯧쯧. 쓸데없는 욕심도 참."

한심하다는 듯 혼잣말처럼 중얼거리던 유 내관이 문득 반회를 올려다보며 물었다.

"김 공자는 이해가 가시오? 피를 나누고 살을 나눈 아우의 여인을 욕심내는 이 생원의 마음이?"

"유 내관께서는 한 번도 여인을 연모해본 적이……."

반회는 현을 대신하여 따지려다, 눈썹을 한껏 치켜드는 유 내관을 보고선 자신이 지금 말도 안 되는 소릴 지껄였다는 걸 알아차렸다.

"미, 미안하외다."

"흐흐흐. 내관의 주제이니 여인을 연모해본 적이 없어 이해를 못 한다는 말씀을 하려 하신 겁니까? 그럼 여인을 연모해본 적이 있는 공자께서는 이 생원의 억지가 이해가 간다는 말씀이구려!"

"글쎄요."

반회는 무어라 대답을 해야 좋을지 몰랐다. 이해가 간다고까지는 말할 수 없었지만, 현의 그 막무가내로 떼쓰는 심정을 아주 모를 것 같지는 않았다.

준형과 당이의 곁에 있으면서, 두 사람의 남달리 특별한 관계를 바로 곁에서 지켜보면서도 마음을 접지 못해 괴로웠던 건, 반회 저도 같았으니까.

하물며 현은 그 자신이 당이의 진짜 운명이라고, 진짜 반려의 상대라고 믿고 있었다. 설령 당이와 준형이 혼인을 하였다고 한들, 그 마음이 쉽게 접혀질 리가 없을 것이었다. 그러니 말이 안 되는 일인 걸 알면서도, 이미 되돌리기엔 늦어버린 일인 걸 알면서도 그리 떼쓰고 억지를 쓰는 심정은 오죽할까 싶었다.

안쓰러웠다. 불쌍하였다.

엄밀히 따지면 똑같은 임금의 아들로 태어나, 왕자로서 대접받지도 못하고 늑대혈족의 비참한 운명을 짊어지고 사는 준형이 더 불쌍해야 마땅할 터였다. 그런데도 반회는 정작 현이 더 가엾었다. 진정으로 원하는 여인을 가질 수 없어 그저 떼만 쓰고 억지만 부리는 이 나라의 세자가 어쩐지 남 같지 않게 불쌍하고 가련하기만 하였다.

"도대체 뭘 어쩔 생각이니?"

그날 밤, 연화당까지 찾아온 소빈은 온화한 말투로 준형에게 물었다.

"너는 어디까지나 세자의 대신이다. 그 점을 잊지 말아야지. 네가 이렇게 세자와 달리 보이게 행동하면, 훗날 세자가 돌아왔을 때 어찌하라고?"

"……제가 중전마마께 어마마마라 불러드려 마음이 상하셨습니까?"

"그것이 본디의 법도이니 내 어찌 나무라겠니? 하지만……."

소빈의 그린 듯 어여쁜 눈에 금세 그렁그렁 눈물이 어렸다. 이어 고개를 살그머니 옆으로 기울이고선 눈물 젖은 긴 속눈썹을 아래로 드리운 소빈의 모습에는 중년의 여인답지 않은 처연함과 가련함이 묻어 있었다.

"이러면 안 된다는 걸 알면서도 마음이 많이 허전하구나. 내 아들이 왜 내가 아닌 다른 사람에게 어미라 불러야 하는 건지. 가뜩이나 너는…… 흐윽…… 에미 노릇도 제대로 못한 내가, 이런 것에나 욕심을 내는 게 얼마나 못나 보이는 줄 알면서도……. 흐으흑."

"어머니."

소빈의 눈물에 안절부절 어쩔 줄을 몰라 하며 준형이 소빈에게 다가앉아, 중전에게 그러했듯이 소빈의 두 손을 잡아주었다. 물론 그 순간 소빈의 뒷목과 등에 작은 소름이 끼친 것은 전혀 알지 못했다.

"거기다 입궁할 때 저 아이를 안고 온 것도 그렇고. 정식 입궁절차를 밟지 않은 아이에게 이런 전각을 내려달라 한 것도 그렇고. 전부 다 사람들의 입에 오르내릴 만한 일만 하니. 나는 도통 네 생각을 알 수가 없구나."

"서운하신 줄도, 당황스러워하시는 이유도 알지만, 어머니께서 이해해주셔야 합니다. 모든 게 다 뜻이 있어 그리한 것이니까요."

"흑…… 뜻이라니?"

소빈은 눈물을 닦기 위해서 그런 것처럼 자연스럽게 준형의 손에서 제 손을 빼내고선 옷소매 안에서 작은 수건을 꺼내어 눈물을 훔쳤다. 준형은 그런 소빈에게 바깥에 소리가 새어나가지 않게 극히 조심하며 자신이 일부러 그리한 이유를 밝혔다.

"아무리 제가 저하와 겉모습이 같다 하나, 자세히 보면 분명 다른 점이 있을 것입니다. 움직이는 모습에서나, 사람을 대하는 태도에서나. 그 점들까지 모두 같을 수는 없지요."

"그야…… 아무래도 그렇겠지."

"그러니 제가 아무리 저하를 흉내 낸다 하여도 시간이 갈수록 그 다른 점을 눈치채고 주목할 사람들이 분명 생길 것입니다."

"그러니 더더욱 신경을 써서 조심히 행동해야 한다는 것이 아니냐."

당연한 소리를 무엇하러 하냐는 듯 소빈이 조금 짜증스레 말했다.

"안 그래도 들킬까 봐 노심초사해야 하거늘 구태여 일부러 그런 행동을 할 이유가 없지 않느냐."

"어차피 언젠가 다른 모습을 눈치채일 것이라면 처음부터 확 달라진 모습을 보이는 것이 오히려 나을 듯싶어 그리한 것입니다."

"그게 무슨 소리니?"

소빈은 물론이고 준형의 등 뒤에 앉아 있는 당이조차도 준형의 말을 단박에 이해하지 못해 의아한 눈으로 준형을 보았다.

"보통 사내가 단숨에 확 달라질 때에는 몇 가지 이유가 있지요. 그중 하나가 바로……."

준형이 슬쩍, 뒤에 있는 당이를 보고 미소 지은 뒤, 웃음이 완전히 가시지 않은 얼굴로 다시 어미를 향했다.

"남달리 연모하는 여인을 만났을 때고요. 일부러 과장되게 달라 보이도록 행동을 한 건 그것을 사람들이 믿게 하기 위해서였습니다. 세자가 달라진 건 어디까지나 지극히 연모하는, 총애하는 여인이 생긴 때문이라고요."

그러자 한방에 있으면서도 부러 내내 당이를 외면하고 있던 소빈의 시선이 당이에게 가 닿았다. 지금의 당이는 같은 여자로서 인정하기 싫지만 인정할 수밖에 없을 정도로 매혹적이었다. 열이 아직 떨어지지 않은 것인지 발갛게 달아오른 얼굴은 갓 익은 복숭아 같았다. 살빛만 복숭아 같은 게 아니었다 잘 익은 복숭아를 한입 깨물었을 때 입안에 가득 넘쳐나는 복숭아 과즙과도 같은 향기가 당이의 주변에 어른거리고 있었다.

또한 살이 조금 여윈 탓인지 이전에 봤을 때보다 이목구비는 더욱 정교하고 뚜렷하게 각각의 존재를 주장하고 있었고, 어딘가 나른해 보이는 눈빛 또한 묘한 색기를 풍기고 있었다.

"……그래, 이제야 네 말이 이해가 가는구나. 맞아, 어느 사내라도 저런 정인을 만나고 나면 조금은 달라진 모습을 보이기 마련이겠지."

쓸쓸함을 감추고 소빈이 말했다.

"예. 그러니 지금 저에게서 저하와 다른 점을 보게 되더라도 그것을 심각하게 신경 쓸 사람은 별로 없을 것입니다. 어디까지나 제가 달라진 건 모두 연모라는 감정에 깊이 빠진 때문일 테니까요."

소빈과 일산이 질색하고, 감 내관도 안 된다고 그리 말리는데도 준형이 끝까지 당이를 안고 입궁한 것에는 그런 계산속이 있었다.

물론 당이를 제게서 떨어뜨려놓고 싶지 않다는 마음도 컸지만.

"그런데 세자가 돌아온 후에는 어찌하라고?"

소빈이 다시 진짜 세자로 바꿔치기 했을 때의 일을 걱정하였다. 확 달라졌던 세자가 다시 이전의 모습으로 돌아온 것을 사람들이 어떻게 볼지를 걱정한 것이었다.

"걱정하실 것 없습니다."

준형이 안 그래도 사내답게 시원하게 생긴 큰 입을 좌우로 크게 찢어 씨

익, 자신만만한 웃음을 지어 보였다.

"그때는 이 사람을 어떤 이유를 대고 먼저 출궁시키고 난 다음일 테니까요. 정인을 얻어 달라졌던 사내라면 정인을 잃고 다시 달라지기 마련이지요. 누가 그것을 의심스럽게 보겠습니까? 안 그렇겠습니까?"

"그래. 그렇긴 하겠지……."

소빈이 생각해도 준형의 말이 딴에는 일리가 있었다. 준형과 세자가 다시 바꿔치기를 할 때, 그 직전에 어떤 이유를 대서건 당이를 궁 밖으로 내치는 시늉을 한다면, 다시 세자가 돌아왔을 때 준형과 달리 조금 기운이 없는 모습을 보여도 아무도 그것을 이상하게 생각하지 않을 것이었다.

"그래도 도가 지나치지 않도록 조심하거라. 궁궐 안에는 천 개의 눈이 있고, 만 개의 귀가 있다는 걸 절대 잊지 말고."

그렇게 준형을 나무라러 왔던 소빈은 제 본래의 목적을 이루지 못하고 찜찜한 기분으로 돌아갈 수밖에 없었다.

"하아아아아! 죽을 만큼 피곤하다!"

소빈이 돌아가고 난 후, 준형은 방바닥이 꺼져라 깊게 한숨을 쉰 뒤 벌러덩 방바닥에 드러누웠다.

"뭐, 마실 것 좀 가져오라 할까요?"

복잡한 준형의 마음을 알기에 당이가 안쓰러운 눈빛으로 준형에게 물었다. 그러자 준형이 가볍게 고개를 저어 보인 뒤 길게 팔을 뻗었다.

"당신이 필요해."

그 얼굴이 너무 지쳐 보여, 너무 쓸쓸해 보여 당이는 당장이라도 준형을 있는 힘껏 안아주고 싶었다.

소빈은 늘 준형에게 더없이 다정한 얼굴로 대했다. 준형은 그런 소빈의 숨은 의도를 조금도 눈치채지 못하고 있었지만 이상하게도 소빈을 만나고 나면 준형은 늘 소중한 무엇인가를 잃어버린 아이 같은 얼굴을 하였다.

"······이리 와."

까닥, 준형이 손가락을 움직였다.

"하아······."

당이의 조금 열린 입술 사이에서 한숨이 새어 나왔다. 그와 함께 당이의 손이 준형이 내민 손바닥 위에 살짝 얹혔다. 성미 급한 준형의 엄지가 당이의 손가락 끝 조그만 손톱들을 어루만졌다.

도로록. 소리는 나지 않았지만 마치 소리가 나는 어떤 악기이기라도 한 양, 준형의 손은 손톱과 손톱들 사이를 오가며 연주를 하였다.

도로록, 도로록. 질릴 줄도 모르고 당이의 손톱 위를 배회하던 준형의 엄지가 당이의 손톱 끝에서 손가락으로, 손가락에서 손등으로 천천히 타고 올라갔다. 새하얗고 마른 당이의 손등 위를 스치고 지나가는 준형의 엄지를 따라 당이의 손바닥 쪽에 놓인 나머지 손가락들도 손바닥을 스쳐 지나, 얇디얇은 손목 쪽으로 기어 올라갔다.

"······흐읏."

지나치게 느리고, 지나치게 매혹적인 손가락들의 움직임을 지켜보던 당이가 깊게 숨을 들이마셨다. 그 바람에 어깨가 조금 뒤로 젖혀졌고 가슴도 부풀어 올랐다. 당이는 준형의 손가락에 시선을 뺏긴 탓에 그렇게 제 안에 가득 찬 숨을 다시 내쉬는 걸 깜빡 잊었다. 길고 매끈하게 뻗은, 그러면서도 사내답게 툭 불거진 마디가 인상적인 준형의 손가락이 마치 맥을 짚기라도 하듯, 당이의 얇은 손목을 감싼 때문이었다.

"후훗. 그러다 숨 막혀 죽겠다. 숨 좀 쉬지 그래······. 어?"

준형이 새삼 처음 사내와 살이 닿은 여인처럼 숨도 못 쉬고 바들바들 떨고 있는 당이를 보며 놀리다 말고, 갑자기 그녀의 손목을 놓고는 벌떡, 몸을 일으켜 앉았다.

"아직도 열이 심하잖아!"

준형이 서둘러 제 이마를 당이의 이마에 가져다 대었다. 총기를 보여주는 당이의 새하얗고 반듯한 이마는 방금 갓 쪄낸 떡처럼 따끈따끈하였다.

"아니에요. 이건 그냥……."

부끄러워서 얼굴이 달아오른 것뿐이라고, 당이는 변명을 하려 했지만 준형의 손이 불쑥, 턱 아래에서 뺨을 감싸듯 들어와 귓불을 만지는 바람에 말을 잇지 못했다.

"읏……."

"귀도 뜨거워. 의원이 준 약은 계속 먹고 있는 거지?"

걱정스레 묻는 준형의 손은 여전히 당이의 뺨에 머물러 있었다.

"예."

"그런데 왜 열이 떨어지지 않는 거지? 아니, 왜 진작 말 안 했어! 안 되겠다. 지금이라도 다시 의원을 불러……."

"아니에요. 전보다 훨씬 열도 많이 떨어졌고 몸도 많이 가벼워졌어요."

당이가 준형의 걱정을 덜어주려 거짓말을 하였다.

사실은 아니었다. 준형이 방에 들어온 이후부터 계속 머리가 어질어질하였다. 정 상궁을 내보내고 준형이 자신을 끌어안았을 때부터 다시 몸에 신열이 오르는 걸 느꼈다. 연화당으로 불쑥 찾아온 소빈이 준형과 이야기를 나누는 동안에도 마찬가지였다. 온궁을 떠나면서부터 조금씩 다시 진한 빛을 띠기 시작한 발목의 멍들이, 멍이 있는 곳이 욱신욱신 쑤셔댔다. 하지만 준형에게 그것을 알릴 순 없었다. 자신의 몸이 왜 아픈지 알기에 더더욱 준형에게 아프다는 걸 알리고 싶지 않았다.

"정말 신열 같은 게 아니에요. 당신이 너무 스스럼없이 만지니까, 그게 부끄러워서, 그만……."

"거짓말."

단호하게 당이의 말을 부정한 준형은 당이의 얼굴을 감싸고 있던 손을 움직여 그 조그맣고 하얀 얼굴을 제 얼굴을 향하게 하였다.

"얼굴이 새빨개. 내 손바닥이 다 뜨거울 정도야. 당신 눈은 또 어떻고? 열

184

이 잔뜩 올라 이렇게 몽롱해져 있는데도, 안 아프다고? 나와 닿는 게 쑥스러워 그러는 거라고?"

"고뿔인 거 알잖아요. 이번 고뿔이 유난히 심한 것뿐이에요."

"……그냥 고뿔이기만 한 건데 왜 이리 오래 안 낫는 것일까?"

"그냥 앓아도 이레, 약을 써도 이레. 고뿔은 원래 그런 거예요."

준형의 손이 닿고 나서 한층 더 몽롱해진 눈빛으로, 한층 더 먹먹하게 가라앉은 목소리로 당이가 말했다.

"걱정 말아요. 고뿔 따위가 뭐 아픈 축에나 든다고."

"이럴 줄 알았으면 밤에 온천을 너무 자주 가지 말 걸 그랬어!"

열로 들뜬 당이의 얼굴을 보다 못한 준형이 당이를 끌어안으며 후회스럽게 말했다. 온궁에서 지내는 동안, 당이와 준형은 밤이 되면 종종 일꾼 숙소를 몰래 빠져나와 온궁 뒷산 중턱에 있는 조그만 노천 온천에 함께 들어가 몸을 녹이곤 하였다.

처음 온궁에 온 날, 만약을 대비해 산중을 살피던 준형에 의해 발견된, 오직 준형과 당이 두 사람만의 작은 온천이었다. 준형이 세자 현의 목숨을 살려주었던 그 밤, 현과 탕실에서 만나 옷을 바꿔 입고 감 내관을 시험해보았던 그날 밤에도 준형은 당이를 업고 조그만 둘만의 온천으로 향했다.

"따뜻한 물에 몸을 담그면 고뿔 기운이 달아날 거라 생각한 게 잘못이었어. 그때 밤바람을 쐰 게 더 탈이 나서 당신이 이렇게 고생하나 봐. 여름이라고 방심하는 게 아닌데. 미안해. 당신이 아픈 건 다 나 때문이야."

당이의 뺨에 머물러 있던 준형의 사내답게 커다란 손은 이제 조그만 당이의 뒤통수 아래, 가늘게 뻗은 뒷목에 가 닿았다.

"여기도 뜨겁다……."

준형의 속삭임에는 안쓰러움이 가득 담겨 있었다.

준형은 몰랐다. 뻣뻣하게 굳은 뒷목을 풀어주려 부드럽게 주무르기 시작한 자신의 손이 오히려 당이에게 더 참을 수 없는 고통을 안겨주고 있음을.

'읏!'

당이는 고통을 숨기기 위해 준형의 가슴에 깊이 얼굴을 묻었다. 그리하면 고통에 흐트러진 숨소리도 들키지 않을 수 있어 좋았다.

-견딜 자신이 있겠는가. 앞으로 더 심해질 걸세.

그러고 있자니 새삼스레 온궁에서 일산이 당이 저에게 했던 경고가 떠올랐다. 준형이 세자 현의 목숨을 구해주었던 바로 그날 오후의 일이었다.

"아침나절에 준형이 세자저하의 목숨을 구해주었다더군."

어떻게 알았는지 당이가 쪼그려 앉아 잡초를 뽑고 있는 온궁 별채 뒷마당으로 찾아온 일산은 묻지도 않은 말을 전해주었다.

"그분은 괜찮으신가요?"

놀란 당이가 고개를 들어 제 옆에 선 일산을 올려다보았다.

"……누구의 안위를 묻는 건가? 준형인가? 아니면 낭자의 반려인 세자저하인가?"

'반려'란 소리에 당이의 눈동자가 눈에 띄게 흔들렸다. 그것이 당이의 마음속 동요를 고스란히 보여주고 있었지만, 스스로는 전혀 모르고 있었다.

"그, 그런……. 당연히 공자의 안위를 묻는 것이지요."

"홋. 그러한가? 뭐, 하여간. 어느 쪽이건 걱정할 것 없다네. 준형이는 털끝 하나 다치지 않았고, 준형이 덕분에 저하 역시 무탈하시니 말일세."

안심한 당이가 작게 한숨을 내쉬자, 일산이 다시 당이에게 물었다.

"언제 알았는가? 어떻게 알았는가? 낭자의 반려가 세자저하라는 것을."

"……전 그만 공자에게 가봐야겠습니다."

당이는 일산과 단둘이 있는 자리를 피하려고 하였다. 모든 걸 다 안다는 듯한 얼굴로, 그러면서도 늘 약을 올리듯 찔끔찔끔 이야기를 흘리는 일산이, 당이는 불편하고 그저 싫기만 했다.

해서 빠른 걸음으로 그 자리를 뜨려는데, 일산이 끈질기게 따라붙었다.

"혹시 몸이 많이 아픈가?"

우뚝, 당이가 제자리에 멈춰 섰다.

"탕약을 써도 시원하게 낫지 않던가? 혹시 몸에 이상한 자국이나 흉터가 생기지는 않았던가? 밤마다 이상한 악몽에 쫓겨다니지는 않는가?"

"……무슨 뜻이십니까?"

"왜 늑대혈족들이 한눈에 자신의 반려를 알아보는 줄 아는가? 단순히 반려몽 때문에? 아니. 몸이 먼저 반응을 하기 때문일세. 늑대의 혈족들이 반려를 만난 순간 늑대의 피는 뜨겁게 들끓고, 가슴은 격렬히 뛰고, 몸은 저절로 달아오른다네. 그건 반려도 마찬가지고."

준형을 만난 순간, 당이도 그랬다. 준형도 그랬다고 했다.

"신기한 건, 반대의 경우도 마찬가지라네."

'반대. 반대라니 무슨 반대?'

당이가 굳은 얼굴로 일산을 돌아보았다.

"늑대의 혈족과 그 반려가 운명의 짝이 아닌 다른 짝을 맞으려 할 때 말일세. 그때에도 몸이 먼저 반응을 한다네. 바로 지금의 낭자처럼 말일세."

당이를 내려다보는 중년 사내의 눈빛엔 좀 전까지 깃들어 있던 당이의 미색에 대한 감탄 대신 동정심과 연민 등의 감정들이 뒤섞여 있었다.

"늑대의 혈족과 그 반려는 완벽한 합(合)의 일치를 이루는 존재들이네. 운명공동체라는 이야기지. 그러기에 제 진짜 반려가 아닌 다른 상대를 맞게 되면, 대흉(大凶)이 될 수 있는 것이 바로 늑대혈족과 그 반려의 운명이라네."

모든 늑대혈족들이 하나같이 짠 것처럼 제 반려를 만나고 맞을 수 있는 행운을 가지는 것은 아니었다. 때때로 단순한 욕망을 반려에 대한 반응이라 착각하고 잘못된 선택을 하는 이들도 있었다.

"그때마다 몸은 그런 잘못된 선택을 벌주듯 스스로에게 고통을 주곤 하지. 짝이 아닌 상대와 함께 있다는 걸 안 순간, 진정한 제 운명의 짝을 거부한 벌로써 고통은 시간이 지날수록 점점 심해져만 간다네. 그건 사람의 힘으로 거부한다고 거부할 수 있는 게…….”

“운명이라든가, 반려라든가. 전, 그런 거 모릅니다. 그런 건 제게 하나도 중요하지 않아요. 그러니 위협할 생각은 마시지요.”

딱 잘라 제 생각을 말한 뒤 당이는 보란 듯이 빳빳하게 등을 세우고 일산을 뒤로하고 제 갈 길을 서둘렀다.

운명? 늑대의 반려?

운명이 정한 제 짝이 아닌 다른 상대를 선택하면 아플 거라고? 더 많이 힘들어질 거라고?

말도 안 됐다. 아니, 설령 그게 사실이라 해도 상관없었다.

그런 게 무서웠다면 애당초 준형의 비밀을 알았을 때 마음을 접었을 것이었다. 준형이 임금의 숨겨진 아들임을 알았을 때 준형을 멀리하고 말았을 것이었다. 안 그랬던 이유는 하나였다. 그러고 싶지 않았다.

운명을 믿는 건, 운명이 준형과 자신을 이어줄 때뿐이었다. 운명이 저와 준형을 갈라놓으려 한다면, 보란 듯이 무시해줄 것이었다.

운명 따위에겐 절대로 지고 싶지 않았다.

“무슨 생각 해?”

준형이 제 품에 얼굴을 묻고 숨소리조차 죽이고 있는 당이에게 물었다.

온궁에서부터였다. 당이는 종종 아무 말도 안 하고 혼자만의 생각에 깊이 빠져들곤 했다. 그때마다 준형은 궁금했다. 무슨 생각을 할까? 왜 저렇게 슬픈 얼굴을 할까? 아니, 꼭 슬픈 얼굴이라고만은 단정할 수 없었다. 어떻게 보면 화난 얼굴 같기도 했다. 그래서 더 궁금해졌다.

“이 머릿속에 나만 있으면 좋겠다.”

준형은 뜨끈뜨끈한 당이의 얼굴을 들어 올려, 자신을 보게 하였다.

“지금, 내 생각 하는 거 맞지?”

“……후훗. 아니면 어떻게 할 건데요?”

당이가 도발적인 눈으로 준형을 보았다.

"내 생각만 하게 만들어줘야지."

언제나 그랬듯, 준형이 도발에 어울리는 달콤한 맞대응을 하였다. 신열이 있는 당이보다 훨씬 더 뜨거운 입술로 저를 향해 뻗어 있는 새하얀 목에 진한 인장을 찍었다.

"하아……."

당이의 한숨이 나부꼈다 그리고 준형이 장담한 대로 당이는 준형에 대한 생각밖에 할 수 없게 되고 말았다.

"왜 그런 얼굴을 하고 계십니까?"

다음 날 아침이었다. 입궐하여 임금의 문후를 드리러 온 영천군이 중전 김씨의 심상치 않은 표정을 보고 그리 물었다.

"세자가 어마마마라 불렀다지요? 그 말이 그리 달콤하시던가요. 후훗."

"……그런 게 아닙니다. 다만 아무래도 영 이상스럽기만 하여서."

석연치 않은 얼굴로 계속 생각을 되새기고 있던 중전은 주위를 물린 후 영천군에게 은밀히 물었다.

"세자 말입니다. 왜 갑자기 태도가 변한 것일까요? 온궁에서……. 그런 일을 당했던 것을 숨기는 이유도 모르겠고요."

온궁 후원을 산책 나온 세자를 향해 화살들이 쏟아졌다. 세자건 소빈이건 당연히 범인을 색출하겠다고 한바탕 난리가 나야 마땅했다. 그런데 세자도, 소빈도 그것에 대해서는 일언반구도 없었다.

사실 지난밤 중전은 세자와 임금을 만나게 할 요량으로 소빈을 데리고 산책에 나섰을 때, 슬쩍 소빈에게 온궁에서 별일이 없었는지 물었더랬다.

"헌데 너무도 말짱한 얼굴로 아무 일도 없었다. 그리 시침을 떼지 않겠습니까? 이상하지요. 설령 세자나 소빈이 이번 일에 대해 깊이 생각하지 않는다 해도 강 부정이라면 우리 쪽을 의심하기에 충분할 텐데 말입니다."

"의심은 하겠지요. 그러나 의심을 받쳐줄 증좌가 없는 걸요. 처음 일을 도모할 때 제가 무어라 말씀드렸습니까?"

초조한 중전과 달리 영천군의 태도는 느긋하기만 하였다.

"설령 일이 실패한다 하더라도 증좌가 없는 이상 섣불리 일을 크게 키우지 못할 것이라고. 만약 군이 우리 쪽을 의심하려 든다면, 근거 없는 의심으로 분란을 일으켰음을 명목 삼아 강 부정을 소빈과 세자에게서 떼어놓을 수 있을 것이라고 하였지요."

영천군은 때문에 강 부정이 절대 섣불리 나서지 못할 것이라고도 했었다.

"그러니 너무 심려하실 것 없습니다. 세자나 소빈이나 앞으로도 그 일을 걸고넘어질 순 없을 테니까요. 하하하하."

"영천군께서는 어찌 이리 태평하시기만 하십니까? 궁궐 안에 떠도는 이야기는 못 들으셨습니까? 세자가 데리고 들어온 계집이 어쩌면 회임을 했을지도 모른다고 합니다. 만약 그게 사실이기라도 한다면……."

"하하하하!"

"영천군 대감!"

속편하게 웃어젖히는 영천군을 중전이 원망스럽게 노려보았다.

"심려치 않으셔도 된다니까요. 회임한 것이 아니랍니다."

"아니…… 라고요?"

"온궁에 동행하였던 의원에게서 직접 들은 것입니다. 고뿔이랑 신열이 좀 많이 나서 직접 진맥을 하고 탕약을 지어주긴 하였으나, 회임한 것은 절대로 아니라 합니다. 거기다……."

자못 흐뭇한 얼굴로 중전에게 조금 더 고개를 기울인 채 영천군이 작은 소리로 덧붙였다.

"세자의 몸도 그리 하루 이틀 안에 갑자기 호전될 몸이 아니라 합니다. 오히려 갑자기 그리 몸의 상태가 호전된 것이 의심스럽더라더군요."

"의심이라니요? 무얼 의심한단 말입니까?"

"전하가 쓰러지시기 전을 생각해보세요. 내내 편찮으시다가 갑자기 며칠 동안 씻은 듯이 나은 것처럼 그리 강건해 보이질 않으셨습니까?"

영천군의 말 그대로였다. 쓰러지기 바로 직전 임금은 유난히 상태가 좋아 보였더랬다. 그기에 굳이 잠행을 나가겠다고 한 임금을 대전내관을 포함하여 궁인들 중 아무도 목숨을 걸고 말리지 못한 것이 아니었던가?

"사람의 몸이 본시 그런 거라 합니다. 병이 악화되기 전에 아주 잠시잠깐 몸의 상태가 몰라보게 좋아지곤 한다지요. 심지어 의원이 봐도 깜빡 속고 말 정도로요. 그것을 두고 몸이 거짓말을 한다, 그리 말한다더군요."

"세자도 그런 거라…… 생각하십니까?"

세자의 물음에 영천군은 확신에 찬 얼굴로 고개를 끄덕였다.

"세자를 곁에서 지켜본 의원들이 하나같이 하는 소리입니다. 세자는 완전히 몸을 회복하기 어려울 거라고요. 자손을 보긴 더욱 힘들 거고요."

영천군의 말에도 불구하고 중전의 얼굴에서는 좀처럼 불안의 그늘이 가시지 않았다.

'그게 정말 아픈 사람의 모습이라고? 그렇게 말짱해 보였는데?'

중전 자신이 직접 본 세자의 모습은 단순히 몸이 거짓말을 하는 것이라곤 믿기지 않을 정도로 건강하고 싱그러워 보였다.

"그래도 만약 진짜로 몸이 회복된 것이라면 어찌합니까? 사신이 당도하는 게 다음 달 열이레입니다. 채 한 달도 남지 않았어요!"

"심려 마시라고 말씀드렸지요?"

영천군은 또 한 번 자신만만하게 저만 믿으라 하였다. 자신이 무얼 어쩔지는 구구절절 말하진 않았지만 그 말속에 숨은 뜻은 너무도 명확하게 전달되었다. 절대로 세자가 무사한 채로 사신을 맞게 놔두지 않겠다는 뜻이었다.

하여 중전은 낯 뜨겁지만 전해야 할 인사를 하는 것으로 이날의 회동을 마무리 지었다.

"……참, 어제 사가의 오라버니가 들어 말씀해주시더군요. 무너진 별채를 고치는 데 쓰라고 은자를 보태주셨다면서요. 인사 전해달라더군요."

"별말씀을요. 사돈의 일인데 모르는 척할 수가 있어야지요. 앞으로는 뭐든 부족한 것이 있으면 어렵게 생각지 말고 기탄없이 말씀해주십사, 그리 전해주시지요. 이제는 제가 그만한 여력이 되지 않습니까. 하하하하."

영천군의 말은 단순한 허세가 아니었다. 실제로 의금부에서 김 부사와 그 아들을 잡아들인 후부터 매일매일 영천군의 집으로 금자염의 전매(專賣, 물건을 독점하여 팖)의 권리를 주십사하고 거상들의 발길이 끊이지 않았다.

금자염은 지금까지 임금과 임금의 친인척, 그리고 극히 일부의 고관대작 집에서만 통용되어왔다. 허니 만약 전매가 허락되기만 한다면 어마어마한 부를 벌어들일 것이 뻔하였다. 특히 사실인지 아닌지 모르지만, 중국의 황제와 그 가족들까지도 금자염에 대해 극찬을 아끼지 않았다는 입소문도 있는 만큼 금자염은 부르는 게 값이 될 터였다.

그리하여 아직까지 금자도의 관리와 모든 금자염이 완전히 영천군의 수중에 들어온 것이 아닌데도, 금자염의 전매를 할 것이라 정식으로 밝힌 것이 아닌데도 거상들은 줄을 지어 영천군의 집으로 찾아갔다.

모두들 언젠가는 그리될 것이라고, 그때에는 영천군이 반드시 금자염의 전매 권한을 시중 상인들 중 누군가에게 넘기게 될 것이라 철석같이 믿고들 있기 때문이었다.

물론, 영천군은 충분히 그들의 기대에 부응할 작정이었다.

어느새 당이와 준형이 입궁한 지도 사흘이 지났다.

그동안 준형은 일부러 의금부에 갇힌 아버지 김 부사와 강회를 모른 척 내버려두었다. 그들에게, 그리고 금자염에 대해 관심을 잃은 양하여 영천군이 방심하게 하기 위해서였다.

한편, 밤마다 세자의 처소가 아닌 연화당에 머물렀다. 그러면서도 아침 일찍부터 밤늦게까지 세자로서 해야 할 일을 하나도 거르지 않고 충실히 해냈다. 새벽이면 부리나케 동궁전으로 돌아가 의대를 갖춰 입고 대전으로 가 병석에 누운 임금과 그 곁을 지키는 중전에게 아침 문안을 올렸다.

마음 같아선 시탕(부모의 약시중을 드는 일. 임금이 병환 중일 땐 세자가 임금의 약을 먼저 맛봄.)의 역할까지 제대로 해내고 싶었지만 어의와 중전이 다 같이 그것을 만류하였다.

"세자가 다행히 몸이 많이 나아졌긴 하지만 전하의 독한 탕약을 시탕하기에는 아직 완전치 못한 몸이 아니더냐. 효성스러운 마음은 지극하나, 스스로의 몸을 아끼는 것 또한 세자가 해야 할 일이니라."

바로 그것이 중전의 뜻이었다.

문후를 마치고 아침상을 받은 뒤에는 세자시강원으로 향했다. 원래대로라면 시강원의 신료들은 세자에게 '상서(尙書)'와 '시경(詩經)' 그리고 '통감(通鑑)'과 '강목(綱目)' 등의 경서와 역사서 등을 강도 높게 가르치고, 또한 세자로 하여금 전에 배운 책을 통째로 암송하게 해야만 했다.

하지만 다행스럽게도 이전부터 세자 현이 몸이 좋지 않아 조강을 거르는 일이 많았기에, 시강원의 신료들은 저들의 세자가 다시 시강원에 나올 수 있다는 것만으로도 감격해 마지않았다. 거기다 온궁에서부터 세자 현의 귀띔이 있었기에 준형의 처신에 여간 도움이 되는 것이 아니었다.

-네가 먼저 경서의 한 구절을 외워가 그 뜻을 물어봐. 아무리 사소한 구절, 아무리 간단해 보이는 뜻이라 해도, 그것의 진의를 모르겠다 한마디만 해. 그럼 그들이 그것을 가지고 서로 다투어 논할 테니 더는 네가 나서서 무얼 할 필요가 없을 거야.

준형은 현의 말대로 했다.

"논어의 이인편(里仁篇)에 보면 이런 구절이 있지 않소. 자왈, 능이예양 위국호 하유, 불능이예양 위국 여예하(子曰, 能以禮讓 爲國乎 何有 不能以禮讓 爲國 如禮何)라."

시강원에 간 첫날, 시강원의 신료들이 강의를 시작하기 전 준형은 현이 귀띔해준 대로 제 쪽에서 신료들에게 먼저 질문을 던졌다.

"공자가 말씀하시길 예와 사양하는 마음으로 나라를 다스릴 수 있을 경우엔 아무 문제가 없지만, 예와 사양하는 마음으로 나라를 다스릴 수 없을 때에는 예가 무슨 소용이 있겠는가 하였소. 여기에서 예와 양은 백성들에게 실제로 어떤 영향을 미칠 것인지 심히 궁금하구려."

평생을 유학을 공부해온 학자들에게 있어 어찌 보면 너무도 간단하고 원론적인 질문이라 할 수 있었다. 하지만 앞으로 직접 나라를 다스릴 세자가 하필 나라의 다스림에 대해 묻는지라, 시강원의 그 누구도 선뜻 하나의 답을 내지 못하였다. 준형이 질문한 즉시, 삼삼오오 머리를 맞대고 다시 서책을 펴들고는 각자 다양한 답들을 쏟아내기 시작했다.

조강에서 그치지 않고, 주강(낮강의), 석강(저녁강의)에서도 마찬가지였다.

아니, 세자의 질문에 대한 마땅하고 흡족한 답을 도출해내기 위해 시강원의 신료들은 몇 날 며칠 동안 내내 그 한 가지 문제를 둘러싸고 갑론을박을 계속하였다.

그동안 준형은 "흐음." "그렇소?" "글쎄……." 하고 적당한 맞장구만 치면 되었다. 영천군과 함께 국사를 돌볼 때도 마찬가지였다. 준형은 결코 앞으로 나서지 않고, 가만히 뒤에 앉아 지켜보기만 하였다.

-세자의 자리는 원래 그런 것이다. 나서지 않고, 말하지 않고 열심히 귀담아듣는 것. 그것만 잘해도 사람들은 네게 칭찬을 아끼지 않을 것이야.'

현은 그리 말했다. 그 말대로 준형은 특별히 아무것도 하지 않았지만 궁궐 내에서는 어느새 달라진 세자에 대한 칭찬이 줄을 이었다.

"어찌나 사려 깊게 주변의 말을 경청하시는지, 그 덕분에 시강원의 신료들이 모두 긴장하여 허튼소리를 하지 않도록 주의를 한다지요?"

"다행입니다. 정말 다행이지 않습니까? 저리 강건하신 모습을 뵈니 그간의 소문에 솔깃했던 게 창피하기 그지없습니다."

"그런데 참, 연화당마마님 말씀입니다. 회임하신 게 아니라면서요?"

"아직 회임을 안 하셨다 한들, 그게 무슨 대수입니까? 저하께서 저리 강건하시고 또한 시간이 날 때마다 연화당으로 가시는걸요."

"벌써 며칠째 연화당에서 침수 드신다면서요? 그렇게 정이 좋으니, 곧 반가운 소식이 들려오는 것도 시간문제겠습니다."

아직 세자의 완쾌를 믿지 않는 사람들도 더러 있었지만 대부분의 사람들은 이제 세자가 건강해진 것을 믿어 의심치 않았다.

궁의 분위기가 그리 흘러감에 따라 연화당에 있는 당이에게는 쉴 새 없이 선물들이 쏟아져 들어왔다. 명목상으로는 새로 궁궐 살이를 시작하는 당이를 위해 필요한 옷가지며 살림살이를 보내주는 것뿐이라고 하였다.

"이쪽 자개장은 영의정 댁 마님께서 보내오신 것이고, 저쪽 화초장은 이판 댁 마님께서 두고 쓰시라고 보내오신 것이고, 여기 이 비단옷감들은 옷 지어 입는 데 쓰시라고 홍의군 댁 군부인 마님께서……."

당이의 시중을 드는 연화당의 나인 아이가 괜히 저가 들뜨고 신이 나서 연화당으로 들어온 물건들을 당이에게 보여주었다.

"영언아. 명이가, 네 동무가 안 보이네? 어디 갔어?"

제 앞으로 들어온 진귀한 선물들보다, 늘 쌍으로 다니는 아이가 웬일로 혼자 있는 것이 더 눈에 들어온 당이가 아이에게 물었다.

"잠깐…… 저기…… 심부름을 좀……."

예상치 못한 물음에 놀란 아이가 동그란 눈을 또로록 굴리며 열심히 말을 지어내려 하였다.

"누구 심부름? 너희는 내가 부리라고 온 아이들이잖아. 그런데 내가 아닌 누가 심부름을 보내?"

아이의 당황한 모습을 심상치 않게 여긴 당이가 다시 한 번 물었다.

"영언아. 명이는 어디 있니?"

"저, 저기…… 그게…… 흑……."

캐묻는 당이에게 차마 거짓말을 할 수 없어진 아이가 울상을 지었다.

"정 상궁에게 지금 혼나고 있어요. 진짜 저희가 안 그랬거든요? 저희가 소문낸 게 아닌데, 정 상궁은 명이가 입이 싸니까 명이 짓일 거라고……."

"가자."

아이의 하소연이 끝나기도 전에 당이가 자리에서 일어섰다.

"어, 어디 가시려고요?"

"정 상궁이 명이를 혼내고 있는 데가 어딘지, 너는 알 거잖아."

"아, 아, 안 돼요! 그럼 저는 나중에 죽어요! 절대 말하지 말라고 했는데…… 제가 이른 걸 알면……. 흐흐흑."

아이가 끌려가지 않겠다는 듯 방바닥에 주저앉으며 울음소리를 내었다.

"못 가요, 마마님. 저, 정말 무섭단 말이에요."

"영언아, 명이가 혼나는 건 싫지?"

"……예."

"그럼 구해주러 가야지."

"그래도 나중에 많이 혼날 텐데……. 맞다! 나중에 제가 혼나게 되면 그때 마마님이 저 편 들어주시면 되겠다. 그때도 절 구해…… 주실 거죠?"

아이가 얼른 손등으로 눈물을 훔치곤 기대를 담아 반짝반짝한 눈으로 당이를 쳐다보았지만 당이의 답은 아이의 기대를 완전히 어긋났다.

"아니. 그러진 못할 거야."

"마마니임!"

"섭섭하게 들려도 하는 수 없어. 앞으로도 내가 도와줄 것이라 생각하면 너희는 너희도 모르게 정 상궁의 말을 가볍게 들어 넘기게 될 것이고, 그렇게 되면 정 상궁은 너희를 더욱 미워하게 될 것이야. 그러니 앞으로는 너희 스스로 헤쳐 나가는 거야. 알았지?"

"그럼, 이번엔 왜……."

아이가 또다시 눈물을 글썽이며 물었다. 왜 앞으로는 구해주지 못할 거라고 하면서 지금 명이는 구하러 나서냐는 뜻이었다. 당이가 허리를 숙여, 자신의 손으로 다정하게 아이의 눈물을 닦아주었다.

"지금은 내가 알고 말았으니까. 그런데 계속 이러고 있을 거야? 네가 이러고 있는 동안에도 명이는 계속 혼이 나고 있을 텐데?"

당이의 말에 그제야 아이가 발딱, 자리에서 일어났다. 그러곤 앞장서서 궁녀들이 자신들끼리 해결할 일이 있을 때 모이곤 하는 버려진 전각으로 당이를 데리고 갔다.

"네 이년, 내 입단속 단단히 하라고 했지! 네년이 감히 날 망신 주고도 몸이 성할 줄 알았더냐!"

사람 열 명 정도면 꽉 찰 만한 크기의 조그만 마당 안에 정 상궁의 이를 악문, 날카로운 목소리가 울려 퍼지고 있었다. 거의 수십 년이 넘도록 주인을 가지지 못한 이 낡은 전각은 낮인데도 햇빛이 잘 들지 않는 음침하기 짝이 없는 곳이었다. 하늘을 찌를 듯 커다란 아름드리나무 몇 그루가 전각의 앞을 가리고 있는지라 신경 써서 보지 않으면 그곳에 낡고 조그만 전각이 있는지도 모르고 지나기 십상일 정도였다.

그 마당 한가운데는 이제 겨우 열서너 살 먹은 나인 아이인 명이가 강제로 꿇어앉혀져 있었다.

"정말, 정말 제 짓이 아닙니다!"

명이가 억울함에 거세게 머리를 흔들며 호소하였다.

"어디서 큰 소리를 내는 것이야! 당장 저 아이의 입에 재갈을 물려라!"

정 상궁이 양옆에 선 명이보다 서너 살 정도 더 먹은 나인 아이들에게 명을 내렸다. 그러자 몇몇 아이가 얼른 재갈을 가져다 명이의 입에 물렸다.

"부어라!"

다시 정 상궁이 명을 내렸다. 그러자 기다렸다는 듯, 나인 아이들이 미리 준비해놓은 커다란 물동이에서 물을 퍼, 명이의 몸에다 퍼부었다.

"으읍!"

"가져오너라."

정 상궁이 명을 내리자 이번엔 나인 아이 중 하나가 얼른 빳빳하게 풀을 먹인 뒤 풀어 헤친 긴 명주실 채찍을 가져와 정 상궁의 손에 건넸다.

명주실 채찍은 가죽 채찍보다는 못하지만 제법 날카롭게 살을 에는 채찍이었다. 특히 지금의 명이처럼 물에 젖어 옷이 달라붙어 있는 채라면 마치 여러 마리의 벌이 단체로 쏜 것처럼 알싸한 아픔을 주면서도 상처는 깊이 남기지 않고, 몇 날 며칠 동안 계속 간지러움을 동반한 따끔한 아픔을 주기에 궁녀들을 체벌할 때 정 상궁은 자주 이 채찍을 쓰곤 하였다.

"네 이년. 아무리 어리다곤 하나 너 역시 한 사람의 엄연한 궁녀! 네 어찌 가벼이 혀를 놀려 나를 욕보인 것이냐. 자고로 우리 같은 궁녀들은 혀를 천근의 추처럼 무겁게 놀려야 한다고 하질 않았더냐!"

정 상궁은 자신이 당이에게서 혼날 때 들었던 말로 명이를 나무랐다.

"읍! 우으으읍!"(사, 살려주세요! 정 상궁마마님! 제가 아닙니다!)

입이 막힌 명이가 열심히 물에 젖은 머리를 흔들며, 한사코 제가 한 짓이 아님을 호소하려 애썼지만 하나도 소용이 없었다.

애당초 정 상궁이 명이를 콕 집어 혼내기로 한 것은, 정말로 꼭 명이가 소문을 냈다고 믿었기 때문이 아니었다. 정 상궁 자신이 연화당마마님에게 혼이 나 다리에 힘이 풀려 연화당을 엉금엉금 기어서 나왔다는, 그 치욕적인 소문에 대한 분풀이를 그냥 명이에게 하고 싶었을 뿐이었다.

물론, 그 대상이 명이인 이유는 따로 있었다.

-저하께서 우리 연화당마마님을 얼마나 아끼시는지, 너희도 그 눈빛을 봤어야 해. 옆에서 슬쩍 훔쳐본 것만으로도 내가 다 녹아내릴 정도라니까?

-하긴 어떤 사내분인들 안 그러겠어. 난 태어나서 우리 연화당마마님처럼 고운 분은 처음 봤다니까? 가까이서 보면 정말 선녀야, 선녀!

명이가 그리 소문을 내고 다녔기 때문이었다.

"원망하려면 지나치게 가벼운 네 입을 원망하려무나.

정 상궁이 명주실 채찍을 한껏 높이 치켜 올렸다. 이제 곧 그 채찍은 물에 젖은 옷이 달라붙어 있는 명이의 가녀린 어깨로 향할 참이었다. 해서 명이는 지레 겁을 먹고 눈을 감은 채, 어깨를 움츠렸다. 이제 곧 무시무시할 아픔이 찾아올 것을 기다렸다. 허나 명이에게 찾아온 건 아픔이 아니었다.

"명아!"

목숨을 구해줄 반가운 목소리가 명이를 찾아왔다.

"으으으읍!"(마마님!)

뒤 꽁지에 잔뜩 겁먹은 제 동무를 매달고서 어두운 마당으로 들어서는 당이를 보며 명이는 반가움에 몸을 뒤틀었다.

이제 곧 선녀 같은 저의 연화당마마님이 정 상궁을 엄히 나무랄 것이었다.

감히 자신의 처소 아이를 데려와 왜 멋대로 체벌하느냐며, 정 상궁의 손에 들린 명주실 채찍을 빼앗아 그것으로 도리어 정 상궁을 칠 것이었다. 앞으로는 두 번 다시 명이나 당신 처소의 아이에게 손을 댔다가는 가만두지 않겠노라고 눈물이 쏙 나게 정 상궁을 꾸짖어줄 것이었다.

그런 아이의 기대대로 심각하게 굳은 얼굴을 하고 빠른 걸음으로 정 상궁에게 다가온 당이는 정 상궁의 손에 들린 채찍부터 빼어 들었다. 그러나 이어진 행동은 기대에 차서 혹은 저희들이 한 짓이 겁에 질려 당이를 주목하고 있는 사람들의 예상과는 완전히 달랐다.

"연화당마마님!"

제일 많이 당황한 것은 정 상궁이었다. 제 손에서 채찍을 빼앗어간 당이가 정 상궁에게 천천히, 그리고 깊이 허리를 숙였던 것이다.

"모두가 나의 잘못이오. 내가 궁궐에 익숙하지 않아 처소의 아이들을 제대로 이끌지 못하였소. 정 상궁께서 나의 허물을 용서해주시오."

"왜…… 이러십니까. 민망합니다. 허리를 드시지요."

당황한 정 상궁이 당이와 같은 정도로 깊이 허리를 숙였다.

"아이들을 용서해주겠다는 말을 하시기 전까지는 허리를 들 수 없소."

"마마니임! 흐흐흐흑."

당이가 다시 용서를 비는 말을 듣고, 당이의 뒤꽁무니에 숨어 있다시피 했던 영언이가 눈물 콧물을 있는 대로 흘려댔다. 당이와 정 상궁의 사이에서 바닥에 꿇어앉아 있던 명이도 마찬가지였다. 하찮은 저희를 위해 깊이 허리를 숙여준 당이에게 감격하여 엉엉 소리도 못 내고 눈물만 흘렸다.

"정 상궁, 부디 내 면을 보서 이번 한 번만 너그러이 용서해주시오."

"아, 알았습니다! 제가 졌습니다. 그러니 이만 허리를 드시지요!"

다시 한 번 용서를 비는 당이의 말에 하는 수 없다는 듯, 정 상궁이 얼른 옆의 나인들에게 손짓을 하여 명이를 풀어주라 시켰다.

"마마님! 흐흐흑."

마침내 풀려난 아이가 눈물을 흩뿌리며 당이의 치맛자락에 매달렸다.

"어허, 이런! 정 상궁마마님께 감사의 인사부터 올려야지."

당이가 명이를 나무라자, 명이가 "자, 잘못했습니다. 요, 용서해주셔서 감사합니다. 흐흐흑!" 하며 정 상궁에게 허리를 숙였다.

"용서해준 정 상궁마마님의 얼굴을 봐서라도 다시는 똑같은 잘못을 저지르면 아니 된다. 알았지?"

떨떠름한 얼굴의 정 상궁이 들으라는 듯이 부러 더 단호하게, 당이가 자기 처소의 두 나인 아이에게 따끔히 경고하였다.

"예, 다시는 안 그러겠습니다. 흑, 흐윽."

"헌데, 정 상궁."

나인 아이들의 맹세가 끝나자마자, 당이가 부드럽기 그지없는 말로 정 상궁을 불렀다.

"예, 마마님."

"내 조금 어지러워 그러는데 손을 빌려주겠소?"

당이가 어렸을 때부터 험한 일을 해왔음에도, 마치 물일 한 번 한 적 없는 듯 새하얗고 티끌 하나 없는 손을 정 상궁에게 내밀었다.

"예, 마마님."

정 상궁이 얼른 그 손을 붙잡아 당이를 부축하고 나섰다.

"……무슨 꿍꿍이십니까?"

낡은 전각을 벗어나 연화당으로 가는 중, 정 상궁이 바로 뒤에 따라오는 나인 아이들에게 들리지 않을 작은 소리로 당이에게 물었다.

"홋. 믿을지 모르겠지만 다른 꿍꿍이는 없소. 그저 정 상궁의 면을 살려주고 싶었을 뿐이라오."

"……무슨 말씀이신지?"

"어찌 됐건 나 때문에 궁궐 내에 정 상궁의 면이 서지 않게 되질 않았소? 이젠 궁궐 안에 내가 정 상궁에게 허리를 숙여, 용서를 빌었다는 소문이 돌 터이니 더는 아무도 정 상궁을 비웃지 못하게 될 것이라오."

"그럴 필요가 뭐 있어? 그냥 따끔히 혼내지 그랬어. 당신이 그렇게 혼냈는데도 따로 아이들을 불러 제멋대로 화풀이를 하다니, 괘씸하잖아!"

그날 밤, 연화당에 든 준형이 물었다. 동궁전의 젊은 내시가 그런 일이 있었다고, 궁궐 내에 벌써부터 연화당마마님에 대한 칭송이 가득하다고 준형에게 귀띔해주었다고 했다.

-거느리는 밑에 아이들을 위하여 상궁에게 직접 허리를 굽히는 그 모습에 감동한 궁인들이 적지 않습니다. 연화당마마님의 미색은 물론이요, 그 현명함과 어짊에 궁인들의 칭찬이 자자하옵니다. 모두들 어서 빨리 연화당마마님께 정식으로 후궁첩지가 내리기를 은근히 기대하고 있사옵니다.

그렇게 젊은 내시가 연화당마마님, 당이에 대한 칭찬을 입에 침이 마르게 하였지만 준형은 그것이 조금도 달갑지 않았다. 당이가 궁녀 따위에게 허리를 굽혀 머리를 숙이고 빌었다는 게 자존심이 상해 견딜 수가 없었다.

"누구 마음대로 머리를 숙이고 빌어!"

준형은 제 무릎 위에 당이를 앉히고선, 하나도 무섭지 않은 얼굴로 짐짓 당이를 나무랐다.

"나랑 싸웠을 때도 머리 한 번 안 숙여놓고선? 진짜 이럴 거야? 왜 내 허락도 없이 막 빌고 다니는데?"

"……그럼 그 채찍으로 정 상궁을 치기라도 했어야 해요?"

"또 못 그럴 건 뭐야. 지금은 내가 세자고, 당신은 세자의 총애를 한 몸에 받는 귀한 마마님이신데."

"바보."

당이가 피곤한지 조금 해쓱해진 얼굴을 기운 없이 준형의 어깨에 기댔다.

"정 상궁은 평생을 이 궁에서 살아야 하는 사람이에요. 이미 연화당에서 기어나갔다는 치욕스러운 소문을 달고 말았는데 그보다 더한 수모를 주어 무엇하겠어요. 또, 나는 언젠가 사라지고 말 사람인데 그러면 내 처소의 아이들은 지켜줄 사람이 없게 되는걸요."

"……그래서 빌었다고?"

새삼, 당이의 사려 깊음에 감탄한 준형이 물었다.

"원래 비는 데 장사 없다는 말도 못 들어봤어요?"

"후훗. 그럼. 내가 빌면 내 소원도 들어줄려나?"

준형이 제 어깨에 기댄 당이의 귓가에 은밀히 속삭였다.

"등불도, 촛불도, 달빛도 싫어. 햇빛 아래에서 온전한 당신, 아무것도 방해하지 않는 당신의 전부를 내게 줘. 당신을 찬탄할 수 있는 기회를 줘."

찬탄은 그저 찬탄만으로 끝나지 않을 것이다. 그러니 준형의 바람이 무엇을 뜻하는 건지 두말할 필요가 없었다.

"그럼, 어디 한번 빌어보시든가요."

얼굴이 붉게 달아오른 당이가 준형의 어깨에 얼굴을 묻고선 들릴 듯 말 듯 한 소리로 중얼거렸다.

"또 모르죠. 내가 당신 청을 들어줄지도. 후후훗."

제6장. 진실과 거짓말

"하아."

당이가 준형의 어깨에 머리를 기댄 채, 찬탄에 찬 한숨을 내쉬었다. 눈앞에 보이는 건 신비하고도 아름다운, 그래서 도무지 현실 같지 않은 어느 공간이었다. 사방에는 몇십, 몇백 그루에 달하는 커다란 버드나무들이 본래의 청량한 초록빛을 잃고 아련한 보라색으로 물들여진 머리를 수면 위로 길게 늘어뜨리고 있었다.

그렇듯 몽환적인 풍경 안에서 당이는 준형과 함께 물 한가운데에 우뚝 솟은 조그만 바위 끝에 나란히 앉아 있었다.

바위 밑으로 늘어뜨려진 두 사람의 발은 물안개를 버선 삼아, 기분 좋게 서늘한 물의 표면에 닿고 있는 중이었다.

"하아…… 여긴 어디죠?"

다시 한 번 달콤한 한숨을 내쉬며 당이가 물었다.

언제 날 여기로 데려온 것일까. 여기도 궁궐 안 어디쯤인 걸까. 아니면 궁궐 밖 어디쯤인 걸까. 얼마나 깊이 잠들어 있었기에 여기까지 데려온 것도 모르고 있었던 것일까.

궁금해진 당이가 옆에 앉은 준형을 바라보며 다시 한 번 물었다.

"언제 이리……. 공자?"

놀란 당이는 물을 바라보고 있는 준형의 뺨을 감싸고 저를 향하도록 그 얼굴을 돌렸다. 자신이 잘못 본 것이 아닌가 확인하기 위해서였다.

준형의 뺨은 축축하였다. 온통 눈물로 적셔져 있었다.

"공자, 왜……?"

"치워."

공자란 말에 준형이 얼른 제 얼굴에서 당이의 손을 떼버렸다.

"공……."

"한 번만!"

준형이 당이의 어깨를 손가락이 파고들 정도로 거세게 움켜잡았다.

"윽!"

"한 번만 더 날 그따위 호칭으로 부르면 ……를 죽여버리고 말겠어."

조금 전까지 눈물을 글썽이던 까닭에 아직도 물기가 남은 준형의 눈가에 벌겋게 붉은 기가 들었다. 하얀 눈자위도 점점 더 붉게 변하고 있었다.

"공자, 왜……?"

"하지 말랬지!"

준형이 당이의 어깨를 잡은 채 앞뒤로 거세게 당이의 몸을 흔들어댔다. 어찌나 세게 흔들어대는지 당이의 눈앞이 핑핑, 돌았다.

"읏!"

어지러움을 감당 못 한 당이가 질끈, 눈을 감았다.

"눈 떠! 감지 마! 날 봐!"

분노가 어린, 거부할 수 없는 명령에 당이가 눈을 떴을 때, 준형의 머리 위로 두 사람을 뒤덮을 듯, 커다란 보름달이 떠 있었다.

그제야 당이는 제 눈앞의 사내가, 준형과 똑같은 얼굴을 하고, 말할 수 없이 슬프고 화난 눈을 하고 있는 사내가 누구인지 깨달았다.

"날 자세히 봐! 정말 내가 누군지 모르겠어? 나야! 당신의 진짜 반려야!"

"아니요."

당이가 현의 가슴팍을 세게 밀어젖히고 자리에서 일어섰다. 그런데 달리 도망칠 곳이 없었다. 사방을 둘러보아도, 당이가 서 있는 바위의 주변은 온통 물이었다. 보름달을 고스란히 반사하고 있는 진한 빛의 물뿐이었다.

"왜 내가 아니야?"

분노와 슬픔이 뒤섞여, 일그러진 얼굴로 현이 천천히 몸을 일으켰다.

"당신은 날 알아봤어야 해. 날 선택했어야 해! 내가 진짜 반려니까!"

"아니요. 공자가 진짜예요. 나한텐 그 사람이 진짜예요."

제게로 다가서려 하는 현을 피해 당이가 한 발자국 뒤로 물러선 순간, 당이는 균형을 잃고 비틀거렸다. 더는 물러날 곳이 없는 바위의 끝에 다다른 때문이었다.

"위험해! 이리 와."

현이 손을 뻗었지만 당이가 고개를 저어 마다하였다.

"얼른 이리 와!"

현이 한 발, 조심스럽게 다가섰다. 당이를 붙잡을 요량이었다.

"미안해요."

다시 주춤, 뒤로 한 발 물러난 당이의 발은 이미 발꿈치를 비롯해 발의 절반 이상이 바위의 끝을 넘어서 있었다.

"당신 곁에 있어드릴 순 없어요. 그게 제가 선택한, 제 운명이에요."

그리 말하는 당이의 눈에도 조금 전 현이 그랬듯 눈물이 가득 고였다. 잠시 떨어질락 말락 눈가에서 찰랑이던 눈물은 금세 또르륵, 새하얀 볼을 타고 흘러내렸다. 이어 당이의 몸은, 스스로의 의지대로 물밖에는 아무것도 없는 뒤를 향해 서서히 기울어졌다.

"아, 안 돼!"

현이 서둘러 손을 뻗었지만, 허공에 휘날리는 당이의 손가락 끝만 스쳤을 뿐, 현의 손은 그리도 간절히 원하는 것을 잡지 못했다.

"안 되엣!"

바위 뒤로 몸을 날리는 당이를 보고 현이 비명을 질렀을 때였다. 새카맣고 커다란 짐승이 등에 당이를 태운 채 펄쩍, 바위 위로 튀어 올랐다.

이어 당이를 업은 새카만 짐승은 마치 물 위를 달리듯, 힘차게 바위 건너편의 까마득한 어딘가를 향해 내달리기 시작하였다.

"안 돼! 거기 섯! 가지 마!"

당이를 업은 채 멀어져 가는 짐승을 보며, 좁은 바위 위에서 현이 속절없이 발버둥을 쳤다. 멀어져가는 당이를 향해 열심히 손을 내저었다.

"가지 맛! 돌아와아아앗!"

"……지 마! 제발, 제발……!"

"응?"

아직 날이 밝으려면 한참이나 남은 밤의 한가운데였다. 아비와 형을 만나러 의금부 옥사로 가기 위해 검은 철릭을 갖춰 입던 반회는 급하게 옆방으로 향했다. 반회의 바로 옆방은 세자 현과 유 내관이 함께 쓰는 방이었다.

"이게 무슨 소리……. 저하!"

급한 마음에 안에 알리지도 않고 방문을 열고 들어간 반회가 얼른 현에게로 달려들었다. 악몽이라도 꾸고 있는 것인지 현은 두 눈을 감고 누운 채 두 손을 공중으로 허우적대며 연신 "가지 마!" "제발 가지 마!" 하며 울부짖고 있었다.

"저하, 고정하십시오. 저하. 저하? 잠에서 좀 깨어보세요. 저하!"

반회가 현을 흔들고, 상체를 끌어안고 일으켜 현을 깨우려 했지만, 현은 계속 온몸에서 땀을 비 오듯 뻘뻘 흘리며 두 손을 내저을 뿐 좀처럼 악몽에서 깨지 못하고 있었다.

"저기, 유 내관. 좀……."

병자가 무슨 힘이 그리 센지 제 힘만으로는 부족하다는 걸 느낀 반회가 도움을 청하려 유 내관이 잠들어 있는 쪽을 돌아보았을 땐, 유 내관은 이미 방에서 나가고 있는 중이었다.

"어딜 가시는 거요?"

반회가 다급하게 불렀지만, 유 내관은 뒤도 돌아보지 않았다. 하는 수 없이 반회는 다시 현을 진정시키는 데 집중하기로 했다.

"저하? 정신을 차려보십시오. 모두 꿈입니다. 지금 꿈을 꾸고 계십니다!"

반회는 괴로워하며 제 품에서 몸부림치는 현을 힘주어 끌어안았다. 그러고 있자니 예전에 준형을 진정시키기 위해 끌어안고 있던 일이 생각났다.

-놔요. 형님! 놔요. 이 손을, 이 손을 잘라버리고 말 것입니다. 흐흐흑!

준형은 제 손이 늑대의 손으로 변해버린 것에 좌절하여 스스로 칼을 꺼내 들고 제 손목을 잘라버리겠다고 흥분하여 날뛰었더랬다.

"……지 마. 가지 마. 흐으으윽!"

반회의 품에서 격렬히 몸부림치는 세자 현은, 그때의 준형과 너무도 닮아 있어 그것이 더욱 반회의 마음을 아프게 하고 있었다.

"괜찮습니다. 다 괜찮아질 것입니다. 그러니, 진정하세요. 저하."

"비키시오."

열심히 현을 진정시키려 하는 반회의 귀에 퉁명스러운 소리가 들려왔다.

"유 내관……!"

고개를 들어 제 앞에 선 유 내관을 본 반회의 눈이 휘둥그레졌다. 유 내관의 손에 물대야가 들려 있었던 것이다.

"비키시오."

"못 비킵니다. 편찮으신 저하께 무슨 짓을……."

"그럼, 하는 수 없지요."

유 내관이 잠시 어깨를 으쓱하더니 그대로 대야 속의 물을 현을 껴안고 있는 반회에게 끼얹어버렸다. 반회가 반사적으로 현의 몸을 덮어 물에 젖지 않게 하려 했지만, 찬 우물물은 그대로 반회와 현의 얼굴을 덮쳤다.

"웃, 푸푸푸!"

반회는 고개를 흔들어 물을 털어냄과 동시에 얼른 현의 안부부터 살폈다.

"저하! 괜찮으십니까?"

"으흐음."

차가운 물에 비로소 정신을 되찾은 것인지, 굳게 닫혀 있던 현의 눈꺼풀이 들어 올려졌다. 그것을 본 반회가 반색하여 현을 불렀다.

"저하!"

"거참, 이 생원이라고 수십 번도 더 말했건만. 똥고집인지 멍청한 건지."

절대 혼잣말이라고 생각되지 않을 정도의 크기로 중얼거린 뒤 유 내관이 방을 나섰다. 그것을 무시하고 반회는 현에게 물었다.

"저하, 정신이 좀 드시옵니까?"

"콜록. 자네가…… 외숙을 불러다줘. 유 내관은 안 돼. 저자는 나를 세자로 생각하지 않아. 자네가 불러다 줘. 내가 물을 것이 있어서 그래!"

"……."

반회는 현의 명을 거부하지 못했다. 제 목이 졸릴 정도로 꽈악, 옷깃을 잡고 있는 현의 손이 덜덜 떨리고 있는 것을 보니, 눈물이 그렁그렁하여 애절하게 저를 쳐다보고 있는 세자의 눈을 보니, 차마 청을 거절할 수 없었다.

"옷깃을 놓아주십시오. 가서 오십사 청하겠습니다."

"정말?"

"예에. 그리하겠습니다."

그제야 현의 손에서 힘이 풀렸고, 반회는 얼른 아랫목의 벽장으로 가서 벽장 안에서 새 요와 이부자리를 꺼냈다. 이어 방구석에 놓인 장 안에서 마른 속옷들과 속저고리, 바지들을 꺼냈다.

"괜찮아. 얼른 가서……."

"이대로 젖은 채로 계시면 몸에 안 좋습니다. 잠시 기다리세요."

현이 제 젖은 얼굴과 머리를 수건으로 닦아주려는 반회의 손을 거부하려 했지만, 반회는 고집스럽게 현의 머리와 얼굴, 몸에 묻은 물기들을 모두 닦아 주었다. 그러고선 젖은 이부자리 대신 새 이부자리까지 깔아주고, 현을 눕혀 이불을 턱 끝까지 단단히 덮어준 후에야 방을 나섰다.

"정말로 지금 부정 어른을 불러오시려고? 나와 이 생원을 둘만 놔둬도 되겠소? 내가 이 생원을 해치기라도 하면 어쩌시려고?"

방에서 나온 반회를 향해, 마당에 섰던 유 내관이 반말도 존댓말도 아닌 어중간한 말로 이죽거렸다.

"유 내관이 왜 이리 저하께 무례히 구는지 모르겠으나, 대강 좀 하시오 유 내관은 저하를 지키려 보내진 이가 아닙니까!"

혹시 방 안에 들릴까 하여 이를 악문 채 반회가 잘생긴 얼굴에 혐오감을 드러내며 유 내관에게 따졌다.

"내가 왜 이러는지 궁금하오? 그럼 가르쳐 드리리다."

유 내관이 그런 반회의 멱살을 잡아 제게로 가까이 끌어당긴 후, 그 귀에 으르렁거리듯 조용히 말을 뱉었다.

"저 안에 계신 유약하고 신경질적이기 짝이 없는 저 세자라는 분이 언젠간 준형 공자를 죽이려 할 것이기 때문이오. 나는 그 꼴을 절대 가만히 두고 보지는 않을 것이고."

"그런……."

"그런데 말이오. 공자는 그때가 오면 누구를 지킬 생각이오?"

반회는 무슨 그런 말을 하느냐, 따지고 싶었다. 세자와 준형이라니. 둘 중 한 사람을 택해야 한다니. 두 번 생각할 것도 없이, 그 답은 준형이었다.

당연했다. 준형을 지키는 건, 지켜내는 건 아주 어려서부터 반회에게 주어진 일종의 사명과도 같았다. 그러나 그렇다고 선뜻 준형일 지키겠다 할 수는 없었다. 돌이켜 생각해보면, 아버지 김 부사나 강회가 준형을 지키려 한 건 어디까지나 준형이 임금의 아들이기 때문이었다. 허나 그것은 세자도 마찬가지다. 아니, 존재의 가치로 따지자면 세자야말로 목숨을 걸고 보호해야 할 존귀한 존재였다. 이 땅의 백성으로서 마땅히 지켜내야 할 존재였다.

'그래도 준형이는 내 아우야.'

비록 피가 섞이지 않았어도, 비록 준형이 평범한 보통의 사람이 아니라 해도 반회에게 준형은 함께 자란 형제였다. 언제나 가엾고, 부럽고, 사랑하고, 원망스럽기 그지없는 아우였다. 무엇으로 보나, 반회가 선택해야 할 쪽은 준형이 틀림없었다. 허나 반회는 저의 대답을 기다리는 유 내관에게 끝끝내 답을 들려주지 못했다. 아무리 애를 써도 거짓말이 나오지 않았다.

"핫!"

잠자다 말고 당이는 벌떡, 몸을 일으켜 옆부터 살폈다.

"휴우……."

쌔액쌔액, 아기처럼 고운 숨소리를 내며 잠들어 있는 준형을 보니, 비로소 마음이 놓였다. 준형의 팔은 옆으로 길게 뻗어져 있었다. 지난밤, 당이가 잠들기 전까지 팔베개를 해주고 있었던 때문이었다. 당이는 꿈에까지 저를 지키러 와준, 든든하기 그지없는 정인의 품으로 파고들어갔다.

"으흠……."

잠결에 뒤척이며 준형이 당이 쪽을 향해 돌아눕더니 당이의 등에 손을 둘러, 좀 더 깊이 자신의 품 안으로 끌어들였다.

"윽!"

준형과 닿는 아픔에, 저도 모르게 튀어나온 신음을 막기 위해 당이는 서둘러 손으로 입을 막았다. 아픔을 견디기 위해 어금니를 악물었다.

'안 돼. 공자에게 들켜선 안 돼. 참아내야만 해!'

준형에겐 아프다는 걸 알려선 안 됐다. 준형이 알게 되면 당이를 위해, 당이가 원하지 않는 선택을 할 것이 분명하였다.

"저하."

210

당이가 아픔을 견디기 위해 이를 악물고 진땀을 뻘뻘 흘리고 있는 동안, 반회의 전갈을 받은 일산이 현을 찾아왔다.

"저를 급히 찾으셨다고요? 김 공자가 그러길, 물으실 게 있다고……."

"외숙."

"예, 저하."

"그 짐승은 뭡니까? 외숙은 저에 대한 건 뭐든 다 아시는 분이니까, 이번에도 답을 알고 계시겠지요?"

이부자리에서 힘들게 몸을 일으키며, 현이 일산에게 물었다.

"짐…… 승이라니요?"

마음의 동요를 감추고, 일산은 영문을 모르겠다는 듯 시침을 뗐다.

"뜬금없이 무슨 말씀이십니까?"

"어릴 때부터 내 꿈에 나타났던 그 새카만 털을 가진 짐승. 처음 당이…… 홍 낭자를 외숙의 집에서 보았던 날, 홍 낭자를 궁으로 데려가려 했던 그날, 제게서 홍 낭자를 뺏어갔던 그 짐승 말입니다."

으드득, 소리 나게 이를 갈며 현이 일산을 추궁하였다.

"저하."

"생각해보면 내가 어리석었습니다. 처음부터 외숙에게 물어봤어야 했어요. 그놈을, 그 시커먼 짐승을 만난 건 바로 외숙의 집 앞이었으니까요. 그날 그 장소로 나를 이끈 건 바로 외숙이었으니까요!"

앙상하게 볼이 파이고 움푹 눈이 들어간, 그래서 더 광기 어려 보이는 현이 자꾸만 무너지려 하는 몸을 억지로 곧추세우고선 일산을 몰아붙였다.

"말하세요. 그 짐승 놈은 뭡니까? 그놈은 홍 낭자와 준형이, 두 사람과 무슨 상관이 있습니까. 외숙이 제게 감추고 있는 게 도대체 무엇입니까!"

"……그런 거 없습니다. 숨기다니요. 제가 감히 무얼 숨기겠나이까. 저는 정말 저하께서 무슨 말씀을 하시는지 조금도……."

"이젠 그만 다 털어놓지 그러십니까?"

아직도 숨길 생각으로 거짓말을 하는 일산의 말 중에 방문 앞에 서 있던 유 내관이 끼어들었다.

　"자네!"

　일산이 나무라는 얼굴로 돌아보자, 유 내관은 귀찮아 죽겠다는 표정으로 무례하게도 턱 끝으로 현을 가리켰다.

　"여기서 또 거짓말로 둘러대면 내내 계속 귀찮게 물어댈 것입니다. 그걸 누가 다 감당하라고요."

　"너도…… 너도 알고 있었던 것이냐?"

　현이 눈을 가늘게 뜨고 의심스럽다는 얼굴로 유 내관에게 물었다.

　"그게 뭐, 대수라고. 이 일에 관련된 사람들 중에 그 사실을 모르고 있는 건 아마도 이 생원 혼자뿐일 거요."

　"유 내관!"

　일산이 소리를 질러 유 내관의 입을 막으려 하였다.

　"이 생원께서 저렇게 알고 싶어 안달이 나셨는데 대충 둘러댄다고 믿겠습니까? 이제 그만 털어놓으세요. 어차피 언젠가는 알게 될 일이 아닙니까!"

　"네 이놈! 그 입 닥치지 못할까!"

　"예에, 그러합지요."

　일산의 불호령에 어쩔 수 없다는 듯, 입술을 삐죽거린 유 내관이 방을 나갔다. 아무리 위아래 구분 없이 이죽대기 좋아하는 유 내관이라지만 제 혈족의 수장인 일산의 명을 거스를 수는 없었던 것이다.

　"외숙."

　현이 유 내관의 뒷모습을 보고 있는, 좀처럼 저를 보려 하지 않는 일산을 불렀다.

　"만약…… 외숙이 이번에도 사실을…… 콜록콜록 말하지 않겠다면, 나는 이 길로 궁으로 돌아갈 것입니다."

그제야 일산이 현을 돌아보았다.

"저하!"

"변덕이라 욕해도 하는 수 콜록콜록…… 없지요. 이번 일로 모두가 위험해진대도 하는 수 없고요. 콜록콜록콜록!"

협박이었지만 진심이었다. 정말로 일산이 제가 만족할 답을 내어놓지 않으면 현은 궁궐로 돌아갈 셈이었다. 준형과 일산, 유 내관, 감 내관, 그리고 김 부사와 그 아들들이 모두 죽는대도 하는 수 없었다. 상관없었다.

어차피 처음부터 준형과 바꿔치려 했던 이유 중에 가장 큰 이유는 당이를 얻기 위해서였다. 당이와 함께하기 위해서였다. 그러니 그것이 불가능해진 지금, 현에게는 못 할 일이 없었다.

"저하께서 그리하시도록 제가 내버려둘 것 같습니까?"

"그러니, 콜록콜록, 사실을 말하세요. 아니면…… 외숙은 저를 죽여야 할 것입니다. 그러지 않으면 저를 막지 못하실 테니까요."

'죽인다?'

현의 겁박이 일산의 속을 따끔하게 하였다. 한 번도 생각해본 적 없는, 감히 그럴 수 없는 일이어서가 아니었다. 일산 또한 생각해본 일이었기에, 정말 어쩔 수 없는 경우가 생긴다면 능히 그럴 생각이었기에 현의 겁박은 그냥 허투루 들어 넘길 수가 없어졌다.

"누우세요."

일산이 현을 부축하여 자리에 눕히려 하였다.

"외숙! 정말 기어이!"

"이야기가 깁니다. 아주 길지요. 그러니 누워서 들으시란 말씀입니다."

각오를 마친 얼굴로 일산이 말했다.

그러고선 저희들의 혈족에 대한 길고 긴 이야기를 들려주기 시작하였다.

"언제, 어떻게, 왜 시작되었는지는 정확히 알지 못합니다. 다만, 아주 오래 전부터 이 땅에는 보통의 사람들과는 조금 다른 혈족들이 살고 있었지요. 스스로를 늑대혈족이라 부르는 사람들이요…….”

“어? 웬일이야?”

새벽 일찍, 동궁전으로 돌아가기 위해 잠에서 깬 준형은 뜻밖의 모습에 반색을 금치 못했다. 평소와 달리 곱게 분단장을 하고 빨갛게 입술을 물들인 당이가 다정한 미소로 준형을 맞았기 때문이었다.

“더 자도 되는데. 너무 일찍 깬 거 아냐?”

“매번 나 자는 동안 혼자 깨서 살짝 돌아가는 거, 엄청 싫었거든요? 그래서 이젠 그렇게 안 놔두려고요.”

“갑자기 웬 심경의 변화지?”

준형이 반가움에 당이의 허리를 감으며 물었다.

“후후훗. 그간 내가 너무 방심한 것 같아서요.”

간지럽다는 듯 허리를 뒤틀며, 당이가 화사한 웃음을 깨물었다.

“방심이라니?”

“여기 궁궐 말이에요. 이제까지는 경황이 없어 잘 몰랐는데 궁녀들이 참 많더라고요.”

“그래?”

“그냥 사람 수만 많은 게 아니더라고요. 어찌나 고운 이들이 많은지. 같은 여자인데도 괜히 막 훔쳐보게 되고, 눈이라도 마주치면 나도 모르게 막 두근거릴 정도였다니까요?”

“뭐어?”

“당신이 혹시 그들 중 어느 한 명에게, 나보다 더 아름다운 여인네한테 눈이라도 돌리게 되면 큰일 나거든요. 그러니까 그런 큰일이 안 생기게 부지런히 꾸며야겠다, 그런 생각을 했다는 거죠.”

당이가 두 손으로 제 뺨을 감싸곤, 준형을 향해 얼굴을 들이밀었다.

“어때요? 이 정도면 나도 그리 썩 나쁘진 않죠? 후후훗. 그러니 괜히 아리따운 여인네들한테 눈만 돌렸단 봐요? 나 정말, 가만 안 있을 테니까?"

너무 어이가 없으면, 말이 안 나오는 거구나.

준형은 새삼 실감하였다. 도대체 당이가 무슨 말을 하나 싶었다. 이 궁궐 안에서 가장 아름다운 게, 자신이라는 걸 당이는 정말 모르는 걸까? 아니, 설령 당이 자신보다 더 아름다운 여인이 있다 한들 준형이 한눈을 파는 게 가능한 일이라고 생각하는 걸까?

"묻는 말에 답은 안 하고 왜 그렇게 빤히 봐요?"

"당신이 갑자기 왜 이러나 싶어서. 뭐, 간밤에 나쁜 꿈이라도 꿨어?"

잠들기 전과 완전히 딴 사람이 된 것같이 구는 당이의 모습에 얼떨떨해하는 준형이었다.

"꿨어요."

당이가 제 쪽에서 와락, 아직도 허리께까지 이불을 덮고 앉아 있는 준형의 품에 달려들어선 준형의 가슴에 매달렸다.

"정말 무서운 꿈을 꿨어요. 당신이 더는 날 어여삐하지 않는 꿈을 꿨어요. 나 아닌 다른 여인을 향해 활짝, 웃어주는 꿈을 꿨어요. 내가 너무 초라해서 당신이 날 돌아보지 않는 꿈을 꿨어요."

거짓말이었다. 단 한 번도 그런 꿈을 꾼 적 없었다. 지나가는 망상으로라도 그런 생각을 한 적 없었다. 준형이 자신을 얼마나 사랑하는지는, 사랑받는 당이 자신이 제일 잘 알았다. 그런데도 굳이 거짓말을 한 건, 창백한 낯빛을 감추기 위해, 아픈 기색을 감추기 위해 앞으로도 계속 화장을 해야 했기 때문이었다.

원래 운종가에 나가기 위해 기생으로 위장했을 때만 빼고는 당이는 이제껏 좀처럼 화장을 하는 일이 없었다. 그런 당이가 갑작스레 화장을 하기 시작하면 준형이 이상하게 여길 게 뻔했다. 히여 거짓을 말했다.

"당신한테 사랑받아서 행복한 만큼, 점점 더 불안해져요. 언젠가 정말 당신이 더는 날 사랑해주지 않으면 어떻게 될까."

"바보!"

제 품 안에서 가늘게 몸을 떠는 당이를, 준형은 그저 마음의 불안에서 오는 떨림이라고만 생각하고는 그 가냘픈 몸을 힘주어 껴안았다.

"나더러 맨날 바보라고 하더니 진짜 바보가 여기 있잖아? 말도 안 되는 그런 생각을 왜 해? 그런 바보 같은 꿈을 왜 꿔? 당신과 나는 운명이 엮어준 반려잖아. 당신이 내 반려인데 내가 다른 여인을 마음에 둘 리 없잖아!"

"만약 내가……."

'당신의 반려가 아니면요? 운명이 정해준 당신의 짝이 아니면요?'

당이는 목 끝까지 튀어나오려하는 말을 억지로 삼켰다. 대신 가볍게 준형의 몸을 밀치고선 흥, 작게 콧방귀를 뀌며 준형에게서 돌아앉았다.

"하루에도 열두 번이 더 바뀌는 게 사람의 마음인 것을요. 아무리 말로는 네가 곱다, 네가 제일 어여쁘다 하지만, 결국 더 아름답고 더 어여쁜 여인에게 눈이 가는 것을 어떻게 말리겠어요."

"……."

짐짓 토라진 흉내를 내는 당이를 준형은 잠시 말없이 바라보았다.

왜일까? 갑자기 이런 말도 안 되는 억지를 쓰는 이유가 뭘까? 궁금하였다. 자신의 진심을 몰라주는 것 같은 당이의 어깃장이 섭섭하거나 화나진 않았다. 당이가 그럴 여인이 아님은 준형이 제일 잘 알고 있었다. 그러니 당이가 이러는 데는 분명 다른 이유가 있을 터였다. 해서 준형은 당이의 장난에 장단을 맞췄다.

"알았어. 그럼 열심히 노력해줘. 열심히 예뻐지고, 열심히 날 유혹해줘. 안 그럼 정말 당신 말대로 이 궁궐 안에서 가장 아름다운 여인에게로 마음을 뺏기게 될지도 모르니까."

궁궐 안에서 가장 아름다운 여인을 보며 준형이 달달한 눈웃음을 지었다.

준형의 그 장난 같은 주문이 먹힌 건지, 그 후로 며칠이 지날 동안 당이는 맨얼굴로 준형을 대한 적이 단 한 번도 없었다.

저고리 깊숙이 향갑을 차는 등, 전에 없이 몸에 향을 입히기도 하였다. 옷들도 마찬가지였다. 처음에는 수수하고 연한 색감의 옷들로 단정히 차려입었지만, 그날 이후로는 화사한 색감에 화려한 옷들을 자주 찾아 입었다. 그러자 당이를 보는 궁궐 안의 시선들도 조금씩 뒤틀려져갔다.

"세자의 총애를 잃을까 전전긍긍하는 게 아주 꼴불견이라 합니다. 어찌나 보챘는지, 세자가 틈만 나면 연화당에 가느라 발바닥에 불이 난다더군요."

중전 김씨는 중궁전의 궁인들에게 들은 이야기를 영천군에게 전해주었다.

"어찌나 세자에게 치근덕대는지, 세자가 연화당에 가면 세자의 곁에 찰싹 달라붙어 떨어질 생각을 안 한다더군요. 어제, 오늘 세자가 다시 신열이 오른 것도 다 그 계집이 그리 귀찮게 한 때문일 거라는 소문이 자자합니다."

"하하하하. 원래 사내란 다 그런 법이지요. 전하께서도 그러셨지 않습니까? 소빈을 입궁 시킨 후에는 한동안 정사를 돌보시는 것도 등한시한 채 아예 양의당에서 살다시피 하셨던 것을요."

중전 김씨는 군이 자신에게 임금이 소빈을 처음 맞아들였을 때의 일을 상기시키는 영천군의 말에 이맛살을 찌푸렸다. 그때만 생각하면, 아니 그 뒤로 계속 자신이 겪은 수모를 생각하면 한시라도 빨리 소빈을 궁궐에서 쫓아내고 싶었다. 임금을 잃고, 사랑하는 아들마저도 잃고, 대비가 될 수 있을 것이라는 희망과 기대도 잃고, 비참하게 궁에서 쫓겨나는 소빈의 얼굴을 꼭 보고 싶었다.

"초조해 마시지요. 그리 오래 걸리진 않을 것입니다."

영천군이 중전 김씨를 달래자, 중전은 자신의 험악한 속내가 그대로 드러난 얼굴을 시동생에게 보인 것이 민망하여 얼른 말을 돌렸다.

"그나저나 곧 사신이 올 터인데, 김 부사 쪽은 어찌 되었습니까?"

김 부사와 그 아들에게 자백을 받아냈느냐는 물음이었다.

"안 그래도 오늘 밤, 다시 국문을 열려 합니다."

"오늘 밤이요?"

"네, 오늘 밤! 드디어 결판이 됩니다."

어제오늘 세자가 다시 신열이 올라 몸져누웠다는 전갈을 받고 결정한 일이었다. 세자가 환궁한 이후 김 부사에 대한 일을 까맣게 잊고 있는 것 같아 굳이 환기시켜줄 필요가 있을까 싶어 국문을 미뤄왔었다.

허나 더는 기다리고 싶지 않았다.

얼른 국문을 열어 김 부사와 그 아들에게 엄히 죄를 물은 다음, 무슨 고신을 해서건 둘의 입에서 금자염을 밀매했다는 자백을 받아낼 참이었다.

그 후 세자에게는 죄인들이 죄를 자복했노라 하고 알린 후, 두 사람에게 중벌을 내리는 데 동의를 받아낼 것이었다.

"이미 국문에 함께 자리할 다른 중신들과도 뜻을 다 맞춰놨으니, 다 식은 죽 마음 놓고 음미할 일만 남은 거지요. 하하하."

영천군이 언제나 그렇듯 중전을 향해 자신만만하게 웃어 보였다. 그 흡족한 웃음은 그날 밤, 국문 장으로 향하는 그 순간까지도 영천군의 얼굴에 찰싹 달라붙어 떨어질 생각을 하지 않았다.

쏴아, 쏴아. 비 내리는 소리가 온 세상에 시끄럽게 울려 퍼졌다. 아침 일찍부터 땅바닥을 후려치기 시작한 빗줄기들은 밤이 되어도 그치질 않았다.

"아직도 열이 떨어지지 않았다고요? 의원은 다녀갔습니까?"

동궁전으로 준형을 만나러 온 소빈은 다른 궁인들이 들으라고, 짐짓 걱정하는 말부터 하였다. 저를 맞느라, 방문가에 서서 허리를 굽히고 있는 당이는 아예 없는 사람인 양 시선도 주지 않았다.

"모두 나가 있거라."

준형이 이부자리에서 몸을 일으키고는 아픈 목소리를 꾸미며, 당이와 감 내관을 제외한 모두를 방에서 나가라 하였다.

"또 무얼 꾸미는 것이니? 신열이라니……. 네가 신열이 날 이유가 뭐야?"

신경질적으로 묻는 어미의 말에 준형은 서운하였다. 아프다는데, 어제부터 온 궁궐 안에 제가 신열이 났다고 부러 소문을 내었는데, 뒤늦게 찾아와 그것을 걱정하기보다 화부터 내는 어미가 섭섭하였다. 빈말로나마 어디가

218

얼마나 아픈 것인지 걱정 한마디 해주길 내심 바랐다. 그럼 자신은 고운 어미의 손을 잡고 이렇게 말할 참이었다.

"아프긴요. 그냥 다 꾀병이랍니다. 어머니에게 실컷 응석 한번 부려보고 싶어 일부러 꾀병을 부린 것이었답니다."

그럼 어머니는 이렇게 말하시지 않을까, 기대도 했다.

'그런 쓸데없는 일을 왜 하니? 내가 얼마나 놀랐는지 알아? 준형이 너마저 정말 아픈 걸까 봐 내가 얼마나 마음 졸였는데…… 흑…….'

그리 멋대로 상상하는 가운데 덜컥, 걱정이 되기도 하였다. 어머니를 너무 놀라게 해드리는 건 아닐까, 혹시 놀라 우시기라도 하면 어쩌나.

하지만 소빈의 반응은 준형이 생각했던 반응과 너무도 달랐다.

"아침부터 찾는데 강 부정도 들지 않고, 너는 너대로 이러고 들어앉아 있고. 뭘 꾸미는 거니? 혹시……!"

소빈이 의심스럽다는 듯, 눈을 가늘게 뜨고 준형을 살폈다.

"설마 너, 김 부사를 살리려고 엉뚱한 짓을 하는 건 아니겠지?"

"어머님, 사실은……."

준형이 어머니 소빈의 손을 잡고 제가 이러는 연유를 밝히려 했지만, 소빈이 반사적으로 손을 잡아 빼는 바람에 그만 하려던 말을 멈추고 말았다.

지난번에 이어, 두 번째인 까닭에 이번엔 준형도 마음이 상했다.

"엉뚱한 짓이라니요. 엉뚱한 짓은 아니지요. 애초에 제가 궐에 들어온 것은 금자도의 아버님과 형님을 구하기 위해서라는 걸 잊으셨습니까?"

"그럼 정말이란 말이니? 정말 김 부사를 구하려고?"

"곧 사람들이 올 것입니다. 그만 처소로 돌아가 계시지요."

준형이 상처 입은 마음을 숨기려 소빈에게 쌀쌀맞게 인사했다. 그러자 소빈은 얼른 태도를 바꾸어 애처로운 얼굴로 눈물을 글썽거렸다.

"난 그저 걱정이 되어 그런 거야. 불안해서. 네가 괜한 짓이라도 해서 세자나 네가 잘못될까 봐, 그게 너무 불안해서……."

소빈은 토라져 저를 보지 않으려 고개를 돌리고 있는 준형을 보고는 변명을 포기하고 힘없이 자리에서 일어섰다.

"나중에 다시 오마."

아련한 눈빛으로 준형에게 인사를 한 후, 소빈은 어깨를 추욱 늘어뜨리며 방문으로 향했다.

"아……."

소빈이 이마에 손을 가져다 대고는 제자리에서 휘청거렸다.

"어머님!"

"소빈마마!"

감 내관과 준형이 동시에 소빈을 부축하기 위해 소빈에게로 달려들었지만 정작 쓰러질 듯 눈을 감은 소빈의 어깨를 잡아준 건 가장 가까이에, 방문 바로 앞에 물러서 있던 당이였다. 그러기에 몸을 바로잡는 소빈의 얼굴엔 짜증이 확, 스치고 지나갔다. 이어 당이를 돌아본 소빈의 눈빛은 당이에겐 생소하게 보일 정도의 따스한 눈빛이었다.

"고맙구나."

"……아닙니다."

"이왕 부축해준 거, 내 처소까지 가는 걸 도와주지 않으련?"

소빈은 애처로운 얼굴을 하고서 준형을 돌아보았다.

"연화당 아이를 잠시 빌려주겠습니까?"

소빈이 그리 말하고선 침묵을 지키는 준형의 뜻을 긍정이라 이해하고, 방문 쪽으로 걸음을 옮겼다. 그 순간 준형이 소빈의 걸음을 멈추게 하였다.

"아니 됩니다."

"세자?"

"제가 지금 그 사람이 필요해 그럽니다."

이어 준형은 섭섭한 얼굴로 소빈이 무어라 말하려 하는 걸 기다리지 않고 밖을 향해 외쳤다.

"밖에 김 상궁 있는가!"

"예, 저하."

방문 밖에서 김 상궁의 목소리가 들려온 후, 스르륵 방문이 열렸다.

"거기 있는 양의당의 상궁을 들어오라 하여라."

준형의 말이 끝나자마자, 소빈을 모시고 왔던 상궁이 허리를 깊게 숙인 채 종종대며 방 안으로 들어섰다.

"저하, 부르셨나이까?"

"어머님을 모시고 가거라. 기력이 쇠하신 것 같으니 내의원에 일러 탕약을 지어 올리라 전하고."

"예? 예…… 저하."

양의당의 상궁이 얼른 당이가 부축하고 있는 소빈의 곁으로 가서 당이 대신 소빈의 팔을 잡고 부축하였다.

"세자!"

원망과 서운함을 담고, 소빈이 준형을 불렀다. 준형은 그 부름에 답하지 않고, 양의당의 상궁만 재촉하였다.

"무엇하느냐. 어머님의 안색이 나쁘지 않느냐. 어서 모시고 가거라!"

"예, 저하. 마마! 가시지요."

양의당의 상궁이 팔을 잡고 이끌자, 소빈은 하는 수 없이 방문 밖으로 천천히 걸음을 옮기다 말고 신경질적인 몸짓으로 준형을 돌아보았다.

"내의원의 탕약 따윈 필요 없습니다. 이 아이의 몸에서 풍기는 난잡한 향과 코를 찌르는 분 냄새 때문에 머리가 아파진 것뿐이니까요."

"……그러십니까? 허면 당분간은 어머님께서 동궁전에 오시지 않는 게 낫겠습니다."

"세자!"

"어머님을 생각해서 드리는 말씀입니다. 당분간 이 동궁선에서는 계속 그 난잡한 향과 분 냄새가 날 테니까요."

나는 당이와 함께 있을 테니, 그것이 불만이시라면 동궁전으로 오시지 마라, 준형의 단호한 뜻을 알아들은 소빈의 입가가 움찔거리며 떨렸다.

"마, 마마……?"

양의당의 상궁이 준형의 눈치를 보며 소빈을 불렀다.

"가자!"

소빈이 저의 팔을 잡고 있는 상궁의 손을 뿌리치고선 빠른 걸음으로 성큼성큼 동궁전을 나섰다.

"감 내관."

소빈이 방을 나간 뒤, 준형은 감 내관과 눈을 마주치고 고개를 끄덕여 보였다. 미리 시킨 것을 행하라는 뜻이었다.

"예, 저하."

감 내관이 영문을 모르고 멀뚱거리며 선 김 상궁을 데리고 방을 나갔다.

그리고 이제 방 안에는 굳은 얼굴의 당이와 준형만 남았다.

"나한테…… 잘할 수 있다고 말해줄래?"

준형이 말했다.

방문 옆에 서 있던 당이가 발소리도 내지 않고 사뿐사뿐한 걸음으로 준형의 곁으로 다가와 앉고선 그의 어깨를 안아주었다.

준형의 어깨는 아무 작게, 안아주지 않았다면 결코 눈치채지 못했을 정도로 아주 미세하게 떨리고 있었다.

"잘할 수 있어요."

"한 번만 더."

응석을 부리듯, 준형이 조르자 당이는 그런 준형의 어깨를 놓고, 조금 몸을 일으켜 무릎으로 서서 준형의 머리통을 끌어안았다.

"원한다면 백 번, 천 번이라도 말해줄게요. 잘할 수 있어요. 잘할 거예요. 당신은 꼭 그분들을 살려낼 수 있어요."

당이가 준형이 원하는 말을 말해주었다. 고통이 숨겨져 있는 지나치게 감미로운 목소리로.

"어허, 이런. 이런!"

그 무렵, 의금부에 든 영천군은 못마땅한 기색으로 끌끌- 혀를 찼다. 곧 국문이 열릴 텐데 와야 할 사람들이 오지 않고 있었던 것이다.

"어찌하여 대사헌과 대사간이 아직 오시지 않은 겐가?"

영천군이 제 곁에선 양 도사에게 물었다.

"사헌부와 사간원에 오늘 밤 국문이 있을 거라 전하지 않았던가?"

"아닙니다. 전하였습니다."

"그런데 어찌 이리 늦는 겐가? 형판은? 형조판서는 어디에 계시는가?"

"이리로 오시고 있다는 전갈을 받았습니다. 곧 도착하실 것입니다."

탁! 양 도사의 답을 들은 영천군이 짜증스럽게 서탁을 내리쳤다. 이리 신경질을 내는 이유가 있었다. 이날 밤, 영천군은 김 부사에게서 금자염 밀매의 자백을 받아낼 참이었다. 그리고 그 밀매 사실을 임금에게 숨기려고 임금에게 독을 먹였다는 죄를 씌울 참이었다.

그러기 위해선 다른 때와 달리 대사헌과 대사간, 형판, 의금부 판사 등이 모두 국문에 참여해야 했다. 나중에라도 그들 중 하나라도 이번 국문이 잘못되었다 이의를 제기하면, 이는 영천군에게 커다란 부담이 될 것이기 때문이었다. 또한 그들에게 공범의식을 심어주고, 완전히 영천군의 편에 서게 하기 위해서라도 김 부사를 죽이는 데 모두가 참여해야만 했다. 그런데도, 예정된 국문 시간을 훨씬 넘겼는데도 그들이 나타나지 않고 있었다.

"도대체 어디서 뭣들 하는 것이야! 오늘이 어떤 날이라고! 이리들 게을러 터져서야!"

영천군이 혼잣말처럼 늦는 자들에 대한 원망을 늘어놓았다.

"비가 많이 오다 보니, 길이 많이 젖지 않았습니까? 그래서 늦으시는 걸지도 모르니 너무 노여워 마시지요. 차라도 한 잔 올려드릴까요?"

"끄응. 되었네."

영천군이 이가 갈리는 소리를 내며 거절한 후, 답답한 듯 방문을 활짝 열어 흙탕물을 튕기며 땅바닥에 내리꽂히고 있는 거센 빗줄기를 바라보았다.

'이제 곧이다. 이제 곧! 오늘 밤만 마무리 되면 대업의 팔부능선은 넘은 셈이야.'

그리 생각하니 마음은 자꾸 조급해져갔다. 이러면 안 된다는 걸 알면서도, 서두르면 반드시 실수가 생기고 만다는 걸 알면서도 마음이 자꾸만 앞서 달려가려 하고 있었다.

"저하, 부르셨나이까?"

의금부에서 영천군이 목이 빠져라 기다리고 있던 대사헌과 대사간, 그리고 형조판서는 동궁전에 들어 있었다. 아무에게도 말하지 말고, 어디로 가는지도 밝히지 말고, 은밀히 오라는 준형의 전갈을 받고 온 자들이었다. 하여 그들은 동궁전 앞에서 서로를 보았을 때 적잖게 놀라고 말았다.

"미령하시다 들었는데, 옥체는 좀 어떠하시나이까?"

준형에게 물으면서도 그들의 시선은 자꾸만 준형의 곁에 앉아 있는 너무도 고운 여인에게로 향하고 있었다.

'저이가 연화당마마님이라는 그 여인인가?'

'세상에. 경국지색이라는 소문은 들었지만 소문 그 이상이질 않는가?'

'저하께서 전에 없이 달라지셨다더니만 그럴 만도 하지. 저런 미색을 곁에 두었으니 어떤 사내가 평소와 같을 수 있단 말인가?'

"훗."

준형이 쓴웃음을 지었다. 머리며 수염이 희끗희끗한 노년의 사내들, 그것도 일국의 중신들이라는 자들이 세자가 할 말이 있어 불렀다는데도 세자의 여인이나 힐끔거리는 게 한심해서였다.

"급작스러운 부름에도 마다치 않고 이렇게들 한달음에 와줘서 고맙소."

"저하께서 부르시는데 저희가 어찌 마다할 수 있겠습니까? 헌데 어쩐 일로 소신들을 부르셨나이까?"

"오늘 밤, 김 부사와 그 아들에 대한 국문이 다시 열린다면서요?"

준형의 물음에 세 중신은 조심스레 눈빛들을 맞부딪쳤다. 영천군이 굳이 이 밤, 국문을 열려 한 이유를 세 사람 다 이미 잘 알고 있었기 때문이었다.

"김 부사가 전하의 총애를 받던 자라, 마음이 쓰이시나 봅니다."

대사헌이 먼저 입을 열었다.

"일전에 저하께서 본인들에게 스스로 구명을 할 기회를 주라 하셨으나, 당사자들이 적극적인 소명을 하지 않는지라 부득이하게 국문을 계속할 수밖에 없었나이다."

"저하가 김 부사와 그 아들을 생각하시는 마음은 알겠으나 어찌 나라의 일을 사사로운 정으로 해결할 수 있겠나이까?"

대사간도 대사헌의 말을 거들었다.

"이 땅에서 허락받지 않은 소금의 밀매는 중죄이옵니다. 거기다 김 부사는 그 중죄를 감추고자 감히 전하께 독을 먹였다는 혐의도 받고 있지 않사옵니까? 마땅히 한 점 의혹이 없도록 조사하여 엄벌을 내려야 합니다."

형조판서도 아예 처음부터 김 부사와 그 아들을 봐주라는 말씀은 마십사, 단단히 못을 박았다.

"그렇소? 모두의 의견이 그러하다면 정해진 법에 의해 엄중히 죄를 묻는 것이 옳겠구려."

준형이 대수롭지 않게 말을 받아넘겼다. 해서 중신들은 뻣뻣이 굳어졌던 어깨의 힘을 뺄 수 있었다. 세 사람 모두 세자가 '국문'이라는 말을 꺼냈을 때 내심 긴장하였다. 세자가 혹시 김 부사와 그 아들을 용서해주라고 고집을 피운다면 난처해질 것은 자신들이기 때문이었다.

세자가 만약 자신들의 이야기를 듣지 않고 무조건 시키는 대로 하라고 명을 내리면, 그것을 대놓고 무시하기에는 마음의 부담이 컸다. 세자의 명을 면

전에서 거절하는 것은 세자에게 수치를 안겨주는 일이나 다름없었다.

그렇다고 지금 의금부에서 자신들이 오기만을 기다리고 있는 영천군에게 반기를 들기에도 여간 곤란한 것이 아니었다. 지금의 실세는 누가 뭐라 해도 영천군이었다. 만약 세자에게 무슨 일이 생긴다면, 전에 독을 먹은 일도 있는데다, 이미 아주 오래전부터 몸이 안 좋았던 세자의 일신에 무슨 변고라도 생긴다면, 결국은 중전이 뒷배를 봐주고 있는 영천군의 아들이 다음 임금이 될 것이 유력하였다. 그러니 아직은 세자와 영천군, 둘 중 어느 하나의 손을 완전히 들어주기에는 미묘한 상황이었다.

"그런데 저하?"

세 중신이 세자가 순순히 자신들의 의견을 받아들인 것에 안심하고 있을 때 문득, 세자의 곁에 있던 아름다운 여인이 입을 열었다.

그 목소리는 보통의 여인들보다 조금 낮고 묘하게 여러 갈래로 갈라져 있어 듣는 이들의 등줄기에 짜르르한 무언가가 지나가는 느낌을 주었다.

"어허."

준형이 시침을 뚝 떼고 짐짓 나무라는 얼굴로 당이를 보았다.

"네가 끼어들 자리가 아니다."

"너무 궁금해서 그렇사옵니다. 저하, 금자염 말이에요."

"응?"

당이는 일부러 고개를 갸웃하며 순진하게 눈을 동그랗게 뜨고서 물었다.

"그…… 김 부사인가 하는 분이 옥에 갇힌 건 금자염을 밀매했고, 그것을 숨기려고 전하에게 독을 먹여다는 의심을 받고 있어 그런 거라면서요?"

"그런데?"

중신들에게 보여주기 위해 일부러 더, 누가 봐도 귀여워 어쩔 줄 모르겠다는 표정으로 당이를 보며 준형이 물었다.

"그럼 금자염을 산 사람들은 어떻게 되는 건가요?"

"무슨 소리지?"

"저 같은 아녀자가 세상의 어려운 일을 어찌 다 알까마는, 제가 알기론 원래 소금이나 비단같이 귀한 건 밀매(密賣, 거래가 금지된 물건을 몰래 파는 것)가 아니라 밀매매(密賣買, 몰래 사고파는 것)를 단속하는 거라면서요."

당이가 이번엔 세 중신 쪽을 돌아보며 물었다.

"제 말이 맞나요?"

"흠, 흐음. 예, 그러하옵니다."

중신들의 답을 들은 후, 당이가 다시 형조판서에게 물었다. 꿍꿍이 같은 건 하나 없이 정말로 궁금해서 그러는 것 같은 순진무구한 얼굴로 물었다.

"그럼, 금자염도 판 사람뿐 아니라 산 사람도 함께 처벌받아야 하는 거 아닌가요?"

"으흠? 형판, 그런 거요?"

준형이 슬쩍, 당이의 말을 거들었다.

"그, 그렇긴 하옵니다만. 금자염의 경우에는 밀매를 한 것이 누구인지는 밝혀졌사오나, 실질적으로 사들인 이들은 누구인지 명확치 않사옵니다. 특히 김 부사의 명을 받고 밀매를 하던 아랫것들이 모두 죽어 없어진지라 누구에게 얼마만큼 팔았는지를 알아내기가 여간 어렵지 않사옵니다."

"그러니까 누가 사들인 건지만 알면 처벌할 수 있다는 거지요?"

드디어 원하던 답을 얻어낸 당이가 반짝, 눈을 빛냈다.

"으흠. 그, 그렇습니다."

형조판서가 답을 하였다. 준형은 일이 돌아가는 묘한 정황에 서로의 눈치를 살피고 있는 대사헌과 대사간에게 물어 그 답을 확인하였다.

"형판의 말이 맞소?"

"그…… 렇습니다."

"그러하옵니다만."

두 중신들이 같은 답을 올리자, 준형의 입가에 흡족한 미소가 번졌다.

"그렇다면 여기 이것이 매우 쓸모 있겠구려."

기다렸다는 듯, 준형이 서탁 밑에서 장부책을 꺼내 들었다.

"내 이것을 어찌하나 했더니, 요긴하게 쓸데가 생겼습니다그려."

"저하, 그것이…… 무엇이옵니까?"

대사헌이 물었다.

"보시면 아시게 될 것이오."

준형이 서책을 내밀자, 대사헌이 무릎걸음으로 다가와 두 손으로 공손히 서책을 받아 들고는 다시 제자리로 돌아가 서책을 펴보았다. 서책의 제일 앞 장에는 그 무엇도 쓰여 있지 않았다. 더욱 호기심이 생긴 대사헌이 한 장, 한 장 조심스레 서책을 넘겼다. 그러다 문득, 대사헌의 손이 멈췄다.

"이, 이건……."

창백해진 대사헌을 보고 곁에 있던 대사간이 얼른 서책을 뺏다시피 하고 는 급하게 책장을 넘겼다.

"크윽!"

대사간의 입에서는 기분 나쁜 신음이 새어나왔다. 서책을 들고 있는 손은 부들부들, 떨리기까지 하였다.

'왜들 이러는 게지?'

두 중신의 모습에 당황한 형조판서가 급히 서책을 뺏어 책장을 넘겼다. 그 리고 채 몇 장을 넘기지 않았을 때, 형조판서는 그 안에서 너무도 익숙한 이 름들을 발견하였다.

'이건 분명 대사헌 영감의 아들 이름이고, 이건……? 자, 자근아기?'

이름을 확인한 형조판서의 얼굴이 창백해졌다. 서책의 다섯 번째 장에 떡 하니 적혀 있는 '자근아기'라는 이름은 형조판서가 얼마 전에 새로 얻은 애 첩의 이름이었던 것이다.

'이, 이 아이가 왜!'

궁금증은 순식간에 풀렸다. 자근아기라는 이름 옆에 당전(當錢, 마땅히 지 불함)이라고 적힌 종이 한 장이 덧붙여 있었기 때문이었다. 또한 그 글자 밑에는 금자염 한 섬, 금 스무 냥과 함께 칠월 초닷새라는 날짜까지 정확히 적혀 있었고, 당사자의 수인(手印, 손바닥 도장)까지 선명히 찍혀있었다. 이는 즉, 자근아기가 금자염 한 섬을 외상으로 사들인 대신 칠월 초닷새까지 금 스무 냥을 지불하겠다고 약속하는 증서였던 것이다.

자근아기만이 아니었다. 형조판서가 발견한 대사헌의 아들 이름 옆에도, 또한 형조판서도 알 듯한 몇몇 이름들 옆에도 어김없이 금자염을 사들였음을 증명하는 수인들이 다닥다닥 찍혀 있었다.

'이, 이, 이런 멍청한!'

지 죽을 일인 줄도 모르고 대놓고 수결을 해준 이름들을 보며 얼굴을 찡그리던 형조판서는 제 곁의 대사간 또한 돌처럼 굳어버린 걸 보았다.

'가엾게도, 대사간이 아는 이름도 적혀 있는 게 분명하구먼!'

그러자 꽉 막혔던 숨통에 작은 바늘 구멍 하나가 생긴 것 같았다. 저 혼자만이 아니라, 다 같이 겪는 일이라 생각하자 조금 안심되기는 하였다. 물론 세자가 이런 서책을 구해 자신들에게 보여준 이유를 생각하니 마음이 천근만근 무겁기는 하였다. 뒷골이 당기고, 입맛이 쓰기는 하였다.

"저하, 이 서책을 저희에게 보여준 연유가 무엇이십니까? 김 부사와 그 아들을 구명해달라고 저희를 겁박하시는 것이옵니까?"

충격과 당황, 당혹을 금치 못하던 중신들 중 제일 먼저 대사간이 간신히 이성을 찾고는 등허리를 뻣뻣이 세우며 물었다.

"당치도 않소. 내가 언제 김 부사와 그 아들을 구명해달라고 하였소?"

준형이 억울하다는 얼굴을 하고선 확인하듯 당이에게 물었다.

"내가 그랬어?"

"아니요."

당이 역시 말짱한 얼굴로 시침을 떼었다.

"금자염을 사들인 이들을 잡아들이는 데 도움이 될 거라고만 하셨는걸요?"

"거 보시오. 난 김 부사를 구명해달라 한 적이 없다니까요? 다, 만."

준형이 일부러 말을 멈추고는 의미심장한 눈빛으로 중신들을 보았다.

"김 부사와 그 아들이 정말 금자염의 밀매에 관여했는지 밝히려면 직접 산 사람들을 불러들여 그들이 과연 어떤 경로로 금자염을 손에 넣었는지를 먼저 밝혀야만 하는 것이 아니냐는 얘기를 하는 것뿐이오. 물론 그 후엔 그들 역시 합당한 처벌을 받아야 할 테지만."

세 중신들이 듣기에 세자의 말은 하나 틀린 게 없었다. 하여 세 중신 모두 딱히 무어라 반박할 말을 찾지 못했다. 그렇다고 세자의 말대로 하자니 자칫하면 자신들에게까지 불똥이, 그것도 어마어마하게 뜨겁고, 크게 번지기 쉬운 불똥이 될 게 분명하니, 그럴 수도 없었다.

일국의 대사헌, 대사간, 형조판서쯤 되는 이들의 가족이, 각별히 아끼는 애첩이 감히 나라에서 엄히 금하는 소금 밀매매에 관련되었다는 걸 세상이 알게 되면 당장 자신들의 관복부터 벗어야 할 참이었다.

"왜들 그런 얼굴을 하시는 거요? 무어, 내 말에 틀린 것이라도 있소?"

"……저하께옵서는 이 서책을 어떻게 손에 넣으신 것입니까? 이 서책에 있는 내용들이 모두 사실임은 어찌 아시옵니까?"

대사헌이 힘겹게 쥐어짜낸 것 같은 목소리로 준형에게 물었다.

"하늘에서 뚝 떨어졌소."

준형이 말도 안 되는 이야기를 답이라고 내어놓고서는, 황당해하며 입을 다물지 못하는 중신들을 보며 뻔뻔하게 말했다.

"출처가 뭐, 그리 중요하겠소. 그 안의 내용들이 사실인지 아닌지가 중요할 뿐. 허니 그 진위가 궁금하다면 거기 있는 누구라도 의금부로 잡아들여 안의 수결이 당사자의 것인지 확인만 하면 될 것 같소만?"

"끄응."

대사헌의 수염에 파묻힌 늙은 입술 사이에서 생니 앓는 소리가 났다.

"저하, 저희가 무엇을 해야 합니까? 무엇을 하길 바라십니까?"

그나마 세 중신들 중에서는 형조판서가 제일 눈치가 빨랐다.

"저희가 무엇을 해드리면 저하께서 이 서책의 존재를 잊어주시겠습니까?"

형조판서의 물음에 준형은 섣불리 입을 열지 않고 잠시 침묵을 지켰다.

세 사람이 충분히 안달할 수 있도록, 마음이 조급하고 초조해질 때까지 부러 정색을 하고선 무겁게 침묵을 지켰다.

"저하!"

참다못한 형조판서가 다시 한 번 준형을 불렀을 때에야 준형은 입을 열어 진짜 자신이 원하는 것을 말했다.

"무죄방면."

준형의 답은 짧고 명료하였다.

"저하! 그것은⋯⋯."

"아바마마께서는 언젠가 내게 말씀하셨소. 만약 몸이 아닌 다른 곳에 심장을 떼어 간직해야 한다면 그것을 김 부사에게 맡겼을 것이라고."

그건 실제로 임금이 준형에게 들려준 말이었다.

-만약 내가 이 몸이 아닌 다른 어느 곳에 내 심장을 떼어 간직해야 한다면 나는 기꺼이 그것을 네 아비에게 맡겼을 것이다. 실제로 내 목숨과도 같은 것을 네 아비가 지켜주기도 하였고.

그때는 알지 못했지만, 이제는 안다. 임금이 김 부사에게 맡긴, 목숨과도 같은 것이 바로 자신이었다는 것을.

"나는 아바마마의 말씀을 믿소. 아바마마가 믿으신 김 부사를 믿소. 충성스러운 그가 절대 금자염을 밀매하지 않았다는 것을 믿소. 또한 그가!"

감정의 고조에 따라 크게 흔들리기 시작한 목소리를 바로 잡느라, 준형의 말이 잠시 끊겼다 다시 이어졌다.

"그가 절대로 아바마마를 해치지 않았다고 믿소. 그러기에 그가 무죄방면 되어야 한다고 믿소. 하니 그대들도 믿어야 할 것이오. 내가 김 부사의 무죄방면을 위해서라면 그 어떤 방법도 마다치 않을 것이란 걸.”

억지라고, 이런 방법을 쓰셔서는 아니 된다고, 아무리 세자저하라 하시더라도 이런 식으로 중신들을 겁박하셔서는 안 된다고, 세 대신 모두 그리 말하고 싶었지만, 마음뿐이었다. 누구 하나 대놓고 그리 말하지 못했다.

진심 그대로임을 보여주는 세자의 눈빛에 압도당해서였다. 전과는 달리 세자의 온몸에서 풍겨져 나오는 강한 기에 눌린 때문이었다. 조금이라도 성미에 거슬리면 당장 덤벼들어 목덜미를 물어뜯을 것만 같은 야수, 그런 무서운 존재와 마주하고 있는 것 같은 묘한 느낌이 들어서였다.

“도대체 무슨 짓을 한 것이야! 누가 그런 수결을 해주라고 하였어!”

그날 밤. 동궁전에서 물러나온 형조판서는 그길로 바로 제 애첩 자근아기를 위해 마련해준 집으로 향하였다. 영천군이 의금부에서 눈이 빠지게 기다리고 있는 줄은 알았지만, 비가 내려 허리를 펼 수 없을 정도로 아픈 까닭에 국문에는 참석하지 못한다는 연락을 보낸 후였다.

“너 하나 때문에 내가 지금 무슨…… 무슨 꼴을 당한 줄이나 알기나 해?”

“도대체 무엇 때문에 이러셔요. 수결이라니요! 무슨 수결이요?”

아침나절에만 해도 천하의 다시없는 절색으로 보였던 애첩이건만, 이상하게도 지금 형조판서의 눈앞에서 뾰로통한 얼굴로 고개를 쳐들고 있는 자근아기는 더 이상 곱게만 보이지 않았다. 자근아기가 한 짓이 괘씸해서이기도 하거니와, 동궁전에서 그런 자근아기의 미모를 바래게 할 정도로 숨 막히게 아름다운 여인을 본 때문이기도 하였다. 그래서 자근아기가 한 짓을 추궁하는 형조판서의 말은 자근아기가 처음 들어볼 정도로 차갑기만 하였다.

“바른대로 말해! 왜 그 소금을 사들인 것이냐? 뭔지나 알고 산 것이야?”

“소금이요? 아…… 그?”

“그래. 그 소금 말이다! 말해보거라. 어디에서 뉘로부터 구한 것이냐?”

“어, 얼마 전에 운종가에 나갔는데요……. 향낭이 낡았기에 새로 주머니를 만들 천이라도 끊을까 해서 나간 건데 누가 아는 척을 해오지 뭐예요?"

그날, 자근아기는 모처럼 자유가 된 기분을 만끽하고자 예전 기생이었을 때처럼 한껏 뻗쳐 입고 전모까지 쓰고 운종가에 나갔더랬다. 은장이 가게 앞에 가서 장신구들을 구경하고 있자니 웬 젊은 사내 하나가 조심스레 곁으로 다가와 불쑥 말을 붙였다.

"오늘은 웬일로 이렇게 일찍 운종가에 다 나왔습니까?"

돌아본 자근아기는 저도 몰래 숨을 크게 들이마셨다. 그도 그렇게 방금 막 말을 붙여온 사내는 패랭이를 쓰고, 지팡이를 짚은 장사꾼의 행색을 하고 있기는 했지만 여간 잘생긴 사내가 아니었기 때문이다. 오죽하면 주변에 지나가는 여인들이 모두 한 번씩 뒤를 돌아 사내의 얼굴을 힐끔거릴 정도였다.

그러자 사내는 얼른 쓰고 있던 패랭이의 앞부분을 얼굴 아래로 깊게 내리고선 자근아기의 옷소매를 끌고 한갓진 골목으로 데리고 갔다.

"지난번에 부탁한 그 소금, 구해다 놨는데 얼마나 사실 겁니까?"

은밀함 때문에 낮고 깊어진 사내의 목소리는 또 듣기에 얼마나 달았는지 몰랐다. 그래서 자근아기는 오랜 기방 생활에도 불구하고 마치 처음 사내를 접하는 순진한 어린 계집인 양 말까지 더듬으며 사내에게 되물었다.

"소, 소금이라니요?"

자근아기가 저보다 한참 키가 큰 사내의 얼굴을 보기 위해 고개를 뒤로 젖히고 물었을 때였다. 전모 안의 자근아기의 얼굴을 본 장사꾼 사내가 놀란 얼굴로 껑충 뛰듯이 뒤로 물러났다.

"아, 아……. 이런. 제가 사람을 잘못 봤습니다. 이거 죄, 죄송합니다."

소금장수이면서도 말투는 꼭 어느 양갓집 선비 같은 이상한 소금장수였다. 말을 들어보니 그는 자근아기를 얼마 전 운종가를 떠들썩하게 했던 어떤 기생으로 착각하여 소금을 팔려 했다고 했다. 소금처럼 새하얀 피부에 잘 익은 산 앵두처럼 새빨간 입술을 가진 그 기생은 질 좋은 소금이라면 얼마나 많은 양이든 서슴없이 비싼 가격으로 사들였다고 했다.

"소금이야 국의 간을 맞추고 나물의 간만 맞추면 되는데 왜 그렇게 많이 사들이는 건데요?"

"그게 소문에 의하면 소금으로 머리를 감고, 또 소금으로 몸을 씻어 그리 어여뻐진 것이라고 합니다."

물론, 댁네에게는 그런 소금일랑 전혀 필요 없겠네요- 사내는 그리 황홀한 찬사를 덧붙이는 걸 잊지 않았다.

"뭐야? 그럼 그래서 누군지도, 어디서 온 건지도 모르는 그 소금장수 말만 믿고 그 기생 대신 네가 그 소금을 사들인 것이라고?"

자근아기가 들려주던 이야기를 마저 들을 생각도 없이, 형조판서가 또다시 버럭, 윽박질렀다.

"그, 그야 당장 돈을 치르지 않아도 되고, 당전 하나만 써주면 된다니까. 아니, 어여뻐진다는데, 소금처럼 새하얀 살결을 갖게 된다는데 어떤 여인이 그걸 마다하겠어요. 내가 어여뻐지면 나만 좋나요? 영감도 좋을 거면서?"

소금장수가 그린 듯이 잘생긴 사내라는 말만 쏙 빼놓은 자근아기는 형조판서의 화를 풀기 위해 그 어깨에 매달리며 아양을 부렸다.

"그러니까, 너무 화내지 마요. 무섭단 말이에요."

"저리 치워!"

"아이잉. 정말 계속 이러기예요? 영감도 요 며칠 내 살결이 왜 이렇게 부들부들해졌냐며 좋아했잖아요. 그게 다 그 소금으로 목욕해서 그런 건데, 알지도 못하면서?"

자근아기는 콧소리를 내며 교태를 피웠지만, 형조판서가 선뜻 화난 기색을 풀 생각을 하지 않자, 금방 쌜쭉하니 토라져 버렸다.

"이제 와서 어쩌라고요! 이미 소금은 샀고, 당전도 썼고! 그래서 뭐요!"

자근아기가 팩, 성질을 부렸다. 뭐 뀐 놈이 성낸다고, 도리어 제 쪽에서 성질을 내니 형조판서는 어이가 없어 따지고 들 기운도 없었다.

"그래서. 그 소금은 지금 다 어디 있는데."

"부엌 광에 던져뒀으니까, 가서 드시든가 파시든가 마음대로 하셔요. 흥!"

자근아기가 꼴도 보기 싫다는 듯 형조판서의 등을 떠밀었다. 하는 수 없이 방에서 쫓겨난 형조판서는 부엌 광으로 가 광의 문을 열었다.

"아이구우우!"

광 한중간에 떡하니 놓여 있는, 금자염임을 알려주는 자색 띠를 두르고 있는 소금 한 섬을 본 형조판서의 입에서 저절로 곡소리가 새어나왔다.

그로부터 반 시진(한 시간) 후였다.

"제가 제일 빠를 줄 알았더니 먼저들 와 계셨습니다."

형조판서가 약속한 시간보다 조금 더 일찍 기방에 도착했을 때에는 이미 대사헌과 대사간이 든 방에 산해진미가 가득한 술상이 차려진 뒤였다.

세 사람은 궁궐에서 나오면서 각자 집으로 가 당전의 진위를 확인한 뒤 한 시진 후에 이 기방에서 다시 모이기로 약속한 터였다.

"그래, 확인은 해보셨습니까? 아드님은 어찌하여 당전을 써주었답디까?"

자리를 잡고 앉자마자 형조판서가 대사헌에게 물었다.

"부끄러운 일이지만, 동무들이랑 사소한 내기를 하던 끝에 금자염을 구할 수 있니, 마니 하는 시비가 붙어 허세를 부리느라 사들였다 하오! 끄으응"

대사헌이 가래가 끓는 것 같은 소리로 답한 후, 제 앞의 술잔에 스스로 술을 따라 벌컥벌컥 단숨에 들이켰다. 그 모습을 보고 이번엔 대사간에게 사건의 정황에 대해 물으려다 말고 형조판서는 금세 입을 다물었다.

입술을 깨물고 질끈 눈을 감고 있는 대사간의 표정은 이제라도 칼이 있으면 거꾸로 물고 죽고 싶어 하는 표정 같아 보였기 때문이었다.

해서 형조판서는 제 곁에 앉은 대사헌에게 말을 돌렸다.

"대사헌 영감, 이제 어찌시렵니까?"

"예까지 와서 무얼 어쩌긴요! 이미 우리는 저하의 손아귀에 쥐어진 장기 말일 뿐인 것을요!"

"아, 왜 애먼 저한테 화를 내십니까? 저도 똑같은 처지인 것을요."

가뜩이나 답답한 마음에 서운함이 겹쳐 형조판서도 제 앞에 있는 술잔에 콸콸콸, 소리가 나도록 가득 술을 따랐다.

그때였다.

"영감마님, 손님이 오셨습니다."

밖에서 기방의 행수가 누군가의 도착을 알렸다. 순간, 내내 감고 있던 대사간의 눈이 번쩍 뜨였다. 그리고 세 사람의 시선은 복잡하게 얽혔다.

"우리를 찾는 손님이 왔다고?"

긴장하여 꿀꺽, 침을 삼킨 형조판서가 바깥의 행수에게 물었다.

"예에, 세 분 영감과 여기서 만나기로 하였다고……."

"들라 하게."

대사헌이 밖을 향해 명했다. 그러자 기다렸다는 듯 방문이 열렸고 검은 삿갓을 쓰고 검은 옷을 입은 사내의 모습이 세 사람의 눈에 들어왔다.

폭우를 뚫고 온 것인지 검은 삿갓에서는 연신 뚝뚝, 빗물이 떨어지고 있었다. 그 바람에 사내는 삿갓을 벗어 마루에 두고 방으로 들 수밖에 없었다.

'호오. 이건 또 참 본 적 없는 미청년이 아닌가?'

형조판서는 속으로 혀를 내둘렀다. 지금 눈앞에 나타난 건 여인이라면 누구나 혹하고 말, 그림에서 방금 빠져나온 것 같은 미형의 젊은 청년이었다.

'여인네들이라면 누구나 반할 만한 미청년이군. 그런데 누구지?'

형조판서가 청년의 정체를 궁금해할 때, 그 호기심을 풀어준 건 뜻밖에도 내내 아무 말 없이 자리를 지키고 있던 대사간이었다.

"쫓는 자들이 많을 텐데 용케 지금까지 숨어 다녔구먼."

"영감, 아시는 자입니까?"

의외라는 듯 대사헌이 물었다. 형조판서도 답을 바라듯 대사간을 보았다.

"알다마다요. 두 분은 소문도 못 들어보셨습니까? 금자도 김 부사는 잘생긴 세 명의 아들을 두었는데 그중 둘째의 풍모가 꽃이 부끄러워할 정도로 뛰어난지라 세간에서는 그 아들을 일러 꽃공자라 부른다지요. 그렇지?"

"소생, 전 도호부사 김찬의 둘째 아들 반회라 하옵니다."

대사간의 추측을 들은 반회가 세 중신에게 정중히 허리를 숙여 보였다.

"내 술잔을 받겠는가?"

대사간이 제 앞에 놓인 술잔을 반회 쪽으로 밀어주며 물었다.

"호의는 감사하오나, 이 밤에 드릴 말씀은 취기를 빌릴 수 없는 것이라 정중히 사양하겠나이다."

차분히 술잔을 거절한 반회에게 대사간이 눈짓으로 앉으라 명했다.

"우리가 여기 있는 건 어찌 알았나?"

형조판서가 물었다.

"혹시 우리 뒤라도 밟은 겐가?"

대사헌이 기분 나쁜 기색이 역력한 얼굴로 반회에게 물었다. 그러자 반회는 쓴웃음으로 고개를 조금 숙여, 그 말이 맞음을 답해 보였다.

"대체 저하와는 언제부터 연통을 하고 있었던 것인가?"

대사간의 물음에 양옆에 있던 대사헌과 형조판서가 놀란 얼굴을 하고 대사간을 돌아보았다.

"영감, 그게 무슨 소립니까?"

"저하와 이자가 연통을 하다니요!"

"생각해보세요. 원래대로라면 우리 셋은 지금 의금부에 있어야 할 몸입니다. 바로 저 청년의 아비와 형의 국문장예요. 그런데 저자는 왜 의금부가 아닌 궁궐 앞에서부터 우리 뒤를 밟은 걸까요? 마치······."

"오늘 밤 우리가 국문장에 가지 않을 것임을 알고 있었던 것처럼."

대사헌이 대사간의 말을 중간에서 치고 들어갔다. 그러곤 의혹이 가득한 눈빛으로 눈앞의 미청년을 바라보았다.

"그래서 저자가 저하와 연통하고 있다 생각하신 거군요. 이 밤에 우리가 국문장에 나가지 않을 거란 것을 아는 사람은 저하밖에 없을 테니까요."

대사헌의 말대로였다. 그들 세 사람을 동궁전으로 불러들였던 세자는 세 사람에게 김 부사의 무죄방면을 위해 그들이 해야 할 첫 번째 일을 일러주었다. 그건 세 사람 다 오늘 밤의 국문에 참여하지 않는 것이었다.

-분명 영천군은 오늘 밤 안에 김 부사와 그 아들에게서 강제로 자백을 받아내려 할 것이오. 그러니 세 분은 오늘 밤, 의금부로 가지 마세요.

-하오나 저하! 국문은 내일도, 모레도 다시 열릴 수 있사온데 저희가 언제까지나 국문에 참석하지 않을 수는 없는 노릇입니다.

형조판서가 난색을 표하자, 세자는 자신만만한 말 한마디로 세 사람의 입을 다물게 하였다.

-오늘 밤만이오. 오늘 밤이면 충분하오.

세자가 그리 말했을 때만 해도 세 중신은 세자의 의중을 조금도 알지 못하고 있었다. 하지만 이제 눈앞에 나타난 반회를 보자 짚이는 것이 있었다.

"그러니까 저하께서 우리더러 오늘 밤만 국문장에 가지 말라 하신 건, 이렇게 우리가 자네를 만나길 바라신 때문이라는 건가?"

"그렇습니다."

대사헌의 물음에 반회는 가볍게 고개를 끄덕였다.

"그렇다면 자네에겐 이 일을 해결할 복안이 있다는 것이겠군. 무엇인가?"

성미 급한 형조판서가 반회 쪽을 향해 얼굴을 들이밀며 대답을 강요했다.

"자네 아비와 형의 무죄를 어찌 증명할 것인가?"

"제가 아닙니다. 여러분께서 증명하셔야지요. 저하께서도 분명 그리 하명하셨을 텐데요?"

"지금 우리를 놀리자는 것인가!"

형조판서가 버럭, 소리를 질렀다.

"아비와 형의 목숨이 바람 앞의 촛불과 같거늘 제가 어찌 중신 여러분께

238

농을 하겠나이까."

반회가 공손히 머리를 숙이며 그럴 뜻이 없음을 분명히 하였다.

"그럼, 자네는 우리에게 무엇을 하러 온 것인가?"

대사간이 물었다.

"굳이 우리 앞에 자네가 나타나 굳이 저하와 자네가 연통하고 있음을 알게 한 이유가 무엇이냔 말일세."

"세 사람을 공범으로 만들기 위해서죠?"

준형의 어깨에 기댄 채 당이가 제 추측을 들려주었다.

"그들이 절대 배신할 수 없도록."

"당신 말이 맞아."

준형이 감탄한 눈빛으로 제 여인을 돌아보았다.

"당신은 언제나 내 생각을 먼저 읽는다니까?"

"새삼 반했어요?"

"응. 홀딱, 반했어."

진심이었다. 준형은 굳이 말로 하지 않아도 제 생각을 앞서 읽는 당이에게 또 한 번 반하고 말았다. 사실 김 부사와 강회를 무죄방면을 시키려면 세 중신의 힘이 꼭 필요했다. 준형이 대놓고 겉으로 나설 수는 없었다.

영천군이 보기에 세자는 어디까지나 임금의 친우였던 김 부사에 대한 동정심을 가지고 있는 것뿐이어야 했다.

더 적극적으로 나서면 분명 의심을 살 터였다. 영천군은 세자와 김 부사가 어떤 관계인지 의심하게 될 것이었다. 그러다 행여 그 관계를 면밀히 조사라도 하게 되면, 만에 하나라도 영천군이 김 부사의 셋째 아들과 세자와의 관계를 알게 되기라도 하면 모든 것이 끝이었다.

그래서 세 중신의 힘이 필요했다. 세자나 세자의 외숙이 아닌, 그래서 의심을 피할 수 있는 세 중신의 힘이 필요했다. 그 때문에 지난 며칠 동안 조심스레 함정을 팠고, 대사헌의 아들과 대사간의 아내, 그리고 형조판서의 애첩을 모두 함정에 빠트렸던 것이었다. 대사헌에게 그 아들은 눈에 넣어도 아프지 않은 금쪽같은 외동아들이었다. 자신이 죽으면 죽었지, 그 아들이 금자염 밀매매로 중벌을 받고 멀리 유배당하는 꼴은 보지 못할 것이었다.

형조판서에게는 자근아기가 문제가 아니라 본처가 문제였다. 그 본처는 온 도성에 소문이 자자할 정도로 성미가 불같은 여인이었다. 그러니 만약 형조판서가 본처 몰래 첩을 들여 따로 집까지 얻어주었을 뿐 아니라, 그 첩이 금자염을 몰래 사들인 일 때문에 형조판서가 관직에서 물러나게 생긴 것을 알게 되면 형조판서는 그 아내의 손에 죽을지도 모르는 노릇이었다.

대사간의 사정 또한 다른 두 사람과 별로 다르지 않았다. 그의 아내는 오래전부터 공공연히 샛서방을 두고 있는 처지였는데, 대사간은 그것을 알면서도 사내와 양반의 자존심 때문에 못 본 척 묵인해주고 있는 터였다.

금자염의 밀거래가 중죄임을 너무나 잘 아는 대사간의 아내가 군이 금자염을 몰래 사들인 것은 샛서방의 부추김을 받아서였다. 그러니 모든 사실이 밝혀지게 되면 대사간은 아내의 부정도 막지 못한 못난 사내로서 세간의 비웃음을 사게 되고 말 것이었다. 결국 그 모든 것이 싫고 무서워서라도 세 중신은 준형이 시키는 대로 할 수밖에 없는 처지였다.

"하지만 협박만으로는 그들을 완전히 내 편으로 만들 수가 없어. 비단 이번 일만이 아니라 나중에도 그들의 조력이 꼭 필요한 순간이 올 텐데, 그때를 위해서라도 그들의 손도 더럽힐 필요가 있었어."

협박당하여 어쩔 수 없이 조력한 피해자로서가 아니라, 함께 일을 꾸미고 저지른 공범자로서, 배신할 수 없도록 만드는 것이 준형의 계획이었다.

"나쁜 짓이지. 상관없는 사람들을 속이고, 협박하고, 강제로 공범으로 만들고. 당신이 이런 나를 치사하다고 욕해도, 조금은 실망해도 어쩔 수 없어. 난 더한 짓을 해서라도 내 사람들을 지켜낼 생각이니까."

"잊었어요?"

무슨 말이냐는 듯, 준형의 어깨에서 고개를 든 당이가 눈을 동그랗게 뜨고 준형을 보았다.

"당신의 제일 첫 번째 공범자가 바로 나였다는 사실을? 운종가에서 곰보 여편네를 꼬셔낸 게 누구였죠?"

"……당신."

"오늘 밤 당신의 계획을 도운 일등 공신은요?"

"……당신."

"명심해둬요. 당신의 눈앞에 있는 이 여자는 당신보다 더 거짓말도 잘하고, 더 잔인해질 수 있는 사람이란 것을요."

준형은 몰랐다. 당이가 한 말의 진짜 의미를. 다만 또 한 번 속절없이, 당이에게 빠져들고 말 뿐이었다.

"그런 당신이라서 좋아. 당신을 원해……."

은밀한 눈빛으로 부름과 함께 준형이 당이의 얼굴로 손을 뻗었다. 찰싹, 당이가 그런 준형의 손을 매정하게 쳐냈다.

"왜에."

제 품에서 빠져나가 일어서는 당이를 보며 준형이 볼멘소리를 하였다.

"잊었어요? 지금 당신은 아프신 몸이라는 걸? 그러니 내가 여기서 밤을 보낼 수는 없잖아요."

당이는 준형이 스스로 궁궐 사람들에게 퍼트린 거짓말을 일깨워주며 돌아가겠다는 뜻을 밝혔다. 준형이 그런 당이의 치맛자락을 잡고 늘어졌다.

"비도 오는데 자고 가지?"

"어느 분 좋으시라고요?"

"나만 좋은가? 당신도 좋을 텐데?"

준형의 눈썹이 위로 꿈틀 올라왔다 내려왔다. 그 능글맞은 꼬임에 당이는 저도 모르게 피식, 웃음이 새어나왔지만 금세 정색을 하곤 준형의 손에서 자신의 치맛자락을 잡아 뺐다.

"글쎄요. 난 잘 모르겠어서."

후후훗, 웃음을 흘리며 당이가 마치 춤추는 것 같은 사뿐사뿐한 걸음으로 방문 쪽으로 향했다.

"어맛!"

어느새 일어난 건지, 준형이 등 뒤에서부터 강하게 당이를 껴안았다.

"가지 마……."

좀 전까지의 장난기는 벗어던지고 오직 진심 그대로 애원하였다.

"오늘 밤은 정말 혼자 있기 싫다."

빙글, 당이가 준형의 팔 안에서 몸을 돌려 준형을 마주 보았다. 목을 뒤로 젖힌 채, 말없이 준형을 보기만 하였다. 그 눈빛엔 격려와 질책이 함께 담겨 있었다. 모든 게 잘될 거라는 격려와 이런 식으로 걱정에서 도망치지 말라는 질책이었다.

"알았어. 당신 말대로 할게. 대신…… 입 맞춰줘."

"……싫다면요?"

"그럼, 이렇게 할밖에!"

빠른 말로 중얼거린 뒤, 준형이 깊게 몸을 숙여 당이의 입술로 찾아들었다. 뜨겁고 마른 입술이 촉촉한 당이의 입술에 달라붙었다.

"흐음……."

싫다고 말한 주제에 당이의 입술은 기다렸다는 듯 준형의 입술을 달게 맞았다. 두 손으로 준형의 목과 머리를 감싸고, 힘껏 제게로 잡아당겼다. 유혹하고, 유혹당하며 말랑한 혀들이 함께 춤을 추었다. 환희도 어지럽게 춤을 추었다. 쉬지도, 멈추지도, 주저하지도 않고, 격렬하게 서로를 감싸 안았다.

"이런! 고얀!"

그때 의금부에서는 영천군이 분노를 억누르지 못한 채 주먹을 쥐고 부르르 몸을 떨고 있었다. 형조판서와 대사헌, 대사간 세 중신 중 어느 누구도 의금부로 오지 않은 때문이었다.

한 시진(두 시간) 전, 영천군은 오늘은 몸이 편치 않아 오지 못하겠다는 전갈을 보내온 세 중신의 집으로 각각 금부의 나장들을 보내 제 뜻을 전했다. 얼굴만 비쳐도 좋으니 무조건 오늘 밤의 국문에는 참석하라고, 밤이 늦어도 기다릴 테니 하인 등에 업혀 오는 한이 있어도 반드시 참석하라고.

하지만 심부름을 간 나장들이 돌아오고도 한참의 시간이 지났음에도 불구하고 세 중신 중 어느 누구도 의금부로 오지 않았다.

'셋이 짠 것이 아니라면 이럴 수는 없는 것!'

탕! 서탁을 내리치며 영천군이 으드득으으득 어금니를 갈았다.

"대감, 밤이 늦었습니다. 오늘은 이만하고 돌아가시지요."

판의금부사가 영천군의 눈치를 살피며 조심스레 제 의견을 피력하였다.

"국문은 어쩌고요! 아니 되겠습니다. 세 분이 아니 오더라도 국문을 시작해야겠습니다. 판의금부사, 아랫것들에게 국청(심문을 위한 임시관아)의 준비를 시키시지요."

"대감, 사헌부와 사간원에서 아무도 들지 않았습니다. 허니 어찌 국청을 열 수 있겠습니까?"

판의금부사가 난처한 기색을 숨기지 않고 말했다.

원래 국청을 열려면 정해진 수 이상의 국문관들이 참석해야만 한다. 이번 김 부사의 금자염 밀매 사건은 대사헌과 대사간을 비롯해 열 명 이상의 관료들이 국문관으로 구성되어 있었다. 그런데 국문관들 중에서도 가장 중요한 위치에 있는 대사헌과 대사간이 불참하고 또한 사헌부와 사관원의 관료까지 불참한 이상 국청이 열릴 수는 없는 노릇이었다.

"오늘은 비도 이리 많이 오니, 여러모로 국문을 하기엔 마땅치 않은 날인 것 같습니다. 다음날로 미루시지요. 바깥에서 기다리고 있는 다른 이들도 이미 불만스러운 기색이 가득합니다."

판의금부사가 다시 한 번 영천군을 설득하였다. 당연히 영천군도 결국은 판의금부사 말대로 할 수밖에 없음을 알았다. 그런데도 좀처럼 그러마, 하는 말이 떨어지지 않았다.

이제 거의 다 왔는데, 오늘 밤 김 부사와 그 아들의 강제 자백만 받아내면 고지가 바로 눈앞인데 이제 여기서 또 한 번 쉬어가야 한다니, 뱃속부터 치밀어 오른 짜증이 목을 통해 튀어나올 지경이었다.

"대감."

"알았소. 알았다질 않소!"

영천군은 다음을 기약하며 의금부에서 물러날 수밖에 없었다. 오늘 밤 자신의 발목을 잡은, 세 중신들에 대한 원망을 가득 담고서……

'두고들 보시오. 도대체 무슨 꿍꿍이로 이러는지 모르겠지만, 모두들 오늘의 이 일에 대해선 단단히 책임을 져야 할 것이니. 흥!'

하지만 일은 또 한 번 영천군의 뜻과 다르게 돌아갔다. 다음 날 아침 일찍 의금부 도사와 나장들이 금자염 밀매의 진범이라며, 웬 시체 하나를 금부로 싣고 온 때문이었다.

"진범이라니요! 이게 무슨 소립니까? 김 부사가 이미 잡혀 있거늘 이제 와 무슨 진범!"

입궐을 하다 말고 소식을 들은 영천군이 급히 의금부로 달려갔을 땐, 지난밤에 그토록 기다렸던 세 중신이 먼저 당도하여 판의금부사와 함께 자리하고 있었다.

"세 분께서는 이렇게 이른 시간에 금부에는 어쩐 일이시오? 간밤에는 그리 기다려도 오시지를 않더니."

"어젯밤에는 못 왔으니, 이번 일에라도 꼭 와야겠다 싶어서요."

형조판서가 태평한 얼굴로 아무렇지 않게 영천군의 말을 받았다.

"그래도 다행이지 뭡니까? 어젯밤 저희 때문에 국문을 미룬 게 백번 천번 잘한 일이 되었길 않습니까? 하하하하."

"무슨 말이오?"

"그렇지 않습니까? 괜히 어젯밤에 국청을 열었다가 없는 죄를 자복하라 고신이라도 했으면 어쩔 뻔했습니까? 이리 뒤늦게 진범을 잡은 것을 크게 후회할 뻔하지 않았습니까?"

"진범이라니요! 내 듣기론 시체 하나가 들어왔을 뿐이거늘 어찌하여 형판은 그것이 금자염 밀매의 진범이라 이리 딱 잘라 말하는 것이오?"

영천군이 분기탱천하여 형조판서를 몰아붙였다.

"애초에……."

영천군의 기세에 말문이 막힌 형조판서 대신 대사간이 입을 열었다.

"김 부사에 대한 국문을 너무 서두른다 싶었습니다."

"뭐요?"

"애초에 국문을 하려면 우선 죄상에 대한 혐의가 뚜렷해야 하고 증좌와 증인이 그 죄를 뒷받침해주어야 하거늘, 김 부사와 그 아들의 경우에는 그것이 너무 부족하지 않았습니까?"

갑작스레 대사간이 김 부사의 죄 자체를 부정하는 듯한 말을 하자, 영천군의 얼굴은 당혹을 감추지 못하고 시뻘겋게 달아올랐다.

"부, 부족하다니요! 김 부사가 밀매를 시키는 걸 보았다고 자복한 이가 있지 않았습니까? 금자도에서 일했던 그 장괴라는 놈 말입니다!"

"그자는 자신의 말을 증좌로써 입증치 못하고 죽어버리지 않았습니까? 김 부사의 명을 받고 밀매를 했다던 그 곰보 여편네도 마찬가지고요. 그 진위 여부를 증명키도 전에 죽어버린 자들의 말을 어찌 무작정 믿겠습니까?"

대사간의 말에 영천군은 쉽게 반박할 수가 없었다. 굳이 따지고 들자면 대사헌의 말에는 틀린 부분이 없었던 것이다.

"허, 허면! 이번에 들어온 그 시체가 진범이라는 건 어찌 믿습니까! 그자도 죽은 건 마찬가지 아닙니까!"

"이번엔 다릅니다."

이번엔 대사헌이 말을 거들었다.

"다르다니요? 대체 뭐가요!"

"이번에 죽은 자는 진작 우리 사헌부에서 감찰하다 색출한 자이니까요."

"뭐, 뭐요?"

뜻하지 않은 대사헌의 말에 이번에야말로 영천군의 얼굴이 새하얘졌다.

"사헌부에서 감찰하다 색출했다니, 그럼 그 죽은 자가 나라의 녹을 먹던 자였단 말이요?"

"그렇소이다. 실은 이번에 죽은 황경이라는 자는 본디 서해안의 염장(소금 창고)들을 관리하던 이로, 지난번에 죽은 그 장괴라는 놈에게서 오랫동안 빈 번히 크고 작은 뇌물을 받아 왔던 자입니다."

대사간은 지난밤 반회가 자신들에게 들려주었던 말을 똑같이 읊고 있는 대사헌을 조금은 씁쓸한 얼굴로 지켜보았다.

-본디 금자도에서는 그 질이 현저히 떨어지는 소금들은 아예 폐기를 시키 거나, 아니면 소금밭 일을 하는 일꾼들에게 나눠주어 인근 지역에서 파는 것 을 용인해주고 있었습니다.

그 모두가 사는 형편이 좋지 않은 소금밭 일꾼들을 걱정하여, 호구지책에 도움이 되라고 김 부사가 선처한 것이었다.

-그런데 언젠가부터 그리 밖으로 나도는 소금들의 양이 기존보다 대폭 늘 어나 있었고, 심지어는 진짜 금자염 중의 일부도 밖으로 나도는 일이 있었습 니다. 해서 그것을 조사하던 중, 금자도의 일부 일꾼들과 황경이라는 자가 결 탁하고 있음을 알게 되었던 것입니다.

"하여 김 부사가 그것을 지적하고 다시는 같은 일이 일어나지 않도록 엄 히 항의하는 서찰을 보내자, 그것에 앙심을 품고 죄가 들킬까 두려워진 황가 가 금자도의 장괴라는 자를 이용하여 이번 일을 꾸민 것으로 보입니다."

대사헌은 또한, 황경이라는 자를 압송하려 금부의 나장들을 보냈는데, 죄 상이 밝혀질 것이 두려운 나머지 그가 자결한 것이라고 덧붙였다.

"그, 그 증좌는요. 증좌는 있소이까?"

영천군의 말이 끝나자마자 대사헌이 품에서 몇몇 서찰을 꺼내어 영천군의 바로 앞 서탁에 내려놓았다.

"이것이 무엇이오?"

"김 부사의 아들 김강회가 황경에게 보냈던 항의 서찰과 장괴라는 놈이 황경이 관리하는 염장 중 하나를 빌려달라 청하며 그 대가로 은자를 약속하는 내용의 서찰입니다. 모두 황경이라는 자의 집에서 찾아낸 것입니다."

대사헌의 말이 끝나기가 무섭게 영천군이 허둥지둥 서찰들을 펴 보았다.

"하지만 이건 단순히 황경이라는 자와 장괴라는 자가 예전에 결탁하였음을 보여주는 증좌일 뿐, 이번 도성 내에서의 금자염 밀매를 증명해주는 증좌는 아니지 않습니까?"

뚫어져라 서찰을 들여다보던 영천군이 꼬투리를 잡았다.

"그래요, 그 장괴라는 놈이 죽은 황경이라는 자와 결탁했다고 칩시다. 하지만 그것 역시 김 부사가 시킨 일인지 아닌지 어찌 알겠냐는 말입니다."

"그러기에 황경의 밑에 있던 자들과 금자도에서 장괴라는 사내와 일하던 소금밭 일꾼들을 모두 불러올릴 예정입니다. 이미 사람들을 보내놨으니 수삼 일이면 곧 당도할 것입니다."

"그럼…… 그때까지 김 부사와 그 아들에 대한 국문은 미뤄져야겠군요."

내내 듣고만 있던 판의금부사가 조심스레 자신의 의견을 피력하였다.

"단순히 미루는 것뿐 아니라, 일단은 풀어줘야 하는 것 아닙니까?"

형조판서가 모르는 척, 대사간의 의견을 물었다.

"아직 명확히 밝혀지지는 않았다 하나, 정황상 진범일 가능성이 큰 이가 나타난 셈이니 언제까지고 김 부사와 그 아들을 옥에 가둬둘 수는 없는 노릇 아닙니까? 사리에 밝은 대사간 영감께서는 어찌 생각하십니까?"

"저도 형판대감과 생각과 같습니다. 자칫하면 증좌가 없는 일로 무고한 사람들을 오래 옥에 가두었다는 오명을 쓰기 쉽지요."

"그래도……."

"허나."

영천군이 말 중에 끼어들 틈을 주지 않고 대사간이 말을 이었다.

"또한 아직 완전히 무고하다고 밝혀진 것도 아니니, 이렇게 하시지요."

풀어는 주되, 집 밖으로는 단 한 발자국도 나가지 못하도록 관졸들로 하여금 단단히 지키게 하자- 그것이 대사간의 제안이었다. 얼핏 들으면 옥에서 풀어주자는 형조판서와 풀어줘서는 안 된다는 영천군의 뜻을 모두 수용한 중립적인 의견이기에 영천군은 그것까지 차마 반대하고 나설 수 없었다.

하여, 그로부터 두 시진이 지난 후 김 부사와 그의 아들 강회는 실로 오랜만에 도성 안 그들의 집으로 돌아가게 되었다.

"그래?"

동궁전에서 초조하게 연락을 기다리고 있던 준형은 감 내관이 귀엣말로 전해주는 소식을 듣고는 기뻐 어쩔 줄 몰라 하며 당이의 손을 잡았다.

'풀려…… 나셨대.'

입 모양으로 준형이 당이에게 방금 자신이 들은 소식을 나눴다. 당이도 감격에 차 눈물이 그렁그렁해서는 가만히 고개를 끄덕였다. 준형은 드러낼 수 없는 기쁨을 대신하여, 잡고 있는 당이의 손등에 고개 숙여 입을 맞췄다.

'공자……!'

당이는 저를 향해 있는 준형의 정수리를 어루만져 주고 싶은 마음을 꾹- 누른 채 저 역시 눈을 감았다. 준형의 마음이 준형의 입술에서 자신의 손등을 통해 전해지는 것만 같았다.

준형이 울고 있었다. 웃고 있었다. 환희에 차 껑충껑충 뛰고 있었다. 으아아악, 소리를 지르며 그간의 울분을 풀고 있었다. 일이 틀어질까 무서웠노라고, 잘 안 될까 봐 초조했노라고 그리 애탔던 마음을 고백하고 있었다.

그렇게 잠시의 시간이 지났을 때, 두 사람은 화들짝 놀라 떨어져 앉을 수밖에 없었다. 방문 쪽에서 다급하게 들려온 소리 때문이었다.

"중전마마!"

김 상궁의 짧고 낮은 외침에 이어 그리 크지 않은 중전 김씨의 목소리도 들려왔다.

"세자가 몸이 편찮다 하여 잠시 보러 왔느니. 고하거라."

당이와 준형이 놀라 눈을 마주쳤다. 준형이 엉거주춤 일어서려 할 때 당이가 얼른 이불 속으로 들어가라 손짓을 하였다. 대외적으로는 준형이 신열이 나 있는 상태였으니까. 그제야 준형은 허둥지둥 이불 속으로 들어갔다.

"저하, 중전마마 납시셨사옵니다."

방문 밖에서 김 상궁이 중전의 방문을 알려왔다.

"모…… 모시어라."

일부러 힘없는 목소리를 내어 준형이 답했다. 동시에 당이는 소빈이 왔을 때 그러하였던 것처럼 얼른 방문 옆으로 물러서 깊게 허리를 숙였다.

이내 방문이 열리고 약간 멋쩍은 얼굴의 중전 김씨가 방으로 들어왔다.

"어마마마 오셨사옵니까?"

부러 뒤늦게 몸을 일으켜 앉으며 준형이 중전을 맞았다.

"……일어나지 말거라. 그대로 앉아 있거라."

중전 김씨가 일어서려는 준형을 말리고선, 준형이 앉아 있는 이부자리로 가까이 다가와 앉았다.

"신열이 났다면서? 탕약은 들었더냐?"

"예, 어마마마. 큰 병도 아닌데, 심려를 끼쳐드려 송구하옵니다."

"무슨 그런 말을. 어미가 자식의 몸을 걱정하는 것은 당연한 일인 것을. 그래도 생각보다는 안색이 나빠 보이지 않아 다행이구나."

의례적인 인사말을 나눈 후 중전이 방문 쪽을 향해 돌아앉았다.

"내 세자에게 줄 것이 있어……."

말을 하다 말고 중전의 시선이 문득, 아직도 방문 옆에서 허리를 숙이고 있는 당이에게 가 닿았다.

"네가 그 소문의…… 연화당 아이냐?"

"……그렇습니다."

당이가 얌전히 중전의 물음에 답을 하였다. 그러자 동궁전의 지밀인 김 상궁이 눈살을 찌푸리고는 얼른 당이 곁으로 다가와 작은 소리로 나무랐다.

"일전에 인사를 여쭙는 법을 알려드리지 않았습니까. 어서 정식으로 중전마마께 예를 올리세요."

김 상궁의 말에 당이가 얼른 무릎을 꿇고 머리를 조아려, 무례를 빌었다.

"송구하옵니다. 소녀, 어리석고 불민하여 중전마마께 미처 예를 올리지 못했습니다."

"되었다. 갑자기 들이닥쳤으니 그럴 수도 있지. 오늘은 세자가 걱정되어 온 것이니, 정식 인사는 다음에 하자꾸나."

"……예, 중전마마."

"그나저나 온 궁궐 안에 너의 미색에 대한 소문이 자자하던데 어디 그 얼굴 한번 보여주지 않겠느냐?"

중전 김씨의 말에 당이는 눈을 내리깐 채 천천히 고개를 들었다.

"호오…… 원래 소문은 사실보다 부풀려지기 마련이라 하거늘, 네 미색에 대한 소문은 조금도 부풀려진 것이 없구나."

"과찬이시옵니다."

당이가 다시 고개를 조아리며 얌전히 말했다.

"세자가 일부러 온궁까지 간 연유를 이제는 알겠구나. 이리 어여쁜 아이니, 무슨 핑계를 대고서라도 나가 만나고 싶었던 게지."

"부끄럽습니다. 헌데 지금 아바마마의 곁엔 누가 있는 것입니까?"

준형이 물었다. 중전의 당이에 대한 관심을 돌리기 위해서였다.

"어의가 지키고 있는데, 왜? 나더러 어서 가라고?"

"아, 아니옵니다. 그럴 리가 있겠사옵니까?"

"후훗. 아니다. 세자가 다시 신열이 난다 하여 걱정되어 얼굴도 볼 겸, 전하고 싶은 게 있은 게 들른 것이니 내 금세 일어날 것이니라."

웃는 낯으로 다정히 준형과 말을 주고받던 중전 김씨가 방문 앞에 대기하고 있는 제 처소의 상궁을 불렀다.

"민 상궁은 가지고 들어오너라."

방문이 열리고 화려한 상보를 덮은, 작은 다과상을 든 민 상궁이 조심스러운 걸음으로 방 안으로 들어왔다. 이어 민 상궁은 중전과 준형 앞에 다과상을 내려놓고, 상보를 걷은 다음 뒷걸음으로 물러나 다시 방을 나갔다.

"어마마마, 이것은?"

다과상 위의 새하얀 백자 그릇 안에는 진한 황금빛 꿀과 오색의 작은 경단들이 이 자작하게 담겨 있었다.

"떡수단이란다. 세자가 신열 때문에 입맛이 떨어졌을 것 같아 내 소주방에 일러 만들어 오라 한 것이니라."

떡수단은 멥쌀로 만든 경단에 녹말을 입혀 끓는 물에 삶아 건진 후 꿀물에 띄워먹는 음청류(여름에 먹는 차가운 음료)였다.

"특히 미삼(어린 인삼, 인삼 잔뿌리)을 끓인 물에 꿀을 탄지라 쌉싸름한 맛이 입맛을 북돋워줄 뿐 아니라 세자의 몸을 보해줄 것이니라."

중전은 친히 다과상의 숟가락을 들어 준형에게 건넸다. 그러자 낯빛이 변한 감 내관이 얼른 준형에게 고했다.

"얼른 기미상궁을 들게 하겠나이다."

"아니, 필요 없어."

준형이 딱 잘라 거절했다.

"저하!"

"감 내관, 어마마마의 앞이다. 어마마마께서 나를 걱정하여 주신 음식이다. 기미상궁이라니, 자네 어찌 이리 무례하게 구는가."

준형이 감 내관을 엄한 소리로 나무란 뒤, 제 쪽에서 중전 김씨에게 고개를 숙여 보였다.

"감 내관을 너무 나무라지 말아주십시오. 제가 따끔히 혼내겠습니다."

"아니다. 감 내관이 말한 대로 기미상궁을 부르는 것이 옳다. 내가 명하여 만든 것이긴 하나 직접 만든 것은 소주방이 아니냐? 만에 하나 불온한 마음을 지니고 있는 자가 소주방에 숨어들었을지도 모르니, 만전을 기하기 위해서라도 기미상궁을 부르는 것이 옳다."

"싫습니다."

준형은 친어미에게 떼를 쓰는 아들인 양 부러 활달하게 그리 말한 후, 중전 김씨가 건넨 숟가락을 그릇에 담가 경단을 숟가락 한가득 퍼 올린 후 입안에 넣었다.

"저하!"

"이렇게 맛있는 것을 기미상궁이 먼저 맛보게 하면 아깝지 않습니까? 아무한테도 안 주고, 소자 혼자 다 먹으렵니다. 연화당, 그대가 그리 애절한 눈으로 보아도 소용없다. 안 줄 것이야. 난 욕심이 정말 많거든. 하하하."

과장되었다 싶을 정도로 웃어젖힌 준형은 이내 경단 한 숟가락을 더 퍼서 입에 넣었다. 그런 준형의 모습을, 어쩐 일인지 중전은 좀 전과 달리 아주 차갑기 그지없는 눈으로 보고 있었다.

'그걸 먹고도 아무렇지가 않아? 설마…… 정말로 네가 가짜란 말이냐?'

진짜라면 떡수단을 먹고도 아무렇지 않을 리가 없었다. 사실 중전이 소주방에 일러 가져온 떡수단의 꿀물 안에는 참외 즙이 섞여 있었다. 참외를 잘게 갈아 즙을 내고 그것을 꿀물과 조금 섞은 것이었다. 꿀물 안에 참외 즙이 섞인 것뿐이니 대부분의 사람들은 먹어도 아무 탈이 없다.

그러나 세자는 달랐다. 세자는 원래 참외를 먹으면 몸에 붉은 반점이 돋는 특이한 체질의 소유자였다. 그것은 동궁전의 감 내관을 비롯하여 몇몇 궁인들과 몇몇 내의원 의원들을 제외하면 아는 이 없는 기밀사항이었다.

임금과 세자의 특이 체질이나 건강에 관련된 일들은 모두 극비로 하는 것이 원칙이었기 때문이었다. 중전과 영천군이 그 사실을 알게 된 것도 불과 얼마 전의 일이었다. 물론 둘이 그 사실을 알고 있다는 건, 소빈도 감 내관도 아직 모르고 있었다.

'진짜라면 복통이 일어나고 발진이 돋을 터!'

그런데 지금 중전 김씨의 앞에서 또 한 숟가락 가득 떡수단을 입에 밀어 넣고 있는 젊은 사내는 너무도 멀쩡했다. 그것이 말해주는 건 단 한 가지였다. 눈앞의 세자가 진짜가 아니라는 뜻이었다.

'그러니까 가짜여서 내게 그렇게 다정하게 대해주었단 말이지?'

중전은 겉으로 티를 내지 않으려 애쓰며, 새삼 배신감에 이를 악물었다.

'진짜도 아닌 가짜 놈에게 우롱당한 것이라고!'

"세자가 이리 잘 먹으니, 가져온 보람이 있구나. 그럼 나는 이만……."

실망과 분노로 일그러진 마음을 숨기며 중전이 치마를 떨치고 자리에서 일어서, 허리를 굽혀 배웅하는 감 내관과 당이를 뒤로하고 방을 나섰다.

탁, 중전의 뒤에서 방문이 소리를 내며 닫혔다.

'한심한 것. 멍청한 것!'

걸음을 옮기며 중전 김씨는 속으로 스스로를 향한 욕설을 중얼거렸다.

사실 이날, 중전이 갑자기 동궁전에 든 것은 처음부터 준형을 시험해볼 마음이 있어서가 아니었다.

'많이 아픈가?'

온궁에서 돌아온 이후 매일 아침저녁으로 꼬박꼬박 문후를 들고, 그때마다 "어마마마."라 부르며 살뜰하게 안부를 챙기고 다정히 굴던 세자가 벌써 이틀째 문후를 거른 것이 조금 걱정이 되어서였다.

영천군의 앞에서는 여전히 세자가 미워 못 살겠다는 식으로 이야기하고, 세자와 세자가 궁에 들인 계집을 폄훼하여 이야기하긴 했지만, 솔직히 요즘의 중전에게 세자는 그리 미운 존재만은 아니었다.

평생을 미워하고, 조만간 자신의 손으로 없앨 세자였지만, 근자에 들어서는 자꾸만 미운 마음이 사라지려 하고 있었다. 아침, 저녁으로 세자가 문후를 드리러 올 시간이 되면 자꾸 저도 모르게 기다리게 되었다. 세자의 "어마마마." 소리를 빨리 듣고 싶어 자꾸 안달이 났다.

어느 날인가는 세자가 저녁 문후를 들더니 뒤춤에서 슬며시 붉은 꽃이 대롱대롱 매달린 나뭇가지를 하나를 꺼내 중전에게 주기도 하였다. 배롱나무에 핀 꽃이 하도 어여뻐, 중전에게 주고 싶어 꺾어 왔다고 하였다.

-그대로 두었다면 백 일은 피었을 것을 이렇게 꺾어 오면 금방 시들고 말 테니 아깝지 않으냐.

임금에게조차 단 한 번도 받아보지 못한 꽃 선물을 받은 것이 민망하여 중전이 퉁퉁대며 미운 소리를 했다. 그런데도 세자는 방 안이 환해질 정도로 활짝 웃으며 기어이 중전의 손에 꽃가지를 쥐여 주었다.

-백 일이 아닌 천 일이 피어 있은들 보는 이가 없으면 아니 핀 것과 같지요. 비록 이 꽃들은 이제 금세 시들겠지만 잠시나마 어마마마의 눈을 즐겁게 해드릴 수 있게 되었으니, 천 일 피는 꽃이 부럽겠습니까?

아픈 임금의 곁에서 내내 신경을 곤두세우며 지내온 중전의 귀에 그런 세자의 말이 얼마나 달게 들렸는지 몰랐다. 세자가 가져온 꽃가지의 향기가 얼마나 달콤한지 몰랐다.

그날 이후에도 마찬가지였다. 어느 날은 궁궐 안에서 산책하다 발견했다며 묘한 색과 특이한 모양의 돌을 주워 와 불쑥 건넸고, 또 어느 날인가는 궁인들에게 들었다며 엉뚱한 바깥 이야기로 중전을 웃겨주기도 하였다.

그런 세자가 중전은 싫지 않았다. 점점 더 미워지지가 않았다. 거기다 어쩐 일인지 온궁에 다녀온 이후부터 소빈과 세자의 사이가 전만 못하다는 이야기까지 들려와 더욱 세자에게 마음이 쓰였다.

어제도 무슨 일인가로 동궁전을 찾았던 소빈이 노한 기색으로 나왔다는 얘기를 듣고는 내심 고소하기까지 했던 중전이었다.

"민 상궁!"

화병에 꽂아두었던 꽃가지가 이미 시들해져 있는 것을 보고 있다 말고, 중전이 급히 제 지밀상궁을 불러들였다.

"예, 중전마마."

"소주방에 일러 세자에게 가져갈 다과를 준비해 오거라. 내 동궁전으로 향할 것이다."

"마침 며칠 전에 언양과 광주에서 각각 참외와 수박 등이 진상되었다 들었사온데, 그것과 몇 가지 약과를 준비시키면 되올까요?"

"아니, 참외는 아니 된다. 세자가……."

세자가 참외를 먹으면 탈이 나니 안 된다고 말리려다 말고 중전이 입을 다물었다. 그러고선 반사적으로 화병에 꽂힌 붉은 꽃가지를 다시 보았다.

왜였을까? 그 순간 갑자기 세자를 시험해볼 생각이 들었던 것은?

아마 이전의 세자였다면 절대로 자신에게 주지 않았을 그 꽃가지가 마음에 걸렸기 때문인지도 몰랐다. 다정히 변한 세자의 태도가 사람이 바뀌어서 그런 것인지, 아님 정말 진심으로 자신을 대하는 마음이 달라져 그런 것인지 확인하고 싶어졌던 건지도 몰랐다.

어쨌건 이유가 뭐건 그냥 그러고 싶어졌다.

"민 상궁은 가까이 오너라."

중전이 민 상궁을 바로 옆으로 불러들여 귀엣말로 민 상궁이 해야 할 일을 지시하였다. 소주방에 가서 민 상궁이 직접 해야만 하는 일이었다.

'결국 내 생각이 맞았던 거야. 하긴 세자가 이제 와 내게 다정하게 대할 이유가 없지. 어리석은 내가 잠시 가짜 놈의 거짓 다정함에 속은 것이다.'

제 생각이 틀리지 않았음을 확인했음에도 불구하고 어쩐 일인지 세자의 방을 나선 중전의 마음은 갈가리 찢어지고 있었다. 세자가 가짜라는 것보다도, 언제 어떻게 왜 진짜와 바꿔치기 했는지보다도, 세자를 가짜로 바꿔치기하여 무슨 일을 꾸미려는지보다도, 배신당했다는 생각에 마음이 아팠다.

하여 한 발자국, 한 발자국 복도를 내딛는 발걸음이 천근만근의 쇳덩어리인 양 무겁기 짝이 없었다. 그 순간, 세자의 방에서 들려온 "윽!" 하고 신음을 삼키는 소리가 중전의 발목을 잡았다.

'응?'

너무 작은 소리였기에 잠시 고개를 갸웃거리고 있자니, 이번엔 "저하!" 하고 놀라 부르짖는 늙은 내관의 목소리가 들려왔다. 후다닥, 여러 사람이 달려드는 소리에 이어 작게 주의를 주는 세자의 목소리도 들려왔다.

"소란 피우지 마라. 어마마마께서 아직 멀리 가시지 못하셨을 것이다. 어마마마가 으…… 읏…… 아시면 걱정하실 거 아니냐?"

"의원을 부르겠습니다, 저하!"

"괜찮대도! 조금, 조금만 있으면 가라앉을 것이다."

방 안에서 들려오는 심상치 않은 소리들에 복도에 있는 동궁전의 궁인들이 제각기 당황하여 서로를 마주 보았다.

"마마……!"

민 상궁이 놀라 중전 김씨를 불렀다. 중전이 시켜 제가 한 짓이 있으니, 괜히 찔려 그러한 것이었다. 그런 민 상궁을 밀어젖히고, 중전은 성큼성큼 세자의 방 가까이로 걸어가 제 손으로 직접 세자의 방문을 열어젖혔다.

"세…… 자!"

눈앞에 보이는 광경에 중전 김씨의 목소리가 작게 떨렸다.

"어, 어마마마. 아직 아니 가셨습니까?"

다시 돌아온 중전을 보며 준형은 얼른 제 큰 손으로 목과 턱의 경계 부분을 가렸다.

"얼굴이 왜 그러느냐? 어디, 어디 자세히 좀 보자꾸나!"

빠른 걸음으로 준형에게 다가온 중전이 억지로 준형의 손을 치우고 준형의 얼굴을 살폈다. 그러자 시원하게 뻗은 목에서부터 섬세하게 각이 진 턱에 이르기까지 붉은 반점들이 또렷하게 보였다. 분명한 발진이었다.

떡수단 안에 섞은 참외 때문에 기어이 탈이 난 것이었다!

"세자가 왜 이런 것이냐? 어찌하여 얼굴이 이렇게 된 것이야!"

제가 저지른 일이면서도 중전은 모르는 척 감 내관에게 따져 물었다.

"송구하옵니다, 마마. 소인이 제대로 저하를 보필치 못하여……."

"어마마마, 감 내관을 나무라지 마시옵소서. 제가 본디 여름철에 음식을 잘못 먹으면 종종 탈이 나곤 합니다."

감 내관이 잘못을 비는 가운데 준형이 끼어들었다. 그러고서 벅벅, 목의 붉은 반점들이 돋은 곳을 긁으며 중전에게 말했다.

"곧 의원을 불러 진정시킬 것이니 걱정하지 마시옵소서."

"정말 괜찮겠느냐?"

눈물까지 글썽이며 준형을 걱정하는 중전의 마음은, 이 순간만큼은 진심이었다. 비록 자신이 꾸민 일이긴 해도, 세자가 많이 아프지 않기를 바랐다.

"내 소주방의 아이들과 민 상궁을 크게 혼낼 것이다. 감히 세자가 먹을 음식에 무슨 장난을 친 것인지, 반드시 알아내어 크게 벌을 줄 것이니!"

"어마마마, 그러지 마시옵소서. 이건 누구의 잘못도 아니옵니다. 굳이 탓하자면 제 잘못이지요."

준형이 열 때문에 뜨끈뜨끈한 손으로 다정히 중전의 손을 잡고 말했다.

"제가 크게 아프고 난 뒤끝이라 그럽니다. 원래 크게 아프고 나면 그동안은 편히 먹었던 음식에도 쉽게 탈이 나곤 하지요. 이번에도 그런 것뿐이니 죄 없는 이들을 나무라지 마십시오. 어마마마 스스로를 탓하지도 마시고요."

준형이 그렇게까지 말하자, 중전은 더는 할 말이 없어졌다. 하여, 어서 의원을 불러 치료하라고만 이르고는 세자의 방을 나갈 수밖에 없었다.

아무도 원망하지 않는다는 준형의 태도에 괜히 자신이 한 짓이 더 켕기고 죄스러워 계속 머물 수가 없었던 것이었다.

그런 중전의 얼굴은 좀 전보다 한결 밝아져 있었다. 세자가 가짜가 아니었다는 사실도 사실이었지만, 중전 저를 생각하여 떡수단을 먹고 탈이 났다는 걸 굳이 감추려 했다는 게 더더욱 기쁘고 흐뭇하기만 하였다.

"으으으! 간지러, 간지러!"

"그러게 누가 함부로 드시라고 했습니까? 기미상궁에게 기미만 보게 했어도 이 꼴은 안 당하셨을 것을요!"

중전이 돌아간 후 의원에게 보였는데도 발진과 가려움이 가라앉지 않는 준형을 보며 감 내관이 잔소리를 하였다. 참외를 먹으면 똑같이 몸에 탈이 나는 체질인 자를 부러 기미상궁으로 삼았기에, 만약 기미상궁이 떡수단의 기미를 보게 하였다면 준형이 이리 괴로워할 필요도 없었기 때문이었다.

"일부러 알면서 먹은 거니까 좀 더 매섭게 혼내세요."

간지러움에 몸을 뒤틀다 못해 손톱을 세워 살을 벅벅 긁으려 하는 준형의 손을 찰싹, 쳐내며 당이가 감 내관을 부추겼다.

당이는 지금, 조금 전에 다녀간 의원이 일러준 대로, 준형의 불긋불긋해진 살 위에 연신 찬 물수건을 대어, 그 간지러움과 화기를 달래고 있었다.

"알아차렸어?"

새삼 놀란 얼굴로 당이를 본 준형이 이내 멋쩍게 웃었다.

"하긴 내가 당신한테 뭘 숨길 수 있겠어."

"그럼 정말이란 말씀이십니까? 드시기도 전에 그 떡수단 안에 참외가 든 걸 아셨다고요?"

늙은 내관이 믿기지 않는다는 얼굴로 물었다.

"응. 이 코가 다른 건 몰라도 참외 냄새 하나만은 기가 막히게 알아차리거든."

준형이 준형의 후각을 비롯한 여타 다른 감각들은 원래 보름이 가까워져 가야만 예민해지는 편이었다. 아직 달 초, 그것도 초이틀밖에 되지 않았으니 감각들이 예민해질 때는 아니었다. 그런데도 떡수단의 꿀물 안에서 희미하게 배어나오는 참외냄새를 맡을 수 있었던 것은 어려서부터 참외라면 질색을 해온 덕분이라 할 수 있었다.

본디 벌레를 무서워하는 사람일수록 다른 사람들보다 예민하게 벌레의 기척을 눈치채는 법이고, 더러운 걸 싫어하는 사람의 눈일수록 다른 사람들의 눈보다 더 예민하게 먼지가 쌓인 곳을 눈치채는 법이었다.

준형에게는 참외가 딱 그랬다. 보름이 가까이 왔건 아니건, 준형의 코는 참외 냄새에 민감하게 반응했다. 오죽하면 참외와 한 광주리에 담겼던 과일들에서조차 거기에 묻은 참외 냄새를 맡을 수 있을 정도였다.

"그런 걸 군이 왜 드셨습니까? 다른 이유를 대서라도 슬쩍 물리셨으면 되셨을 거 아닙니까?"

"참외가 들어갈 이유가 없는 음식에 참외가 들어갔다면 그 이유가 뭐겠어? 중전께서 나를 시험해보셨다는 뜻이잖아. 그러니 의심을 풀어드려야지."

"그렇다면 구태여 발진이 일어난 걸 군이 숨기실 이유는 없지 않습니까?"

준형의 태도가 영 이해가 가지 않는다는 듯 감 내관이 자꾸만 물었다.

"훗. 글쎄……."

준형이 가볍게 웃으며 감 내관의 정확한 답을 주기를 회피하였다. 그러고선 긁으면 안 된다는 걸 깜빡 잊고선 또다시 가려운 턱을 긁으려 하였다.

"긁었단 봐요? 이번엔 아예 두 손을 꽁꽁 묶어버리고 말 테니까?"

"묶겠다고?"

준형의 눈썹이 다시 한 번 장난기를 담고 스윽, 위로 치켜 올라갔다. 그것을 본 당이가 얼른, 감 내관에게 대야의 물과 물수건을 새것으로 바뀌와 달라고 명령이 아닌 부탁을 하였다.

"예에, 그리하겠습니다."

다른 궁인들을 시켜도 될 일이지만 늙은 내관이 직접 물 대야와 물수건을 챙겨 방 밖으로 나갔다. 당이의 청이 준형과 단둘만 있게 해달라는 부탁임을 알아들었기 때문이었다.

"흐흥. 날 묶겠다고? 묶어서 뭘 어쩔 건데? 응?"

얼굴은 붉은 반점으로 온통 불긋불긋한 주제에 준형이 은근한 눈빛으로 당이를 보며, 당이에게 두 손을 모아 내밀었다.

"당신이 묶겠다면야 내가 무슨 힘이 있겠어. 순순히 묶여줄밖에."

"어휴, 하여간 틈만 나면!"

자꾸만 능글맞게 눈빛을 빛내는 준형을 밉지 않게 노려본 당이가 찰싹, 자신에게 내밀어진 준형의 두 손을 쳤다.

"또 이런 식으로 은근슬쩍 넘어갈 생각이죠?"

"내가 뭘. 무슨 식으로 은근슬쩍 뭘 넘어간다는 건데?"

"애초부터 당신은 참외를 먹고 발진이 생긴 걸 중전마마께 숨길 생각 같은 건 없었어요. 그저 중전마마가 걱정하실 것을 우려해 탈이 난 걸 숨기려 하였지만, 하는 수 없이 들키고 만 것으로 하고 싶었죠."

그래야 중전이 좀 더 확실히 준형에 대한 의심을 풀뿐더러, 그런 준형을 의심한 것에 대한 죄책감을 가지게 될 테니까.

"내 말이 맞죠?"

당이의 말에 준형의 얼굴에서 순식간에 장난기가 가셨다.

"그것도 알아차렸어? 대단하네, 진짜."

저 자신보다도 제 마음을 더 잘 아는 것같이 정답을 콕 찍어낸 말에 준형은 순순히 자백을 하였다.

"당신 말이 맞아. 그러려고 했고, 또 내가 생각한 대로 되었어. 그런데…… 왜 지금 난…… 하나도 기쁘지가 않지?"

준형은 자신의 발진을 보던 중전 김씨의 눈빛을 떠올리며 착잡하게 말을 이어갔다. 걱정과 기쁨, 안심과 죄책감이 섞인 그 눈빛에 도리어 준형의 마음이 더 아파왔다.

"이상하지? 분명 그분은 내가 미워해야 할 대상인데 말이야. 세자인 형님을 괴롭히고 형님의 자리를 노리고, 오랫동안 내 어머님을 핍박해오신 분인데…… 나는 그분이 싫지가 않아. 싫어지지가 않아."

준형이 당이의 허벅지 위에 제 머리를 올려놓고는 벌러덩 누웠다.

"속일 생각이었는데, 무사히 속였는데 하나도 기쁘지가 않아."

처음에 중전을 "어마마마."라 불렀던 건, 그저 자신에 대한 경계심을 조금이라도 누그러뜨렸으면, 해서였다. 중전에게 자신은 아무 적의를 가지고 있지 않음을 보여주기 위해 부러 그런 것이었다. 중전에게 다정하게 대함으로써, 임금인 아비를 좀 더 자주, 좀 더 편히 볼 수 있게 되기를 바랐고, 실제로도 그렇게 되었다. 그러면서 차차 제 의도적인 다정함에 중전이 진심으로 기뻐하는 것을 느끼면서 조금씩 죄책감이 들었다.

중전은 계속 겉으로는 퉁명스럽게 대했지만 준형이 다정하게 어마마마라 부를 때마다 그 눈가에는 작은 미소가 어렸다 사라지는 것이 보였다.

"그런데 이상하지? 어머님은 반대야. 분명 다정하게 대해주시는데 문득문득 나를 보는 눈빛에서 뭔가가 느껴지곤 했어. 비교하고 품평하는 느낌? 그냥 느낌이야. 그래, 그럴 리가 없지. 그럴 리가 없어."

준형이 마치 제 스스로에게 확인시키듯 똑같은 말을 거듭하였다.

"그럴 리가 없는데…… 그런데도…… 문득문득 나를 보는 그 눈빛이 나를 거부하는 것처럼 느껴지곤 했어."

며칠 전, 배롱나무 꽃가지 일만 해도 그랬다.

저녁 문후를 여쭈러 임금과 중전이 있는 대전으로 가던 중, 준형은 배롱나무 꽃가지 하나를 꺾어 어머니 소빈의 거처인 양의당으로 갔었다.

-꽃이 너무 고와서요. 어머께 보여드리고 싶어 가져왔습니다.

그리 말하며 쑥스럽게 내민 꽃가지를 소빈은 탐탁지 않은 기색으로 마지못해 받아주었다.

-궁궐 안의 꽃나무가 뭐, 그리 신기한 것이라고. 다시는 이러지 말거라. 세자는 절대로 이처럼 꽃가지 같은 걸 꺾어 들고 다니는 이가 아니거든. 다른 이들이 이상하게라도 보면 어쩌려고.

그러고서 소빈은 받은 꽃가지를 자세히 들여다볼 생각도 않고 서탁 위에 아무렇게나 내려놓았다. 그 모습이 준형의 가슴을 아프게 찔렀다. 해서 준형은 부러 소빈에게 주었던 꽃가지를 도로 뺏어 중전에게 갔다. 중전을 위해 꺾어온 것인 양 거짓말을 하고 중전에게 주었다. 부러 더 다정한 아들의 모습을 거짓으로 꾸며내었다.

꽃을 대하는 중전의 모습은 소빈과는 사뭇 달랐다. 말과 태도는 퉁명스러웠지만, 배롱나무 꽃가지를 쳐다보는 눈길은 따뜻했고, 꽃망울을 쓰다듬는 손길은 꽃망울을 상하게 할까 조심스럽기 그지없었다.

"다음 날 아침 문후를 여쭈러 갔더니, 그 꽃가지를 고운 화병에 꽂아놓고 계시더군. 그래서 더 미안했어. 나는 그냥 화풀이로 드린 것인데, 그분은 그 것을 진심으로 그분을 위한 것으로 받아들이셨거든."

준형은 저를 위로하듯 제 머리카락을 살며시 쓰다듬는 당이의 손길을 느끼며 눈을 감았다.

"그분과 어머님. 두 사람 중에 누군가를 택해야 한다면 그건 당연히 어머님이야. 그런데 그 당연한 일이 자꾸만 마음에 걸려. 자꾸만 중전마마에게 미안함을 느껴. 그분이 가엾게 느껴져. 이건 이상한 거지? 그렇지?"

이번엔 준형이 당이에게 답을 요구해왔다.

'아뇨. 하나도 이상하지 않아요.'

당이는 말하고 싶었다.

'당신은 본능적으로 안 거예요. 당신 어머니가 당신을 받아들이지 않는다는 것을, 당신을 배척한다는 걸 본능으로 깨닫고 만 거예요. 그래서 거짓말조차 진심으로 받아들이는 중전마마께 더 미안해지는 걸 거고요.'

그렇게밖에 생각되지 않았다. 그래도 말할 순 없었다. 벌써부터 혼란스러운 진실이 준형을 상처 입히게 두고 싶지 않았다. 언젠가 때가 되면 진실은 가늠할 수 없는 크기로 준형을 덮칠 터였다. 당이가 할 일은 그때의 준형을 지키는 일이었다. 세상에서 가장 아름답고 사납지만 또한 가장 연약하고 상처받기 쉬운 늑대를 지키는 일, 그것이 당이가 해야 할 일이었다.

제7장. 형제

"이자들이 대체 무슨 작당을 한 건지 모르겠습니다. 다 된 밥에 재를 뿌려도 유분수지, 절대 이대로는 그냥 두고 있지 않을 것입니다."

중전과 마주한 영천군은 의금부에서 있었던 일로 세 중신에 대한 원망을 있는 대로 늘어놓고 있었다.

"분명 갑자기 이렇게 태도를 바꾼 이유가 있을 텐데, 그것이 뭔지 모르겠습니다. 설마하니 그자들이 김 부사와 결탁한 건…… 무슨 생각을 그리 골똘히 하십니까?"

영천군은 제 이야기는 듣는 둥 마는 둥 멍하니, 딴생각에 잠겨 있는 중전에게 물었다.

"아, 아무것도 아닙니다. 그래서요? 어찌하셨다고요?"

"……그러고 보니 오늘 동궁전에 납시셨다고요?"

영천군이 슬쩍 떠보듯 중전에게 물었다.

"예? 아, 예. 세자가 다시 신열이 올랐다기에 정말로 아픈 게 맞는지, 괜히 꾀병이라도 부리는 게 아닌지 의심되어 살피러 갔습니다."

"하필 중전마마께서 뵈러 간 중에 세자가 발진이 났다면서요?"

어쩐지 알면서 묻는 것 같은 영천군의 물음에 중전은 제 물러진 마음이 들킬까 염려하여 일부러 싫은 소리를 하였다.

"예. 발진이 생긴 데다 신열도 한층 더 높아져서, 며칠은 더 꼼짝을 못 할 것 같다 합니다. 세자도 참, 공연스레 다른 사람이 오해하기 쉽게 하필 그때 탈이 날 게 뭡니까? 내가 무얼 어쩌기나 했다고. 흥!"

"어허, 그것참 걱정이군요."

말로는 걱정이라 하면서도 영천군은 꽤나 만족한 얼굴이었다.

"이제 얼마 후면 사신이 도성에 당도할 텐데, 그때까지 계속 몸져누워 계시면 사신 영접이나 제대로 하시겠습니까?"

그때까지 몸져누워 있으면 얼마나 좋겠냐는 말을 영천군은 그리 돌려 하였다.

"……사신은 예정된 날짜에 도성에 오는 것입니까?"

"예, 평양에 간 원이에게서 전갈을 받았습니다."

경인군 이원, 즉 영천군의 아들은 중국에서 오는 사신을 맞기 위해 벌써 진작부터 평양에 가 있던 중이었다. 영천군이 사신을 맞이할 원접사와 선위사를 파견할 때, 경인군을 평양으로 보내어 사신단과 먼저 만날 수 있도록 준비시켰기 때문이었다.

병약한 세자보다 먼저 강건하고 활달한 모습의 왕족으로서 원이를 눈도장 찍게 하고, 보다 좋은 인상을 심어주기 위해 직접 중국 사신을 영접하게 하기 위해서였다.

"사신단의 여러 사람들이 원이에 대한 호감이 크다 하니, 얼마나 다행인지 모릅니다. 다만, 문제는……."

영천군이 말끝을 흐렸다. 김 부사와 그 아들의 일을 처리하는 게 자꾸만 예정보다 늦어지는 게 큰 부담이었다.

조정의 신료들에게 인심을 얻고 그들을 제 뜻으로 움직이기 위해 이미 만만치 않은 돈을 썼다. 물론 그 돈의 대부분은 금자염의 전매 권한을 바라는

264

거상들에게서 가져다 쓴 것들이었다. 그 외에도 사신들과 함께 갈 사냥터를 닦는다, 선유(船遊, 뱃놀이)를 위해 따로 배를 마련한다 하여 가져다 쓴 돈이 얼마나 많은지 몰랐다. 앞으로 사신이 당도하면 그들에게 줄 선물-실상은 황제께 잘 말씀드려달라는 의미의 뇌물이지만-을 마련하는 데도 또 집 몇 채 값은 더 들 터였다.

그러니 한시라도 빨리 김 부사를 금자염 밀매의 주범으로 확실히 처리하고, 금자도와 금자염의 관리를 손안에 넣지 않으면 영천군도 꽤나 곤란한 처지에 처할 판이었다. 아무리 임금의 아우라 하나 제 돈 떼이게 생긴 장사치들이 가만히 두고 놓아볼 리 없을 테니까 말이다.

'서로 금자염의 전매권한을 넘겨달라고 값을 높이 부를 터이니, 그중에서 가장 비싸게 부르는 놈에게 전매권을 넘기면 그 돈으로 얼마든지 나머지 빚은 갚고도 남아.'

진작부터 그런 계산이 서 있었다. 하지만 이대로 김 부사를 금자염 밀매의 주범으로 처벌하지 못하면, 하여 김 부사에게서 금자도와 그 소금밭의 권리를 빼앗아 올 수가 없으면 그들에게 줄 것이 없어진다. 사정이 돌아가는 걸 누구보다 잘 아는 거상들이 그걸 가만 내버려두고 볼 리가 없었다.

자칫 그자들이 돈을 받겠다고 소동을 벌이기라도 하면, 임금이 승하할 때까지 잠자코 있어주지 않는다면 괜히 대업에 차질이 생길 수도 있었다.

"대감?"

말을 하다 말고 얼굴빛이 이리저리 변하며 혼자 생각에 잠긴 영천군을 중전이 의아하다는 듯 불렀다.

"무슨 말씀을 하다 마십니까?"

"아, 아무것도 아닙니다. 중전마마께서는 아무 신경 쓰시지 않으셔도 됩니다. 모든 건 제가 다 알아서 할 테니까요."

'제가 먹을 떡이니, 제 손을 더럽힐밖에요.'

영천군은 여전히 송장처럼 누워만 있는, 모든 준비가 끝날 때까지만 제발 그리 누워만 있어주길 바라는 제 형을 보며 각오를 다졌다.

영천군이 퇴궐하고 난 후로 한참의 시간이 흘렀다.

궁궐 안은 온통 밤의 침묵에 휩싸였다. 궁궐을 지키는 자들만을 빼고, 모두가 곤히 잠든 시간이었다. 동궁전에서 검은 그림자 하나가 빠져나왔지만 아무도 그것을 눈치채는 이가 없었다.

그림자가 궁궐의 담을 넘어 거리를 내달릴 때도 마찬가지였다. 어찌나 빠른지, 누구 하나 그의 존재를 알아차리는 이가 없었다.

중촌쯤 이르렀을 때는 갑자기 골목을 뛰어나온 취객 중 하나와 아슬아슬하게 스쳐 지나가기도 했지만, 취객은 바람이 제 옷깃을 스쳐 지나가는 것으로 착각하였다. 그렇게 밤을 달려 그림자가 당도한 곳은 저녁 무렵, 오랜만에 주인을 맞은 김 부사의 도성 집이었다.

집 대문 앞에는 금부의 나장과 군사들이 단단히 지키고 서 있었다. 하지만 그들 또한 눈 깜짝할 사이에 벽을 넘어 마당으로 숨어 들어가는 그림자의 존재를 알아차리지 못하였다.

"쿨럭, 쿨럭, 쿨럭!"

'아버님!'

사랑채 안에서 들려오는 밭은 김 부사의 기침 소리에, 마당 옆에 심어진 나무 기둥에 몸을 가리고 섰던 준형은 가슴팍의 옷깃을 거머쥐었다.

당장이라도 방 안으로 뛰어 들어가고 싶었다. 아비와 형의 얼굴을 보고 무사한지, 그동안 몸이 축나진 않았는지 자세히 살피고 싶었다.

그간 보고 싶어 죽는 줄 알았다고, 둘을 구해내지 못할까 봐 겁이 나 죽는지 알았다고 아이처럼 투정도 부리고 싶었다.

하지만 아직은 아니었다. 아직은 아비와 형을 마주할 자신이 없었다. 자신이 세자와 바꿔치기 한 사실을 밝힐 수가 없었다. 아버지도 형도 준형 자신이 두 사람을 위해 -물론 그뿐만은 아니었지만- 준형이 무엇을 하는지 안다면 스스로들을 자책할 게 분명했다. 준형을 말리려 들 게 분명했다. 준형에 대한 걱정으로 단 한숨도 제대로 잠을 들지 못할 게 분명했다.

그러니 준형은 사랑채에 최대한 가까이 다가가서 아비와 형의 목소리를 엿들어 그들의 안위를 확인하는 수밖에 없었다.

"쿨럭, 쿨럭, 쿨럭!"

"마침 환약이 다 떨어졌는데 이리 기침이 심하시니……. 아버님, 부디 오늘만 강건히 견뎌주세요. 내일 아침 일찍 밖의 군사들에게 의원을 불러달라 청하겠습니다."

"괜…… 찮다. 이만하면 참을 만해. 쿨럭쿨럭!"

"물이라도 좀 덥혀 올까요? 따끈한 물이라도 드시면 한결 나으실 텐데."

"아니, 정말 괜찮다. 그것보다 준형이는…… 무사히 몸을 피한 것인지 확인할 방법이……. 쿨럭, 쿨럭, 쿨럭!"

"우리가 풀려났다는 소식이 전해지면 반회가 연락을 취해올 것입니다. 전에 전해온 말로는 안전한 곳에 있다 하였으니 너무 걱정을 마셔요."

방 안에서 들려오는 아비와 형의 목소리를 가만히 듣고 있다 말고, 준형은 다시 담을 넘어 어딘가를 향해 달렸다.

덜컹! 아버지 김 부사의 등을 쓸어주다 깜빡, 앉은 채로 잠이 들었던 강회는 잠결에 들려온 소리에 흠칫하여 눈을 떴다.

'뭐지? 잠결에 잘못 들었나?'

쏟아지는 하품을 손으로 막으며 고개를 갸웃거리는 강회의 귀에 또 한 번 덜컹, 소리가 들려왔다. 누군가 조심스럽게 방문을 흔드는 소리였다.

'뭐지?'

강회가 잔뜩 몸을 긴장하여 일으킨 채 조심스레 방문 앞으로 다가가 불시에 확 열어젖혔다. 만약 불청객이 방문 앞에 있었다면 누구든 놀라 미처 도망갈 틈도 없도록 하기 위해서였다.

하지만 열어젖힌 방문 뒤에는 아무도 없었다. 어둠에 휩싸인 마루에는, 방문 앞에는 작은 보자기 하나가 남겨져 있을 뿐이었다. 마루까지 나가 밖을 휘휘 살핀 강회는 아무도 없음을 확인하고 보자기를 들고 방 안으로 들어왔다.

"이걸 누가!"

강회는 조금 놀랐다. 보자기 안에는 지금의 강회와 김 부사에게 꼭 필요한 것들이 들어 있었기 때문이었다. 탕약을 끓일 수 있는 약재들과 약낭에 따로 담겨진 환약들, 그리고 어디 주막에서 급히 싸온 것처럼 보이는, 기름종이에 가지런히 싸여 있는 약밥과 고기산적, 부침개 등이었다.

'이걸 누가? 혹시 또 반회가 왔다 간 건가?'

반회는 종종 사람을 시켜 의금부 옥사 안에 있는 김 부사와 강회에게 종종 환약이나 요깃거리들을 전해주곤 했다. 의금부의 높은 자리에 있는 사람들은 연신 반회와 준형을 찾아내라 엄명을 내렸지만, 당장 한 푼 한 푼이 아쉬운 의금부 관졸이나 옥졸들은 뻔히 반회인 줄 짐작하면서도, 누구인지 모르는 척 뇌물을 받고 그 모든 일들을 눈감아주곤 하였다. 그러니 이번에도 약재거리와 음식을 두고 간 건 반회일 가능성이 컸다.

그런데도 어쩐지 강회는 꾸러미를 던져주고 간 것이 준형인 것처럼 생각되었다. 기척을 숨기고 사랑채 방문 앞까지 왔다가, 꾸러미를 던져준 후 눈깜빡할 사이에 사라질 수 있는 빠른 몸놀림을 가진 사람은 준형이밖에 떠오르지 않았다. 몰래 두고 간 게 반회였다면 강회 저라도 살짝 불러 안부 한마디 묻고 갔을 것이었다.

'준형아, 너지? 네가 맞는 거지?'

준형이란 생각이 들자마자 강회는 얼른 다시 마루로 나갔다. 그러곤 어둠이 깔린 마당을 향해 혼잣말인 양 중얼거렸다.

"아무 걱정 마. 아버님은 조금 지치고 쇠약해지신 것뿐이니 금방 나으실 것이다. 항상 네 일만, 네 안전만 제일 먼저 생각해. 너는 아버님의 아들이고, 나의 아우야. 그러니 절대 함부로 다치지도 아프지도 마. 알았니?"

부스럭, 마당 한쪽에 선 나무의 나뭇가지가 흔들렸다. 강회는 그것이 준형의 응답이라 생각하고선 한동안 뚫어져라 그곳만 바라보았다.

"윽……!"

그때 현은 참을 수 없는 간지러움에 광란의 춤을 추듯 온몸을 비틀고 있었다. 그런 현의 온몸에는 낮에 준형이 그랬듯, 아니 그보다 훨씬 더 심하게 붉은 반점이 울긋불긋 돋아 있었다.

"간지러워! 간지러워 죽겠다고!"

현이 살을 긁고 싶은 걸 죽을힘을 다해 참으며, 방문가에 제게 등을 돌리고 앉아 있는 유 내관에게 소리쳤다.

"약이든 뭐든 빨리 갖고 와! 도대체 니들은 뭘 하고 있는 거야!"

"반회 공자가 약을 달이고 있으니 얌전히 기다리시지요."

제가 명하는데도 감히 뒤도 돌아보지 않고 퉁명스레 답하는 유 내관의 모습에 바짝 약이 오른 현이 잠시 주위를 두리번거리다 목침을 들었다.

"네 이놈!"

현이 있는 힘을 다해 유 내관을 향해 목침을 던졌다. 그것에 뒤통수를 맞고 나가떨어질 유 내관의 모습을 기대하면서. 하지만 그런 기쁨은 현에게 주어지지 않았다. 목침이 제 뒷머리를 향해 날아들자마자, 유 내관은 뒤통수에 눈이라도 달린 것처럼 손만 번쩍 들어 어렵지 않게 목침을 잡아챘다.

"너, 너엇! 윽!"

유 내관에 대한 분노로 온몸이 달아오르면서 간지러움은 훨씬 더 심해졌다. 그 때문에 더 이상은 참을 수 없어진 현이 팔뚝을 비롯해 얼굴과 목 등, 반점이 돋고 벌겋게 열이 오른 살들을 벅벅, 긁어대기 시작했다.

"거, 참!"

그제야 뒤를 돌아본 유 내관이 성큼 일어나 현을 향해 다가왔다.

"뭐, 뭐어…… 뭐, 어쩌라고!"

유 내관의 성난 기세에 찔끔한 현이 다시 벅벅 얼굴을 긁으려 할 때였다. 유 내관의 거친 손이 그런 현의 손목을 낚아챘다.

"네, 네 이놈! 감히 뉘의 몸에 손을 대는 것이냐!"

현은 저를 잡은 유 내관에게 반항하며 몸을 비틀고 버럭버럭 악을 썼다.

"시끄러워 죽겠네. 조용히 좀 하쇼!"

절대 세자에게 하는 소리라고는 생각되지 않는 무례한 말투로 현의 입을 닫게 한 유 내관은 현의 손목을 잡고 있지 않은 다른 쪽 손으로 제 옷소매를 잡고는 부욱, 뜯어냈다. 그러고선 그것으로 현의 손을 둘둘 감았다.

"뭣 하는 짓이냐! 이, 이, 이놈!"

"입 좀 닫고 계시오, 이 생원! 안 그러면 그 입에 이걸 처넣어줄 테니."

다시 한 번 무섭게 현을 윽박지른 유 내관이 현의 한쪽 손을 다 감고선 단단히 매듭까지 지었다. 그러고선 이번엔 다른 한쪽 소매를 힘주어 뜯어낸 뒤 현의 나머지 손에다 그 천을 감으려 하였다.

"놔라! 당장 풀란 말이닷! 너, 이놈! 감히 내게 무슨 짓을!"

현은 자유를 뺏긴 두 손 대신, 몸을 뒤틀어 발길질로 뻥뻥 유 내관의 배를 걷어찼지만 유 내관은 눈 하나 깜짝 않고 그대로 현의 손을 묶어버렸다.

"너 이 노옴!"

뿌드득, 이를 갈며 현이 유 내관을 노려보았다.

"당장 풀어! 안 그럼 내 언젠가 네놈을 기필코 죽이고 말 것이니! 산 채로 네 살 껍질을 벗겨내고 말 터이니!"

"마음대로 하시오. 단, 그때 당신 얼굴에 얽은 기가 없거든 내게 고마워하시오. 내가 이리 손을 묶어주지 않았음, 내일쯤이면 온 얼굴이 그놈의 손톱 때문에 멀쩡히 남아나질 않을 테니 말이오."

"크읏!"

유 내관의 입바른 말에 현은 더 이상 유 내관을 윽박지르지 않았다. 자신이 소리를 지르건, 윽박을 지르건 유 내관은 결국 현의 손을 풀어주질 않을 것이란 걸 알아서였다. 해서 현은 체면이건 뭐건 다 집어치운 채 손을 입으로 가져가 감싸고 있는 천을 이로 물어뜯기 시작했다. 그 모습을 보고 유 내관은 잠시 놀란 듯 눈썹을 치켜세웠지만 어디 할 테면 해보라는 듯 팔짱까지 끼고 선 눈 아래로 현을 내려다보기만 하였다.

'제길! 제길!'

어찌나 단단히 묶었는지 손을 감싸고 있는 천엔 이가 파고들 틈이 없었다. 천의 끄트머리를 물고 잡아당겨도 보았지만 좀처럼 풀릴 기미가 없었다.

"퉤!"

한참을 낑낑대며 용을 쓰던 현은 비로소 아무리 이래봐야 손이 풀릴 가망이 없음을 인정하고는 물고 있던 천을 뱉으며 항복을 선언했다.

"풀어줘……."

처음보다 한층 풀 죽은 얼굴로 현이 중얼거렸다.

"안 긁을 테니까 풀어달라고."

"포기하시고 공자가 약가지고 들어올 때까지 얌전히 기다리시오. 아님 그만 자빠져 주무시든가."

"유 내관. 넌, 왜 이렇게 나를 미워하지? 내가 널 내관으로 만들었나? 아니면 궁궐 안에서 내가 나도 모르는 새에 네게 나쁘게 군 적이 있었나?"

"아니."

"그럼 왜, 어찌하여 매번 내게 이리 방자하게 구는 것인데?"

"그냥 싫어서."

"뭐……?"

"나는 원래 당신 같은 탐욕스러운 사람을 죽어라 싫어하거든."

"내가 탐욕스럽다고? 이 내가?"

"열에 아홉을 가지고도 다른 사람 손에 있는 하나가 탐이 나서 기어이 그것마저 뺏으려고 혈안이 되어 있는 사람이잖아, 당신. 그 때문에 결국은 나 같은 내관 놈 따위에게 이런 수모나 당하고 있는 거고."

"말도 안 돼. 내가…… 탐욕스럽다고?"

"그럼 아냐? 그럼 당신은 왜 여기 있는 건데? 당신 좋을 대로 당신 쌍둥이 아우를 이용해 먹으려고 이렇게 나와 있는 거 아니야. 그뿐인가? 그 틈을 타서 그 아우의 여인을 노리려고도 했잖아."

유 내관이 혐오스럽다는 얼굴로 현을 내려다보며 신랄하게 지적하였다.

"당신 아우의 비밀을 알게 되었을 때도 마찬가지야. 당신은 당신과 똑같이 왕자로 태어났음에도 왕자로 살지 못한 아우에 대해, 온전한 사람의 몸으로 살 수 없었던 쌍둥이 아우에 대해 조금도 연민을 갖지 않았어. 그저 당신도 똑같은 피를 물려받았다는 사실에만 절망했지."

하! 어이없다는 듯 콧방귀를 뀐 유 내관이 아직도 억울하다는 표정으로 저를 올려다보고 있는 현에게 쏘아붙였다.

"당신이 탐욕스럽냐고? 백 번을 물어봐. 백 번에 백 번을 더하여 답해주지. 응! 맞아. 당신은 탐욕스러워. 그것도 아주 뻔뻔하고, 지독하게!"

"웃기지 마!"

현이 비틀대며 자리에서 일어서 유 내관의 앞에 섰다.

"내가 가진 아홉이 뭔데? 항시 골골대는 이 시들시들한 몸뚱이? 어머니와 중전마마 사이에서 눈치 보며 평생 숨 한 번 크게 못 쉬고 살아온 거? 평생 나를 보며 다른 아들을 그리워하셨을 아바마마의 아들로 산 거?"

유 내관이 그랬듯 현이 "하!" 하고 콧방귀를 뀌며 턱을 높이 치켜들었다.

"좋아! 내가 가진 게 그렇게 좋을 것 같으면 그놈더러 하라고 해! 원한다면 다음 임금의 자리까지 양보해주지! 그 대신 돌려줘. 당이 낭자를 내게 돌려줘. 애당초 내게서 당이 낭자를 가로채 간 건 바로 그놈이야! 알기나 해?"

"아니!"

유 내관이 무어라 답하기도 전에 방문 밖에서 누군가 큰 소리로 답했다. 이어 방 문짝이 떨어져 나갈 기세로 활짝 열렸다.

"넛!"

현의 턱이 부들부들 떨렸다. 저와 똑같은 얼굴을 한, 그러나 지금 현재는 세상에서 가장 증오하는 사내의 얼굴을 본 때문이었다.

"분명히 말해두겠는데 그 여자는, 당이는 단 한 번도, 단 일순간도 당신의 여자였던 적이 없어. 그러니 제발 그 말 안 되는 집착 좀 버려주겠어? 당신이 이러는 거 아주 역겨워 죽겠거든!"

터무니없는 욕심을 드러내 보이는 제 형을 향해 준형이 어금니를 꽉 깨문 채 한마디, 한마디를 씹어 뱉듯이 말했다.

그날 밤 준형이 아비와 형의 안위를 확인한 뒤에도 궁궐로 돌아가지 않은 것은 반회에게 전해줄 것이 있어서였다. 그건 바로 조금 전 약방에 가서 지어 온 약재였다. 발진을 가라앉히고 가려움을 진정시키는 탕약의 약재였다.

약재를 가지고 올 생각을 한 것은, 밤 내내 감 내관의 얼굴에 스쳐 지나가는 걱정을 읽은 때문이었다.

"그분이 걱정되는 거야?"

"……밖에서는 제대로 약첩도 못 쓰실 테니까요."

감 내관은 준형의 몸에 발진이 돋았으니, 당연히 궁궐 밖에 있는 현의 몸에도 발진이 돋았을 것을 알고 걱정하고 있었다. 사실 준형과 현이 각자의 아픔과 상처를 공유한다는 걸 먼저 깨달은 것은 감 내관이었다.

온궁에서 감 내관을 놀렸던 준형과 현은 그저 지나치게 똑같은 자신들의 몸을 신기해했을 뿐이었지만, 두 왕자에게 속아 넘어갔던 감 내관은 달랐다.

준형이 현을 대신하여 세자로 위장한 다음부터는 다른 내관들이 준형의 옷시중과 목욕 시중을 들 때마다 바로 곁에서 유심히 준형의 몸을 살폈다.

그래서 알게 되었다. 현의 몸에 남아 있는, 아주 오래된 옅은 흉터 자국이 준형의 몸에도 남겨져 있다는 것을. 현도 미처 볼 수 없는 곳에 남겨진 흉터 자국이 준형에게도 똑같이 새겨져 있음을.

물론 다른 점들도 간혹 있었다. 현의 몸에는 없고, 준형의 몸에만 있는 옅구리의 칼자국 같은 것들이었다. 특히 옆구리의 상처를 보았을 때, 감 내관의 뇌리에 떠오르는 생각이 하나 있었다.

'혹시……?'

"여기 무릎의 흉터는 언제 생기신 것인지 기억하십니까? 여기 옆구리에는 꽤 최근에 베인 상처가 어렴풋이 남아 있는데, 언제 생기신 것입니까?"

그런 질문을 하는 감 내관을 수상하게 여기면서도 준형은 하나하나 천천히 답해주었다. 무릎 흉터는 어렸을 때 아무것도 걸릴 것이 없는 평지에서 갑자기 누가 등을 떠민 것처럼 넘어져 다쳐서 생긴 자국임을, 옆구리는 일산의 집 앞에서 칼에 베였을 때 생긴 자국임을 말해주었다.

그리고 그런 제 답에 놀란 기색을 지우지 못하는 감 내관을 채근해 준형 역시 알게 되었다. 막연히 그러지 않았을까- 하고 생각해왔던 것을 비로소 확실히 알게 되었다.

해서 준형은 자신의 온몸에 발진이 돋았음에도 불구하고 현만 걱정하는 늙은 내관의 마음을 못 본 체 그냥 넘겨버릴 수가 없었다.

"알았어. 내 알아서 할 테니, 그만 얼굴 좀 펴. 가뜩이나 쭈글쭈글한 얼굴에 주름살을 몇 개나 더 늘리려고?"

감 내관을 달랜 준형은 제게 탕약을 올린 의원을 불러와 조제된 탕약에 대해 상세히 물었다. 어떤 약재를 어떻게 끓여 탕약을 만든 것인지 지나칠 정도로 꼬치꼬치 물었다. 하여 이 밤, 약방의 의원에게서 아비와 형을 위한 약재를 지어 받을 때, 현을 위한 약재도 함께 챙겼다.

하지만 약재를 가지고 몰래 현이 있는 안가 마당으로 숨어들었을 때 이미 마당 안에는 어딘가에서 풍겨 나오는 탕약 냄새가 가득하였다.

'벌써 의원에게서 탕약을 지어 받은 건가? 하긴 꼭 의원을 보지 않고도 약재는 지을 수 있었을 거야.'

감 내관도 저도 괜한 걱정을 하였다 다 싶어, 들어왔을 때처럼 다시 기척

없이 나가려 할 때였다. 불이 켜진 방 쪽에서 누군가들이 다투는 소리가 들려왔다. 무슨 소란인가 싶어 살며시 다가섰을 때, 막 울분에 찬 현의 고함이 준형의 귀에 들어왔다.

"그놈더러 하라고 해! 원한다면 다음 임금의 자리까지 양보해주지. 그 대신 돌려줘. 당이 낭자를 내게 돌려줘. 애당초 내게서 당이 낭자를 가로채 간 건 바로 그놈이야! 알기나 해?"

"아니!"

더는 참고 들을 수 없어진 준형이 고함을 외치며 방문을 박차고 들어갔다. 그러자 현이 눈에서 불을 쏟아내듯 준형을 노려보았다.

'지금 화내야 될 게 누군데!'

그 모습에 준형의 화는 머리끝까지 치밀었다.

"분명히 말해두겠는데 그 여자는 단 한 번도, 단 일순간도 당신의 여자였던 적이 없어. 그러니 제발 그 말 안 되는 집착 좀 버려주겠어? 당신이 이러는 거 아주 역겨워 죽겠거든!"

터무니없는 욕심을 드러내 보이는 제 형을 향해 준형이 어금니를 꽉 깨문 채 한마디, 한마디를 씹어 뱉듯이 말했다.

"뭐, 뭐야! 너, 네가 여긴 어떻게……!"

"오셨습니까?"

현과 유 내관이 서로 상반된 태도로 준형을 맞았다. 유 내관은 마치 기다렸던 제 주군을 맞는 양, 얼른 준형 앞에 무릎을 꿇고 머리를 숙여 인사를 하였다. 저를 대하는 모습과는 천양지차로 다른, 깍듯이 대하는 그 모습에 현은 어이가 없어졌다. 동시에 잠시 잊고 있었던 간지러움이 급격하게 치밀어 올라, 손에 천이 감겼다는 것도 잊고 턱을 긁으려다가 금세 제 비참한 상태를 재확인하였다.

"큿!"

현의 얼굴이 노여움과 수치로 새빨갛게 물들었다. 하필 이런 꼬락서니일 때 준형과 다시 만나게 된 것이 죽을 만큼 싫었고 그만큼 짜증이 치밀었다.

"누가 누구더러 역겹다는 거야? 내가 아무리 역겹기로 사람도 아닌 네놈보다 더할까? 치사한 놈. 이 거짓말쟁이. 더러운 짐승 놈!"

짐승- 이란 소리에 가뜩이나 분노로 가득 찼던 준형의 얼굴이 급격히 일그러졌다. 온몸이 부들부들 떨렸다. 그것을 본 현은 준형의 약점을 잡은 듯, 의기양양하게 욕설을 계속하였다.

"그래, 소리도 없이 숨어들어오는 것이 딱 짐승이 할 만한 짓이구나. 예의도, 염치도 모르고 제 욕심만 차리려 드는 것도 딱 너 같은 짐승 놈이 할 만한 짓이지! 이 괴물! 짐승!"

"크으읏……!"

애써 제 자신을 억누르듯 이를 악물고, 주먹을 불끈 쥐고 있는 준형을 보고, 현은 더욱 준형을 도발하였다. 준형이 화를 내면 낼수록, 이성을 잃으면 잃을수록 현은 통쾌하기만 하였다.

"왜, 치려고? 네 형이자, 이 나라의 세자인 나를 치려고? 그래, 치려무나. 실컷 쳐보려무나! 네 본성은 결국 이런 것이지. 형이든 세자든 그런 게 너 따위에게 무슨 의미가 있겠어."

현이 턱을 치켜들고 준형을 경멸 어린 시선으로 내려다보았다.

"본래의 넌! 징그럽고 역겨운 괴물인 것을. 네 발로 땅바닥을 기고 더러운 구정물과 역겨운 짐승의 살과 피로 배를 채우는 한낱……."

"닥쳐!"

자신이 세상에서 가장 싫어하는 말로, 저를 괴롭히는 현에게 준형이 달려들었다. 현을 바닥에 깔고선 그 배 위에 올라앉아 현의 목을 짓눌렀다.

"누구더러, 누구더러 짐승이라는 거야앗!"

"윽…… 누구긴 누구겠어. 바로 너지! 왜 이렇게 화를 내는데? 정…… 곡을 찔려서 그런 거 아냐? 너도…… 너도 네 자신이 더러운 짐승이란 걸 자알…… 알고 있다는 윽…… 뜻이지!"

준형의 몸 밑에 깔린 채 꼼짝도 못하면서, 숨이 모자라 얼굴이 새하얗게 질려 있으면서도 현은 그 입을 도무지 다물 생각을 하지 않았다. 목이 졸리는 자신의 고통보다 괴로워 일그러진 준형의 얼굴을 보는 쾌감이 더 컸다.

"닥쳐, 닥쳐, 닥치라고!"

"끄으윽!"

더 꽈악, 목이 졸린 현의 입에서 고통스러운 신음이 터져 나왔다. 그래도 준형은 손의 힘을 풀지 않았다. 오히려 더더욱 힘을 주었다. 다시는 함부로 입을 놀리지 못하게 죽여버려야겠다는 생각에 야수처럼 눈을 빛냈다.

그때, "준형앗!" 하고 반회의 비명이 들려오는가 싶더니 이어 후다닥 달려들어온 반회가 준형의 팔을 잡아챘다.

"뭐 하는 거야! 이거 놔! 놓아드려! 얼른!"

하지만 애초에 반회가 준형의 힘을 상대할 수 있을 리가 없었다. 반회가 아무리 힘을 써도 준형의 손은 현의 목에서 떨어질 생각을 하지 않았다.

"준형아!"

"형이나 놔요! 난 절대, 절대로! 용서 못 해요. 감히 내 여인을 욕심내고, 날 짐승으로 부른 대가가 무엇인지 이 자식에게 똑똑히 알려주…… 형?"

이를 악물고 제 손 아래의 현에 대한 제 각오를 들려주던 준형이 갑자기 명한 얼굴로 반회를 돌아보았다. 자신의 목에 차가운 칼날이 와 닿았기 때문이었다. 반회가, 다른 누구도 아닌, 준형이 사랑하는 형 반회가 준형의 목에 단도를 들이댄 것이었다!

"형님?"

"저하에게서 손을 떼. 안 그럼, 내가 네 목을 벨 것이야."

"반회 형! 형이 어떻게 나한테……."

억울함에 눈물이 그렁한 얼굴로 말하던 준형의 눈이 금세 크게 휘둥그레졌다.

"유 내관! 그만둬!"

준형이 반회의 등 뒤를 향해 급히 외쳤다. 준형이 현을 덮칠 때는 남의 일인 양 구경만 하고 있던 유 내관이 반회의 목에 칼을 들이민 때문이었다.

"당장, 그 칼 거둬!"

준형이 유 내관에게 명했다.

"먼저 이 자가 공자님께 겨눈 칼을 거둬야 합니다!"

유 내관이 반회의 목에 닿을 정도로 좀 더 가까이 칼날을 들이밀었다.

"아니. 먼저 물러서야 하는 건 준형이 너야. 저하에게서 비켜나. 얼른!"

세 사람이 서로에게 먼저 물러날 것을 요구했지만, 동시에 어느 누구도 먼저 물러날 생각은 없는 듯, 누구도 쉽게 움직이려 하지 않았다.

다만 조금 힘이 빠진 준형의 손 밑에서 현만이 쎄에엑, 필사적인 숨소리를 내뿜고 있을 뿐이었다.

"저하를 놓아드려!"

반회가 다시 준형에게 요구했다.

"……아뇨. 난 형님을 잘 알아요. 형은 절대로 절 베지 못해요."

자신보다 현을 위하는 반회의 모습에 서운함과 원망으로 울 것 같은 얼굴이 된 준형이 말했다. 반회도 가슴 아프게 그런 준형을 보았다. 준형의 목에 겨누어진 제 칼을 보았다. 이미 제 마음속 동요를 증명하듯 칼끝은 희미하게 떨리고 있었다.

"……그래, 네 말이 맞는 것 같다."

반회가 칼을 거뒀고, 동시에 유 내관도 반회를 겨누고 있던 칼을 거뒀다.

"내가 어떻게 너를 죽이겠니? 있을 수 없는 일이니 협박이 될 리가 없지. 차라리…… 이편이라면 모를까."

말을 마친 반회가 재빨리 들고 있던 단도의 끝을 제 목에 가져다 대었다.

"형!"

"움직이지 마!"

반회가 다시 저를 덮치려 하는 유 내관에게 외친 후, 준형에게 말했다.

"당장 그분에게서 떨어져. 안 그럼 정말 이 목을 찌르고 말 테니. 너는 알

278

잖아. 내가 이 목을 찌르는 걸 결코 망설이지 않을 것임을. 안 그래?"

결국 좀처럼 움직이려 하지 않던 준형의 몸이 마침내 현의 몸에서 비켜난 건, 반회가 저 자신의 목에 겨눈 칼끝을 힘주어 누름으로써 그 살갗에 피가 맺힌 걸 본 다음이었다.

"저하! 괜찮으십니까?"

준형이 현의 몸에서 떨어지자마자 반회가 들고 있던 단검을 내던지고 얼른 현을 부축해 안았다.

"죽여버릴 거야! 기필코 죽이고 말겠어!"

현이 반회의 품에서 몸부림치며 준형에게 저주를 퍼부었다. 반회는 자꾸만 일어나려 하는 현을 애써 주저앉히며, 현의 손에 감긴 천을 보고는 거친 눈빛으로 유 내관을 돌아보았다.

"자꾸만 살을 긁으려 해서, 어쩔 수 없었소."

이제 이 모든 상황이 재미없다는 듯, 심드렁한 얼굴로 유 내관이 답했다.

"그런다고 이런 짓을……!"

비난하는 눈으로 유 내관을 노려본 뒤 반회는 얼른 현의 손에 감긴 천들을 뜯어내기 시작했다.

"형…… 반회 형."

준형이 반회를 불렀지만, 들리지 않는 양 현에게만 다정히 말을 붙였다.

"잠시만, 잠시만 더 참으십시오. 금방 풀어드리겠습니다."

반회가 준형을 무시하며 그리 자신을 달래자 현이 내심 고소하여 준형을 보았다. 준형에게 있어 친형과도 같은 반회가 준형이 아닌 현 자신을 먼저 챙기는 모습에 준형이 상처 입는 걸 보니 분한 마음이 조금은 달래지는 것 같았다.

그러다 보았다. 자신과 똑같은 준형의 얼굴에도, 턱과 목, 뺨 부분에 아직도 조금 남아 있는 발진의 흔적을.

"너! 너어…… 너!"

현이 이제 막 반회가 풀어준 한 손으로 준형을 가리키며 온몸을 부들부들 떨었다.

"너였어? 내가 이런 게 또 너 때문인 거였어?"

현의 눈이 원망과 원한으로 붉게 충혈되었다.

"그게 무슨……?"

반회가 갑자기 돌변한 현의 시선을 따라 준형을 보다, 역시 준형의 얼굴에 남은 발진의 흔적을 보았다. 놀란 반회가 얼른 다시 현의 얼굴을 살폈다. 준형의 얼굴에 난 발진 흔적과 똑같은 자리에 붉은 반점이 돋아 있었다.

그것도 준형의 얼굴에서는 흐릿하고 연한 자국만 남은 데 반해, 현의 얼굴에서는 붉은 반점들이 있는 대로 성을 내며 돋아 있었다.

"그래. 어쩐지 이유 없이…… 갑자기 몸이 이상하다 했어. 또 너였어. 니가…… 또 날 이렇게 만든 거였어!"

"저하 말씀이 무슨 뜻이야? 보아하니 넌 다 아는 것 같은 얼굴인데?"

반회가 심상치 않은 현의 태도를 보고 나무라듯 준형에게 물었다.

"……낮에 뜻하지 않게 참외를 먹었어. 그 때문에 발진이 일어났던 거야. 그래서 이걸 가져다주려고 온 거고."

준형이 약방에서 가져온 약재를 반회와 현의 앞으로 툭, 던져주었다.

"왜…… 왜에엣!"

현이 목 놓아 고래고래 악을 썼다.

"참외는 니가 먹었는데, 왜 너는 벌써 그렇게 말짱하고, 왜 나는 아직도 이런 건데! 니가 먹었는데 왜 내가 더 심한 건데! 왜 나만! 언제나 나만! 이렇게, 이렇……. 윽, 쿨럭쿨럭쿨럭!"

"거야 뻔하잖소."

방문 앞에 서서 귀찮고 한심하다는 얼굴로 지켜보고 있던 유 내관이 그런 간단한 것도 모르냐는 얼굴로 현의 악 받친 고함에 답하였다.

"쿨럭, 쿨럭! 뭐?"

"그게 무슨……?"

유 내관의 말에 방 안에 있는 다른 세 사람의 시선이 일제히 유 내관에게로 가 꽂혔다.

"콜록, 으…… 뻔하다니? 그게 무슨 소리야?"

현이 유 내관에게 재차 캐물었다.

"그쪽이 시원찮게 태어나셨으니까."

"유 내관!"

세자에게 막말을 하는 유 내관에게 반회가 소리를 질렀지만 유 내관은 말을 삼갈 기색도 없이 모욕에 부들부들 몸을 떠는 현을 보며 말을 이었다.

"원래 한날한시에 한배에서 난 쌍둥이들이라 하더라도 서로가 완전히 똑같은 쌍둥이가 있는가 하면, 어느 한쪽이 지나치게 뛰어난 경우도 많다 하더군요. 두 분의 경우는 그 후자일 테고요."

유 내관이 경탄에 찬 얼굴로 준형을 돌아보았다.

"한쪽은 늑대혈족의 혈손답게 특별히 강건한 육체와 담대한 심성을."

현을 돌아보는 유 내관의 눈빛에는 동정과 경멸이 뒤섞여 있었다.

"또 다른 한쪽은 그에 대비되는 허약한 몸과 심성을 타고난 것뿐입니다."

소심하고, 신경질적이고, 이기적인 심성- 이라 말하고 싶은 걸 꾹 참고 유 내관은 그저 허약한 몸과 심성이라고 에둘러 말했다.

"그러니 같은 상처에서 비롯된 아픔이라 할지라도 각자가 느끼는 고통의 정도도 다를 수밖에요. 아름드리 소나무에 발길질을 해봐야 그저 작은 발자국 하나가 남을 뿐이지만, 논두렁에 세워진 짚단에 발길질을 하면 속절없이 넘어지고 마는 것과 같은 이치입니다."

"그러니까…… 저 녀석은 소나무요, 나는 짚단이다?"

또다시 제게 퍼부어진 모욕에 현이 부들부들 몸을 떨었다. 증오로 붉게 물든 눈으로 유 내관을 노려보다가 저를 외면하고 있는 준형에게로 돌렸다.

"하, 짐승으로 태어난 덕분에 그리 튼튼하니 너는 아주 좋겠구나."

짐승. 또다시 현이 해서는 안 될 말로 준형을 자극하였다.

그런데도 준형은 이번엔 닥치라고 하지 않았다. 그 입을 막기 위해 덤벼들지도 않았다. 반회 때문이었다. 현을 지키겠다는 일념을 드러내며, 현을 안고 있는 반회 때문이었다. 예전의 제게 그러했듯, 동정과 연민에 가득 찬 눈으로 현을 보고 있는 반회 때문이었다.

'형…….'

그런 준형의 속내도 모르고 현은 계속 준형만 원망해댔다.

"결국 너는! 너란 놈은 태어난 그 순간부터 나를 괴롭히는 존재였던 거야. 너만 아니었으면 내가 그토록 오래 고통 받을 이유가 없었어. 너만 아니었으면 내가……!"

말하던 중 떠오른 유년의 기억에 현은 차마 말을 잇지 못했다.

-저하께서 또 이유 없이 아프시다고요?

-또 신열이 오르셨다지 뭡니까.

-참, 별일이 다 있습니다. 멀쩡히 가만히 계시다 왜 그러시는 걸까요?

어렸을 때 현이 이유도 없이 아프고 나면 궁인들은 그리 수군대곤 하였다. 궁인들만이 아니었다. 병문안차 들르는 영천군이나 중전의 눈길에서도 의심과 의혹을 어렵지 않게 읽을 수 있었다.

-혹시 미친 게 아닐까? 혹시 신병이라도 든 거 아냐?

-과연 저래가지고 다음 보위를 이을 수 있을까?

임금의 유일한 아들인 현에게, 감히 세자인 자신에게 그런 의심과 의혹의 시선들이 쏟아지는 것 자체가 현에게는 씻을 수 없는 모욕이었다. 자신을 의심하는 자들에게 끊임없이 자신의 강건함과 예사스러움을 증명해 보여줘야 한다는 사실 자체가 현에게는 말할 수 없이 수치스러웠다. 그런 만큼 자라면서 점점 이유 없는 발병이, 이유 없는 고통이 줄어드는 것이 너무나 기뻤다. 비록 몸은 날이 갈수록 점점 더 허약해지는 것을 느낄 수 있었지만 더는 그런 무례한 시선을 받지 않아도 된다는 것이, 그런 무례한 의심을 받지 않아도 된다는 것이 너무나 다행스럽게 여겼더랬다.

다시 이유 없는 병증이 시작되었을 때, 현의 마음은 참담하게 부서졌던 것도 그 때문이었다. 단단하다 믿고 서 있던 땅이, 땅이 아니라 언제라도 무너져 내릴 수 있는 모래성이었음을 깨달은 순간, 모든 것을 포기하고만 싶을 정도로 좌절했었다. 그때 현을 붙잡아준 건, 현이 무너지지 않게 지탱해준 건 얼굴도 이름도 모르는, 꿈속에 나온 한 여인이었다.

"그런데…… 너는 기어이, 기어이 그 여인마저 내게서 가로채갔어. 내가 진짠데, 내가 진짜 그 여자의 짝이라고. 너는 가짜야, 가짜라고!"

현은 당장이라도 밉고 미운 준형의 멱살을 잡고 싶어, 준형에게 달려들고 싶어 몸을 움찔거렸지만, 반회가 현을 단단히 안고 있는 바람에 결국은 그 품에서 벗어나지 못한 채 고통스레 몸을 뒤틀기만 하였다.

"으아아악!"

"아주 떼쟁이 갓난쟁이가 따로 없네요. 공자께서는 그만 상대하시고 궁에 들어가 보시지요. 너무 늦으면 곤란하시지 않겠습니까."

유 내관이 정중히 권하였지만 준형은 걸음을 떼려 하지 않았다. 대신 울음을 그치지 못하는 현을 차갑게 일별하며 물었다.

"왜 내가 가짜야? 왜 그 여자가 당신 짝인데? 그 여잔 내 짝이고, 내 반려야. 그건 나와 그 여자가 제일 잘 알아. 당신은 고작해야 얼굴 몇 번 마주친 적밖에 없잖아. 그런데도 그렇게 뻔뻔하게 주장하는 이유가 뭐냐고!"

준형의 목소리엔 짜증이 잔뜩 묻어 있었다. 사실 지금 준형의 심정은 딱 미칠 지경이었다. 밑도 끝도 없이 제 여자를 욕심내는 제 멍청한 쌍둥이 형 때문이었다. 한 대 때려서 정신을 차릴 수만 있다면 당장이라도 저와 똑같은 얼굴을 하고, 반회에게 매달려 눈물이나 흘려대고 있는 세자라는 작자를 흠씬 패주고 싶었다. 아니, 때리는 것만으로는 성에 차지 않았다.

'그냥 죽여버릴까?'

무심코 떠오른 생각에 문득, 준형의 눈빛이 사납게 빛났다. 못 그럴 건 뭔가 싶었다. 좀 전에 저를 짐승이라 악담을 퍼부은 것만 생각하면 당장이라도 그 목을 물어뜯어 죽여버리고 싶었다.

허나 그리하면 제일 먼저 반회가 자신을 용서치 않을 것이었다. 강회나 김 부사도 자신을 쉽게 용서치 못할 것이었다. 어머니 소빈도 분명 준형 자신을 죽일 만큼 증오할 것이었다.

'아니, 상관없어.'

세상 모두가 다 자신을 비난하고 미워해도 상관없었다. 그래도 당이만은 자신의 편이 되어줄 테니까. 무슨 짓을 하건 용서해줄 테니까.

'당이!'

당이를 떠올리자 준형의 마음에 좀 더 또렷한 살의가 떠올랐다. 당이를 지키기 위해서라도 현을 죽여야만 할 것 같았다.

'그래! 뒷일을 생각해서라도 이러는 편이 나을지도 몰라.'

준형의 눈빛에 좀 더 깊은 어둠이 깃들었다. 그리고 준형은 온몸의 신경을 날카롭게 세운 채 스윽, 현과 반회를 향해 다가갔다. 반회가 또다시 저 스스로를 해하겠다고 협박하기 전에, 눈 깜빡할 사이에 그 품에서 현을 빼앗아 들고 방을 뛰쳐나갈 작정이었다. 반회나 유 내관이 절대 따라오지 못할 만큼 빠른 걸음으로 멀리, 어디 깊숙한 숲에라도 데려가…….

"안 됩니다."

유 내관이 준형의 생각을 읽은 것인지 준형의 소매를 잡고 말렸다.

"자네!"

준형은 방해하지 말라는 눈빛으로 유 내관을 보았다. 유 내관이 그런 준형에게 바짝 다가와 준형의 귀에 속삭였다.

"꼭 그럴 생각이시라면 제게 말씀만 하십시오. 제가 합니다. 그러니 공자께서는 오늘은 그냥 이대로 궁으로 돌아가세요."

정말 그래달라면, 그래줄 것 같은 단단한 목소리였다. 망설임이 없는 눈빛이었다. 그 눈빛에 준형의 마음이 조금 누그러졌다. 아니, 보다 솔직히 말하면 당장 지금, 그것도 반회 앞에서 진짜 제 형을 없애지 않아도 된다는 것에 조금 안도한 것도 사실이었다.

"……알았어. 오늘은 그냥 돌아가지. 하지만 자네 손을 더럽힐 생각은 없어. 해야만 하는 때가 온다면 그땐 내 손으로 직접 할 거야."

준형 역시 유 내관에게만 들리도록 작게 속삭인 뒤, 한 번 더 경멸에 찬 눈초리로 현을 노려보고선 얼른 방문을 향해 돌아섰다. 이 피곤한 밤을 빨리 끝내고 싶었다. 빨리 당이에게로 돌아가고 싶었다.

그런 준형의 등 뒤에 신경질적인 현의 외마디가 날아들었다.

"반려몽!"

순간, 준형은 마치 누군가 버선발을 방바닥에 야무지게 꿰매어 붙여놓은 듯이 한 발자국도 움직일 수 없었다.

"뭐……?"

"반려몽을 꿨다고! 내가! 아니, 당이 낭자와 나, 우리 둘이서! 같은 반려몽을 꿨다고! 너! 반려몽이 뭔지는 알아?"

"……뭐?"

제 말이 사실이라고 주장하듯, 씹어뱉듯 내뱉은 현의 말에 준형은 다시 한 번 멍청하게 되묻고는 천근만근의 바위를 들어 올리는 양 온 힘을 다해 움직이지 않는 발을 들어, 천천히 뒤로 돌아섰다.

'반려몽이 뭐가 어째? 당이와 뭐?'

순식간에 멍한 머리로 생각을 하려 애쓰며 준형은 흔들리는 눈의 초점을 저를 노려보고 있는 현에게 맞추기 위해 애를 썼다.

머리가 멍했다. 누군가에게서 갑자기 뒤통수를 세게 얻어맞은 듯 얼떨떨하기만 하였다. 그 얼굴 본 현의 얼굴에 일순 화색이 돌았다.

"오호. 그 반응을 보니 네놈도 이미 반려몽에 대해 들은 적 있는 모양이구나. 그럼 너도 자알 알겠지? 반려몽은 일생 단 하나의 짝인 운명의 반려를 만나게 해주는 예지몽이라는 걸."

준형의 동요를 눈치챈 현이 때는 이때다 싶어 번들번들한 눈으로 준형을 몰아붙였다.

"나도 처음에는 반신반의하였어. 반려몽이라니, 무슨 패설책에나 나올 법한 황당무계한 소리를 하나 싶었지. 하지만 당이 낭자를 만나고서는 완전히 믿을 수밖에 없게 되었어. 왜냐하면 당이 낭자는 내가 아주 어렸을 때부터 꿈에서 만나오던 바로 그 여인이었……."

"거짓말……."

준형의 멍한 중얼거림이 현의 말을 중간에서 낚아챘다.

"거짓말하는 거지? 당신이 반려몽을 꿨을 리가 없잖아. 당신이 뭘 착각하는 거야. 왜냐하면 나도, 나도 당이 그 사람이 나오는 꿈을 꿨거든."

준형이 내놓은 뜻밖의 말에 준형과 현의 시선이 어지럽게 뒤섞였다. 둘 다 똑같이 반려몽을 꿨다는 사실에 당황한 때문이었다. 이걸 어떻게 받아들여야 할지, 진짜 반려몽의 주인은 누구인지 알 수 없었기 때문이었다. 하여, 두 사람의 눈길은 저절로 방 안에 있는 한 사람에게로 향했다.

유 내관이었다.

"왜 절 보십니까?"

"같은 혈족의 일원이니, 제일 잘 알 것 같아서요."

유 내관의 물음에 반회가 두 형제를 대신하여 답하였다. 그 말에, 유 내관이 저랑 같은 혈족이란 말에 현은 기겁을 하고 놀랐지만, 그제야 유 내관이 자신에게 고약하게 군 이유를 알아차렸다.

"이런 경우가 종종 있었습니까? 한 사람을 두고 각기 다른 두 사람이 반려몽을 꾸는 게 가능하냐는 말입니다."

반회가 다시 물었다.

"그게…… 아, 거참."

뭐든 지나칠 정도로 대놓고 말하던 유 내관이 어쩐 일인지 이번에는 잠깐 난처한 기색을 보이더니 결국 하는 수 없다는 듯 준형에게 물었다.

"공자님이 반려몽이라 생각되는 꿈을 처음 꾸신 건 언제이십니까?"

"그건⋯⋯."

무심히, 몇 달 전이었다고 묻는 것에 답하려던 준형의 입술이 금세 굳게 닫혔다. 얼굴에서 핏기가 가셨다. 반려몽을 꾼, 현과 자신의 차이점을 깨달은 때문이었다. 현은 분명 조금 전에 말했다. 반려몽은 일생 단 하나의 짝인 운명의 반려를 만나게 해주는 예지몽이라고. 그리고 자신은 어렸을 때부터 꿈에서 당이를 만나왔다고.

'자, 잠깐! 반려몽이 그런 거라고?'

준형은 어질어질한 머리를 최대한 진정시키려 애쓰며, 예전 일산이 제게 들려주었던 반려몽에 대한 이야기를 떠올려보았다.

-우리 늑대혈족들은 누구나 꿈에서 제 운명의 상대를 만난다네. 그것을 반려몽이라 부르지. 혹시 자네도 꿈에서 당이 낭자를 만난 적이 있었던가?

일산은 그렇게만 말했고 어리석게도 준형은 그 말을 곧이곧대로 믿었다.

준형은 분명 당이를 꿈에서 만났고, 당이도 꿈에서 준형을 만났다고 했다. 그래서 준형은 한 치의 의심도 없이 제 꿈을 반려몽이라 믿었다. 당이를 운명이 정해준 제 반려라 믿었었다.

'하지만⋯⋯ 내가 처음 당이의 꿈을 꾼 건⋯⋯.'

당이를 만나고 난 후였다. 당이는 꿈속에서 어렸을 때부터 준형을 봐왔다고 말했지만, 정작 준형이 꿈에서 당이를 본 건 당이를 처음 만나고 얼마 안 되어서였다.

'그럼⋯⋯ 당이가, 그 사람이 어렸을 때 꿈속에서 보았던 나라는 건⋯⋯?'

준형은 잠시 저와 똑같은 얼굴을 보았다가, 이내 매달려 답을 구하는 심정으로 유 내관을 보았다. 그리고 알았다. 알고 말았다. 유 내관의 얼굴에 떠오른 동정심과 연민, 안쓰러움이 준형에게 정답을 알려주고 있었다.

참담한 누군가의 마음도 모른 채 밤은 여느 때처럼 소리도 없이 짙게 물들어가고 있었다.

"안 잤어?"

나갈 때 그러했듯이 다시 그림자처럼 소리 없이 궁궐 안으로 스며든 준형히 향한 곳은 꽃같이 어여쁜 제 님이 있는 연화당이었다.

"화장도 안 지우고…… 아니, 새로 한 건가?"

방문을 닫고 들어온 준형이 가까이 다가오지도 않고 방문 옆 벽에 기대서서 여느 때보다 훨씬 더 고와 보이는 다이에게 물었다.

"방금 했어요. 당신이 돌아올 시간이 된 것 같아서요."

"왜? 내가 언제 당신더러 화장하고 맞아달랬나?"

시비를 걸고자 하는 것인지, 아님 그냥 정말 궁금해서 그런 것인지 준형이 자꾸만 당이의 말끝에 질문을 덧붙이기 시작했다.

"당신한테 가장 어여뻐 보이고 싶어서지요."

"왜 내게 어여쁘게 보이고 싶은데?"

"그야 내가 당신을 연모하니까요."

당이는 제 말이 진심이라는 걸 증명이라도 하듯 사뿐히 몸을 일으켜, 벽에 기대선 준형에게 다가가 그 가슴에 얼굴을 묻었다.

"왜? 왜 나를 연모하는데?"

"……당신이니까요."

두근두근! 격렬히 뛰고 있는 준형의 심장 소리를 들으며 당이가 말했다.

평범한 사람도 아닌, 연모해서는 안 될 이유가 산더미 같이 많이 있는 준형이었지만, 연모할 수밖에 없는 이유는 그보다 더 많았다. 눈이, 코가, 귀가, 입술이, 손이, 가슴이, 심지어 온몸의 솜털 하나하나마저도 준형을 향해 반응했다. 준형을 보고 있는 순간에도 준형이 보고 싶어 죽을 것 같아 숨이 막혔다. 준형과 함께 있지 않는 순간을 상상만 해도 목이 타 죽을 것만 같았다. 조바심이 나고, 짜증이 나, 진저리가 쳐질 정도였다.

"아직도 겁이 나요? 내가 당신을 연모한다는 게 그렇게도 안 믿겨요?"

당이가 준형의 가슴에서 얼굴을 들고, 새빨간 입술과 눈을 촉촉하게 적신 채 준형을 보았다.

"내가 어떻게 확인시켜줘야, 다시는 그런 멍청한 질문을 안 할 거죠?"

"흐윽……."

준형의 얼굴이 울음을 터트리기 직전의 아이처럼 엉망으로 구겨졌다.

준형은 무서웠다. 정말로 소리 내어 울고 싶었다. 당이가 제 운명의 여인이 아니라는 건…… 믿고 싶지 않았다. 믿을 수가 없었다.

'안 돼, 안 믿어. 죽어도 안 믿어! 절대 안 믿어!'

제 불온한 의심을 떨치기 위해, 준형은 제 본능대로 움직였다. 당이를 안고선 재빨리 몸을 돌려 벽과 제 사이에 당이를 가둔 후 허기가 진 것처럼 정신없이 당이의 새빨간 입술에 덤벼들었다. 성급하고 조급하고 애타는 마음이 손이 되고, 눈이 되어 당이를 졸랐다. 간절히 바라는 마음이 형체 없는 발이 되어, 미로를 헤매다 간신히 찾아낸 출구를 향해 뛰어들 듯이 당이에게로 뛰어들었다.

자제심을 잃었다. 망설임도 잃었다. 바람이 나뭇잎을 스치듯, 물이 바위를 스치듯, 빛이 대지에 닿듯, 연모하는 마음과 마음이 스치고 부딪쳤다. 열 개의 손가락과 열 개의 손가락이 애절하게 엇갈렸다.

마침내 더는 욕망을 참을 수 없어진 준형은 당이 앞에 조아리고 앉아 허겁지겁 치마와 속치마를 함께 걷어 올렸다. 하여 곧 다가올 유혹을 기대하며 당이가 아랫입술을 깨물고 부끄러움을 견뎌내려 할 그때였다.

"읏!"

준형의 입에서 예상치 못한 신음이 터져 나오는가 싶더니 이내 준형이 놀란 눈을 들어 당이를 올려다보았다.

"……왜?"

흐트러진 눈으로 당이가 준형을 보았을 때, 준형의 눈은 다시 당이의 눈빛만큼 어지럽게 흐트러진 치맛자락 아래에 드러난 얇은 발목에 가 있었다.

새하얀 발목에 남은, 전보다 훨씬 짙어진 핏빛 멍을 노려보고 있었다.

"왜 안…… 없어졌어? 왜 아직도?"

"아……!"

준형이 무얼 보고 그러는지 알게 된 당이가 얼른 준형의 손에서 치맛자락을 뺏어 발목을 덮었다.

"괜찮아요. 곧 없어질 거예요. 멍이 다 그렇지요. 예상보다 오래……. 읏!"

준형을 안심시키기 위해 서둘러 변명을 하던 당이의 입에서 작은, 그러나 확실한 고통을 나타내는 비명이 터져 나왔다. 준형의 손이 머뭇머뭇, 그 손자국에 닿은 때문이었다.

"미, 미안."

준형이 얼른 손을 떼고는 비틀대며 일어서, 방문 쪽으로 갔다.

"어디 가요?"

"아…… 그냥, 좀 피곤해서. 그래. 피곤해서. 오, 오늘은 이만 돌아갈게."

준형이 저답지 않은 핑계를 대곤 허둥지둥 방문을 열고 나갔다. 탁, 소리나게 닫히는 방문을 보는 당이의 입가가 보일 듯 말 듯 미세하게 떨렸다.

'공자, 설마……?'

무엇인가에 생각이 미친 당이가 아직도 드러나 있는 제 발목을 보았다. 제가 원하지 않았음에도 불구하고 강제로 채워진 검붉은 족쇄를 보았다.

'설마, 다 알게 된 거예요?'

그렇지 않고선 준형이 당이 제게서 도망치듯 황급히 방을 나설 이유가 없었다. 단순히 아직도 남아 있는 멍 자국에 놀라 그런 거라곤 볼 수 없었다.

고작 이까짓 멍 때문에, 그것도 이전에 보아서 이미 알고 있는 멍 때문에 준형이 황급히 도망칠 이유가 없었다.

-왜 나를 연모해?

준형이 그렇게 물은 게 처음이 아니었지만, 이 밤의 물음이 좀 더 각별하고 좀 더 애틋하게 들렸던 것도 어쩌면 바로 그래서인지도 몰랐다.

'……'

잠시 원망스럽게 닫혀진 방문을 노려보던 당이가 스윽, 몸을 일으켰다.
'당신이 이렇게 나온다면…… 할 수가 없네요.'

"벌써 여러 차례 소빈마마께서 입궁하라는 명을 전해 오셨습니다."

그때 일산의 집에선 양씨 부인이 소박하지만 정갈한 술상을 가져와 마루에 내려놓고 있었다.

"흐흐흐. 또 약이 바짝 오르셨겠군."

일산은 아내가 술병을 들기 전에 자신이 먼저 술병을 들고선 아내 쪽에 놓인 술잔에 쪼르륵, 맑은 술을 따랐다.

"무진이는 자오?"

"자기는요. 벌써부터 내일 입궁할 생각에 잔뜩 들떠서 이 옷을 입었다, 저 옷을 입었다, 수선을 피우고 있답니다."

양씨 부인이 남편에게서 술병을 건네받고는 남편이 든 술잔에 얌전히 술을 따랐다. 이어 일산이 술잔을 기울이는 걸 보고선 자신 역시 홀짝 술잔을 기울였다. 고개를 외로 꼬거나 술 마시는 모습을 애써 숨기려 들지 않았다.

어쩌다 간혹, 이렇게 단둘이 마주 앉아 부부로서 말동무로서 반려로서 함께 술잔을 나누는 것이야말로 일산의 반려로서 양씨 부인에게 허락된 몇 안 되는 즐거움 중의 하나였다.

"그나저나 세 분 영감이 잘도 공자의 뜻에 따라주었네요. 그런데 혹시 나중에라도 뜻을 바꿀 염려는 없겠습니까?"

제법 쓴 술맛에 미간에 주름을 새기며 양씨 부인이 물었다. 저녁 무렵 귀가한 일산에게서 이미 김 부사와 그 아들이 어떻게 풀려날 수 있었는지를 들었기에 만약의 일을 염려한 것이었다.

"혹시 그들 중 누구라도 영천군 대감께 이번 일의 배후에 대해……"

"그럴 일은 없을 거요."

일산이 자신만만한 미소와 함께 딱 잘라 단정 지었다.

"그자들은 자신들의 수치를 숨기기 위해 사람을 죽게 하였거든. 그것도 다른 누가 억지로 시켜서가 아니라, 본인들 스스로의 의지로 말이오."

일산이 양씨 부인에게 그간의 일에 대해 자세히 말했다.

사실 처음부터 끝까지 모든 계획을 세운 것은 준형이었다.

"죽은 곰보 여편네가 미처 팔지 못한 금자염을 따로 빼돌려두었습니다. 그것으로 일을 꾸밀까 합니다."

세 중신들을 한패로 끌어들이기 위해, 그들의 약점을 잡을 필요가 있다며 준형은 비밀창고에 숨겨두었던 금자염을 이용하자고 제의해왔다.

일산에게서 세 중신의 성격이나, 가족사항, 인적사항 등을 자세히 들은 뒤 금자염을 팔 대상을 정한 것도, 그것으로 그들을 어찌 움직일지 계획한 것도 모두 준형이었다.

"약점을 잡고 있되, 절대 그것으로 협박해서는 안 됩니다. 막다른 곳에 몰리는 상황에 처하면 쥐도 고양이를 물지 않습니까? 하물며 그들에게는 영천군이라는 선택지가 남아 있습니다."

협박이라는, 그들의 자존심에 상처를 내는 방식을 택하면 그들은 그에 대한 반발로 영천군에게로 달려가 자신들이 구명할 방법을 찾으려 할지도 모른다- 준형은 그리 예상하였다.

"그러니 슬쩍 운만 띄우세요. 이런 일이 있는데 어찌하면 좋을까, 하고요. 그럼 그다음은 전부 그자들이 알아서 할 것입니다."

"과연 그럴까? 약을 대로 약은 자들이다. 노회할 대로 노회한 자들이야. 그만한 자리에 오르기 위해 단순히 시간만 까먹은 자들이 아니란 말이다. 그런 자들이 선뜻 네 뜻대로 움직여줄까?'

준형의 계획을 들은 일산은 조금 못 미더워했지만 준형은 자신이 세운 계획에 분명한 확신을 가지고 있었다.

"명분과 실리. 두 가지 조건이 갖춰졌으니 분명히 움직일 것입니다."

준형은 말했다.

금자염 밀매의 진범을 잡고, 억울하게 누명을 쓴 김 부사의 무죄를 밝히는 일은, 나라의 중신인 그들에게 명분을 주는 일이라고.

"거기다 이번 일이 잘 해결되면 그들은 금자염 밀매매에 연루된 아들과 애첩, 아내의 죄를 감출 수 있을 뿐 아니라, 장차 다음 대의 보위에 오를 세자와 모종의 밀약 관계에 놓이게 됩니다. 앞으로 그들의 전정에 어마어마한 도움이 될 이만한 실리를 놓치려 들까요?'

애초에 지금 상황에서 많은 신료들이 영천군의 눈치를 보는 건, 세자의 몸이 건강하지 않다는 점 때문이었다. 세자가 다음 대의 임금이 되리란 확신을 주지 못한 때문이었다. 설령, 다음 대의 임금이 되어서도 그 부실한 몸 때문에 결국 나라의 모든 일은 영천군의 뜻대로 움직이게 되는 건 아닐까 염려한 때문이었다.

"허나 이번 일을 기회로 그들은 알게 될 것입니다. 결코 '세자'가 그리 만만한 상대가 아니라는 것을요. 그러니 '세자'와의 밀약을 망설일 이유가 없지요."

실제로 모든 것은 준형의 예상, 아니 확신대로 흘러갔다.

일산이 시킨 대로 반회와 유 내관은 세 중신의 주변에 접근해 그들의 아내, 애첩, 아들을 부추겨 금자염을 사도록 하였다. 어느 날 운종가에 나타났다 홀연히 사라진 천하절색이 자주 쓰던 소금이 사실은 금자염이었다는 소문이 온 도성 안에 좌악 퍼졌던지라, 다행히 그들을 부추기는 건 일도 아니었다. 반회가 기방에 모인 세 중신을 찾아갔을 때도 마찬가지였다. 반회는 부러 세 중신에게 넌지시 황경이라는 자에 대한 이야기를 꺼냈다.

"지금 도성 모처에 있는 황경이라는 자는 본디 서해안의 크고 작은 염장(소금창고)들을 관리하는 자로, 죽은 장괴라는 놈에게서 그동안 크고 작은 뇌물을 받아 왔던 자입니다. 그자가 저희 집안을 눈엣가시로 여겨온 것은 아는 사람들은 다 아는 익히 알려진 사실이지요.”

　그러고선 자신과 세자저하는 그자가 이번 사건의 배후가 아닐까 의심하고 있지만, 증좌가 없어 참으로 난감해하고 있다고 슬쩍 한마디만 덧붙였을 뿐이었다. 그러자 준형이 예상한 대로 세 중신은 덥석, 그들의 눈앞에 드리워진 ‘명분과 실리’라는 미끼를 물었다.

　“어허, 그자가 진범이라면 당연히 잡아들여야지요.”

　“맞습니다. 샅샅이 뒤져보면 증좌 하나 못 찾으려고요.”

　대사헌과 형조판서가 그리 합을 맞추었다. 내키지 않는 기색이던 대사간 역시 나중에는 “죄만 명확하다면 증좌는 만들면 그뿐.”이라는 짧은 말로 함께할 의도를 분명히 했더랬다. 그리고 세 중신은 의외로 너무 싱겁게, 그것도 선뜻, 준형이 의도한 대로 자발적으로 머리를 모으기 시작했다.

　몇 가지 사실과 그럴듯한 거짓말 두어 가지를 섞어 완전한 거짓을 날조했다. 우선 대사헌과 형조판서는 전부터 내사해오던 전국의 염장들에 대한 비위(非違, 법에 어긋나는 일) 사실 중에 은근슬쩍 황경이라는 자에 대한 일을 끼워 넣었다. 이어 대사헌은 그 밤중으로 자신의 명이라면 죽으라는 명조차 그대로 받들 심복들을 보내, 황경을 쫓게 하였다.

　“그럼 그 황경이라는 작자가 죽은 것도 스스로 자진을 한 게 아니라 그들의 소행이란 말입니까?”

　양씨 부인은 남편이 들려준 이야기에 놀람을 금치 못했다. 하지만 뒤이은 일산의 말은 양씨 부인을 훨씬 더 놀라게 하였다.

　“아마 십중팔구는 대사간이 손을 썼을 것이오.”

　“네에? 서, 설마요. 그분처럼 점잖으신 분이 그런 일을!”

　“체면 하나 지키려고 제 부인이 몇 년 동안이나 부정을 저지르는 걸 눈감아온 양반이오. 독한 양반이외다. 그러니 일처리를 확실히 하기 위해선 무얼 어째야 하는지 제일 잘 알았을 것이고요.”

"······영감께서는 어찌 기분이 좋아 보이십니다?"

양씨 부인은 일산의 얼굴에 스치는 흐뭇한 기색을 놓치지 않고 물었다.

"좋지요. 좋다마다요. 준형이 말입니다. 참으로 장하지 않습니까. 그래요, 그만한 지략과 배포는 있어야지요. 목적을 위해서는 얼마든지 손에 피를 묻힐 각오가 있어야지요. 일국의 왕이 되기 위해서는 그 정도······."

"영감!"

양씨 부인이 기겁하여 일산의 말을 막았다.

"어쩌려고 이러십니까? 세자저하는 어쩌시려고요?"

"······어떻게든 되겠지요."

"영감! 무얼 하려 하시는 겁니까? 그러지 마세요. 그게 무엇이든 하지 마세요. 영감이 하는 일이라면 뭐든 못 본 체하였지만 이번 일은 다릅니다. 자칫하면 모두가 다칠 수 있어요!"

"왜요. 설마하니 이 손으로 저하를 어떻게 할까 봐서요?"

일산의 물음에 양씨 부인은 침묵으로 긍정의 답을 하였다. 사랑하기 그지없는 지아비였다. 일산을 연모하는 마음은 서로의 존재도 알지 못한 채 반려몽을 꾸었던 그 순간부터 지금까지 단 한 번도 변한 적이 없었다.

하지만 일산이 어떤 사람인지는 양씨 부인이 제일 잘 알았다. 원하는 것을 위해서라면 뭐든 눈 하나 깜짝 않고 해치워버릴 사람이란 걸 알았다.

앞뒤 가리지 않고, 다른 무엇보다 자기 욕망에 충실한 것, 그게 바로 늑대 혈족의 가장 큰 특징 중 하나였으니까.

"하하하하. 걱정 마시오. 저하 역시 우리 혈족의 한 사람이거늘, 내 어찌 내 손으로 저하를 해치겠소? 나는 누님과 다르다오."

일산은 제 욕망을 위해 제 친아들을 죽이려 했던 소빈과 자신은 다르다고 단언했다. 그런데도 양씨 부인의 눈에서 의혹과 의심은 거둬지지 않았다.

처음에 일산은 그저 궁금해서라고 하였다.

소문의 그 늑대가, 보름날에만 나타나는 그 늑대가 정말 자신들의 혈족이 맞는지 알아야만 한다고 했다. 그 늑대가 준형임을 확인하고 나서는 도대체 세자의 쌍둥이 아우인 준형에게 무슨 일이 있었는지 궁금해하였다. 또한 당이가 진짜 누구의 반려인지도 궁금해하였다.

그 모든 것을 그저 궁금해서라고, 참을 수 없는 호기심 때문이라고, 일산은 그리만 말했지 않은가? 하지만 점점 시간이 지나면서 일산의 눈에 다른 욕망이 깃들기 시작한 것을 알았다. 그 욕망은 자신의 앞에서 술잔을 기울이는 지금 이 순간에도 일산의 눈 안에서 위험하게 번뜩이고 있었다.

한편, 동궁전으로 돌아온 준형은 불도 켜지 않은 방 안에 앉아 자꾸만 귓속에서 웽웽대는 현의 말소리에 괴로워하고 있었다.

-거봐! 내 반려야! 내가 착각한 게, 내가 잘못 안 게 아니라고! 틀린 건 바로 너야. 네놈이란 말이다! 이제 알겠어? 내 사람을 중간에서 가로챈 게 바로 네놈이라고!

언제 반려몽이라는 걸 꾸었냐는 유 내관의 물음에 답하지 못하는 준형을 보며 현은 그럴 줄 알았다는 듯, 목소리를 높였더랬다.

-닥쳐. 난 반려몽 따위 안 믿어! 그 여자는 내 여자야. 하늘이 땅이 되고 땅이 바다가 되어도 그 사실은 변치 않아. 그 사람은 내 사람이야. 내 사람이라고!

준형이 그렇게 말하고 다시 방을 떠나려 했을 때, 현이 물어왔다.

-그러다 죽는다고 해도?

-……내가 죽는 것 따위를 두려워할 줄 알아?

-네가 아니라, 그 사람 말이다.

현은 얼굴 가득 준형을 향한 비웃음을 띠었다.

-어리석은 아우야. 늑대의 반려가 제 반려가 아닌 짝과 맺어지면 어찌 되는지, 알고나 있느냐?

이번에도 준형이 선뜻 답을 못하자 현이 "하하하하하하!" 하고 발작적인 웃음을 터트렸다. 물론 그 뒤엔 그 웃음만큼이나 긴 기침 소리를 토했지만.

-콜록콜록콜록!

-누가…… 죽는다는 거야?

반회의 품에 매달려 정신없이 기침을 해대는 현에게 준형이 물었다.

-다시 말해봐. 누가, 누가 죽느냐고!

-그 사람, 당이 낭자지. 누구겠어? 네가 그 사람 곁에 있는 한, 그 사람은 계속 끝없는 고통 속에 시달리게 될 거야. 그러다 언젠가는 그 고통이 그 사람을 미치게 하거나 죽이게 될 거야. 알아? 니 욕심이, 니 이기심이 결국은 당이 낭자를 죽이게 된단 말이다!

안 믿었다. 안 믿겠다고 결심했다. 그깟 거짓말에 속아 넘어가 당이를 포기하는 어리석은 짓은 않을 것이라 생각했다.

하지만 당이의 발목에 남겨진 멍 자국에 닿았을 때 흘러나온 당이의 신음엔, 분명 이제껏 미처 몰랐던 고통이 적나라하게 드러나 있었다. 새삼 진한 화장으로 가려진 얼굴이 전과 달리 많이 야윈 것도 눈에 들어왔다.

'그래서였어? 전에는 하지도 않던 화장을 진하게 하기 시작한 게…… 아프다는 걸 내게 숨기기 위해서였어?'

그러고 보니 비로소 떠올려지는 장면들이 있었다. 문득문득 얼굴이 굳어지던 당이의 모습이, 문득문득 갑자기 준형 자신의 가슴에 얼굴을 묻던 당이의 모습이, 아침 일찍도 밤늦게도 화장을 지우지 않고 있던 당이의 모습이 새삼스레 지독하게 선명한 모습으로 머릿속에 떠올랐다.

"아니 됩니다. 물러서십시오."

준형이 자기만의 생각에 갇혀 있을 때였다. 방문 밖에서 지밀인 김 상궁이 나직하게 이르는 소리가 들려왔다.

"저 방문을 못 열겠다면 당장 비켜서기나 해요. 내가 직접 열 테니까."

서늘하게 날이 선 당이의 목소리도 들려왔다.

"저하께서는 이미 침수에 드셨나이다. 그만 물러가시지요."

감 내관이 부드럽게 타이르는 소리도 들려왔다.

"감 내관, 비켜서세요. 날 막으려면 죽여야 할 겁니다."

당이는 감 내관에게마저 화를 내고 있었다. 준형은 어찌할 바를 모르고 그저 그 소리들을 듣고만 있었다. 오늘 밤은 이대로 당이와 얼굴을 마주하고 싶지 않은 게 준형의 솔직한 심정이었다. 해서 준형은 어두운 방 안에서 제 기척을 숨긴 채 방문만을 뚫어져라 노려보았다.

"당장 비켜서요!"

당이가 다시 뾰족하게 소리를 지르는가 싶더니 이내 방문이 활짝 열렸다.

"당이……."

"거봐요. 내가 깨어 있으실 거라고 했죠!"

제 손으로 직접 문을 열어젖힌 당이가 뒤도 돌아보지 않고 제 등 뒤에서 난감한 얼굴을 하고 있는 동궁전의 궁인들에게 말했다. 그러고선 성큼 방 안으로 들어와 두 손을 뒤로 하여 방문을 쾅, 닫았다. 초를 켜지 않아 어두운 방 안을 성큼성큼 걸어와 다짜고짜 준형의 멱살을 잡았다.

"당이?"

"이 멍청이를 진짜……!"

멱살을 잡고서도 분이 풀리지 않는 듯, 당이가 뿌드득 소리가 나도록 이를 갈더니 덥석 준형의 아랫입술을 깨물었다. 유혹의 의미 따위는 조금도 없는, 오직 아픔을 주기 위한 형벌로써 있는 힘껏 준형의 입술을 물었다.

"읏!"

생각지 못한 기습공격에 놀란 준형이 신음을 흘렸다. 물어뜯기고 있는 입술이 지끈하였다.

"흥!"

준형의 아픔이 느껴지는 신음에 당이가 만족한 얼굴로 준형의 입술을 놓아주었다.

"피 나요."

당이가 퉁명스럽게 말하고선 손등으로 제 입술을 쓰윽, 문질렀다. 그 바람에 입술에 붉게 칠해져 있던 연지가 입술 옆으로 길게 번졌다.

"피 난다고요."

당이는 물어뜯긴 입술에서 피가 나는데도 미동도 않고 저만 뚫어져라 보고 있는 준형을 노려보았다. 그래도 준형이 움직일 기미를 보이지 않자, 하는 수 없다는 듯 제 손으로 피를 닦아줄 생각에 준형에게로 손을 뻗었다.

순간, 흠칫하며 준형이 몸을 움츠렸다.

"하, 당신 정말……. 왜 이래요. 알고 있잖아요. 발목의 멍이 정 신경 쓰인다면 내가 스스로 발목을 잘라내겠다고 했잖아요! 벌써 다 잊었어요?"

"얼마나 아픈 거야? 아픈 게 발목만은 아닌 거지?"

답답한 듯 다시 제 멱살을 잡으려 덤벼드는 당이의 손을 피하며 준형이 물었다. 아니, 피한 건 손길만이 아니었다. 당이의 눈길을 피하기 위해 준형의 시선은 계속 방바닥으로 향해 있었다.

"아무 데도 안 아파요."

"언제까지 숨길 생각이었어?"

"밖에서 무슨 일이 있었던 거죠?"

당이의 물음은 물음이 아니라 확신에 찬 추궁이었다. 그런데도 준형은 제대로 답하지 않고 오직 제 이야기만 하였다.

"궁에 들어온 이후부터, 아니, 아니지. 그 전부터였지. 온궁에서 부터 계속 몸이 좋지 않았던 것도 다 그래서였어?"

"밖에서 누굴 만난 거예요?"

"내가…… 내가 당신 곁에 있었기 때문에? 그래서 계속 아팠던 거였어?"

"도대체 무슨 소릴 듣고 온 거냐고요!"

어둠 속에서 준형과 당이의 물음과 답이 계속 엇갈렸다. 서로가 각자의 말만 하였다.

"내가, 내가 바보였어. 멍청했어! 괜찮다는 당신 말만 믿고 확인할 생각도 안 해보다니……."

"날 봐요."

"왜 숨겼던 거야?"

"제대로 날 좀 보고 이야기하라고요."

"다 알고서 숨긴 거지? 그 상처와 고통들이 무얼 뜻하는지, 당신은 진작 알고 있었던 거지?"

"……"

당이는 질문을 멈췄다. 지금 준형은 제대로 대화를 할 상태가 아니었다.

"언제부터야? 언제 그 사람이 진짜 당신 반려라는 걸 알았어? 언제 내, 내가…… 당신 진짜 반려가 아닌 걸 알……."

찰싹! 절대 해서는 안 될 말까지 하고 마는 준형의 두 뺨을, 당이가 양쪽 손으로 힘차게 때렸다. 그 소리가 어찌나 컸던지 방을 가로질러 방문 밖에까지 들린 모양이었다.

"저하!"

"저하?"

김 상궁과 감 내관의 놀란 말소리가 동시에 들려왔으니 말이다.

"저하, 방문을 열겠나이다!"

"들어오지 말라고 해요."

여전히 두 손은 준형의 두 뺨에 댄 채, 두 눈은 준형에게 고정한 채, 당이가 준형에게 명령했다.

"……들어오지 마."

준형은 여전히 당이의 눈을 피하며, 방문 밖을 향해 명했다.

"저하!"

"주위를 물러라. 감 내관, 아무도 이 방에 가까이 다가오지 못하게 해."

"……예, 저하."

내키지 않는 목소리였지만, 감 내관이 순순히 답했다. 그리고 방문 밖에서 감 내관과 김 상궁의 지휘 아래 궁인들이 물러가는 소리들이 들려왔다.

그제야 당이가 다시 캐물었다.

"말해요. 밖에서 무슨 소릴 들었죠?"

"……."

"말하라고요!"

"당신이…… 내 반려가 아니래. 반려가 아닌 내 곁에 있는 이상…… 당신은 계속 고통 받을 거래. 그러다 죽……."

준형은 당이가 제 곁에 있어서 죽을 수도 있다는 말을, 죽게 될지도 모른다는 말을 할 수 없어 입을 다물었다. 당이가 대신 준형의 말을 이었다.

"그래서 결국은 내가 죽게 된다고요?"

"……."

"날 봐요!"

당이가 다시 날카롭게 명했다. 그제야 주춤주춤 준형이 눈을 들어 당이를 보았다. 비록 방 안은 어둡기 그지없었지만 가까이 있는 덕분에 당이는 준형의 눈에 떠오른 감정들을 모두 읽을 수 있었다.

겁이, 두려움이 가득한 눈이었다. 당이를 잃을 것이 두려워 잔뜩 겁에 질린 눈이었다. 너무 안쓰러워, 너무 가여워, 와락 안아주고픈 생각이 들게 하는 눈이었다. 하지만 당이는 준형을, 제 가여운 사내를 힘껏 안아주는 대신, 부러 더 차갑게 따져 물었다.

"그래서요? 설령 당신 말이 다 맞는다고 쳐요."

제 말을 부인하지 않고 그대로 맞받아치는 당이의 말에 준형의 눈빛이 또 한 번 눈에 띄게 흔들렸다. 아랑곳하지 않고 당이는 계속 몰아붙였다.

"그래서 어쩌라고요. 뭘 어쩌길 바라는데요? 그냥 계속 당신 하는 대로 두고만 봐요? 당신이 뭘 어쩌든, 가만히 있어요? 오라고 하면 기꺼이 가고, 날 뿌리치면 또 그대로 다시 오라고 할 때까지 얌전히 기다릴까요?"

"당이, 난……."

"말해요. 내가 어쩌길 바라는데요!"

"당이!"

준형이 와락, 당이를 끌어안았다. 당이의 몸이 부서져라 꽉, 끌어안았다.

서로의 가슴과 가슴이 맞닿아 짓눌리도록, 잠깐이지만 당이의 숨이 턱 막힐 정도로 강하게 끌어안았다. 가는 어깨에 얼굴을 깊게 묻었다.

마음의 동요를 나타내듯, 준형의 온몸은 가늘게 흔들리고 있었다.

"공자……."

안쓰럽고 가여운 마음에 더는 냉정을 가장할 수 없어진 당이가 손을 들어 제 어깨에 기대어 있는 준형의 머리를 쓰다듬으려 할 때였다.

"……쳐."

준형이 무엇인가를 말했다. 하지만 당이의 어깨에 얼굴을 묻고 있는지라, 준형이 무어라 말한 건지 당이는 잘 알아들을 수가 없었다.

"뭐라고요?"

당이의 물음에, 준형이 당이의 어깨에서 천천히 고개를 들며 말했다.

"……도망쳐줘."

준형의 얼굴은 어둠 속에서도 알아볼 수 있을 만큼 유난히 하얗게 굳어 있었다.

"부탁이야. 나한테서 도망쳐줘."

"그게 무슨……?"

"제발!"

준형이 거칠게 고개를 흔들었다. 그러더니 끌어안을 때 그랬던 것처럼, 갑작스럽게 당이의 몸을 밀어내었다.

"도망치라고. 못 알아듣겠어? 나한테서 도망가란 말이야!"

순간, 당이의 얼굴도 준형의 얼굴만큼이나 하얗게 굳어갔다. 뜨거워진 몸에 누군가 갑자기 찬물을 끼얹은 것처럼, 잠시 얼이 빠진 얼굴이 되었다.

"내 곁에 있으면 당신은 계속 아플 거야. 정말 죽을지도 몰라. 아닐 거라고 생각했어. 다 거짓말이라고, 당신을 내게서 빼앗으려 하는 술책일 거라 생각했어. 그런데 난…… 이제 자신이 없어."

준형의 입에선, 이제 마치 봇물이 터진 것처럼 격해진 감정이 말이 되어 터져 나왔다.

"나는 겁쟁이야! 나는 비겁해! 나는 죽어도! 죽어도…… 나 때문에 당신이 고통 받는 걸 볼 자신이 없어. 당신이 나 때문에 죽을지도 모른다는 걸 매번 매 순간 떠올리며 살 자신이 없어. 그러니 당신이 도망쳐줘. 당신이 나를 버려줘. 제발…… 제발…… 읏……."

더는 참지 못하고, 준형의 눈에서 뜨거운 눈물이 흘러넘쳤다. 차갑게 식어 있던 준형의 얼굴을 데일 것처럼 뜨거운 눈물이 가득 적셨다.

그런 준형을 본 당이의 입술은 무언가를 말하려는 듯 몇 번 움찔거렸지만, 결국 그냥 닫히고 말았다.

"알았어요."

한참 동안 준형의 흐느낌을 보고만 있던 당이가 준형이 듣기를 원하는, 아니 솔직히 말하면 가장 듣고 싶지 않은 답을 해주었다.

"당신이 원하는 대로 해줄게요."

당이가 소리도 없이 몸을 일으킨 후 들어올 때와 똑같이 성큼성큼 방을 가로질렀다. 고개를 숙인 채 눈물을 흘리고 있는 준형의 귀에 방문이 열렸다 닫히는 소리가 났다.

"당이……."

준형의 몸이 움찔하였다. 당장이라도 뛰쳐나가 당이를 붙잡고 말하고 싶었다. 아니라고. 도망치지 말아달라고. 제발 나를 버리지 말아달라고. 내 곁에 있어달라고. 미안하지만, 죽을 만큼 미안하지만 아무리 아파도, 설령 무슨 일이 생긴다 해도 내 곁에 있어달라고. 어떻게든 방법을 찾아볼 것이라고. 어떻게든 우리가 함께할 수 있는 방법을 찾아볼 것이라고. 그러니 아프고 괴롭더라도, 고통스럽더라도, 제발 나를 믿고 옆에 있어 달라고…… 애원하고 싶었다.

준형이 그리 말하면 당이는 반드시 그래줄 것이었다. 얼마나 아프든, 얼마나 고통스럽든, 준형의 곁에 있을 것이었다. 설사 눈앞에 죽음이 닥쳐오더라도 하나도 무섭지 않다는 얼굴로 준형을 향해 웃어줄 것이었다. 그걸 알기에, 너무 잘 알기에 준형은 그럴 수 없었다.

'그러면 안 되잖아. 당신한테 내가 그래서는 안 되잖아!'

준형은 상처 입은 짐승이 내는 것과 같은 기괴한 소리를 내며 몸을 둥글게 웅크리곤 두 손으로 제 몸을 단단히 감쌌다.

"으으으읏……!"

당장이라도 뛰쳐나가려 하는 제 몸을 제압하기 위해서였다. 산 채로 팔다리가 뜯겨나가는 것만 같은 아픔을 견디기 위해서였다.

'당이. 당이……! 당이!'

"마마. 마마?"

"으응. 응?"

이런저런 생각에 잠 못 이루다 밤늦게야 설핏, 잠에 빠졌던 소빈은 저를 깨우는 상궁의 말소리에 기겁을 하고 일어났다.

"왜? 전하께, 전하께 무슨 일이라도 생긴 것이냐?"

단번에 벌떡, 일어나 앉은 소빈이 저를 깨운 상궁에게 놀라 물었다.

"아니옵니다. 그런 것이 아니라……."

상궁이 어려워 말을 흐리는데 방문 밖에서 귀에 익은 목소리가 들려왔다.

"마마, 소녀가 마마께 드릴 말씀이 있어 이 밤에 찾아뵈었나이다."

"어허. 이러시면 곤란합니다. 감히 여기가 어디라고 이리 소란을 피우시는 겁니까?"

양의당의 상궁이 말리는 목소리도 들려왔다. 소빈은 여간해서는 없었던, 아니 자신이 궁에 들어온 이후로 처음 맞는 소란스러움에 바로 곁에 앉아 있는 상궁에게 물었다.

"누구냐? 누가 와서 저리 소란을 피우는 것이냐?"

"연화당입니다. 마마께서 침수에 드셨다 하였는데도 꼭 뵈어야 한다며."

"뭐야?"

저를 찾아와 소란을 피우는 것이 당이임을 알게 된 소빈의 얼굴이 불쾌함에 일그러졌다. 그리고 그 불쾌함은 바로 곁에 있는 상궁에게 신경질을 내는 것으로 분출되었다.

"도대체 자네는 뭐 하는 자인가? 이 밤중에 아무나 와서 찾는다고 나를 깨워? 궁중의 법도가 땅에 떨어져도 유분수지, 어찌 아랫것이 웃전을 찾아와 저리 소란을 피울 수 있는 것인가? 아니면 전하께서 저리 계신다고 너희들까지 나를 무시하는 것이냐!"

"마마, 그럴 리가 있겠사옵니까."

상궁이 죽을상을 하고는 있는 대로 변명을 늘어놓았다. 온화하고 가녀린 겉모습 뒤에 숨겨져 있는 소빈의 본성을 누구보다 잘 알기 때문이었다.

"그런 것이 아니오라 워낙 급하게 찾는지라, 또한 그 행색이 워낙 심상치 않은지라, 마마께 고하지 않고 돌려보내면 오히려 꾸중하실까 두려워……."

"행색이라니?"

소빈이 되묻는 중에도 방문 밖에서는 소빈을 찾는 당이의 목소리가 연이어 들려왔다.

"마마! 소빈마마! 소녀가 드릴 말씀이 있어 찾아왔나이다. 소빈마마!"

"쯧쯧쯧. 도대체 이 야밤에 무슨 할 말이 있다는 것인지! 들라 하여라!"

짜증스럽게 명한 후, 소빈이 흐트러진 머리를 대충 손으로 수습하고 있을 때 방문이 열리고 당이가 방 안으로 들어섰다.

"으응?"

당이를 본 소빈이 눈살을 찌푸렸다. 그제야 제 상궁이 왜 당이의 행색 운운했는지를 알게 된 것이다.

당이의 모습은 그야말로 가관이었다. 입술의 연지는 길게 옆으로 번져 있었고, 눈썹먹으로 진하게 색칠한 것 같은 눈썹도 볼썽사납게 군데군데 지워져 있었다. 하지만 무엇보다도 제일 신경에 거슬리는 건 어쩐지 악에 받친 듯 보이는 눈이었다.

조금도 순순해 보이지 않는 눈. 세자의 생모인 자신에 대한 조금의 경외심도 보이지 않는 눈. 그 눈이 소빈의 심기를 심하게 거슬리고 있었다.

"나를 보자 했다고?"

"예, 드릴 말씀이 있습니다."

소빈의 물음에 당이는 예도 표하지 않고 소빈의 맞은편에 떡하니 자리 잡고 앉은 채 제 용건을 꺼내었다.

"내일 당장 저를 출궁시켜주십시오."

"무어라?"

"못 들으셨습니까? 내일 저를 궁에서 나가게 해달란 말씀입니다."

"……하하하하하!"

당이의 말이 끝나자마자 소빈이 웃음을 터트렸다. 단순히 어이없어 웃는 헛웃음이 아니라 진실로 웃겨서 못 견디겠다는 듯, 한참을 그것도 깔깔깔 소리까지 내며 웃었다.

"참으로 맹랑한 년이구나."

소빈은 옷고름으로 웃느라 눈에 맺힌 눈물을 닦아내며 말했다.

"동궁전에서 오는 길이냐?"

"……그렇습니다."

"왜, 그 아이…… 세자와 사랑다툼이라도 한 것이더냐?"

마치 인자한 시어미라도 되는 양, 부드러운 말로 당이에게 묻던 소빈의 얼굴은 당이의 답을 기다릴 새도 없이 금세 험악해졌다.

"네 이년! 네 감히 뉘 앞이라고 함부로 그따위 망발을 입에 담는 것이냐? 이 궁궐이 네년이 원한다고 해서 함부로 드나들 수 있는 곳이더냐? 무어라? 출궁을 원해? 이런 괘씸한! 내 살다 살다 너같이 방자한 것은 처음 보느니!"

"물론 보통의 궁인들이라면 가당치 못한 일이겠지요. 하지만 저는 다르지 않습니까?"

소빈이 매섭게 나무랐지만 당이는 눈 하나 까딱하지 않고, 그런 소빈을 당당히 마주 보았다.

"다르다?"

"다르지요. 잊으셨습니까? 제가 왜, 어찌하여 궁에 들어오게 된 것인지."

당이는 슬쩍, 소빈 옆의 상궁에게로 시선을 돌렸다 다시 소빈을 본 후 거만하게 눈썹을 들어 올렸다. 상궁의 앞에서 계속해도 좋겠냐는 뜻이었다.

"네…… 네…… 이년……!"

저를 협박하는 것이 분명한 당이의 말에 소빈의 얼굴이 급격히 일그러졌다. 하지만 결국 상궁 나인들을 모두 물릴 수밖에 없었다. 당이가 하려는 이야기가 자신들이 지키고 있는 비밀과 관련된 것이 분명하였으니까.

"도대체 이게 무슨 짓이냐?"

모든 궁인들이 물러간 후, 소빈이 치밀어 오르는 분노를 꾹꾹 누르며 당이에게 물었다.

"무얼 어쩌자는 거야? 준형…… 그 애는 네가 이러는 걸 알고 있느냐?"

"공자가 먼저 원한 일입니다. 그러니 내일 당장 저를 출궁시켜주십시오. 마마께서는 반드시 그래주셔야 합니다. 안 그러면……."

당이가 이번에도 협박의 의미로 잠시 말을 멈췄다.

"안 그러면 뭐!"

"안 그러면…… 마마께 매우 곤란한 일이 생기실 테니까요."

"이, 이런 고약한!"

아이처럼 무작정 떼를 쓰다 못해 이젠 대놓고 저를 겁박하는 당이를 보고, 소빈은 이번에야말로 기가 막혀 말을 잇지 못했다. 그러나 당이의 겁박은 계속되었다.

"마마께선 제 청을 들어주셔야 합니다. 전 이미 죽음을 각오했사오나 마마께선 그러지 아니하시니 지켜야 하실 것이 많지 않습니까?"

"정말 죽고 싶은 게냐?"

소빈이 분노로 부들부들 몸을 떨며 물었다. 소빈이 보기에 지금 당이란 이 계집은 미친 게 분명했다. 미치지 않고서는 감히 저 따위가 소빈 자신을 이런 식으로 겁박할 수가 없었다. 미쳐서 아무것도 보이지 않는 게 아니라면, 감히 아무것도 아닌 천한 계집애 따위가 임금의 총비이자, 세자의 생모인 자신을 이리 능욕할 수가 없었다.

"네 지금 뉘를 협박하는지 알기나 하고 이러는 것이야!"

"알다마다요. 숨기는 것이 많아 그만큼 약점도 많으신 분을 겁박하고 있지요. 왜요. 분하십니까? 저 같은 천한 것한테 이런 수모를 당하시는 게?"

소빈의 분노에 찬 물음에 당이는 소빈의 속이 한껏 뒤집어지도록 얼굴 가득 미소를 띠며 답했다.

"너, 너엇⋯⋯!"

"하지만 마마께선 그저 분하게만 생각하고 계시면 안 됩니다. 일단 너무 많은 걸 알고 있는, 이년의 입을 막으실 생각을 하셔야지요. 저를 죽이시든가, 제가 원하는 걸 들어주시든가 해서요."

"⋯⋯그럼 나는 너를 죽여야겠구나."

이를 악문 채 소빈이 정말 당장 이 자리에서 죽일 것 같은 눈으로 당이를 노려보았다.

"원하시는 대로 하시옵소서."

당이가 까딱, 고개를 숙여 보이며 소빈을 비웃었다.

"허나 제가 누구인지는 마마께서도 잘 알고 계시지 않습니까? 제가 바로⋯⋯."

당이가 일부러 목소리를 낮추고, 소빈을 향해 몸을 기울인 채 의기양양한 얼굴로 말했다.

"늑대의 반려입니다. 그것도 공교롭게도 스스로가 저의 반려라고 자처하시는 분이 두 분이나 있는 몸이지요. 만약 마마께서 저를 죽이신다면 두 분

중 누가 더 분노하실까요?"

당이의 말에 소빈은 제 목 뒷줄기가 쭈뼛 서는 걸 느꼈다. 분하지만, 당이의 말이 다 맞았다. 만약 자신이 당이를 죽인다면, 그것을 준형이나 현이 알게 된다면 절대, 하늘이 두 쪽이 나도 자신을 용서치 않을 것이기 때문이었다. 또한 더욱 두려운 건 당이의 말처럼 과연 둘 중 누구의 분노가 더 클 것인지 알 수 없다는 점이었다. 당이의 진짜 반려의 상대인 현일지, 아니면 늑대로서의 본능이 더 강한 준형일지 소빈은 전혀 짐작도 가지 않았다. 둘 중 누가 더 무서울지도 마찬가지였다.

그런데도 소빈은 끝까지 허세를 부렸다. 당이에게 지고 싶지 않아서였다. 하찮은 계집애의 손에 휘둘리고 싶지 않아서였다. 해서 일부러 떨리는 턱을 치켜든 채, 아무렇지 않음을 가장하였다.

"흥. 어리석은 것. 내게 그깟 협박이 통할 성싶더냐? 네가 비밀을 밝히면 나만 곤란해질 것 같더냐? 너는 물론이요, 그 아이와 그 아이가 그리도 아끼는 김 부사와 그 가족 모두가 죽고 말 텐데?"

"아니지요."

"아니라니?"

"그분들이 전부가 아니질 않습니까. 제가 비밀을 밝히면 소빈마마의 친정 아우이신 부정 어른과 그 식솔들, 그리고 전국 각지에 흩어져 있는 늑대혈족들까지 전부 위험해지는 것이 아니겠습니까? 소빈마마도 물론이고요."

"흐읏."

당황스러워하는 꼴은 보이지 말자 다짐한 것을 깜빡 잊고서, 소빈이 급하게 숨을 들이마셨다.

"옛날 옛적 선대에 선대, 그 이전의 임금께서 내리신 명은 아직도 유효하다고 알고 있습니다. 모든 늑대혈족들은 발견 즉시 사살할 것. 아니옵니까?"

"너……."

생각보다 더 많은 비밀을 알고 있는 당이의 말 한마디, 한마디에 소빈은 발끝에서 온몸의 피가 솔솔 새어나가는 듯 급격한 현기증을 느꼈다.

"뭐, 소빈마마께는 그 모든 혈족들보다 세자저하 한 분이 더욱 소중하시겠지만 말입니다."

졌다. 지고 말았다. 예상하고 있었지만 기어이 '세자'란 말이 당이의 입에서 나온 순간, 소빈은 패배를 인정할 수밖에 없었다.

"허나 저는 마마와 다른 것을요. 이미 죽기를 각오하였으니 두려울 게 뭐가 있겠습니까? 저승 길동무가 많아지면 외롭지 않아 기쁠 뿐이지요."

이미 제가 승리한 줄도 모르고 당이가 한마디를 더 내어놓았다.

"……그, 그래서, 나더러 뭘 어쩌라고!"

소빈이 울컥하여 외쳤다. 이제 정말 다른 방법이 없었다. 당이가 원하는 대로 따를 수밖에. 행색이 행색인지라 더욱 미친 것 같아 보이는 발칙한 계집의 뜻대로 따르는 것 외엔 다른 방법이 보이지 않았다.

그리고 소빈에겐 치욕적일 수밖에 없는 시간들이 지났다. 그 시간 동안 당이는 소빈이 자신을 위해 해주어야 할 일들을 자세히 일러주었다.

"그 아이도 중신들을 협박하여 김 부사를 풀어줬다더니, 네년은 나를 겁박하여 원하는 걸 취하는구나. 어쩜 하는 짓들이 이렇게도 상스러운지."

원하는 대로 해주겠단 약속을 받은 뒤, 방을 나서려는 당이의 등에 대고 소빈은 경멸을 숨기려 하지 않고 한껏 비아냥거렸다. 흙탕물에 짓이겨진 제 자존심을 조금이나마 일으켜 세우기 위해서였다. 그러나 당이는 그조차 순순히 봐주지 않았다.

"저희가 아무리 상스러운들, 소빈마마만 할까요? 흥,"

끝의 끝까지 소빈의 속을 뒤집고 난 후, 당이가 방문을 나섰다.

"으으으으! 으으으윗!"

분해 어쩔 줄 몰라 부득부득 이를 가는 소빈을 뒤로하고서 사뿐사뿐 걸어나갔다.

제8장. 출궁

모두에게 특별한 의미가 될 날이 밝았다.

일산이 아내 양씨 부인과 아들 무진을 데리고서 궁궐에 들었을 때 궁궐은 마치 도둑맞은 집구석인 양 온통 뒤숭숭하기만 하였다. 입이 무거워야 한다는 계율이 무색하게 입이 싼 궁인들은 저마다 갑자기 출궁을 하게 된 연화당 마마님의 일로 부지런히 입방아들을 찧어댔다.

"아니, 왜요? 세자저하께서 그리 총애하셨는데 왜 갑자기?"

"간밤에 동궁전이 한바탕 뒤집어졌다는 얘기 못 들었소?"

"아, 그거. 어젯밤에 연화당마마님이 저하께서 부르지도 않으셨는데 쳐들어가셨다면서요? 감 내관어른과 김 상궁마마님께서도 죽어라 말리는데도 기어이 저하가 주무시고 계신 방문을 발로 박차고 들어가 한바탕 난리를 치셨다는 얘긴 들었지요."

"그럼 그 얘기도 들으셨겠네요? 연화당마마님이 그 밤중에 양의당으로 쫓아가 소빈마마께 눈물로 통사정을 하였다는 얘기요."

"소빈마마께요? 그건 또 왜요?"

"간밤에 저하께서 연화당마마님더러 너는 네 꼴을 싫다 하시며 당장 궁을 나가라고 성화를 부리셨답니다. 그래서 연화당마마님이 소빈마마께 저하의 마음 좀 돌려주십사 무릎을 꿇고 눈물로 빌었대요!"

"에휴…… 쯧쯧. 불쌍하기도 하셔라. 그런다고 한번 돌아선 사내 마음이 다시 돌아설까요? 원래 우리 저하, 한눈에 반하기도 잘하시지만 언제 그랬냐는 듯 칼같이 돌아서시는 분 아닙니까?"

"하긴 지난번 그 의녀에 이어 이번이 벌써 두 번째네요."

화정의 건도 있다 보니 세자가 연화당마마님에게 싫증이 나 당장 출궁하라 명하였다는 소문은 꽤나 신빙성 있게 궁녀들의 입에 오르내렸다. 하지만 그런 소문들은 양의당의 상궁이 전해준 이야기에 삽시간에 사그라졌다.

"무슨 소리들인가? 저하를 어찌 보고 그런 망발들이야. 정말로 사실이 그리 궁금한가? 그럼 내 알려주지! 실은 연화당마마님께서 어젯밤에 직접 우리 마마를 찾아와 통사정을 하였다네. 병든 몸으로 차마 저하를 모실 수 없으니 궁 밖으로 내쳐달라고."

"예에? 연화당마마님이 편찮으시다고요?"

"마마께서도 너무 뜻밖의 말인지라 깜짝 놀라셨네. 허나 그간의 사정을 모두 전해 들으시고는 그 마음을 갸륵히 여겨 출궁을 허락해주신 거라네."

양의당 상궁이 자신이 직접 보고 들었다며 전한 그간의 사정은 이랬다.

"연화당마마님은 입궁한 이후부터 줄곧 원인 모를 병에 시달리셨는데 저하나 다른 웃전 마마들께 걱정을 끼칠 것이 두려워 아픈 것을 숨기고 있었다네. 그간 마마님의 화장이 점점 짙어져 갔던 것도 실은 병으로 인해 창백하고 여윈 얼굴을 가리기 위해 부러 그리한 것이라더군. 하지만 세자저하의 신열이 오른 것을 보고, 마마님은 모두가 병이 든 자신이 저하를 모시어 그런 거라 자책하시어 직접 동궁전에 들어 저하께 스스로 출궁을 하겠다 말씀드린 거라네."

그리하여 하는 수 없어진 소빈마마께서 병이 나을 때까지만 바깥에 나가 있으라 허락해주신 것이라고, 상궁은 꼭 누가 전하라 한 것처럼 상세히 사건의 전말을 궁 여기저기에 떠들고 다녔다.

"아, 아니. 그런 거면 궐 안에서 병을 고치게 하셔도 되는 거 아닙니까?"

속 모르는 누군가가 양의당의 상궁에게 그리 물었을 때도 양의당의 상궁은 괜히 펄쩍 뛰며 과장되다 싶게 목소리를 높였다.

"지금 궁궐이 어떤 상황이오? 전하와 저하가 모두 편찮으신데, 어찌 아픈 여인까지 궁궐 안에 그대로 둘 수 있겠소? 연화당마마님께서도 스스로 그것을 걱정하여 출궁을 애원하신 것을. 어찌 몰라주신단 말이오!"

그리 양의당의 상궁이 쓸데없이 추측으로 가득한 소문들에 입이 바쁜 궁인들을 엄히 나무라는 동안, 일산은 양의당에 들러 제 누이 소빈에게 도대체 무슨 소린지를 캐묻고 있었다.

"연화당을…… 홍 낭자를 출궁시킨다는 게 다 무슨 소리입니까?"

"어차피 일이 끝나면 출궁할 아이가 아니지 않았더냐? 그래서 정식 첩지도 내리지 않았던 것이고."

"그러니까 묻는 것입니다. 아직 일이 끝나지도 않았는데 왜……."

"제 년이 스스로 나가겠다고 한 거야! 내가 등을 떠민 것이 아니라고!"

어젯밤 당이에게 당한 수모에 있는 대로 성질이 난 소빈이 괜히 제 아우에게 신경질을 내었다.

"준…… 저하는 무어라 하셨습니까?"

"몰라. 이미 아침에 그 아일 출궁시킨다 전했는데 가타부타 한마디도 없어. 그러니 상관할 게 뭐야. 그보다……."

소빈이 갑자기 말소리를 줄인 뒤 일산에게 다가앉았다.

"어떡하고 있니? 아프진 않니? 열은 안 올랐어? 잘 있는 건 맞아?"

'이런, 이런…….'

현에 대한 걱정으로 안쓰럽게 눈물을 글썽이는 소빈을 보며 일산은 보일 듯 말듯 쓴웃음을 지었다. 똑같은 아들인데도 여전히 소빈의 머릿속엔 현에 대한 걱정밖에 없음을 한심하게 여긴 것이다.

그런 일산의 속내도 모르고 소빈이 옷고름을 들어 눈에 고인 눈물을 찍어낸 후, 작은 소리로 은밀하게 일렀다.

"당이 그 계집을 잘 감시하거라. 세자에게 접근하지 못하도록 잘 살펴야 해. 그리고 언젠가 틈을 보아 그 계집을……."

굳어진 일산의 얼굴을 보고 소빈이 말끝을 흐렸지만 그 말뜻은 확실하게 일산에게 전해졌다. 당이를 없애라. 지금 소빈은 그것을 주문한 것이었다.

"누님! 지금 무슨 소릴 하시는 겁니까? 그게 가능할 리 없지 않습니까?"

"불가능할 게 뭐야. 너라면 쥐도 새도 모르게 그 아일 없애는 것쯤은 일도 아닐 터."

"누님!"

"너답지 않게 뭘 그리 펄쩍 뛰느냐. 이제껏 한 번도 사람을 안 죽여본 것처럼."

"홍 낭자가 그냥 보통 사람입니까? 늑대의 반려입니다! 그것도……."

"그것도 내 아들 둘이 모두 제 반려라 철석같이 믿고 있는 아이지."

소빈이 어금니를 꽉 깨물며 말을 뱉었다.

"그래서 더더욱 그 아일 살려둘 수가 없다는 것이다. 세자의 반려인 주제에 이미 준형과 통정을 한 아이다. 뭣도 모르고 그 계집을 제 반려라 믿고 있는 준형이가 이제 그 아이를 포기할 수 있을까? 세자는 또 어떻고?"

현에 대한 대목에 이르자, 소빈의 턱은 새삼 당이에 대해 치밀어 오르는 분노에 떨림을 참지 못하고 작은 경련을 일으켰다.

"제 반려를 준형에게 뺏긴 세자의 심정은 얼마나 참담하겠느냐? 절대 가질 수 없는 존재가 된 제 반려를 보는 그 심정은 얼마나 비통하겠느냐? 거기다 만약, 그래도 상관없다고, 차마 가져서는 안 될 마음을 가지게 되기라도 하면……."

소빈은 거칠게 고개를 저었다.

"안 되지. 절대 있어선 안 되는 일이다. 그 아이 때문에 세자를 망칠 순 없어. 그러니 방법은 하나뿐, 그 아이를 없애야 해. 그래야 모두가 살아!"

모두를 위해서라고 말을 하면서도 정작 소빈의 얼굴에 제일 뚜렷이 드러난 감정은 증오였다.

'무엇 때문에 저리 화가 나신 거지? 간밤에 무슨 일이라도 있었던 건가?'

일산은 궁금했다. 궁금한 건 또 있었다.

'정말 홍 낭자만 없애면 됩니까? 정말 그게 다입니까? 모든 일이 끝난 후에는 준형마저 없애실 생각은 아니시고요?'

"왜, 대답이 없어? 너도 이 수밖에 없다는 걸 알잖아!"

"……세상에, 누님. 그 뒷감당은 어쩌시려고요?"

일산 또한 소빈처럼 이를 악물어 말소리를 줄였다.

"그래요. 설령 제가 아무도 모르게 홍 낭자를 없앨 수 있다고 쳐요. 그럼 그 뒤에 저하는 또 어쩌시려고요? 아시지 않습니까? 우리 혈족은 일생 동안 오직 한 사람, 그 반려만을 진정한 짝으로……."

"그래서 뭐! 진정한 짝이 아니면 그게 뭐? 일평생 다른 사람을 연모하지 않으면, 그게 뭐! 그래도 사내는 상관없다. 사내들은 본디 마음이 없어도 얼마든지 다른 계집을 품을 수가 있어. 실제로도 그랬지 않느냐? 세자는 세자빈을 품었고 그 천한 의녀도 품었다. 앞으로도 그러면 돼. 마음이 없어도 그만이야. 새로 빈을 얻고 그 사이에서 어떻게든 자손만 얻으면 돼. 그깟 반려가 없어도 죽지는 않아!"

"……그래서 정말 죽이라고요? 세자와 준형의 마음이 어떤 지옥을 걷게 되든 상관없이 홍 낭자를 죽여 없애라고요?"

뻔히 답을 알면서도 마지막으로 한 번 더 소빈의 답을 확인하기 위해 일산이 굳은 얼굴로 물었다.

제 어머니와 외숙이 무슨 이야기를 하는지도 모르고, 그때 준형은 처음 보는 어린 제 사촌동생을 한창 다그치고 있었다.

"말하라고 했잖아. 방금 누구를 만나, 무슨 소리를 듣고 왔다고?"

준형의 앞에 있는 건 조금 전 양씨 부인과 함께 동궁전에 든 일산의 아들 무진이었다. 동궁전 침전 안까지 들어온 게 처음이라는 꼬맹이는 들뜬 얼굴로 연신 침전 안의 여기저기를 옮겨 다니며, 책장에 놓인 서책이라든지 장식장에 놓인 도자기들을 들었다 놨다 하며 제 호기심을 채우기에 바빴다.

"뉘에게서 무슨 소리를 듣고 왔다고?"

준형이 답답한 듯 조금 소리를 높여 무진에게 물었다. 그런데도 꼬맹이는 넓은 침전 안을 정신없이, 부산스럽게 뛰어다니며 도무지 답할 생각을 하지 않았다.

"무진아. 저하께서 네게 여쭙고 계시질 않니."

보다 못한 양씨 부인이 민망하여 얼른 제 아들에게로 뛰어가 그 어깨를 잡고서는 준형의 앞에 강제로 끌어다 앉혔다.

"궁궐 안에서는 얌전히 굴기로 약속하지 않았느냐. 저하께서 묻고 계시온데 어찌 답을 안 하고 딴짓만 하는 거니!"

양씨 부인이 나무라자 그제야 무진은 뾰로통 입을 내밀고는 투덜댔다.

"하지만…… 저하한테만, 아무한테도 얘기하지 말고 저하한테만 말씀드리라고 했단 말이에요."

"누가?"

준형이 다시 물었다. 하지만 무진이는 바로 곁에 있는 제 어미와 문가에 있는 감 내관을 돌아보고는 다시 새침하게 입을 다물었다.

"무진아!"

"잠시 자리를 비켜주시지 않겠습니까? 감 내관, 자네도."

준형이 아이를 나무라려는 양씨 부인과 감 내관을 물린 후, 무진을 무릎 위에 앉혔다.

"말해봐. 누가 무어라 했다고?"

그러자 무진이 준형의 귀에 제 입을 가져다 대고서는 작은 조개 같은 손으로 입가를 막아 소리가 새어나가는 걸 막은 후 작은 소리로 소곤거렸다.

"꽃밭 뒤에 있는 전각에서요."

준형은 아이가 말하는 게 연화당임을 깨닫고서 바짝, 귀를 곤두세웠다.

"그래. 꽃밭 뒤의 전각에서."

"얼굴이 하얗고 정말 선녀처럼 예쁘게 생기신 분이요……."

"응."

"저하를 만나면 이렇게 전해달라 하셨어요."

"……뭐라고?"

준형이 긴장으로 잔뜩 몸을 굳힌 채 무진에게 다음 말을 재촉하였다.

그러자, 무진은 마치 술래잡기 놀이를 하기 위해 모인 친구들에게 말하듯 잔뜩 흥이 실린 목소리로 이렇게 말했다.

"시작!"

"뭐?"

"시작이래요. 시! 작!"

아이는 왜 이런 간단한 말도 못 알아듣는지 모르겠단 얼굴로 또박또박한 발음으로 당이가 준형에게 전하란 말을 전했다.

무진의 말을 전해 들은 이후, 양의당에서 일산이 와서 뒤늦게 제 아내와 아들과 합류한 뒤에도 준형의 생각은 온통 당이에게로 가 있었다.

'준비는 다 했을까?'

'아픈 건 좀 나았으려나?'

'벌써…… 출궁한 건 아니겠지?'

'아니. 아닐 거야. 그래도 출궁하기 전에 한 번은 나를 보러 올 거야.'

사실 준형은 아침 일찍 감 내관으로부터 당이의 출궁이 정해졌다는 소리를 전해 듣고서는 심장이 끝도 없는 바닥으로 추락하는 기분을 맛봤더랬다.

도망쳤다고, 정말로 그 밤중에 당이가 스스로 자신에게서 도망칠 방법을 찾아낼 줄은 꿈에도 몰랐다. 출궁이라는 게 이렇게 단번에, 순식간에 정해지는 일인 줄도 몰랐다.

"그것이…… 연화당마마님은 임시로 당호는 받으셨기는 하나, 엄밀히 말하면 정식 궁인으로 입궁하신 것도 아니고 내명부의 직첩이나 품계를 받으신 분도 아니기에 출궁에 복잡한 절차가 따르진 않습니다."

허망하여 "궁궐이 이리 쉽게 나갈 수 있는 곳이었어?" 하고 혼잣말처럼 묻는 준형의 말에 감 내관은 그리 답하였다. 설령 정식 궁인이라 하더라도 이번처럼 병을 얻어, 아프다는 이유로 출궁시키는 경우에는 모든 절차를 간소화하여 최대한 빨리 궁에서 내보내는 것이 원칙이라고도 하였다.

'궁궐 밖에 나가면 따로 치료를 받을 수는 있는 것일까?'

'아니면…… 그냥 내 곁에서 떨어지는 것만으로도 몸이 낫는 것일까?'

'시작이라니. 무슨 시작? 그게 도대체 무슨 뜻이지?'

일산의 의례적인 인사를 듣는 둥 마는 둥 준형이 계속 씁쓸한 얼굴로 생각에 빠져 있을 때였다. 제 아버지 곁에 앉아서 준형을 보고 계속 말없이 싱글싱글 웃고만 있던 무진이 "하아암!" 하고 길게 하품을 늘어놓더니 방 안의 모두가 놀라 보는 가운데 스르르 자리에서 일어났다. 이어 천근만근에 달하는 졸음의 무게를 이기지 못해 반 이상 내려앉은 눈꺼풀을 하고는 비틀비틀 준형에게 다가가, 턱 하니 준형의 무릎을 베고 누웠다.

"어머낫!"

"무진아!"

양씨 부인이 기겁을 하고 놀란 가운데, 일산이 무진을 준형에게서 떼어놓으려 급히 다가왔다. 하지만 준형이 손을 들어 일산을 막았다.

"됐어요. 졸린 모양이니 자게 놔두지요, 뭐."

"나이에 비해 훨씬 더 영민하고 어른스러운 아이인데 오늘따라 왜 이렇게 어린 짓을 하는 건지……."

양씨 부인이 제 아들의 행동에 민망하여 변명의 말을 입에 담았다.

"처음으로 저하를 가까이 뵙게 된다고 좋아 어젯밤 잠을 설치긴 하였지만 설마 이런 무례를 저지를 줄이야……. 용서하여 주시옵소서."

"모두가 제가 제대로 못 가르친 탓입니다. 용서하십시오."

일산 또한 깊게 고개를 숙여, 제 아들의 철없음을 사과하였다.

"됐습니다. 제가 허락한 일이니, 댁으로 돌아간 후에도 나무라지 마세요."

이젠 아예 제 베개인 양 무릎을 껴안고 얼굴 한가득 만족스러운 미소를 띤 채 잠을 자고 있는 무진의 머리를, 준형이 다정하게 쓰다듬었다.

신기하게도 지금 준형에게 무진은 오늘 이전엔 전혀 몰랐던, 낯선 아이 같지가 않았다. 이미 오래전부터 익히 보아오던, 평소부터 매우 귀여워해오던 진짜 친척 아우 같은 느낌이 들었다.

'너도 그런 모양이지? 참 신기하네. 그래도 얼마쯤 피가 섞였다고 이리 끌리는 건가?'

"으흐음."

준형의 쓰다듬에 무진이 기분 좋은 신음소리를 흘렸다. 그런 무진을 보고 준형도 작게 쓴웃음을 지은 뒤 땀 때문에 이마에 달라붙은 아이의 가는 머리카락을 다정히 떼어주었다.

'아들을 낳으면 이런 기분이 될까?'

어렵고 경계하는 마음 하나 없이 온전히 제 무릎에 온몸을 맡기고 곤히 자고 있는 어린것을 보자니, 준형은 문득 뜬금없이 그런 생각이 들었다.

어렸을 때부터 지금까지 단 한 번도 제 아이를 갖겠다는 생각을 한 적 없었다. 아니, 자신만큼은 절대로 자식을 낳아선 아니 된다 그리 생각했었다. 처음 당이에게 다가가기 힘들었던 이유도 바로 그 때문이었다.

자식을 낳지 않기로 맹세했기에, 자신과 같은 몸의 아이를 낳기 싫어 여인을 가까이하지 않으려 다짐했기에, 당이에게 제 온 진심을 보여주기까지 여간 힘든 것이 아니었다.

그런데 지금, 준형은 제 무릎을 베고 잠든 조그만 아이를 보며, 아이의 조그만 머리통을 쓰다듬으며 자꾸만 존재하지도 않는, 앞으로도 절대 존재할 리 없을 제 아이를 떠올렸다. 당이를 쏙 빼어 닮아 얼굴이 아주 하얄 것이 분명한 아이를…….

"핏줄이란 이래서 무서운 건가 봅니다."

일산이 여느 때보다 훨씬 더 사근사근하게 말을 걸어왔다. 다른 건 말투만이 아니었다. 준형의 무릎에 누운 자신의 아들을 보는 일산의 눈빛 또한 평소에 준형이 알고 있던 일산의 눈빛과는 전혀 달랐다. 정이 뚝뚝 흘러넘쳤다. 겉보기에는 평소처럼 무뚝뚝한 얼굴을 하고 있지만, 그 눈빛은 팔불출이라 놀리고 싶게 만드는 아비의 눈빛, 그 자체였다.

"이 아이가 이리 누군가에게 스스럼없이 안기는 건 처음 봅니다. 갓난쟁이일 때, 제 어미가 몸이 아파 잠깐 들인 젖어멈에게조차 안기기 싫어 경기를 일으켰던 아이니까요. 오죽하면 아들놈이 굶어 죽을까 두려워 제가 직접 밥풀을 씹어 그 밥물을 먹였겠습니까."

일산이 놀라움을 금치 못하며 말했다. 그 말대로 무진은 여태 제 아비와 어미를 제외하면, 심지어 제 외가 식구들에게조차 순순히 곁을 주지 않아 서운하게 만들 정도로 낯을 심히 가리는 아이였다. 물론 그 심한 낯가림의 이유는 십중팔구 늑대혈족이기 때문일 것이었다. 그것도 한 달에 한 번 보름날 밤에 몸이 변하는 비밀을 가진, 사람들에게 들켜서는 아니 되는 아주 특별한 존재. 그러기에 무진은 스스로가 늑대혈족임을 인지하기 전부터 타고난 늑대의 본능으로 사람들을 경계해왔다.

그런 아들이 오늘 처음 만난 준형에게는 지나칠 정도로 스스럼없이 구는 게 일산은 신기하고 또 어떤 면에서는 대견하기까지 하였다.

"아마 사촌형제지간에 닮은 점이 많은지라, 무진이 그것을 알고 이리 허물없이 대하는 가 봅니다."

일산은 준형이 너와 무진이가 같은 비밀을 가진 몸이라는 얘기를 넌지시 돌려 말했다.

"이 아이가, 나를 닮아요?"

준형은 고개를 갸웃하였다. 아무리 봐도 무릎에 누워 있는 꼬맹이와 자신의 얼굴은 닮은 구석이 없어 보였기 때문이었다.

"이 아이도, 제 아들 무진이도…… 보름날이 되면 유. 난. 히 잠이 많아지는 체질이거든요. 저하께서도 그러시지 않습니까?"

준형이 제 말의 진의를 알아듣지 못하는 것을 본 일산이 무진의 비밀에 대해 조금 더 털어놓았다.

"그게 무슨……. 엇!"

뒤늦게 일산의 말을 알아들은 준형이 새삼 놀란 얼굴로 무진을 보았다가, 다시 일산을 보았다.

"그럼 이 아이도……?"

일산은 네가 추측한 것이 맞는다는 의미로 가만히 고개를 주억거렸다.

'너도, 너도…… 늑대로 몸이 변하는 아이라고?'

놀람과 연민, 동정 등의 감정으로 격해진 준형의 손이, 바들바들 떨렸다.

그 모습을 보고 있던 양씨 부인이 슬쩍, 다른 사람 몰래 촉촉해진 눈가를 훔쳤다. 지난 며칠간 아들 무진이 준형을 만나는 것을 얼마나 애타게 기다려 왔는지 알기에, 서로 같은 비밀을 안고 있는 두 사촌형제가 이리 함께 있는 모습에 괜히 눈물이 치솟았다.

무진이 제 몸의 처지에 대해 완전히 알게 된 건, 불과 얼마 전의 일이었다. 준형이 당이와 함께 세자로서 입궁한 딱 그 시점이었다. 작정한 일산은 무진을 데려다 앉혀놓고 저희 늑대혈족의 비밀과 무진 몸의 비밀을 모두 털어놓았더 랬다. 이제까지는 보름날 밤이 되기 전에 수면약을 먹여 재움으로써 무진의 비밀을 지켜왔지만 이제 더는 감추고 있을 필요가 없다고 판단한 때문이었다.

"아, 아니죠? 어머니, 아, 아버지께서 저를 놀리시는 거죠? 거짓말이죠? 싫어요, 싫습니다. 으으아아악!"

그때 무진은 양씨 부인의 품에 뛰어들어 아니라고 말해달라고 애원하였다. 믿을 수 없다고, 싫다고 방바닥을 떼굴떼굴 구르다 기어이 입에 거품을 물고 경기를 일으키기까지 했었다.

"아직 이르다고, 너무 어리다고 영감이 말씀하셨잖습니까. 근데 갑자기 왜 이러신 것입니까? 너무합니다. 정말 너무하십니다, 흐흐흐흑."

"너무 심려 마오. 지금 당장은 고통스럽더라도 곧 털고 일어날 것이오. 이 정도도 견디지 못하면 어디 우리 혈족의 일원이라 할 수 있겠소?"

친아들이 눈을 뒤집고 쓰러졌는데도 태연하게 혈족 운운하는 남편을 보며, 양씨 부인은 처음으로 일산을 원망하였다. 처음으로 서운하다 생각하였다. 하지만 열이 불덩이처럼 오른 아들 무진의 곁을 지키다, 깜빡 졸다 깨어났을 때 양씨 부인은 뜻밖의 광경을 보았다. 언제 눈을 뜬 것인지 깨어나 있는 무진을 품에 안고, 일산이 나직하게 속삭이고 있었던 것이다.

"저주가 아니다. 축복이야. 극히 한정된 자만이 누릴 수 있는, 최고의 축복이란다. 네 할아버님도 그런 분이셨어. 넌 할아버님을 쏙 빼어 닮은 것뿐이고. 이 아비는 네가 얼마나 부러운지 모른단다. 그러니 속상하게 생각할 것도, 비관할 것도 없어."

"정…… 말요?"

"그럼. 언제 이 아비가 네게 거짓말을 한 적이 있더냐? 참, 내가 비밀 하나 더 가르쳐줄까?"

"무슨 비밀이요?"

"아무한테도 말해선 안 된다? 죽을 때까지 다른 사람에게 말해서 안 돼? 네 몸의 비밀처럼 말이야."

"약속할게요!"

"후훗. 좋다. 그럼 약속을 지킬 것을 믿고, 내 비밀을 하나 일러주마. 지금 궁궐 안에 계시는 세자저하 말이다."

"네."

"그분도 너와 같단다."

"예에?"

"그분도 너처럼 보름날의 밤이 되면 늑대의 몸으로 변하신단 말이다."

순간, 무진의 눈과 입이 동시에 동그래졌다. 차마 말도 못 하고 온 얼굴로 그게 사실이냐고 제 아비에게 묻고 있었다.

　"그래! 그러니 너 자신에 대해 수치스럽게 생각할 필요 없어. 너는 존귀한 몸이다. 세자저하처럼 아주 특별한 존재란 말이다."

　일산이 그리 달래준 덕분일까, 무진은 다음 날 아침이 되기도 전에 언제 아팠냐는 듯 완전히 자리를 털고 일어나 앉았다. 그리고 그날 이후부터 무진은 일산을 볼 때마다 저하를 한 번만 뵙게 해달라 아주 노래를 불렀다. 결국은 일산이 그 청을 들어주지 않고서는 못 배길 정도로.

　'소원하던 분을 뵈오니, 긴장이 풀린 게니? 너와 같은 비밀을 안고 있는 분이라, 낯가림까지 없어진 거니?'

　양씨 부인이 곤히 잠든 제 아들을 보고 그리 애틋하게 생각할 때였다.

　"달리 또 있습니까?"

　여전히 무진을 안고 있는 상태로 준형이 일산에게 물었다. 자신이나 무진처럼 늑대로 몸이 변하는 혈족이 더 있는지 묻는 것이었다.

　"아니요. 지금은 이 아이뿐입니다. 제가 아는 한은요."

　일산은 마치 자식이 달리 더 있느냐는 물음에 대한 답인 양 아무렇지 않은 얼굴로 답했다.

　"……외숙모님께서 그간 고생이 많으셨겠습니다."

　무진을 내려다보다 말고, 준형이 새삼스러운 눈으로 양씨 부인을 보았다.

　이제 생각하니 참 대단한 여인이다 싶었다. 일산과 혼인을 한 것을 보면 양씨 부인도 분명 늑대혈족의 비밀에 대해 다 알고 있을 것이었다. 그런 데다 늑대의 피가 진하게 이어져 있는 아들까지 낳은 여인이니, 그 마음고생이 오죽했을까 싶었다.

　준형으로서는 차마 상상도 안 갔다. 자신이 낳은 아들이 한 달에 한 번 늑대로 변하는 걸 보고 겪고 감내해야만 하는 그 심정이 어떨는지. 실제로 준형

은 그것을 겪을 자신이 없어, 제가 사랑하는 여인에게 그것을 감내시킬 자신
이 없어 오랫동안 고민하고 망설여왔으니 말이다.

양씨 부인이 그런 준형의 생각을 읽기라도 한 것처럼 선뜻 대답하였다.

"고생이라니요. 어떤 어미가 자식을 거두는 일을 수고롭다 여기겠습니까?
단 한 번도 그런 생각을 한 적은 없었습니다."

"그렇습니까?"

준형은 양씨 부인의 말에 하고 싶은 말이 많았지만 그저 그렇냐 한마디만 하
고 말았다. 양씨 부인은 자식을 사랑하는 것이 어미의 본분인 양 말했지만 그렇
지 않은 사람을, 그것도 두 사람이나, 준형은 이미 알고 있었기 때문이었다.

"참, 요즘 그들은 어찌 지냅니까?"

제 어머니와 함께 당이의 어머니를 떠올린 준형이 일산에게 물었다.

"……홍 선비와 그 모친 말입니다."

"아, 한동안 아쉬운 소리를 하러 자주 들렀지만 요즘은 어쩐 일인지 조용
합니다. 부인은 어떠하오? 홍 선비의 모친과는 연통을 하고 있소?"

일산이 제가 한 짓에 시침을 떼고 제 처에게 물었다.

"아닙니다. 저도 연통한 지는 꽤 오래됐습니다. 형편이 여의치 않아 도성
을 뜬 걸로만 알고 있습니다."

"그렇습니까?"

준형은 내심 안도하였다. 당이가 출궁하고 나면 혹시나 나중에라도 그들
이 당이가 있는 곳을 알고 찾아가 해코지할 것을 염려했던 것이다.

'당신은 그래도 가족이라고 그리워할지 모르겠지만, 난 당신이 부디 자유
로워졌으면 좋겠어. 그들로부터도. 나로부터도.'

지그시 눈을 감고 준형은 제가 온 마음으로 연모해 마지않는 여인의 행복
을 빌었다. 누구로부터도 고통 받지 않고, 훨훨 자유롭게 살기를 바랐다.

"그럴 순 없네."

당이가 딱 잘라 거절하였다. 정 상궁이 연화당의 어린 나인들에게 당이가 쓰던 각종 세간들이며, 장신구들, 비단침구들을 챙기라고 명한 다음이었다.

"모두 그냥 둬. 들어올 때 입은 옷 한 벌만 잊지 말고 챙겨줘. 나머지 짐은 필요 없어."

울음범벅인 얼굴로 옷가지며 화장구들까지 살뜰하게 챙기는 영언과 명이에게 당이가 그리 일렀다.

"가져가시지요. 죄를 받고 쫓겨나는 몸이 아니시니, 부러 사양하실 것 없나이다. 어차피 모두가 마마님께서 받으신 선물들이 아니십니까?"

정 상궁이 딱딱한 얼굴로 다시 한 번 필요한 것들은 모두 챙겨 가라고 권했다. 실제로 궁인들이 출궁을 하게 될 때도 죄를 지어 쫓겨날 때가 아니면 자기가 쓰던 세간은 모두 챙겨 갈 수 있도록 한 것이 궁중의 법도였다.

그 결과 심지어 어떤 늙은 상궁은 베고 자던 누런 베갯잇 한 장까지도 깨알같이 챙겨 갔을 정도였다.

"가시는 곳은 절인지라, 세간은 물론 제대로 된 이불 한 채 없을 것입니다. 그러니 챙겨 가실 수 있는 건 모두 챙겨 가세요."

퉁퉁대는 딱딱한 말투면서도 정 상궁의 말속에는 그래도 당이를 생각하는 마음이 조금은 숨어 있었다. 지난번 분풀이로 명이를 혼내려다가 오히려 당이에게 사과를 받은 이후, 정 상궁은 마음 한쪽에서 당이를 세자의 여인으로 인정하고 있었다. 그것을 당이도 알았다.

"고맙소. 생각해줘서. 하지만 정말 소용이 없어 그러오. 가져가 봐야 번거롭고 귀찮은 짐만 되지요. 대신 내 정 상궁에게 부탁이 하나 있소."

한동안 얼굴을 가리고 있던 진한 화장을 지우고 이젠 창백하고 야윈 민낯을 고스란히 드러낸 당이가 정 상궁의 두 손을 잡았다.

"네에? 여기 있는 것들을 그리 쓰라고요?"

"지금 부탁할 사람이 정 상궁밖에 없어 그러오. 내 정 상궁만 믿겠소?"

당이가 정 상궁의 두 손을 잡은 채 정 상궁의 얼굴을 들여다보며 희미하게 웃었다.

그로부터 반 시진 후.

한동안 궁궐 안에서 연화당마마님으로 불렸던 여인이 궁을 나갔다. 정식 절차도 없이 세자의 품에 안겨 궁에 들어온 파격의 주인공이었다. 남녀노소 궁궐 안의 뭇 사람들을 설레게 할 정도로 뛰어난 미모를 가졌던 여인이었다. 세자가 다시없이 아끼고 귀애하였던 그 여인이 작고 소박한 가마에 몸을 싣고서 궁을 나갔다. 따르는 나인도 하나 없이, 짐이라고는 입궁할 때 입었던 옷가지들을 챙긴 작은 보따리 하나가 전부인 채였다.

그날, 저녁이 되기 전에 당이가 출궁했음을 알고 화를 낸 사람은 두 사람이었다. 그중 한 명은 물론 동궁전에 있는 준형이었다.

준형은 돌아가기 싫어 미적거리는 어린 사촌아우를 언제고 다시 놀러 오라며 달래어 돌려 보내놓고선 이제나저제나 당이가 출궁의 인사를 하러 오기를 기다렸다. 그렇게라도, 한 번만이라도 더 당이의 얼굴을 보게 되기를 소원했다. 이제 와서 잘 가라, 나를 잊고 잘 살라, 인사를 건넬 주제는 못 되었지만, 그래도 마지막으로 그렇게나마 한 번 더 얼굴을 볼 수 있기 되기를 바랐다. 허나 아무리 기다려도 당이는 오지 않았다. 대신 기다림에 지쳐 연화당에 보낸 젊은 내관이 돌아와 전해준 답은 준형을 분노케 하였다.

"이미 출궁하셨다 하옵니다."

"뭐야? 그, 그런 법이 어디 있어! 출궁하는데 인사도 못 하게 하고 그냥 내보내는 법이 어디 있어!"

준형은 감 내관이 내보낸 것도 아닌데, 감 내관이 내보내기라도 한 것처럼 신경질적으로 소리를 높였다.

'기질만은 완전히 다르다 생각했지만 이럴 때 보면 정말 저하와 많이 닮으셨지 않은가.'

감 내관은 준형의 모습에서 현을 떠올렸다.

일이 제 뜻대로 되지 않을 때마다 투정을 부릴 상대라고는 자신밖에 없어, 늘 늙은 자신에게 매달려 신경질을 피우고 울고 화내던 제 가엾은 주군을 떠올렸다.

'유 내관은 잘 돌봐드리고 있으려나? 편찮으신 건 좀 나아지셨나?'

"감 내관!"

준형이 눈에 쌍심지를 켜고, 대답이 늦는 늙은 내관을 닦달했다.

"왜 내게 인사도 안 했는데 내보냈냐고 묻잖아!"

"그것이…… 원래 출궁의 명을 받은 궁인들은 그 즉시 궁을 나가야 하는 법입니다. 다만 연화당마마님께서는 특별히 동궁전에 들어 인사를 여쭙는 것이 허락되었사오나……."

감 내관이 전해주는 이야기를 듣는 준형의 관자놀이 옆에 준형의 불편한 심경을 보여주듯 굵은 핏줄 하나가 툭 튀어나왔다.

"그냥 갔다고? 마지막 인사 같은 것도 안 하고 그냥 그대로 출궁했다고? 누가 시켜서 그런 게 아니라, 그 사람이 원해서 그렇게 갔다고?"

"병이 들어 출궁하는 죄인의 몸으로 어찌 저하를 직접 뵙고 인사를 여쭐 수 있겠냐며, 동궁전을 향해 절을 올리시고는 그대로 출궁하셨다 합니다."

감 내관은 젊은 내관에게 전해 들은 그대로 준형에게 고했다.

그 순간, 준형이 벌떡 일어나 방을 뛰쳐나갔다. 궁녀가 신겨주는 신을 신는 둥 마는 둥 하고 준형이 정신없이 달려간 곳은 당연히 연화당 쪽이었다.

'그대로 갔다고?'

'진짜 그게 끝이었다고?'

'겨우 그 꼬맹이한테 남긴 시작이란 말이 전부라고?'

'나도 안 보고, 그냥 갔어?'

"저하! 저하아아!"

무거운 궁궐의 공기를 가르며, 지금껏 단 한 번도 보지 못한 빠른 속도로 뛰어가는 준형의 뒤를 감 내관을 비롯한 동궁전의 젊은 내관들과 궁녀들이 서둘러 따랐다. 그러나 늙은 감 내관은 그렇다 치고, 제법 준족(빠른 발)을 자랑하는 젊은 내관들 중 그 누구도 준형을 따라잡지 못했다.

"헉…… 헉……."

"하아, 하아!"

준형보다 한참 늦게 연화당에 다다른 동궁전의 궁인들은 죄다 익숙하지 못한 달리기에 지쳐 거친 숨을 내쉬었다.

"감 내관 어른. 저하의 걸음이 어찌도 이리 빠르십니까? 헉헉……."

감 내관보다 앞서 연화당 앞뜰에 당도한 젊은 내관이 뒤늦게 다른 내관의 부축을 받으며 뛰어온 감 내관에게 혀를 내둘러 보였다.

"헉…… 헉…… 닥치거라. 저하께선 어디, 어디 계시느냐."

"안에, 연화당 안으로 드셔 계십니다."

젊은 내관이 고하자, 감 내관이 얼른 연화당 안을 향해 외쳤다.

"저하, 감 내관입니다. 들어가겠사옵니다."

그러고선 부축해주는 젊은 내관의 손을 뿌리친 뒤, 아직도 연신 후들거리는 다리로 연화당 안으로 들어갔다.

"저…… 하!"

감 내관이 경악하여 준형을 불렀다. 이전까지의 세간이 모두 사라진, 그래서 더 을씨년스러워 보이기까지 한, 텅 빈 방 한가운데 서서 방 안을 둘러보고 있는 준형 때문이었다. 무슨 까닭인지 왼손으로 오른손의 팔뚝을 감싸고 있는 준형의 몸은 심하게 떨리고 있었다. 오죽하면 용포의 옷자락이 흔들릴 정도였다. 하지만 더 심각한 건 몇 번이고, 몇 번이고 빈방임을 확인하는 그 얼굴에 떠올라 있는 표정이었다.

사내답게 적당히 짙은 눈썹이 여덟팔(八) 자 모양으로 기울어져 있었다.

평소엔 단정히 닫혀져 있던 입술이 느슨하게 열린 채 가늘게 떨리고 있었고, 붉은 기가 가득 찬 눈은 연신 커졌다 작아짐을 반복했다. 그 표정이 무슨 의미인지는 감 내관도 잘 알았다. 익히 봐왔던 표정이었으니까.

그건…… 무력감을 어쩌지 못해 감 내관에게 매달려 펑펑 울기 직전, 세자 현이 자주 짓던 표정이었다. 자기 자신이 미워 견디지 못할 때, 스스로가 원망스러워 어쩌지 못할 때, 오직 감 내관 앞에서만 짓던 표정이었다.

"저하……."

현 때도 그랬지만, 딱히 위로할 말을 찾지 못한 채 감 내관이 준형의 곁에 다가섰다. 허나 준형은 현과 달랐다. 현처럼 감 내관에게 매달려 울지 않았다. 그저 초점 없는 눈을 돌려서 감 내관을 보았을 뿐이었다.

"알고 있었어……. 이럴 거라고 진작 예상하고 있었어."

준형이 멍하니, 중얼거렸다. 무진이 준형에게 당이가 전해주라고 한 말이 있다고 했을 때부터, 그게 당이가 자신에게 남기는 작별인사임을 본능적으로 알았다. 그러면서도 아직 마지막 인사가 남아 있다고, 스스로를 기만하였다. 일부러 스스로를 속였다. 앞으로 영영 못 보게 된다는 사실을 인정하기 싫어서, 당이가 마지막 인사를 하기 위해 제게 올 것이라고, '시작'이라는 말이 무슨 뜻인지 말해주러 올 거라고, 어수룩한 자신을 속여 넘겼다.

"그래. 그 사람은 늘 나보다 대담하지. 늘 나보다 행동력이 빨라. 가끔 나는 꿈도 못 꿀 일을 스스럼없이 저지르곤 하지. 그러니…… 이러는 것도 당연해. 흐흐흐흐훗."

우는 얼굴을 하고 웃던 준형이 힘없이 고개를 푹 떨어뜨렸다.

"그래. 이래야…… 이래야 당신답지."

준형의 말소리에는 힘이 하나도 없었다.

"저하, 이제 그만 돌아가시지요. 제가 부축해드리겠습니다."

감 내관이 떨리는 준형의 몸을 잡아주려, 손을 뻗었다. 그러자 준형이 멍하니 고개를 들고선 다시 초점 없는 눈으로 감 내관을 봤다.

"아니, 괜찮아……. 나는 아무렇지 않아. 가자."

준형이 힘없이 걸음을 옮기자, 그 뒤를 바짝 쫓아오던 감 내관이 무언가를 보고선 잠시 고개를 갸웃거린 뒤 준형에게 물었다.

"그런데 팔은 어이하여 그러십니까? 혹시 어디 부딪히시기라도 하신 것입니까?"

감 내관이 그리 물은 것은, 준형의 왼손이 잡고 있는 오른쪽 팔이 눈에 띌 정도로 크게 후들거리고 있었기 때문이었다.

"어……?"

준형이 감 내관의 물음을 제대로 이해하지 못하고 멍한 얼굴로 감 내관에게 물었다.

"뭐?"

"급히 걸음 하시느라 어느 방문에라도 부딪히신 게 아닌지 해서요. 괜찮으시옵니까?"

걱정 가득한 감 내관의 얼굴을 본 준형이 감 내관의 시선이 향하는 제 팔을 보았다. 그제야 여태 자신이 왼손으로 오른팔을 감싸고 있었음을, 자신의 오른팔이 격렬하게 떨리고 있음을 알아차렸다.

'헉!'

준형이 본능적으로 온몸을 움츠린 후 두려운 마음으로 조심스레 제 오른손을 보았다.

"하아……."

다행히, 정말 천만다행히 아직 사람의 손이었다. 손톱도 정갈한 사람의 손톱이었고, 손등은 매끈하여 성긴 털 한 올 보이지 않았다.

"저하?"

"아, 아무것도 아냐. 잠시 손목이 결린 것뿐이야."

준형이 오른손을 등 뒤로 돌리며 대충 둘러댔다. 그러고선 아직도 미심쩍게 저를 주시하고 있는 감 내관을 재촉하였다.

"계속 그러고 있을 거야? 피곤하다. 얼른 가자."

"아, 예."

감 내관이 얼른 준형의 앞으로 나서 방문 밖에 대고 외쳤다.

"저하께서 나가신다."

"예"

동궁전 궁인들의 싹싹한 대답들이 주인 잃은 텅 빈 연화당 방 안에 울려 퍼졌다.

한편, 당이가 출궁했음을 알고 눈에 띄게 분노한 또 한 명의 사람이 있었다. 영천군이었다.

"연화당이 출궁을 했다니요! 중전마마! 어찌하여 저와 의논도 하지 않으시고, 그리 가벼이 처결하셨습니까? 아니 된다 막으셨어야지요!"

버럭, 소리까지 지르는 영천군의 모습에 중전은 단단히 기분이 상했다.

'이 작자가 감히 뉘에게! 가관이구나. 벌써부터 이리 위아래를 가리지 못하는 이런 자가 정말 임금의 아비라도 되면 그 위세가 아주 볼만해지겠어.'

허나 평소처럼 미소 뒤에 속내를 감추고 중전 김씨가 영천군에게 물었다.

"왜요, 아니 됩니까? 소빈이 전하길 그 아이가 몸이 아파 스스로 출궁을 청한다하기에 그리하라 한 것을요."

"어허! 연화당이 그냥 예사 궁인이 아니질 않습니까! 만약 그 복중에 세자의 혈손이라도 들어 있으면……."

"영천군 대감답지 않게 왜 이리 걱정이 많아 지셨습니까? 정말 그 아이에게 태기가 있었다면 그 아이를 살핀 내의원의 의녀가 모를 리 없지요. 거기다 이미 이전 날 의원에게 보였을 때도 태기의 기미는 조금도 없었다 한 것을요."

"그래도 수상하지 않습니까? 세자의 총애를 받고 있는 여인이 스스로 출궁을 바라다니요. 혹시…… 소빈이나 세자가 다른 꿍꿍이가 있어 일부러 빼돌리려는 건?"

"그런 건 아닌 것 같습니다."

뜻밖에도 중전 김씨가 영천군의 추측을 단박에 부정하고 나섰다.

"따로 무어 아시는 것이라도?"

"연화당 그 아이 말입니다. 제법 심지가 곧고 선한 아이인 것 같더군요."

사실 중전 김씨는 그간 궁인들로부터 연화당에 대한 이런저런 이야기를 전해 들어 왔었다. 하여 알게 된 일이 많았다. 정 상궁의 무례를 따끔하게 혼냈던 일, 자기 처소의 나인들을 위해 정 상궁에게 직접 허리를 굽혔던 일 등이었다. 그 외에도 세자의 총애를 받는 몸이라 하여 거만을 떠는 일도 없이 항시 지위가 높고 낮음을 가리지 않고 모든 궁인들을 한결같이 다정히 대해 준 일도 들었다. 심지어 전각을 쓸고 닦다 방문에 손가락을 찧은 무수리 아이를 위해서 직접 걸레를 들고 방과 마루들을 대신 닦아준 일도 들었다. 물론 안 좋은 소리도 들은 적이 있었다. 특히 요 며칠 동안은 연화당의 지나치게 진한 화장과 과한 단장을 나무라는 소리들이 많았다. 그러나 그 역시 다른 이들에게 걱정을 끼치지 않기 위해 몸이 아프다는 걸 숨기기 위해 한 일임을 안 중전은 연화당에게 깊이 감탄하였다.

"이번에도 마찬가지였답니다. 출궁을 하면서 지니고 있던 세간이나 패물을 모두 챙겨 나가도 좋다, 그리 허락해주었는데도 입궁할 때 입고 있었던 옷가지 이외에는 모두 두고 갔다 합니다."

연화당을 비우면서 동궁전의 정 상궁에게 부탁도 했다고 했다. 부탁의 내용인즉, 자신이 쓰던 세간들을 챙겨 집안 형편이 여의치 않은 무수리나, 한직으로 밀려나 아무도 돌보는 이 없는 늙은 상궁들에게 나누어 주라는 것이었다. 당이가 지니고 있던, 선물로 들어왔던 패물들이나 머리꽂이, 장신구 등도 마찬가지였다. 모두 정 상궁이 지니고 있다가, 혹시 급히 도움이 필요해 보이는 궁인들이 있거든 그들을 위해 써달라 부탁을 했다고 했다.

"궁인들이 모두 녹봉을 받는 처지라 하더라도 기실 그중에는 형편이 곤궁한 자들도 적지 않은데, 그들까지 살뜰하게 살핀 그 마음 씀씀이가 갸륵하지 않습니까?"

"그렇다고 해도……."

"그런 아이니 몸이 안 좋아진 자신까지 궁 안에 있을 수 없다 그리 판단하고 선뜻 스스로 출궁을 청한 거겠지요."

기특하다는 듯 연화당에 대해 말하는 중전의 얼굴을 보고, 영천군은 더는 딴소리를 하지 않았다. 자신이 무어라 해도 중전이 귀담아들어 줄 의지가 없어 보였던 것이다.

하지만 제집으로 돌아오자마자 영천군은 그길로 아주 특별한 때만 찾는 수하를 불러다 은밀한 명 하나를 내렸다.

"내, 너를 믿어도 되겠지?"

"물론입니다."

"비밀이 새어나갔다는……."

"그 전에 이놈 스스로 혀를 자르고 죽을 것이니 걱정 마십시오."

수하는 영천군이 듣길 원하는 바로 그 대답을 하였다.

그다음 날 밤이었다.

용인의 문수산 중턱에 위치한 정인사라는 이름의 작은 암자에서는 수상한 움직임이 일어나고 있었다. 산중의 밤답게 유달리 새카만 어둠이 깃든 시간, 비구니들만 모여 사는 조그만 암자의 가장 안쪽에 위치한 객방 안에 검은 그림자 하나가 소리도 내지 않고 스윽, 숨어 들어갔다.

"연화당마마님 되시오?"

그림자가 방 한가운데 곱게 펴진 이불 속 상대에게 물었다. 방문 쪽으로 등을 돌린 채 이불 속에서 머리만 내놓고 자고 있는 이였다.

"이보오."

어금니를 꽉 깨물어 목소리를 죽이고서, 그림자가 이번엔 툭 발로 이불 속 상대를 찼다.

"으응? 헉…… 누, 누구!"

그림자의 발길질에 부스스, 눈을 뜨다 소리를 지르려는 여인의 입을 사내가 얼른 솥뚜껑 같은 손으로 틀어막았다.

"읍! 으으으읍!"

그림자 사내는 제 손에서 자유로워지기 위해 격렬히 몸부림치는 여인의 머리통을 잠시 의미심장한 눈으로 내려다보고는 소매를 흔들어, 그 안에 감추고 있던 단도를 손바닥에 넣었다.

"극락왕생하시오."

번쩍, 단도가 방 안에 스며들어온 달빛을 반사하며 빛을 발했다. 그 빛은 여인의 목 왼편에서 오른편으로 빠르게 움직였다.

"끄윽!"

한 삶이 끝나는 소리가 짧게 들려왔다. 그림자 사내는 한 번 더 제 목표물의 생기가 완전히 사라졌음을 확인한 뒤, 이제는 사체가 된 연화당이라는 여인을 제 어깨에 둘러메었다. 그런 후, 들어올 때 그랬듯이 소리 하나 내지 않고, 절의 객방을 나섰다. 밤의 어둠 속으로 완벽하게 숨어들어 갔다.

새벽빛이 산중을 밝혔다.

"마마님, 연화당마마님, 일어나셨습니까?"

암자의 동자승 아이가 암자에 묵고 있는 귀한 여인을 깨우기 위해, 객방 앞에 섰다. 아침 공양 전, 새벽예불을 올려야 할 시간이 되어서였다.

"그만 일어나셔야 하는데요?"

아무리 불러도 방 안에서는 인기척이 없었다. 그냥 돌아서려던 동자승 아이는 어제 정인사에 당도한, 자신도 모르게 자꾸만 흘낏흘낏 훔쳐볼 정도로, 아름다웠던 연화당마마님의 얼굴을 떠올려보고는 다시 걸음을 돌렸다. 편찮으신 몸에 먼길을 오느라 지쳐 몸살이라도 난 건 아닌지 걱정해서였다.

"마마님, 일어나실 시간이신……. 허어, 어, 어!"

혹시 소리도 못 내고 끙끙 앓고 계신 건 아닌가 걱정되어, 살그머니 객방 문을 열어 본 동자승 아이가 방문 고리를 잡은 채 제자리에 주저앉았다.

"어…… 어……. 끄아아아아아악!"

조용한 산중 암자에 동자승 아이의 비명이 아프게 울려 퍼졌다.

"왜 그러니?"

"무슨 일이니?"

아이의 비명에 놀라 달려온 다른 이들도 아이와 마찬가지였다. 열려진 객방 안의 모습에 놀라 말을 잃었고, 이어 하늘이 떠나가라 비명을 질러댔다.

"꺄아아아아악!"

객방 안에는 있어야 할 사람이 없었다. 아니, 사람이 없는 것만이 아니었다. 요란하게 흐트러진 이부자리, 그 이부자리와 방바닥에 흥건히 고여 있는 붉은 핏물들, 사방 벽에 요란하게 튄 핏자국들까지. 그 모두가 전날 밤 이 방에서 무슨 일이 생긴 건지를 적나라하게 보여주고 있었다.

"스니임! 스님!"

"소란 떨지들 말게."

살인의 현장이 틀림없는 객방을 보고 여러 스님들이 비명을 지르는 가운데, 어느새 연락을 받고 온, 지긋한 나이의 주지승이 직접 사람들 사이를 헤치고 앞으로 나아가 객방 방문을 닫았다.

"스, 스님! 마, 마마님이…… 연화당마마님이!"

"방 안에 온통 피, 핏자국이…… 가득합니다!"

혼비백산하여 바닥에 주저앉아 있던 이들이 일제히 주지승의 장삼에 매달렸다.

"많이 놀란 듯하니, 데려가 안정케 하시게."

주지승은 자신이 거느리고 온 다른 스님들에게 일러, 객방 안의 참혹한 광경을 목격한 이들을 데리고 가게 하였다. 이어 스님들 중 가장 담대할 만한 이에게 시켜 객방 안을 깨끗이 청소하도록 일러놓았다.

"나무아미타불……."

가련한 인생을 위해 주지승은 짧게 경 한마디를 읊고 돌아섰다. 이런 일이 벌어질 것이라고 어젯밤에 미리 영천군 쪽 사람에게 귀띔을 받긴 했지만 생각보다 더 끔찍한 참상에 입맛이 썼다.

"나는 오늘부터 묵언수행에 들어갈 것이네. 혹시라도 만약 이번 일에 대하여 묻고자 하는 이들이 있다면, 모든 책임을 내게로 돌리시게. 내가 범인을 알고 있다, 말하시게. 모든 짐은 내가 질 걸세."

결국 주지승은 그렇게 절의 모든 사람들 입은 물론이요, 자신의 입까지 틀어막았다. 그것이 지난밤 영천군 쪽 사람에게 협박당한 그녀가 생각해낼 수 있었던 최선이었다. 부처님 앞에서 거짓말을 하지 않으면서도 절과 절 안의 사람들을 지키기 위해 할 수 있는 최선의 방법이었다.

'부디 극락왕생하시기를. 나무아미타불!'

한편, 그때 도성의 현은 잔뜩 기대에 차서 이제나저제나 초조하게 유 내관을 기다리고 있었다. 유 내관이 당이를 데리고 오기를 애가 타게 기다리고 있었다.

'빨리 와. 빨리, 빨리 와!'

현은 애가 탔다. 숨을 쉬는 순간순간이 천년만년처럼 길게 느껴졌다.

"출궁? 그 사람이?"

현이 당이의 출궁 소식을 들은 건 어젯밤이었다.

사실 어제 하루 종일 현은 유난히 몸 상태가 안 좋았다. 아침부터 배가 살살 아파오더니 밥이건, 약이건 먹는 대로 토했다. 미지근한 물 한 모금 제대로 넘기지 못하고 다시 내어놓았다. 저녁이 되자 몸 상태는 더욱 안 좋아졌다. 이전 날 약을 쓴 덕분에 간신히 가라앉힌 발진이 다시 돋기 시작하는가 하면, 몸이 새빨간 불덩이가 된 것처럼 펄펄 신열이 올라 제법 위험한 지경에 이르기까지 하였다.

반회는 몇 번이고, 몇십 번이고 차가운 물수건을 만들어 그런 현의 몸을 닦았다. 저녁 내내 몇 번이고 탕약을 달여, 자꾸만 토해내는 현에게 억지로 먹였다. 그런 반회의 정성 때문인지, 탕약 때문인지, 그도 아니면 다른 이유 때문인지 그날 밤 유 내관이 왔을 때 현의 상태는 확연히 달라져 있었다.

언제 아팠냐는 듯, 애초에 아픈 적이 없었다는 듯 말짱하기만 하였다. 그런 현에게 유 내관이 선심 쓰듯 당이의 출궁 소식을 전해주었다.

"몸이 아파 홍 낭자가 스스로 출궁을 청했다고? 준형이가 순순히 그것을 허락했다고? 풋…… 푸하하, 하하하하!"

현은 다짜고짜 웃어댔다. 두 손으로 배를 움켜잡고 눈물까지 글썽이며 한참을 웃어댔다.

"저하?"

"오늘 하루 종일 왜 그리 죽을 만큼 아팠는지 이제야 알았어."

갑작스러운 웃음에 당황스러워하는 반회에게 현이 말했다. 그건 분명, 준형이 때문이었을 것이다. 분명 당이를 떠나보낸 준형의 고통을 공유했기 때문이었을 것이다.

'가만. 그런데 왜 갑자기 씻은 듯이 나았지? 왜 이렇게 기분이 좋은 거지? 설마…… 홍 낭자가 그놈의 곁에서 떠나주었기 때문에? 드디어 어긋났던 운명의 톱니바퀴가 제대로 맞아떨어지기 시작한 때문에?'

그 이유가 아니고서는 몰라보게 좋아진 자신의 상태가 이해되지 않았다.

물론 허황된 생각이란 느낌은 없지 않았다. 하지만 따지고 보면 전부가 그렇지 않은가. 늑대의 혈족이라느니, 한 달에 한 번 보름달이 뜰 때마다 짐승으로 변하는 사람이라느니, 쌍둥이가 고통을 공유한다느니, 운명의 반려라느니, 반려몽이라느니…….

어느 것 하나 이상하지 않은 게 없었다. 허황되지 않은 게 없었다. 이성적으로 생각하면 전부가 다 말이 안 되는 이야기였다. 그러니 당이가 가짜 반려인 준형과 함께 있을 때 당이나 현 자신에게 고통이 계속되었던 것처럼, 당이가 준형을 떠남으로써 고통이 사라진다고 믿는 게 뭐가 대수란 말인가?

'내가 알아. 내가 그리 느껴. 내 생각이 맞아!'

현은 확신했다. 당이가 자신의 곁에 있으면 자신은 분명 다시 건강해질 수 있다고. 실제로도 화정이란 계집 때문에 먹은 독 때문에 사경을 헤맬 때도 당이 덕분에 무사히 깨어나지 않았던가?

'그것이 반려의 힘인 것이야. 진짜 반려를 맞아야 하는 이유인 것이다.'

그리 생각되자 해야 할 일이 분명해졌다.

"지금 정인사로 가서 홍 낭자를 데려와."

현이 반회에게 명했다. 정인사는 전부터 궁에서 나온 궁인들 중 특별히 연고가 없는 이들이 가는 절이었다.

"홍 낭자가 출궁을 했다면 십중팔구 그곳에 있을 것이야. 그러니, 자네가 가서 홍 낭자를 데려와."

"하온데 저하……."

"내가 가지요."

난감해하는 반회 대신 유 내관이 나섰다. 그러고선 의아하다는 얼굴로 저를 보는 반회와 현에게 물었다.

"왜 그런 얼굴들로 보시오?"

"나를 세자로 여기지 않는 네가, 스스로 나서 명을 받들겠다고 하니 수상할 수밖에."

현이 의심스럽다는 눈으로 유 내관을 보았다.

"무슨 꿍꿍이지? 너는 준형이 사람이잖아. 준형이밖에 생각 안 하잖아. 그런 네가 나를 위해 홍 낭자를 데려다 주겠다고? 내가 그 말을 순순히 믿을 것 같아?"

"안 믿으면 어쩌려고. 여기 김 공자가 그 일을 하러 가면 이곳엔 나와 이. 생. 원만 남는데요. 나야 상관없지만 이. 생. 원은 정말 괜찮으시겠소?"

놀리듯 빙긋이 웃는 유 내관의 말에 현의 눈동자가 흔들렸다. 일전에 준형이 감히 자신을 깔고 뭉갰을 때, 반회가 온몸을 던져 자신을 지키려던 것과 달리, 유 내관은 그런 반회의 목에 칼을 들이댔었다. 준형을, 그것도 세자인 현을 해치려 하는 준형을 지키기 위해. 그런 유 내관이니 여차하면 당연히 저를 죽일 수도 있을 것이었다. 지금이야 반회가 있으니 다른 흉악한 마음을 드러내지 못하고 있지만, 반회가 없으면 현 자신에게 독을 먹이고 그 죽음에 대해 발뺌을 할 수도 있었다. 충분히 그러고도 남을 인간이었다.

"그 눈을 보니 이제 대충 상황을 파악하신 모양이구려."

"정말 나를 위해 홍 낭자를 데려와 주겠다고?"

"싫음 마시고. 아직도 쫓기는 몸인 김 공자보다는 내가 더 이 일에 적임자라고 생각하오만?"

거기다 유 내관의 발이 빠르다는 사실은 현과 반회도 이미 온궁에서 도성으로 올라오는 길에 직접 몸으로 확인했던 터였다.

그러니 유 내관이 적역이었다.

"그런데 이게 다 뭐야!"

현이 분노에 차서 두 눈에 불을 담고 유 내관을 노려보았다.

"네가 적임자라며! 너라면 누구보다 빨리 홍 낭자를 데려올 수 있다며! 그런데 왜 혼자냐고!"

조금 전, 당이도 없이 혼자 돌아온 유 내관은 현에게 뜻밖의 소식을 전했다. 정인사에 당이는 없었다고 했다. 있었음 직한 방에는 오직 핏자국만 낭자했다고 했다. 역한 피 냄새만 진동했다고 했다. 누군가가 유 내관보다 빨리 당이를 찾아가, 무슨 수를 쓴 것만 같다고 했다.

"거짓말! 난 안 믿어. 그러니 넌 약속을 지켜. 넌 내게 홍 낭자를 데려와 주겠다고 했어 그러니 당장 내 앞에 데려와."

"그 핏자국으로 봐선 죽었을지도 모르는데, 죽은 사람을 찾는다는 게 더 말이 안 되는 일 같소만?"

유 내관은 어쩌겠냐는 듯, 두 손을 활짝 펴 보였다.

"나보다 먼저 누가 찾아갔는지 모르겠지만 객방 안에 흘려져 있던 피의 양으로 봐선 홍 낭자는 절대 살아 있을……."

"아니, 살아 있어. 절대로. 그것도 이곳에서 그리 멀지 않은 곳에 있어. 내가 알아. 내 몸이 알아! 그러니 찾아와. 온 도성을 이 잡듯 뒤져서라도 내 앞에 그녀를 데려와!"

현의 말은 전처럼 단순히 떼를 쓰거나 억지를 부리는 것처럼 들리지 않았다. 분명한 확신에 차 있었다.

"그래도 내가 못 찾아온다면?"

"그땐…… 궁궐로 돌아가 세자로서 명을 내릴 것이다. 전국 방방곡곡을 뒤져서라도 그녀를 찾아오라고. 만약 죽었다면 그 시체라도 가져오라 명을 내릴 것이다. 어디에 어떤 모습으로 파묻혀 있건 말이다."

"그렇다는데요?"

현이 묵고 있는 안가에서 나오자마자 유 내관은 안가에서 골목 하나 사이에 둔 낡은 초가집에 들러 자신이 방금 들은 말을 전해주었다.

낡은 집에 딱 어울리는 좁고 누추한 부엌이었다.

머릿수건을 뒤집어쓴 체구가 작은 여인 하나만 들어가 있는데도 다른 사람이 나란히 설 공간이 없을 정도로 좁았다.

그곳에서 여인은 아궁이 위에 커다란 무쇠솥을 올려놓고는 무엇인가를 펄펄 끓여대고 있었고, 또 그 옆의 아궁이 위에는 솥뚜껑을 거꾸로 엎어놓고 지지직, 소리가 나도록 고기를 구워대고 있었다.

"여간해서는 쉽게 포기하지 않을 것 같은데요. 정말 괜찮으시겠습니까?"

여름, 대낮, 뜨거운 불 앞. 그 세 가지 조건이 갖춰진 덕분에 머릿수건으로 가려진 당이의 새하얀 얼굴에는 연신 굵은 땀방울이 맺혔다.

"정말 가실 겁니까? 밤새 한숨도 못 주무셔서 피곤하실 텐데 오늘만이라도 좀 쉬시든가요."

솥뚜껑 옆에는 다 구워진 고기들이 이미 수북하게 쌓여 있었지만 고기를 뒤집는 당이의 부지런한 손놀림은 좀처럼 쉴 줄을 몰랐다. 그러면서도 중간중간, 그 옆의 무쇠솥 뚜껑을 열어봤다 다시 닫기를 반복하기도 했다.

"……조심하십시오."

어차피 당이가 가는 곳마다 뒤를 따를 거면서 유 내관은 새삼 몸조심을 당부하였다. 그제야 고기 굽는 일에만 정신이 팔린 것처럼 보이던 당이가 보일 듯 말 듯 짧게 고개를 끄덕였다.

"아직도 낯빛이 좋지 않구나."

"매번, 걱정을 끼쳐드려 송구합니다, 어마마마."

준형은 동궁전으로 저를 찾아온 중전 김씨를 맞고 있었다. 당이가 출궁한 지 이틀이 지났는데도 계속 경련이 그치지 않고 있는 오른손은 허벅지를 움켜잡아 그 떨림을 숨기고 있었다. 그런 준형을 중전 김씨는 계속 무언가 말을 할 듯 말 듯한 얼굴로 걱정스레 보고만 있었다.

"어마마마? 소자에게 무슨 하실 말씀이라도……."

"아, 아니. 그냥 그 아이를 출궁시키지 말 걸 그랬다 싶어서 말이다. 연화당 아이가 출궁한 후에 세자의 심기가 유독 불편해 보여서 말이다."

"어마마마께 근심을 안겨드려 송구하옵니다."

"오늘도 아침상을 그대로 물렸다면서? 어제 저녁상도 대부분을 남겼다 들었다. 그러니 눈이 퀭한 거지. 이렇게 입맛을 잃어 어찌하느냐?"

중전 김씨의, 안쓰럽고 애틋하여 어찌할 줄 모르는 그 다정한 물음에 방문가에서 허리를 굽히고 있는 동궁전과 중궁전의 궁인들이 모두 놀랐다.

"무어 달리 먹고 싶은 것은 없느냐?"

"없습니다. 아, 아닙니다. 그러고 보니 어마마마께서 가져다주셨던 지난번 그 떡수단을 제대로 먹지 못한 게 아쉽게 느껴지기는 합니다. 언제 다시 한번……. 어마마마?"

준형은 달리 품은 뜻 없이 답하다 놀라 입을 다물었다. 떡수단 이야기가 나오자마자 중전 김씨의 눈에서 후두둑, 눈물이 떨어진 때문이었다.

얼굴이 붉어진다든지, 눈가가 떨린다든지 하는 어떤 전조도 없이 갑자기 터져버린 중전의 눈물 때문에 준형은 물론, 방 안의 모든 궁인들이 기겁을 하고 놀랐다. 심지어 중전 본인조차도 제 눈물에 조금 놀랐을 정도였다.

"아, 아니. 나는…… 세자…… 그게……."

"어마마마. 덥지 않으십니까? 소자는 계속 방 안에만 있었더니 몹시도 갑갑합니다. 괜찮으시다면 잠시 소자와 바깥바람을 쐬시지요."

준형이 무례인 걸 아는지 모르는지 중전의 말을 중간에서 자르고 벌떡 자리에서 일어났다. 그러고선 아픈 사람답지 않게 활짝 웃으며 중전에게 오른손을 내밀었다.

'아!'

아직도 조금 떨리고 있는 오른손을 보며, 준형은 자신이 잠깐 제 손의 상태를 까먹었음을 알고 서둘러 손을 거두려 하였다. 허나 그보다 빨리 중전 김씨가 준형의 손을 잡고는 그 손에 의지하여 자리에서 일어났다.

"마마……!"

"저하!"

세자의 손을 잡고 나서는 중전을 보며 동궁전과 중궁전의 궁인들이 저마다 감탄에 찬 한숨을 쉬었다. 매번 반목하기만 하던 두 사람이, 전 같았으면 차마 상상도 못 했을 다정한 모습을 보여주는 것에 감격한 것이었다.

다만 모든 정황을 알고 있는 감 내관만이 불안을 감추지 못하고 준형을 주시할 뿐이었다.

'어쩌시려고. 대체 어쩌시려고 저러신단 말인가?'

밖으로 나온 준형과 중전의 모습을 보고 허리를 숙였던 궁인들은 저마다 놀람을 금치 못했다. 세자와 중전이 정말 친모자간이나 되는 양 친밀한 모습으로 걸음을 옮기고 있던 까닭이었다.

세자는 중전을 위해 팔 한쪽을 내어주고 있었고, 아직 젊어서 부축이 필요한 나이도 아닌데 중전은 그런 세자의 팔을 단단히 잡고 있었다.

동궁전의 궁인들이 두 사람을 가리고도 남을 정도로 큰 일산(日傘, 양산)을 가져와 두 사람의 머리 위에 드리우려 했지만 중전과 세자는 그것조차 마다한 상태였다.

"세자와 긴히 나눌 이야기가 있으니, 너희는 조금 떨어져 따라오거라."

중전 김씨가 궁인들에게 명했다.

그리고 잠시 동안, 아주 꿀같이 달달한 세자와의 산책을 만끽하였다.

"날이 더우면 어쩌나 걱정하였는데 다행히 바람이 시원합니다."

"어마마마와 함께 걸으니, 피곤한 줄도 모르겠나이다."

"피곤하시면 말씀하여 주시옵소서. 제가 어마마마를 업어드리겠나이다."

세자가 건네는 자상한 말 한마디, 한마디가 중전 김씨의 등허리를 간질이는 것만 같았다. 세자의 팔을 붙잡고 나란히 궁궐 안을 거닐고 있자니, 시간을 훌쩍 뛰어넘어 아주 예전으로 돌아간 것만 같은 착각이 들었다. 세자빈으로 들어온 지 얼마 안 되어, 당시 세자였던 지금의 임금과 딱 한 번 나란히 궁궐을 산책하였던 때가 생각났다.

임금이 아직 소빈을 만나기 전이었다. 아직 자신만이 임금의 유일한 여인이었던 때였다. 비록 임금은 그때도 완전히 자신에게 마음을 내어주진 않았지만, 그래도 온전히 자신만의 낭군이었을 때였다.

-궁궐 생활은 가파른 절벽 위를 걷는 것과 같다오. 항시 조심하고, 경계해야 하는 곳이라오. 하지만 맹세컨대 내 그 절벽 위에 빈 홀로 두지는 않을 것이오. 항시 빈의 곁에 이 몸이 있음을 잊지 마시오.

그때의 세자는, 세자였던 임금은 세자빈이었던 중전에게 그리 약조를 해 주었더랬다.

'거짓말을 하셨지요. 언제고 제 곁에 있어주겠다고 하셨지만 단 한 번도 그래주시지 않으셨지요.'

그때의 임금과 똑같은 옷을 입고, 똑같은 얼굴을 하고 저를 보고 있는 세자를 보며 중전은 왈칵, 눈물을 터트렸다.

'내 아들이었으면 좋았지 않느냐. 내 배로 나왔으면 좋았지 않느냐!'

"어마마마. 무슨 일이십니까? 어찌하여 자꾸……."

"왜, 왜 내게 다정하게 대하느냐? 너도 알고 있지 않느냐. 내가……."

중전의 입술이 바들바들 떨렸다.

지금 자신이 하려는 말이 얼마나 위험한 말인지, 그 말이 자칫하면 제 스스로 제 목에 올가미를 걸게 만들지도 모른다는 걸 너무나 잘 알고 있어서였다. 그런데도 말은 의지와 상관없이 어느새 입 밖으로 터져 나왔다.

"내가 너를 벌써 두 번이나 해치려 하였음을!"

"어마마마!"

"온궁에서 화살을 맞을 뻔했던 것도…… 떡수단을 먹고 탈이 난 것도…… 모두 내가 한 짓임을 알지 않니! 그런데 왜 모른 척 덮어주었느냐. 어찌하며 원망 한마디 하지 않느냐?"

중전이 울먹이며 물었다. 아니, 따졌다.

"왜 나를 이리 괴롭게 만들어. 왜 너를 마음껏 미워할 수조차 없게 만드느냐 말이다. 크흐흑!"

"미워하셔도 됩니다. 원망하셔도 됩니다."

준형이 손을 들어 일국의 국모가 아닌, 평생 연모하는 이에게서 사랑받지 못한 가여운 여인의 눈물을 닦아주었다.

"어마마마께서는 그럴 자격이……."

준형이 달래듯 말하는 중이었다. 울컥한 중전이 갑자기 와락, 준형을 안고선 다급히 속삭였다.

"내일, 환영연에는 나가지 말거라."

"어마마마? 그게 무슨……?"

"무슨 일이 있어도 사신단의 환영연에 나가선 아니 된다! 나도 자세한 건 몰라. 하지만…… 내일…… 내일 네게 위험한 일이 생길 것이다. 그러니 절대 나가서는 아니 된다!"

"위험한 일이라니?"

그날 저녁, 소빈과 함께 준형을 찾아온 일산은 준형이 중전 김씨에게 들은 이야기를 전하자 그리 되물었다.

"설마…… 시해 음모라도 있다는 말이냐?"

"정확한 건 중전마마께서도 모른다 하셨습니다. 다만, 내일 무슨 일이 있어도 사신단의 환영연에 나가지 말라고만……."

"그럴 순 없다."

새침한 얼굴로 중전 김씨에 대한 이야기를 듣고만 있던 소빈이 준형의 말을 가로채었다.

"중전이 한 말이 거짓말일 수도 있어. 네가 환영연에 나가는 게 못마땅해 일부러 그리 말한 것일 수도 있어!"

"그럴 수도 있지요. 하지만 어쩌면 정말일 수도 있습니다. 예정보다 사신단의 도착이 빨라져, 영천군도 마음이 급해졌을 테니까요!"

일산이 말한 대로, 사신단은 애초에 예정했던 날보다 무려 열흘이나 앞당겨 도성으로 들어오겠다는 전갈을 해온 터였다.

본디 중국에서 오는 사신단들은 평양이나 의주에서 융숭한 대접을 받으면서 오랜 여독을 풀고 느긋하게 도성에 입성하는 것이 보통이었다. 허나 이번 사신단은 무슨 까닭인지 도중에 시간을 허비하는 것이 싫다며, 도성 입성을 서두른 모양이었다.

"아직 금자염과 김 부사에 대한 일도 제대로 처결하지 못했는데 예상보다 훨씬 빨리 사신이 오겠다고 하니, 무리하게 일을 벌이려 할 수도 있습니다. 그러니 신중, 또 신중해야 합니다."

운 좋게 중전의 귀띔으로 내일 무슨 일인가가 벌어질 것임은 알았지만, 그들이 과연 독을 쓸지 칼을 쓸지, 아니면 다른 수를 쓸지 아무것도 알 수 없는 상태였다. 이런 상태에서 무작정 환영연에 준형을 내보낸다는 것은 칼 하나 주지 않고 전장에 내보내는 것과 다름이 없었다.

하지만 소빈의 의견은 달랐다.

"애초에 준형이가 왜 입궁했느냐? 모두가 이때를 위해서가 아니었느냐? 현이 대신 사신들의 앞에 건강하기 그지없는, 하여 다음 대의 보위를 잇는 데 아무 지장이 없음을 보여주기 위해서였다. 그런데 이제 와 환영연에 나가지 않겠다고? 말이 되는 소릴 해야지!"

소빈이 일산을 따끔하게 나무란 후, 준형을 보았다.

"그럴 거면 네가 여기 있을 이유가 없었던 것을!"

"누님!"

일산이 급히 제 누이를 불렀다. 전에는 가식이라도 준형의 앞에서는 다정한 어미의 모습을 보여주더니, 요즘은 계속 자신의 본성을 그대로 보여주는 누이에게 경고하기 위해서였다. 그래봤자 헛수고였지만 말이다.

"내 말이 틀렸니? 목숨을 걸고 이런 거짓소동을 벌인 게 다 무엇 때문인데 이제 와 사실인지 아닐지도 모를 중전의 위협 한마디에 환영연에 나가지 않겠다니, 누구 좋으라고!"

"걱정 마세요."

준형이 다시 후들후들 떨리기 시작한 오른손을 재빨리 왼손으로 잡고선 제 어머니에게 차가운 시선을 보냈다.

"두 분이 뭐라 하시건 전 내일 환영연에 나갑니다. 물론 무사할 것이고요. 빨리 이 가짜 노릇을 집어치우기 위해서라도 잘해낼 테니, 제 걱정은 마시지요. 그보다 외숙은 내일 제가 해야 할 일에 대해서 알려주세요."

일산은 잠시 망설였지만 이내 다음 날 사신을 맞이하러 돈화문까지 나가 해야 할 일을 차근차근 일러주기 시작했다. 하나라도 잊지 않으려 귀담아듣는 준형을 뒤로하고 소빈은 온다 간다 말도 없이 치마를 떨치고 일어나 동궁전을 나갔다.

"낮에 네가 중전마마와 함께 산책하는 걸 보신 모양이야."

소빈이 가고 나서야 일산이 소빈의 기분이 상한 이유를 가르쳐주었다.

"세자는 밖에 있어 안부를 살필 수도 없지, 전하께서는 병세에 차도가 없으시지, 그런 데다 너까지 뺏긴 기분이 들어 심사가 뒤틀리신 거야."

'외숙은 저보다 더 어머니를 모르시네요. 아니면 일부러 거짓말을 하시는 것이든지요.'

준형은 당장이라도 튀어나오려는 말을 가두기 위해 입술을 꾹 다물고선, 점점 더 뜨거워져 오는 오른손을 왼손으로 다시 한 번 힘주어 눌렀다.

"좀 많이 피곤합니다. 아직 제게 가르쳐주실 것이 많습니까?"

"응? 아, 아니다. 일단은 그 정도만 알면 나머진 내일 감 내관이 일러주는 대로 움직이기만 하면 돼. 그리고 걱정 말거라. 내일 네 주위에는 내가 있을 것이야. 아무도 너를 해치지 못하도록 나와 내 수하들이 지킬 것이다."

"그러시든가요."

고맙다는 말 대신 준형은 그렇게만 말했다. 그러고선 방을 나서는 일산의 등을 원망에 가득 찬 눈으로 노려보았다.

지금 준형은 준형 제가 죽거나 말거나 세자 현이 다음 보위를 이을 수 있을지 없을지만 걱정하는 어머니 소빈에 대한 원망만큼, 아니 어쩌면 그보다 더 일산을 원망하고 있었다.

따지고 보면 모두 일산의 탓이었다. 일산이 당이에게 약을 먹여 준형과 당이를 도성으로 돌아오게 하지만 않았다면 반려몽이니 뭐니 하는 허황된 이야기만 들려주지 않았다면 준형은 운명이건 뭐건 상관없이 당이 곁에 있을 수 있었을 터였다. 당이도 세자와 만나는 일 따위는 없었을 터였다.

중국으로 둘이서 도망을 쳤을 수도 있었고, 서해의 수많은 섬들 중 가장 인적이 드문 섬 하나를 찾아 그곳에서 당이와 단둘만이 살 수도 있었다.

그것만으로도 당이는 행복하다 했을 것이었다. 준형은 죽을 만큼 행복했을 것이었다. 한 달에 한 번 바뀌는 저주스러운 몸조차도, 험난한 운명조차도 기쁘게 감수했을 것이었다. 당이만 있으면, 당이만 준형 저를 보고 웃어준다면, 한 나라의 왕자가 아니라 한낱 천한 소금밭 일꾼으로 살라 하여도 기꺼이 그리 살았을 것이었다.

"으으윽……!"

준형이 이를 악문 채 서탁 위에 엎드렸다. 뜨겁게 타오르는 것 같은 오른손으로 가슴께의 옷섶을 찢어져라 잡은 채, 고통스럽게 꿈틀거렸다.

아무리 해도 그리움이 참아지지 않아, 차라리 가슴팍을 뜯어내고 싶은 갑갑함에 준형은 기어이 서탁 위에 쿵쿵, 머리를 박았다.

그렇게 해서라도 당이를 제 안에서 지워내야 했다. 제 머릿속에서 몰아내야 했다. 그러지 않으면 숨을 쉴 수 없었다. 그러지 않으면 손은 다시 자신의 의지를 무시한 채 흉측하게 변하고 말 것이었다.

제9장. 환영연

"정말 연락 안 드리실 겁니까?"

유 내관이 긴 일과를 마치고 돌아와 머릿수건을 벗는 당이에게 물었다.

"……얼굴은 꼭 그렇게 하셨어야만 했습니까?"

답이 없는 당이를 보며, 유 내관은 잔뜩 눈살을 찌푸렸다.

"지금 얼마나 못생겨 보이시는지 아십니까?"

"그리 보이라고 꾸민 것을요."

혀가 마비되기라도 한 듯, 웅얼대는 소리로 답한 당이가 자신의 입안으로 손을 넣어, 각각 왼쪽 볼과 오른쪽 볼 안에 말아 넣었던 두툼한 면포 덩이를 끄집어냈다. 홀쭉하게 파인 얼굴의 양 볼을 심술보가 두둑한 것처럼 보이게, 또한 선명한 말소리를 우둔하게 들리게 하기 위해 일부러 집어넣고 있었던 것들이었다.

"으웩!"

"크크큭."

침이 뚝뚝 흘러내리는 면포 덩이를 보고 혐오감에 낯을 찌푸리는 유 내관을 보며 당이가 장난스럽게 웃었다.

"웃음이 나오십니까?"

"그러게요. 크크. 웃을 때가 아닌데 웃음이 나오네요."

당이가 아침에 제 손으로 직접 뽑아낸, 그래서 아직도 근질근질한 눈썹을 쓱쓱 문지르며 다시 웃었다. 마치 그린 듯이 곱고 날렵한 선을 뽐내던 당이의 눈썹은 이제 본래의 형태를 잃고 처음부터 그랬던 양 마치 민둥산에 풀 몇 포기 나 있는 것처럼 듬성듬성 남아 있을 뿐이었다.

거기다 일부러 얼굴 곳곳에는 얼핏 보면 상처 딱지처럼 보일 새카만 고약들까지 여기저기 찰싹 붙여놓은 상태였다. 그래서 지금의 당이 얼굴로 말하자면, 빈말로라도 절대 곱다고 할 수 없을 정도의 추녀에 가까웠다.

바꾼 건 얼굴만이 아니었다. 치마 밑 허리에는 일부러 두툼하게 복대를 감아, 겉에서 보면 영락없는 절구통 몸매로 보이게 하였다.

그러니 지금의 당이를 보고서 한때 운종가를 잠시 떠들썩하게 만들었던 절세가인의 기생이나, 궁궐 안에서 세자의 총애를 한 몸에 받았던 연화당마마님을 떠올리는 일은 거의 불가능에 가까웠다.

실제로 이날 하루 종일 운종가와 중촌, 그리고 의금부 인근을 왔다 갔다 한 당이를 알은체하거나 의심스러운 눈으로 본 이는 아무도 없었다.

"그래서 찾기는 하셨습니까?"

유 내관의 물음에 당이가 절레절레 고개를 저었다. 그 얼굴은 어젯밤, 피 냄새 물씬 풍기는 객방 안에 서 있던 그때처럼 짙게 그늘져 있었다.

유 내관은 현에게 정인사에서 당이를 찾을 수 없었다고 했지만, 그 말은 거짓말이었다. 유 내관이 정인사에 숨어 들어갔을 때 당이는 피에 젖은 객방 한가운데 우두커니 서 있었다. 어렴풋이 스며든 달빛에 보인 그 표정은 슬픈 건지, 화난 건지 잘 구분이 가지 않았다.

"홍 낭자……."

유 내관이 조심스레 당이를 불렀을 때, 당이는 놀란 기색도 없이 지극히 자연스러운 태도로 유 내관을 돌아보았다. 아니, 처음부터 유 내관이 오기를 기다리고 있었던 사람처럼 "생각보다 늦으셨다."며 얌전히 인사까지 했다.

"그분이 절 데리고 오라시던가요?"

"……예."

"그럼, 가죠."

당이는 의당 그러해야 할 일인 것처럼 선뜻 유 내관을 따라나섰다.

하지만 막상 도성으로 와 세자가 묵고 있는 안가 근처에 이르렀을 때 당이는 유 내관에게 그 주변에 작은 초가집 하나 얻어줄 수 있냐고 물었다.

"그냥 방 한 칸에 조그만 부엌 하나만 있으면 됩니다."

"어렵지는 않습니다만, 왜 굳이……."

유 내관은 세자를 만나고 싶지 않아 그런 거라면 안가와 멀리 떨어진 곳에 있는 제집으로 가, 권유하였다. 어차피 자신은 안가에서 계속 기거해야 하니 제집에서 기거하면 된다고 권했지만, 당이는 그것을 거부하였다.

"꼭 이 근처여야만 합니다. 이 근처에 얻어주셔요."

또한 당이는 비밀을 지켜달라는 부탁도 해왔다.

"언젠간 다 말씀드릴게요. 대신 그분께나, 공자께나 제가 어디 있는지, 무얼 하는지는 비밀로 해주셔야 합니다. 안 그러면……."

당이는 말했다. 만약 유 내관이 자신의 뜻을 들어주지 않겠다면 자신은 유 내관을 피해 도망가고 말겠다고.

"제가 도망 하나는 진짜 잘 가거든요."

농담인지 진담인지 잘 구분이 가지 않는 당이가 말했다. 해서 유 내관은 당이에게 그리하겠노라 약속을 할 수밖에 없었다. 일단은 당이가 자신의 눈이 미치는 곳에서 안전하게 있는 게 중요했다.

"그런데 정인사에서는 도대체 무슨 일이 있었던 겁니까?"

"……저녁 공양을 마치고 객방에서 쉬고 있을 때, 그 절의 공양주(供養主, 절에서 밥 짓는 일을 담당하는 사람)라는 여인이 말벗이라도 되어주겠다고 찾아왔어요."

화려한 궁궐 생활을 뒤로하고 갑자기 낯선 절로 살러 온 당이를 가엾게 생겨 누룽지를 만들어 찾아온, 수더분한 생김새의 중년 여인이었다.

십 년 넘게 남편에게 두들겨 맞으며 살다, 도저히 살 수 없어 딸까지 팽개치고 혼자 도망 온 몸이라며, 그 딸이 이제는 딱 당이 나이 또래라고 애틋한 눈으로 당이를 보았던 여인이었다.

남이라 생각하지 말고 산중 생활에 불편하게 있으면 언제든 제게 말하라고 한 여인이었다. 고기는 못 대주어도 삶은 계란 하나쯤은 슬쩍 구해다 줄 수 있노라- 그리 말하며 한쪽 눈을 찡긋 감아 보이기도 했다.

그 후에도 묻지도 않은 이런저런 산중 생활의 요령을 알려주던 여인이 깜빡 잠이 들었을 때, 당이는 차마 깨워서 돌려보낼 수가 없어 이불을 펴고 여인을 눕혔더랬다.

"잠시 밤바람을 쐬려고 나왔던 거였어요. 어쩐지 마음이 진정되지 않아, 대웅전의 부처님이라도 뵈려고 방을 나섰어요. 그런데……."

모두가 잠든 깊은 밤이었기에, 부러 등롱도 들지 않고 달빛에 의지하여 대웅전으로 향했던 그때, 제 방에서 무슨 일이 벌어지고 있는지 당이는 꿈에도 생각지 못하고 있었다.

"멍청한 작자 같으니. 죽이려면 제대로 확인하고 죽일 것이지. 왜 죄 없는 사람을……."

"자책하실 건 없습니다. 낭자께서 그 흉사를 면한 것도, 아무 인연이 없던 그 공양주가 낭자를 대신하여 그 참변을 당한 것도 모두 제각각 타고난 팔자이자 운명인 것을요."

유 내관이 당이를 달랜답시고 그리 말할 때였다.

"하! 운명이요? 무슨 운명이요. 무슨 놈의 얼어 죽을 운명이요!"

당이가 여태 꾹꾹 참고 있던 화를 터트리며 걸쭉한 욕설을 내뱉었다.

"운명 같은 거, 빌어먹다 죽어버리라지요!"

"나, 낭자?"

오랜 시간 동안 궁 안팎을 오가며 이 꼴, 저 꼴 다 봐온 유 내관이었지만, 여인의 입에서 그것도 한때라도 궁에 몸담았던 여인의 입에서 생각지도 못한 막말이 튀어나오자, 유 내관의 눈썹이 이마 위로 높게 올라갔다. 유 내관에게는 핏물 가득했던 방 안 풍경보다 지금의 당이 모습이 더 놀라웠다.

"다른 사람을 대신하여 허망하게 죽을 운명 따위 누가 준 건데요. 연모하는 사람이 아닌, 몇 번 보지도 않은 사람이 진짜 반려라는 그 따위 허황된 운명이라는 거, 그게 뭔데요!"

유 내관이 그 빌어먹을 운명이라도 되는 양, 당이가 무섭게 화를 냈다.

"난 그런 거 몰라요. 그런 거 인정 안 해요! 절대로, 절대로!"

정말 자신이 말한 대로 운명이랑 한판 싸움이라도 할 것 같은 당이의 태도에, 유 내관은 신선한 충격과 함께 묘한 감동을 받았다.

그래서였을까?

세자조차도 우습게만 여기던 천하의 유 내관이었지만, 그날 이후 그는 당이 앞에서는 꼼짝도 못 하게 되었다. 하여 위험한 걸 뻔히 알면서도 당이가 제 딴엔 변장이란 걸 하고 도성 안을 휘젓고 다니는 걸 말리지도 못했다.

말리기는커녕, 의금부 옥사에 드나들 수 있는 방법을 찾아달라는 조금은 무모한 부탁마저도 거절 한 번 못 하고 그대로 들어주고 말았다.

"공자를 지키기 위해서예요."

그렇게 당이의 말에 실컷 휘둘리고 말았다.

"곽 칙사. 먼 길을 오시느라 수고가 많으셨습니다."

"황제 폐하의 명을 받고 오는 길이 어찌 수고로울 수 있겠습니까? 특히 도중에 경인군과 만난 이후로는 높은 학식과 언변에 도취하여, 더욱 힘든 줄 모르고 왔습니다. 하하하!"

중국 사신단이 도성으로 입성한 그날 오후. 사신단을 맞이하는 환영연이 돈의문 밖 모화관(중국 사신들을 영접하는 객관)에서 크게 열렸다.

낮 동안에는 사신단과 그들을 맞으러 나갔던 영천군을 비롯한 모든 신료들이 궁궐 안에 들어가 공식적인 영접행사를 거행하였다. 그동안 사신단의 대표인 칙사 곽선은 조선 임금의 중한 병세를 걱정하고 위로하는 중국 황제의 칙서를 전달하였고, 병중에 있어 영접행사에 참석하지 못한 임금과 세자를 대신하여 영천군이 그 칙서를 받아 들었다. 이후 모든 이들은 다시 모화관으로 이동하여, 사신단의 먼 여정을 위로하는 성대한 주연을 열었다.

그 환영연의 주연에서 제일 상석에 앉은 건 물론 곽 칙사와 영천군, 그리고 영천군의 아들 경인군 이원이었다.

"그런데 깜짝 놀랐소이다. 황제 폐하의 친서를 가지고 오신 칙사께서 이리 젊으신 분이실 줄이야. 게다가 어쩌면 이리 우리말에 능통하신 것인지 두 번 세 번 놀랐지 않았겠습니까. 하하하하."

곽 칙사의 잔에 가득 넘치도록 술을 따른 영천군이 단순한 인사치레만은 아닌 말을 하였다. 그도 그럴 게 보통의 사신단들에 비해 그 규모가 훨씬 작은, 겨우 십여 명밖에 되지 않는 사신단을 이끌고 왔다고는 해도, 황제의 친서를 들고 온 칙사가 이제 갓 서른 정도밖에 되어 보이지 않는 젊디젊은 사내였기 때문이었다. 특히 중국 황제가 이 곽선이라는 사내를 워낙 어여삐 여기고 중히 여기고 있단 말은 진작부터 소문으로 들어 알고 있었기에 영천군의 놀라움은 더욱 컸다.

"아, 경인군이 아직 말씀을 못 드렸나 보군요."

영천군이 따른 술을 단숨에 비운 후 곽 칙사가 호방한 웃음을 띠었다.

"사실 저희 삼대 전 선대 어른께서 조선 출신이시랍니다. 그래서 저희 집안에서는 어렸을 때부터 조선어를 함께 쓰고 말하는 법을 배우게 하지요."

"아, 곽 칙사께서 우리 조선 사람이셨습니까? 그것참 반가운……."

"하하하하. 황제 폐하의 땅에서 태어나 황제 폐하의 녹을 먹고 사는 제가 어찌 조선 사람이라 할 수 있겠습니까. 다만, 제 선조께서 이곳에서 나셨던 분이다, 이거지요. 뭐, 그리 썩 영광스러운 일은 아니지만 말입니다."

곽 칙사가 똑 부러지는 조선말로 자신을 조선 사람으로 쉽게 규정하려는 영천군의 말을 단박에 거절하였다.

"헌데 오는 도중에 경인군에게 흥미 있는 이야기를 들었는데, 그것이 사실입니까?"

이번엔 곽 칙사가 머쓱해 있는 영천군의 술잔을 채워주며 넌지시 물었다.

"어떤 이야기가 그리 흥미로우셨소이까?"

"조선에는 늑대가 없다면서요?"

늑대- 란 소리에 상석에 있는 영천군 외에 다른 술상에 앉은 중신들까지 일제히 호기심 어린 눈으로 곽 칙사를 보았다. 몇 대 전 임금이 조선 땅에서 모든 늑대를 몰살하라는 어명을 내린 이후, 공공연한 장소에서 늑대란 소리를 들은 것이 모두들 처음이었기 때문이었다.

"처음엔 경인군이 농을 하였다 그리 들어 넘겼는데 경인군이 부득불 사실이라 우기니, 여쭤보는 것입니다. 정말로 조선 땅에는 늑대가 없습니까?"

"경인군이 무엇하러 그런 농을 하겠습니까? 경인군의 말이 맞습니다. 이 조선 땅에는 늑대라고는 없습니다."

영천군이 딱 잘라 말했다.

"단 한 마리도요?"

"소문에는 보름날 밤에 봤다는 사람들도 있다고는 합니다."

경인군이 영천군보다 먼저 답을 하였다.

"하지만 대부분이 다 허황된 소문이지요. 늑대를 봤다는 소문을 듣고 나선 전국의 난다 긴다 하는 사냥꾼들이 이제껏 단 한 마리도 잡아 오지 못한 것을 보면, 이 조선 땅엔 늑대가 없는 게 분명······."

경인군이 한창 늑대에 대한 이야기에 열을 올릴 때였다. 모화관의 입구 쪽에서 와글와글 소란스러운 기색이 이는가 싶더니 이내 크고 높은 목소리 하나가 모화관 전체에 울려 퍼졌다.

"세자저하, 납시오!"

순간, 모화관의 마당에서 재주를 부리고 있던 광대들의 현란한 움직임이 일시에 멈췄다. 떠들썩하게 울려 퍼지던 악공들의 연주 소리도 순식간에 멈췄다. 이어 마당에 친 거대한 천막 속에서 각자 술자리를 갖고 있던 말단의 신료부터, 넓디넓은 대청마루에 마련된 술상 앞에 앉아 있던 중신들까지 모두 일제히 자리에서 일어나 버선발로 마당으로 내려갔다.

방문을 활짝 연 형태로, 마당과 대청마루를 훤히 내다보이는 위치에 자리 잡고 있던 영천군과 경인군도 마찬가지였다.

오직 곽 칙사만 여유롭게 몸을 일으키는 가운데 모화관의 대문이 활짝 열렸다. 이어 세자익위사(세자호위 관청)의 군사들과 십수 명에 달하는 내관과 궁녀들, 그리고 일산과 훈련원의 무사들까지 거느린 준형이 모화관 안으로 들어섰다. 그 모습은 아픈 뒤끝의 연약한 세자라기보다 마치 군사를 이끌고 정벌이라도 하러 온 정복자의 모습처럼 강렬한 인상을 주었다.

그때 당이는 전날처럼 변장을 하고 의금부를 향해 바쁜 걸음을 옮기고 있는 중이었다. 오늘도 옥사에 갈 예정이었다.

당이는 머리 위에 제 덩치에 비해 지나치리만큼 큰 광주리 하나를 이고 있었는데, 그 광주리 안에는 소금을 간간히 넣어 만든 주먹밥과 개떡들, 어제처럼 하루 종일 구워낸 고기며 막술 두어 동이까지 들어 있었다.

"어이구. 제수씨 오셨소!"

"온다는 시간보다 쪼끔 늦게 오셨구려. 에구에구. 거기 발밑에 돌멩이 조심하시우. 비틀대다 광주리 쏟으라."

의금부의 문지기들이 만면에 미소를 띠고 호들갑스러울 정도로 반갑게 당이를 맞았다. 모두 어제 처음 인사를 나눈 자들이었다. 그런 주제에 지나치게 반기는 것은 모두 당이가 이고 있는 광주리 때문이었다. 어제처럼 오늘도 광주리 안에 자신들을 위한 술동이가 있음을 알고 있기 때문이었다.

"고생들이 많으시네요. 나눠들 드세요."

당이는 슬쩍 주변의 눈치를 본 후 무릎을 굽혀, 그들이 직접 광주리에서 술동이를 꺼내 가게 하였다. 그걸로도 모자라, 허름한 앞치마 속에서 슬그머니 엽전 두어 푼을 꺼내 문지기 중 한 명에게 찔러 넣어 주었다.

"오늘도요? 아이고, 매번 이러면 부담스러운데. 헤헤. 아무튼 얼른 들어가 보시오. 막손이 놈이 목이 빠져라 기다리고 있소."

문지기 중 한 명이 얼른 당이를 데리고 의금부 안 옥사 쪽으로 데리고 갔다. 그러더니 옥사 문 앞을 지키고 있는 옥졸 중 한 명을 보고는 "어이, 막손이. 자네 안사람 왔네!" 하고 반갑게 일러주고는 얼른 저는 본래의 자리로 돌아가기 위해 걸음을 서둘렀다.

괜히 저만 빼고 다른 놈들끼리 술동이를 다 비울까, 마음이 급해져서였다.

"어, 왔는가?"

막손이라 불린 옥졸이 제 옆에 선 옥졸에게 히죽, 싱겁게 웃어 보이고는 얼른 당이에게로 뛰어와 이고 있는 광주리를 들어 내렸다.

"오셨습니까? 그냥 이것만 맡기고 가셔도 된다고 했잖습니까?"

막손이가 당이에게만 들릴 소리로 걱정을 하였다.

"내가 직접 해야 하는 일이라서요. 그나저나 도와주어 고맙습니다."

"어이구. 말씀 낮추십시오. 저 같은 천한 놈한테까지 공대를 하십니까."

막손이가 당황하여 손까지 내저었는데도 당이는 여전히 높임말을 버리지 않고 그에게 깍듯한 인사를 건넸다.

"언제고 이 은혜는 꼭 갚을게요."

"아, 아닙니다! 별말씀을요. 저야말로 유 내관 어른한테 은혜를 갚는 중인 것을요. 유 내관 어른이 아니셨으면 이놈의 가족이 모두⋯⋯. 어이구, 내 정신 좀 봐. 내가 지금 누구를 잡고 수다야, 수다가? 이럴 때가 아니지. 얼른, 얼른 안으로 들어가 보셔야지요?"

막손이가 당이의 광주리를 들고, 옥사 앞으로 가서 문을 열고는, 당이를 들여보내 준 뒤 얼른 다시 문을 닫았다.

"나중에 한턱 단단히 내야 되는 거 잊지 말게? 안 그럼 내 도사 나리께 꼰지르고 말 테니?"

막손의 곁에 선 옥졸이 쿡, 막손이의 옆구리를 찌르며 농담 반 진담 반으로 막손을 겁박했다. 옥졸은 막손의 마누라가 어느 양반집의 심부름으로 옥사 안의 죄수들에게 먹을거리를 나눠주고 있는 걸로만 알고 있었다. 그러니 막손 내외가 제법 적지 않은 심부름값을 벌고 있으리라 생각한 것이다.

"흐흐흐. 설마하니 내가 모른 척 입 씻을까 봐? 아직도 날 그리 몰라? 자네는 그냥 떨어지는 떡고물이나 제대로 잘 주워 먹을 준비나 하시게."

막손은 아까 당이를 제게로 데려다 준 문지기에게 그랬듯이 꿈쩍꿈쩍 눈짓을 하며, 비밀을 지켜주어 고맙다는 뜻을 전했다.

"정말 누가 주시는 건지는 안 알려줄 거요?"

당이가 나눠 준 소금기 간간한 주먹밥을 허겁지겁, 볼이 미어터져라 입안에 쑤셔 넣은 여편네가 연신 고개를 갸웃거리며 물었다.

지난날, 당이가 금자도에 있을 때 갯벌에서 당이와 서로 머리채를 잡고 뒹굴었던 여편네였지만 그녀는 제 눈앞에 있는 못생기고 뚱뚱한 체구의 여인이 당이라고는 꿈에도 생각지 못하고 있었다.

"나중에…… 나중에 기회가 되면 직접 알려주신다고 하셨어요."

양쪽 볼 안에 두툼한 면포 덩이를 넣은 때문에 볼 살이 툭 튀어나오고, 말하는 것도 어눌해진 당이가 짧게 답하고는 옥방 안의 다른 여편네들에게도 주먹밥과 고기들을 나눠주었다.

"나중에 괜히 돈 달라고 뭐라 그러는 건 아냐?"

여편네가 게 눈 감추듯 주먹밥 하나를 뚝딱 먹어 치우고 또다시 당이에게서 주먹밥을 건네받으면서도 의심의 눈길을 거두지 않았다.

"아따, 이 여편네야. 어제 못 들었어? 어느 댁 마나님이 오대독자 아들의 목숨이 경각에 달려 있어 무당에게 갔더니 백 사람에게 은혜를 베풀라고 했다는 거? 그러니 고맙소 하고 그냥 국으로 주는 대로 처먹기나 하서."

예전에 당이인 줄 알고 준형에게 잘못 물을 끼얹었던 다른 여편네 하나가 의심스러워하는 제 동무를 핀잔하였다. 동무와 달리 여편네는 백 개의 은혜를 베풀어야 하는 양반 마나님의 심부름으로 음식을 싸들고 왔다고 한, 당이의 말을 철석같이 믿는 모양이었다.

"혹시 여기다 독이라도 탔으면 어쩌려고?"

"아, 우리 같은 거 죽여서 뭣에 쓰려고!"

여편네가 제 동무의 말을 언짢게 꾸짖으며 한바탕 사설을 늘어놓았다.

"이 여편네야. 지금은 독이 아니라, 독 할아비를 탔어도 무조건 먹어둬야만 해. 너도 봐서 알겠지만 에서 나오는 밥이 그게 밥이냐? 생긴 거나 맛이나 딱 소똥 같더구먼. 그러니 괜한 입 방아질 말고, 있을 때 부지런히 먹어두기나 해! 흐흐. 그래서 말인데요."

의심하는 동무를 실컷 나무라던 여편네가 얼굴가득 비굴한 웃음을 띠며 당이에게 꼬질꼬질 때가 낀 제 손을 내밀었다.

"한 덩이만 더 안 될까요? 그게…… 이따 두고, 밤에 먹으려고요. 헤헤헤. 밤만 되면 왜 그리 배가 고픈지, 이놈의 배 속이 밤새 꼬르륵 울어대는 통에 밤새 잠 한숨 못 잔다니까요?"

"예에. 그러세요."

당이가 따로 챙겨온 호박잎에 주먹밥과 구워 온 고기 몇 조각을 얹어 여편네에게 건넸다. 그러자 아직 입안에 주먹밥을 물고 있는 다른 여편네들도 저마다 옥방의 창살 앞으로 바짝 다가앉아 너도나도 창살 사이로 불쑥불쑥 손바닥들을 내밀었다.

"아, 나도!"

"저도요!"

당이는 그 손들도 하나하나 정성스레 다 챙겨주었다.

"헤헤헤. 고맙수다. 복 받으실 거요."

"내 죽거든, 이 머리카락이라도 가져다 파시오. 아가씬지 아주머닌지 몰라도 내 드릴 건 이 머리채밖에 없구려."

당이에게 먹을 것을 건네받은 이들이 저마다 눈물을 글썽이며 감사의 인사를 표했다. 그 눈물은 절대 과장이나 호들갑이 아니었다.

제대로 옥바라지 해줄 가족이 없으면 굶어죽기 딱 좋은 게 본디 옥사에 갇힌 이들의 운명이었다. 그러니 지금 그들의 배고픔을 면하게 해주는 눈앞의 여인은 그들에겐 그야말로 생명의 은인이나 다름없었다.

"내 아들…… 내 아들 좀 찾아주시오. 예? 이보시오. 우리 아들, 우리 귀하고 잘생긴 아들은 도대체 언제 찾아주실 거요. 예?"

당이가 여자 죄수들을 가둔 옥사에 이어 남자 죄수들을 가둔 옥사에 들러, 소금밭 일꾼들에게 먹을 것을 나눠주고 있을 때, 의금부 문 앞에서는 웬 중년의 여인 하나가 소란을 피우고 있었다. 낡은 쓰개치마를 땅바닥에 질질 끌며, 머리도 여기저기 삐죽삐죽 튀어나와 산발이 된, 눈빛도 어딘가 공허한 것이 온전한 정신이 아닌 게 분명해 보이는 여인이었다.

"아, 예에. 얼른 찾아서 보내드릴 테니까 집에 돌아가 계세요. 네, 마님?"

문지기 중 하나가 여러 번 해본 티가 나는 능숙한 솜씨로 중년의 여인을 달래어 억지로 돌려보내려 하였다. 그러자 여인이 문지기의 옷섶을 잡고 주르륵주르륵 눈물까지 흘려대며 통사정을 하였다.

"대감마님. 꼭, 꼭 찾아주셔요. 제 딸아이가 말입니다. 우리 당이가 곧 있으면 세자저하의 외척이 된답니다. 혼례를 올리려면 아들아이가 있어야 하는데, 어제 새벽에 집을 나가서 아직도 안 들어오지 뭡니까? <u>흐흐흐흑.</u>"

"예에, 예에. 압니다. 잘 알지요. 금방 찾아 보내드릴 테니까 얼른 들어가 보셔요. 혹시 압니까? 도령이 이미 집에 돌아와 있을지?"

"맞다. 그렇지! 우리 용이 배고플 텐데. 빨리 가서 밥 차려줘야지."

한때는 꽤나 비싼 돈을 주고 샀을, 그러나 지금은 여기저기 찢기고 더럽혀진 치맛자락을 움켜잡고 중년의 여인이 어딘가를 향해 급히 뛰어갔다.

"누구야? 난 처음 보는 얼굴인데?"

문지기 중 하나가 방금 여인을 돌려보내고 돌아오는 제 동료에게 물었다.

"어, 있어. 벌써 한참 전부터 심심하면 한 번씩 나타나서 아들 찾아달라고 소란을 피우는데 아무래도 살짝, 맛이 갔나 봐."

"입성을 보니 양반 부인네 같은데?"

"자기 말로는 그렇다는데 미친 사람 말을 곧이곧대로 믿을 수가 있어야지. 아니, 자기가 멀쩡한 양반부인이면 저러고 미쳐 돌아다니는 걸 집안에서 그냥 보겠……. 어, 제수씨. 나왔어요?"

한창 수다를 떨던 문지기가 어느새 볼일을 다 마치고 나온 건지 의금부 문 앞에서 뻣뻣하게 서 있는 당이에게 인사를 건넸다.

"덕분에 목 잘 축였습니다. 내일도 또 올……. 제수씨? 제수씨?"

당이는 문지기의 인사를 받는 둥 마는 둥 하고 금세 저만치 가버린 제 어머니 송씨 부인의 뒤를 쫓기 시작하였다.

"저하! 그 무슨 말씀이시옵니까?"

당이가 한창 어미를 쫓느라 걸음을 서두르고 있는 동안, 모화관의 환영연에 있는 경인군 원이 준형, 아니 세자의 뜻을 다시 한 번 확인하듯 물었다.

"진심으로 저와 활을 겨루어보자는 말씀이시옵니까?"

"그렇대도. 한번 겨루어보자니까? 감 내관, 자네는 이 뒤에 있는 활터에 가서 활과 화살을 가져오게. 내 것으로 하나, 경인군 것으로 하나."

"정말 소생과 활솜씨를 겨루어보시려는 겁니까? 저하께서는 활을 잡지 않으신 지 십 년이 넘으셨습니다."

"그러니 경인군은 더욱 내게 이겨야 하겠구나. 활을 잡지 않은 지 십 년도 더 된 내게 활솜씨로 진다면 그 얼마나 창피하고 수치스러울 것이야?"

준형은 일부러 쿡쿡 소리 내어 비웃어 방자하고 교만한 제 사촌아우의 약을 잔뜩 올린 후, 다시 감 내관에게 명했다.

"무얼 하느냐? 어서 활을 가져오지 않고!"

"활이라면 마침 제게 좋은 것이 있습니다. 괜찮으시다면 그것으로 하시겠습니까?"

곽 칙사가 잔뜩 신이 난 얼굴로 감 내관 대신 답했다.

그로부터 얼마 후, 준형과 경인군의 앞에 보통의 활보다 두 배는 더 크고, 서너 배는 더 굵어 보이는 활 두 개가 나란히 놓였다.

"이건……?"

경인군이 엄청난 활의 크기에 놀라 곽 칙사를 보았다.

"황제 폐하께서 사냥을 좋아하는 내게 하사하신 활입니다. 아무도 쉽게 활시위를 당기지 못하도록 특별히 크고 강하게 만들어진 활이지요. 두 분이 활솜씨를 겨누시겠다면 활이 이쯤은 되어야지요."

곽 칙사는 흥미를 감추지 못하는 얼굴로 활의 크기에 조금 질린 듯한 경인군과 가만히 눈 아래로 활을 내려다보고 있는 준형을 번갈아 보았다.

"자, 어디 한번 시험 삼아 시위를 당겨보시겠습니까?"

곽 칙사가 준형과 경인군 두 사람에게 제의했다. 준형이 선뜻 자기 앞에 놓인 활로 손을 뻗자, 이어 경인군도 얼른 자기 앞에 놓인 활에 손을 뻗었다. 그 순간, 준형의 뒤에 버티고 섰던 감 내관과 군사들의 손이 일제히 칼을 찬 허리춤으로 다가갔다.

만약의 일을 대비해 준형을 지키기 위해서였다. 경인군은 그들의 모습에 조금 긴장하긴 했지만 금세 제 아비의 눈치를 보고선 짐짓 아무렇지 않은 척 제 앞의 활을 들어 올렸다.

"생각보다 훨씬 더 무거운데요?"

예상외의 활 무게에 놀란 경인군이 곽 칙사를 보았다가, 곽 칙사가 뚫어져라 보고 있는 준형을 보고는 피식, 소리 없는 웃음을 지었다.

좀 무겁긴 하지만 왼손 하나만으로 활을 들고 있는 저와 달리, 제 앞의 사촌형님은 이마에 굵은 핏줄까지 드러내며 힘겨운 기색으로 활을 들고 있었던 것이다. 그것도 왼손 하나만으로는 들고 있기가 벅찼던 것인지, 왼손을 도와 받쳐 들고 있는 오른손은 덜덜 떨리기까지 하고 있었다.

"괜찮으시겠습니까? 활을 바꿔드릴까요?"

곽 칙사가 걱정스러워하는 투로 묻자, 경인군이 날름 그 말을 받았다.

"그리하세요, 저하. 아직 몸도 성치 않으신데 괜히 무리하지 마시옵소서. 오늘도 아침부터 신열이 심해서 돈화문에 나오지도 못하셨지 않습니까?"

실제로 그랬다. 준형은 지난밤부터 급작스레 신열이 올라, 원래 이날 돈화문으로 나와 중국 사신들을 직접 맞기로 한 계획을 어그러뜨리고 말았다. 일산은 그런 준형에게 기왕 그리됐으니, 환영연에는 참석하지 말자고 건의를 하기도 했다. 하지만 낮이 되어 신열이 떨어지자마자 준형은 환영연에 참석해야 한다며 굳이 고집을 피워 나왔던 참이었다.

"피곤하다고 한마디만 하세요. 그럼 제가 모른 척, 물러드리겠습니다."

경인군이 준형에게만 들릴 정도의 낮은 목소리로 그리 속삭였다. 준형이 그런 경인군에게, 일부러 쩌렁쩌렁한 목소리로 활달히 답하였다.

"나를 위해 물러주겠다고? 그건 이미 늦은 것 같은데? 보려무나. 좌중의 모든 이들이 이미 호기심에 차 우리를 보고 있잖니. 너랑 나, 누가 이길지 궁금해하는 저 눈들을 실망시켜서는 아니 되지. 안 그렇소, 곽 칙사?"

"그럼…… 두 분 다 이대로 활터로 이동을 하실까요? 모화관의 활터가 제법 넓고 훌륭하다고 들었습니다만."

곽 칙사가 손가락을 튕겨 하인들을 불러들인 다음 활터를 준비시키라 이르려 할 때였다.

"번거롭게 굳이 그럴 필요까지 있겠습니까?"

경인군이 뭔가 딴생각이 있는 모양으로 그리 말한 후, 주변을 두리번두리번하더니 구석에서 부지런히 술병을 나르고 있는 조그만 계집종을 불렀다.

"거기 너!"

"……예? 예?"

"이리 가까이 오너라."

경인군 정도나 되는 높으신 양반이 자신을 무엇 때문에 부르는 것일까, 걱정이 된 계집종이 오들오들 떨면서 두 손을 모으고 고개를 깊이 숙인 채 경인군의 앞에 와 섰다. 유난히 덩치가 작아 더 안쓰러워 보이는 소녀였다.

"받으려무나."

경인군이 술상 위에 올라 있던 과일들 중 유난히 새빨간 사과 하나를 집어, 계집종에게 건넸다.

"이, 이걸 왜 제게……?"

"너는 그걸 머리 위에 얹고서 저기 대문간에 가서 이쪽을 보고 서거라."

경인군이 손을 들어, 자신들에게서 족히 서른 걸음은 떨어진 곳에 있는 너른 대문을 가리켰다.

"흐음?"

곽 칙사가 흥미롭다는 시선으로 대문에 이어 경인군을 보았다. 그러자 경인군이 자신만만한 얼굴로 곽 칙사와 얼굴이 하얗게 질린 채 사과를 든 손을 덜덜 떨고 있는 조그만 계집종을 보고 있는 준형에게 말했다.

"저하와 제가 각각 한 번씩 활을 쏘아, 이 아이의 머리 위에 놓인 사과를 맞히는 것은 어떨까요? 두 사람의 활솜씨를 가리기엔 너무도 쉽고 간편한 방법이 아니겠습니까?"

경인군의 말에 조그만 계집종의 다리가 눈에 띄게 후들거렸다. 겁에 질렸으면서도 자리가 자리인지라 울지 않으려 애쓰는 얼굴은 잔뜩 일그러진 채였다. 곽 칙사는 그것이 별로 마음에 들지 않았지만 제가 끼어들 일이 아니라 생각하고 준형에게 물었다.

"손쉬운 방법 같기는 합니다만, 저하의 의중은 어떠십니까?"

"이리 가까이 오너라."

준형이 무섭게 낮은, 엄한 목소리로 조그만 계집종을 제 곁으로 불렀다.

"예, 예에…… 흐읏."

계집종 아이가 코를 훌쩍이며, 입을 앙다물어 억지로 눈물을 참으면서 경인군의 곁에서 준형의 곁으로 다가왔다.

"사과를 다오."

준형은 계집종아이의 덜덜 떨리고 있는 손에서 사과를 뺏어 들었다. 그 대신 술상에 올라 있는 약과 한 움큼을 집어, 놀란 동그래진 눈으로 저를 보고 있는 아이의 손에 억지로 쥐여 주었다.

"그만 가보거라."

"예에?"

"여기 있지 말고, 본래 네 있던 자리로 돌아가란 말이다."

"예? 아, 예. 예!"

어린 계집종은 정말 그대로 되나, 주변을 두리번거리다 세자의 바로 곁에 있는 늙은 내관이 그러라는 뜻으로 가만히 고개를 끄덕이자, 얼른 앞치마로 약과를 감싸 쥐곤 후다닥, 내달리기 시작하였다. 아이가 완전히 모습을 감춘 후 준형은 경인군에게 제 손에 있는 사과를 들어 보였다.

"너와 나. 우리 둘이 하는 건 어떠냐?"

"예?"

"어차피 우리가 겨루고자 하는 일이니, 굳이 다른 사람을 과녁으로 삼을 필요가 있겠느냐 말이다. 너와 내가 번갈아 이 사과를 어깨에 얹고, 네가 말한 저 대문간에 서서 서로의 과녁이 되어주자고. 이러는 게 보는 이들도, 하는 우리도 좀 더 재미있지 않겠어?"

"저하!"

준형의 말이 끝나자마자 두 사람의 대화를 유심히 듣고 있던 모화관의 신료들이 일제히 자리에서 일어나 준형을 불렀다. 그중에는 이미 준형과 모종의 밀약관계를 맺고 있는 것이나 다름없는 형조판서와 대사간, 대사헌 등 세 중신도 포함되어 있었다.

"아니 되옵니다, 저하!"

"이런 일은 만고에 없는 일이옵니다!"

"자칫하여 경인군의 화살이 저하의 옥체를 상하게라도 한다면, 자칫 저하의 화살이 경인군의 몸을 상하게 한다면 이는 다시없는 비극이 되옵니다. 말씀, 거두어주시옵소서."

세 중신이 특히 목소리를 높여, 이번 유희의 부당함을 아뢰었다. 그러자 다른 신료들도 마찬가지였다. 모두 제각기 아니 된다 목소리를 높여 고했다.

"말씀을 물러주시옵소서!"

"유희란 무릇, 나와 상대가 모두 즐거워야 하는 일입니다. 누군가가 다치게 된다면 그것을 두고 어찌 웃을 수 있으며, 웃을 수 없다면 그것을 어찌 유희라 하겠나이까?"

"통촉하여주시옵소서."

모두가 제 말에 반대를 하고 나서자 준형이 경인군에게 물었다.

"그렇다는데? 네 생각은 어떠하냐? 너만 괜찮다면 나는 아무래도 상관없다만……"

하지만 그건 어디까지나 좌중에게 들리도록 한 소리였다. 준형은 이내 조금 전처럼 다시 경인군에게 속삭였다. 속삭임이라고는 하나, 부러 자신들 주변에 있는 이들에게 충분히 들릴 만한 소리로 말하였다.

"왜, 겁이 나? 설마하니 내가 너를 쏴 죽이기라도 할까 봐? 아니면…… 네가 나를 맞히게 될까 봐? 그래도 하는 수 없어. 네가 정말 내 자리를 뺏고 싶다면 이만한 일쯤은 해낼 배포가 있어야 할 테니까."

일부러 새어나온 그 소리를 들은 모든 이들의 얼굴이, 특히 영천군과 경인군의 얼굴이 창백하게 굳었다. 준형의 말은 완벽한 도발이었다. 너희가 나를 해치려 함을 안다, 그러니 어디 한번 자신이 있으면 그래보라는 도발이었다.

하여 그 자리에 있는 모든 이들이 일제히 영천군을 보았다. 어차피 준형이 도발하는 상대가 경인군이 아니라 그 뒤에 버티고 선 영천군이라는 건 모두가 다 알고 있는 사실이었으니까.

'어찌합니까, 아버님?'

경인군 또한 조금 망설이는 눈으로 제 아비 영천군을 보았다. 마음 같아선 당장에라도 능숙한 활 솜씨로 모든 신료가 보는 앞에서 제 앞에 있는 세자의 코를 보란 듯이 납작하게 만들어주고 싶었다. 허나 세자에 대한 적의를 벌써부터 노골적으로 드러내 보여도 될지 쉽게 가늠이 되지 않아 영천군을 본 것이었다. 하지만 정작 영천군은 그때 아들 경인군이 아니라 다른 이에게 온 신경을 쏟고 있었다.

조금 전에 조용히 들어와, 대문 쪽에서 가장 가까운, 한 중간의 통로를 기준으로 양쪽으로 나란히 천막이 쳐진, 주연의 자리 중에서도 가장 말석에 해당되는 자리에 슬그머니 앉은 사내는, 며칠 전 영천군의 앞에서 한바탕 행패 아닌 행패를 부렸던 거상, 송 대방이었다.

"곤란합니다. 저희에게 빌려 간 은자가 벌써 수천을 넘어 만금에 달하는데 이제 와 또다시 은자를 달라 하시면…… 저희라고 바닷물을 퍼서 은자로 만드는 것이 아니어서요."

중국에서 올 사신들을 대접하기 위해 개인적으로 은자를 좀 더 융통해달라는 영천군의 말에 송 대방은 딱 잘라 거절을 하였다. 아니, 도리어 지금까지 빌려 간 은자를 내놓든지, 아니면 수일 내로 금자염의 전매권을 주든지 양단간에 선택을 하라고 강요하였다.

"여태 이자도 담보도 없이 그 막대한 은자를 빌려 가셨으면 염치라도 있으시든가요."

"이, 이, 이놈. 네 감히 뉘 앞이라고!"

"분하시옵니까? 천한 놈이 이리 함부로 대드니 당장이라도 목을 베어 죽이고 싶으십니까? 그럼 그러시든가요. 그래도 그 전에 저희들에게 가져다 쓰신 은자는 모두 갚아주셔야 합니다. 안 그럼⋯⋯."

영천군이 분노에 몸을 부들부들 떠는데도 송 대방은 눈 하나 깜빡하지 않고, 오히려 영천군을 협박하고 나섰다.

"영천군 대감께서 저희에게 은자를 빌려 가실 때 써준, 이 수결 문서를 의금부로 가져갈 수밖에요."

"지금 무슨 소릴 하는 것이야!"

송 대방의 겁박에 영천군은 당황할 수밖에 없었다.

단순히 임금의 소금밭에서 나는 소금을 제멋대로 전매하겠다고 은자를 빌려 쓴 것만이 문제가 되는 게 아니었다. 진짜 문제는 은자를 빌려가며 써준 수결문서에 기재된 날짜였다. 은자를 빌려 쓰기 시작한 것이 김 부사가 금자염 밀매의 혐의로 의금부에 고발되기 훨씬 전임을 보여주고 있는 날짜, 그것이 문제였다.

다시 말하면, 그 날짜야말로 영천군이 이미 오래전부터 금자염의 전매권을 걸고 거상들에게 은자를 빌려 썼음을 보여주는 증좌인 셈이었다. 김 부사의 밀매 혐의를 영천군이 작정하고 뒤집어씌웠다는 의심을 가지게 하기에 충분한 증좌인 셈이었다. 그러니 그것을 세상에 드러내서는 안 되었다. 비록 돈밖에 가진 게 없는 천한 상인 놈에게 머리를 조아리는 한이 있어도 어떻게든 숨겨야만 했다.

"조, 조금만 더 시간을 주게. 이제 곧 대업이 완성될 것이라네. 그때는 금자염이건 뭐건 자네들 원하는 대로 다 준다 하지 않았나?"

임금의 아우가, 지금 온 조정을 손안에 넣고 있는 실세 중의 실세가 제 손을 잡고 사정을 하는데도, 송 대방은 눈 하나 깜짝하지 않았다.

"저희도 그런 줄로만 알고 있었습니다만. 이젠 사정이 좀 달라지지 않았습니까?"

"그, 그게 무슨 소린가?"

"저하의 건강이 이전과는 달리 몰라보게 좋아지셨다 들었습니다. 거기다 저하께서는 김 부사를 아주 각별히 생각하신다면서요? 임시로나마 김 부사와 그 아들이 풀려나게 된 것도 모두 저하의 뜻이 아니십니까?"

송 대방이 영천군에게 은근한 말투로 물었다.

"상황이 이런데 저희가 과연 금자염의 전매권을 얻을 수 있으오리까? 영 미덥지 못하옵니다만, 이런 저희에게 어떤 확신을 주실 수 있사옵니까?"

그런 송 대방에게 영천군은 아니라고, 전부가 곧 자신의 뜻대로 될 것이라 몇 번이나 똑같은 이야기를 하며 사정사정을 했더랬다.

'그런데도 군이 여기까지 온 건 네놈 눈으로 직접 확인하고 싶어서렷다?'

이전 날 송 대방에게 받았던 치욕을 떠올리며 영천군은 송 대방에게서 시선을 돌려 아직도 저를 보고 있는 아들과 조카, 곽 칙사를 보았다.

'여기서 물러설 순 없다. 송 대방 저놈에게도, 곽 칙사에게도 확실히 보여 줘야 해. 원이야말로 다음 보위의 주인이 될 자격이 있음을.'

그래서 영천군은 제 대답을 기다리고 있는 아들에게 말했다.

"하려무나. 저하께서 거듭 권하시는데 사양하는 것도 예의에 어긋나는 법. 연회에 이만한 내기쯤이야 얼마든지 재미 삼아 할 수도 있는 게지."

"그럼, 어떤 식으로 진행을 할까요? 우선은 두 분 중에 누가 먼저 과녁이 될지를 정해야 할 터인데⋯⋯."

영천군이 허락을 하자마자, 기다렸다는 듯 곽 칙사가 말을 받으며 경인군을 보았다. 경인군 쪽이 먼저 과녁이 되어야 하지 않겠냐는 눈치였다.

"아니, 그건 저기⋯⋯."

경인군은 의당 자신이 먼저 과녁이 되어야 한다는 건 알았지만 선뜻 그러겠다고 말하지 못했다. 활을 쏘는 건 자신이 있었지만, 활 솜씨가 어떨지 짐작도 안 되는 세자의 과녁이 된다는 건 아무리 생각해도 자신이 없었다.

"그럴 것 없소. 내가 제안한 것이니 내가 먼저 과녁이 되리다."

망설이는 경인군과 달리 준형은 과녁판이 되어줄 사과를 든 채 대청마루에서 내려가 성큼성큼 긴 마당을 가로질러 대문 앞에 선 후, 사과를 다른 사내들보다 한 뼘은 더 넓은 제 오른쪽 어깨 위에 떠억하니 올려놓았다.

세자익위사의 군사들이 그런 준형의 곁으로 와 일제히 칼을 빼어 들었다.

자칫 잘못하여 경인군의 화살이 사과가 아닌 다른 곳으로 날아들 기미가 보인다면, 그 칼로 화살을 막아낼 작정이었지만, 준형이 그들을 제지하였다.

"칼을 집어넣어라."

"저하!"

"너희가 내 옆에서 칼을 빼 들고 서 있으면 경인군이 어떻게 집중하여 활을 쏠 수 있겠느냐? 걱정할 것 없어. 나는 경인군의 활 솜씨를 믿으니까! 그러니 모두들 물러나거라."

준형이 단호히 명을 내리자, 하는 수 없이 군사들이 허리춤에 다시 칼을 집어넣고선 준형의 곁에서 조금 떨어졌다. 그 모습을 확인한 후, 준형은 활을 든 채 너른 마루 앞에 어정쩡하게 서 있는 경인군에게 외쳤다.

"언제까지 그리 서 있을 셈이야? 이대로 네가 시간을 허비하면, 나는 어두워진 상태에서 네게 활을 쏘게 될 텐데? 그래도 되겠어?"

준형이 그리 도발하자, 경인군도 이제는 가만히 있을 수 없었다. 모든 모화관 안의 사람들이 이제 저와 제가 든 활만 보고 있었으니까.

'각오하십시오!'

경인군이 한 손으로는 좀 버겁다 싶게 무거운 활을 들었다. 보통의 화살보다 훨씬 대가 길고 뾰족한 촉을 가진 화살을 시위에 메긴 후 시위를 힘껏 뒤로 당겼다.

"끄응!"

경인군의 입에서 제 의지와 상관없이 힘쓰는 소리가 새어나왔다. 시위가 어찌나 단단히 매어져 있는지 좀처럼 제 욕심껏 당겨지지 않아서였다.

으드득! 경인군은 다시 한 번 소리 나게 어금니를 깨물고서, 잔뜩 힘이 들어가

부들부들 떨리는 손으로 있는 힘껏 시위를 뒤로 당겼다. 이어 시위에 메긴 화살의 끝을 대문 앞에 버티고 선 제 사촌형의 어깨에 놓인 붉은 사과에 겨냥하였다. 순간, 과녁을 주시하는 경인군의 눈에 세자의 입술이 슬그머니 미소를 짓는 것이 보였다. 마치 곧이곧대로 사과를 겨냥하는 자신을 비웃는 것 같은 미소였다.

"큭!"

머리끝까지 화가 치민 경인군은 제가 무얼 하는지 미처 깨달을 새도 없이 재빨리 화살의 끝을 를 향해 있는 세자의 이마에 겨눈 후, 팽팽하게 당기고 있던 활시위를 놓았다. 슉! 하는 소리를 내며 시위를 떠난 화살은 곧장 과녁을 향해 날아가기 시작했다.

"흐읍!"

모화관 안의 모든 사람들이 긴장감에 일시에 숨을 멈추고 날아가는 화살을 주시하였다.

"풋!"

"푸흐흐훗……."

지켜보던 누군가의 입에서 돼지 오줌보에서 바람 빠지는 것 같은 소리가 터져 나왔다. 한두 사람이 아니었다. 긴장하여 지켜보고 있던 대다수의 사람들이 저마다 고개를 옆으로 돌리고, 손으로 입을 가려, 터져 나오는 실소를 감추기에 바빴다. 한껏 힘을 주어 활을 쏜 경인군의 손에서 날아간 화살이, 경인군의 비장한 표정이나 태도와 달리, 고작 마당의 반도 지나지 못하고 중간에서 힘없이 툭 떨어져 버렸기 때문이었다.

'이, 이런!'

민망함에 경인군의 얼굴이 과녁인 사과만큼이나 새빨갛게 물들었다. 영천군의 얼굴 또한 벌겋게 달아올라 흉하게 일그러졌다.

"왜 이러고 살아요?"

그때, 모화관에서 제법 멀리 떨어진 어느 초라한 방 안에 있는 당이의 얼굴도, 모화관에 있는 영천군의 얼굴만큼이나 흉하게 일그러지고 있었다.

당이는 지금 어머니 송씨 부인이 살고 있는 방에 함께 들어 있었다. 도저히 양반 부녀자가 사는 곳이라고 믿겨지지 않는, 낡고 허름한 방 안이었다.

흙벽이 고스란히 드러나 있고, 방문의 창호지는 반 이상 찢겨져 나가 있어, 흡사 폐가나 다름없는 곳이었다. 방 안에는 가구라고는 하나도 없었다.

언제 빨았는지 알 수도 없는 꼬질꼬질 때 묻은 요와 이불, 누렇다 못해 까맣게 변색한 베개, 그리고 오줌이 가득 차 흘러넘치는 누런 요강 하나가 전부인 단출한 살림살이였다.

"용이는요. 용이는 어쩌고 어머니 혼자 이러고 사는데요, 왜 이렇게 된 건데요, 이 꼴이 다 뭐예요!"

당이가 따져 묻는데도 당이 어머니는 앉은 채로 앞뒤로 흔들흔들 몸을 흔들며 쉽게 알아들을 수 없는 혼잣말만을 중얼댈 뿐이었다.

딸을 딸이라고 인식조차 못하는 어머니를 원망스레 바라보던 당이는 벌떡, 자리에서 일어섰다.

"몰라요! 전 오늘 어머니 못 봤어요! 그러니까 불쌍하게 여기지도 않을 거예요. 안 돌아와요. 용이가 책임지라 하지요! 어머닌, 용이만 있으면 되잖아요. 어머니한텐 처음부터 딸 같은 건 없었잖아요!"

그리 내질러놓고 벌떡 일어섰지만 당이는 방문 고리만 잡았을 뿐, 정작 열지 못했다. 가족과의 연은 이미 끊었다 생각했었다. 어머니든 용이든 누구에게도 다시는 휘둘리지 않겠노라 다짐했었다.

그런데 지금 당이의 발이 움직여지지가 않았다. 대신 당이는 방문 고리를 잡고 선 채, 다른 한 손으로 아랫배를 감싸며, 고통스레 눈을 감았다.

"저…… 아이를 가졌어요. 이 아이를 위해서라면 전 못 할 게 없어요. 심지어 어머니를…… 버리는 일이라 해도요."

당이가 자신의 임신 사실을 알게 된 건 궁궐을 떠나기 전이었다. 한창 준형이 세 중신들을 자신의 편으로 끌어들이기 위해 일을 꾸미고 있을 때쯤이었다. 특별히 어떤 징조가 있었던 건 아니었다. 그저 여느 때처럼 제 아픈 기색을 숨기기 위해 아침 일찍 일어나 단장을 하던 중에 문득 생각이 났다.

'내가 언제 달거리를 했었지?'

그러고 보니 벌써 두 번이나 달거리를 걸렀음을 알게 되었다. 그냥 그뿐인데도 당이는 본능적으로 알았다. 자신이 준형의 아이를 임신했다는 걸.

다른 사람들이 들으면 바보 같은 이야기라 하겠지만 그냥 저절로 그렇게 믿겨졌다. 한번 생각이 들자, 달리 의심할 것도 없이 확신이 들었다.

발목이 아픈 것과는 또 달리 계속 고뿔이 든 것처럼 몸의 상태가 좋지 않았던 것도, 가끔씩 아무것도 삼킬 수 없을 정도로 입맛이 없었던 것도 모두 태기의 일환이었음을 알게 되었다.

준형이 자신에게서 도망쳐달라 애원했을 때 선뜻 궁을 떠날 결심을 한 이유들 중의 하나도 그것이었다. 저를 아프게 하는 준형을 떠나 제 배 속의 아이를 지키기 위해서였다. 준형의 곁에 있어서 자신이 아픈 것 따윈 얼마든지 참아낼 수 있었다. 그러나 그 때문에 배 속의 아이까지 상하게 할 순 없었다. 절대로 준형보다 아이가 소중해서는 아니었다. 당이에게 일 순위는, 언제나 항상 무엇보다 우선시될 순위는 언제는 준형이었다.

겁 많고, 착하고, 가련한, 그래서 언제나 아름다운 제 남자, 제 늑대였다.

그런 준형을 위해서라도, 당이는 준형과 저의 아이를 지켜내야만 했다.

그 때문에 출궁 날 새벽 갑자기 소빈이 의녀 금척을 대동하고 들이닥쳐 진맥을 하자 했을 때는 적지 않게 놀랐다.

"진맥이요? 왜 갑자기……."

"지난밤에 곰곰이 생각해봤는데 네가 혹여 태기가 있는 건 아닌지 의심스러워서 말이다."

"일전에 의원에게 진맥을 받았습니다. 태기는 없다 하였습니다."

"글쎄다. 그건 그때의 일이고. 지금은 또 다를 수도 있지 않느냐?"

"만약…… 만약 제게 태기가 있으면 어찌 됩니까?"

당이의 조심스러운 물음에 소빈은 데리고 온 금척을 방 밖으로 물러나게 한 다음 낮은 소리로 말했다.

"네가 태기가 있다면 출궁은 할 수 없다. 당연하지 않느냐?"

"하지만 설령 제가 아이를 가졌다고 해도 그 아이는…… 세자저하와는 아무 상관이……."

"그 아이는 세자의 아이다. 세자가 궁에 들인 여인에게서 낳은 아이니 당연히 세자의 혈손이지."

자신의 말을 가로막고 탐욕에 눈을 번들거리며 딱 잘라 말하는 소빈을 본 순간 당이의 온몸에 소름이 쫙, 끼쳤다. 자신이 임신한 걸 소빈이 알게 되면 절대로, 절대로 소빈이 제 아이를 포기하지 않을 것을 알았다.

세자가 독을 먹어, 아이를 낳을 수 없는 몸이 되었다는 소문이 파다한 상태였다. 당이가 입궁한 이후, 여자를 품을 수 없는 몸은 아니라고 알려지게 되긴 했지만, 여전히 세자가 후손을 볼 수 있을지 걱정하는 이들이 많은 걸 당이도 알고 있었다.

그러니 당이가 아이를, 세자와 얼굴이 똑같은 준형의 아이를 가진 것을 소빈이 알게 되면, 무슨 수를 쓰든 그 아이를 뺏을 것만 같았다. 자식과 자식의 여인에게 절대 해서는 안 되는 일이었지만, 소빈은 충분히 그러고도 남을 사람이란 걸 당이는 추호도 의심하지 않았다.

"전 절대로 임신하지 않았습니다."

당이가 딱 잘라, 거짓말을 하였다.

"그거야 진맥을 해보면 알 터."

소빈이 물러나게 했던 금척을 다시 불러들여 당이의 맥을 짚게 하였다. 불안한 마음을 감춘 채 당이는 가만히 눈을 감고 숨을 골랐다.

"으흠?"

당이의 맥을 짚어보던 의녀 금척이 고개를 갸웃거리더니 두 번, 세 번 다시 맥을 짚었다.

"왜 그러느냐?"

"아닙니다. 그저…… 맥이 워낙 가늘고 약하게 뛰는지라 그 형태가 분명히 짚이지 않아 그렇습니다."

의녀가 당황한 낯으로 소빈에게 고한 이후 조심스레 당이에게 물었다.

"달거리는 언제 하셨습니까?"

"지난달 그믐께에 하였네."

당이가 거짓말을 한 후, 때마침 기침이 나자 부러 격하게 허리를 숙여가며 콜록콜록, 기침을 내뱉었다.

"콜록콜록. 어떠한가? 내게 태기가 있는가? 콜록콜록……."

"아, 아닙니다."

얼른 당이에게서 물러나 앉은 의녀 금척이 소빈 앞에 엎드려 제 어설픈 진맥의 결과를 고했다.

"태기는…… 없으십니다."

"분명하냐?"

낙담한 기색을 감추고 소빈이 다시 한 번 물었다. 의녀의 말이 자신 없게 들린 때문이었다.

"네 목을 걸고 말하여라. 정말 태기가 없는 것이 분명하냐?"

"예?"

금척이 슬그머니 당이를 보았다. 당이는 맞다고, 네가 진맥한 것이 분명하다고, 천천히 눈을 깜빡거렸다.

"예, 틀림없습니다. 마마님께서는 아기씨를 가지지 않으셨습니다."

금척의 말에 그제야 소빈은 남은 기대를 버리고 자리에서 일어났다.

"운이 나쁘구나. 세손의 어미가 될 수 있는 기회를 놓치지 않았느냐."

소빈은 눈을 내리깔고 조용히 제 말을 듣고만 있는 당이에게 마지막 인사를 건넸다.

"조용히, 쥐 죽은 듯이 살거라. 세자의 곁에서 어물쩍거리지 말고."

소빈의 곁에 있는 금척은 소빈이 말하는 '세자'가 당연히 궁궐 안의 세자라 생각하고 넘겼지만, 당이는 알고 있었다. 소빈이 지금 말한 건, 궁궐 바깥에 있는 세자에게 접근하지 말라는 경고였다는 것을.

그러나 당이에게는 그 경고를 들어줄 생각이 없었다.

세자가 정말 그 빌어먹을 운명이 정한 자신의 반려라면, 그 때문에 준형의 곁에서는 몸이 아프고 세자의 곁에서는 안 아픈 거라면, 세자와 가까운 곳에 있기로 했다. 그래서 정인사에서 나오자마자 유 내관에게 세자가 묵고 있는 안가에 근처에 집을 구해달라 한 것이었다.

세자를 이용해서라도, 운명에 휘둘리는 제 몸을 지키고, 제 배 속의 아이를 지키고 싶어서였다.

당이가 어머니 송씨 부인의 집을 깨끗이 치워준 후 주변의 아낙에게 적지 않은 돈을 주고 어머니의 조석 끼니를 챙겨달라는 부탁을 하고 있을 때, 모화관에서는 한창 곽 칙사가 영천군과 경인군을 위로하고 있었다.

"하하하. 괜찮습니다. 활이 지나치게 무거웠던 것뿐이니까요. 저도 폐하께 이 활을 하사받고 석 달이나 지나서야 얼추 쏠 수 있게 되었답니다."

그러는 동안 준형이 어깨에 올려두었던 사과를 내리고서 천천히 마당을 가로질러 경인군에게로 가까이 다가왔다.

"이제 내 차례겠지?"

준형이 경인군에게 사과를 건네었다.

"……예. 저하."

경인군이 마지못해 그 사과를 받아 들고선 쭈뼛쭈뼛 대며 조금 전 준형이 섰던 대문 앞으로 가 섰다.

'거, 겁낼 거 없어. 나조차도 제대로 못 쐈는걸. 세자가 제대로 쏠 리 없어. 겁먹을 거 하나도 없다.'

스스로 저를 달래며 준형이 했던 대로 사과를 어깨 위에 올려놓은 채 정면을 주시하던 경인군은 예상치 못한 광경을 보고 말았다.

'왜, 왜지?'

영문을 알 수 없었다. 처음 활을 들어볼 때만 해도 한 손으론 제대로 들지도 못해 두 손을 다 썼던 세자가, 지금은 언제 그랬냐는 듯 가볍게 활을 들어 올려 유연한 몸짓으로 활시위를 당기고 있었던 것이다. 거기다 그 화살 끝은 제 어깨가 아닌, 제 얼굴 한중간을 겨누고 있는 것 같았다.

좀 전에 자신이 그러했듯이.

'설마……'

경인군은 자꾸 드는 불안한 생각을 부정하려 하였다. 하지만 경인군이 채 불안과 두려움을 떨칠 새도 없이 준형의 손끝에서 핑! 소리를 내며 화살이 튕겨져 나왔다. 슈우욱, 바람을 가른 화살은 순식간에 경인군의 얼굴 가운데를 향해 날아들고 있었다.

"으, 으아아악!"

경인군의 입에서 저도 모르게 비명이 터져 나왔다. 본디 체면이나 위신 같은 건 본능 앞에서 얼마든지 저버릴 수 있는 것들이었다.

지금 경인군이 딱 그랬다. 다음 보위고 뭐고, 신료들이나 사신이 지켜보고 있건 말건 지금 경인군의 머릿속에는 아무것도 떠오르지 않았다.

굶주린 야수처럼 저를 잡아먹을 듯 매섭게 노려보는 세자의 눈과 저를 향해 똑바로 날아오는 화살, 그리고 그것에 대한 두려움만이 경인군의 의식을 지배하였다. 그래서 화살이 닿기 전에 경인군은 얼른 주저앉아 두 팔로 제 머리를 감쌌다. 순간, 경인군의 머리 위에서 과녁판을 잃은 화살이 대문에 꽂혀 부르르, 몸을 떨었다.

'이런, 제기랄!'

고개를 감싸고 있던 경인군은 금세 제가 무슨 짓을 한 건지 깨달았다. 좀 전처럼 저를 비웃는 웃음소리가 터져 나올 것이라 생각하고 얼굴을 흙빛으

늑대공자 2 377

로 물들였다. 하지만 웃음소리는 하나도 들려오지 않았다. 도리어 쥐 죽은 듯 고요하기만 했다.

'왜지?'

경인군이 조심스레 고개를 들어 주변을 살피자, 대부분의 신료들이 기묘하게 얼굴을 찡그린 채 저를 보고 있었다. 부지런히 술상 심부름을 하던 계집종들은 못 볼 것을 본 것처럼 아예 눈을 가리고 돌아서 있기도 했다.

'뭐, 뭐지?'

뒤늦게 제게 활을 쏜 세자와 제 아비가 있는 곳을 보니 더욱 이상했다. 비웃음 가득한 미소를 띠고 있는 세자는 그렇다손 치더라도, 아버지 영천군은 이마에 손을 짚어 얼굴을 가린 채 탄식을 하고 있는 것처럼 보였다.

"아, 아버님?"

뒤늦게 경인군의 수하 두엇이 황급히 저희가 입고 있던 저고리를 벗어 들고 경인군에게 뛰어왔다. 그런 수하들을 보고 힘이 풀려버린 다리에 억지로 힘을 주고 일어서려 하던 경인군은 다리 사이에 느껴지는 뜨끈한 느낌에 "핫!" 하는 외마디 신음과 함께 얼른 다시 주저앉고 말았다. 그제야 왜 모든 사람들이 저를 그렇게 이상한 눈으로 보았는지 깨달았다.

'이, 이, 이런! 제길!'

그만, 바지에 오줌을 지리고 만 것이었다! 놀란 나머지 해서는 안 될 실수를 하고 만 것이었다!

"흐윽!"

경인군은 울상이 되어 허둥거리는 손짓으로 어떻게든 긴 도포자락을 이용해 제 아랫도리를 감싸려 하였다. 하지만, 그런 와중에도 오줌은 점점 더 경인군의 바짓단을 흥건히 적실 뿐이었다.

"군마마!"

수하들이 달려와 얼른 저희가 벗은 저고리로 경인군의 아랫도리를 가렸다. 그러고는 너무나 기막혀 일어서지도 못하고 있는 경인군의 어깨 밑에 두 손을 넣어 일으켜 급히 어딘가로 데려갔다.

"보기보다 경인군의 기가 허한가 봅니다. 이만한 일에 이리 놀라다니요."

준형이 좀 전의 경인군만큼 얼굴이 죽상으로 변한 영천군에게 짐짓 위로의 말을 전했다.

"영천군 대감께서는 너무 걱정 마세요. 이걸로 경인군을 망신 줄 사람은 아무도 없을 테니까요."

위로라는 이름으로 영천군의 약을 바짝 올린 준형이 성큼- 한 발짝 앞으로 나서, 모화관에 모인 모든 이들에게 명했다.

"유흥을 돋우기 위한 장난이었을 뿐입니다. 장난이 지나쳐 경인군이 놀라 실수를 한 것뿐이니 이번 일로 경인군을 욕되이 비웃는 자가 있다면 세자인 내가 용서치 않을 것이오! 모두들 아시겠소?"

"명, 받잡겠나이다!"

모화관에 모인 모든 신료들이 일제히 허리를 굽히며 준형의 명에 답했다.

신료가 아닌 자들도 일제히 허리를 숙여, 명을 받들 것을 맹세했다. 준형이 그들 중 슬쩍 고개를 들어 저를 보고 있는 송 대방과 눈을 맞췄다.

'어때, 이젠 선택할 수 있겠어?'

준형이 사납고 위압적인 눈으로 송 대방에게 선택을 종용하였다.

사실 송 대방이 영천군을 찾아가 행패를 부리기 그 얼마 전, 송 대방은 꿈에도 생각지 못했던 이의 방문을 맞았다. 스스로를 세자라고 칭한 이였다.

"……저하시라고요? 왜 저하께서 저 같은 천한 놈을 찾아오셨습니까?"

"영천군 대감은 뜻을 이루지 못할 거네."

세자라 자칭한 자는 대방과 마주 앉자마자 다짜고짜 그 소리부터 하였다.

"무슨 말씀이신지 저는 도무지."

"절대로 자네와 자네 동무들이 원하는 것을 넘겨주지 못할 거란 얘기야. 왜냐하면 내가 막을 거거든. 소문이라면 도성의 그 어느 누구보다 밝은 자네들이니 이미 들어 알고 있겠지? 내가 이미 건강을 되찾았다는 것을. 또, 그게 무슨 뜻인지도."

물론 송 대방도 알았다. 세자가 강건해졌다는 이야기는 결국 영천군이 바라는 대로 다음 보위가 영천군의 아들에게 가는 일 따위는 생기지 않을 것이란 이야기였다. 어떤 '특별한' 사고가 생기지 않는 한, 임금의 적법한 후계자인 세자를 밀어낼 방법 같은 건 없었다.

"……그래서요? 저같이 미천한 것을 찾아오신 연유가 무엇이십니까?"

"선택을 하라, 전하러 왔어."

"선…… 택이요?"

"세자인 내게 충성을 바치고 그에 합당한 보상을 받을 것인지, 아님 자칫 역모로 끝날지 모를 대업만 믿고 영천군에게 도박을 걸 것인지."

모든 전말을 다 알고 있는 듯한 세자의 말에 송 대방은 온몸이 얼어붙는 기분을 맛봤지만 그것도 잠시였다. 알고 있는 것. 그것만으로는 세자도 어찌할 수 없으니 저를 찾아온 것이라 생각한 것이었다.

"영천군 대감께서는 은자를 빌리신 대신 저희에게 큰 이득이 될 수 있는 것을 주겠다고 약속하셨지요."

"차라리 금자도의 소금밭을 전부 갈아엎으면 엎었지, 금자염의 전매권은 절대로 못 넘겨."

세자가 금자염의 전매권에 대한 것까지 알고 있는 것까지 보고 송 대방은 더는 모르는 척하지 않기로 하였다.

"그럼 저하께서는요? 저희 충성에 대한 보상으로 무엇을 주실 것입니까?"

"세상에서 가장 귀한 걸 줄게."

"가장…… 귀한 거라 하심은?"

"자네들의 목숨. 자네 형제들의 목숨. 자네 자식들의 목숨. 역모를 꾀하는 대역 죄인들에게 은자를 댄 자네들의 목숨을 살려주겠단 말이네."

별로 보상이랄 것도 없는 보상을 내거는 세자의 모습을, 그 머리끝에서 발끝까지를 송 대방은 상세히 살폈다.

'이자가 정말, 바로 얼마 전까지만 해도 목숨이 경각에 달렸다던, 그 유약하다던 세자가 맞단 말인가?'

"아무리 은자가 좋다고는 하나, 그 모든 목숨들보다 중하지는 않겠지?"

"목숨이라. 뭐, 귀한 것이긴 하군요. 그럼 그 대가로 저희에게 바라시는 것은 무엇입니까? 저희가 저하를 선택하겠다면 무얼 어찌해야 합니까?"

세자의 물음에 송 대방이 되물었다.

"영천군 대감에게 은자를 빌려줄 때 받은 수결문서. 그것을 내게 넘겨주게. 그럼 세자의 자리를 걸고, 자네들의 무사안위를 보장해주겠네."

"그것까지 아십니까?"

송 대방은 이번에야 정말 경탄하였다. 영천군의 수결문서는 직접 문서를 주고받은 영천군과 대방 몇몇들만 알고 있는 것인데, 세자가 그 존재를 안다는 사실이 대단하다 싶었다.

"저희를 진작부터 살피고 계셨나 보군요. 허나…… 한 치 앞의 운명도 알 수 없는 것은 저하나 저희나 마찬가지가 아닙니까. 저하를 완전히 믿고 따르기에는 불확실함이 너무 많다는 것입니다. 이런 저희에게 어떤 확신을 주실 수 있사옵니까?"

송 대방의 물음에 세자가 기다렸다는 듯 말했다.

"사신단이 도성에 들어오는 날, 모화관에 오면 알게 될 거네. 자네가 선택해야 하는 게 누구인지."

그리고 정말 그렇게 됐다.

단지 모화관에서 경인군과 영천군이 톡톡히 망신을 산 때문만은 아니었다. 그 뒤에 있었던 세자와 영천군 일행, 그리고 사신단과의 선유(船遊, 뱃놀이)에서 일어난 일 때문이었다.

제10장. 선유(船遊, 뱃놀이)

"하아……."

집으로 돌아가기 위해 밤거리를 걷다 말고, 당이는 전신을 덮치는 피로감에 걸음을 멈춘 채 긴 한숨을 늘어놓았다. 어미를, 그것도 제정신도 아닌 어미를 홀로 버려두고 오는 길은, 유난히도 더 길고 힘들었다.

중간중간, 자꾸만 주저앉고 싶어 혼이 났다.

'미안. 너도 힘들지? 그래도 오늘만 좀 이해해줘. 엄마한테는 오늘이 좀 특별한 하루였거든.'

당이는 잠시 숨을 고른 뒤, 두툼한 면포로 감싼 제 배를 어루만지며 아이를 다독였다. 애초에 변장을 할 때 두꺼운 면포로 배를 감싼 것은 사실 제 모습을 숨기기 위한 방편이기도 했지만, 혹시나 넘어지거나 구를 것에 대비하여 당이가 제 나름대로 배 속 아이를 위해 취한 보호방편이기도 했다.

"내일은 아침 늦게까지 푹 잘 테니까, 조금만 봐줘?"

아직 겉으로는 표시도 안 나는 배에 다정히 속삭인 뒤 당이가 막 골목길 하나를 지나쳤을 즈음이었다.

"끄으으읏……."

당이가 막 지나쳐 온 외진 골목 하나에서 들릴 듯 말 듯 가는 신음소리가 났다.

'뭐지?'

당이가 아무 두려움 없이 신음소리를 따라 선뜻 골목 안으로 들어섰다. 이상하게도 두려움이나 망설임 따위는 없었다. 그냥 소리가 자신을 이끌기라도 한 것처럼 그곳으로 걸음을 옮긴 것뿐이었다.

왜 그랬는지는 골목 안에 들어서고 나서야 알았다. 골목 끝에 웅크려 있는 상대를 보고서야 알았다.

"크르르르!"

밤의 그림자에 안겨 잘 보이진 않았지만, 물에 잔뜩 젖은 검은 털을 빛내고 있는 건 늑대였다. 당이 자신이 너무도 잘 아는 눈빛을 가진, 그 눈빛을 고통으로 더욱 진하게 물들이고 있는, 아름다운 짐승이었다.

"왜? 당신이 왜 지금……?"

당이가 등롱을 들고 한 발자국 더 가까이 늑대에게 다가갔을 때였다.

"읏!"

순간, 갑작스러운 상황에 놀란 당이의 입에서 짧은 비명이 터져 나왔다.

단숨에 당이에게로 몸을 날려 온 늑대가 머리로 당이를 가볍게 들이받아 몸을 치솟게 하고는 그대로 제 등으로 떨어지는 당이를 받았다.

그러고 나서 늑대는 아직도 보름달이 되지 못한 연한 달빛을 가르며, 눈 깜짝할 사이에 제 털빛만큼이나 새카만 어둠 속으로 뛰어갔다.

"공자, 잠시만요. 조금만, 조금만 천천히……."

마치 날개가 달린 것처럼 어둠 속을 무섭게 질주하는 늑대의 등에 매달린 당이가 애원하였다. 눈앞이 핑핑 도는 것처럼 현기증이 일어서였다.

"크르르!"

하지만 늑대로 변한 준형의 귀에는 아무것도 들리지 않는 듯하였다. 달려야 한다는 본능 한 가지밖에 없는 것처럼 무작정 앞으로 내달릴 뿐이었다.

"공자. 무슨 일이 있……. 거기, 위험해요!"

준형의 목덜미를 안고 있던 당이가 늑대의 진로 앞에 떡 버티고 선 몇 발 자국 앞의 사람을 향해 소리를 질렀다 잔뜩 취한 탓인지 눈을 게슴츠레 감고 선 밤거리 한복판에서 비틀대고 있는 이였다.

"끄윽, 뭘 어쩌……? 으, 으아아아악!"

취객은 갑자기 자신을 향해 달려드는 집채만 한 크기의 검은 짐승을 보고 선 놀라 비명을 지르며 벌러덩 뒤로 나자빠졌다.

"어, 엄마야!"

웬 여인을 업은 커다란 검은 빛 짐승이 비명을 지르는 사내의 머리 위를 훌쩍 뛰어넘더니 곧장 일직선으로 맹렬히 달려 나갔다.

타다닥, 타다닥. 타다다다. 늑대의 거친 발소리가 멀어지고 나서야 정신을 차린 사내의 입에서 목이 찢어져라 비명이 터져 나왔다.

"아아악! 괴, 괴물이다. 괴물이 나타났다아아아!"

"그, 그게 무슨 소리입니까? 준형이가 사라졌다니요?"

반회는 한밤중에 갑자기 안가로 쳐들어와 다짜고짜 현을 데려가려 하는 일산에게 물었다. 일산의 꼴은 말이 아니었다. 얼굴 군데군데 그을음이 묻어 있었고, 머리부터 발끝까지 흠뻑 젖어 있었다. 심상치 않은 일이 일어났음을 알려주는 행색이었다.

"나중에 알려줌세. 지금은 시간이 없어. 저하, 얼른 가셔야 합니다."

일산은 좀처럼 일어설 생각을 하지 않는 현의 팔을 강제로 잡아 일으키려 하였다.

"외숙."

초저녁부터 다시 몸이 으슬으슬 아픈 게 고뿔 기운을 느끼고 있던 현이 일산의 손을 뿌리치곤 기분 나쁠 정도로 침착한 목소리로 일산에게 물었다.

"말씀하세요. 이미 그 녀석에게 무슨 일이 있었던 건 아닌지, 의심하고 있던 차입니다. 외숙도 아시지 않습니까? 그 녀석의 몸에 닥친 위험은 대부분 나도 느낄 수 있다는 것을요. 말씀하세요. 무슨 일입니까? 왜 내가 지금, 입궁해야 한다는 것입니까?"

현만이 아니었다. 갑작스러운 일산의 등장에 놀라 눈썹만 치켜떴던 유 내관도 보란 듯이 스윽, 방문 앞을 가로막고 나섰다. 준형에게 무슨 일이 있었는지 알려주지 않으면, 방문 앞을 비키지 않겠다는 의지를 보였다.

"실은…… 어제 중전마마께서 세자, 아니 준형이에게 귀띔을 해주셨습니다. 환영연에 참석하지 말라고. 참석하면 위험하게 될 거라고. 그래서 저 역시 말렸지만 준형이가……."

"잠깐, 잠깐만요."

현이 일산의 말을 중간에서 잘랐다.

"중전마마께서 귀띔을 하셔요? 중전마마가 왜요? 중전마마께서는 준형일 나로 알고 있을 텐데, 그럼 그럴 이유가 없잖아요!"

"그것이 저기……."

잠시 망설이던 일산이 그간의 궁 안 사정을 간략히 이야기해주었다. 준형이 어떤 식으로 중전의 마음을 샀는지, 중전이 준형을 어떻게 각별히 보기 시작했는지 등을 저도 들어 아는 대로 이야기해주었다.

"겨우…… 그걸로요?"

어이가 없다는 듯, 현이 코웃음을 쳤다.

"고작 그걸로, 여태 나를 못 죽여 안달이셨던 분이 태도를 싹 바꿔요? 콜록콜록. 나만 보면 뱀눈을 뜨고, 언제 죽나 언제 죽나, 그리 속으로 염불을 외시던 분이 고작 그걸로 마음을 바꿔요? 하! 여인네의 마음이란!"

다시 한 번 코웃음을 치다 말고, 현이 정색을 하고선 다시 물었다.

"그래서요? 그래서 어떻게 되었습니까?"

"환영연이 끝난 후 예정된 대로 모두들 선유(뱃놀이)를 즐기러 양화나루로 향했습니다. 사신단이 오면 으레 그곳에서 선유를 즐기곤 하는 것을 저하도 아시고 있지 않습니까?"

양화나루는 도성 안에서 가장 수려한 풍광을 자랑하는 강변이었다. 해서 꼭 사신단의 환영연이 아니더라도 많은 선비들이 종종 그곳에 배를 띄우고 바람과 물과 산이 만들어내는 절경을 누렸다. 때때로 돈 많은 풍류가들 중에는 직접 배를 사서 그 배에 여러 가지 칠과 장식을 더하여 직접 그 절경 속의 일부가 되는 호사의 극치를 누리기도 했다.

이날 사신단의 선유에 이용된 배도 모두 영천군이 이날을 위해 각별히 공을 들여 마련한, 영천군의 배였다.

보기만 해도 아찔한, 선명한 색색의 비단으로 천막을 만들어 지붕을 세운 그 화려한 모습은 강변을 지나다니던 이들 조차도 걸음을 멈추고 쳐다볼 정도로 압도적인 장관이었다.

커다란 정자를 두어 채 길게 연결한 듯한 크기의 커다란 배에는 세자인 준형과 일산, 이날의 주빈인 곽 칙사와 사신단들, 그리고 영천군을 비롯한 몇몇 중신들이 타고 있었다.

그 배의 앞뒤 양옆을 각각 호위군사들, 하급 신료들, 풍악을 울리는 악공들, 권주가를 부르는 기생들이 탄 작은 배들이 둘러싸고 있었다.

일이 벌어진 것은, 선유가 시작되고 약 한 시진(두 시간)쯤 지난 후였다.

해가 완전히 지고, 그 해를 대신해 배에 매달린 수십, 수백 개의 등롱이 선유를 즐기는 배와 강변 풍경을 대낮같이 밝히고 있을 때였다.

"어, 어, 어?"

악공들이 연주하는 음악 소리와 웃음소리 사이에 누군가의 놀란 소리 하나가 섞여 튀어나왔다. 바로 그 직후, 무슨 까닭인지, 거짓말처럼 눈 깜짝할 사이에 세자와 사신단이 탄 배의 비단 지붕이 폭삭 주저앉았다.

"저하!"

"영천군 대감!"

"빨리, 빨리 이것을 걷어내라!"

"뭣들 하느냐!"

그야말로 아수라장이었다. 비단천막 아래에서 사람들이 온통 아우성을 쳐 댔다. 지붕을 지탱하고 있던 기둥과 이리 저리 쏠리는 사람들에게 깔린 이들 도 있는 양 "으아악!" 하는 비명소리도 여기저기서 터져 나왔다.

아니, 중요한 건 그런 비명 따위가 아니었다.

"불이다. 불, 불! 불났다!"

엎친 데 덮친 격으로, 밤배를 장식하던 등롱의 불이 비단에 옮겨 붙은 탓 인지, 사람들을 뒤덮은 거대한 비단 천막이 화르르 불춤을 추기 시작했다.

"으아아아악!"

"사람 살려!"

거의 아비규환이었다. 조선말과 중국말이 섞여 온갖 비명들이 터져 나왔 다. 세자를 구하러, 영천군과 사신단을 구하러 다른 배에 탔던 군사들이 일제 히 배에 물을 끼얹고, 불타는 천막을 걷어내기 위해 배로 기어 올라갔다.

하지만 그들을 기다릴 새도 없이, 불이 주는 두려움에 놀란 이들 중에서는 자진하여 풍덩풍덩 강으로 뛰어드는 이들도 있었다. 그런 이들을 주변에 있 던 작은 배들이, 군사들이나 기생들, 악공들을 태우고 있던 작은 배들이 물에 뛰어든 중신들을 하나씩, 둘씩 건져 올렸다. 그런 중에도 배 위에는 비명과 고함, 악다구니들이 연이어 들려오고 있었다.

"사람 살려!"

"으아아악! 내, 내 옷에 불이 붙었다! 불, 불!"

그 악다구니들 속에는 준형을 애타게 찾는 일산의 목소리도 있었다.

"저하는? 저하는 어디 계시느냐! 저하! 저하아아!"

"세자저하! 세자저하아아!"

다른 내관들과 군사들도 연신 불붙은 비단을 찢어 강으로 내버리며, 사라진 세자의 행방을 찾기 시작했다. 하지만 내려앉은 거대한 비단천이 모두 걷혀 나가는 중에 드러난 사람들 중에는 세자가 없었다.

"부정 어른! 사신 어른도, 곽 칙사 어른도 보이지가 않습니다!"

군사들 중 하나가 당황하여 급히 일산에게 다가와 전할 때였다.

"저기 계십니다!"

군사들 중 누군가가 옆에 떠 있는 작은 배들 중 한 척을 손가락질하였다.

"저하!"

반갑고 고마운 마음에 일산이 재빨리 군사가 가리키는 쪽을 보았다. 그러나 거기에 있는 건, 이제 방금 물에서 빠져나온 곽 칙사였다.

"저하가 아니시질 않느냐? 저하는, 저하는 어디 계시는 것이냐?"

"콜록, 콜록! 저, 저하는…… 저기 계시오."

일산이 세자의 행방을 찾아 군사들을 큰 소리로 나무라고 있을 때, 곽 칙사가 물과 함께 기침을 토한 후 일산을 향해 외쳤다.

"지금 무어라 하셨습니까?"

일산이 얼른 뱃전에 매달려, 건너편 배에 있는 곽 칙사에게 물었다.

"저하가 어디 계시다는 겁니까?"

"저어기요. 저기서, 방금 날…… 구해주셨소…… 콜록콜록!"

곽 칙사가 떨리는 손을 들어, 물 안을 가리키더니 또다시 격한 기침을 터트린 후 기운이 전부 소진하였는지 그대로 까무룩, 혼절해버리고 말았다.

"자, 잠깐만요. 그럼 그대로 공자님을 찾지 못한 채 이곳으로 오셨단 말입니까?"

유 내관이 참다못해 일산의 말 중에 끼어들었다.

"강변은 물론이요, 물 안까지 샅샅이 뒤졌는데도…… 준형인 없었어."

"그렇다고 바로 여길 오시면!"

유 내관이 항의의 뜻으로 목소리를 높였다. 현을 데려가겠다 함은 그대로 준형을 찾는 걸 그만두겠다는 말과 같음을 알기 때문이었다.

"이러실 순 없지요. 이대로 공자를 버리시겠다는 겁니까?"

"버리기는 누가!"

일산은 답답한 마음에 같이 소리를 질렀다가, 얼른 애써 침착을 되찾고 설득조로 말했다.

"찾을 것이다. 반드시 찾아내고 말 것이야. 하지만 지금은 일단 저하께서 입궁을 하셔야 한다. 전하께서 위중하신 마당에 세자저하의 행방마저 알 수 없다면 이는 나라의 큰 혼란을……."

"아니 됩니다."

현이 딱 잘라, 거절을 하였다.

"저하!"

"외숙. 콜록콜록. 잘 생각해보세요. 준형이 사라진 틈을 타 내가 궁궐에 들어갔다가, 뒤늦게 사정을 모르는 다른 누군가가 준형이를 발견해서 데리고 오기라도 하면요. 세자가 두 명이 되는 겁니다! 콜록콜록콜록콜록!"

다시 목이 찢어져라 기침을 한 후, 현이 제 외숙을 보며 말했다.

"지금쯤 영천군 쪽에서도 미친 듯이 세자를 찾고 있을 겁니다. 시체라도 찾길 바라는 게 그들의 진심이겠지요. 그들이 무엇을 찾아낼지 모릅니다. 아니, 어쩌면 지금이라도 발견했을지도 모르지요. 그래서 일부러 따로 숨겨놓고 있을지도요."

"그럴 리는 없습니다. 왜냐하면 준형이는……."

일산이 제 나름의 이유를 들어 현의 말을 부정하려 하였지만, 현은 그럴 틈을 주지 않았다.

"설령! 영천군이 준형의 행방에 대해 모른다고 해도 내가 위험한 건 마찬가지입니다! 보나 마나 이번 일은 영천군이 나를 죽이려 꾀한 일일 터이니, 그런 노력에도 불구하고 멀쩡히 살아온 날 보면 이번에야말로 진짜 독약이라도 먹일지 모르지요."

어림도 없다는 듯, 현이 일산에게 단언하였다.

"준형일 찾아오세요. 준형이가 죽었다면 시체라도 찾아오세요. 시체가 영천군의 손아귀에 있다면 시체를 훔쳐오세요! 그도 아니면 영천군이 이번 일을 저지른 증좌를 찾아오시든가요. 그래야, 내가 돌아갈 수 있습니다. 나를, 이 나라의 세자를 위험에 빠트릴 생각이 아니라면 내 말대로 하세요, 외숙!"

현의 어처구니없는 요구 조건에 일산이나 방 안의 다른 사람 누구도 토를 달지 못했다. 무리한 요구임을 알아도 현이 세자로서의 자신을 내세워 명한 일을 차마 거스를 순 없는 노릇이었다.

"저하! 저하, 어서 이리로 오시옵소서."

"불이야! 불이야아앗!"

준형은 한참 악몽 속을 헤매고 있는 중이었다. 꿈속에서 준형은 아직도 지붕이 내려앉고, 불이 난 배 위에 있었다.

비단 천이 타들어가며 내는 냄새는 사람들의 불안을 증폭시켰고, 내려앉은 비단 천막 때문에 시야가 가려진 사람들은 서로를 밀치며 먼저 천막 밖으로, 배 밖으로 탈출하기 위해 이리 뛰고 저리 뛰었다. 그런 와중에도 준형을 보호하고 길을 트려 하던 감 내관은 연기를 깊이 마셨는지 허리를 숙인 채 연신 기침을 쏟아내며 괴로워하고 있었다.

"잠시만, 잠시만 참아."

준형이 그런 감 내관을 거의 옆구리에 끼다시피 하여 비단 천막 아래에서 빠져나와, 옆에 바싹 붙어 있는 배로 뛰어 건너가려 할 때였다. 준형의 눈에, 준형에게서 두어 걸음 떨어진 곳에서 이리저리 급하게 뛰는 누군가에게 떠밀려 "어, 어!" 하며 균형을 잃고 팔을 휘젓고 있는 곽 칙사가 보였다.

"칙사!"

준형이 얼른 손을 뻗어 그런 곽 칙사를 잡으려 했지만 한 발자국 늦고 말았다. 몸의 균형을 잃은 곽 칙사가 풍덩 소리를 내며 그대로 강에 빠지고 만 것이었다.

"어푸! 어푸! 사, 살려주시오. 나, 나는 헤, 헤엄을 못……. 끄르륵-"

몇 번 허우적대던 곽 칙사의 몸이 그대로 물 아래로 사라졌다.

"칙사!"

준형은 잠시 망설이다가 얼른 곁에 뛰어가는 사람을 붙잡아 감 내관을 억지로 떠맡긴 후, 주저 없이 물로 뛰어들었다.

유난히 파도가 심한 금자도 앞바다에서 헤엄을 배운 준형이었다. 비록 강물이 깊다고는 하나, 금자도 앞바다에 비하면 그야말로 땅 짚고 헤엄치는 격이나 다름없었다. 준형은 능숙한 솜씨로 물속으로 파고들 듯 헤엄을 쳐, 거의 의식을 잃고 강바닥을 향해 가라앉고 있는 곽 칙사의 목덜미를 잡아 물 위로 끌어올렸다.

"웃…… 차! 잡아!"

배 위에서 물에 빠진 사람들을 건져내고 있는 사공들 중 한 명에게 곽 칙사의 몸을 들어 올려 건네 준 후 준형은 저도 배 위로 올라가려 하였다. 그러나 바로 그 곁, 그리 멀지 않은 곳에서 꼬르륵 가라앉고 있는 계집종의 작은 머리 하나가 보였다.

"제길!"

웬만하면 모른 척했을 것이었다. 하지만 그 작은 머리통이 누군가를 연상시켜 준형은 그대로 모른 체 외면할 수가 없었다. 해서 준형은 또다시 그대로 헤엄쳐 그 아이마저 구해내 다시 배로 헤엄쳐 와 사공에게 건네주었다.

그러고도 두어 사람을 더 똑같은 방식으로 구해내었다.

"하아, 하아!"

아무리 보통 사람들보다 힘이 세고, 헤엄이 능숙하다 하더라도 준형도 지치고 말았다. 그래서 잠시 강물 위에 띄워진 널빤지 하나를 잡고 숨을 몰아쉰 뒤 이제야말로 진짜 물 밖으로 나가려는 순간, 갑자기 몇 개의 손들이 준형의 발목을 휘감아 왔다.

"뭐, 뭣? 놔. 이거, 놔!"

준형은 발목에 휘감긴 손들을 떼어내기 위해 열심히 발버둥 쳤다. 벌써 몇 사람이나 구한 탓에 지쳐버린 몸으로는 물속에서 죽어라 저를 끌어당기고 있는 손들을 뿌리칠 재간이 없었다. 하여 준형은 그대로 물속으로, 물속으로 빠져 들어갈 수밖에 없었다.

"으윽, 읍, 으읍!"

코로, 입으로, 눈으로, 귀로 한꺼번에 더러운 물들이 덮쳐왔다. 숨이 쉬어지지가 않았다. 그 괴로움에서 벗어나고자 격렬히 고개를 흔들었지만, 정신은 점점 더 아득해지고 있었다.

그런 준형의 귀에 익숙한 목소리 하나가 들려왔다.

-겁내지 말거라. 모두를 위한 일이니.

'……어머니?'

앞이 희미해져가는 중에도 준형은 열심히 고개를 두리번거렸다. 까만 강물 안에 있을 리 없는 소빈의 목소리가 들려온 때문이었다.

그런 중에도 환청은 계속되었다.

-죽어다오. 이 어미와 아비를 위해. 그리고 네 형을 위해.

'시, 싫습니다! 싫어요!'

또다시 들려온 어미의 목소리에 준형이 입안으로 물이 쏟아져 들어오는 것도 아랑곳하지 않고 크게 입을 벌려 제 뜻을 밝히려 했다.

하지만 이내 몇 개의 손이 준형의 입을 틀어막았다.

'읍! 으으으읍!'

거세게 몸을 뒤틀던 준형의 몸 중에서 가장 먼저 변하기 시작한 건 오른손부터였다. 그로부터 눈 깜짝할 사이에 준형의 몸이 변했다. 준형을 잡고 있던 작자들이 미처 놀랄 틈도 없이 완전히 늑대로 변하고 말았다. 늑대의 날카로운 발톱들은 자신의 자유를 뺏고 있던 자들을 사납게 할퀴었다.

"크르르!"

지독한 악몽 속에서 깨어나며, 준형이 낮게 목을 울렸다. 아주 조금 남은 잔상마저 쫓아버리기 위해 크게 고개를 흔들었다. 그러다 준형은 자지러지게 놀라고 말았다.

'헉!'

늑대로 변해버린 몸 때문만은 아니었다. 자신의 앞에 웅크리고 앉아 있는 사람 때문이었다. 동굴 안에 스며든 희미한 달빛만으로는 남자인지 여자인지조차 쉽게 구분이 가지 않았다. 무릎을 세우고 거기에 얼굴을 묻고 있어 생김새도 알 수 없었다. 그래도 그게 누구인지 준형이 모를 리 없었다.

"크르르"(왜, 당신이 여기? 정인사에 있어야 할 당신이, 왜?)

늑대의 몸 안에 갇힌 준형이 낮게 목을 울리며, 조심스레 당이를 향해 다가갔다. 한 발, 또 한 발. 최대한 발톱을 안으로 말아 넣은 채 툭, 당이의 발을 쳤다. 어떻게 된 영문인지 물어야만 했다.

그런데 당이가, 당이임이 분명할 사람이 꿈쩍도 하지 않았다. 해서 준형은 앞발을 들어 다시 한 번 슬쩍, 당이의 발을 건드리려 하였다.

"좀 더 자요."

반쯤은 잠에 빠져 있는 상태로 당이가 웅얼거렸다.

"크르르"

반가운 마음에 준형이 다시 목을 울렸다.

탁탁. 여전히 무릎에 고개를 묻고 있는 상태로 당이가 제 옆의 바닥을 손으로 쳤다. 이리 와서 앉으라는 듯. 슬금슬금 준형이 걸어가 그 자리에 자리를 잡자마자, 기다렸다는 듯 당이의 몸이 준형을 향해 스르륵, 무너졌다.

"나, 졸려요. 얘기는…… 내일 해요. 하아아암."

웅얼대는 목소리와 졸음 가득한 하품으로 당이는 잠에서 깰 의지가 조금도 없음을 분명히 하였다. 그러고선 제게 너무도 익숙한 풍성한 털의 감촉을 온 뺨으로 느끼며, 저와 제 아이를 쉽게 할 잠 속으로 빠져 들어갔다.

"하아아아……."

그리웠던 당이의 무게를 느끼며 준형은 긴 한숨을 쉬었다. 도저히 늑대의 것이라고는 생각되지 않는 지극히 인간적인 한숨이었다.

'돌아왔다.'

제일 먼저 든 생각이었다. 당이는 준형의 집이었다. 떠나고 멀리할 순 있어도 언젠가는 기어이 돌아가고야 말 집.

준형은 이제야 진짜 제집으로 돌아왔다.

"유 내관, 아무래도 자네가 움직여줘야겠네."

현의 무리한 요구를 받고 안가를 나서던 일산이, 저를 배웅하려 나온 유 내관에게 은밀히 속삭였다.

"준형일 찾아주게나."

"당연히 그럴 것입니다. 헌데, 어디서부터 움직이면……."

"실은 조금 전 심상치 않은 보고들을 받았다네. 양화나루에서 그리 멀지 않은 곳에서 새카만 털을 가진, 집채만 한 짐승이 나타났다는 보고가 연이어 들어왔다네."

"헉, 그럼?"

유 내관의 물음에 일산은 네 추측이 맞을 것이라는 듯 의미심장하게 눈을 빛냈다.

"선유가 있었던 곳이 바로 양화나루였네. 그리고 준형이 사라지고 늑대로 보이는 존재가 나타났다네. 이것을 어찌 우연이라 하겠는가? 아마 십중팔구는 준형이 맞을 걸세. 거기다……."

일산이 힐끗, 마당 건너편의 방문에 비친 현의 그림자를 보며 말소리를 조금 더 줄였다.

"거기다 목격한 자들에 따르면 그 짐승은 등에 웬 여인 하나를 업고 있었다고 하네."

"……홍 낭자입니까?"

"글쎄. 홍 낭자는 지금 정인사에 머무르고 있지 않은가? 그런 홍 낭자를 어찌……. 낯빛이 왜 그러는가? 무어 따로 짚이는 게 있는 것인가?"

일산이 문득 묘하게 굳은 유 내관의 얼굴을 보고 물었다.

"아, 아닙니다. 아무것도. 그보다 늑대를 본 자가 누굽니까? 입막음부터 해야 하지 않겠습니까?"

유 내관이 얼른 화제를 돌렸다. 당이가 정인사에서 하마터면 죽을 뻔하였고, 그곳에서 몸을 피해 현이 묵고 있는 이 집의 바로 지척에 집을 얻어 살고 있다는 건 아직 아무에게도 밝히지 않은 비밀이었다.

"그런데 좀 곤란하게 됐네. 본 자들이 한둘이 아닌지라, 그 입들을 모두 막을 수가 없네. 어쩌면 지금쯤 영천군 쪽에서도 그 이야길 듣고 수상한 짐승의 뒤를 쫓고 있을 수도 있어. 그러니 자네가 직접 움직여줘야겠네."

비록 늑대혈족의 방계이긴 하지만, 비록 늑대로 몸이 바뀌지는 않지만 유 내관 역시 예사 사람보다는 훨씬 빠른 걸음과 센 힘의 소유자였다. 거기다 늑대혈족 특유의 본능과 감을 잃지 않고 있는 자로서, 목적을 이루기 위해서는 피를 보는 것도 두려워하지 않는 자이기도 했다.

실제로 예전, 의금부 옥사에 갇혀있던 곰보 여편네와 장괴라는 놈을 쥐도 새도 모르게 죽인 것도 유 내관이었다. 그러니 누구보다 빨리 준형을, 늑대를 찾아올 적임자가 있다면 그건 바로 유 내관밖에 없었다.

"자네를 믿네."

"……알겠습니다."

"저하께는 늑대에 대한 것은 일단 비밀로 하세. 아직 정확한 건 아무것도 없으니. 분명해지거든 그때 해도 늦지 않을 걸세."

그러니 자네도 비밀을 지켜라- 일산이 말할 필요도 없는 일을 굳이 한 번 더 입 밖에 내어 유 내관을 조심시켰다.

일산의 예상대로 그때 영천군은 사라진 세자와 도성 안에 나타난 수상한 짐승에 대한 이야기를 듣고 있는 중이었다. 영천군의 사랑채에 들어 은밀한 보고를 하고 있는 자는, 일전에 정인사에서 세자의 정인이었던 여인을 죽인 바로 그 믿음직한 수하였다.

"찾았느냐?"

"아직 찾지 못하였습니다. 대신……."

사내가 답을 한 후, 제가 들고 온 무언가를 영천군에게 내밀었다. 물에 잔뜩 젖은 채로 이리저리 찢겨져 있는, 비단 옷가지들이었다.

"이건……?"

"강바닥에서 건져 온, 세자가 입고 있던 옷들입니다. 자세히 보시면 물에 씻겨 있긴 하지만 군데군데 핏자국도 적지 않게 보이실 겁니다."

"그럼 정말로 세자가 그 짐승에게?"

사내가 고개를 끄덕거렸다.

"호오……."

영천군이 만족스러운 얼굴로 제 길고 탐스러운 수염을 어루만졌다. 그러면서도 한 번 더 확인해보고자 슬쩍 사내에게 물었다.

"그래도 아직 시체는 못 찾았지 않느냐? 죽었다고 속단하기엔……."

"그때 세자와 같이 있던 제 부하 놈들이 모두 죽었습니다. 날카로운 짐승의 발톱에 당했지요. 그것만 봐도 세자가 살아 있다고 생각하기엔 어렵지 않겠습니까?"

사내는 영천군에게 세자를 해치려 했던 제 부하들 중 한 명의 시체가 발견되지 않았다는 이야기는 하지 않았다. 어차피 일이 끝나면 모두 제 손으로 죽일 자들이었기에, 또한 영천군도 그 사실을 알고 있기에 굳이 할 필요를 못 느낀 것이었다.

"걱정 마시지요. 살아 있다면 왜 아직 나타나지 않았겠습니까? 군사란 군사들이 모두 나와 눈에 불을 켜고 세자를 찾고 있는 것을요."

"그리되면 좋으련만. 아무튼 이 옷가지는 잘 가지고 있다가 며칠 후에 의금부로 가지고 가거라. 우연히 강 아래로 떠내려 온 것을 주웠다 그리 말하면 될 것이다."

"명대로 하겠습니다."

"물속에 수상한 짐승에게 당해 죽은 자들의 사체가 남아 있으니, 이 옷가지들을 보면 누구라도 세자가 짐승에게 물려갔거나, 죽어 이미 강 아래로 흘러갔을 거라 생각할 것이다. 그렇지?"

"그렇습니다."

사내가 영천군의 말에 확신을 주듯, 짧고 간결하게 답했다. 그 모습을 보고 흡족해진 영천군이 서탁 밑에서 은자가 가득 든 궤를 꺼내 사내에게 주었다.

"수고 많았다. 피곤할 터이니 가는 길에 목이나 축이려무나."

슬쩍 궤의 안을 들여다 본 사내는 탁주값이라기보다는 아예 주막 몇 채를 사들일 수도 있는 후한 보상에 감격하여 희희낙락한 얼굴로 돌아갔다.

'후후후훗. 모든 일이 이리 순탄하게 돌아가다니, 이런 것을 두고 천운이라 하든가.'

사랑채에 올로 남은 영천군은 제게 찾아든 행운에 감복하였다. 정말로 말 그대로 천운이라고밖에 생각되지 않았다.

사실 배의 비단 지붕을 무너뜨리고, 그 비단 지붕에 불을 질러 아비규환을 만든 것은 모두 영천군의 계획이었다. 혼란한 틈을 타 세자를 물에 빠트리고 그런 세자를 구한답시고 뛰어 들어간 자들로 하여금 세자의 발을 잡고 입을 막아, 익사시키려 했던 것이다.

하지만 세자는 누가 떠밀기도 전에 제 스스로 물에 뛰어들었다. 거기다 명목상으로는 세자를 구하러 갔던 자들은 모두 짐승에 의해 죽은 채로 발견되었고, 세자 또한 찢어진 옷가지만 남긴 채 온데간데없이 사라지고 말았다.

누가 보아도 명백한 사고였다.

며칠 후, 그 찢겨진 옷가지가 의금부에 신고되고 나면 그때는 누구라도 세자가 불행한 사고를 당했을 것이라 생각할 터였다. 어느 누구도 이 일에 영천군이 관련되어 있다고 주장하진 못할 것이었다.

'그나저나 물속에서 그런 날카로운 발톱 자국을 낼 수 있는 짐승이라니. 들도 보도 못한 일이지만 그러기에 더더욱 다행이 아닌가? 흐흐, 흐흐흐흣.'

영천군은 낮에 자신과 제 아들 경인군을 욕보였던 세자의 의기양양한 얼굴을 떠올리며 통쾌하게 웃었다. 이왕이면 그 정체를 알 수 없는 짐승에게 갈가리 찢겨 죽었기를, 그리하여 필설로 형용할 수 없는 고통 속에 죽었기를 바랐다.

밤이 조금 더 깊었다.

그날 밤. 김 부사를 돌보다 설핏 잠이 든 강회는 툭툭, 누군가 방문을 흔드는 소리에 번쩍, 눈을 떴다.

'준형인가?'

이상하게 제일 먼저 그 생각부터 들었다. 지난번처럼 준형이 자신들을 보러 온 게 아닐까. 강회는 부리나케 방문을 열고 나가, 아무도 없는 새카만 마당을 두리번거렸다.

"준형이니?"

"……접니다."

스윽, 어둠 속에서 모습을 드러낸 건 몇 번이나 보았던 검은 옷의 사내였다. 의금부 옥사에 갇혀 있을 때, 반회가 며칠 보이지 않으면 그를 대신하기라도 한 것처럼 슬그머니 찾아와 환약들을 주고 갔던, 유 내관이었다.

"웬일이십니까?"

강회가 실망한 기색을 감추고 유 내관에게 물었다.

"김 공자가 도와줘야겠습니다."

"무슨…… 일입니까?"

"준형 공자가 몸이 변한 채 사라졌습니다."

"변하다니요, 무슨 말씀이신지, 몸이 무얼 어떻게 변했단 말입니까?"

강회는 일단 모르는 척, 딴청을 피웠다. 눈앞의 사내가 준형에 대해 어떻게, 얼마나 알고 있는지도 모르면서 섣불리 준형의 비밀을 입에 담을 순 없었다. 유 내관이 그런 강회를 답답하게 여기며 간단히 이 밤의 일을 전했다.

"이러고 있을 틈이 없습니다. 다른 군사들이 찾기 전에 얼른……."

"유 내관. 들어오시게."

언제 깨었는지, 방문 안쪽에서 김 부사가 유 내관을 불렀다.

"아버님?"

"강회 너도 들어오너라. 쿨럭, 쿨럭!"

"오랜만에 뵙습니다. 김 부사 어른."

공손히 인사를 여쭙는 유 내관을 맞는 김 부사의 얼굴은 그리 반가워 보이지 않았다.

"……또 강 부정이 시킨 일이던가?"

"자세한 말씀은 나중에 말씀드리겠습니다. 시급합니다. 얼른 준형 공자를 찾아 나서야 합니다."

"몸이 변했다고? 어떻게 변했단 말인가?"

"보름날의 밤처럼 완전히 변했습니다."

강회는 제 아비와 유 내관이라는 자가 나누는 말을 듣고만 있었다. 왜 제 아버지가 유 내관이라는 사람에게 준형의 비밀에 대해 이렇게 쉽게 다 이야기하는지 알 수 없어 불안해하면서.

"어디로 간 줄은 아는가?"

제 아들의 당황스러움을 아는지 모르는지, 김 부사가 다시 물었다.

"목격한 자들이 있습니다. 그래서 더더욱 서둘러야 한다는 말입니다. 얼추 가신 방향은 알고 있으나 저 혼자만으로는 힘들 듯하여 생각 끝에 김 공자의 도움을 받으러 왔습니다."

유 내관의 말에 김 부사가 강회를 돌아보았다.

"강회야……."

"다녀오겠습니다."

강회가 아비의 눈빛에 담긴 뜻을 읽고 선뜻, 고개를 굽혔다. 그러자 김 부사가 이번엔 유 내관을 본 후 두 손을 방바닥에 대고 머리를 조아렸다.

"아, 아버님?"

"부사 어른! 왜 이런……."

"부탁이오, 유 내관. 준형이를, 우리 준형이를 지켜주시오."

그건 왕의 아들을 지켜달라는 충신의 말이 아니라, 아들을 지켜달라는 아비의 말이었다.

각자에게 혼란스럽고 정신없는 밤이 흘렀다.

"크르르릇!"

도성의 소란스러움과는 상관없이, 내내 잠든 당이의 곁을 지키며 고요하기 그지없는 밤을 지내고 있던 준형이 문득, 온몸의 털을 곤두세웠다.

동굴 앞으로 다가오는 침입자의 기척을 느낀 것이었다. 준형은 얼른 몸을 낮게 낮추고 이제 막 동굴 입구에 들어설 침입자를 공격할 준비를 마쳤다.

"크르르르……."

준형이 숨소리까지 죽인 채 뚫어져라 동굴 입구를 노려보고 있으려니 이번엔 좀 더 분명히 부스럭대는 소리가 들려왔다.

'누구냐!'

바짝 긴장한 준형의 앞에 마침내 침입자가 그 모습을 드러내었다. 준형의 바짝 솟은 털들이 일순간에 잔잔히 가라앉았다. 동굴 앞에 떡하니 모습을 드러낸 건, 동그란 눈을 반짝거리며 연신 코를 쫑긋거리는 새끼 산토끼였다.

"푸흐흣!"

맥 빠져 주저앉은 준형의 목을 감싸며 당이가 아직 스며들지도 않은 햇살 같은 웃음을 터트렸다.

'언제 깬 거지?'

준형이 말을 대신하여 눈을 껌뻑대자, 당이가 용케 그 뜻을 알아듣고 순순히 답했다.

"당신 털이 바짝 설 때요. 그런 살기를 내뿜는데 어떻게 자요."

당이가 한 번 더 꽉 준형의 목을 죄며, 아침인사를 건넸다.

"잘 잤어요?"

그러더니 당이는 몸을 일으키고선, 겁도 없이 아직도 동굴 입구에서 두리번두리번 좌우를 살피며 호기심을 드러내고 있는 토끼에게 손을 내밀었다.

"쭈쭈쭈쭈, 이리 온?"

토끼의 코가 쫑긋쫑긋 움직이는가 싶더니, 금세 팔딱팔딱 뛰어 당이에게로 다가왔다.

"아유, 귀여운 것."

당이는 두 손 위에 토끼를 얹고선, 눈높이까지 들어 올려 토끼의 보드라운 얼굴에 뺨을 비볐다. 지켜보고 있는 준형이 고 조그만 생명체에게 질투심이 날 정도로 다정한 태도였다.

"어디서 왔니? 혼자 왔어? 엄마는? 엄마는 어디 두고 혼자 왔어? 길이라도 잃은 고야?"

마치 어린아이를 달랠 때처럼 혀 짧은 소리로 묻던 당이가 문득 탁, 탁 땅바닥에 무엇인가 부딪치는 소리에 얼른 소리 나는 쪽을 돌아보았다.

조금 전 새끼 토끼가 모습을 드러냈던 동굴 입구였다. 거기엔 누가 보아도 어미임을 알 수 있는, 새끼 토끼와 똑같이 생긴 산토끼가 두 발로 선 채 연신 불만스러운 기색으로 한쪽 발을 탁탁 땅바닥에 두들기고 있었다.

"엄마야?"

당이가 다시 한 번 새끼 토끼에게 혀 짧은 소리로 묻고는 어미 토끼를 놀라게 하지 않기 위해 살금살금 동굴 입구로 걸어가 어미 가까운 곳에 새끼를 놓아주었다.

"너무 걱정해서 화가 난 거지? 그래도 너무 혼내지 마. 응? 이렇게 예쁜

아기잖아."

당이가 토끼 어미에게 부탁을 하자, 어미 토끼가 아까보다는 훨씬 가벼운 발놀림으로 툭툭, 바닥을 치더니 금세 동굴 바깥으로 뛰어나갔다. 새끼 토끼도 잠시 당이를 돌아보더니 이내 어미를 따라 동굴 바깥으로 나갔다.

당이는 그런 토끼들에게 홀리기라도 한 듯, 동굴 앞까지 나가 어미 토끼와 새끼 토끼가 간 뒷모습을 오랫동안 쳐다보았다.

'엄마 토끼가 많이 놀랐나 보다. 너도 나중에 엄마 몰래 아무 데나 돌아다니면 막 혼내줄 거다? 명심해?'

당이가 제 아랫배를 어루만지며 배 속의 아이에게 다정하게 이르고 있자니, 등 뒤에서 준형이 불만스럽게 "크르르." 하고 목을 울렸다.

"푸흐흣. 뭐, 늑대도 별거 아니네요."

토끼들을 배웅하고 돌아선 당이가 일부러 더 밝고 가벼운 얼굴로 준형에게로 다가왔다.

"이렇게 산만 한 덩치를 하고 있는데, 저런 조그만 토끼가 겁나서 바짝 쫄기나 하고."

"크르르!"(그, 그런 거 아니거든!)

"아니긴 뭐가 아니에요? 얼마나 별거 아니면, 저런 조그만 새끼 토끼가 겁 없이 여기까지 다 들어오냐고요. 후훗."

"크르르르!"

준형이 다시 한 번 억울하다는 듯 목을 울리다가, 벌떡 몸을 일으켰다. 아직 아침 햇볕이 동굴 안에 스며들지 않아 어둡기 그지없었지만, 그런 어두컴컴한 속에서도 왠지 당이의 얼굴이 조금 달라진 것 같은 느낌을 받아서였다.

"왜요?"

저를 보는 시선이 바뀐 걸 알고 당이가 물었다. 그러다 준형이 눈 하나 깜빡이지 않고 제 얼굴을 보고 있음을 알고 머쓱하여 이제는 반 민둥산이 된 눈썹을 만지작거렸다.

"별거 아니에요. 눈썹은 금방 자라요."

그래도 준형의 걱정스러운 시선은 당이의 얼굴에서 떠나지 않았다.

"아, 이거요? 이건 일부러 붙여둔 고약이에요."

당이가 얼른 얼굴을 문질러 전날 밤의 격렬한 움직임에도 떨어지지 않고 붙어 있던 고약 딱지 중 하나를 얼굴에서 떼어내었다, 다시 붙였다.

"봐요, 내 말이 맞죠?"

"크르르르."

그제야 만족한 듯 준형이 가볍게 목을 울렸다. 당이가 그런 준형의 얼굴을 두 손으로 감싸고서는 준형의 눈에 제 눈을 맞췄다.

"이젠 당신 차례예요. 어떻게 된 거예요? 아직 보름도 되지 않았는데 왜 이렇게 된 거죠?"

준형이 할 말이 없다는 듯, 그런 당이에게서 고개를 돌렸다. 당이가 금세 그런 준형의 얼굴을 잡아 원위치로 되돌렸다.

"궁궐은 어쩌고 이러고 나온 거예요? 밤엔 왜 그렇게 온몸이 흠뻑 젖었던 건데요? 어제 골목길에서 만난 게 나라는 건 알고 업고 온 거예요? 아님, 설마 아무 여자나 업어 온다고 업어 온 건데 불행하게도 나였던 거예요?"

"크르르르르!"(그, 그럴 리가 없잖아!)

이번엔 좀 더 길게 준형의 목이 울렸다.

"하긴, 그렇죠?"

화난 얼굴을 하고 있던 당이의 얼굴이 금세 화사하게 녹아내렸다.

"하여간 당신 운 좋은 줄 알아요. 지금 말 못 하는 상태였기에 망정이지, 안 그랬음 정말 묻고 따질 일이 한두 가지가 아니…… 어멋."

말하다 말고 당이가 작은 탄성을 질렀다. 준형이 당이의 어깨에 제 커다란 턱을 올려놓고 당이의 조그만 얼굴에 제 긴 뺨을 비빈 때문이었다.

"왜 이래요? 언제는 눈물콧물 다 흘려가며 나더러 도망치라고 했으면서?"

"끄응!"

준형의 입에서, 늑대의 입에서 앓는 소리가 터져 나왔다. 제발 잠시만 입 좀 다물어 달라는 항의였다.

"하여간, 순 제멋대로라니까?"

"끄응, 끄응."

"아, 알았어요. 입 다물게요. 다물면 되죠?"

일부러 심술궂게 퉁퉁댄 당이가 조금 전 준형이 그랬듯, 다정하게 뺨을 비비며 와락, 준형의 목을 끌어안았다.

"그래도 한마디만 더 할게요. 공자, 잘했어요! 아주 잘했어요."

난데없는 당이의 칭찬에 준형은 몹시 궁금했다.

'뭐가 잘했다는 거지? 동굴로 데려와줘서? 아니면 밤새 조용히 잠을 깨우지 않고 곁에 있어주어서? 그것도 아님 우리 잠을 방해한 귀엽고 작은 침입자들을 함부로 겁주어 쫓지 않아서?'

그 외에도 궁금한 건 많았다. 지금 하고 있는 우스꽝스러운 변장은 무엇인지. 왜 정인사에 있지 않고 도성 안에 있었던 것인지. 변장까지 하고 무엇을 하러 그 늦은 밤에 돌아다니고 있었던 건지. 온통 궁금한 것 천지였다.

그래서 준형은 당이에게 끌어안긴 채 빨리 아침이 오기를 바랐다.

아침빛이 빨리 동굴 안에 스며들기를 빌었다. 빨리 다시 사람의 몸으로 변해 당이에게 묻고 싶었다.

또한 빌고 싶었다. 잘못했다고. 다시는 떠나지도, 떠나보내지도 않겠다고 맹세하고 싶었다.

하지만 그리 맹세할 틈도 없이, 아침 햇살보다 먼저 준형을 찾아온 이들이 있었다.

강회와 유 내관이었다.

"그만요. 이 정도면 충분해요."

새벽이 물러가려 하던 그때, 푸르스름한 기운이 온 산을 물들이고 있는 가운데 당이는 동굴 앞에 나와 앉아 있었다. 그런 당이의 치마 위에는 어느새 산딸기며 머루며 각종 이름 모를 산열매들이 가득 쌓여 있었고, 준형이 열매가 가득 맺힌 가지 하나를 물어다 그 위에 보태었다.

모두 늑대의 몸으로 준형이 산 이곳저곳을 누비며 찾아온 귀한 보석 같은 열매들이었다.

"혹시나 못 먹는 걸까 봐 직접 먹어보고 온 거예요?"

당이가 늑대의 입가에 남은 열매들의 파편을 떼어내며 물었다.

"그러다 당신이 탈 나면 어쩌려고요. 내가 배고픈 것보다 그게 더 큰일이라는 걸 몰라요? 하여간 하나에 꽂히면 다른 건 생각도 않는다니까?"

좋으면서도 준형이 걱정되어 하는 당이의 잔소리에 준형이 당이의 어깨에 다정히 코를 비볐다.

"어머? 지금 잔소리 듣기 싫어 애교 피우는 거예요?"

당이가 행복해서 웃음이 터져 나오려는 걸 꾹 참고 준형의 다정한 행동을 놀렸다.

"크, 크르르르……?"(그, 그런 거 아니거든……?)

늑대의 얼굴인데도 어쩐지 그 얼굴은 제 사내답지 못한 행동을 창피해하고 있는 것 같았다.

"아니긴요. 푸흐흐흣. 아이, 예쁘기도 하지."

당이가 치마 위의 열매들이 쏟아지는 것에도 아랑곳하지 않고 그런 준형의 목에 와락, 매달렸다.

"크르르릇!"(예, 예쁘다닛! 누, 누가 예쁘다는 거야!)

준형이 항의의 뜻으로 크게 목을 울리다 말고 벌떡 자리에서 일어나더니, 당이를 제 몸으로 가리기라도 하듯 성큼 당이의 앞으로 나섰다.

"공자?"

"크르르르르르!"(누가 오고 있어!)

산 아래쪽으로 난 오솔길을 향해 위협적으로 목을 울리던 준형이 금세 몸을 낮췄다. 산토끼를 침입자로 오해하고 공격을 준비하던 바로 그때처럼.

하지만 이번에도 준형의 공격의지는 너무 허탈하게 사라지고 말았다. 오솔길 건너편에서 들려온 소리 때문이었다.

"이랴. 이랴! 왜 이러느냐? 어서 가자니까?"

"말들이 이리 두려워 가지 않으려 하는 걸 보니, 아무래도 공자께서 이 근방에 계신 듯하오."

이윽고 아직도 푸르스름한 기가 완전히 가시지 않은 오솔길에서 모습을 드러낸 건 강회와 유 내관이었다.

"아, 저기!"

"공자님!"

강회와 유 내관이 서둘러 말에서 뛰어내려 준형에게로 다가왔다. 늑대로 변해 있는데도 두 사람 다 어렵지 않게 늑대가 준형임을 알아보았다.

"준형아, 널 데리러…… 엇. 낭자도…… 여기 계셨구려."

늑대의 몸이 된 준형을 반갑게 끌어안으려던 강회가, 여태 새벽의 어둠과 준형에게 가려져 보이지 않던 당이를 보고 놀란 기색을 감추지 못했다.

"오랜만에 뵙습니다. 그간 무탈하셨어요?"

당이가 제 엉망진창이 된 눈썹을 손으로 가리며, 강회에게 머리를 숙여 인사하였다. 강회도 서둘러 당이에게 가볍게 고개를 숙였고, 강회 곁에 선 유 내관이 반색을 하며 당이에게 인사를 건넸다.

"여기 계셨습니까? 댁에 안 계시기에 걱정을 하였는데…… 다행입니다."

그 순간, 준형이 당이에게로 고개를 돌렸다. 유 내관의 말이 무슨 뜻인지 묻는 얼굴이었다.

'댁이라니? 왜 유 내관이 나도 몰랐던 당신 집을 알고 있는 거지?'

"……정인사에서 나오면서 유 내관의 도움을 얻었어요. 자세한 건 나중에 다 얘기할게요."

"크르르르?"(왜 지금은 안 되는데?)

"저기요."

당이가 손을 들어 동쪽 하늘을 가리켰다. 순간 모두가 일제히 동쪽 하늘을 보았다. 서서히 붉은 기가 들기 시작한 하늘은 이제 곧 해가 뜰 것을 알려주고 있었다.

"잠시 자리를 옮기지요."

강회가 주변을 두리번거리다 조금 전까지 당이와 준형이 머물고 있었던 동굴 쪽으로 당이를 데리고 가려고 하였다. 준형이 늑대의 몸에서 다시 인간의 몸으로 변하는 순간을, 태어난 그대로의 알몸이 드러나는 순간을 당이가 보지 못하게 하기 위해서였다. 당이는 그런 강회의 제안을 거부하였다. 대신, 준형의 곁에 무릎을 꿇고 앉아선 커다란 목을 감싸 안았다.

"당신 곁에 있고 싶어요."

당이가 준형의 눈을 똑바로 보며 말한 후, 서서 자신들 두 사람을 보고 있는 강회와 유 내관에게도 말했다.

"제가 있을게요."

자리를 비켜달라는 완곡한 표현이었다. 그래서 강회는 자기가 들고 온 봇짐 속에서 준형의 속옷들과 바지, 저고리 등을 꺼내 당이에게 준 후, 유 내관을 데리고 좀 전에 본 동굴 안으로 들어갔다.

잠시 후였다.

"크으으으윽!"

고통이 느껴지는 늑대의 울부짖음과 같은 신음이 동굴 안까지 들어왔다.

여느 때보다 훨씬 길게 이어지는 그 고통스러운 신음에 유 내관도 강회도 제 몸이 찢어진 양 낯을 찌푸렸다. 그러나 곧 얼마 안 가 두 사람의 얼굴엔 언제 그랬냐는 듯 은근한 미소가 깃들었다.

"형님! 유 내관! 잠시만 더 거기에 있어주셔야겠습니다!"

준형의 경쾌한 말소리와 함께 "어머! 안 돼요! 이거, 안 놔요?" 하고 당황한 당이의 말소리가 들려온 때문이었다.

"바로 저기 두 분이 계시는데……. 어, 어어? 정말 이러기예요?"

"응, 이러기야. 그러니 반항은 그만하시지?"

다정한 말싸움에 이어 들려온 것은 "'읍!" 하고 무엇인가에 입이 가로막힌 것만 같은 당이의 소리, 툭닥툭닥 무언가를 두들기는 소리들이었다.

그 순간 강회와 유 내관은 괜히 저들이 부끄러워 "흠, 흠." 하며 서로의 시선을 외면하였다. 그 소리만으로도 동굴 밖에서 지금 어떤 광경이 벌어지고 있는지 보지 않아도 알 수 있을 것 같기 때문이었다.

"하아……."

진한 갈증을 채우려 두 사람의 입술은 빠르고 성급하게 서로를 탐닉해갔다. 한 톨의 먼지도 끼어들지 못할 만큼 딱 달라붙어 서서, 서로의 목과 머리를 잡아당기며, 조금도 자신에게서 떨어지지 않도록 하였다. 두 사람의 숨소리가 아침 햇살과 섞여 산속 구석구석까지 울려 퍼지는데도 민망한 줄도 몰랐다. 그저 이 순간이 마지막 순간인 양, 서로의 입술을 갈구하였다.

"……이대로 같이 도망갈까?"

긴 입맞춤 중, 당이의 입술에서 떨어지기 싫어 준형은 당이의 조금 부어오른 윗입술을 물다시피 하고선 웅얼거리는 목소리로 당이에게 물었다.

"누구 마음대로요?"

당이가 길게 목을 젖힌 채 준형을 올려다보며 답했다.

"나랑…… 같이 안 가줄래?"

준형이 이번엔 당이의 목에 얼굴을 묻으며 애원했다.

"……도망쳐달라면서요."

당이가 간지럽다는 듯, 목을 뒤틀면서 도도하게 답했다.

"그래도 안 도망쳤잖아."

"도망쳤는데 찾아낸 건 당신이거든요."

"그래서…… 다시 도망칠 건가?"

준형은 당이에게서 얼굴을 뗀 채, 섭섭함이 가득한 얼굴로, 두려움이 가득한 눈빛으로 물었다.

"아픈 건 언제? 지금도 아파? 정인사에선 어떻게 내려온 거야? 나랑 이제 계속 같이 있어주면 안 돼? 화 많이 났어? 나…… 안 보고 싶었어?"

채 답을 할 틈도 주지 않고, 앞뒤가 서로 연결이 되지 않는 질문들만 연방 해대는 준형을 보며, 당이가 절레절레 고개를 저었다.

"우선은 이거나 마저 끝내고요."

당이가 아직 성에 차지 않은 듯, 까치발로 서선 준형의 뒤통수를 감싸 저에게로 잡아당겼다. 준형은 잠시 놀란 표정을 지었지만, 제 연인이 원하는 바를 충실히 들어주기 위해, 당이의 허리를 답삭 들어 안았다.

그렇게 또 한참 동안 짙은 입맞춤이 지속되었다.

"안 돌아가. 이대로 이 사람과 함께 보령으로 갈 거야."

한참 만에야 동굴 안에서 유 내관과 강회를 불러낸 준형은, 도성으로 돌아가야 한다는 유 내관의 제의를 단칼에 거절하였다. 물론 간밤에 선유에서 있었던 그 모든 일을 다 털어놓은 뒤였다.

"형님, 옥사에 계실 때 반회 형님을 통해 저더러 도망가라 했잖아요. 보령 인근에 필요한 물자와 사람을 숨겨두셨다고. 정말 그러려고요."

준형이 곁에 있는 당이의 어깨를 끌어안고서 강회에게 말했다.

"이 사람과 함께 떠날 것입니다. 중국으로 가는 배를 타도 좋고 왜나 다른 나라 어디로 가도 좋습니다. 어디건, 아무 방해 없이 우리 둘이서 살 수 있는 곳으로 가려고 합니다."

"안 돼."

안 된다고 말하는 강회의 얼굴엔 짙은 그늘이 들어 있었다. 그건 아무 말도 못 하고 곁에 서 있는 유 내관의 얼굴도 마찬가지였다.

"형님?"

"나도 그렇게 말해줄 참이었어. 이제는 그냥 아버지와 우리 걱정은 하지 말고, 그대로 어딘가로 떠나라고 말해줄려고 유 내관을 따라나섰어. 근데…… 이젠 그럴 수가 없게 됐어."

"왜요!"

준형은 답답해 따져 물을 때였다. 준형의 곁에 섰던 당이가 갑자기 불안한 얼굴로 준형의 옷소매를 잡았다.

"왜?"

당이를 돌아보며 묻던 준형의 얼굴에도 금세 당이처럼 불안한 기운이 감돌았다. 오솔길 아래에서부터 점점 가깝게 들려오고 있는 사람들의 웅성거림 때문이었다.

"여기가 확실해?"

"지난밤에 한가 놈이 늦댄지 뭔지 그 괴물 같은 놈이 이 산으로 오르는 걸 봤다잖아!"

"가세, 가! 우리 금쪽같은 세자저하를 물고 간 그 괴물 놈, 우리 손으로 찾아, 때려잡자고!"

"그러게! 우리 손으로 저하를 구해내자고!"

웅성거리는 소리들을 자세히 듣자마자, 준형이 당이를 안고 훌쩍 나무 위로 몸을 날렸다. 굵은 나뭇가지가 그런 두 사람의 무게를 못 이겨 잠시 제 나뭇잎들을 출렁거렸다. 그와 동시에 유 내관 또한 제 곁에 섰던 강회의 허리를 부여잡고, 훌쩍 나무 위로 몸을 날렸다. 준형 못지않은 날렵한 움직임과 사내 하나를 번쩍 든 괴력에 나머지 세 사람이 놀란 눈으로 볼 때였다.

"여기, 심상찮은 발자국이 있네!" 하는 웬 사내의 외침이 들려왔다.

이어 곡괭이며, 낫, 호미 등을 무기랍시고 쳐들고 있는 한 무리의 사내들이 오솔길 저편에서 조금 전, 준형 무리가 있던 곳까지 한달음에 달려왔다.

"발자국이 저기 동굴까지 이어져 있네!"

맨 앞에서 땅바닥을 유심히 살피던 사내가 지난밤 준형과 당이 머물렀던 동굴을 발견하고선 크게 소리를 질렀다.

"어디, 어디!"

사내들이 일제히 동굴 쪽으로 몰려갔다. 그러더니 그중 누군가가 동굴 앞 바닥을 가리켰다.

"여기! 여기 이거 좀 보게! 들어가고 난 놈의 발자국이 한가득인데?"

그러자 또 누군가는 재빨리 무릎을 꿇고 바닥의 상태를 자세히 살폈다.

"발자국 상태를 보아하니, 찍힌 지 별로 오래지 않은 것 같은데?"

"그럼, 아직도 이 산 어딘가에 있거나 산을 넘어간 지 얼마 안 됐다는 얘기 아냐?"

"우리만으로는 안 되겠네. 얼른 누가 관아에 가서 관원들 좀 데리고 오게. 설사 이놈이 세자저하를 물고 간 그놈이 아니라 해도, 이런 괴물 놈이 우리 산에서 활개 치게 그냥 놔둘 수는 없지 않은가?"

"방울이! 자네가 걸음이 제일 빠르니, 얼른 내려가서 관원들을 불러오게!"

"알았수. 그럼 먼저들 그놈을 찾고 계시오! 내 얼른 데려오리다!"

방울이라 불린 사내가 들고 있던 호미까지 내팽개치곤 그대로 산 오솔길을 통해 산 밑으로 내닫기 시작했다. 그리고 나머지 사내들은 이 산 어딘가에 있을 늑대를 찾기 위해 삼삼오오 짝을 지어 흩어졌다.

"저들이 왜 저러는지 자네가 설명을 해줘야겠는데?"

오솔길이 아닌 부러 사람들이 다니지 않을 험한 길을 골라 하산하는 길에 준형이 물었다. 험한 길 내내 업고 있던 당이를 내려놓으면서였다.

"유 내관!"

"……어제 선유에서 공자님이 물에 빠진 곽 칙사는 물론이요, 허드렛일을 돕던 아랫것들까지 구해낸 게 어느새 백성들 사이에 소문이 쫙 퍼졌습니다.

새벽에 산 밑 주막에 들렀을 때 등짐을 지고 오가던 보부상들이 너 나 할 것 없이 그 이야기를 하고 있더군요."

뿌듯한 기색을 굳이 감추려고도 하지 않고, 유 내관이 자신들이 들은 이야기를 전했다.

"그런데 정작 여러 사람을 구해낸 세자저하가 감쪽같이 사라졌다 보니 그 일에 대해서 추측들이 분분했습니다."

"문제는…… 하필 물밑에서 짐승에게 할퀴어져 죽은 묘한 시체가 여러 구나온 모양이더구나. 네가, 한 짓이더냐?"

유 내관에 이어, 강회가 조심스럽게 준형에게 물었다.

"그들이 먼저 저를 죽이려 했습니다. 거기다……."

거기다 알고 싶지 않은 진실까지 알게 된 충격에 정신이 나갔다. 그 때문에 몸이 변했고, 짐승의 본능으로 그만 사람을 해치고 말았다.

'제가…… 이 손으로 사람을 해치고 말았어요. 형님과 아버님께 한 맹세를 깨트리고 말았습니다.'

설령 무슨 일이 있었건, 깨트려서는 안 될 맹세였다. 해서 준형은 차마 고개를 들고, 강회를 볼 자신이 없었다. 사내로서, 아우로서 부끄럽기 짝이 없었다.

"괜찮아. 내가 너였더라도 그자들을 모두 죽여버리고 말았을 테니까. 오히려 만약 네가 그놈들 손에 죽었다면 그때야말로 널, 용서 안 했을 거야!"

죄책감에 준형이 잠시 말을 잇지 못하자, 강회가 단단한 눈빛으로 준형의 어깨를 토닥였다.

"형님……."

"다만, 그 일 때문에 문제가 생겼어."

"문제요?"

"어제 네가 그렇게 사라진 것이 늑대의 소행이라는 묘한 소문이 돌고 있나 봐. 그 와중에 어젯밤 네가 몸이 변한 채 도성을 질주하는 모습을 본 사람들도 있는 모양이고."

처음엔 "늑대의 짓이 아닐까?" 하던 소문이 "늑대의 짓이다!"라는 확신으로 바뀌기까지 얼마나 짧은 시간이 걸렸는지는 아무도 몰랐다.

"그래서 네가 도성으로 돌아가지 않으면, 늑대를 쫓는 사람들을 막을 방법이 없어. 어쩌면 영천군은 그걸 핑계로 또 한번 대대적인 늑대 사살령을 내릴지도 몰라. 조용히 숨어 살고 있는 늑대 혈족들에게 있어 절대로 반갑지 않은 상황인 것이지."

"하지만!"

준형이 억울한 듯 목소리를 높였다.

"도성엔 진짜 세자저하가 있지 않습니까? 그분이 궁궐로 돌아가기만 하면 모든 소문을 잠재울……."

"그분께선, 공자님을 데려오기 전까진 죽어도 궁궐로 돌아가시지 않겠다고 고집을 피우십니다. 당신께서 저지른 일이 아니니, 당신이 책임질 이유가 없다며……."

유 내관이 강회를 대신해 답을 하자, 분노한 준형의 눈에 새파랗게 불꽃이 일었다.

"하! 그 개자식이!"

눈앞에 현이 있다면 당장에라도 멱살을 잡을 기세로 준형이 욕설을 뇌까리다 말고 눈살을 찌푸리는 제 형의 눈치를 보고는 얼른 "죄송해요." 하고 사과하였다. 자신에겐 현이 미운 쌍둥이 형일지라도, 강회에게 있어 현은 어디까지나 충성을 바쳐야 할 존귀한 세자저하임을 알아서였다. 해서 준형은 괜히 강회가 아닌 유 내관에게 투정하듯 말했다.

"하여간 난 몰라. 당신네 저하한테 알아서 하라고 해. 늑대 사살령이 내리면 뭐! 나만 피하면 상관없잖아. 늑대 혈족이라 해도 나처럼 몸이 변하는 경우는 거의 드물다면서. 지금은 나 외에 부정 어른의 아들인……."

무진. 자신의 무릎에 누워, 곤히 잠들었던 아이를 떠올리느라 준형의 말이 잠시 끊겼다.

-저하! 저하! 흐흐. 저는 저하가 참 좋습니다. 저도 저하처럼 하루빨리 늠름해지고 싶습니다.'

준형을 처음 본 주제에 뭐가 그리도 좋은지 송아지눈처럼 커다란 눈을 반짝이며 넋을 놓고 쳐다보던 어린것의 모습이 눈에 선했다.

-저는 그렇게 아름다운 분은 처음 봤어요. 저하의 정인이시라면서요? 저도 언젠간 그런 아름다운 각시를 맞을 수 있을까요? 히.

당이의 말을 전하면서, 지 까짓 게 뭘 안다고 통통한 볼을 붉게 물들였던 어린 사촌아우.

-으응, 가기 싫습니다. 싫어요! 저하 곁에 있고 싶어요. 저하아! 좀 더 있게 해주세요. 저하!'

궁을 떠날 시간이 되어 제 어미의 손에 의해 끌려가면서 눈물을 뚝뚝 흘리던 그 조그맣던 사촌아우의 얼굴이 자꾸만 준형의 눈앞에 어른거렸다.

'늑대 사살령이 내리면 그 애는 어찌 되는 것일까? 설마 그 어린것까지 위험해지는 건 아니겠지?'

준형의 이마에 그의 고민을 번민하듯, 굵은 핏줄 하나가 도드라졌다. 그런 준형을 지켜보고 있던 당이가 가만히 준형의 손을 맞잡아왔다.

"가요. 우리."

"응?"

"우리끼리 도망가자고요. 중국이든, 어디든."

당이가 결심을 굳힌 단단한 눈빛으로 제가 못내 사랑해 마지않는 사내를 올려다보며 말했다.

제11장. 조여드는 덫

　도성 안은 아침 일찍부터 영 부산스러웠다.

　"뭐야? 어제저녁에 그런 일이 있었다는 거야?"

　"그래서. 저하는, 저하는 찾은 거야?"

　"찾기는. 에휴…… 아무래도 물에 빠져 돌아가셨거나, 그 늑대인지 뭔지 하는 놈에게 물려 가신 것 같다네. 이 일을 어쩌면 좋을지."

　길을 지나가는 사람 모두 전날 사라진 세자에 대한 이야기를 하고 있었다. 소문들이 으레 그러하듯, 조금은 허황된 이야기들도 많았다.

　"세자저하께서 글쎄…… 물에 빠진 천것들 수십 명을 당신 혼자 몸으로 다 구해내셨다는 거 아닌가?"

　"물에 빠져 다 죽어가는 어린 계집아이를 건져서 배 위의 사람들에게 맡기시고는 꼭 살려내라, 그리 눈물로 신신당부도 하셨다면서?"

　"그뿐이면 말도 말게. 모두들 이제 그만하시라고, 그러다 저하께서 위험하시다고 극구 말리는데도 백성이 임금의 자식이니, 내게는 형제와 같지 않은가 하시며 어찌 물에 빠진 형제를 두고 홀로 살아날 수 있겠냐며 소매를 뿌리치고 물속으로 들어가셨다 하네."

조금만 생각해보면 말도 안 되는 이야기들이었지만, 그 이야기들을 듣는 백성들은 열이면 열, 모두 눈물바람을 하였다. 남녀노소, 신분고하를 막론하였다. 모두가 하나같이 편찮으신 몸을 이끌고 직접 강물로 뛰어들어 백성들을 구하다 사라지신 세자에 대해 감격하여 눈물을 흘려댔다.

개중에는 무능력한 관원들에게 저하를 찾는 일을 맡길 수 없다며, 직접 세자를 찾아 모두 다 함께 온 산천을 뒤지자고 부추기는 자들도 많았다.

"관원들만 믿고 있을 수는 없소. 막말로 저하가 돌아오시지 않으면 영천군 대감이나 그 아드님이신 경인군께서 다음 보위에 오르실 텐데……."

"그건 절대 안 되지요!"

"안 되고말고요! 그러니 우리가 나서자는 거 아니요!"

"그럽시다! 사냥을 할 수 있는 자들은 늑대를 쫓고, 헤엄을 칠 수 있는 자들은 강바닥을 훑읍시다. 온 조선의 백성이 직접 나서 세자저하를, 우리 저하를 찾아냅시다!"

처음엔 한두 사람의 입에서 시작된 의견이었지만, 금세 온 도성 안에 '우리 저하'를 찾자는 의견들이 불같이 일어났다.

"우리 저하라……. 고작해야 물에 빠진 몇 사람 좀 건져냈다고 아주 다시없이 백성을 아끼는 세자라도 된 양 잘도 떠들어대는구나. 훗."

그때, 현은 쓸쓸한 웃음을 감추지 못한 채 백성들이 떠드는 소리를 듣고 있었다. 모처럼 유 내관이 없는 틈을 타, 반회의 부축을 받으며 가볍게 아침 산책에 나선 참이었다.

"저하…… 이 생원 어른. 그만 돌아가시지요."

반회는 자신의 팔뚝을 잡고 있는 현의 손에 힘이 들어간 것을 깨닫고는 현을 데리고 안가로 돌아가려 하였다. 하지만 현은 좀처럼 "우리 저하!" "우리 저하!"를 외치는 사람들에게서 시선도, 발길도 떼지 못했다.

"콜록콜록. 콜록콜록콜록!"

안가를 나서기 전에 먹은 탕약의 효과도 없이, 현은 반회의 팔에 매달려

격한 기침을 쏟아내었다.

"저하……."

몸 상태로 극명히 나타난 현의 마음을 읽은 반회가 동정을 금치 못하며, 현의 어깨를 잡아 부축하려 하였다.

"됐어!"

현은 그런 반회의 손을 떨쳐내고는 꼿꼿이 허리를 들고, 자신들의 안가가 있는 곳으로 걸음을 옮기기 시작하였다. 반회가 얼른 따라붙어 좀 전처럼 제 팔뚝이라도 잡으라고 손을 내밀었지만 현은 본 체도 하지 않았다.

그러나 그리 채 몇 걸음도 가지 않아 풀썩, 현의 무릎이 꺾이고 말았다.

"저……! 이 생원 어른!"

불안하게 현의 뒷모습을 지켜보고 있던 반회가 얼른 달려들어, 현의 어깨를 잡아 일으키고는 등에 업고서는 안가 쪽을 향해 냅다 내달렸다.

"콜록콜록콜록콜록!"

안가로 돌아온 이후에도 현의 기침은 계속되었다. 듣기만 해도 괴로움이 생생히 느껴지는 기침소리가 쉬지 않고 이어졌다. 당이가 궁을 나온 이후 며칠 동안은 몰라보게 좋아졌던 몸이, 전날 준형이 물에 빠져 오랫동안 헤엄을 한 탓에 현이 대신하여 고뿔이 걸린 것이었다.

"그만 궁으로 돌아가시지요. 백성들도 저리 걱정하고 있는데……."

현의 기침을 진정시켜주려고 가만히 등을 쓰다듬어주며 반회가 말했다.

"……안 가. 그 사람들이 걱정하는 건 내가 아니라 준형이니까."

"저하, 그들이 걱정하는 건 이 나라의 세자이신 저하이십니다!"

답답한 마음에 반회가 목소리를 높였다.

"안 간다고 했잖아!"

현도 지지 않고 목청을 높였다.

"안 가! 콜록! 안 간다고! 중전마마가 준형이 그 자식을 아낀다잖아! 온 세상 사람들이 준형이 그놈을 다시 궁궐로 되돌리기 위해 안간힘을 쓰고 있잖아! 그런데 내가 왜!"

현이 두 눈을 꼭 감고, 있는 대로 고개를 흔들며 바락바락 악을 썼다.

"그 녀석한테는 뭐가 그리 쉬워? 왜 그리도 쉬운 거냐고! 중전마마도, 백성들도, 홍 낭자도 왜! 왜 가짜인 그 녀석한테 그렇게 쉽게 마음을 주는 건데 왜! 도대체 그 녀석이 무얼……. 그 얼굴은 뭐야!"

고집불통 아이처럼 소리를 지르던 현이 저를 노려보며 주먹을 꽉 쥐고, 그 쥔 주먹을 부들부들 떨고 있는 반회를 보며 물었다.

"왜, 날 한 대 치기라도 하려고?"

"아니요."

반회가 어금니를 꽉, 깨문 채 그 때문에 웅얼거리는 말로 천천히 답했다.

"할 수만 있다면 그러고 싶은 마음은 굴뚝같습니다만, 죽어도 그리 안 할 겁니다. 참고, 또 참겠습니다."

"준형이라면 진즉에 때렸겠지?"

"저하!"

하다 하다 이젠 별걸 다 비교하는 현의 말에 어이가 없어진 반회가 자리를 박차고 일어섰다. 더 있다가는 자신이 또 무슨 짓을 할지 몰라서였다.

"어, 어디 가게?"

현이 겁먹은 얼굴로 그런 반회를 올려다보았다.

"너도, 너도 날 버릴 셈인가? 너도 다른 사람처럼 나보단 준형이가 더 먼저인 거지?"

"……탕약을 달여 올 것입니다."

반회가 짧게 말하곤 방문을 나섰다. 혼자 남은 현의 얼굴은 점점 더 유치해져만 가는 저 자신에 대한 수치심과 미움으로 울상이 되었다.

준형도 마찬가지였다. 도성에서 조금 떨어진 산속 깊은 곳에서 준형은 당이를 보며 울상을 짓고 있었다. 당이는 제게 막, 함께 도망치자 권해온 참이었다. 중국이든, 어디든 둘이서만 도망치자는 달콤한 유혹을 해온 참이었다.

"남은 사람들 알게 뭐예요. 다들 알아서 제 살길 다 찾을 거예요. 그러니 가요. 우리만 생각해요. 당신이랑 나만 생각해요."

당이가 망설이는 준형을 재촉하기 위해 또다시 꿈같은 제의를 해왔다.

그러자 "낭자!" 하며 강회와 유 내관이 원망스럽게 당이를 불렀다.

특히나 실망스러운 기색을 드러낸 건 유 내관이었다.

"우리 혈족들이 위험해질 수 있다니까요?"

답답한 듯 유 내관이 두 사람에게 한발 다가서며 목소리를 높였다.

"보름이 이제 며칠 뒤입니다. 보름밤에 늑대가 나타났다는 소문이 삼남지방에 떠돌기 시작한 게 겨우 얼마 전이고요! 이런 판국에 저하가 늑대에게 물려갔다는 소문이 퍼지기라도 하면 전국의 사냥꾼이란 사냥꾼들이 모두 늑대 사냥에 나설 것입니다!"

"상관없잖아?"

격한 유 내관과 대비되게 착, 가라앉은 목소리로 준형이 말했다.

"나만 중국으로 몸을 피하면 되는 거 아냐? 무진이는 외숙이 어련히 알아서 잘 지킬까."

"……무진이라면 그때 연화당에 왔었던 강 부정 어른의 아들인?"

당이가 문득 짚이는 구석이 있어 준형에게 물었다.

"그 도령도 당신처럼 몸이 변한다는 거예요? 보름날 밤에?"

"그렇대."

씁쓸한 얼굴로 준형이 고개를 끄덕였다. 그러자 당이의 얼굴에도 준형의 얼굴처럼 침울한 그림자가 드리웠다. 그것을 본 유 내관이 다시 두 사람을 설득하기 위해 나섰다.

"그래요. 지금은 단 두 분뿐입니다. 하지만 지금 이 순간에도 어딘가에 숨어 사는 우리 혈족들 중의 누군가가 아이를 낳고 있을 수도 있고, 그 아이가 두 분처럼 늑대로 변하는 체질일 수도 있습니다!"

"이 땅엔 이제 늑대혈족들이 거의 남아 있지 않다며."

준형이 유 내관의 말을 반박하였다.

"왜 그렇겠습니까? 지독하게, 모질게, 참혹하게! 우리 혈족들을 죽여 없앴기 때문입니다. 말살하려 들었기 때문입니다."

혈족들의 입에서 입으로 내려오는, 지나치게 끈질기고 잔혹했던 늑대 말살 정책에 대해 이야기하는 유 내관의 두 눈은 분함과 원통함으로 새빨갛게 물들었다. 목소리도 통한에 젖어 부들부들 떨리고 있었다.

"그 때문에 살아남은 자들은 뿔뿔이 흩어져 숨어 살았고, 그런 자들 중에서는 늑대로 변하는 아이를 낳고선 늑대혈족임이 드러나는 게 두려워 어미나 아비의 손으로 직접 제 아이를 죽인 자들도 있었다지요!"

너무도 끔찍한 이야기에 준형은 두 눈을 질끈 감았다.

'아가…… 네 아버지가 많이 괴로워하시는구나.'

당이는 배 속의 아이에게 말하며 애틋한 눈으로 준형을 바라보았다.

준형의 마음에 지금 어떤 파도가 치고 있을는지, 당이는 알 수 있었다.

그런 중에도 유 내관의 이야기는 계속되고 있었다.

"몸이 늑대로 변하는 건 늑대 혈족들에게 있어 무한한 광영입니다. 순수하고 절대적인 피의 영향을 받았음을 증명하는 것이지, 절대로 저주 따위가 아닙니다. 그런데도 일족이, 가족이 살기 위해 직접 자식을 죽여야 하는 부모의 심정은 어땠겠습니까?"

유 내관의 말에 준형은 잠시 제 어머니 소빈을 떠올렸다. 제 귀에 "죽어다오." 하고 속삭이던 꿈속의 어머니를 떠올렸다.

'살기 위해 그리했다고? 아니. 아니야. 오직 형님을 위해 나를 희생시킨 것뿐이다. 나를 숨기고자 하였다면 얼마든지 다른 방법이 있었어. 아버님이 그러하셨듯이 얼마든지 몰래 빼낼 수 있었어. 하지만 그분은 기꺼이 나를 죽이기를 선택했다. 그 어떤 망설임도 없이!'

갓난아기인 저를 안고 검고 깊은 연못물에 뛰어드는 소빈의 모습이 직접 본 듯이 눈앞에 펼쳐졌다. 그와 함께 준형의 온몸에선 다시 즈끈, 열이 오르는 것만 같았다.

"공자."

당이가 그런 준형의 속내를 다 읽기라도 한 것처럼 준형의 손을 잡고 있는 제 손에 힘을 주었다. 그제야 평정심을 되찾은 준형은 긴장하여 바짝 힘이 들어간 어깨를 내려놓을 수 있었다.

"괜찮아……."

준형이 당이에게 그리 이른 다음, 유 내관에게 말했다.

"자네 말은 알겠어. 그래, 어쩌면 그들에게 이번 일이 크게 번지는 건 하나도 반가운 일이 아니겠지. 하지만 내 말도 맞아. 나와 무진이의 존재가 들키지만 않는다면, 그리고 저하께서 빨리 환궁만 하신다면 이번 일은 금세 사그라질 거야."

"그건…… 아닌 것 같구나."

오랫동안 침묵을 지키고 있던 강회가 입을 열었다.

"형님."

"한번 떠돌기 시작한 소문은 명확한 근거가 없이는 쉽게 사그라지지 않는 법이다. 거기다 이번엔 늑대의 발톱에 희생당한 사람들이 나타났어. 사라진 줄 알았던 늑대가 아직 이 땅에 살고 있음이 증명된 것이야."

"그렇습니다! 이번엔 늑대가 존재한다는 것이 밝혀진 이상 늑대혈족들은 지금까지보다 더 철저히 제 존재들을 숨기며 살아야만 합니다. 그 때문에 부모의 손에 죽게 되는 죄 없는 아이들이 더 늘어나게 될지도 모르고요!"

유 내관이 얼른 강회의 말을 받아 이었다.

"지금 당장이 문제가 아닙니다. 십 년, 이십 년, 아니 어쩌면 백 년 뒤에도 늑대혈족들은 두려움 속에 살아야 할지 모릅니다!"

"그렇다고 해서 내가 궁궐로 돌아간다고 뭐가 달라지는데?"

"그야 간단하지 않습니까? 공자께서 세자저하를 대신하여 장차 보위에 오르시면…….”

“유 내관!”

반역, 그대로의 발언에 강회가 놀라 유 내관의 팔을 잡았다. 그럼에도 유 내관은 조금도 제 뜻을 굽히지 않았다.

“보위에 오르셔서 지금까지 전해 내려온 늑대 말살령을 없었던 일로 해주시기만 한다면! 아니면 세자저하께 그리해달라 설득만 해주신다면!”

“공자…….”

당이가 유 내관의 말을 자르고 끼어들었다. 그러고선 저를 내려다보는 준형의 뺨에 손을 올려 포근히 감쌌다.

“상관 말고 그냥 떠나요. 늑대혈족이건 뭐건 남은 사람들이 알아서 하라지요. 꼭 공자가 그 모든 걸 책임질 필요는 없어요.”

“낭자!”

유 내관이 당이를 원망스럽게 불렀다. 당이는 그 소리가 들리지 않는 양, 저보다 한참이나 큰 준형의 얼굴을 똑바로 보기 위해 한껏 목을 뒤로 젖히고선 다시 한 번 졸랐다.

“우리끼리 떠나요. 중국! 그래, 중국이 좋겠어요. 땅덩이가 큰 나라니 우리들이 숨어 살 만한 곳도 어렵지 않게 찾을 수 있을 거예요.”

“……하아.”

유혹하듯, 살랑거리는 목소리로 말하는 당이를 내려다보던 준형이 길게 한숨을 쉬고선 허리를 굽혀, 당이의 어깨에 얼굴을 묻었다.

“거짓말 안 해도 돼.”

“누가 거짓말을 한다고요? 난 정말 진심이에요. 당신이 도망치자고 한다면 당장이라도 도망가고 싶은걸요?”

당이가 작은 제 어깨에 얹힌 준형의 머리를 다정히 쓰다듬어주었다.

“……내 마음대로 하라고?”

“그래요. 아무 생각 말고, 아무것에도 신경 쓰지 말고 오직 당신 마음대로만 해요.”

“정말?”

“후훗. 정말, 정말, 정말이요.”

당이가 엷게 웃으며, 준형의 뒤통수를 다시 한 번 쓰다듬었다. 그러면서 속으로는 제 배 속의 아이에게 다정히 이르고 있었다.

'미안. 내가 지금 네 이야기를 하면, 네 아버지는 또다시 자신의 마음과는 상관없는 선택을 할 수밖에 없게 될 거야. 엄마는 그러기 싫단다. 네 아버지를 운명이니 책임이니 하는 그런 굴레에 두 번 다시 갇히게 하고 싶지 않아. 그러니 조금만 참아주련?'

“아니. 더는 기다릴 수가 없네.”

이틀 후였다. 영천군은 궁궐 안 으슥한 구석에서 어의에게 품 안에서 꺼낸 무엇인가를 건네주고 있었다.

“그러니 잠자코 내가 시킨 대로 하게.”

“여, 여, 영천군 대감!”

새파랗게 얼굴이 변한 어의가 지금 막 영천군이 건네준 것을 든 손을 달달 떨었다.

“이제 와 새삼 떨 것이 뭐야. 그간 자네가 전하께 해온 짓이 이것과 다를 게 뭐라고! 아님, 감히 임금에게 독약을 먹여온 죄로 구족이 면해봐야 제 정신을 차리겠는가?”

영천군이 어의를 조용히 윽박질렀다. 지금껏 독한 병을 치료하기 위해 독한 약을 쓴다는 핑계로 어의가 임금의 상태를 점점 더 위독하게 만든 것은 모두 영천군 자신이 시킨 일이었다. 심지어 함께 대업을 도모하는 중전에게도 비밀로 진행해온 일이었다.

“대, 대감. 가, 갑자기 이러시는 이유가……”

어의가 얼른 목소리를 낮추어 영천군에게 말했다.

"세자저하는 아직 발견되지 않으셨다고, 이미 돌아가셨을지도 모른다는 얘길 들었습니다. 그러니 조금만 기다리시면 될 터인데 갑자기 왜……."

"명줄을 늘리고 싶다면 너무 많은 것을 알려 하지 말게나."

짧게 말을 마친 영천군이 누가 볼세라 얼른 자리를 떴다. 그런 그의 걸음, 걸음은 불만스러운 그의 심정이 나타난 듯 거칠고 난폭하였다.

꼭, 입궁하는 길에 들은 백성들의 이야기 때문만은 아니었다. 생각보다 적극적으로 세자를 위하는 백성들의 반응에 조금 심란하기는 했지만 그 정도 일로 이만한 큰일을 저지를 이유는 없었다. 그것보다는 하루아침에 갑자기 달라진 사신단과 대방들의 태도가 영천군의 마음을 조급하게 하였다.

"조선 땅에서도 실물로 접한 이는 몇 되지 않은, 백 년짜리 산삼입니다."

그날 아침, 동이 트자마자 병문 차 곽 칙사를 찾아간 영천군은 자신이 아끼고 아껴왔던 산삼까지 선물로 내놓았다.

"자고로 놀란 마음을 진정시키고 기력을 회복시키는 데는 삼보다 더 좋은 것이 없다 하였으니 이것을 드시고 어서 자리에서 일어나시지요."

조선의 산삼이라면 사족을 못 쓰는 것이 중국 사람들인 것을 잘 알기에, 영천군은 눈물을 머금고 소중하게 아껴왔던 산삼까지 가져온 것이다. 헌데 그 귀한 선물을 받고도 곽 칙사의 얼굴엔 못마땅한 기색만 역력하였다.

"이까짓 산삼으로 무마될 일이 아니외다."

"이, 이까짓이라니요. 이게 얼마나 귀한 것인데……."

"이번 일로 나뿐 아니라 우리 사신단들도 많이 놀라고 다쳤습니다. 듣자 하니 이번 선유(뱃놀이)에 사용된 배가 영천군 대감의 소유라면서요?"

"예, 그렇기는 합니다만."

선유의 사고가 일정 부분 제 책임이 될 줄 알면서도 영천군이 자신의 배를 사용한 것은, 일을 꾸미기 위해 어쩔 수 없는 선택이었다.

"허면 이번 사고로 인해 우리 사신단이 겪은 피해에 대한 보상을 영천군 대감께서 해주셔야 할 것입니다. 뭐, 물론, 조선의 조정에도 그에 합당한 보상을 요구할 것이지만요."

"의, 의당 그럴 것입니다. 설마하니 저희가 소홀히 대접할까 걱정하시는 것입니까?"

"그럼, 이것을 받으시지요."

곽 칙사가 제 곁에 앉은 수하에게 고개를 끄덕여, 두루마리 하나를 영천군에게 건네도록 하였다.

"이, 이것은?"

두루마리를 펴 본 영천군의 얼굴은 그야말로 창백하게 변했다. 두루마리 안에 써진 것은 사신단 한 명, 한 명들에게 각각 보상해주어야 할 품목들이었다.

"담비 가죽 각 서른 벌, 진주와 금 각각 쉰 냥, 인삼 오…… 오십 근. 거기에 그, 금자염 열 섬? 과, 곽 칙사! 이건 너무한 요구지 않습니까?"

"무리한 요구입니까? 어제의 일로 인해 우리는 예정된 시간 안에 본국으로 돌아갈 수 없게 되었습니다. 놀라고 다친 것뿐 아니라 그로 인해 지연된 일에 대한 보상까지 치자면 그것으로도 부족한 것을요."

그러더니 곽 칙사는 영천군에게 몸을 기울여 의미심장하게 속삭였다.

"한 나라를 통째로 꿀꺽하시기 위해 일을 벌였으면서 겨우 이 정도를 아까워하십니까?"

"꿀꺽이라니요. 그 무슨……."

"어제의 일이, 그리고 세자저하의 실종이 단순한 사고가 아니라는 걸 알고 있다, 그 말씀입니다."

영천군을 쏘아보는 곽 칙사의 눈빛은 네 속쯤이야 훤히 다 꿰뚫고 있다 그리 말하는 것 같았다. 네가 한 짓임을 내가 알고 있으니, 순순히 우리의 요구를 들어주지 않으면 무슨 일이 벌어져도 모른다 그리 협박하는 것 같기도 하였다.

그렇기에 영천군은 원하는 것을 들어주겠다는 약속을 하고 서둘러 그 자리를 빠져나올 수밖에 없었다. 그길로 영천군은 송 대방의 상단으로 향했다.

당장 곽 칙사의 요구를 들어주기 위해서는 또다시 송 대방에게 급전을 빌리지 않으면 안 될 판이었기 때문이었다.

그런데 어쩐 일인지 송 대방도, 바로 얼마 전까지 제집에 드나들며 금자염의 전매권을 달라 거금을 서슴없이 내밀던 다른 상단의 대방들도, 상단 객주를 비우고 있었다. 일부러 다 같이 짜고 피하기라도 하는 것처럼. 대신 상단을 찾은 영천군에게는 기다렸다는 듯 대방들이 전해주라 한 빚 독촉 서찰들이 전해졌다. 빠른 시일 내에 갚아주지 않으면 정식으로 의금부에 자신들의 억울한 사정을 고하겠다는 은근한 협박이 담긴 서찰이었다.

그 모든 상황들이 자꾸만 영천군을 초조하게 했다. 하여 자꾸만 대담한 선택을 할 수밖에 없도록 내몰고 있었다.

어둠이 깃들기 시작한 저녁 무렵이었다.

병든 임금이 누워 있는 침전 주위는 묘하게 한산하였다. 보통 때 같았으면 의원이며 내관을 비롯한 궁인들에 군사들까지, 지키는 사람이 많았을 그곳엔 의식이 없는 임금과 단 두 사람만이 들어 있었다.

"빨리하거라. 무얼 그리 꾸물대는 것이야!"

누군가가 낮은 목소리로, 임금의 바로 앞에 앉아 있는 한 사람을 닦달하고 있었다.

"저, 저는…… 저는…… 도저히 못, 못 하겠습니다."

임금의 입안으로 무엇인가를 흘려 넣으려던 이는 끝내 제 목적을 달성하지 못하고 엉거주춤 뒤로 물러나 앉았다.

"이런 못난 것! 저리 비켜라. 내 직접 할 것이다!"

초조하게 명을 내리던 이가 엉거주춤 물러나 앉은 이에게서 손바닥의 반절도 되지 않는 작은 크기의 호리병을 뺏어 들었다.

"후우."

크게 심호흡까지 한 뒤, 이제 막 호리병의 마개를 열었을 때였다.

쾅 소리와 함께 침전의 문이 활짝 열렸다!

"무슨 짓이냐! 얼른 가서 저것을 잡아라!"

침전 문 앞에 선 중전 김씨가 손을 뻗어, 호리병을 든 채 놀란 얼굴로 입도 다물지 못하고, 저를 보고 있는 인물을 가리켰다. 그와 함께 한 무리의 궁녀들이 중전 김씨의 등 뒤에서 나타나 우르르, 침전 안으로 들어왔다.

그러고선 아직도 얼이 빠져 있는 두 사람의 어깨를 짓눌러, 제자리에서 꼼짝하지 못하도록 막았다.

"놔라! 감히 누가 내 몸에 손을 대는 것이냐! 중전마마! 중전마마!"

꼼짝달싹 못 하게 된 이가 온몸을 뒤틀며 중전을 향해 소리쳤다.

하지만 곧 이어 중전의 등 뒤로 모습을 드러낸 다른 사람들을 보고 아연실색하여 입을 다물 수밖에 없었다.

"여, 영천군 대감!"

"소빈마마! 대체 지금 여기서 무엇을 하시는 겁니까!"

삼사의 중신들을 대동하고 나타난 영천군이 우레와 같이 버럭 소리를 질렀다. 그 소리에 소빈에게서 조금 물러나 앉아 있던, 의녀 금척이 방바닥에 이마를 대고 바들바들 몸을 떨었다.

"나, 나는 그냥……"

소빈이 쉽게 말을 잇지 못하고 있을 때, 중전이 소빈의 어깨를 짓누르고 있는 상궁들에게 명했다.

"너희는 당장 그들을 끌고 나오너라."

그런 후 중전은 내의원의 의원들을 불러, 임금의 병세를 살리라 명하고선 그 자리를 물러났다.

소빈과 금척은 임금이 누워 있는 침전에서 그다지 멀리 떨어져 있지 않은 별실로 끌려갔다. 별실에는 신속하게 발이 쳐졌다.

발 바깥쪽에는 영천군을 위시한 중신들이 앉아 있었고, 발의 안쪽, 가장 상석에 앉은 중전의 앞에는 소빈과 금척이 무릎이 꿇린 채 앉아 있었다.

방 안의 풍경은 흡사 소빈과 금척을 취조라도 하는 듯한 모양새였다. 아니, 모양새뿐만 아니라 반은 진짜로 그리하였다.

"소빈의 손에 들린 저 호리병을 가져오너라!"

모두가 자리에 앉자마자, 중전이 중전의 지밀인 민 상궁에게 명하였다.

"예, 중전마마."

민 상궁이 무겁게 고개를 끄덕이고는 소빈에게로 다가가 손을 내밀었다.

"그것을 내어주시지요."

상궁의 청에 소빈은 잠시 주저하는 듯했지만 곧 모든 걸 포기한 듯, 아무 저항 없이 순순히 손에 들려 있던 호리병을 상궁에게 건네주었다. 여인의 손바닥에 능히 숨겨질 크기의 호리병은 상궁의 손에서 다시 중전의 손으로, 중전의 손에서 다시 발 너머에 있는 영천군의 손으로 건네졌다.

"윽!"

호리병의 마개를 열고 그 냄새를 맡아보던 영천군이 질색을 하고, 호리병을 든 손을 얼굴에서 멀리하였다.

"냄새만 맡아도 웬만한 맹독이 아닌 듯하니 대감들께서도 주의해서 맡아보시지요."

영천군이 한 손으로는 코를 감싼 채 제가 들고 있던 호리병을 곁에 앉은 중신들 중 한 명에게 건넸다. 그리고 호리병은 조금 전에 그랬듯, 중신들의 손에서 손을 거쳐 다시 영천군에게로 되돌아왔다.

호리병 안에 담긴 무엇인가의 냄새를 맡은 중신들의 반응도 영천군과 다르지 않았다. 모두 썩은 시체 냄새라도 맡은 양 코와 입을 손으로 막아, 치밀어 오르는 구역질을 견뎠다. 그들 중신들 중에는 지난날 준형에게 포섭 아닌 포섭이 되었던 대사간과 대사헌, 형조판서도 있었다.

"모두가 모인 앞이니, 단도직입적으로 소빈마마께 여쭙겠습니다. 대체 주상전하를 시해하려 하신 이유가 무엇입니까?"

428

호리병의 마개를 막고, 거만하게 턱을 치켜든 영천군이 소빈에게 물었다.

"시, 시, 시해라니요! 그 무슨!"

소빈은 새삼스럽게 기절할 듯이 놀란 얼굴을 하고선, 저답지 않게 말까지 더듬으며 항변했다.

"나, 나는 그저 전하를 위해 해독약을…… 해독약을 드리려 했던 것뿐이옵니다!"

소빈이 억울한 얼굴로 소리를 높이다 말고, 중전을 보았다.

"중전마마, 아닙니다. 제가 왜, 제가 왜 전하를 시해하려 합니까? 여기 있는 이 수많은 사람들 중에서 가장 전하를 살리고픈 사람이 있다면 그게 바로 저입니다. 세자저하마저 행방이 묘연해진 이때에, 전하마저 안 계시면 제 운명이 어찌 될지는 소첩이 제일 잘 아옵니다!"

"소빈……. 이렇게 증좌가 있고, 이렇게 수많은 사람들이 직접 자네가 하려 한 짓을 목도하였거늘, 어찌 그런 초라한 변명을 하는가?"

질렸다는 얼굴로, 절레절레 고개까지 저으며 중전 김씨가 말했다.

"아니라니까요."

거칠게 고개를 흔들다 말고, 소빈이 제 곁에서 바들바들 떨면서 우는 소리를 내며 엎드려 있는 의녀 금척을 돌아보았다.

"너, 너는 무엇 하느냐! 너라도 얼른 있는 사실을 그대로 고하지 않고!"

"저…… 저…… 저는 아, 아, 아무것도 모르옵니다. 그저 저는 소빈마마가 시키셔서, 시, 시키신 대로 따른 죄밖에…… 없사옵니다!"

의녀가 방바닥에 쿵쿵 머리를 짓이겨 저의 결백함을 눈물로 하소연하였다. 그 모습을 듣고 본 소빈은 너무나 어이없어 숨이 쉬지 않는 것 같은 얼굴로 입을 쩍, 벌렸다.

"네…… 네 이년! 네가 지금 누구를 죽이려고!"

악다구니를 쓰던 소빈이 거의 몸을 날리듯, 의녀에게로 덤벼들려 할 때였다. 탁! 중전이 앞에 놓인 서탁을 세게 두드려 소빈의 주의를 환기시켰다.

"소빈! 여러 중신들 앞에서 이 무슨 추태란 말인가! 전하의 총비이자 세자의 생모인 자네가 이리 추태를 부리면 그게 모두 누구의 흉이 되는 줄 모른단 말인가!"

"잘…… 잘못하였……."

중전의 따끔한 지적에 머리를 숙여 제 잘못을 빌려다 말고, 소빈이 홱 고개를 들어 중전에 이어 발 너머의 영천군을 노려보았다.

"그 고약한 눈빛은 무엇이더냐?"

중전의 물음에 소빈의 입가에 비웃음을 닮은 미소가 스치고 지나갔다.

"이제 알겠습니다. 이 모두가 두 분이 꾸미신 일이군요. 제게 전하를 시해하려 하였다는 누명을 씌워 저를 죽이실 생각으로요."

"소빈! 지금 그런 억지가 통할 거라 생각하느냐?"

중전이 어이없다는 물었지만 소빈은 더더욱 기가 살아, 재빨리 뒤로 돌아 앉아 발 뒤에 앉아 있는 중신들을 향해 날카롭게 소리쳤다.

"중신들도 마찬가지요! 전하가 위중하시고 저하가 행방을 알 수 없다고 이 내게 이런 모욕을 주다니요! 세자저하가 무사히 돌아오면 그대들을 모두 가만두지 않을 것이외다!"

소빈의 협박에 중신들은 당황한 낯으로 서로를 마주 보았다. 이미 준형과 만난 적이 있는 세 중신만이 씁쓸한 눈빛을 감추려 방바닥을 내려다보았다.

"소빈, 네가 그리 억울하다면 자초지종을 이야기해보거라. 어찌하여 네 전하께 독을 드리려 하였느냐?"

소빈의 입에서 나온 '세자'란 말에 중전의 말이 조금 누그러졌다. 사실은 세자가 선유의 사고로 행방불명이 된 것을, 중전도 마음 아파하고 있었다.

"다 이년…… 이 아이가 꾸민 짓입니다."

독기를 바짝 품은 채 소빈이 제 옆에 있는 금척을 삿대질하였다.

"한 시진쯤 전이었습니다. 이 아이가 갑자기 저를 찾아와 전하가 독을 드실지도 모른다고 고하였습니다!"

"무, 무어라? 전하께 누가 무얼?"

"저도 우연히 엿들은 것입니다만. 영천군 대감께서 어의 영감을 불러 약을 건네주며 오늘 밤 안으로 전하가 드시도록 하라, 그리 말씀하셨습니다!"

"이…… 이……."

놀람과 분노로 몸을 떨던 소빈이 벌떡 일어서 방문 쪽으로 향했다.

"마마! 어, 어찌하시려고요?"

"어찌하기는! 당장 중전마마와 삼사의 중신들, 그리고 금부에 밝혀, 그 역도의 무리를 모두 잡아들여야지!"

"중전마마도 한편이시라면요?"

의녀의 말에 소빈의 발걸음이 방바닥에 철썩, 달라붙었다. 딴은 의녀의 말이 맞았다. 영천군과 중전이 한패임은 이미 아주 오래전부터 알고 있었다. 그러니 영천군이 일을 꾸몄다면 당연히 중전도 다 알고 있을 터였다.

"거기다 만약 영천군 대감과 어의 영감이 서로 그런 일이 없다고 딱 잡아떼면 오히려 마마만 더 곤란해지시지 않겠습니까?"

그 말도 맞았다. 해서 소빈은 짜증이 날 수밖에 없었다. 일산에게 연락을 줄 수 있다면 불러들여 상의를 하면 좋겠지만, 일산은 지금 현을 설득하여 궁에 돌아오게 하기 위해 안가에 가 있는 참이었다. 유일하게 안가의 존재를 아는 감 내관은 선유에서의 사고 때 연기를 마신 것이 탈이 나 아직도 제대로 운신을 못하고 있는 처지였다.

그러니 일산에게 연락하고 싶어도 도통 할 방법이 없었다. 일산이 돌아올 때까지 기다리자니, 당장이라도 영천군이 임금의 입에 독을 쏟아붓고 있을 것만 같아 가만히 있을 수가 없었다.

"그럼, 적어도 내 주상전하의 곁으로 가서 아무도 주상전하에게 허튼짓을 못하도록 막을 것이다!"

"그것을 중전마마께서 허락해주시겠나이까?"

"그럼 나더러 어쩌라고! 두 눈 뻔히 뜨고, 전하께서 그 극악무도한 자들의 손에 의해 승하하시는 걸 보고만 있으란 말이냐!"

"제가, 제가 한번 방도를 마련해보겠습니다."

"무슨…… 좋은 수라도 있느냐?"

"……해독약을 미리 드시게 하는 겁니다."

"해독약이라니…… 그자들이 무슨 독을 준비했는지도 모르는데, 어떤 해독약을 드시게 한단 말이냐?"

"만병해독원이라는 처방에 따라 약을 지으면 웬만한 독은 듣지 않게 되거나 독이 몸 안에서 도는 걸 늦출 수가 있다 들었습니다."

"만병…… 해독원……? 네가 그것을 지을 수 있단 말이냐?"

"저는 못 합니다. 하지만 지어줄 수 있는 이를 압니다."

금척은 은밀하게, 자신만만하게 눈을 빛냈다.

"만병해독원이요? 풋. 푸흐흐흐, 하하하하!"

소빈의 말을 듣고 있던 영천군이 어처구니없다는 듯 너털웃음을 지었다.

"무어 어째요? 내가 어의에게 주상전하께서 드실 독약을 주었다고요? 그래서 그 독을 드시기 전에 미리 해독약으로 중화시킬 작정으로 만병해독원을 드시게 하려 하였다고요? 하하하하하!"

"……뭐가 그리 웃기십니까? 저는 있었던 일을 그대로 고한 것뿐입니다."

"소빈마마. 대체 만병해독원이 무언지는 아시고나 하시는 말씀이십니까? 만병해독원이라는 약은 말입니다. 뱀, 지네, 두꺼비의 독이나 식중독을 낫게 해주는 약이랍니다. 결코 독약을 위한 해독제 같은 게 아니에요."

한껏 비웃는 얼굴로 영천군이 의기양양하여 목소리를 높였다.

영천군의 지적에 소빈의 아리따운 얼굴에 확, 붉은 기가 올랐다. 머리가 식으니, 영천군의 말대로 자신이 얼마나 어리석은 짓을 한 건지 알 수 있었던 것이다.

"너, 너엇! 네가 나를 어떻게…… 내가 그간 너를 어찌 대해주었는데!"

소빈이 원망과 분노로 눈물이 맺힌 눈으로 금척을 노려보았다. 그러자 영천군이 이번엔 의녀 금척에게 물었다.

"방금 소빈마마가 말씀하신 것에 한 치의 틀림도 없으렷다? 네가 이 모든 짓을 꾸민 것이 맞느냐는 말이다!"

"아니옵니다! 결단코 아니옵니다!"

의녀 금척이 억울하다는 듯 목을 길게 빼고 대성통곡을 하였다.

"저같이 천한 것이 어찌 그런 짓을 꾸밀 수 있겠나이까? 저에게 죄가 있다면 소빈마마의 강압과 회유에 못 이겨, 마마의 명에 따른 것뿐입니다!"

"허면, 네가 소빈마마께 이 몹쓸 약을 구해다 준 게 아니란 말이냐?"

잠자코 듣고만 있던 중신들 중에 하나가 매섭게 금척을 추궁하였다.

"흐흐흑. 사실은…… 사실은…… 흐흐흐흑."

금척이 조금은 과장되게 바들바들 몸을 떨며, 미리 영천군에게서 명을 받고 준비한, 거짓말을 전하였다.

"소빈마마께서 제게 말씀하셨습니다. 흐흑. 저하께서 그리 흉악한 사고를 당하여 행방을 알 수 없게 된 데다 곧 전하까지 돌아가시고 나면 더는 살 희망이 없다며, 차라리 이럴 바에야 전하와 한날한시에 죽으련다 하시며 독약을 구해다 달라고요."

"허억!"

"저런!"

금척의 증언에 좌중의 중신들의 얼굴에선 충격을 받은 기색들이 역력히 드러났다. 물론 가장 놀란 것은 소빈이었다. 이제는 아예 말까지 나오지 않는 듯 어버버, 입만 벙긋벙긋한 채 금척을 노려보고 있었다. 그런 중에도 금척의 거짓증언은 계속되었다.

"저는 결단코 아니 된다 말리고 또 말렸으나, 소빈마마께서 제게 금자와 은자를 억지로 떠안기며 명을 하신 데다, 명을 듣지 않으면 누명을 씌워 저를 죽이겠노라 겁박하셔서 어찌할 수가 없었나이다. 흐흐흐흑."

금척의 말이 끝나자마자, 영천군이 상궁 중 한 명에게 급히 명했다.

"이것을 데려가 몸수색을 하게. 또한 이것의 거처에 사람을 보내어, 낱낱이 수색하게. 증좌가 될 수 있는 것은 모조리 가져오게!"

'하아.'

상궁들에 의해 끌려가는 금척을 보며 소빈의 어깨가 축 늘어졌다. 이제 정말로 빠져나갈 구석이 없음을 깨달았다. 그간 금척에게는 적지 않은 사례를 해온 터였다. 특히 만병해독원을 구하려면 따로 보상을 해야 한다는 말에, 급한 대로 끼고 있던 가락지와 차고 있던 노리개까지 내어준 터였다. 금척의 몸에서 혹은 거처에서 그것들이 발견되면 소빈 자신을 향한 의혹을 풀 길은 더더욱 없어질 터였다.

'이제야 알았소? 허나 이젠 늦었구려. 더는 소빈 당신을 도와줄 이가 아무도 없을 테니 말이오.'

낙담한 소빈을 본 영천군이 그리 승리감에 도취되어 있을 때 중전 김씨는 얼굴을 일그러뜨린 채 입술을 바들바들 떨며 물었다.

"소빈. 네 어찌 전하를…… 시해할 생각을 하였단 말이냐. 전하께서…… 전하께서 너를 얼마나 귀애하셨는데…… 왜? 왜 이런!"

중전의 추궁에 소빈은 답할 의욕을 잃은 채 좌절감에 입술을 깨물며 고개를 떨어뜨렸다.

'기쁘시지요? 드디어, 평생 원수같이 여겼던 저를 없앨 수 있게 되어 한 판 춤이라도 추고 싶으시겠지요? 그런데도 어쩌면 그리 천연덕스럽게 걱정하는 낯을 하십니까? 모르는 사람이 보면 누구라도 깜빡, 속아 넘어갈 만큼 훌륭한 거짓 낯빛이 아니옵니까?'

그런 소빈의 머리 위에 영천군의 단호한 목소리가 울려 퍼졌다.

"긴말이 무에 소용 있겠습니까? 정식으로 소빈 강씨를 주상전하를 시해하려 한 대역죄인으로 엄히 추국할 것을 제의합니다. 또한 강 부정과 그 일가를 모두 잡아들여 이번 사건에 어떻게, 얼마만큼 연루되었는지 소상히 밝혀야 할 것입니다."

그때, 방문 밖에서 떨리는 목소리로 상궁이 고하는 소리가 들려왔다.

"주, 중전마마!"

'드디어!'

그 소리에 영천군의 얼굴엔 재빨리 반가운 기색이 스치고 지나갔다.

'드디어 형님이 돌아가신 건가?'

영천군은 기대감을 잔뜩 안고, 곧 이어 들려올 비보를 기다렸다. 어의에게는 미리 말해두었다. 중신들과 중전을 데리고 침전을 비운 동안, 독약으로 임금을 시해하라고. 물론 그 독약은 호리병 안의 내용물과 같은 것이었다. 그러니 임금이 독약으로 승하하고 나면 모두가 소빈을 의심할 것이었다.

아무리 아니라고 하여도, 소빈이 임금을 시해한 것을 의심할 사람이 단 한 사람도 없을 것이었다.

'이것이야말로 일거에 양득이 아닌가!'

그러나 방문 밖에서 들려온 소리는 영천군의 기대를 저버리고 있었다.

"주, 중전마마! 세자, 세자, 세자저하께서 환궁하셨나이다아아!"

"뭐야? 그런 말도 안 되는!"

영천군의 입에서 저도 모르게 제 본심을 담은 사나운 말투가 튀어나왔지만 방 안에서 그런 영천군의 말투를 신경 쓰는 이는 아무도 없었다. 놀란 얼굴로 일어나 발을 젖히고 나와 뛰어가는 중전과 소빈의 뒤를 따라, 모든 중신들이 일제히 우르르 방을 뛰쳐나가고 있었다.

'세자가 환궁을 해? 환궁을!'

영천군도 뒤늦게 자리에서 일어났다. 그런데 다리가 자꾸만 후들거려, 마음만큼 빨리 방을 뛰쳐나가지 못했다. 하필, 하필 바로 이 순간에, 저의 완전한 승리를 바로 눈앞에 둔 이 순간에, 세상에서 가장 보고 싶지 않은 사람의 얼굴을 보러 가는 길이 너무도 아득하고, 멀게만 느껴졌다.

제12장. 반격

"세자저하, 납시오!"

높은 구령 소리와 함께 궁궐의 대문이 활짝 열렸다. 등롱을 든 반회와 일산을 앞세운 채, 보무도 당당하게 준형이 궁궐 안으로 성큼성큼 들어섰다.

"세자저하! 환궁을 감축드리옵니다!"

"무사생환을 감축드리옵니다!"

그곳에 있는 모든 궁인과 중신들이 일제히 허리를 숙여, 준형을 맞았다.

"세자, 세자저하!"

무엄하다는 것도 잊고, 창피한 것도 잊은 소빈은 치맛자락을 버선목이 드러날 정도까지 치켜든 채 달려, 그 누구보다 빨리 막 대전으로 들어서는 세자 일행에게로 뛰어갔다.

'현아! 이 어미를 살리러 네가 왔구나!'

와락, 세자의 품에 달려든 소빈은 다짜고짜 긴 울음부터 내어놓았다.

"세자…… 이 어미는 이대로 죽는 줄 알았소. 이 어미의 억울함과 원통함을 세자께……. 세자?"

세자의 옷자락에 매달려 하소연을 하던 소빈은 가만히 제 어깨를 잡아, 때어놓는 세자의 몸짓에 흠칫, 고개를 들어 세자 얼굴을 보았다.

"세자?"

"잠시만요, 어머님."

준형은 아직도 저를 세자 현이라 착각하고 있는 게 분명한 어머니를 살짝 옆으로 비켜서게 한 후, 뒤늦게 저를 향해 급한 걸음으로 다가오고 있는 중전 김씨를 보고선 가볍게 허리를 숙였다.

"어마마마, 소자가 돌아왔습니다."

'너? 너어!'

소빈은 그제야 제 곁에 선 세자가 자신이 오매불망 기다리던 현이 아닌 준형임을 알아보고는 놀란 눈으로 주춤, 한 걸음 물러섰다.

"어디, 어디 보자. 다친 데는 없느냐? 상한 데는 없느냐?"

빠른 걸음으로 준형에게 다가온 중전은 걱정스러운 눈으로 준형의 온몸을 샅샅이 훑은 뒤, 허리를 숙인 준형의 고개를 들어 제 두 손으로 감쌌다.

"다행이다. 이렇게 무사히 돌아오니, 참으로…… 다행이 아니더냐?"

중전 김씨의 두 눈에서 뜨거운 눈물이 흘러넘쳤다.

"심려를 끼쳐드려 죄송합니다. 어마마마, 그만 우시옵소서."

준형이 다정한 손길로 중전 김씨의 젖은 눈가를 닦아주었다.

"그래, 내가 이럴 때가 아니지. 우선, 우선 전하께, 아바마마께 인사를 드리러 가자꾸나. 어서, 어서!"

중전이 준형의 손을 잡고는 거의 잡아끌다시피 하여 임금이 누워 있는 침전으로 이끌었다.

"저하! 무사 귀환을 감축 드리옵나이다."

중전의 뒤를 따라왔던 중신들이 일제히 길을 터주며, 깊게 허리를 숙여 환영의 인사를 건넸다. 오직 영천군만이 새카맣게 죽은 얼굴을 하고 떨리는 속내를 감추며 서 있을 뿐이었다.

'세, 세자가 왜! 어, 어떻게!'

임금의 침전에는 오직 준형과 중전 김씨만이 들었다.

중신들이며, 영천군, 그리고 소빈과 일산 등은 모두 꼼짝도 못 하고 침전 마당에 서서 두 사람이 나오기만을 초조하게 기다렸다. 그중에서도 영천군은 얼굴이 하얘졌다 붉어졌다, 새파랗게 질렸다를 반복하고 있었다.

'세자가 살아 돌아왔다. 이 일을 어쩌지? 분명 물속에서 저를 죽이려 한 일당이 있음을 알고 있을 것인데. 분명 그 일로 나를 의심할 것인데!'

그런 영천군의 시선은 저절로 저만큼이나 안색이 좋지 않은 소빈에게로 가 닿았다.

'그래. 일단은 소빈부터 처리하는 것이다. 세자가 나를 의심하는 것은 어디까지나 제 어미를 살리기 위한 짓이라고 밀어붙이는 수밖에 없어.'

한참 영천군이 머릿속으로 일을 어찌 몰고 갈지 궁리하고 있을 때, 준형이 중전 김씨와 함께 침전에서 나왔다.

"다들 오래 기다리셨소이다."

"저하!"

중신들이 모두 허리를 굽혀 맞았다.

"이렇게 강녕하신 모습으로 환궁하신 것을 뵈오니 감읍할 따름이옵니다."

"그간 어디에서 어찌 지내셨사옵니까? 온 나라가 저하를 얼마나……."

"잠깐만요."

부산스럽게 제게 안부를 묻는 중신들의 말을 자른 후 준형이 말했다.

"우선 시급히 따질 일이 있으니, 그것부터 해결합시다."

"시급히 따져야 할 것이라니요? 그게 무슨 말씀입니까?"

못마땅한 기색을 애써 감추며 영천군이 준형에게 물었다.

"방금 어마마마께 좀 전에 있었던 일들을 전해 들었습니다. 소빈께서 아바마마께 독을 드리려 한 혐의를 받고 있다고요."

"모함입니다! 세자, 저는 억울합니다!"

소빈이 목소리를 높여 저의 억울함을 고한 후 다다다 준형에게 달려가 소매를 잡고는 눈물을 글썽이며 우는 소리를 하였다.

"제가, 무슨 까닭이 있어 전하를 시해하려 든단 말입니까? 흐흐흐흑, 세자. 저의 억울함과 원통함을 부디……."

"목소리를 낮추세요."

준형의 차가운 말이 이번엔 소빈의 말을 가로막았다. 말뿐 아니라 소빈을 내려다보는 준형의 눈빛 또한 얼음처럼 차가웠다. 소빈이 잡고 있는 소매를 빼내는 손짓에서도 냉정함이 뚝뚝, 묻어나왔다.

"세…… 자?"

"대전(大殿)입니다. 그것도 편찮으신 아바마마께서 누워 계신 침전 앞입니다. 소란을 피우지 마세요."

준형은 따끔히 이른 뒤, 이번엔 중신들과 영천군을 향해 명했다.

"동궁전으로 갈 것입니다. 모두 따르세요!"

준형이 굳은 얼굴로 동궁전으로 향하고 있을 때, 당이는 전처럼 변장을 한 차림으로 집으로 돌아왔다. 오늘도 이전처럼 의금부 옥사에 갇힌 금자도의 일꾼들에게 다녀오는 길이었다.

"다녀오셨어요?"

싸리문이 열리는 소리에 조그마한 부엌에서 당이만큼 몸집이 작은 여인 하나가 튀어나와 당이를 맞았다.

부엌일을 하고 있었는지, 행주치마를 걸치고 소매를 팔목까지 둥둥 걷은 차림이었다. 다리 한쪽이 짧은 바람에 조금 심하게 뒤뚱거리기는 했어도, 그 날랜 걸음에는 싹싹한 그녀의 본성이 그대로 드러나고 있었다.

"그냥 쉬고 있으라니까요."

당이는 제 말을 듣지 않고 또 집안일을 하고 있었던 여인을 나무랐다.

"어휴. 아가씨도 이 더운 날 일을 나가셨는데 어떻게 저 혼자 놀고 있어요. 이렇게라도 은혜를 갚을 수 있으면 좋지요."

"은혜는 내가 곱분 씨 어머니에게 졌다고 했잖아요."

"어머닌 어머니고 나는 나예요. 아가씨가 내 어머니에게 무슨 은혜를 졌든, 아가씨가 내 은인이라는 사실은 변치 않아요."

곱분이라 불린 여인이 정색을 하고 말했다. 절에서 당이 대신 죽음을 맞은 공양주 여인이 버려두고 왔다던 바로 그 딸이었다.

"있잖아요, 사실 나요. 그저께까지만 해도 숨 쉴 때마다 언제 죽을까, 어떻게 죽을까 그 생각만 했어요. 죽어도 주막집 창기로는 살기 싫었거든요."

이틀 전의 일을 떠올리는 곱분이의 눈가가 금세 촉촉하게 젖어들었다.

당이가 준형과 함께 다시 도성으로 돌아오기로 결정했을 때 유 내관은 당이에게 곱분이를 찾았다는 소식을 전해줬더랬다.

그 아비가 건강했을 땐 술값 때문에, 또 아비가 병으로 드러누운 뒤론 그 약값 때문에 점점 빚이 불어나 결국엔 어느 싸구려 주막집에 부엌하녀로 팔렸다고 했다. 말이 좋아 부엌하녀지, 그러다 뜨내기 주막손님을 받는 창기 신세가 되는 것도 시간문제 일 것이라고도 했다.

해서 당이는 그날 오후 도성에 들자마자 제일 먼저 곱분이가 있는 낡은 주막부터 찾아가 주모에게 큰돈을 내고 곱분이를 데리고 나왔다.

"아가씨, 나는요. 어머니가 집을 나간 후, 지금까지 단 한 번도 좋았던 순간이 없어요. 즐거웠던 기억 자체가 없어요."

곱분의 목소리에는 금세 울음기가 가득 찼다.

"어머니가 집을 나가고, 나마저 집을 나갈까 봐 아버지가 제 발목을 분지른 후에는 평생이 긴 악몽 같았어요. 아가씨는 그 긴 악몽에서 저를 깨워주신 분이고요. 아가씨께 내 어머니가 어떤 은혜를 베풀었건, 그보다 더 크진 않을 거예요."

곱분이 절절한 눈길로 당이에게 제 진심을 전하다 말고 괜히 머쓱해서 "참, 내 정신 좀 봐. 밥물 넘치겠네. 잠깐만요!" 하고는 다시 부엌으로 튀어 들어갔다.

"아, 잠깐만요……."

당이도 얼른 그런 곱분의 뒤를 따라 부엌으로 가려 하였다. 자신이 곱분에게 은혜를 갚아야 하는 진짜 이유에 대해 밝혀야 할 것 같아서였다.

곱분의 어머니가 자신 때문에 죽었다는 이야기를 해야 할 것 같아서였다.

"그냥 두십시오."

언제 온 것인지, 유 내관이 집 뒤편에서 소리도 없이 모습을 드러냈다.

"이미 죽은 것을 알고 있는 눈치던데, 굳이 그리 험하게 갔다는 사실까지 알릴 필요는 없지 않겠습니까?"

"그렇…… 겠죠? 내 마음 가볍자고, 저이의 마음을 아프게 해서는 안 되겠죠?"

당이는 미안함과 대견스러움이 섞인 복잡한 심경으로 부엌 안에서 쉴 새 없이 분주하게 움직이는 곱분이를 보았다.

"싹싹하고 바지런한 사람이에요."

"예, 저런 몸인데도 하루 종일 쉬지 않고 움직이더군요. 원체 몸을 가만히 두지 못하는 성격인 것 같습니다."

그런 말을 하면서도 당이를 따라 부엌을 보는 유 내관의 눈빛에는 여태 다른 사람을 보던 때와는 달리 무언가 미묘한 빛이 깃들어 있었다.

"심성이 차암 곱지요?"

당이가 슬쩍, 떠보듯 물었다.

"……예."

"생긴 것도 이름처럼 참 곱고요."

"예, 그런 것 같습……. 예?"

곱분이를 지켜보느라 무심결에 당이가 묻는 대로 답하다 말고, 유 내관은 화들짝 놀라 당이를 보았다. 입안에 면포를 넣어 변장을 한 바람에 통통해진 상태의 당이의 뺨은 웃느라 말려 올라가 훨씬 더 동그래져 있었다.

"나, 낭자! 저는…… 그런 게 아니라……."

"예에, 누가 뭐랍니까? 후훗."

"정말 그런 게 아닙니다. 제가…… 내관이라는 걸 잊으셨습니까?"

그리 말해놓고, 유 내관은 자신이 뱉은 제 말에 상처를 입어 눈을 아래로 내리깔았다.

"저 같은 놈에겐…… 당치도 않습니다."

"예에, 그러시겠지요."

"낭자……?"

어쩐지 비꼬는 것만 같은 당이의 대답에 놀라 쳐다보는 유 내관에게 당이가 혼잣말인지 아닌지 헷갈릴 말 한마디를 덧붙였다.

"같은 혈족이라고, 어쩜 이런 것까지 똑같은지……."

"낭자? 그게 무슨 뜻이……."

유 내관이 당이 말의 진의를 물으려 할 때, 당이가 얼른 후다닥 부엌 쪽으로 달려가 이제 막 부엌을 나서는 곱분에게서 밥상을 뺏어 들고는 마루로 가 내려놓았다.

"거기 선비님도 어서 들어와 식사하셔요."

곱분이 수줍게 웃으며 유 내관에게 가볍게 손짓을 하였다.

"아, 아니요. 나는……."

유 내관은 괜찮다, 사양하려 했지만 당이가 찌릿 저를 노려보자, 하는 수 없이 터덜터덜 무거운 발걸음으로 두 여인에게로 가까이 다가갔다.

'후훗.'

당이는 슬며시 고개를 돌려 웃는 낯을 감췄다. 무뚝뚝한 줄만 알았던 유 내관에게서 찾은 뜻밖의 모습에서, 지금쯤 제게 오기 위해 최선을 다하고 있을 준형의 모습을 본 때문이었다. 지극히 사내다운 겉모습과 짐짓 거만해 보이는 태도와 달리, 속은 겁쟁이 아이나 다름없는, 강하지만 약한, 그래서 더욱 사랑스러운 제 남자의 그림자를 본 때문이었다.

'잘하고 있는 거죠?'

마음으로 당이가 제 남자에게 물었다. "응!" 하는 대답이 들리는 듯했다.

준형의 커다란 손이, 전보다 조금 더 둥글어진 당이 제 어깨를 부드럽게 어루만지는 느낌이 들었다. 숨소리가 바로 귓전에서 들려오는 것 같았다. 곁에 없어도 곁에 있는 것 같았고, 떨어져 있어도 이어져 있는 느낌이었다.

그 모두가 배 속 아이의 덕분인 것 같아, 당이는 가만히 배를 어루만졌다. 언젠가부터 아주 습관이 된 행동이었다.

"네가 소빈께 이것을 가져다드린 것이 사실이더냐?"

그때, 준형은 모두가 지켜보는 가운데 제 명에 의해 동궁전으로 끌려와 꿇어앉혀진 금척에게 물었다. 준형의 손에는 조금 전 영천군에게서 건네받은 작은 호리병이 들려 있었다. 그러자 금척은 새삼 눈만 들어 그것을 확인하고는 얼른 다시 고개를 조아려 답을 올렸다.

"예, 예에. 그게 소빈마마께서 제게 주문하신 전하와 함께 드시고 죽을 약……."

"이게 무슨 약인지는 아직 묻지 않았다."

준형이 금척의 말을 끊은 후, 다시 한 번 금척에게 물었다.

"하나하나 천천히 따져볼 것이니라. 우선 이게 무슨 약이건 간에, 네 손으로 직접 소빈께 가져다드린 것이 맞느냐?"

"……예에, 그렇습니다."

간신히 쥐어짜내는 듯한 목소리로 금척이 답했다.

"그럼, 이번 일의 진상이 어찌 밝혀지든 간에 네가 죽게 될 것도 알고 있느냐?"

금척은 이번엔 쉽게 입을 열지 못하고 도리어 입술을 굳게 깨물었다.

"어허! 저하께서 여쭈시는데 어찌 묵묵부답인 것이냐!"

지켜만 보고 있던 대사헌이 무서운 목소리로 의녀에게 답을 재촉하였다.

"흐…… 흐흑. 예, 알고 있습니다. 그러니 제, 제가 무, 무엇을 숨기겠습니까? 이왕 죽을 몸이니, 사실대로 다 털겠사옵니다. 무, 무엇이든 하문하여 주시옵소서."

"그럼, 묻겠다. 이 안에 든 약은 무슨 약이냐?"

"······마시면 곧 순식간에 목숨을 잃고 마는, 뱀의 맹독들만 골라 섞은 독약이옵니다."

"뭐, 뭐라? 네, 네년이 정말!"

금척의 말에 놀라고 사무친 소빈이 소리를 질렀다. 그러나 그 소리에 고개를 돌려 저를 노려보는 준형을 보고선 입을 다물 수밖에 없었다. 잠자코 지켜만 보라, 준형의 눈빛이 그리 명령하고 있었기 때문이었다.

"뱀의 맹독이라······."

제 어머니를 조용히 시킨 뒤, 준형은 의아하다는 얼굴로 다시 금척을 보고 물었다.

"그런 것을 너는 어찌 구하였느냐? 소빈께서 말씀하시기로, 너는 약을 구하겠다고 나간 지 채 반 시진도 안 되어 돌아왔다 하였다. 거기다 너는 그 시간에 궁궐 밖으로 나간 적도 없다면서? 그럼 이 독약을 대체 어디서 어떻게 구한 것이란 말이냐?"

준형의 날카로운 물음에 중신들도 숨을 삼키고 의녀 금척의 답을 기다렸다. 그러자 금척은 미리 예상하고 있던 질문인 양 머뭇거리는 기색 하나 없이 즉답을 하였다.

"늘 제가 상비하고 있던 약입니다."

"어찌하여 의녀 된 자가 사람을 죽일 독약을 상비하고 있었단 말이냐?"

"제가 원래 오래전부터 울증과 고칠 수 없는 지병이 있어, 이 세상에 가진 미련이 별로 없습니다. 그래서 언제고 이승을 떠날 마음의 준비가 끝나면 그대로 목숨을 끊을 작정으로, 항시 상비하고 있었던 것입니다."

"정말 네가 가지고 있던 약이 맞다고?"

"예. 백 번, 천 번을 물으셔도 제 대답은 같사옵니다."

"허면, 한 번 더 자세히 이 호리병을 살펴보거라."

준형이 곁에 있는 내관에게 제가 들고 있던 호리병을 건네주어 금척에게 다시 한 번 보여주게 시켰다. 금척은 그 호리병을 새삼스럽게 꼼꼼히 살펴본 뒤 확신을 갖고 답했다.

"예, 분명합니다. 제가 지니고 있던 것입니다."

"정말, 이 호리병이 네가 가져온 것이 맞다고?"

상궁으로부터 돌려받은 호리병을 만지작거리며 준형이 다시 한 번 더 확인차 묻는데, 영천군이 불쑥 끼어들었다.

"저하는 도대체 무엇을 증명하러 이리 같은 질문을 하고 또 하시는 겁니까? 이미 저 간악한 것이 제 손으로 독약을 가져다 소빈께 바쳤다고 하였습니다. 또한 소빈께서 그 독을 주상전하께 드리려 하는 걸, 중전마마를 비롯해 우리 모두의 눈으로 보았고요."

"대감."

준형이 짐짓 상냥한 얼굴로 영천군을 보며 순하게 말했다.

"다만, 분명히 하고자 하는 것입니다. 정말 소빈께서 아바마마를 해치려 하신 것이 맞는지를요."

"예에, 지금 저하의 마음은 십분 이해하고도 남습니다. 다른 분도 아닌 소빈께서 이런 대역죄를 저지르셨으니 어떻게든 구명해주고 싶으시겠지요. 허나 그렇다고 해서 있는 죄가 사라지겠습니까? 아니 그렇습니까, 여러분?"

영천군이 제 뜻에 동의를 구하듯, 방 안의 신하들을 둘러보았다. 그러자 그 말에 동조라도 하듯 방 안에 있는 신하들 몇이 고개를 주억거렸다.

"보셨지요, 저하? 그러니 온정으로 소빈의 죄를 덮으려 하지 마시고, 이 일은 그만 의금부로 넘기시지요. 정식으로 국문에 처해……."

"영천군 대감께서 제 마음을 아신다고요?"

입가에 머문 미소를 유지한 채 준형이 눈까지 동그랗게 뜨며 영천군에게 물었다.

"그리도 제 마음을 잘 아신다면, 제가 이것을 어찌할지도 아시겠군요."

말을 마친 준형이 재빨리 들고 있던 호리병의 마개를 열었다. 그러고선 누가 말릴 새도 없이 그대로 호리병의 주둥이를 입에 대고 쭈욱, 그 안의 내용물을 들이켰다.

"으으윽!"

방금 전까지 미소가 띄워져 있던 준형의 얼굴이 고통으로 일그러졌다. 이어 호리병을 들고 있지 않은 손으로 제 목을 움켜잡고는 방바닥에 머리를 박기라도 할 듯 허리를 구부렸다.

"저, 저하?"

"세자앗!"

방 안의 모든 사람들이 경악을 하여, 기겁하여 비명을 질렀다.

"무엇하느냐! 빨리, 빨리! 어의를 불러오라! 어서!"

제일 가까운 자리에 앉아 있던 중전이 준형에게 달려들어 엎어진 등을 감싸며, 비명과도 같은 고함을 질러댈 때였다.

"어마마마."

너무도 평온한 목소리로 준형이 중전을 부르고는, 멀쩡한 얼굴로 몸을 들어 아직도 놀란 기색이 가시지 않고 있는 중전 김씨의 손등을 어루만졌다.

"많이 놀라셨습니까? 고정하시옵소서. 소자는 괜찮사옵니다."

"세, 세자?"

"놀라게 해드려 송구하옵니다만, 이편이 제일 빠른 방법인 것 같아서요."

그러고선 준형은 아직도 놀라 얼어붙어 있는 사람들에게 살랑살랑, 조금 전까지 가득 맹독을 담고 있었던 호리병을 흔들어 보였다.

"으…… 정말 죽고 싶을 만큼 고약한 맛이긴 하지만, 이 안에 든 게 독약은 아닌 것이 분명합니다. 이렇게 제가 멀쩡하니 말이지요."

씨익, 준형이 한쪽 입술을 끌어올리며 자신만만하게 웃어 보였다.

"모두들 보셨겠지요? 이 호리병 안에 든 약을 방금 내가 먹었습니다. 하지만 어떻습니까? 나는 이리도 멀쩡합니다. 그러면 이 병 안에 든 약이 독약이 겠습니까? 아니겠습니까?"

'이, 이럴 수가?'

뜻밖의 사태에 놀란 영천군이 급히 금척을 보았다. 혹시 네가 바꿔치기 한 것이냐는 의심의 눈빛이었다. 금척은 영천군에게 보일 듯 말 듯 가늘게 고개를 흔들며, 그렇지 않다는 뜻을 분명히 해 보였다.

그것을 준형이 놓치지 않고 보았다.

"그리 의녀를 보실 것 없습니다, 영천군 대감. 거기 그 의녀는 대감께서 어의에게 명하여 시키신 그대로 했을 뿐이니까요. 그렇지 않으냐?"

이제껏 묻는 말에는 뭐든 막힘없이 답이 나오던 금척의 입에서 이번엔 아무 말도 나오지 않았다. 대신 그 얼굴만이 칠흑빛으로 변했을 뿐이었다.

그리고 그것은 이제 막 정곡을 찔린, 영천군도 마찬가지였다.

'많이 놀라셨나 봅니다. 그런데 어쩌지요? 이리 놀라기에는 아직 한참 이른 것을요.'

준형이 가만히 눈을 내리깔았다. 그러지 않으면, 먹잇감을 눈앞에 둔 늑대처럼 사나워진 제 눈빛을 들킬 것 같아서였다.

"저하! 영천군이 어의에게 그 호리병을 전했다는 것은 어디까지나 소빈께서 의녀에게 들었다 주장하시는 말일 뿐이옵니다. 저하께선, 그것을 증명할 방법이 있으시옵니까?"

말을 잃은 영천군 대신, 영천군과는 각별한 사이를 유지해오고 있던 좌의정이 준형에게 조심스럽게 물었다.

"어떤 증좌가 있기에 그리 확신을 하시는 것입니까?"

예전부터 영천군에게 적지 않은 보살핌을 받아온 병조판서 역시 준형의 눈치를 보면서 좌의정의 말을 거들고 나섰다.

"저하, 이번 일은 단순한 사안이 아니옵니다. 직접 사건에 연루된 소빈의 말씀을 증좌도 없이 어찌 곧이곧대로 믿을 수가 있겠사옵니까?"

동궁전의 방 안에 모인 다른 중신들도 대놓고 나서서 영천군의 편을 들지는 못하고 있었지만, 좌의정이나 병판의 말에 동조하듯 저마다 고개를 주억거렸다.

"그, 그렇습니다. 제게 그런 누명을 씌우려면 그에 합당한 증좌가 있어야 할 것입니다. 설마 아무 증좌도 없이 그저 소빈의 말씀만을 믿고 이러시는 거라면 크게 잘못하시는 겁니다."

잠시 말을 잃고 있던 영천군도 중신들의 지지에 애써 침착함을 되찾고 준형을 위협하였다.

"만약 아무것도 증명하지 못하신다면 저도 그만큼의 책임을 지셔야 한다, 이 말입니다."

"훗, 그러지요."

준형은 기죽은 기색 하나 없이 오히려 가볍게 웃어넘긴 뒤, 순식간에 정색을 하고서 좌중을 둘러보았다.

"설마 내가 내 숙부님을 탄핵(彈劾, 죄상을 들어 책망함)하는 데 아무 증좌도 없이 이럴까 봐서요. 실망입니다. 내가 이제까지 여러분께 그만한 신뢰도 얻지 못하고 있었다니."

준형이 강한 어조로 따지며 중신들과 영천군의 입을 막은 후, 일산에게 명했다.

"강 부정! 공 의원을 데려오세요!"

"예, 저하!"

준형의 말이 끝나기가 무섭게 일산이 방문을 열고 나가, 웬 의원 하나를 데리고 들어왔다.

"윽……!"

'아, 아니. 저, 저자는?'

방에 들어온 의원의 얼굴을 확인한 순간, 영천군의 입에서는 기묘한 소리가 터져 나왔다. 그와 함께 이번에야말로 그 얼굴에서 핏기란 핏기가 모두 가시는 것을 좌중의 모든 사람들이 보았다.

하여 사람들은 본능적으로 알고 말았다.

모든 게 영천군의 짓이라는, 세자의 말이 사실일지도 모른다는 것을. 지금 불려온 공 의원이라는 자가 그 사실을 밝혀줄 증인이 될 것이라는 것을.

"다시 한 번 확인하라."

준형은 방금 막 제 명을 받고 호리병을 살피는 것을 끝낸 공 의원에게 다시 한 번 찬찬히 살펴볼 것을 명했다.

"예에."

공 의원이 아직도 고약한 냄새가 나는 호리병을 다시 한 번 그 주둥이에서부터 밑바닥까지 세심하게 살폈다.

"예, 맞습니다. 이건 저희 약방에서 약을 지어 가는 사람들을 위해 제가 직접 공방 직인에게 돈을 주어 만든 호리병이 맞사옵니다."

"틀림이 없다?"

"예. 간혹 저희 약방에서 약을 지어가지도 않아놓고, 저희 약을 먹고 탈이 났다 거짓말을 하는 이들이 있어, 그것을 방지코자 일부러 만든 것입니다. 오늘 아침에도 이 호리병에 약을 담아 판 것을요."

"의원, 자네 말을 어찌 증명할 수 있겠느냐?"

일산이 얼굴이 사색이 되어 안절부절못하는 영천군을 본 후, 공 의원이라는 자에게 물었다.

"그 호리병이 자네 약방에서 쓰는 약병임을 어찌 증명하느냐는 말일세."

"이것을…… 보시면 아실 것입니다."

공 의원이 주섬주섬 허리춤에서 새 호리병을 꺼내더니, 준형에게서 받은 호리병과 함께 두 호리병 모두를 일산에게 전했다. 일산이 그것들을 잠시 살피는 시늉을 하고는 금세 준형에게 전했다.

"흐음. 두 호리병이 제법 모양과 크기는 흡사하구나. 허나 여기 계신 중신들이 그것만으로 너의 말을 믿어줄 수 있을까? 똑같이 생긴 호리병은 얼마든지 쉽게 찾을 수 있을 듯한데?"

준형은 일산에게서 건네받은 호리병들을 이번엔 영의정에게로 건넸다. 모두들 돌려보라는 뜻이었다.

"그 바닥을 보시옵소서."

의원이 머리를 조아리며 준형에게 고했다. 그 즉시, 호리병들을 들고 있는 중신 하나가 그것들을 뒤집어 병 바닥을 확인하였다.

"호오. 이건?"

바닥들을 확인한 중신들의 시선이 의원과 의녀, 영천군 사이를 어지럽게 오갔다. 손에 손으로 호리병들을 건네받아 살핀 다른 중신들도 마찬가지였다. 두 호리병의 바닥에 모두 똑같이, 얼핏 보면 그냥 나뭇결로 보일 수도 있는 아주 작은 크기의 공(廾) 자가 새겨져 있었던 것이다.

"호리병의 바닥에 차마 제 이름 자를 적을 수는 없어 이름자와 그 소리만 같은, 두 손으로 받들 공(廾) 자를 새겨 넣은 것입니다. 병 안에 든 약을 그만큼 신중히 써야 한다는 뜻에서요."

"자, 이만하면 이 호리병이 여기 있는 공 의원의 약방에서 나온 것임을 아무도 의심치 않을 것 같습니다만?"

준형이 그래도 더 의심 가는 사람이 있는지 좌중을 둘러보며 물었다.

"저하의 말씀이 지당하시옵니다."

중신들이 모두 머리를 조아려, 준형의 말이 틀리지 않음을 인정하였다.

"자, 그러면 공 의원, 천천히 고개를 들어 방 안에 있는 모든 사람들을 둘러보게. 혹시 이 방 안에 있는 사람들 중 자네에게 이 호리병에 약을 받아 간 사람이 있는가?"

준형이 물음과 동시에 중신들과 소빈, 일산, 그리고 심지어 중전 김씨까지 일제히 숨을 멈추고 공 의원이라는 자의 답을 기다렸다.

"의원, 다시 묻겠다. 이 방 안에 있는 사람들 중 자네에게 사람을 즉사시킬 수 있는 맹독을 주문하여 호리병에 담아간 자가 있는가?"

천천히 고개를 들어 한 사람, 한 사람 방 안 모든 사람들의 얼굴을 유심히 살피고 있는 의원에게 준형이 오금이 저릴 만큼 무섭게 물었다.

"예, 저하."

모든 사람들의 얼굴을 살피는 것을 끝낸 공 의원이 다시 준형을 향해 고개를 조아리며 답했다.

"허면 손을 들어 그자를 가리켜라."

준형이 다시 명을 내렸다. 그러자, 기다렸다는 듯 공 의원이 손을 들어 천천히 한 사람을 가리켰다.

"저기 저분이옵니다."

그 손가락 끝이 향한 곳은, 방 안에 있는 모두가 이미 짐작한, 바로 그 사람이었다.

임금의 아우, 세자의 숙부, 장차 제 아들이 임금이 될 것이라는 꿈에, 임금이 되지 못한 제가 임금의 아비가 될 것이란 염원에 한껏 부풀어 있던 영천군이었다.

"그런데 전 잘 이해가 가지 않습니다. 영천군 그자는 이제 와 왜 그리 섣부른 짓을 하였을까요? 수하를 시키지도 않고, 직접 독을 구하다니요? 이제껏 능구렁이처럼 굴어온 작자가 지금에 와서 그런 멍청한 짓을 하다니, 참으로 뜻밖이었습니다."

저녁을 먹은 뒤 마당 한쪽에 나와 앉아 설거지를 하는 당이에게 몇 통인가의 물을 길어다 준 후 유 내관이 물었다. 곱분은 방문을 활짝 열어놓은 방 안에서 엉덩이를 바짝 든 채 열심히 걸레질을 하고 있는 중이었다.

"잘은 모르지만 그런 거 아닐까요?"

먹은 그릇을 씻는 손길을 늦추지도 않고, 유 내관을 돌아보지도 않고 당이가 말했다.

"오랫동안 먼 길을 돌고 돌아, 마침내 눈앞 저만치 보이는 곳에 자신이 찾던 곳이 있음을 발견했다고 쳐요. 하지만 그때 갑자기 눈앞도 안 보일 만큼

세찬 폭우가 내리기 시작했지요. 만약 유 내관께서 그런 상황이시라면 어떻게 하실 건가요?"

"그야…… 저 같으면 단숨에 뛰어갈 겁니다. 오랫동안 찾아 헤매던 것이라면 더더욱 더요. 비 좀 맞는 게 대수겠습니까?"

"맞아요. 비가 그치기를 기다릴 이가 있는 가하면 또 유 내관님처럼 비 좀 맞는 것에 상관없이 바로 목표를 향해 뛰어가는 사람들도 있겠죠."

그릇을 씻은 물을 흙바닥에 뿌리던 당이는 미처 그 물을 피하지 못하고 고스란히 온몸으로 맞아 비틀대고 있는 작은 개미 한 마리를 집어 올려, 마른 땅에 놓아주었다.

"그때 사람들은 대부분 비슷한 생각들을 할 거예요. 빨리 뛰어 조금이라도 비를 덜 맞고 싶다고, 그토록 찾고 바라던 곳에 조금이라도 더 빨리 도착하고 싶다고. 그래서 서둘다 보면 눈앞에 뻔히 패어 있는 구덩이 하나 조차 제대로 보지 못하고 걸려 넘어질 수 있죠."

"아아……."

유 내관이 감탄하며 크게 고개를 끄덕였다.

"그래서 공자님이 도성에 드시자마자 그리 분주하게 움직이신 거군요. 영천군에게 폭우를 쏟아붓기 위해서요."

그랬다. 준형이 도성에 돌아오자마자 궁궐로 향하지 않고 곽 직사를 찾아가고 송 대방을 비롯한 거상들을 만난 것도 모두 그 때문이었다. 모두들 처음엔 행방불명이 됐던 세자가 갑자기 저희들 앞에 모습을 드러낸 것에 크게 놀랐지만 사고가 나기 전보다 더 굳건한 믿음을 가지게 된 듯했다.

그러기에 모두들 기꺼이 준형이 시키는 대로 토끼몰이에 가담하게 된 것이었다.

"아니요, 아니요, 절대 아니요!"

영천군이 격렬하게 머리를 흔들며, 억울하다고 목소리를 높였다. 좀 전에

452

임금의 침전에 있던 어의가 끌려와 몸 뒤짐을 당하고, 호리병 안에 들어 있던 약과 같은 약을 지니고 있음이 발견되어서였다. 차마 겁이 나 임금에게 독을 먹이지 못하고 미적미적대느라 그대로 독을 지닌 채 잡혀온 것이었다. 거기다 이제 무슨 짓을 하든 살길이 없음을 깨달은 어의는 그간 영천군의 명으로 임금이 드는 약의 독성을 점점 키워온 것까지 자백하였다.

그 자백에는 이제껏 스스로 영천군과 한패라 생각해왔던 중전 김씨도 적지 않게 놀랐다. 설마하니 자신 몰래 영천군이 그런 짓까지 꾸며온 줄은 꿈에도 몰랐기 때문이었다.

"아니라고요! 모두 짜고서 이 나를 음해하는 것입니다. 어의도, 저 공 의원이라는 놈도 모두 거짓을 말하고 있습니다!"

"대감, 이제 그만 포기하고 순순히 털어놓으세요."

끝까지 포기할 줄 모르는 영천군을 일산이 경멸을 감추지 못한 얼굴로 말했다.

"대감이 전하를 시해하고, 소빈께 그 죄를 뒤집어씌우려 한 정황이 이미 충분히 드러나지 않았습니까?"

"네 이놈! 감히 부정 따위가, 소빈의 아우 따위가 누구에게 그따위 망발을 하는 것이냐. 옳지. 너로구나! 네가 저하와 짜고 나를 쳐내려 한 것이구나! 여러분, 아니올시다. 내가 왜 그런 짓을 하겠소이까?"

영천군이 다급하여 무릎걸음으로 영의정과 좌의정 앞으로 갔다가, 차가운 눈으로 저를 보고 있는 대사헌과 대사간에게로 다시 옮겨가며 사정했다.

"자알 생각해보세요. 너무도 수상하지 않습니까? 물에 빠진 후 사라졌던 저하께서 며칠 만에, 그것도 하필 소빈이 대역죄로 의심을 받는 와중에 떡하니 나타나신 것부터가 너무도 수상쩍지 않습니까? 거기다 저 공 의원이란 자는 어찌 알고 데려왔단 것입니까?"

"영천군!"

중전이 영천군의 추태를 보다 못해 말릴 심산으로 영천군을 불렀다. 그래도 영천군은 물러나지 않았다. 더는 물러날 곳이 없었다. 일이 이렇게까지 되었으니, 여기서 주춤거려봐야 저와 제 아들이 모두 죽을 판이었다.

허니 뒷일이 어찌 되었건 이제는 이판사판으로 덤빌 수밖에 없었다.

"그래요. 저하의 말대로 내가 멍청하게 내 수하들도 아닌, 이 손으로 직접 저 공 의원인지 뭔지 하는 놈에게서 저 호리병에 든 약들을 샀다고 칩시다. 저하가 어찌 알 수 있었겠습니까? 세자저하가 그 모든 걸 알 수 있는 방법은 단 한 가지밖에 없어요!"

영천군이 이제는 단단히 핏발 선 눈으로 준형을 돌아보았다.

"그건, 저하가 모든 것을 꾸몄을 때지요."

"어디 한번 계속해보세요."

준형이 얼굴 가득 비웃음을 띠고, 이미 이성을 잃은 것만 같은 영천군을 부추겼다. 말이 많을수록 결국 영천군은 제 발에 제가 족쇄를 채우게 될 것임을 알아서였다.

"제가 어떻게 꾸몄다는 말씀입니까?"

"우선, 일부러 물에 빠진 척 모습을 감춘 다음에 모두가 저하를 찾아 당황하는 틈을 타서 저 공 의원이라는 자와 어의를 포섭하여, 이런 사건을 꾸민 것이지요. 모두가 저하가 없는 틈에 내가 전하를 시해하여 보위를 찬탈하려 하였다는 누명을 씌우기 위해서요."

영천군이 떨리는 손으로 제 죄를 증명하는 증좌가 되었던 호리병들을 가리켰다.

"만약 제가 전하를 시해하려 하였다면 그 호리병 안에는 독약이 있었어야지요. 하지만 그 호리병 안에 독약이 없음은 저하 스스로 증명하시지 않으셨습니까? 말씀해보세요. 저하는 그 안에 있는 약이 독약이 아니라는 것을 어찌 아셨습니까?"

준형의 얼굴에서 비웃음이 가셨다. 그것을 영천군은 제 공격이 먹힌 것으로 알고 더욱더 신이 나 준형을 몰아붙였다.

"또, 저하와 함께 입궁한 저이는 누구이옵니까? 바로 금자염을 밀매한 김 부사의 둘째 아들놈이 아니오니까?”

영천군이 열린 방문 너머의 복도에 얌전히 고개를 숙이고 서 있는 반회를 가리키며 의기양양하게 웃어 보였다 그러자 준형과 영천군, 일산을 제외한 방 안 사람들이 모두 일제히 방문 너머에 서 있는, 지나치게 잘생긴 공자를 보았다.

“처음엔 누군가 하였지만, 저 잘생긴 얼굴을 보니 생각나더군요. 김 부사의 둘째 아들이 꽃이 부럽지 않은 미공자로 세간에 이름을 떨쳤었던 것을요. 내 말이 틀리오니까?”

“예, 말씀이 다 맞습니다. 김 공자, 들어와 모두에게 인사를 드리게.”

준형이 영천군의 물음에 간단히 답한 후, 방문 밖에 서 있는 반회에게 명했다. 그 즉시, 반회가 한 발자국 앞으로 나와 허리를 숙이려는데 “잠깐!” 하고 영천군이 막고 나섰다.

“자네는 분명 쫓기는 몸일 텐데, 어찌하여 저하를 뫼시고 입궁을 한 것인가? 혹시 자네가 세자저하나 강 부정과 함께 짜고 이 모든 일을 벌인 것은 아닌가? 나를 없애 자네 아비와 자네 집안 죄를 없었던 것으로 하기 위해 말이야.”

“아니요.”

반회 대신 준형이 즉답을 하였다.

“저이가 나와 함께 입궁한 것은 저이가 내 생명의 은인이기 때문입니다. 여기 계신 분들은 잘 모르시겠지만 며칠 전 선유에서의 사고로 내가 물에 빠졌을 때…….”

흠칫, 영천군이 어깨를 움츠렸다. 누가 보아도 누구를 지칭하는지 뻔히 알 수 있도록, 세자가 오직 자신만을 뚫어져라 노려보며 말을 하고 있었기 때문이었다.

“누군가가 사주한 자들이 물속에서 내 사지를 잡고 늘어져 나를 물에 빠트려 죽이려 하였습니다.”

“흐어어억!”

중신들이 어마어마한 이야기에 놀라 숨을 삼키는 소리가 방 안을 울렸다.

“그때 하마터면 죽을 뻔한 나를 구해준 것이 바로 저기 있는 김 공자입니다. 아, 이렇게 제가 직접 겪은 이야기도 증좌나 증인이 없으면 쉽게 믿어주지 않을 것 같아, 제가 또 따로 준비하였습니다. 데리고 오게."

준형이 다시 반회에게 명령하였다. 명을 받은 반회가 잠시 사라지더니 이내 굵은 밧줄로 칭칭 묶여 있는 사내 하나를 질질 끌다시피 하여 돌아왔다.

사내는 산발을 한 데다, 옷자락들은 여기저기 난도질이 되어 있었다. 그 찢긴 옷자락 사이로는 칼에 베인 지 얼마 안 된 상처들이 여실히 드러나고 있었고, 그 목에는 피에 잔뜩 물든 헝겊도 둘러져 있었다.

"격렬히 저항하더니, 기어이 자결하려 하는 것을 간신히 막았습니다."

반회가 짧게 사내를 붙잡아 데려온 경위를 말하였다.

'아무 말도 하지 마. 너는 분명히 목숨으로 비밀을 지키겠다, 맹세하였다. 맹세를 지켜. 맹세를 지키거라!'

그러는 동안 영천군은 제가 수족처럼 부리던 사내에게서 억지로 눈을 돌리고, 낯빛을 진정시키기 위해 안간힘을 다 썼다.

"그자가 누구요?"

성격이 급한 중신들 중 한 명이 몸이 달아 제 가까이에 있는 일산에게 물었다.

"사람들을 시켜, 세자저하를 해치려 한 범인입니다. 또한 얼마 전에 병이 들어 궁을 나가신 연화당마마님이 몸을 의탁하고 있는 정인사에 숨어들어 연화당마마님을 해치려 한 범인이기도 합니다."

일산이 말하는 동안, 으드득, 방 안에 누군가 이를 가는 소리가 선명히 울렸다. 방 안의 모두는 보지 않아도 그것이 누구에게서 나는 소리인지 어렵지 않게 알아차렸다. 지금 가장 분노할 사람이 누구인지는 불을 보듯 분명하였기 때문이었다.

"저, 저런! 천인공노할. 도대체 그자가 누구요! 누구의 명을 받아 그런 대죄를 저지른 것이요?"

슬쩍, 세자의 눈치를 본 병판이 조금은 과장되게 분노를 표현해 보이며 사내를 제 손으로 베어 죽이기라도 할 듯한 기세로 일산에게 물었다. 조금 전

뭣도 모르고 영천군을 두둔하려 한 제 잘못을 만회하고 싶어서였다. 그러자 똑같은 처지에 있는 좌의정도 질 수 없다는 듯, 얼른 거들고 나섰다.

"저놈에게 그런 끔찍한 명을 내린 자가 대체 누구란 말이오? 극형으로 처벌해야 하는 그 대역 죄인이 누구란 말이오!"

일산은 대답 대신 가만히 한 곳을 보았다. 자연스레 방 안 모든 사람들의 시선도 그곳으로 모였다.

"왜, 왜들 나를 보는가?"

당황한 영천군이 아니라는 듯, 두 손을 저었다. 반회가 그 모습을 보고는 제가 끌고 온 사내를 무릎으로 가볍게 찼다 사실대로 말하라고. 그 무언의 명령에 사내가 질끈 눈을 감고서 답을 하였다.

"여, 영천군 대감. 죄송합니다. 이놈이…… 맹세를 지키지 못했습니다."

"거짓말이오. 이것 또한 다 거짓말이오!"

영천군이 이제 모든 체신을 버리고 두 손까지 휘휘 저으며 저의 결백을 강조하였다. 허나 방 안에 있는 그 어느 누구도 이젠 영천군의 말을 곧이곧대로 듣지 않았다. 영천군을 보는 모두의 눈빛은 이미 임금과 세자, 그리고 세자의 정인까지 해치려 한 대역 죄인을 보는 눈빛으로 바뀌어 있었다.

"그러니까 너는…… 진작 알고 있었다는 거네?"

밤이 깊은 까닭에 영천군과 그 일가의 자세한 죄를 묻는 일은 다음 날로 미루어졌다. 영천군과 그 아들 경인군은 다음 날 정식으로 국청이 열릴 때까지 집에서 단 한 발도 바깥으로 나갈 수 없도록 임시감금하기로 중신들이 뜻을 모았다. 이후 충격에 휩싸인 중전과 중신들이 모두 동궁전을 떠나자, 소빈은 부러 궁인들은 물론 일산과 반회까지 물리고 준형과 단둘이 되었다.

"내가 그 호리병의 약 때문에 곤경에 처할 걸 미리 알고 있었던 거지?"

파들파들, 입술을 떨며 소빈이 물었다.

"그러진 않을까, 미루어 짐작했을 뿐입니다."

준형은 소빈에게 일의 전말을 모두 말했다.

영천군을 궁지로 몰 수 있도록 곽 칙사로 하여금 일부러 영천군에게 과한 보상을 요구하라고 시킨 것, 유 내관을 시켜, 모화관에서 곽 칙사에게 무리한 요구를 받고 나오는 영천군의 뒤를 몰래 밟게 한 것, 또한 그 전날 상단의 대방들에게 일러 영천군을 피하라고 미리 일러두었던 것, 초조해진 영천군이 길을 가다 말고 즉흥적으로 약방에 들러 큰돈을 주고 극약을 주문한 것을 알고, 따로 의원을 불러내어 일부러 맛과 향이 쓴 약을 극약 대신 담아주라고 한 것까지.

"영천군이 그것을 내게 넘길 줄은 어찌 알고?"

"그러리라 짐작했습니다. 욕심이 많고 성급한 자인 데다 되도록 빨리 모든 것을 처리하고 싶은 자이니 단번에 모든 것을 처리할 욕심으로 그리하지 않을까 생각했지요."

"알면서…… 내게 미리 귀띔도 해주지 않았다고? 내가 중신들 앞에서 그 수모를 당하게 그냥 내버려두었어?"

"어머님이 자초하신 일입니다. 자세히 알아보지도 않고, 섣불리 행동하시는 바람에 하마터면 정말로 아바마마를 위험하게……."

휘익, 소빈이 준형의 뺨을 치려 힘껏 손을 휘둘렀다.

"윽!"

비명은 소빈의 입에서 나왔다. 준형이 제 뺨을 향해 날아드는 제 어미의 가녀린 손목을 거칠게 잡아챈 탓이었다.

"너!"

"이제는 가식도 떨지 않으시는군요. 어머님이 자꾸 이러시면 저는 자꾸 섭섭한 기억이 떠오르려 합니다."

준형의 잘생긴 입술 사이로 지독한 원망을 숨긴 무뚝뚝한 말이 터져 나왔다.

"가, 가식? 가식이라니! 내가 오늘 어떤 일을 겪었는데…… 너에게 조금 섭섭한 소리를 했기로소니 어찌 어미에게 그런 막말을……. 흐윽."

좀 전까지 표독하기 그지없던 여인의 얼굴은 순식간에 가련하기 짝이 없는 어미의 얼굴이 되어, 굵은 눈물들을 폭포처럼 쏟아내었다. 이전이었으면 충분히 준형의 가슴을 찢고도 남았을 모습이었지만 지금은 달랐다.

"이리 나오실 줄 알았습니다."

팽개치듯 소빈의 손목을 놓아주고선 준형은 차가운 눈길로 소빈이 눈물을 닦는 모습을 보았다.

"그런데 어쩌지요? 어머니의 눈물에 흔들리기엔 제가 너무 많은 것을 알아버린 것을요."

준형이 소빈에게 몸을 기울여 그 조그만 귀에 입술을 바짝 붙이고선 제가 알아낸 비밀을 속삭였다. 이젠 어머님이 아니라 어머니라 칭하면서.

"말해보세요. 스무 해 전, 그날 밤에도 이리 우셨습니까?"

단박에 준형의 물음을 알아듣지 못한 소빈은 무슨 뜻이냐는 듯, 눈물이 흥건한 얼굴로 멍하니 준형을 보았다.

"무슨…… 소리니? 스무 해 전이라니?"

"어머니가 저를 죽인 그날 밤 말입니다. 그날 어머니께서 저를 안고 차가운 연못물에 스스로 뛰어드셨지 않습니까?"

"너…… 지금…… 무슨 말을?"

소빈이 창백해진 얼굴을 방문 쪽으로 돌렸다. 혹시 일산이 말해준 것인가, 생각해서였다.

"외숙이 일러준 것이 아닙니다. 제가 다 기억해냈다니까요. 못 믿으시겠어요? 그럼 이건 어떠신가요?"

준형은 물에 빠졌을 때 자신이 기억해낸, 그날의 일을 말했다.

"그날 밤, 어머니는 연못가에 서서 한참이나 아바마마를 기다리셨지요. 마침내 어머니를 찾아내신 아바마마가 멀리서 어머니를 부르셨을 때, 그때서야 저를 안은 채 연못 속으로 몸을 던지셨고요. 왜?"

자신의 질문에 답하지 않는 소빈을 대신해, 준형은 자신이 답을 말했다.

"아바마마가 구해주시길 원했으니까요! 비록 자신은 아들을 죽일지언정,

스스로는 살고 싶었으니까요. 그래서 일부러 연못 속에서 안고 있던 저를 놓으신 거 아닙니까? 아바마마께서 어머니를 구해내실 때 저까지 함께 구해낼까 두려워서!"

준형의 입에서 아무에게도, 심지어 일산에게도 말한 적 없던 그날 밤의 진실이 터져 나왔지만, 소빈은 눈 하나 깜짝이지 않았다. 다만 차갑게 굳어갈 뿐이었다.

"왜 그러셨습니까? 꼭 그렇게 죽일 필요까지는 없었잖아요. 아바마마에게 부탁해 나를 빼돌릴 수도 있었잖아요. 외숙에게 부탁해 나를 데려가라 할 수도 있었고요. 꼭 그렇게 잔인한 방법으로 나를 죽여야……."

"싫었거든."

불쑥, 소빈의 말이 준형의 말 사이에 끼어 들어왔다.

"사람을 죽이는 데, 그것도 어미가 돼서 지가 지 몸으로 낳은 아들을 죽이는 데 무슨 다른 이유가 더 있겠니? 네가 싫었어. 끔찍하게, 죽이고 싶을 만큼. 아니, 죽이지 않고서는 아니 될 만큼 싫었어! 그래서 죽인 거야."

"……뭐가 그리 싫었습니까?"

"몰라 물어? 너는 사람이 아니잖니?"

그때, 방문이 덜컹 소리를 내었다. 아마 밖에서 다른 사람들이 다가오지 못하게 방문을 지키고 있던 일산과 반회 둘 중 한 사람이 방문을 열고 뛰어 들어오려 한 모양이었다.

"누구든 끼어들면 죽일 것이다."

준형이 짧고 강하게 방문 밖의 두 사람에게 경고를 하였다.

그러고선 무정한 제 어미에게 말했다.

"저는 사람입니다."

"보름달이 뜨면 늑대로 변하는 네가, 비참하게 네 발로 땅바닥을 기어 다니는 네가 사람이라? 정말 네 스스로를 그렇게 생각한 거니? 사람이라고?"

"……아니면 무엇인데요?"

"알려줘? 보통 사람들은 말이다. 너 같은 존재를 일러, 이리 말하지."

준형은 눈썹을 찌푸리고 제 두 손을 내려다보며 소빈의 다음 말을 기다렸다.

"괴. 물."

꿈틀, 준형의 눈썹이 크게 일렁거렸다. 그것을 마음의 동요라 여긴 소빈은 제 아들의 마음에 상처를 낸 것을 조금 통쾌하게 생각하며 한마디, 한마디를 힘주어 말했다.

"세상에 존재해서는 안 되는 괴물. 사람이 아닌 미물. 사람의 탈을 빌려 태어난 짐승!"

"……그런 나를 낳은 것은 어머니입니다."

준형이 나직한 목소리로 지적했다.

"알아. 그래서 더 싫었어! 너만 생각하면, 너 같은 괴물을 내가 낳았다고 생각하면 이 온몸에 소름이 돋았으니까!"

소빈은 생각하기만 해도 소름이 끼치는 듯, 양팔로 제 몸을 감쌌다.

"나는 임금의 반려, 임금에게 사랑받는 이 나라 최고의 여인이었어. 중전? 허울 좋은 중전의 자리 따위 탐내지도 않았어. 탐낼 필요도 없었어. 그런 내게 넌 단 하나의 오점이자 수치였고. 내가 짐승의 혈족임을 증명해주는 절대 들키고 싶지 않은 수치!"

소빈의 말이 끝나자마자, 준형이 두 손을 번쩍 들어 소빈에게 보였다. 어쩐 일인지 준형의 얼굴은 무거운 무엇인가를 떨쳐낸 듯 산뜻하기만 하였다.

"무, 무슨 짓이니?"

혹시 준형이 저를 치기라도 할까 봐 놀란 소빈이 물었다.

"이 두 손, 보이세요?"

준형이 손을 앞뒤로 뒤집어, 손바닥과 손등까지 모두 소빈에게 확인시켜주었다.

"그, 그 손이 뭐?"

"어머니가 보시기에도, 말짱하죠?"

"……그래서?"

"이 두 손이 말짱한 건, 제가 어머니의 말에 상처를 받지 않았다는 뜻이거든요. 하아. 다행이다."

준형이 두 손을 내리고선 어깨를 으쓱하였다.

"사실, 조금 겁이 났었어요. 어머니가 하시는 말에 상처 입고 또다시 변해버리면 어쩌나. 그런데 보시다시피, 아니네요. 후훗."

이젠 가볍게 웃기까지 하는 준형을 소빈은 흡사 미친 사람이라도 본 것 같은 얼굴로 보았다.

"손이 뭐가 어떻다고?"

"신경 쓰지 마세요. 제 일이니까."

알려줄 필요를 못 느낀 준형이 소빈의 물음을 무시하였다.

"아, 그런데 그거 아세요? 만약 예전이었으면 어머니의 말에 정말 죽을 만큼 상처받았을 거란 거? 또, 어머니가 바라신 대로 내 스스로 내 존재를 부정하고 내 운명을 저주하였겠죠."

"지금은…… 아니라고?"

"당연히 아니지요."

준형은 확신하듯 싱그럽게 웃어 보였다. 허세가 아니었다. 진심이었다.

왜냐하면…….

짐승이 되어 네 발로 땅을 기고, 고통스럽게 울부짖는 모습을 보고서도 괴물이라 하지 않고 아름답다 말해준 사람이 있기 때문이었다.

지금의 준형에게는 정해진 운명 따위 상관없다고, 제 목숨보다 아끼고 사랑해주는 여인이 있다. 또한 어릴 때부터 지금까지 단 한 번도 변치 않고 자신을 온전히 아들로 받아주고, 형제라 받아주었던 이들이 있다. 그들 모두가 준형을 짐승이 아니라고 말해주었다. 사람이라고 말해주었다.

그러니 준형은 괴물도, 미물도, 늑대도 아니었다. 그냥 사람일 뿐이었다.

"그래서 뭐라고 하시든 하나도 아프지 않아요. 진짜 짐승인 건 내가 아니라 어머니니까. 그리고 어머니의 잘난 아들, 세자니까."

"뭐, 뭐가 어쩌고 어째?"

자신이 조금 전 쏟아부은 막말은 생각지도 않고 소빈이 자신에게 퍼부어지는 악담에 바들바들 몸을 떨었다.

"비밀이 들킬까 두려워 제 자식을 죽이고, 한날한시에 태어난 아우의 여인을 빼앗으려 비열한 획책을 꾸미고. 대체 사람이 아닌 쪽은 누구입니까?"

소빈을 향한 준형의 말 한마디 한마디는 신랄하기 그지없었다.

"짐승, 아니 짐승만도 못한 사람들은 누구란 말입니까? 바로 어머니와 어머니가 사랑하는 그 잘난 아드님이지요!"

"너, 너엇!"

소빈이 분을 참지 못하고 이번엔 준형을 할퀴기라도 할 양으로 손톱을 바짝 세우고 준형에게 덤벼들었다.

"웃차!"

준형이 그런 소빈을 한 손으로 안아 움직이지 못하게 하고, 다른 한 손으로 방문을 활짝, 열어젖혔다.

"외숙, 어머니를 처소로 데려가세요."

준형이 방문 밖의 일산에게 소빈을 던지듯 건네주었다.

"국문이 끝날 때까지는 당분간 양의당 밖으로 한 발자국도 나서지 못하게 하세요. 곧 중신들이 어머니의 처벌에 대해서도 논할 것입니다."

"처, 처벌이라니. 내가 무얼! 무얼 어쨌다고!"

"비록 독은 아니었지만, 아바마마께 비밀리에 약을 드리려 한 행위 자체가 중죄입니다. 저도 감싼다고 감싸보겠지만, 아무 벌을 받지 않고 지나가기는 어려우실 겁니다."

"그럼 중전은!"

"어마마마께서 무슨 죄를 지으셨습니까?"

준형이 소빈의 속을 긁을 작정으로, 부러 중전 김씨를 어마마마라 힘주어 불렀다.

"어마마마는 이번 사건과는 아무런 관련이 없음을 제가 확인하였습니다. 그러니 앞으로도 어마마마에 대한 그 어떤 논의도 없을 것입니다!"

"너, 네가 이럴 수는 없다. 네가 감히 나에게…… 이럴 수는……!"

"있습니다. 제가 세자니까요. 잊으셨습니까?"

마지막까지 제 어미의 속을 실컷 뒤집어놓은 뒤, 준형이 보란 듯이 소빈의 눈앞에서 쾅, 소리를 내도록 거칠게 방문을 닫았다.

"얼른 현을, 세자를 데려와. 저 징그러운 것을 이 궁궐에서 쫓아내야 해! 왜 세자가 아닌 저 아이를 데리고 온 것이냐! 얼른, 다시 현이를 다시……. 일, 일산아?"

양의당으로 돌아오자마자 악에 받쳐 눈에 보이는 것도 없이 일산을 닦달해대던 소빈이 문득, 제 아우의 낯빛을 보고는 급히 입을 다물었다.

"누이에게 실망했어."

실로 아주 오랜만에 일산이 소빈을 향해 말을 놓았다.

"괴물이라. 한낱 미물 따위라……. 누이는 우리 혈족을 그렇게 생각했던 것이었어? 궁궐 생활이 오래되다 보니 누이 또한 혈족의 한 사람이란 걸 잊어버린 거야?"

일산의 얼굴은 웃는 듯 우는 듯 묘하게 일그러져 있었다. 그제야 소빈은 자신이 준형에게 퍼부은 악담들을 방문 밖에 있던 일산도 들었다는 걸 깨달았다. 그 당연한 사실을 너무 뒤늦게 깨달은 자신의 멍청함을 저주하였다.

"이, 일산아. 나는 그런 것이 아니라…… 그냥 준형이 그 아이한테만 하는 얘기였어. 내가 우리 혈족을 그렇게 생각할 리가……."

난생처음 보는 것만 같은 아우의 무서운 얼굴에 열심히 변명을 입에 주워 담는 소빈이었다. 일산은 그런 제 누이를 잠시 동안 차갑고 냉담한 얼굴로 보다 그대로 양의당을 나섰다.

"일산아! 일산아!"

누이가 애절하게 일산을 불렀지만 깊은 생각에 잠긴 일산의 귀에는 그 어떤 소리도 들리지 않았다.

"사실은 안 괜찮죠?"

당이가 준형의 옆얼굴을 보며 물었다.

당이는 지금, 반 시진(한 시간) 전, 갑자기 나타난 준형과 함께 나란히 툇마루에 앉아 점점 더 둥글게 영글어 가고 있는 달을 보고 있는 중이었다.

"아니, 괜찮은데?"

준형이 부러 밝게 답했지만, 당이는 속아 넘어가지 않았다. 대신 당이는 준형의 옆구리를 잡고선 힘껏 비틀었다.

"아얏!"

"……아파요?"

준형의 호들갑스러운 비명에 당이가 꼬집던 손을 멈추고 물었다.

"아프지, 그럼. 이렇게 세게 꼬집어놓고선?"

준형이 이것 보라는 듯, 도포와 저고리까지 들쳐 당이가 꼬집은 부위의 맨살을 보여주었다. 당이가 그런 준형의 손을 쳐, 옷자락을 내리게 하였다.

"아직도 부끄러워? 겨우 요 정도로? 세상에. 이제껏 내 알몸을 본 게 벌써 몇 번인데, 겨우 요 정도로……."

"괜히 말 돌리지 말아요? 자꾸 그러면 더 세게 꼬집어버릴 테니까?"

"알았어. 알았다고."

별로 위협적이지도 않게 노려보는 당이의 허리를 준형이 가볍게 안아, 제 곁으로 바싹 끌어당겼다.

"내가 당신을 어떻게 이기겠어. 후훗. 그러니 하문하시지요, 마님. 뭐든 묻는 대로 답을 올리지요."

"정말…… 괜찮아요?"

준형의 팔에 안긴 당이가 아직도 장난스러운 미소를 품고 있는 준형의 뺨을 살그머니 쓰다듬었다.

"거짓말하는 거 아니죠?"

"거짓말이야. 어떻게 괜찮겠어. 내 어머니께서 내가 미워 나를 죽이려 하셨다는데."

준형이 제 뺨에 머물고 있는 당이의 손등 위에 제 손을 포갠 후, 저를 걱정스럽게 바라보는 당이와 눈을 맞췄다.

"걱정 마. 그렇다고 해도 막 좌절하거나 할 정도는 아니니까. 나를 사랑하고 아끼는 이들이 이렇게나 많은데 그분 혼자 나를 죽일 만큼 미워한다고 해서 좌절한다면 그야말로 바보인 거지. 다만……"

준형이 눈을 감고선, 당이의 손바닥에 얼굴을 기대듯 조금 고개를 기울였다.

"조금. 그래, 아주 조금……"

슬프고, 서러웠다는 말을 애써 삼키려, 준형은 굳게 입술을 다물었다.

그로부터 잠시 후였다.

"오늘도 금부 옥사에 갔다 왔어?"

준형이 당이의 작고 보드라운 몸을 끌어안은 채 다정히 물었다.

"후훗, 당연하죠."

준형의 말소리가 귓가를 간질이는 바람에 당이가 미소와 함께 가볍게 몸을 뒤틀며 답했다.

"이젠 안 그래도 된다 했잖아. 영천군의 죄가 밝혀졌으니, 금자염과 아버님에 대한 일도 금방 마무리될 거라니까. 이젠 굳이 그 사람들한테 잘 보여서 증언을 받아낼 생각 안 해도 된다고."

사실, 준형은 도성으로 돌아온 즉시 당이에게 옥사를 찾아가는 일은 그만하라 말했었다. 더운 날, 매번 소금물을 끓이고 식혀서 그것으로 주먹밥을 만들고 또한 직접 옥사까지 찾아가 나눠주는 번거로운 일들로 당이가 고생하는 걸 보기 싫어서였다.

그래도 당이는 그럴 수 없다 고집을 피웠다. 그때도, 지금도.

"증언 문제는 둘째 치고, 그곳 상황이 너무 열악해요. 김 부사 어른도 옥에 갇혀 계시면서 병을 얻으셨잖아요. 이 사람들이 갇힌 곳은 부사 어른이 갇히셨던 곳보다 훨씬 더 지저분하고 누추한 곳이에요. 거기다 날은 점점 더 습하고 더워지고 있고요."

"……전염병이 돌지도 모르겠군."

그제야 준형은 당이가 왜 계속 옥사에 다니는지 알 것 같았다. 옥사에 갇힌 사람들에게 왜 소금기가 있는 음식들을 부지런히 가져다주는지도.

"이번엔 소금도 조금 가져다주었어요. 옥졸들한테도 조금 나눠주고요. 옥사 안에 뿌려달라 했는데 제대로 해줄지 모르겠네요."

"그러라고 할게."

준형이 약속하였다.

"지금은 내가 세자잖아. 그 정도 힘쯤은 있어. 그러니까 내일부터는 안 돼. 정식으로 국문도 열릴 거니까, 이제 더는 당신이 나서지 않아도 돼. 그러니 제발 무사해줘. 당신이 없이는 숨도 못 쉴 나를 위해서, 그리고……."

준형이 당이의 동그란 어깨에 촉 하고 입을 맞췄다.

"우리 아이를 위해서."

"당신……?"

놀란 당이가 몸을 틀어, 준형을 보았다. 준형의 속눈썹이 물기에 젖어, 반짝 빛나고 있는 게 보였다.

"어…… 그걸 어떻게?"

"내가 당신에 대해서 모르는 게 있을 거라 생각한 거야?"

지그시 눈을 맞추며, 준형이 당이의 작지만 오똑한 콧등에 촉, 입을 맞춘 후 이번엔 더욱 은밀하게 속삭였다.

"내가…… 당신 몸이 변한 걸 모를 거라고 생각했다고?"

당이의 반응으로 제 추측이 맞음을 알게 된 준형의 목소리는 감동으로 가늘게 떨리기까지 하고 있었다.

"거짓말. 아직 배도 많이 안 나왔는걸요? 어디가 변했다는 거예요?"

"어디간가 변했어."

촉촉이 젖어 반짝이는 눈동자가 말로 표현될 수 없는 격한 감정을 담고 당이를 보았다. 그 의미 있는 눈짓에 부끄러워진 당이가 "난 몰라요." 하고 준형의 가슴팍에 새빨개진 얼굴을 묻었다.

"어, 계속 몰라도 돼. 나만 알아도 충분하니까."

준형이 당이를 꽈악, 끌어안았다.

"그런데 당신…… 괜찮아요?"

당이가 준형의 품에 안겨서, 조금 전 준형에게 했던 질문과 똑같은 질문을 했다.

"당신은…… 아이를 원치 않았잖아요."

"……내가 당신에게 말했었어?"

"모르겠어요. 당신이 말해서 아는 건지, 그냥 내가 알고 만 것인지, 이젠 잘 구분이 안 가요. 신기하게도 당신에 대해서는 저절로 알고 느끼게 되는 것들이 많아서요."

"그럼 지금 내 마음도 맞혀봐."

준형의 말에 당이가 얼굴을 조금 돌려, 귀를 준형의 가슴에 가까이 대었다. 마치 그 안에서 무어라 하는지 듣기라도 하는 것처럼.

"후훗. 거기서 무슨 소리가 들려?"

"네, 겁이 난대요. 무서워서 죽을 것 같대요. 그런데…… 또 좋아 죽겠다네요. 행복해서 어쩔 줄을 모르겠대요. 슬프고, 행복하고, 무섭고, 기쁘고. 마음이 온통 엉망진창이래요."

"정말 잘 아는데? 그럼…… 내가 지금 당장 무얼 하고 싶은지도 알겠네?"

준형이 당이를 안은 채 툇마루에서 벌떡 일어났다.

"안 돼요. 건넌방에 곱분 씨도 있는데……."

준형의 뜻을 알아들은 당이가 한층 더 달아오른 고개를 붕붕 저었다.

"괜찮아. 아까, 유 내관이랑 나가는 거 봤어. 즉, 지금 이 집엔 우리 두 사람뿐이라는 거."

준형의 말에 당이의 말문이 턱, 막혔다. 준형이 그런 당이를 안고 방문을 발로 차서 열고 들어갔다. 그 뒤, 마치 함부로 다루면 깨어질 무엇인가를 다루듯 극히 조심스러운 몸짓으로 당이를 이불 위에 내려놓았다. 그러는 동안 당이는 내내 앞으로 일어날 일에 대한 부끄러움으로 아무 말도 하지 못했다.

"표정이 왜 그러셔요?"

곱분은 의아하다는 듯, 제 곁의 무뚝뚝한 남자를 올려다보았다. 아까 당이에게 웬 손님이 찾아온 후 슬며시 밤 산책을 청한 유 내관이었다.

"유 내관님?"

손님이 찾아오기 전, 잠시 누군가를 만나고 온 유 내관은 애써 아무렇지 않은 척은 하고 있었지만, 무엇 때문인지 계속 심란한 얼굴을 하고 있었다.

"유 내관님?"

재차 곱분이 저를 부르자, 그제야 유 내관은 제 밤 산책의 동무를 내려다보았다.

'어차피 짐작하고 각오한 일이었잖아. 그게 뭐, 대수라고. 이렇게 흔들리는 거야. 이 여자 때문에, 그새 마음이 물러졌어? 안 지 얼마나 됐다고. 사흘이 됐어, 나흘이 됐어. 웃기잖아, 너!'

유 내관은 흔들리는 저 자신을 한껏 비웃었다. 그러면서 조금 전, 은밀히 저를 불러낸 일산이 한 말을 되새겼다.

-준형이를 위해, 아니 우리 혈족의 생존을 위해 자네가 꼭 해줘야 할 일이 있네.

부탁처럼 말했지만 그것은 어디까지나 명령이었다. 일족의 수장으로서 내리는, 유 내관으로서는 절대 거부할 수 없는, 거부해서는 안 되는 명령이었다.

제13장. 욕망의 끝

"뭐?"

하루 종일 반회를 대신했던 강회가 돌아간 후, 현은 밤늦게야 돌아온 반회에게서 뜻밖의 이야기를 들었다.

"어디를 가?"

"중국이요. 일이 끝나면 중국으로 갈 것입니다."

반회는 궁궐 안에서 있었던 일을 들려준 후, 며칠 후에 있을 작별에 대해 이야기하였다.

"누, 누구랑? 누가?"

"저희 일가 모두 함께요. 물론 준형이가 아버지의 누명을 무사히 벗겨주고 난 다음에 말입니다."

반회는 잠시 머뭇거리다가 곽 칙사에게 들은 이야기를 들려주었다.

"알고 보니 곽 칙사의 집안이 선대부터 저희 집안과 친분이 있었다더군요. 실제로 전부터 아버지께서는 당신에게 무슨 일이 있거든 준형이를 데리고 중국으로 가라 하셨는데, 알고 보니 중국에 있는 곽 칙사 집안에 미리 말씀을 해놓으셨던 모양입니다."

"과, 곽 칙사네 집안이 김 부사의 집안하고? 어떻게?"

"실은 그게…… 곽 칙사 역시 늑대혈족의 일원이랍니다."

"뭣?"

전혀 상상치도 예상치도 못한 이야기에 현의 눈이 커다래졌다. 처음 곽 칙사의 이야기를 들었을 때 반회와 준형이 그러했듯이.

"오래전 조선 땅에서의 살육을 피해 도망간 늑대혈족의 후손이라고 하더군요. 그리고 그때 곽 칙사의 선조들을 도망갈 수 있게 도와준 것이 바로 저희 집안의 선조였던 대장군 어른이었다 합니다."

소빈과 일산의 선조이기도 한 늑대여인을 구해준, 하여 실질적으로는 지금의 현이나 준형이 생명을 얻을 수 있게 한 바로 그 대장군이 곽 칙사의 선조들을 중국으로 도망갈 수 있게 도와주고, 그 후에도 정착할 수 있도록 중국에 있는 지인들을 통하여 전폭적으로 도와주었다고 했다. 그래서 그때부터 중국으로 간 곽 칙사네 집안과 김 부사네 집안은 대대로 친분을 유지하며 긴밀한 연락을 취해왔다고 했다.

"이번에 곽 칙사가 사신을 자처하여 조선에 온 것도 실은 저희 아버지를 만나 인사를 여쭙기 위해서였답니다. 그러다 도성으로 오던 중에 저희 아버지가 금자염 밀매혐의로 구금된 걸 알고 일부러 서둘러, 열흘이나 더 빨리 도성에 입성한 것이고요."

설마하니 제 눈앞에 나타난 세자가 김 부사가 부탁했던 막내공자일 줄은 꿈에도 몰랐다고, 또한 그런 세자가 자신의 목숨을 구해줄 줄은 더더욱 몰랐다면서, 곽 칙사는 보은의 기회를 달라고 했다.

이미 김 부사 집안에 진 신세가 적지 않은 데다, 자신까지 목숨을 빚졌으니 어떻게든 반드시 빚을 갚겠다고 했다. 하여 준형만이 아니라 일가족 모두가 중국으로 가자는 제의를 해온 것도 곽 칙사였다.

"그래서…… 그래서 다 함께 중국으로 가기로 했다고?"

"예, 모두가 함께 정했습니다. 밀매의 누명을 벗는다고 해도 저희 일가가 계속 이 땅에 산다면 저하와 소빈마마께 부담이 되는 일이 될 테니까요."

생각해보면 반회의 말이 맞았다.

세자이자 훗날 보위에 오를 현이 늑대혈족의 후손이라는 걸 알고 있는 이들이 모두 조선 땅에서 사라져 준다면 현이나 소빈, 그리고 일산의 입장에서는 한결 마음이 가벼워지는 일이 아닐 수 없었다.

하지만…….

"그럼 준형이도 가겠네? 준형이가 가면…… 홍 낭자도, 당이 그 여인도 가는 거겠네?"

현의 물음에 반회는 아무 답도 하지 않았다. 현이 그런 반회에게 매달려 다시 물었다.

"그 사람 어디 있는지 너는 알지? 어디 있어? 지금 어디 있는데? 이 근처에 있지? 너는 알잖아. 알려줘!"

"저는…… 모릅니다."

"거짓말!"

"정말 저는 모릅니다! 안다면 정말 저하께 가르쳐 드렸을 것입니다."

반회가 정색을 하고 힘주어 말했다.

"저하도 한 번은 홍 낭자를 만나 매듭을 지어야 그 어리석은 집착을 떨칠 수 있을 테니까요. 하지만 정말 모릅니다."

반회가 그렇게까지 말하자, 현은 힘없이 물러나 앉을 수밖에 없었다. 다른 사람은 다 몰라도, 반회는 제게 거짓을 말하지 않을 것이라 믿고 있었다.

그 무렵, 현이 있는 곳에서 겨우 골목 하나 사이에 두고 있는 낡은 초가집 앞에서는 두 남녀가 아무도 없는 밤거리에 마주 서 있었다.

"가기 싫다."

어쩔 수 없이 제가 사랑하는 여인과 제 아이를 두고 궁궐로 돌아갈 시간이 된 준형은 당이를 안은 손을 놓지 못하고 계속 미적거리기만 하였다.

"응석 그만 부리고, 얼른 들어가 봐요. 다른 사람들한테 들키기 전에."

당이가 살며시 준형의 가슴을 밀었지만, 준형은 그런 당이의 두 손을 모아 쥔 후 그 손끝에 살짝 입을 맞췄다. 그 눈에는 지독히도 아름다운 자신의 여인과, 그녀의 배 속에 있는 제 아이에 대한 무한한 애정과 감격이 가득 담겨 있었다.

"……금방 다녀올게."

"얼른 다녀와요?"

평범한 부부인 양, 일을 나가는 바깥사람과 배웅하는 안사람이 인사를 하듯, 준형과 당이가 정다운 인사말을 주고받았다. 그런 후, 미련과 아쉬움을 담뿍 안고 떨어지지 않는 걸음을 애써 움직여 몇 발자국 걸어가던 준형은 금세 후다닥 당이에게로 달려와 와락, 껴안았다.

"금방 끝날 거야! 준비는 다 해놨으니까, 며칠이면 돼. 며칠이면 모든 걸 끝낼 수 있어. 그 후론 우린 쭉 함께야! 영원히, 언제까지나!"

준형이 당이와 제 아이에게 조금은 낯간지럽고 호들갑스러운 맹세를 하였다. 모든 것을 빨리 끝내고 한시라도 빨리 돌아오겠노라고.

그리고 준형의 말대로 영천군과 경인군을 심문하고 처벌하는 일은 전례 없이 빠른 속도로 처리되었다.

다음 날. 날이 밝고 영천군과 그 아들 경인군, 그리고 나머지 일당들에 대한 국문이 열리자마자 그들이 그간 저질러온 죄상들이 속속들이 드러났다. 이유가 있었다. 일부러 누군가 짜놓기라도 한 듯 -몇몇 부분은 실제로도 그랬지만- 영천군과 경인군의 죄를 증명하는 증좌와 증인들이 일제히 쏟아져 나왔기 때문이었다.

우선, 영천군에게 극약을 지어달라는 요청을 받았다고 했던 의원의 약방에서 영천군이 나서는 걸 보았다는 증인들이 나섰다. 연화당마마님의 죽음을 숨기려 묵언수행에 들어갔던 정인사의 주지승 또한 스스로 정한 묵언의 계를 깨고, 영천군의 명을 받고 온 그림자 사내가 연화당마마님을 죽였음을 실토하였다. 물론 그런 증언들의 배후에는 사실대로 고하지 않으면 그 즉시

멸문을 시켜버리겠다는 일산이나 형조판서의 협박이 있었지만, 그 사실은 국문 장에서 결코 드러나지 않았다.

한편, 그런 증언과 증좌들 중에서 가장 놀라웠던 건, 그림자 사내의 거처에서 발견된 핏물이 든 세자 옷과 거처 그 인근에서 잡혀 온 사내의 수하가 털어놓은 증언이었다.

"네가 그날 저자의 명을 받고 저하를 시해하려 물속으로 헤엄쳐 들어가 저하의 수족을 잡고 늘어진 일당 중 한 명이 맞느냐?"

"예. 마, 맞습니다."

형판의 엄한 물음에 그림자 사내의 수하는 국문 장에 가득한 형구들을 보며 두려움에 떨면서 그날 제가 겪었던 모든 일을 털어놓았다.

"두목께서 말씀하시길 세, 세자 아, 아, 아니 저하는 헤엄을 치지 못하니 우리 다섯이 물속에서 손발을 잡고 늘어지면 자연히 죽고 말 것이라 하였습니다. 해서 명을 받은 대로 저는 세자, 아니 저하의 오른발을 잡아끌었는데 하도 완강히 발길질을 하는지라……."

사실 사내는 그날, 준형의 격한 발버둥에 목을 차여 순간적으로 정신을 잃고 강물살에 떠밀려 내려가다 어느 뱃사공이 건져줘 간신히 목숨을 부지했던 터였다.

"지난 며칠간 내내 앓느라 정신없다가 오늘 아침에야 간신히 몸을 추스를 수 있게 되어 두목을 찾아갔다 이, 이리 잡혀온 것입니다요. 흑흑."

사내는 속으로 자신의 지독한 불운함을 저주하였다. 하루만 일찍 두목을 찾아갔으면 약속했던 넉넉한 보상을 받고 도성을 뜰 수 있었을 텐데, 너무 늦게 찾아간 바람에 하필 제 두목의 거처를 뒤지던 의금부 군사들에게 잡혀온 제 지지리도 박복한 팔자를 한탄하였다.

물속에서 정신을 잃지 않았더라면 늑대의 발톱에 당해, 또 하루만 일찍 그림자 사내를 찾아갔다면 비밀을 지키려는 그의 칼에 당해, 바로 그 자리에서 목숨을 잃었을 게 분명했지만, 자신이 그리 억세게 운이 좋은 사내라는 사실은 꿈에도 알지 못했다.

사내의 증언으로 영천군이 세자를 죽이려 한 사실이 낱낱이 드러난 이후에도 영천군과 경인군의 죄상을 파헤치는 국문은 계속 이어졌다.

국문의 첫 번째 날에 영천군과 그 일당이 임금과 세자를 죽이려 한 대역죄에 대한 심문들이 이루어진 데에 반해, 두 번째 날에는 금자염의 밀매에 관한 심문 위주로 진행되었다.

이미 영천군과 경인군의 대역죄는 전날의 국문만으로도 충분히 증명되었지만, 김 부사에게 씌워진 금자염 밀매의 혐의를 완벽히 벗기기 위해 세자인 준형이 계획한 일이었다.

영천군이 금자염 밀매의 주범이라는 증좌로서 제일 먼저 영천군이 대방들에게 막대한 은자를 빌릴 때 직접 써준 수결 문서가 제출되었다. 영천군이 김 부사가 정식으로 금자염의 밀매 혐의를 받고 금부에 하옥되기 이전부터 도성 안의 거상들에게 금자염의 전매권을 걸고 은밀히 큰돈을 빌려왔음을 증명하는 증좌였다.

거기다 경인군의 사랑채 안쪽 서랍에서는 도성에 금자염이 밀매될 때 사용되었던 가짜 금자염 띠가 발견되기도 하였다. 준형의 명에 의해 부러 경인군의 사랑채를 수색할 때 몰래 심어진 가짜 증좌였지만, 그것의 진위를 의심하는 이는 단 한 명도 없었다. 왜냐하면 바로 그 직후에 국문에 불려 나온 금자도의 일꾼들 중 몇몇이 죽은 장괴라는 사내가 이전부터 섬 밖의 높으신 분에게 종종 큰돈을 받아왔음을 증언했기 때문이었다.

"장괴 어른이 종종 말했습지요. 자기 일만 도우면 얼마든지 큰돈을 벌게 해주겠다고요. 소금밭에서 죽을 똥 싸며 일해봤자 평생 김 부사네 배만 불릴 뿐이라고 하면서요."

"장괴 어른이 시키는 대로 금자염을 밀매하다 죽은 곰보 여편네가 생전에 제게 말해주었습죠. 장괴 어른이 자신의 뒷배엔 왕실의 아주 높으신 양반이 있다고 으스댔다고요."

사실 그들의 증언엔 준형도 제법 놀랐다. 그들 모두가 마치 부러 작심이라도 한 듯, 김 부사 일가가 영천군에 의해 누명을 썼음을 증명하는 듯한 증언들만 골라 하였던 것이다.

'왜지?'

제 얼굴을 아는 일꾼들에게 정체가 들킬까, 부채로 반쯤 얼굴을 가리고 증언을 듣던 준형은 도대체 영문을 몰랐다.

당이가 비록 그들의 옥바라지 아닌 옥바라지를 했다고는 하지만, 그들에게 당이 자신의 정체를 밝히지도 않았고 또한 무얼 어찌해달라 청을 하지도 않았다고 했었다. 거기다 준형이 알기로는 죽은 장괴나 곰보 여편네는 자신들의 배후에 영천군이 있음을 누구에게도 드러낸 적이 없었다.

그러니 일꾼들이 생전의 그들에게서 영천군의 이름이나 존재를 암시하는 말을 들었을 리 만무하였다.

'그런데 왜지?'

준형이 제 의문에 대한 답을 알게 된 것은, 모든 국문의 절차가 다 끝나고 난 후였다. 금자도 소금밭의 일꾼들, 특히 여자일꾼들이 금자도의 꽃공자에게 지녔던 호감은 예전부터 남달랐음을 기억해낸 준형이 부러 반회를 보내 그 속사정을 알아 오게 한 덕분이었다.

그날 밤이었다. 의금부 옥사에 다녀온 반회가 동궁전에 들었을 때 준형의 표정은 영 밝지 못했다.

"왜 그래? 일은 다 잘 처리되었는데 그 표정은 뭐야?"

"감 내관이…… 오늘내일하나 봐. 연기를 깊이 마신 게 너무 몸에 무리를 준 것 같아. 한동안은 괜찮아지는 것 같더니 갑자기 상태가 나빠졌대. 아무래도 며칠을 못 견딜 것 같다 하네."

"……저하가 아시면 슬퍼하시겠네."

"응. 감 내관도 죽기 전에 한번은 저하를 보고 싶어 할 거야. 그래서 말인데 형……."

준형이 안 그래도 작게 줄였던 목소리를 한층 더 작게 줄여, 속삭이듯 말했다.

"내일 오전이면 정식으로 영천군 부자에게 벌이 내려질 거야. 그러니 내일 밤이 좋겠어."

"뭐가?"

"다시 뒤바꾸는 거."

"벌…… 써? 너무 서두는 거 아냐?"

"서둘긴. 저하가 말한 대로 이제 이 궁궐 안에서 저하를 위협할 사람은 없어. 그러니 이제 각자의 자리로 돌아가야지. 이틀 후면 보름이야. 그전에 나는 당이와 함께 먼저 도성을 빠져나가야만 해."

"그, 그럼 어떻게 다시 바꿀 건데?"

반회가 여전히 당이에 대한 어리석은 집착을 떨치지 못하고 있는 가엾은 세자를 떠올리며 준형에게 물었다.

"유 내관을 시켜 비밀리에 감 내관의 집으로 모셔오라고 해. 나도 감 내관의 병문안을 간다는 핑계로 잠행을 나가 그 집으로 갈게. 세자와 감 내관의 각별한 관계를 아는 궁인들이 많을 테니 딱히 많이 수상히 여기지는 않을 거야."

순간적으로 떠올린 계획이었지만 준형은 말을 하면서 점점 제 계획에 더 확신을 느꼈다.

"그래! 그러면 다시 바뀐 세자가 나와 좀 다르더라도 얼마든지 핑계를 댈 수 있어. 평생을 곁에서 지켜온 사람이 생사를 헤매고 있는 데다, 영천군과 경인군의 일을 마무리했으니 그 피로감에 다시 병세가 도졌다고 해도 말이 되잖아. 안 그래, 형?"

"……그래. 말은 되겠지."

하는 수 없이 반회는 그리 내키지 않는 표정으로 그러마- 하고 답했다.

"참, 알아봐 달라는 건? 뭐래? 왜 다들 그런 거짓말을 했대?"

"……홍 낭자한테 은혜를 갚으려고 그랬대."

"무슨 소리야? 당이 그 사람은 자기 정체를 안 밝혔다고 했는데? 그래서 일부러 그런 변장까지 했는데……."

"숨긴다고 숨겼는데도 며칠 안 돼서 다들 눈치챘나 봐."

한동안 한솥밥을 먹고, 함께 소금밭 일을 해온 사이니 어쩌면 너무도 당연한 일일 것이었다.

"물론 그들은 어디까지나 금자도 막내공자인 너의 정혼녀로서 자신들에게 선심을 베풀었다고 생각한 것 같지만."

일꾼들도 처음엔 당이의 진심을 오해하였다고 했다. 변장까지 하고서 매일처럼 옥사로 찾아와 소금기가 느껴지는 주먹밥에, 섬에서도 쉽게 먹지 못했던 고기 반찬들까지 챙겨다 주는 모습에 분명 다른 뜻이 있을 것이라 생각한 모양이었다.

"그래, 한번 속아주마. 언제 네 본색을 드러내서 김 부사 집안을 위해 거짓 증언을 해달라 말할지 두고 보자, 다들 그렇게 생각했나 봐."

하지만 아무리 기다려도 딱히 김 부사를 위해서 거짓 증언을 해달라 요구하지 않는 당이의 모습에 다들 마음이 조금씩 달라졌다고 했다.

특히 옥사에 구금된 다른 죄인들이 죄다 배앓이며 설사까지 하면서 턱턱, 나가떨어지는 가운데 자신들만 아무 이상이 없었던 것이 모두 당이 덕분임을 알고는 새삼 뼛속 깊이 고마움을 느꼈던 듯했다. 해서 일꾼들끼리 입을 맞춰 다 같이 거짓증언으로 김 부사를 살리기로 했다는 것이다.

"그들이 나한테 그러더군. 아버지나 우리 삼형제한테도 적잖은 고마움을 느끼고 있긴 하지만, 자신들이 국문 장에 나가 목숨을 걸고 거짓말까지 한 건, 어디까지나 자신들을 보살펴 준 홍 낭자에게 은혜를 갚기 위해서라고."

일꾼들의 이야기를 전하며 반회는 조금 멋쩍게 웃었다.

자신이 준형에게만 맡겨두고 거의 두 손을 놓고 있는 동안, 당이가 한 행동에 괜히 저 자신이 민망하고 부끄러워졌기 때문이었다.

"이러면 홍 낭자가 우리 집안과 아버님을 구한 게 되는 건가?"

"조금은?"

준형은 괜히 별거 아닌 척 그리 말했지만, 실은 누구보다 똑똑하고 너그러운 제 여인을 세상 온 천지에 자랑하고 싶은 마음밖에 없었다. 당장이라도 이대로 뛰어가 덥석 당이를 안고 싶어 가슴이 벅찼다.

그 뿌듯하고 자랑스러운 마음이 고스란히 드러난 준형의 얼굴을 보고, 반회는 부러움과 씁쓸함을 안고 조용히 동궁전에서 물러나왔다.

시간은 흘러, 누군가에게는 절대로 잊지 못할 운명의 밤이 되었다.

유 내관이 현을 데리고 감 내관의 집으로 가자며 길을 나선 그때, 일산은 여느 때보다 훨씬 더 무뚝뚝한 얼굴로 제 누이의 처소인 양의당에 들었다.

"어서, 어서 오너라. 내 너를 한참이나 기다렸어. 그래, 일은 어찌 잘 마무리되었느냐? 영천군, 영천군이랑 경인군은 어찌하기로 되었니?"

꼼짝 않고 이틀 내내 양의당에 갇혀 있었던 소빈이 여전히 화가 풀리지 않은 것만 같은 제 아우의 눈치를 살피며 국문의 결과를 물었다.

"경인군은 강화도에, 영천군은 흑산도에 위리안치 될 것입니다. 다만 그 가솔들은 대역죄에 직접 연루된 사실이 없음을 인정받아 그 가산만 몰수하고 도성 밖으로 나가 사는 것으로 결정되었고요."

일산이 제 표정이 드러나지 않도록 눈을 내리깐 채 소빈의 궁금증을 해결해주었다.

"다행히 준형이가 미리 형판이랑 대사헌과 대사간을 구슬려놓은 덕분에 일사천리로 끝낼 수 있었습니다."

"왜, 참수를 시키지 않고! 그것들이 전하를 시해하려 하였다! 내게 그 죄를 뒤집어씌워 죽이려 하였어. 거기다 세자까지……! 아니, 아니 급할 건 없지. 나중에 현이가 보위에 오르면 그때, 그때 모두 죽이면 돼."

흥분하여 목소리를 높이다말고 소빈이 스스로를 가라앉혔다. 그러다 문득 생각이 난 듯 중전에 대해 물었다.

"중전은? 중전은 어찌 처결하기로 하였느냐?"

"중전마마에 대해서는 그 어떤 논의도 없었습니다."

물론 그것도 준형이 미리 중신들과 입을 맞춘 결과였다.

"논의가 없었다니?"

멍한 얼굴로, 믿기지 않는다는 듯 소빈이 되물었다.

"이제껏 중전이 영천군과 짜고 세자와 나를 음해하려 한 것을 온 세상이 다 알거늘, 이제 와 중전의 죄를 덮어주겠다?"

기가 막힌다는 얼굴로 소빈이 일산에게 따졌다.

"준형이가 그리한 것이지? 그리하자 한 것이지? 중전과 한패가 된 양, 아주 자알 하였다. 괘씸한 놈."

소빈이 준형에 대한 욕설을 내뱉는데도 일산의 얼굴에는 그 어떤 표정도 나타나지 않았다. 다만 그대로 눈을 내리깐 채 감정이 느껴지지 않는 말투로 중전의 편을 들었을 뿐이다.

"영천군이 사신단의 환영연에서 일을 벌일 것을 경고해주신 것이 바로 중전마마가 아니십니까? 거기다 실제로 중전마마께서는 영천군이 전하께 독을 먹인 일이나 누님께 한 일에 조금도 관여하지 않으셨습니다. 그러니 무슨 죄를 어찌 논할 수 있겠습니까?"

"그래도, 그래도……."

"그보다 누님."

계속 아래로 향해 있던 일산의 눈꺼풀이 조용히 들어 올려졌다. 그런 일산을 본 소빈은 흠칫 놀라 잡고 있던 일산의 손을 놓고는 급히 물러나 앉았다.

"왜, 왜? 뭐, 무슨…… 다른 할 말이라도?"

"중전마마 말고…… 달리 죄를 논해야 할 사람이 있어서요. 누군지 누님도 아시겠지요?"

말을 하는 동안 일산의 소매 안에서 무엇인가가 일산의 손바닥으로 스르륵, 소리도 없이 떨어져 내렸다. 순간, 소빈은 비명을 지르려 크게 입을 벌렸다. 소빈의 본능이 소빈에게 위험하다고 알리고 있었다.

빨리 비명을 지르라고, 빨리 자리를 박차고 일어나라고, 빨리 방문 밖으로 뛰쳐나가라고,

그래야 한다고, 그래야 산다고 열심히 알려주고 있었다.

하지만…… 소빈의 입에서 채 소리가 나올 틈도 주지 않고 일산은 야수와 같은 몸놀림으로 빠르게 소빈을 덮쳤다. 한 손으로는 재빨리 소빈의 입을 틀어막고, 다른 한 손에 쥔 날카로운 단검을 그대로 소빈의 가슴에 찔러 넣었다. 그야말로 눈 깜빡할 사이에 벌어진 일이었다.

'윽! 왜, 일산아, 네가 왜……'

소빈이 소리가 나오지 않는 입으로 아우에게 물었다. 일산이 무섭도록 흔들림 없는 눈빛으로 그 물음에 답했다.

'누이. 이건 모두 누이가 저지른 죄의 대가야. 임금의 아들을 죽이려 한 죄, 친아들을 죽이려 한 죄, 감히…… 늑대혈족을 죽이려 한 죄. 그리고 우리 혈족을 모욕한 죄. 그러니 그 누구도 원망할 거 없어.'

'안 돼. 안 돼! 세자는…… 우리 세자는……'

문득 소빈의 가슴이 한 번 크게 움찔거렸다. 마치 눈앞에 현이 있기라도 하듯 손을 들어 올리려 안간힘을 쓰는 것 같았다.

"현아……. 전하! 전하아!"

소빈의 마지막 외침이 속삭임이 되어 나왔다. 그리고 이내 모든 생명의 기운을 잃은 소빈의 고개가 힘없이 툭, 옆으로 늘어졌다.

'잘 가요, 누이.'

소빈에게 말없이 작별인사를 건넨 일산은 소리를 내지 않도록 조심하며 소빈을 보료 위에 반듯이 눕혔다. 누가 보아도 스스로 자결한 것처럼 보일 수 있도록, 힘없이 늘어진 소빈의 두 손을 잡아 가슴에 박힌 칼자루를 쥐게 하도록 조치하였다. 차갑게 식어가는 얼굴 위에 붙은 흐트러진 머리카락들을 얌전히 쓸어 넘겨준 후, 방 안의 불이란 불을 모두 끄고선 조용히 방을 물러나왔다.

"마마께서는 머리가 아프다며 누우셨다. 그대로 주무시고 싶다며, 아무도 방해하지 말라고 하셨다. 그러니 너희도 쥐 죽은 듯 조용히 있거라."

일산은 양의당의 궁인들에게 그리 알린 후, 별로 서두르지도 않는 걸음으로 천천히 궁궐의 마당을 가로지르기 시작하였다.

제14장. 늑대와 반려

"중전마……!"

"쉬잇!"

대낮이었다. 전혀 예상치 못한 갑작스러운 임금의 등장에 놀란 중궁전의 젊은 궁녀가 허둥지둥 허리를 굽히고선 방 안에 있는 중전에게 임금의 방문을 알리려 하였다. 젊은 임금은 그런 궁녀를 말리듯, 얼른 손가락을 입술 위에 세워 조용히 하라는 뜻을 비친 후, 가볍게 손을 흔들어 주변에 있는 모든 궁인들을 조금씩 뒤로 물러나게 하였다.

이어 임금은 자신과 중전의 사이를 가로막고 있는 방문 옆에 비스듬하게 서서, 안에서 흘러나오는 이야기들을 듣기 시작하였다.

"싫어요. 어마마마는 정말! 매번 오라버니만 예뻐하고, 흥! 이따가 아바마마 오시면 다 이를 거예요!"

"해인이, 이 바보."

"뭐, 바, 바보? 오라버니!"

"그래, 이 바보야. 아바마마가 잘도 네 편 들어주시겠다. 아바마마께선 우리 둘을 합친 것보다 어마마마를 더 아끼신다고. 아직도 그걸 몰라?"

"아, 아니다, 뭐. 아바마마가 전에 그러셨다? 이 세상에서 해인이가 제일 예쁘다고?"

방 안에서는 한창 한날한시에 태어난 아이들이 서로 한마디도 안 지려고 콩닥콩닥 말싸움을 하고 있는 중이었다.

아이들 특유의 조금은 높고, 시끄러운 말소리였지만, 방문 앞에 선 임금의 귀에는 그 말소리들이 세상의 그 어떤 위대한 악공이 들려주는 음악보다도 더 아름답게 들렸다.

하지만 금방 이어진 말소리에 임금은 더는 자신이 가만히 엿듣고 있을 수만은 없다는 걸 깨달았다.

"해인아. 다시 한 번 말해보려무나. 아바마마가 무얼 어쩌셨다고?"

딸에게 묻는 중전의 목소리는 다정하기 그지없었지만 그 목소리 안에 살짝 가시가 돋쳐 있는 것을 임금은 알 수 있었다. 그래서 서둘러 제 손으로 직접 방문을 활짝 열어젖힌 뒤 방 안으로 뛰어 들어갔다.

"당이…… 아니, 아니. 중전. 중전? 내 말 좀 먼저 들어주시겠소?"

"아바마마!"

두어 달 후면 동시에 여덟 살이 되는 세자와 공주가 임금의 등장을 반기며, 와락 덤벼들어 양쪽에서 임금의 허리를 붙잡고 늘어졌다. 물론 그러고서도 두 아이의 다툼은 조금도 멈출 기미를 보이지 않았다. 서로 아비의 허리를 붙잡고 있는 상대의 손을 떼어놓으려 작은 몸싸움까지 서슴지 않았다.

"놔아?"

"오라버니나 놓으셔. 흥! 아바마마! 있잖아요. 어마마마가 또 저만 빼고 몰래 오라버니하고만 속닥거린 거 아세요? 아무래도 어마마마는 제가 미우신가 봐요."

"알지도 못하면서? 아바마마! 해인이 좀 어떻게 해주세요. 아까부터 괜히 저러잖아요. 정 안되면 금자도로 확 보내버리시든가요."

"너어!"

제 오라비의 말에 해인이 씩씩거리며 세자에게 눈을 흘겼다.

"너어? 너 지금 네 오라버니에게, 세자인 나에게 너라고 했느냐?"

"오라버니면 오라버니답게 행동하시든가요. 흥! 세자면 뭐합니까? 하나밖에 없는 이 누이동생을 맨날 핍박만 하시면서?"

일곱 살짜리답지 않게 한껏 비꼬는 말투로 제 오라버니를 놀리는 공주가 귀여워 피식 웃음을 터트리다 말고 임금이 얼른 중전의 눈치를 살폈다.

임금을 맞아, 제자리에서 벌떡 일어서긴 했지만 중전은 무언가 물을 것이 있다는 눈빛으로 새침하게 임금을 노려보고 있었던 것이다.

"아, 아냐. 나, 안 그랬어. 정말 안 그랬어."

임금은 두 손바닥을 들어 보이며 제 결백함을 주장하였다.

"당신, 날 몰라? 나한테 제일 어여쁜 건 당연히 당신이지! 왜, 못 믿겠어? 그럼. 하늘에 대고 맹세할까? 아님 땅에 대고 맹세할까? 무엇으로 맹세하면 믿을 건데?"

"아, 아바마마?"

아비의 허리를 붙들고 있던 어린 공주가 서운함을 감추지 못하고, 어미를 닮아 유난히 동그랗고 큰 눈에 눈물을 가득 담고선 임금을 올려다보았다.

"흑! 지난번에 분명…… 저한테 그러셨잖아요. 세상 무엇보다 해인이가 예쁘다고. 어마마마보다 해인이가 열 배는 더 곱다고 하셨으……. 으에에엥!"

울먹울먹하면서 아비에게 따지던 공주가 기어이 울음을 터트리며 저를 배신한 아비의 허리를 놓고선 화다닥, 방문 밖으로 뛰어나갔다.

"고, 공주마마! 뛰지 마시옵소서. 공주마마!"

방 한구석에 얌전히 허리를 숙인 채 소리도 내지 않고 몰래 웃고만 있던 공주의 보모상궁과 나인들이 얼른 그런 해인을 뒤쫓아나갔다.

허나 세자가 그들보다 더 빨랐다. 바로 좀 전까지 싸우기까지 했으면서, 괜히 저도 서러운 얼굴이 되어 원망스럽게 제 아비를 한 번 노려본 후, 공주가 그랬듯, 아니 그보다는 훨씬 더 빨리 후다닥 방을 뛰쳐나갔다.

"해인아! 같이 가! 해인아!"

그런 세자의 뒤를 이번엔 세자궁의 궁인들이 줄지어 따라나섰다.

"세, 세자저하! 뛰지 마시옵소서! 저하?"

모두들 그리 우르르 나가고 나니 이제 넓디넓은 중전의 방 안에는 만개한 꽃처럼 나날이 아름다워져만 가는 중전과 난처한 웃음을 깨물고 있는 젊고 잘생긴 임금만 남았다.

"나도…… 나가서 쫓아야 하나?"

준형이 아직도 쌜쭉한 얼굴을 하고 있는 당이의 눈치를 보며 물었다.

"둘만 남았으니 이젠 사실대로 말씀하시죠. 정말로 공주한테 세상에서 제일 어여쁘다고 그리 말씀하셨어요?"

준형은 쉽게 답할 수 없는 질문에 난처한 얼굴이 되어, 제 딸아이가 뛰쳐나간 방문과 제가 세상에서 가장 사랑하는 여인을 번갈아 보았다.

"……그게, 있잖아."

"하아. 내 이럴 줄 알았지요. 언제고 이런 날이 올 줄 알았다고요. 하긴 아직 눈도 못 뗀 갓 태어난 아이를 보고 아무에게도 시집보내지 않겠다며 펑펑 우셨던 당신이니 오죽하시겠어요."

준형의 얼굴이 당황하여 점점 더 벌겋게 물드는 것을 보고 당이가 홱, 등을 돌렸다. 자꾸 웃음이 나오려 하는 얼굴을 감추기 위해서였다.

"얼른 가보셔요. 눈에 넣어도 안 아픈 공주가 저리 울며 갔으니 지금 전하의 속이 얼마나 쓰리시겠어요?"

"중전……."

준형이 삐친 제 여인을 달래기 위해 동그란 어깨에 손을 올렸다. 당이가 그런 제 남자의 손을 어깨를 흔들어 뿌리쳤다.

"어렵게 대비마마를 설득하여, 저를 중전으로 맞으실 때 무어라 맹세하셨습니까? 세상 그 어떤 여인보다, 세상 그 어떤 꽃보다, 나를 더 어여쁘게 보겠다고, 내가 쉰 살이 되건, 백 살이 되건 처음 본 그날처럼 나만 어여쁘게 봐주겠…… 어머!"

준형을 놀리는 데 재미를 들여 쉴 새 없이 재잘대던 당이의 얼굴이 어느 순간, 새빨갛게 물들었다. 등 뒤에서 살포시 당이를 감싸 안은 준형이 저고리 목깃 위로 길게 뻗은 새하얀 목에 진하게 입술을 눌러온 때문이었다.

"이러지 마시어요. 대낮입니다."

"응. 그래서 뭐? 내가 임금인데, 누가 뭐래."

"아, 아이들이…… 세자와 공주가 돌아오면 어쩌려고요?"

당이는 수줍게 몸을 뒤틀었지만 조금 전처럼 준형을 뿌리치지 않았다. 대신 옆으로 길게 목을 뻗어, 준형의 입술이 조금 더 원활히 움직일 수 있도록 도왔다.

"괜찮아……."

제품에서 점점 흐트러지고 있는 당이를 감싸 안은 채, 목과 어깨를 오가며 입술 인장을 찍는 중간중간 준형이 말했다.

"해인이는 당신을 닮아서 아주 고집이 세거든. 아무리 융이라 해도 쉽게 달래진 못할 거야. 거기다 이미 밖에서는 우리가 무얼 하고 있는지 눈치채고 있을 텐데 감히 세자와 공주를 이 안에 들이겠어? 나한테 죽으려고?"

새하얀 목만으로는 만족할 수 없어진 준형이 당이를 돌려세우고는 성급하게 당이의 입술에 달라붙었다.

"알지? 이틀 후면 보름이라는 거. 그리고 보름을 코앞에 둔 나는 절대 쉽게 진정되지 않는다는 거."

다 알지 않느냐는 듯 준형이, 백성들의 사랑과 존경을 한 몸에 받고 있는 젊은 임금이 은근하게 눈을 빛내며 저의 아름다운 중전의 품을 파고들었다.

그리고 언제나 그랬듯 당이는 치맛자락 안으로 파고드는 준형을 절대 거부하지 못하였다.

그로부터 얼마나 시간이 지났을까?

중전의 방 안을 가득 채웠던 거칠어진 숨소리들이 마침내 고요함을 되찾아갈 때 준형의 품에 안겨 누워 있던 당이가 물었다.

"그런데 낮부터, 중궁전엔 웬일이세요?"

"아……."

당이의 물음에 몽롱한 여운에서 깨어난 준형이 반쯤 몸을 일으켜, 팔로 고개를 괴고는 당이를 내려다보며 말했다.

"내일 무진이랑 반회 형이 입궁할 거야."

"금자염을 가지고요?"

"응. 이번엔 특별히 더 상질의 것을 갖고 온다고 전갈이 왔어."

"그러고 보니 부정 어른의 가족이 금자도로 내려간 게 벌써 칠 년쯤 전이던가요?"

"맞아. 내가 막 즉위하였을 무렵이었으니까."

칠 년 전, 준형의 친부인 임금은 의식 한 번 돌아오지 못한 채 그대로 승하하였다. 당이와 김 부사 가족들과 함께 중국으로 떠나겠다는 각오가 무색하게 준형이 궁으로 돌아온 지 채 여섯 달이 지나지 않아서였다.

그 당시의 환궁은 준형으로서는 정말 어쩔 수 없는 선택이었다.

왜냐하면 각자 본래의 자리로 되돌아가기 위해 감 내관의 집에서 만나기로 한 현과 유 내관이 도무지 나타나지 않았기 때문이었다. 오히려 날이 새도록 애가 타게 기다린 준형에게 나타난 건, 소빈이 자결하였다는 비보를 가지고 온 동궁전의 내관이었다.

하여 준형은 이를 악물고 궁궐로 돌아갈 수밖에 없었다.

현이 사라진 이상 준형이 세자였으니까. 현이 무사히 돌아올 때까진 준형이 대신 그 자리를 지켜야 한다고 일산이 사정하고 강요했기 때문이었다.

해서 준형은 도망가겠다던 뜻을 굽혀야만 했다.

"저하께서 돌아오실 때까지입니다. 그 후에는 뭐라고 붙들어도 절대 안 있어요!"

하지만 금세 찾을 수 있을 것 같던 현과 유 내관은 준형이 환궁하고 여섯 달 후, 임금이 승하하는 그 순간까지도 그 행방이 밝혀지지 않았다. 김 부사와 강회가 사병들을 풀어 은밀히 유 내관을 수소문해보았음에도 그 같은 이들을 본 사람이 없었다.

다만, 유 내관이 살아 있으리란 심증만 있었다. 그들이 사라지고 한 달쯤 지났을 때, 당이가 정신이 나간 제 어미를 돌보는 걸 돕던 곱분이 갑작스레 사라졌기 때문이었다. 곱분에 대해서는 준형도 당이에게 들어 알고 있었다. 사라질 그 무렵, 유 내관이 곱분에게 조금 특별한 시선을 주고 있었다는 것도, 그러면서도 내관이라는 제 처지에 비관하여 지레 마음을 접으려 하고 있었다는 것도 들었다. 그런 곱분이 사라졌다. 그것도 당이가 시장에서 잠시 한눈을 파는 그 짧은 시간 동안, 연기처럼 혹.

준형은 그것을 유 내관의 소행이라 미루어 짐작하였다. 또한 그것이 유 내관의 소행이라면 현이 사라진 것도 유 내관의 소행이며, 이는 누군가에게서 명을 받아 행한 일이 틀림없다고 확신하였다.

해서 준형은 임금이 승하하자마자, 아비이자 임금을 여읜 경황없는 와중에도 일산을 불러다 명을 내렸다.

가족들을 모두 데리고 금자도로 내려가라고.

"왜? 왜입니까! 저하의 곁에는 제가 있어야 합니다. 이제 보위에 오르실 텐데 제가 지켜드려야지요. 저 말고 저하의 사람이 되어줄 이가 또 누가 있단 말입니까?"

"그래도 내려가세요. 제가 왜 이러는지는 강 부정이 더 잘 아실 거라 생각합니다."

준형은 조금의 너그러움도 보이지 않고 일산에게 말했다.

"알다니……. 설마 이러시는 건, 누님의 죽음이 제가 한 짓이라고 생각하시기 때문입니까?"

"맞아요."

488

준형은 제 의심을 군이 숨기려 하지 않았다.

"저는 강 부정을 의심하고 있습니다."

"저하! 몇 번이고 말씀드렸지 않습니까? 제가 양의당을 나올 때까지는 살아 계셨다니까요. 누님께서는 당신께서 저지른 일의 죄책감으로, 전하를 자신의 손으로 해칠 뻔한 것에 대한 죄책감으로 자결을 하신 것입니다."

일산은 억울하다는 듯 목에 핏대를 세웠지만 침착하게 일산을 마주 보는 준형의 얼굴은 단호하기만 하였다.

"어머님께서 죄책감 따위로 자결을 하실 분이 아니라는 건, 저나 강 부정이나 아주 잘 알지요."

"저하!"

"거기다 하필 어머님이 죽은 바로 그날 밤."

준형이 한껏 목소리를 낮추어 혹시나 소리가 새어나올 것을 경계하였다.

"그분이 사라지셨습니다. 그분을 내게 데리고 오기로 한 유 내관도 사라졌고요. 거기다 그 얼마 후에는 유 내관이 남다른 감정을 보였던 곱분이라는 여인도 사라졌습니다. 이게 정말 자연스러운 일입니까?"

저를 다시 궁궐로 돌아올 수밖에 없게끔 만든 일련의 일들을 떠올리며, 준형은 분노로 새파랗게 눈을 빛냈다.

"말씀하세요. 유 내관에게 무슨 명을 내렸습니까? 그분을 어찌하라 한 것입니까? 설마…… 죽여 아무도 모르는 곳에 숨기라 하였습니까? 당이, 그 사람의 아우처럼 말입니다."

용이에 대한 이야기가 준형의 입에서 나오자, 일산의 눈빛이 아주 조금 흔들렸다. 설마 그 일까지 저를 의심하고 있을 줄은 몰랐던 것이다.

'아냐. 아무리 의심해본들 아무 증좌가 없으니 소용이 없다.'

일산이 금세 침착함을 되찾고 제 억울함을 호소하였다.

"하! 이젠 그것까지 제가 한 짓이라고요? 왜 이러십니까? 아니라고 몇 번을 말씀드려야 믿으시겠습니까? 제가 아닙니다. 백 번, 천 번, 만 번을 물으셔도 저는 모르는 일입니다."

일산이 더는 가만히 참고 들어줄 수 없다는 듯, 자리를 박차고 일어났다.

하지만 이어진 준형의 말에 일산은 잠시 제자리에서 얼어붙고 말았다.

"그럼 아실 때까지 금자도로 내려가 있으세요. 이건 부탁도, 권유도 아닙니다. 정식으로 명을 내리는 것입니다. 모든 걸 말씀하고 싶어질 때까지 단한 발자국도 섬 밖으로 나오지 마세요."

"……저하!"

"정식으로 금부에 회부하길 원하시는 게 아니면 잠자코 명을 따르세요!"

준형의 태도는 바늘 하나 비집고 들어갈 틈이 없이 완강하기만 하였다.

준형의 차갑게 얼어붙은 얼굴에는 다른 어떤 의견도 용납하지 않겠다는 뜻이 분명하게 새겨져 있었다. 그러니 일산은 자신이 져야 하는 일임을 깨닫게 되었다.

"알았습니다. 그리하지요. 단, 아무리 기다리셔도 저하께서는 결코 원하는답을 듣진 못하실 겁니다. 그러니 언제고 마음이 풀리시거든 불러주시지요. 완전히 그리고 완벽하게 저하의 편이 되어줄 수 있는 건, 저밖에 없음을 명심하시고요."

그리고 그날 이후 일산은 지금까지 자신이 말한 대로 끝끝내 입을 열지 않고 있었다. 아마도 십중팔구는 죽을 때까지 유 내관에게 무어라 명을 내린 것인지, 세자를 어찌하라 한 것인지 입을 다물 게 틀림없었다.

"그래도 뜻밖이었어. 외숙이 전국 각지에 흩어져 있는 늑대혈족들을 금자도로 불러들여 소금밭 일을 익히게 한 건."

그것은 준형이 즉위하고서 얼마 안 돼, 대대로 내려져오던 늑대 사살령을 공식적으로 폐지시킨 이후의 일이었다.

"그분도 그분 나름대로 혈족이나 당신을 아끼시는 걸 거예요."

"그럴지도."

준형이 말끝을 흐렸다. 비록 그런 어머니에 그런 형이었지만, 제 어머님을 죽이고, 쌍둥이 형까지 죽였을지도 모르는 일산에 대해서는 아무리 애를 써도 곱게 생각되지가 않았다.

"그럼…… 이제 그만 섬에서 나오게 허락해주시지요? 아무리 그래도 칠 년이나 섬에서 못 나오게 하는 건 너무 가혹하잖아요."

"……조금만, 조금만 이따가."

"전하?"

"……함경도 어디쯤에서 유 내관과 비슷한 용모를 가진 자를 봤다는 사람이 있어. 발을 저는 여인과 검은 삿갓을 쓴 사내와 함께 움직이고 있다나 봐. 그 때문에 사실은 강회 형님이 지금 함경도 쪽으로 가고 있는 중이고."

"정말이요? 잘됐다아."

내내 걱정하던 곱분과 유 내관이 살아 있을지도 모른다는 소식에, 거의 칠 년 만에 처음 듣는 이야기에 당이는 눈물까지 글썽이며 기뻐하였다.

"꼭 찾았으면 좋겠네요. 아니, 무사히 살아 있는 것만이라도 확인됐으면 좋겠어요."

"너무 기뻐하는 거 아냐?"

당이가 기뻐하는 게 현 때문이 아닌 걸 알면서도 준형은 괜한 질투를 숨기지 못해 짐짓 삐친 얼굴을 하였다. 좀 전에 방을 뛰쳐나간 제 딸아이와 똑같은 표정이었다.

"읏!"

그런 준형의 입에서 낮은 비명이 터져 나왔다. 당이가 준형의 코를 한껏 힘주어 비틀었기 때문이었다.

"어허, 중전! 어찌 이러시오. 임금의 용안에 함부로 손을 대면, 폐출이란 걸 몰라 이러시오?"

당이의 손을 떼 낸 준형이 빨개진 코끝을 쓱쓱, 문지르며 하나도 무섭지 않은 얼굴로 책망을 하였다.

"그래요? 그럼, 이러면요?"

상대가 한번 도발하면 절대로 제 쪽에서는 물러나는 일이 없는, 일국의 중전이 날씬하게 뻗은 두 팔로 임금의 목을 휘감았다.

그러고선 조금 전, 이불 안에서 임금이 그러했듯, 임금의 이마와 눈썹, 콧등, 뺨, 입술, 턱 위에 연신 제 입술 인장을 찍기 시작하였다.

"횟수 잘 세요. 몇 번 쫓겨나야 하는지 알아야 하니까."

중전은 임금이 종종 저를 약 올리고 도발할 때 그러하듯 한쪽 눈썹을 높게 들어 올리며 지극히 감미롭게 속삭였다.

"그래. 그래서 보름날 밤이 되면 아바마마랑 네 오라버니는 잠시 궁궐 밖으로 나갈 수밖에 없었던 것이야."

분주했던 낮이 지나고, 고요한 밤이 스며들었다.

임금과 중전, 그리고 세자와 공주는 모처럼 궁궐 뜰에 마련된 정자에 앉아 새삼스럽게 고즈넉한 밤 풍경을 즐기고 있었다.

아스라한 달빛을 받으며, 당이는 아직도 낮의 일로 단단히 삐쳐 있는 제 어린 딸을 안고서 지금 막, 임금과 세자에 대한 비밀을 들려준 참이었다.

"알겠니? 이건 누구에게도 발설해서는 안 돼. 이젠 공주 너도 비밀을 지킬 수 있는 나이가 되었다 싶어 알려주는 것이야. 그러니 명심하렴. 절대로, 아무에게도 말해서는 안 돼."

당이의 말에 어린 공주가 휘둥그레진 눈으로 제 곁에 앉아 있는 아비와 오라버니를 돌아보았다.

"해인아……."

순간, 준형은 겁이 났다. 딸아이가 어떻게 반응할지 몰라 겁나고 두려웠다. 처음 융이에게 제 몸에 대한 진실을 들려줄 때랑은 또 달랐다. 만약 해인이가 저를 무서워하면, 끔찍하게 여기면 어째야 하나 도무지 가늠이 되지 않았다. 슬쩍, 고개를 들고 준형 자신을 올려다보는 아들 융을 보니 더더욱 그랬다. 융이의 얼굴 또한 제 동생이 어찌 반응할지 몰라 잔뜩 겁먹은 것처럼 보였다.

'너무 일찍 털어놓은 건 아닐까?'

준형이 눈으로 당이에게 물었다.

당이가 가만히 고개를 저어, 제 남편에게 용기를 주었다.

그 용기에 힘입어 준형은 조심스럽게 딸아이에게 말을 걸었다.

"공주. 해인아, 나는……."

"알았어요."

준형의 말이 채 끝나기 전에 해인이 태연하게 고개를 끄덕였다.

"응?"

"비밀이란 말씀이시죠? 그럼 지킬게요."

"그게…… 다야?"

"그럼요?"

"정말 괜찮아?"

"뭐가요?"

"나하고 네 오라버니가 한 달에 한 번……."

너무도 아무렇지 않은 반응에 아이가 방금 제 어머니가 말한 이야기를 다 알아들은 것이 맞나 싶어 준형이 다시 한 번 확인차 물으려 할 때였다.

"아바마마!"

해인이 아이다운 조금 과장스러운 태도로 좌우를 두리번거리더니 얼른 준형에게로 달려들어 제 손을 펼쳐 준형의 입을 막았다.

그러고선 눈을 동그랗게 뜨고 준형에게 경고하였다.

"어마마마가 말씀하셨잖아요. 비밀이라고요. 하여튼 아바마마는? 안 되겠어요. 어마마마. 앞으로는 제가 아바마마하고 오라버니 곁에서 계속 비밀을 잘 지키시나 어떠나 감시해야겠어요."

"풋…… 그래. 그러려무나. 역시 우리 공주는 정말 똑똑하다니까?"

흐뭇함과 사랑스러움에 웃음을 터트린 당이는 반쯤 얼이 빠져 있는 부자(父子) 대신 귀엽고 현명한 제 딸아이의 동그란 엉덩이를 툭툭 쳐주며, 칭찬을 아끼지 않았다.

그로부터 반 시진 후.

"늑대혈족들은 일생 단 하나의 반려만을 맞는단다. 반려 이외에는 그 누구도 사랑할 수 없는 것이 늑대혈족의 피를 타고난 자의 운명이란 거지."

어느새 자신들의 품 안에서 꾸벅꾸벅 졸고 있는 아들, 딸을 보며 당이는 자장가인 양 늑대혈족의 이야기를 전해주고 있었다.

"으흠…… 그럼 반려는 어떻게 만나죠?"

이미 반쯤 잠의 세계에 빠져들어서인지 세자 융이 웅얼거리는 목소리로 당이에게 물었다.

"만약 만났는데도 못 알아보면 어떡하죠? 그럼 평생 아무도 사랑할 수 없게 되는 건가요?"

"아니, 그런 일은 없어."

준형은 해인을 안고서 흔들흔들 몸을 움직이고 있는 제 아내를 보며 아들의 물음에 답하였다.

"넌 결국엔 네 반려를 알아보게 될 것이야."

"왜요? 어떻게요? 늑대의 반려에게는 무슨…… 표식이라도 있나요?"

잠든 줄 알았는데 어느새 반짝 눈을 뜬 해인이 호기심에 가득 찬 얼굴로 준형에게 물었다.

"아니. 그런 건 없어."

아직도 발목에 흐릿한 멍을, 이제는 별다른 아픔도 주지 못하고 있는 낙인을 간직하고 있는 당이가 대신 답했다.

"마음이 시키는 대로 해. 틀릴 것을 겁내지 마. 얼마든지 망설이고 흔들려도 돼. 그렇게 무수히 많은 고민과 혼란과 잘못된 선택들이 언젠가는 너희에게 진짜, 진짜 운명의 반려를 알려줄 테니까."

당이는 여전히 저를 처음 만난 그때처럼 뜨겁게 바라보고 있는 준형을 향해 보름달만큼이나 크고 환한 미소를 지어 보여주었다.

반려, 운명, 그런 말에 휘둘리지 않고 제 손으로 직접 선택한 남자였다.

아프고, 번민하고, 망설이고, 후회하면서도 기어이 선택하고 만 남자였다.

다섯 살 때, 꿈속에서 자신의 손을 깨문 새끼늑대를 봤을 때부터, 그리고 그 이후의 꿈속에서도 줄곧 아름다운 모습으로 저를 현혹시킨 남자였다.

현이 운명이 정한 반려라면, 준형은 이미 그 어린 시절부터 당이 스스로의 의지로 선택한 반려였다. 운명보다 더 강한 의지로, 마침내 차지하게 된 진짜 반려였다.

"사랑해요, 나의 아름다운 늑대."

제 대답을 기다리다 잠든 아이들을, 제 배 속에 든 순간부터 저를 낙인의 아픔에서 풀어나게 해준 대견한 제 쌍둥이 아이들을 깨우지 않으려, 당이가 나직하게 속삭였다.

"내가 훨씬 더."

준형이 고개를 기울여 언제나 저를 나약하게 하고, 강하게 하고, 고민하게 하고, 저지르게 하는 저의 아름다운 반려에게 숨 막힐 듯 길고 아찔한 입맞춤을 선사하였다.

외전 : 흰꽃늑대 이야기

달칵, 달칵. 누군가가 방문 밖에서 문고리를 흔들었다.

"누구요?"

주막 객방에서 깜빡, 잠이 들었던 선비 구산이 부스스 몸을 일으켜 방문 쪽을 보자, 달빛이 만들어낸 고운 그림자가 방문 위에 아로새겨져 있었다. 치마저고리 차림에 몸의 선들이 얇고 섬세한 걸 보면 여인의 그림자가 분명해 보였다.

"누구요?"

구산이 긴장으로 몸을 굳히고 다시 물었다.

난생처음 온 마을이었다. 밤늦게 마을에 당도한지라 우선 제일 먼저 눈에 띈 주막에 들어가 빌린 독방이었다. 그러니 이곳, 이 객방에 구산을 찾아올 사람은 아무도 없었다.

하물며 여인이라니!

"……자리끼를 떠왔습니다."

거짓말이었다. 주막의 주모가 잠자리를 봐주며 베개 머리맡에 자리끼를 놓아주고 갔으니까.

그런데도 구산은 방문 밖의 여인에게 말하였다.

"들어오게."

그림자로만 보면 다른 위협이 될 만한 이는 없어 보였다. 그림자로 보이는 가냘픈 몸집만 보면 설사 무슨 일을 저지르더라도 능히 막아낼 수 있을 것 같아, 구산은 여인은 방으로 들인 것이었다. 솔직히 말하면 낮게 가라앉은, 그래서 더 은밀하게 들리는 여인의 목소리가 분명 처음 들은 목소리인데도 묘하게 익숙하게 들려, 그 정체를 알아보고 싶은 마음도 컸다.

"들어오래도."

들어오겠다고 방문 고리를 흔들고 거짓말까지 한 주제에, 정작 들어오라고 하니 망설이고만 있는 그림자를 향해 구산이 다시 한 번 말했다. 들어오기 편하도록 호롱에 불도 당겼다.

그런데도 여전히 미적대고만 있을 뿐, 쉬 들어오려 하지 않는 그림자가 답답해 구산이 벌떡 일어나 방문을 열려 할 때였다. 구산이 방문 고리에 손을 가져가는 것과 동시에 덜커덩 소리를 내며 방문이 활짝 열렸다. 그 때문에 구산은 방문 바로 앞에 서 있던 여인과 겨우 방문지방 하나를 사이에 두고 바짝 붙어 서 있게 되었다.

"헉……."

구산은 깊게 숨을 들이마셨다.

방문에 고운 그림자를 만들어주었던 휘영청 밝은 달을 뒤로하고 방문 앞에 서 있는 여인의 자태가 너무 고와서였다. 여인의 몸에서 풍기는 달짝지근한 냄새가 숨이 막히도록 향기로운 까닭이었다.

"누구?"

저도 모르게 주춤, 한 발자국 뒤로 물러나며 구산이 물었다. 여인의 손에는 자리끼 물그릇 따위는 들려 있지 않았다.

"누구요?"

구산은 제 스스로가 바보처럼 느껴졌다. 누구요- 라는 질문만 한 열댓 번 한 것 같은 기분이 들었다. 그런데도 그 말밖에 생각이 안 났다. 그것밖에 궁금하지 않았다.

"누구요?"

"저입니다."

여인이 붉은 입술을 움직여, 입술 안의 복숭앗빛 혀를 보이며 답했다. 그러고선 마치 춤을 추는 것 같은 고운 몸짓으로 손을 등 뒤로하여 방문을 닫은 후, 여전히 반은 얼이 빠져 있는 구산을 향해 다가왔다. 한 발자국, 또 한 발자국. 내딛는 발소리도 내지 않고 마치 미끄러지는 듯 천천히 다가왔다.

"어서 오세요."

구산을 찾아온 것은 자신이면서도 여인이 환영의 인사를 해왔다. 그러고선 무슨 까닭인지 물기가 촉촉이 어린 눈으로 구산을 응시한 채 천천히 제 저고리의 옷고름을 풀기 시작했다.

'꿈이구나.'

어느새 속저고리를 벗고 가슴을 동여맨 치마끈을 푸는 여인을 보며 구산은 생각했다.

도무지 현실 같지가 않았다. 현실일 리가 없었다.

분명 처음 본 여인인데도 처음 본 것 같지 않은 느낌부터가 그랬다.

이제 겨우 스물 남짓 되었을까 싶은 젊은 여인이, 선녀의 날개옷처럼 보이는 얇은 속치마와 속곳들까지 전부 벗어내 태어난 그대로, 상앗빛 나신을 고스란히 드러내 보이는 모습 자체가 꿈이 아니라면 도저히 이해될 수 없는 일이었다.

구산의 어깨에 간신히 닿을 정도로 작달막한 키의 여인이었다. 손이라도 대면 그대로 사르륵, 녹아 없어질 것처럼 가냘프게 생긴 여인이었다.

하지만 살짝 고개를 기울여, 곁눈질 비슷하게 구산을 올려다보는 여인의 촉촉이 젖은 눈망울에는 분명한 유혹이 깃들어 있었다. 제 스스로 드러낸 나신이면서도 새삼 부끄러운지 두 팔을 가슴 앞에서 엇갈려 동그란 어깨를 잡고 있는 작고 하얀 손이 사내의 본능을 있는 대로 흔들고 있었다.

"이건 꿈이야."

정말로 꿈을 꾸는 것 같은 몽롱한 눈빛으로 구산이 조그맣게 중얼거렸다. 그 소리에 구산을 빤히 보고 있는 여인의 눈동자가 잠시 흔들리는 것처럼 보였지만, 이내 여인은 구산이 원하는 답을 들려주었다.

"네, 당신 말이 맞아요. 당신은 지금 꿈을 꾸고 있는 거예요."

복숭앗빛 혀를 내어 붉은 입술을 축인 후, 여인이 나른하게 속삭였다.

"좀 더 당신 꿈속에 깊이 들어가도 될까요?"

이어, 여인은 구산의 허락을 기다리지 않고 스스로 구산의 품 안에 뛰어들었다. 한껏 발돋움을 하여 뻣뻣하게 굳어 있는 구산의 목에 말랑하고, 생각보다 뜨거운 입술을 찍어 눌렀다.

"아홋."

놀란 나머지 여인의 입에서 작은 신음이 새어나왔다. 내내 석상처럼 굳어 있던 구산의 손이 실오라기 하나 걸치지 않은 매끄러운 여인의 등허리를 감싸 안아온 때문이었다.

이어 구산의 입술은 자신을 위해 존재하는 것만 같은 여인의 입술로, 길고 하얗게 뻗은 여인의 목으로, 날씬하게 패어 이슬이라도 고일 것 같은 쇄골로, 가녀린 몸집에 어울리지 않게 지나치게 여성적인 선을 자랑하는 여인의 가슴과 날씬한 배에 이르기까지 성급하게 움직였다.

꿈이 아니라면 도저히 이해될 수 없는 일들은 그 후에도 계속되었다.

요구하지 않아도 먼저 감아드는 비단같이 매끄러운 살결의 느낌이나 구산의 눈빛과 손짓, 입술에 의해 점점 더 촉촉하게 젖어드는 눈망울, 넘치지도 모자라지도 않게 구산의 몸과 완벽한 합치를 이루는 몸의 굴곡까지. 여인은 아예 처음부터 구산을 위해 만들어진 존재 같았다.

그러기에 아침 햇살에 기분 좋게 잠에서 깨어난 구산은 안도하면서도 동시에 아쉬워할 수밖에 없었다. 전날 밤, 그 모든 일들이 꿈인 것을 증명하듯 방 안의 모든 것은 구산이 잠들기 전에 본 풍경과 조금도 다르지 않았기 때문이었다. 여인이 실재하였다는 증좌 같은 건 조금도 없었다. 아침상을 날라다 준 주모에게 슬쩍 지난밤에 자신을 찾아온 사람이 없었냐고 물어봤지만 지난밤 내내 주막에 손님이라고는 구산밖에 없었다는 사실만 확인받았을 뿐이었다.

"그런데 선비님께서는 타지에서 오신 분 같은데 여긴 웬일이십니까?"

"여기 금봉리의 누구를 좀 만날까 해서……."

"혹시이…… 선비님도 '그것'을 보러 오신 겁니까?"

구산의 얼굴에 귀찮다는 기색이 가득하였지만 중년의 주모는 괜히 제가 더 신이 나서 구산의 밥상머리에 붙어 앉아 조잘조잘 수다를 떨어댔다.

"한동안 우리 마을이 '그것' 때문에 외지 손님들이 가득하였지요. 뭐, 요즘엔 그 기세도 한풀 꺾여서 좀 한산해지긴 했지만 한동안 '그것' 때문에 쇤네도 제법 짭짤하였지요. 흐흐흐흐."

"그것이라니?"

구산은 뭔가 짚이는 게 있었지만 혹시나 하여 부러 더 관심 없는 듯 심드렁하게 물었다.

"이런 촌구석에 뭐, 진귀한 것이라도 있던가?"

"아니, 아직 모르셨습니까? 세상에나, 세상에나. 정말로 먼 데서 오신 분인가 보네요."

주모의 얼굴에 한층 더 활기가 돋더니, 구산의 옆에 좀 더 찰싹 다가와 앉아서는 흥이 잔뜩 나서 이야기를 들려주기 시작했다.

이미 제 주막을 찾는 손님들에게 수백 번, 아니 거의 수천 번은 더 들려준 것 같았지만, 매번 처음 듣는 손님들이 보여주는 놀란 반응들이 재미있어 이 이야기를 할 때면 주모는 괜히 제 엉덩이가 들썩들썩하였다.

"글쎄요. 그게 지난해였던가요? 우리 마을에 털계집이 왔지 뭡니까?"

"털계집? 그게 무엇인가?"

역시, 주모가 기대한 대로 털계집이란 말에 호기심을 보이는 구산을 보며 주모는 흡족하여 괜히 은근히 목소리까지 죽여가며 이야기를 늘어놓았다.

"털계집, 그러니까 말 그대로 온몸에 새카만 털이 난 계집이지요? 그냥 팔뚝에 이런 솜털 같은 정도가 아닙니다. 얼핏 보면 저게 사람인지, 들개인지, 늑대인지 구분이 안 갈 정도로 온몸에 털이 수북했다니까요? 오죽했으면 백두산에서 처음 그것을 발견한 사냥꾼조차 늑대로 잘못 알고 잡았다 할 정도니까요."

"……그런가?"

입맛이 씁쓸해진 구산이 눈을 아래로 내리깔았다. 그 모습을 제 이야기가 재미없는 것으로 받아들인 주모는 재빨리 더 호들갑스럽게 말을 이어나갔다.

"그 모양새가 얼마나 신기하다고 소문이 났던지 글쎄, 주상전하께서도 그것을 보고 싶다 하시어 사냥꾼이 도성의 궁궐까지 그것을 데리고 갔었답니다. 그런데 주상전하께서 네가 사람이냐 짐승이냐 물으시니, 그것이 자신은 원래 사람이었는데 어린 시절 가난을 견디다 못한 아버지가 늑대 굴에 저를 버리고 가 늑대들과 함께 자라다 보니 그런 흉측한 모양새가 되었다, 그리 더듬대며 사람의 말로 고한 모양입니다."

그 이야기라면 주모가 말하지 않아도 구산이 더 잘 알았다. 주모의 이야기 속에 나오는 사냥꾼이 바로 구산 저를 말하고 있었으니까.

대과를 준비 중인 선비인 자신이 사냥꾼으로 잘못 알려지기는 했어도 이야기의 내용처럼 늑대와 함께 자란 아이를 처음 발견한 것은 구산 자신이 맞았다.

"우리 주상전하께서는 얼마나 자상하고 너그러운 분이신지, 그것의 사정이 너무 딱하다 하시며 우리 마을로 보내 현감나리께 뒤를 돌보아주라, 어명을 내리셨다니까요? 왜 하필 우리 마을이었는지는 모르겠지만요."

주모가 '그것'이라 말하는 이가 금봉리로 보내진 이유는 구산 때문이었다. 구산이 임금에게 거짓말로 아이의 고향이 금봉리라 말하는 것을 들었다, 고 했기 때문이었다.

물론 거짓말이었다.

구산이 백두산에서 발견한 아이는 계집아이라는 것을 빼면 정확히 나이가 몇 살인지, 제 이름이 무엇인지, 살던 곳은 어디인지, 아비의 이름이 무엇인지 아무것도 기억하지 못했다.

다만 어렴풋이나마 기억하고 있던 것은 어린 시절, 내내 배를 곯았던 기억과 아비가 저를 업고 산으로 들어와 늑대 굴 앞에 던져두고 도망갔다는 것뿐이었다.

그래서 구산은 임금의 앞에서 거짓말을 하였다. 그냥 이름만 들어 알고 있는 함경도의 어느 마을 이름 하나를 들어, 굶주리다 못해 그곳을 떠난 백성의 아이라고, 아이에게 직접 그리 들었다고 거짓을 말하였다. 근 십여 년 이상 계속된 흉년에 함경도 곳곳에서는 살던 터전을 버리고 떠돌이 생활을 하게 된 유민(流民)이 많았던 까닭에, 구산의 거짓말은 들통이 날 염려가 없었다.

죽을죄였다.

임금의 앞에서 거짓말을 하다니, 들킨다면 목이 달아날지도 모르는 일이었다. 그럼에도 불구하고 구산이 그럴 수밖에 없었던 것은 아이를 지켜주고 싶어서였다. 제게 사로잡혔으면서도 저를 원망하는 기색 없이, 마치 충성스러운 강아지가 주인을 우러러보고 따르고 맹신하듯 저하나만 믿고 따르고 간절하게 보는 아이를 어떻게든 지켜내고 싶어서였다. 사람 취급을 받게 해주고 싶어서였다.

단순히 흉측한 괴물 따위가 아니라, 가난해서 죽을 만큼 가난해서 부모에게 버림받고 늑대들 틈에서 살아남기 위해 그리 변할 수밖에 없었던 가여운 아이임을 호소하고 싶어서였다.

그리고 그런 구산의 뜻대로 임금은 아이를 가엾이 여겼고, 자신의 너그러운 성정을 과시라도 하듯, 아이를 고향으로 돌려보내 그곳 현감이 돌보도록 어명을 내렸다.

'그리했으면 잘 보살펴야지! 그 불쌍한 것을 한낱 구경거리로 삼아? 이 쳐 죽일!'

구산이 부러 금봉리에 온 것도 뒤늦게 그 소문을 들은 때문이었다. 소문의 진상을 알아낸 후 도성으로 가 어떻게든 높은 사람에게 사정하여 아이에게 사람다운 생활을 되찾게 해주고 싶어서였다.

-관두게. 그런 일 따위에 신경 쓸 틈이 어디 있나? 대과(大科)가 코앞이네. 삼년공부를 헛되게 할 셈인가?

구산의 사정을 잘 아는 친우는 그리 말하며 구산을 말렸더랬다. 오랜 과거 공부에 지친 구산을 걱정하여 머리를 식힐 겸 백두산 산행이라도 하라고 권했던 친우이자, 구산이 백두산에서 어느 사냥꾼이 친 덫에 발이 걸려 아파하는 아이를 구해 온 것을 사방팔방에 소문낸 당사자이기도 했다.

-다행히 그때 자네를 인상 깊게 본 이판 대감께서 자네에게 꼭 대과를 보라고 권하시질 않았나? 이런 기회가 또 있을 줄 알아? 이번이 어쩌면 자네에게는 일생일대의 기회일지도 모른단 말이네. 그런데 이때, 어디를 가겠다고!

그리 펄펄 뛰며 말리는 친우에게 구산은 약속했었다. 아이의 사정만 간단히 살핀 후, 어떻게든 빨리 다시 대과 준비를 하겠노라고.

하지만 금봉리에 가까이 오면 올수록 점점 더 자세히 듣게 되는 아이에 대한 소문은 그야말로 참혹하기 그지없었다.

"예에. 처음에는 별별 수단을 다 써봤다니까요? 처음엔 스님들 삭발식처럼 칼로 한번 밀어보면 어떨까 하는 의견들이 나와 동네 여인들이 모두 나와 조심조심 털을 밀어봤지요. 그러면 뭐합니까? 얼굴 털을 민 후에 팔의 털을 밀면 그새 얼굴에 다시 털이 돋아나고, 목털이며 어깨 털을 깨끗이 밀어두고 다시 칼을 가는 동안, 또다시 새카맣고 성긴 털들이 불쑥불쑥 튀어나온 것을요."

주모의 이야기를 듣는 구산의 이마에 툭, 굵은 핏줄이 튀어나왔지만 제 이야기에 심취한 주모에게 그것이 보일 리가 없었다.

"그래서 그다음 번엔 사람만 한 크기의 솥단지에 물을 넣고 펄펄 끓인 다음, 그 안에 들어가라 한 후에 이 동네 여인들이 죄다 달려들어 그것의 몸에 난 털을 하나하나 다 뽑아냈지 뭡니까? 그 털들이 어찌나 성긴지 닭털 꽤나 뽑아본 아낙네들도 꽤나 진땀을 흘렸답니다."

자신이 얼마나 잔인한 말을 하는지도 모른 채 주모는 침까지 튀겨가며 바로 어제의 일인 양 생생하게 그날의 일을 전했다.

"그런데 그것도 다 소용없더란 말입니다. 머리털을 제외하고 그 몸에 난 털이란 털을 죄다 뽑아냈는데, 하 참, 뽑아내 보람도 없이 다시 온몸에서 스멀스멀 그놈의 털들이 자라나더라니까요? 세상에, 이년 눈으로 보고서도 안 믿기는 일이었지요."

그나마 털이 나지 않은 손바닥 발바닥이 새빨개질 정도로 온몸이 익었지만 그 동네 사람들은 질리지도 않고 두 번 세 번 거듭하여 그 불쌍한 아이를 삶아대더라- 그게 바로 구산이 어제 금봉리 인근의 마을 주막에서 들은 끔찍한 소문 중 하나였다.

그 외에도 밤이면 밤마다 고약한 호기심을 품은 사내들이 그 불쌍한 아이가 든 방에 와서 치마를 들쳐보고 몹쓸 짓을 하려하는 바람에 동네 계집들이 작심하고 아이가 든 방에 자물쇠를 채웠다느니, 그래서인지 최근엔 아이가 곡기를 끊고 죽을 각오를 하는 것처럼 갇힌 방 안에 드러누워만 있다느니 하는 이야기들도 들었다.

"자네 말대로 거참 신기한 얘길세. 그럼 그 아…… 그것을 내 어디 가면 볼 수 있겠는가?"

"실은 사정이 있어 지금은 가둬둔 상태라 딱히 보실 수 있는 방법이 없습니다만, 어찌 쇤네가 한번 방법을 마련해볼까요?"

주모가 은근슬쩍 돈푼이라도 쥐여 주길 바라며 슬그머니 손바닥을 내밀었다. 하는 수 없이 구산은 그 손바닥 위에 노잣돈으로 가지고 온 엽전 두어 푼을 올려놔 주었다.

"에이. 좀 많이 짜시다. 뭐, 하는 수 없지요. 잠시만 여기서 기다리셔요. 제 어찌 방법을 강구해보겠습니다. 흐흐흐흐."

주모가 콧물도 비치지 않은 코 밑을 괜히 쓰윽, 한 번 문지르고선 자신만만한 얼굴로 일어나 객방을 나갔다.

그리고 잠시 후였다.

지난밤의 묘한 꿈과 갇힌 아이에 대한 생각에 심란한 구산의 방에 나갈 때와 달리 얼굴이 허옇게 질린 주모가 되돌아왔다.

"자네 낯빛이 어이 그런가?"

"……바, 밤사이에 도, 도망쳤답니다."

"뭐어?"

　주모의 얼굴만큼, 아니 그 이상으로 구산의 얼굴이 창백해졌다.

"도망을 치다니, 그 아이가? 가둬놓은 상태였다며?"

"그, 그게 조금 전에 아침끼니를 챙겨주러 간 여편네가 방문을 열어보니, 방 안에 있어야 할 그것이 없는 대신 저, 전부터 짓궂은 장난질을 치던 동네 떠꺼머리총각 놈이 목이 물어 뜯, 뜯긴 채 죽어 나자빠져 이, 있었답니다. 그, 그래서 지금 동네가 한바탕 난리가 났습니다요. 그, 그것이 미쳐서 사람을 물어뜯어 죽이고 도, 도망쳤다고요!"

'그럴 리가 없어!'

　차마 소리 내어 외치지는 못하고 구산이 방을 박차고 뛰어나갔다. 그러곤 어디라 할 것도 없이 사방팔방을 휘휘 둘러보았다.

'소화(素花)야. 어딜 간 거니? 소화야, 소화야!'

　갑자기 구산의 가슴이 꽉 막혀왔다. 온몸에 한기가 들었다. 두려움에 식은땀이 솟았다.

'어쩌려고, 이제 어쩌려고! 사람을 해쳤으니, 이제 다들 널 짐승으로 취급할 텐데. 널 잡아 죽이려 들 텐데! 소화야, 소화야!'

　구산이 오래도록 자꾸만 신경이 쓰였던, 그래서 그냥 내버려둘 수 없었던 아이를 찾아 사방을 두리번거리고 있을 때, 주막에서 조금 멀리 떨어진 산길에는 자태가 고운 여인 두 명이 막 오솔길로 접어들려 하고 있었다. 한때는 털계집이라 불리며, 사람들의 멸시와 환멸과 두려움을 샀던 흰꽃과 붉은꽃이란 이름의 두 여인이었다.

"그 사람은 저대로 두고 갈 거야?"

붉은꽃이 흰꽃에게 물었다.

"나한테 많이 실망했을 거야. 많이 화나 있을 거야."

흰꽃이 서글프게 웃으며 말했다.

"나한테 그랬거든. 절대로 사람을 해쳐서는 안 된다고. 사람을 해치는 순간, 사람들은 날 절대로 평범한 사람이 아닌 짐승으로 대하고 말 거라고."

"그래서 너도 참았잖아! 죽을 만큼 아프고 힘든데도, 온몸이 삶아지는 괴로움도 그 작자 말 때문에 꾹 참아냈잖아. 그럼 됐지!"

답답하다는 듯, 붉은꽃이 흰꽃의 어깨를 잡아 흔들었다.

"너는 아무것도 잘못하지 않았어. 어젯밤 일만 해도 그래. 네가 그 인간 놈을 물어뜯어 죽이지 않았으면, 그놈이 널 겁탈했을 거야. 그랬으면 너는 어디 높은 절벽에라도 가서 뛰어내려 죽었겠지. 안 그래?"

붉은꽃의 커다란 두 눈에서 분함과 억울함에 뚝뚝, 뜨거운 눈물이 흘러내렸다.

"붉은꽃아……."

"흑. 그러니까 네가 정 그 사람을 연모한다면 그 사람하고 같이 가. 이젠 우릴 보고 누가 함부로 털계집이라 하겠어? 이젠 그 누구도 우릴 그렇게 부르지 못해."

붉은꽃의 말이 맞았다. 지금 흰꽃과 붉은꽃은 둘 다 완전한 사람의 몸으로 변해 있었다.

흰꽃은 어젯밤, 보름달이 뜨고 나서야 사람의 몸으로 변했지만 붉은꽃은 달랐다. 어제 낮에 갑자기 흰꽃을 찾아온 붉은꽃은 온전한 사람, 그것도 아리따운 여인의 몸을 하고 있었다. 오죽하면 함께 늑대 무리에서 자라난 흰꽃조차 제 유일한 동무를 알아보지 못했을 정도였다.

"얘!"

외지에서 온 사람들이 동네 사람들에게 돈푼을 쥐여 주면 동네 사람들은 방 안에 갇힌 흰꽃을 훔쳐볼 수 있도록 넌지시 방문 앞을 비켜준다. 그리 찾아온 사람들은 이미 뚫려져 있는 창호지 구멍 통해 흰꽃이 움직이는 모습을 실컷 구경하곤 하였다.

그래서 이날도 방문 밖에서 붉은꽃의 인기척이 들렸을 때, 흰꽃은 저를 찾아온 이가 그런 구경꾼 중 하나일 거라고 생각하고 뒤도 돌아보지 않고 있었다.

"애, 흰꽃아. 나야, 붉은꽃!"

"붉은꽃!"

붉은꽃이란 소리에 얼른 방문으로 다가가 제 동무가 들여다보고 있는 구멍을 통해 방문 밖의 동무를 보곤 놀라 물었다.

"당신이…… 네가 정말 붉은꽃이라고?"

흰꽃과 붉은꽃. 그것은 부모가 붙여준 이름을 잊은 두 아이가 서로에게 선사해준 고운 이름이었다. 소화라는 이름으로 흰꽃의 이름을 알고 있는 구산조차도 붉은꽃의 이름은 알지 못했다. 그러니 스스로를 붉은꽃이라 칭하는 사람은 붉은꽃 이외에 다른 누구일 리가 없었다.

"어떻게? 어떻게 이렇게 변할 수 있었어? 난…… 난 애를 썼는데도…… 흐으윽."

이제껏 겪어낸 고통에 비해 조금도 짐승의 모습을 벗어던지지 못한 흰꽃은 방문 밖의 동무를 보고 오열하였다. 동무의 변한 모습이 부러우면서도 한편으론 제 못난 모습이 미워 눈물밖에 나지 않았다.

"방법이 있어. 그걸 알려주러 온 거야! 널 찾느라 내가 얼마나 고생한 줄 알아?"

"어, 어떻게? 바, 바뀔 수 있는 방법이 있어? 어떻게 하면 돼?"

"오늘쯤이면 그 사람이 올 거야. 너의 그 사람! 알지? 누군지."

붉은꽃이 말하는 그 사람이 누군지는 말하지 않아도 알기에 흰꽃은 놀라 되물었다.

"그, 그분이? 어, 어떻게 여기?"

"내가 일부러 그 사람의 귀에 들어가도록 소문을 옮겼어. 조금 전에 그 사람이 산 너머 옆 동네에 도착한 것도 봤고. 그러니까 내 말 잘 들어. 그 사람이 정말 네 운명의 남자라면 오늘 만월이 뜨는 밤, 네 몸은 온전한 사람의 몸으로 변할 거야."

"왜? ……넌 그걸 어떻게?"

"우리랑 비슷한 이들이 또 있었어. 날 구해준 분은 강 진사라고, 내가…… 나를 바꿔준……. 하여간 지금 그게 중요한 게 아니고."

조금 살짝 뺨을 붉힌 붉은꽃이 얼른 방문에 달라붙어 흰꽃에게 속삭였다.

"알았니? 오늘 밤 이불을 덮어서 네가 몸이 변하는 걸 들키지 않도록 해. 그사이에 내가 어떻게든 이 방문을 열 방법을 찾아볼 테니까, 넌 몸이 변하거든 그대로 그 사람에게로 가. 가서 하룻밤을 보내. 그러기만 하면 넌 나처럼 온전한 사람의 몸으로 계속 있을 수 있어."

만약 보통의 사람들이라면 허황된 얘기라 웃어넘겼을 것이다. 은애하는 이가 가까이 있다는 이유만으로 보름달이 되면 털계집의 몸에서 털이 빠진다니. 지극히 은애하는 남자와 하룻밤을 지내면 완전히 사람의 몸으로 변할 수 있다니. 허황돼도 이만저만 허황된 이야기가 아니었다.

하지만 따지고 보면 흰꽃이나 붉은꽃의 경우도 다른 이들이 보기에는 충분히 허황된 존재가 아니었던가? 사람이 늑대의 틈에 섞여 자랐다고 늑대의 몸으로 변하다니, 베어내고 잘라내고 뽑아내도 다시 자라는 늑대의 털이라니, 허황되기는 이쪽도 만만치 않았다.

그러니 흰꽃은 붉은꽃의 말을 믿을 수밖에 없었다. 믿고 시킨 대로 따를 수밖에 없었다.

비록 예상과 달리 몸이 완전히 변하기도 전에 낯선 사내가 방으로 숨어들어와 저를 덮치려 하는 바람에 그를 물어뜯어 죽일 수밖에 없었지만…….

시체에 이불을 덮어 숨긴 후, 방을 빠져나와 밤이 완전히 무르익기를 기다렸다. 그리고 붉은꽃이 알려준 주막의 객방을 찾아가, 이제껏 차마 꿈도 꾸지 못했던 제 간절하고 은밀한 바람을 이룰 수 있었다.

처음 구산이 덫에 걸린 자신을 발견하고 덫에서 자신의 발목을 빼주며 "괜찮니?" 하고 다정하게 물어주었던 그 순간부터 간직한 바람이었다. 물이 있는 곳까지 옮기기 위해 자신을 업어주었던 그 순간부터, 어렴풋이 기억나는 아비의 차가웠던 등과 달리 너무도 따뜻했던 그 등에서 잠이 들었던 그때부터 소망해온, 꿈꿔온 간절하고 애절한 바람이었다.

그 바람이 이루어졌으니, 이제 흰꽃은 죽어도 여한이 없었다.

"그래서요? 그 흰꽃늑대는 그 뒤에 어떻게 되었대요? 그 구산이란 사람은요?"

당이가 눈물을 글썽이며 준형을 채근하였다. 흰꽃늑대, 아니 소화란 이름의 늑대여인이 동무와 함께 산길에서 이야기하는 대목에서, 무슨 일인지 준형이 말을 멈추고 당이를 가만히 쳐다보았기 때문이었다. 뭔가 할 말이 있는 듯, 어쩐지 조금은 감탄한 듯한 눈으로.

"왜요? 설마…… 끝이 안 좋아요? 그럼 안 들을래요. 그냥 그 뒤에 구산이란 사내가 흰꽃이란 여인을 찾아가 둘이서 끝까지 행복하게 살았다, 그리 생각하고 있을래요."

당이가 준형에게서 돌아누웠다.

두 사람은, 젊고 아름다운 임금과 중전은 지금 한 이불을 덮고 누워 도란도란 이야기를 나누던 중이었다. 준형이 저녁 무렵 받은 곽 칙사, 아니 곽 대인의 서찰 속에 흥미로운 이야기가 있었다며, 당이에게 그 이야기를 해주던 참이었다.

"있지. 난 우리가 운명이 정한 반려라느니 하는 거 안 믿어. 그런 게 아니라도 난 당신을 은애하니까."

준형이 당이의 등 뒤에서 가만히 당이를 끌어안으며 속삭였다.

"……저도요."

당이가 준형의 가슴에 머리를 기대며 똑같이 속삭였다.

"그런데 그 둘은 운명의 반려가 맞았나 봐."

"그럼?"

당이가 반색하여 준형을 돌아보았다.

"흰꽃늑대와 그 구산이라는 사람은 결국?"

"그래. 곽 대인이 알아낸 것에 의하면 두 사람은 그로부터 다섯 해가 지난 뒤에 정식으로 혼인을 올렸다고 해. 그리고 그때 흰꽃여인에게는 이미 여섯 살짜리 아들이 있었고."

"어머나, 세상에! 그럼 그 보름날 밤에?"

감격에 찬 당이의 물음에 준형이 가만히 고개를 끄덕였다. 그러고선 더는 참을 수 없다는 듯, 당이의 희고 가는 목이 시작되는 부분에 성급하게 입술을 묻었다.

"전하? 전하! 갑자기 이러시면……."

"잠깐만. 조금 뒤에. 조금 뒤에 나머지 부분도 다 이야기해줄게."

준형은 조금 뒤라고 했지만, 실제로 곽 대인의 서찰 속에 있던 나머지 부분을 다 들려준 건 다음 날 아침 해가 뜨고 나서였다. 누군가의 꿈과 바람처럼 영원히 계속될 것 같은 길고 달콤한 밤이 지난 다음이었다.

"곽 대인이 찾아본 바에 따르면 그때 홍구산이란 이름의 사내는 소화라는 이름의 여인을 아내로 맞아 다복한 가정을 이루었대. 그들의 아들은 아들을 낳고, 또 그 아들은 아들을 낳고, 그 아들의 손자뻘이 되는 홍 생원이란 이가 서른 해쯤 전에 보령 땅에서 송씨 성의 여인을 아내로 맞아 딸 하나와 아들 하나를 두었는데 그 딸이 바로……."

-마침-

작가 후기

　그래요.

　처음에는 그랬습니다.

　가장 강하고 멋지고 행복한 주인공을 그리고 싶었습니다.

　그래서 제게는 가장 소중한 이름 하나를 빌려, 주인공의 이름으로 삼았지요. 평생 단 하나의 반려를 맞아, 그 반려를 지키기 위해 힘껏 싸우는 카리스마 히어로를 그리고 싶었습니다.

　그러나 이야기를 만들어 나가는 동안, 많은 게 변했습니다.

　강하고 멋지고 뻔뻔스러울 정도로 행복을 추구해야만 했던 주인공은 내내 흔들리고 주저하고 고민하고 아파해야만 했습니다.

　이래도 되나, 이걸로 되나, 내 부족함에 많이 고민할 즈음 당이가 와 주었습니다. 있어주었습니다. 당이가 저를 대신하여 준형의 손을 잡아주고, 준형의 등을 밀어주고, 준형을 믿고 아낌없이 지지하여 주었습니다.

　그래서 준형과 당이는 마침내, 모든 동화 속 주인공이 그렇듯, 언제까지나 영원히 행복할 수 있는 결과를 맞게 되었습니다.

준형은 저였습니다.

강하고 멋지고 싶었지만 강하지도 멋지지도 못했던, 한없이 부족한 저 자신이었습니다.

가족들은, 친구들은, 독자들은, 와이엠북스의 편집자분들께서는 당이였습니다. 흔들리고 고민하고 주저하고 아파하는 제 손을 잡아주고, 등을 밀어주고, 믿고 지지하여 주었습니다.

이 세상 모든 준형과 당이가 행복했으면 좋겠습니다.

어느 곳에 있건, 어떤 상황에 있건, 부디 행복하면 좋겠습니다.

진심입니다.

-2016년 가을, 월우.